자개장
판타스틱

하늘에서 지켜보실 아버지께

"아버지! 그때 저한테 왜 그랬어요?"
내용은 다르지만 크고 작은 원망과 섭섭함이 누구에게나 있다.
그 후 아버지는 돌아가시고, 내가 자식을 기르던
어느 날 문득 '아, 그것을 아버지의 사랑이었고,
가족 간 사랑의 갈등이었구나.'라고 깨달았다.
저세상에 계신 아버지가 그리워지는 소설

- 아버지, 전무송 배우 -

어렸을 적, 아버지와 결혼할 거라며 따르던 때가 생각난다.
사춘기가 지나고, 연애하면서 그 대상이 달라졌고,
살갑던 태도도 달라졌다. 학교 다녀오면 재잘재잘 떠들더니
공부한답시고, 일한답시고 대화는 멀어졌다.

이젠 사랑한다, 미안하다 말 한마디도
어색할 정도로 서먹해졌다. 내일은 사랑한다고 말하자,
내일은 미안하다고 말하자... 하면서도 그렇게 시간이 지나간다.

어쩌면... 아버지와 딸의 관계가 참 어려운 관계라는 생각이 든다.
소설을 읽으면서 후회와 아쉬움이 가득 밀려온다.
내일은 늦을 수 있다. 오늘 사랑한다고 표현해야겠다.

- 딸, 전현아 배우 -

† 차례 †

제 1 장　　　　　　　　　7

제 2 장　　　　　　　　　40

제 3 장　　　　　　　　　98

제 4 장　　　　　　　　　172

제 5 장　　　　　　　　　216

제 6 장　　　　　　　　　315

제 7 장　　　　　　　　　361

제 8 장　　　　　　　　　468

제 9 장　　　　　　　　　539

제 10 장　　　　　　　　　570

일러두기

1. 작품에 등장하는 모든 인물, 이름, 사건 등은 허구이며, 실존하는 인물, 장소, 건물, 제품 등과는 아무런 관련이 없습니다. 또한 사건과 에피소드 역시 모두 창작된 것으로, 혹시 실제와 유사한 경우가 있더라도 이는 순전히 우연의 일치임을 밝힙니다.
2. 이 소설은 분량이 다소 긴 편이지만, 언제 어디서나 부담 없이 이어 읽을 수 있도록 본문을 장과 섹션 단위로 세심하게 나누어 놓았습니다. 각 장 안의 섹션을 확인한 뒤 이어서 읽어 나가면, 더욱 몰입해서 부담없이 즐기실 수 있을 것입니다.
3. 눈의 피로를 줄여 오랜 시간 편안하게 독서할 수 있도록 부드러운 미색을 선택했으며, 종이 본연의 자연스러운 질감과 가벼운 무게감을 지닌 용지를 사용했습니다. 또한 환경 친화적 생산 공정을 거쳐 다양한 국제 인증(PEFC 지속 가능한 산림 인증 , ECF 무염소 표백 공정)을 획득한 친환경적인 종이입니다.

†제1장†

1.
 온갖 종류의 펜이 빽빽이 꽂힌 커다란 머그잔에서 검정 매직펜을 꺼냈다. 그 바람에 형광펜과 볼펜 서너 개가 딸려 나와 후두둑 떨어졌지만 아랑곳하지 않았다. 이미 책상 위는 각종 프린트물과 책 그리고 노트 등으로 뒤죽박죽이라 티도 나지 않았기 때문이다. 그 가운데 멀쩡한 노트북이 용할 지경이었다. '키키'라고 이름을 지어준, 어언 15년이 넘게 나와 동고동락한, 이 삼성 센스 노트북은 안타깝게도 거의 수명이 다 되어 가고 있었다.
 난 책 한 권 꽂을 틈 없는 5단 책장과 덩치만 큰 구닥다리 자개장 사이에 낀 전신거울 앞으로 갔다. 그리고 정수리 부근에 삐죽 솟은 두 가닥의 새치에 검정 매직펜을 칠하기 시작했다.
 처음 흰머리를 발견했을 때 몹시도 가슴이 아팠다. 그래도 아직 삼십 대인데, 아직 아무것도 한 게 없는데, 흰머리는 용납할 수 없었다. 내게도 이런 일이 생기리라곤 미처 상상하지 못했다. 왜인지는 몰라도 '늙음'이나 '죽음' 같은 건 나와는 하등 무관한 일로 여겼기 때문이다.

처음엔 이 미운 것을 그냥 확 뽑아버리려는 심산이었다. 하지만 자꾸 주변의 검은 머리까지 손에 잡히는 바람에 성질이 뻗쳤다. 가뜩이나 숱도 줄어든 마당에 멀쩡한 머리칼까지 뽑는 건 정말 아닌 듯싶었다.

유성 매직펜은 하얀 머리칼을 순식간에 검은색으로 빈틈없이 물들였다. 그야말로 매직이었다.

내 판단이 옳았군. 기분이 좋아졌다. 앞으로도 간간이 자라난 새치는 이런 식으로 처리하면 되겠어. 염색약은 경제적인 면에서나 두피 건강 면에서나 좋지 않으니까. 이게 딱이야.

순간 지잉- 지잉- 하는 진동음이 들린 듯했다. 곧바로 동작을 멈추고 날카로운 눈으로 뒤죽박죽인 책상을 돌아봤다. 휴대폰이 보이지 않았다. 후다닥 책상 앞에 다가가 두더지처럼 책을 파헤쳐 질식 직전의 휴대폰을 꺼냈다. 8년이 넘었지만, 흠집 하나 없는 외관을 자랑하는 아이폰을 켜자 곧바로 홈 화면이 떴다.

2023년 3월 31일 금요일 오전 9시 20분.

날짜 아래엔 아침마다 지겹게 오는 스팸 광고와 스미싱 문자들 몇 개가 떠 있었다.

환청인가……?

사실 난 아주 중요한 전화를 기다리고 있었다. 오늘은 몇 달 전 응모한 문학 공모전의 당선 발표가 있는 날이다. 이번이 마지막 도전이었기에 내 일생이 달린 날이라 해도 과언이 아니었다. 스물아홉 살이 되던 해에 잘 다니던 회사를 별안간 때려치운 난 딱 마흔 살이 되기 전까지만 내 오랜 꿈에 도전하기로 결심했다. 우리 부모님뿐만 아니라 대개들 말하듯 10년을 파도 안 되면 그건 안 될 노릇인 거다.

문득, 대한민국의 스티븐 킹과 무라카미 하루키를 꿈꾸며 외롭게 달려온 10년의 세월이 주마등처럼 스쳤다. 눈물이 날 것 같지만 오늘도 전화를 못 받는다면 내 꿈은 가차 없이 폐기 처분되고 말 것이다. 무려 10년이라는 세월이 먼지처럼 사라지는 거다. 빌어먹을 새치만 남기고 말이다!

그동안 돈이 떨어지면 간간이 시간제 아르바이트를 해왔지만, 해가 갈수록 일자리를 찾는 게 쉽지 않았다. 어느 직종이나 빌어먹을 나이 제한이 걸려 있기 때문이다. 만약 이번마저 실패한다면 직장을 구해야 할 판이다. 그런데, 마흔 살에 얻을 수 있는 직종이 어떤 게 있을까? 이내 비참한 상상이 하나둘 떠오르자, 머리를 털어내듯 흔들었다.

그래도 다행히 이번은 전과 달리 희망이 있었다. 보름 전 응모한 작품이 최종 심사에 올랐다는 통보를 받았기 때문이다. 당선된 사람에게 개별 연락을 준다고 했다. 오늘 휴대폰만 울리면 내 인생의 첫 비상이 시작되는 것이다.

당선 상금이 무려 1억 원이었다. 1억을 타면 내가 뭘 할 줄 아는가? 가장 먼저 레이지 보이 소파를 살 거다. 지금 쓰는 사무용 의자는 20년이 넘은 탓에 조금만 움직여도 삐거덕 비명을 질러댔고, 한 시간만 궁둥이를 붙이고 있으면 허리와 모가지가 비명을 질러댔다. 사정이 이러다 보니 글을 쓰거나 독서에 심취할 때면 의자를 포기하고 침대를 애용하게 되는 것이다. 그러다 보면, 얼마 못 가 잠들기 일쑤였다.

오래전 서울에 살 때 시내에 나갔다가 우연히 전용 매장에서 본, 이름도 멋진 레이지 보이 사의 리클라이너 소파는 환상이었다. 포근함과 안락함 속에서 하루 종일 책을 볼 수도, 글을 쓸 수도 있을 것 같았다. 구름에 감싸인 듯, 사랑받는 느낌마저 들었다. 사랑받는 느낌을 아는 사람은 내 말이 무슨 뜻인지 알 것이다. 아니, 사실 몰라도 알 수 있다. 그런 느낌은 경험이 없어도 절로 느껴지는 거니까.

그러나 160만 원은 내가 감당할 수 있는 가격이 아니었다. '성공할 때까지만 기다려줘!'라며 눈물을 머금고 돌아설 수밖에. 하지만 이제, 드디어, 그게 거의 내 손에 잡히기 직전이었다. 이건 그저 모호한 예감이 아닌 직감이었다. 작가란 직감이 발달한 부류 아니던가. 반드시 그 소파에 앉아서 첫 해외여행으로 파리행 항공권을 예매할 테다. 내친김에 서울에 있는 오피스텔도 알아봐야겠어. 옵션으로 식기 세척기도 있고 엘리베이터도 있는 그런 곳 있잖아. 도무지 믿기지 않는군. 엄마와 남동생의 마수에 걸린 이 개미지옥 같은 집구석과 작별이라니!

휴대폰 모드를 벨 소리로 바꾸다가 난 그만 휴대폰을 떨어뜨리고 말았다. 심상치 않은 파열음이 귀를 강타했다. 심장이 쿵 내려앉았다. 하필 떨어진 지점이 동네 개울가를 산책할 때마다 주워다 쌓은 조약돌 무더기 위였다.

떨리는 손으로 엎어진 폰을 돌려본 난 하얗게 질렸다.

"으앗!"

뭉크의 〈절규〉처럼 양 뺨을 쥐어뜯었다. 그때 굵직한 유성 매직펜을 손가락에 끼고 있다는 걸 까맣게 잊고 있었다. 이미 글렀다는 걸 알면서도 화면을 켜봤다.

짐작했던 것보다 더 처참했다. 화면이 촘촘한 크랙으로 뒤덮여 날짜와 시간이 겨우 보일 정도였다.

망했다, 씨! 당장은 수리할 돈도 없는데……. 대체 이따위 조약돌이 뭐라고 주워다 놨을까!

홧김에 조약돌 몇 개를 움켜쥐고 세차게 내던졌다. 어딘가에 부딪힌 돌이 튀며 내 복사뼈를 후려쳤다.

"아악!! 씨앙!!"

참을 수 없는 고통에 괴성을 지르며 깽깽이 발을 뛰었다. 발의 통증이 가실 때까지 잠시 기다리다 심호흡하고 다시 거울 앞으로 다가갔다. 거울을 들여다본 난, 망연자실한 얼굴로 매직펜을 툭- 떨구고 말았다.

오른뺨에 커다랗고 까만 번개가 그려져 있었다. 손으로 닦아 보다가 아뿔싸 싶었다. 후다닥 욕실로 달려가 비누칠을 듬뿍했다. 살갗이 빨개지도록 북북 문질렀지만 조금도 지워지지 않았다.

소리를 지를까? 울어버릴까? 아니, 그냥 가만히 있자. 어차피 당분간은 만날 사람도 없잖아. 오늘 분량의 악운은 다 썼다고 생각하지, 뭐. 이제부터 아무 짓도 하지 말고 가만히 전화만 기다리는 거야…….

그렇게 생각한 순간 벨 소리가 울렸다.

난 득달같이 방으로 달려가 폰을 집어 들었다. 거미줄처럼 금이 간 화면을 아무리 들여다봐도 발신 번호를 정확히 식별하기 어려웠다. 확실한 건 넷 중에 하나라는 거다. 공모전 주최 측이든가, 엄마든가, 텔레마케팅이든가, 보이스피싱이든가.

난 최대한 조심스레 전화를 받았다.

"여보세요…?"

"혹시, 박자연 씨 번호가 맞나요?"

순간 내 안구 뒤편에서 섬광이 번쩍했다. 어딘가 차분하면서 어딘가 지성미가 느껴지는 남자의 목소리였기 때문이다. 그의 음성에는 확실히 책 냄새가 배어있었다.

내 손등을 꾹 깨물었다. 주책맞게 터져 나오는 웃음을 애써 참으며 침착한 말투를 쥐어짰다.

"맞는데… 어디신데요?"

"안녕하세요, 전 강태훈이라고 하는데요. 박관수 씨 가족 되시죠?"

요동치던 심장이 딱 멈췄다.

"문학 우주사 아니에요?"

"네? 전, 박관수 아저씨 옆집에 사는 강태훈이라고 하는데요, 아저씨랑…."

"몰라요, 그런 사람!"

사납게 전화를 끊었다. 이런 마당에 웬 뚱딴지같은 소리람! 함박웃음을 짓고 청명한 하늘을 우러러보다 철퍼덕 새똥을 맞은 기분이었다.

또다시 전화벨이 울렸다. 그 전화일까 싶었지만, 화면이 보이지 않으니 속단할 수 없었다.

공모전 전화면?

궁금증을 이기지 못하고 전화를 받자마자 강태훈이란 남자가 다급히 외쳤다.

"여보세요? 전화 끊지 마세요! 아저씨가 집 앞에서 쓰러지셨어요! 지금 구급차가 오는 중인데…."

"쓰러지셨다구요?"

난 그저 난감한 얼굴로 그가 하는 말에 귀를 기울였다.

박관수 씨란, 4년 동안 연을 끊고 지내던 나의 아빠였다.

걱정보다도 한숨이 먼저 나왔다.

전에도 아빠가 구급차에 실려 간 일이 두 번이나 있었다. 모두 아빠의 도에 지나친 음주와 관련된 사고였다. 이번에도 뭐, 보나마나겠지.

"제 번호는 어떻게 아셨어요?"

"지금 아저씨 폰으로 전화를 드린 거잖아요?"

"그, 그래요? 근데 왜 그쪽이 박관수 님 핸드폰을 갖고 있는 거죠?"

남자는 꾹 누르듯 한숨을 쉬었다.

"가족 연락처를 알리면 그럴 수밖에 없잖아요. 그리고 지금 그런 게 중요한가요? 아버님 상태가 어떤지 걱정되지 않으세요?"

"아버님이라뇨? 전 그 분과는 아무 관련도 없는 사람이에요. 통화 목록에서 박 서연이란 이름 찾아보세요. 그 사람이 딸이니까."

"그럼, 박자연 씨는 아저씨랑 어떤 관계죠?"

"형사세요? 제가 지금 굉장히 중요한 일이 있거든요, 이만 끊을 게요."

몇 분이 지나고 다시 전화가 울렸다. 망설였다. 어쩌면 공모전 연락일지도 몰라…… 불안한 표정으로 통화 버튼을 누르는 순간, 새된 외침이 귀를 때렸다.

"언니가 박관수 씨 가족이 아니라고오??"

서연이었다. 그녀와는 거의 1년 만에 하는 통화였다. 우린 어쩌다 불가피하게 연락할 일이 생기면 문자 메시지를 이용했다(이 얼마나 돈독한 자매지간인가).

"아무리 그래도 그렇지, 어떻게 사람이 그래? 아빠 돌아가셨다고 해도 나 몰라라 하겠네?"

"돌아가신 거 아니잖아."

"참 대견하다, 낼모레면 마흔이나 되는 사람이…."

난 신경질적으로 오른뺨의 까만 번개를 문질러댔다.

"낼모레 마흔이든 4백 살이든 그게 뭐 어쨌다고? 그리고, 그런 건 자고로 이쁨받는 자식이 챙기는 게 인지상정 아닐까?"

"내 사정 몰라서 이래?"

"다른 선생한테 좀 맡기면 안 돼? 넌 거기서 30분이면 도착하는 거리잖아. 난 세 시간이 걸린다고."

"오늘 교육청에서 장학사들 나오는 날이라 학교가 다 비상이야.

참관 수업도 해야 하고, 오후엔 학부모 면담도 있고. 내가 담임만 안 맡았어도 어떻게든 갈 텐데……."

강남 지역의 공립 중학교에서 국어를 가르치는 여동생의 타당한 사유가 내 귀에는 그저 자기 과시로밖에 들리지 않았다. 내가 대꾸하지 않으니, 그녀는 자기 반 학생이라도 다루듯 나를 살살 달랬다.

"힘든 거 아는데 급한 거 없으면 언니가 먼저 좀 가줘. 일 다 마치고 바로 병원으로 갈게. 나 도착하면 언닌 집에 가서 볼일 봐."

"나도 당장은 어려워."

"왜? 무슨 일 있어?"

얼굴에 지워지지 않는 흉측한 낙서가 있다고 털어놓을 수는 없었다.

난 심통 난 아이처럼 못생긴 목소리로 물었다.

"넌 몇 시쯤 올 수 있는데?"

"그래도 7시 이후에나 출발할 수 있을 거야. 최대한 일찍 가도록 노력할게. 좀 부탁해 언니. 금방 수업 들어가야 해서 길게 통화 못해."

난 갈 수 없는 핑계를 지어내려고 머리를 굴리며 끙- 하는 콧소리를 냈다. 그러자 서연이 잽싸게 말했다.

"응, 그래그래 고마워!"

말릴 새도 없이 전화가 끊겼다. 다시 전화를 걸었지만 받지 않았다. 난 체념의 한숨을 쉬며 통화 목록을 살폈다.

어젯밤 아빠의 부재중 전화가 한 통 와 있었다.

아빠는 이따금 내게 전화를 걸었지만(명절이라던가 내 생일 같은 때), 난 단 한 번도 받지 않았다. 내가 원래 그리 모진 성격은 아니다. 이건 다 아빠 탓이다. 아빠는 내게 그러지 말아야 했다. 어두운 기억이 밀려들 조짐에 난 머리를 세차게 흔들었다.

욕실에서 대충 씻고 나와 괜히 이리저리 왔다 갔다 하며 뭉그적거리는 중에 아빠가 실려 간 병원에서 전화가 왔다. 가족 중 누구라도 속히 와야 한다는 담당 간호사의 닦달에 서두를 수밖에 없었다.

오랜만에 외출복을 갈아입고 -외출복이라고 해봐야 청바지와 후드티가 전부지만- 선크림을 발랐다. 그런데 뺨에 그려진 검정 번개 문양이 문제였다.

먼지가 뽀얗게 앉은 뚜껑을 열어 파운데이션을 두껍게 발랐다. 턱없는 짓이었다. 검정 문양은 뿌연 멍 자국이 되어 더 보기 흉했다. 파운데이션을 북북 닦아내고 마스크를 썼다. 마스크 위로 검정 펜 자국이 삐져나왔다. 하는 수 없이 구급상자에서 오래된 반창고 두 개를 길게 이어 붙이고 마스크를 쓴 뒤, 검은색 야구 모자까지 깊숙이 눌러썼다. 거울을 보니 어딘가 상당히 위험한 인물처럼 보였다. 마음에 들었다.

집에서 전철역까지 걸어갈 참이었다. 동네 어귀에 버스 정류장이 있었지만, 역까지 가는 버스가 하루 딱 네 번 운행했기에 아무 때나 탈 수가 없었다. 이 와중에 오랜만의 외출이라고 들뜨는 기분이었다. 나에게 있어 외출이란 고작 장을 보러 역 주변에 열리는 오일장에 가거나, 아르바이트하러 가거나 군청을 방문하는 게 전부였으니까.

서울에 가는 건 햇수로 4년 만에 처음이었다. 마치 오랫동안 여행을 떠나왔다가 고향에 돌아가는 기분이었다. 10분쯤 걷자, 내가 매일 산책하는 개울가의 풍경이 펼쳐졌다. 개울에 놓인 징검다리를 건너면 전철역까지 15분이면 도착할 수 있었다.

북한강에서 갈라진, 이 냇물은 폭이 20미터가량으로 꽤 넓었지만, 수위는 그리 깊지 않았고 끝이 보이지 않을 만큼 길게 뻗어 남한강으로 흘렀다. 쇠백로, 청둥오리, 고라니, 초록 물뱀, 꿩, 자라 등등 온갖 생명체가 사는 냇물 주위의 갈대숲, 논과 밭, 전원주택과

농가를 둘러싼 푸른 산등성이, 무엇보다 사방으로 광활하게 펼쳐진 하늘의 풍경은 꽤 볼만했다. 계절마다 시시각각 변하는 자연의 색채는 매일 봐도 질리지 않았다. 습관처럼 휴대폰을 꺼내 풍경을 찍으려다 도로 넣었다. 깨진 화면으로 풍경이 보이지 않았다.

징검다리 앞에 이를 무렵, 난 당황했다. 며칠 전 내린 비로 인해 돌다리 위로 물이 넘쳐흘렀다. 그렇다고 다시 개울을 돌아가자니 30분이 넘게 걸릴 터였다. 난 짜증스러운 얼굴로 청바지를 무릎까지 걷어붙인 후, 운동화와 양말을 벗어 손에 들었다.

'산 넘고 물 건너'라니……

내 다리를 집어삼킬 듯 흐르는 강물과 사투를 벌이며 돌다리를 건넌 후, 가방에서 휴대용 티슈를 꺼내 젖은 발을 닦았다. 티슈 조각이 발바닥에 덕지덕지 달라붙어 애를 먹었다. 이럴 바엔 15분이 더 걸려도 돌아가는 편이 나았겠다. 투덜대며 휴지 조각과 흙이 묻은 발에 양말과 운동화를 꿰고 발걸음을 재촉했다.

개울가를 벗어나자 곧이어 그림 같은 가로수길이 펼쳐졌다. 이 벚나무길은 내가 두 번째로 좋아하는 산책 코스였다. 가로수길 끄트머리 부근에 다다르자, 어느 야트막한 기와집의 담장 너머로 대추나무 가지가 뻗어있었다. 불현듯 아빠와 함께 이곳을 지나던 때가 떠올랐다.

일순 잔잔해졌던 마음에 흙탕물이 일었다. 서연이 올 때까지 몇 시간이나 아빠와 있을 생각을 하니—엄마가 자주 쓰는 표현을 빌리자면—'골이 빠개질' 것 같았다.

심각한 상황이 아니기만 해봐라. 서연이 오든 말든 곧장 내려와 버릴 테니까.

눈앞에 나타난 전철역 팻말을 향해 뛰어가며 굳게 다짐했다.

2.

수술복 차림의 50대가 남자 의사가 내 얼굴을 쳐다봤다. 아니, 정확히는 내 오른뺨 위로 삐져나온 반창고를 노려봤다. 나도 그의 녹색 마스크를 노려봤다.

의사는 섣불리 입을 열지 않았다. 자꾸만 진료 모니터와 내 얼굴을 번갈아 쳐다봤다.

참다못한 내가 입을 열었다.

"그러니까…."

"박관수 님은…."

동시에 말이 겹쳤다. 내가 얼른 입을 다물자, 의사가 말했다.

"여기 오셨을 때 황달이 심해서 먼저 스텐트 삽입 수술했어요. 수술은 마무리가 잘 됐구요."

잠시 의사는 내 눈치를 살폈다.

"무슨 병인데요?"

"아버님은, 췌장암 4기로 보여집니다."

난 눈을 끔뻑거렸다. 그런 건 시시한 영화나 드라마에나 나올 법한 닳고 닳은 클리세 같았다.

"보여진다구요?"

내가 말꼬투리를 잡았지만, 그는 별다른 표정 변화 없이 고개를 끄덕였다.

"벌써 정밀검사 결과가 나왔을 리는 없었을 텐데, 어떤 근거로요?"

그러자 그가 새삼스러운 눈초리로 날 쳐다봤다.

"물론, CT나 조직 검사 결과는 사나흘 후나 나올 거예요. 임상병리과가 바쁘지 않으면 더 빨리 나올 수도 있구요. 그렇지만 결과가 달리 나올 확률은 거의 없을 거예요. 20년 넘도록 췌장만 다뤄온 저의 소견상 그렇습니다."

물론 나도 진료실 앞 명패에 '췌장 전문 이호준 교수'라고 적혀 있는 건 봤다.

이호준 교수는 서랍에서 A4용지 한 장을 꺼내 내가 잘 볼 수 있도록 책상 위에 놓았다. 컬러프린트된 장기 단면도였다. 이 교수는 윗주머니에 꽂아놓았던 붉은 펜을 꺼내 단면도에 표시하며 말했다.

"황달이 심한 이유는, 여기… 이 담도가 막힌 탓에 간이 제 기능을 못 해서예요. 그… 간이 어떤 기능을 하는지는 아시죠?"

대답하려던 난 성마르게 고개만 끄덕였다.

"물론, 담도가 막히는 원인은 다양해요. 다만, 여러 증상을 고려했을 때 박관수 환자는 종양이 원인일 가능성이 90% 이상이거든요. 담즙에는 간에서 해독한 독성 물질도 포함돼 있는데, 담도가 막혀 독소가 계속 쌓여온 터라 꽤 위험한 상황이었어요. 황달로 돌아가시는 분들이 대개 이런 경우가 많죠."

그는 간 아래 두 줄로 선을 그리고 그사이에 작은 원통을 그렸다.

"이게 담도인데… 이 사이에 스텐트를 끼워 넣어 담즙이 배출되게 해서 고열과 황달은 잡았구요, 지금은 임시로 플라스틱 스텐트를 썼는데 상태가 호전되면 한 달 안에 금속으로 교체해 줘야 해요. 그게 안정성이…."

"어떻게 이 지경이 되도록 모를 수 있어요? 매년 건강 검진은 받았을 텐데요?"

그가 장기 단면도를 들어 올려 펜으로 위장 부위를 가리켰다.

"췌장은 이 위장 뒤쪽에 가려져서… 여기가 십이지장인데요, 이 십이지장 아래 조그맣게 붙은 거라 따로 조직 검사를 하지 않으면 알 수 없죠. 그래서 특히나 조기 발견이 어려운 암인 거구요."

"그래도 전조 증상 같은 게 있지 않나요?"

"초기에 명확한 증상을 보이는 암은 별로 없어요. 다만 이 췌장암의 독특한 증상이 하나 있는데, 자주 우울감이 나타난다는 겁니다. 하지만 증상으로 캐치하긴 쉽지 않죠. 그런 건 보통 사람도 흔히 경험하는 거니까요."

그러고 보니 전에 서연이 했던 말이 생각났다. 언제부터인지 아빠가 매일 같이 술을 마시는 것 같다고. 어떤 날은 시도 때도 없이 전화해서 손주들이 보고 싶다며 울먹인 일도 몇 번 있었다고. 그때 난 속으로, 아빠도 노인네가 되어 주사가 참 별스러워졌구나, 남자는 나이가 들면 여성 호르몬이 늘어나 눈물이 잦아진다더니… 하며 웃어넘겼다.

나도 모르게 엄지손톱을 물어뜯고 있는데 이호준 교수가 장기 그림을 내게 내밀었다. 난 엉겁결에 상장이라도 받듯 공손하게 용지를 받았다.

"그럼, 앞으로 남은 기간이 얼마나 되나요?"
"그게… 현재로썬 뭐라 말씀드리기 어려운 상황이네요."
"왜죠?"
"수술 후 마취에서 깨어나셨거든요. 근데… 다시 잠이 드신 후로 아직 못 깨어나셨어요."
"그게 무슨 말씀……?"
"박관수 환자분은 현재, 코마 상태입니다."

승강기를 타고 8층 암 병동에서 내려 803호 병실을 찾아갔다. 입구에 달린 환자명 팻말에 아빠의 이름이 적혀 있었다.

4인 병실 안에는 침상이 두 개씩 마주 놓여 있었는데, 나머지 세 개의 침상엔 환자가 보이지 않았다. 커튼으로 가려진 왼쪽 창가 자리로 다가갔다. 커튼을 열자 나타난 광경에 심장이 쿵 내려앉았다.

수액과 심전도 모니터 등의 줄이 주렁주렁 연결된 아빠가 죽은 듯 누워 있었다. 멍하니 선 채 아빠의 모습을 보고 있자니 만감이 교차했다.

"따님?"

깜짝 놀라 고개를 돌렸다. 환자복을 입은 한 남자가 커튼을 젖히고 서 있었다. 60대 초반 정도로 보이는 그는 한 손은 자신의 링거대를 잡고, 다른 손은 작은 성경책을 펼쳐서 들고 있었다. 청하지 않는데도 그는 성큼성큼 옆으로 다가왔다.

"박관수 환우분 따님이죠? 나, 아버님 맞은편 자리 룸메이트~."

내가 당황해서 대답을 주저하는 사이, 그는 아빠를 내려다보며 혀를 찼다.

"쯧쯧… 인사도 못 나눴는데… 깨어나면 신고식을 호되게 시켜야겠어."

그는 아빠를 내려다보며 혀를 찼다. 불현듯 그의 왼팔에 시선이 꽂혔다.

성경을 받치느라 드러난 손목에 시퍼런 호랑이 문양의 타투가 보였다. 손을 움직일 때마다 호랑이 꼬리가 꿈틀거리는 착각이 들었다. 그뿐만 아니라 그의 오른뺨에는 기다랗게 패인 흉터도 있었다. 늘그막에 개과천선한 조폭이 아닌가 싶었다.

난 떨떠름한 얼굴로 그를 쳐다봤다.

"저기, 말씀은 감사한데요. 제가 지금 좀…."

"따님은 아버지가 깨어나실 것을 믿나요?"

"네?"

"믿어요. 뭐든 믿어요. 믿는 거예요, 믿음만이 아버님도 아가씨의 삶도 구원할 수 있어요."

갑자기 그가 아빠의 가슴에 손을 올리더니 눈을 감았다.

"내가 진실로 너희에게 이르노니, 누구든지 이 산을 들리어 바다에 던지우라 하며, 그 말하는 것을 이룰 줄 믿고, 조금도 의심하지 아니하면 그대로 되리라…."

그는 손에 든 성경책을 보지 않고도 성구를 줄줄 읊었다.

"아멘! 종교 있어요?" 그가 물었다.

"그건 알아서 뭐 하시게요."

"있든 없든 상관없어요. 기도하세요. 쉬지 말고 기도하세요. 기도하고 구하는 것은 받은 줄로 믿으라, 그리하면 너희에게 그대로 되리라, 서서 기도할 때에…."

"이봐요, 아저씨!"

내가 외치자, 그가 흠칫 말을 멈췄다. 그런데 나 때문이 아니라 간호사가 들어와서 그런 거였다. 코밑에 거뭇거뭇 잔 수염이 난 서구적 이미지의 미녀 간호사가 부리부리한 눈매를 치켜떴다.

"아이참, 조 바울 님! 또오. 또!?"

"아이 알았어, 이쁜 간호사 언니. 갈게, 갈게~"

그는 헤헤거리며 링거대와 슬리퍼를 끌고 커튼 밖으로 사라졌다. 콧수염 미인 간호사는 심전도 모니터의 바이털 사인을 점검하며 말했다.

"신경 쓰지 마세요. 여기 오래 계시다 보니 심심해서 그런 거니까. 나쁜 분은 아니에요."

"나쁜 분이라고 한 적 없는데요."

그러자 콧수염 미인 간호사의 표정이 달라졌다. 하지만 난 일부러 톡 쏘듯 대꾸한 게 아니었다. 내 말투가 원래 그렇게 생긴 걸 어쩌란 말인가.

그녀는 곱지 않은 눈빛으로 나를 힐끗 보더니 뭔가를 내밀었다.

"박관수 님 소지품이에요."

빛바랜 반지갑과 처음 보는 길쭉하고 얇은 검정 수첩이었다.

"입고 오셨던 옷은 여기 뒀구요, 키는 이 서랍 안에 있어요."

그녀는 침상 옆 개인 사물함의 위 칸과 선반 아래 서랍을 가리키며 쌀쌀맞게 말했다.

"밤에 여기서 주무실 건가요?"

"왜요?"

"제가 저녁에 퇴근을 해서요. 이불 필요하시면 이따 데스크에…."

"알아서 할게요."

내 말투에 기분이 상한 듯 간호사는 커튼을 거칠게 밀치고 나갔다.

그녀가 사라지자 난 아빠의 지갑과 수첩을 서랍 안쪽 깊숙이 밀어 넣고 열쇠로 잠갔다. 열쇠는 서연에게 넘겨줄 요량이다.

난 침상 아래에 있던 보조 스툴을 끌어내 앉았다. 유리창 블라인드 틈으로 스며든 햇살이 아빠의 파리한 얼굴을 여실히 드러냈다. 불과 4년 만에 처음 본 아빠의 모습은 많이 달라져 있었다. 반백이던 머리는 온통 하얗게 변했고, 광대뼈는 툭 불거지고, 볼은 홀쭉하게 꺼져 있었다. 나만 보면 부릅뜨곤 하던 부리부리한 눈도, 쉴 새 없이 잔소리가 새어 나오던 얇은 입술도, 모두 잠겨 있었다.

그날의 기억이 떠올랐다. 아빠를 평생 다시는 보지 않겠다는 다짐과 함께 등을 돌렸다. 그 이후 지금껏 별다른 아쉬움 없이 지내 왔다. 오히려 홀가분하기까지 했다.

하지만 언젠가 내가 성공하는 날이 오면 아빠도 자기 잘못을 깨닫고 반성할 때가 오지 않을까, 라는 아득한 기대와 희망을 품고 살았다. 그런데 별안간 이런 일이 생길 줄 누가 알았을까! 최소한 작년 공모전에라도 당선되었더라면? 이럴 줄 알았으면 어젯밤에 걸려 온 전화라도 받아볼걸!

급기야 과거의 악몽들이 되살아나기 시작했다. 그러자 안타까운 마음은 사그라들고 걷잡을 수 없는 분노가 솟구쳤다. 난 아빠를 노려보며 억눌린 소리로 말했다.

"저한테 왜 그러셨어요."

아빠가 의식이 있었다면 아마도 못 했을 말. 코마 상태라도 무의

식으로 외부의 소리를 들을 수 있다는 걸 어디선가 본 기억이 있었다. 물론 그딴 걸 믿는 건 아니지만……

"말 좀 해보세요. 대체 뭐가 그렇게 맘에 안 든 건지, 제가 뭘 그렇게 잘못했는지를요! 이럴 바엔 왜 낳아서 절 괴롭혀요? 누가 낳아달라고 했어요? 제가 낳아달라고 부탁했냐구요!"

정말 내가 그토록 당신에게 형편없는 자식이었는지, 날 자식으로서 사랑하기는 했는지 듣고 싶었다. 거창하게 화해나 이해를 바라는 게 아니었다. 그저, 미안하다는 말 한마디면 충분했다.

"아프더라도 사과하고 아프세요. 떠나더라도 사과하고 떠나시라구요!"

하지만 아빠는 눈썹 하나 까딱하지 않았다.

그때 서연이 도착했다는 문자가 도착했다. 그제야 난 숨통이 트인 듯 가방을 챙겨 들고 쏜살같이 병실 밖으로 향했다.

"어이쿠!!"

문 앞에서 나와 정통으로 부딪친 환자복의 남자가 코를 감싸 쥐며 비명을 질렀다. 아까 그 문신 환자였다. 나 역시 마빡이 얼얼했지만, 뒤도 안 보고 복도 끝까지 달려 때마침 열린 승강기 안으로 뛰어들었다.

"언제 깨어날지 모른대."

1층 로비에 마주 선 서연에게 담당 의사의 말을 전했다.

보기 좋게 컬이 진 머리에, 우아한 스타일의 고급 롱코트를 입은 서연과 야구 모자를 눌러쓰고 뺨에 반창고가 붙은 나를 지나가는 사람들이 흘끔거렸다.

여동생이 걱정 가득한 얼굴로 고개를 끄덕였다.

"깨어나실 거야. 우리가 열심히 기도하자."

'그런 건 각자 알아서 할 일'이라고 대꾸하려다 말을 삼켰다. 대신 간병인을 구하는 문제에 관해 얘기했다. 나로서는 그런 비용을 댈 처지가 아니었기에 전적으로 그녀의 의견을 존중할 생각이었다.

"그건 아빠가 나중에 깨어나시면 그때 얘기하자. 요양보호사 제도 같은 것도 있으니까 크게 걱정 안 해도 될 거야. 당분간은 우리가 교대로 옆에서 지켜드리는 게⋯."

"혼수 상탠데 옆에서 뭘 지켜드려?"

"무슨 소리야? 언제 깨어나실지 모르는데 당연히 가족이 지켜봐야지?"

"가족도 가족 나름이겠지. 내가 있어 봤자 아빠가 뭐, 좋아하시겠어?"

"좋아하고 말고가 어딨어, 생명이 왔다 갔다 하는 판국에? 지금 자존심이나 따질 때가 아니잖아."

"자존심? 자존심이라고!?"

터무니없는 소리에 분통이 치밀었다.

"아니⋯ 언니 상황도 이해를 못 하는 건 아니지만⋯."

그녀가 한발 물러나 옆머리를 긁적였다. 곤란하거나 답답할 때면 나오는 버릇 같은 거였다. 내가 말했다.

"깨어나면 병원에서 알려주겠지."

"의료 조치를 하려면 보호자의 동의가 필요한 일이 많아. 급한 일 있으면 어쩌려고? 우리 둘 다 금방 달려올 수 있는 상황이 아니잖아."

"그거야 그렇긴 하지만⋯⋯."

말문이 막혔다. 하지만 뭐라도 핑계를 짜내야 한다. 뭐가 있을까?

"평일만 언니가 좀 봐줘. 주말엔 무조건 내가 있을게, 응?"

"알았어! 그럼 난 낼모레 오면 되냐?"

마치 난 잔뜩 골이 난 사람처럼 휙 돌아섰다. 그때 서연이 살며시 내 소매를 잡았다.

"그래도, 언니가 있어서 참…."

난 기겁하며 여동생의 팔을 뿌리치고 도망치듯 병원 밖으로 뛰쳐나갔다. 동생 주제에 날 어르는 투로 말하는 건 도저히 참아줄 수 없었기 때문이다.

3.

가로등이 거의 백 미터마다 하나씩 있는 어둑한 도롯가를 터덜터덜 걸었다. 차량만 드문드문 지날 뿐 이 시간에 이 길을 걷는 사람은 나 혼자였다. 끝내 공모전 당선 전화는 오지 않았다.

열기구를 타고 붕 떠올랐다가 한순간에 곤두박질쳐진 느낌이었다. 결국 이렇게 될걸, 쓸데없이 최종심까지 올라서는 이게 뭐람. 하긴 이미 조짐은 글렀지. 하필 이런 날 아빠가 저리된 이유가 뭐겠냐고. 정말 내 평생에 하나 도움이 안 되는 양반이라니까!

어디론가 사라지고 싶었다. 어디든 땅굴을 파서라도 숨어버리고 싶은 심정이었지만, 갈 곳이라곤 저기 저 언덕 끄트머리에 보이는 단층짜리 붉은 벽돌집밖에 없다는 사실에 눈앞이 더욱 캄캄해졌다.

집이 가까워질수록 발걸음이 급격히 느려졌지만 결국은 도착해 버린 집 앞에서 밤새 서성댈 수도 없는 노릇이었다.

나무 울타리에 연결된 허리 높이의 대문이 활짝 열려 있었다. 엄마가 집에 왔다는 뜻이다. 아무리 시골 동네라지만 엄마는 대문을 닫아 놓는 법이 없었다.

대문을 아슬아슬 지탱하는, 군데군데 부서진 낡은 울타리가 내 머릿속 같았다. 손질 안 된 잔디 사이사이에 잡초들이 우후죽순 제멋대로 자라난 마당을 지나 현관까지 길게 이어진 나무 계단을 살금살금 올랐다. 조심스레 현관 도어락 비밀번호를 누르고 천천히 문을 여닫았다.

거실은 환했고 문이 닫힌 욕실 안에서 물소리가 들렸다. 현관 입구 쪽에 붙은 엄마 방은 불이 켜진 채 활짝 열려 있었다. 엄마는 보통 주중에는 서연의 가족이 사는 서초동 아파트에서 외손자와 외손녀(각각 7살과 5살 된 하율이와 하은이)를 돌봤다. 서연 내외가 쉬는 주말이면 양평 집으로 내려오곤 했다.

"네가 늙어서도 나한테 빌붙어 살까 봐 무섭다."

언젠가 엄마가 했던 말이다. 그때 난 웃기지 말라고, 그런 상황이 온다면 알아서 떠나줄 테니 걱정하지 말라며 대차게 덤벼들었다. 그런데…… 이제는 정말 그런 상황이 올 수도 있겠다는 생각으로 온몸에 소름이 돋았다.

발뒤꿈치를 들고 내 방으로 가기 위해 재빨리 거실을 가로질렀다. 막 내 방문 손잡이를 잡는 순간, 뒤에서 벌컥 욕실 문이 열렸다.

"너 어디 갔다 왔어!"

습관인 양 호통부터 치고 보는 엄마를 돌아봤다.

내년이면 일흔 살이 되는 엄마는 아직도 40대 못지않은 피부와 풍성한 머리카락을 자랑했다. 막 샤워를 마친, 물기 묻은 얼굴엔 도무지 나이답지 않은 홍조가 어려 있었다.

"서울요."

서연에게 소식을 듣지 못했나 보다. 하긴, 오늘 무척 바쁜 날이라고 했지.

"서울은 왜? 어디, 직장이라도 알아봤어?"

갑자기 말투가 바뀐 엄마. 내가 아니라고 하니 금세 조금 전의 험상궂은 표정으로 돌아갔다.

"아니, 애가 굶고 있는데, 어딜 싸돌아다니는 거야?"

엄마가 말하는 '애'는 자기 외동아들이자 내 막냇동생인 택연을 말하는 거다. 나도 종일 굶었다고 화를 내려는데 내 뺨에 그려진 검정 번개 자국을 발견한 엄마가 눈살을 찌푸렸다.

"얼굴은 왜 그래?"

"아빠, 병원에 입원했어요."

"어머, 왜? 어디 다쳤는데? 또 술 먹다 그런 거 아냐?"

"췌장암이래요. 4기."

충격받은 듯 엄마가 펄쩍 뛰어올랐다.

"어머나, 세상에! 내 그럴 줄 알았어! 그러게, 옛날부터 술을 끼고 살더니 안 그러고 배겨?"

엄마는 화를 내는 건지 탄식하는 건지 가늠이 안 될 정도로 야단을 해댔다. 사실, 엄마는 평소 아빠에게 별 관심이 없었다. 두 사람은 이미 20년 전에 남남이 된 사이였으니까.

"그래도 그런 거치곤 원체 먹성도 좋고 건강 체질이라 괜찮은가 했지? 쯧쯧…."

그때 마침 곰돌이 그림이 있는 하늘색 파자마를 입고 제 방에서 나온 택연이 엄마와 나를 향해 반갑게 말했다.

"돈가스 튀겨줄 사람?"

"아빠 병원에 입원했어. 택연아, 심각한 병에 걸리셨대. 어쩌면 오래 못 사실지도 몰라."

난 막냇동생의 표정을 살폈다. 녀석이 어떤 반응을 보일지 자못 궁금했다.

약간의 문제를 안고 태어난 택연은 가장 애틋한 자식이었다. 아빠는 두 딸과 달리 녀석에게는 이틀에 한 번꼴로 전화했다. 하지만 녀석은 귀찮아했다. 대꾸도 제대로 않고 아빠가 말하는 도중에 "잔소리 좀 그만해."라며 일방적으로 전화를 끊기 일쑤였다.

그런데 자기가 심심할 때면 아빠에게 시도 때도 없이 전화를 걸었다. 보통은, 자기가 갑자기 먹고 싶은 과자나 치킨 따위를 당장

사 오라는 주문이었다. 그러면 아빠는 '그거 사다 주러 늙은 아비가 거기까지 가야겠느냐'라고 짜증을 냈고, 그래도 녀석이 계속 고집을 부리면 지금 바쁘다며 전화를 끊어버렸다. 자세히 보면 꽤 재미난 부자지간이었다.

귀공자처럼 하얀 피부에 콧날이 오똑 솟은 녀석의 얼굴에 고민스러운 표정이 떠올랐다.

"오래 못 산대?"

녀석이 되물었다.

"그렇다니까. 어떻게 생각해?"

내 물음에 녀석은 정답을 찾듯이 눈동자를 굴렸다.

"안 좋게 생각해. 누나, 그런데……."

"응, 말해봐!"

"돈가스 튀겨줄래?"

난 고개를 절레절레 내두르며 냉장고 앞으로 다가갔다. 문득 녀석이 엄청 부러웠다. 나도 저렇게 해맑았으면 좋겠고 누가 내 밥 좀 차려주면 정말 좋겠다. 다섯 살이 어린 동생은 사지 멀쩡하고 나와 같은 백수 주제였지만, 녀석에게는 선천적 지적장애라는 무기가 있었다.

난 냉동 칸에 머리를 들이밀어 냉기를 깊이 빨아들인 후, 돈가스 봉지를 꺼내고는 세차게 문을 닫았다. 돈가스 세 장에 만두 한 접시 그리고 비빔면 두 개를 곁들여 동생에게 차려주고 나서야 비로소 내 방에 기어들 수 있었다. 어수선한 동굴 같은 내 방은 편안했지만 추웠다.

난 침대에 털썩 드러누워 생각에 잠겼다. 아니, 생각하지 않으려고 애썼다. 정말이지 아무것도 생각하고 싶지 않았고 아무것도 하고 싶지 않았다. 가능하다면 숨조차 쉬고 싶지 않았다.

문득 발치에 우뚝 선 자개장을 올려다봤다. 공간의 절반을 차지

하는 덩치만 큰 구닥다리 장롱을 이렇게 빤히 보는 게 처음이었다. 내게 필요한 것도, 내가 쓰는 것도 아니었으니까.

이 자개장은 내가 아주 어린 시절부터 우리 가족을 따라다녔다. 조선 시대 할아버지 냄새를 풍기는 듯한 열두 자짜리 자개장은, 옷장, 서랍장, 이불장이 한 조를 이룬, 까만 옻칠을 한 나무 위에 조개나 전복 껍데기에서 채취한 자개로 문양을 새긴 것이었다. 고전적이면서도 뭔가 신비로운 분위기를 풍기는 자개장은 1920년대부터 1980년대까지는 부잣집의 전유물과 다름없었는데, 옻칠부터 자개 문양을 붙이는 일까지 모두 세세한 수작업으로 이루어지기에 가격대가 꽤 나갔다고 들은 적이 있다. 또 그러한 작업 방식으로 인해 똑같은 문양은 세상에 존재하지 않아 희소성의 가치가 있었다.

이 집으로 이사를 온 후, 세 개의 방 중 가장 큰 내 방에 들이자는 엄마의 의견(이라기보다는 강압에 가까운)에 필사적으로 저항했지만 어쩔 수 없었다(절이 싫으면 중이 떠나라는데 어쩌겠나).

중고 시장에 팔아보자고 살살 꼬드겨보기도 했지만, 이래 봬도 아주 귀한 거라며 엄마는 이놈의 자개장을 절대 처분하려 하지 않았다. 그런데 놀랍게도 아빠도 같은 입장이었다. 내 눈에 흙이 들어가기 전까지는 절대 처분할 일이 없다고 못을 박았다. 이처럼 둘의 의견이 일치하는 게 신기했던 건 둘째 치고, 그렇게 신줏단지처럼 여기는 아빠는 이 자개장을 왜 우리에게 순순히 내어준 건지, 엄마는 왜 굳이 내 방에 놔둔 건지 전혀 이해할 수가 없었다.

"너도 참, 누구처럼 천덕꾸러기로구나……."

자조하듯 읊조린 난 옷을 갈아입기 위해 어기적거리며 일어났다. 그런데 거울 앞을 지나치다 문득 고개를 돌렸다.

뺨에 그려진 까만 번개가 신경질적으로 눈에 박혔다. 손바닥으로 얼굴이 새빨개지도록 문질러대는데 갑자기 문이 벌컥 열렸다.

문 앞에 선 엄마는 난데없이 뺨이라도 맞은 듯한 얼굴로 나를 쳐다봤다.

"왜요?"

"비켜 봐. 옷 좀 꺼내게."

엄마가 나를 밀치더니 자개장에 다가갔다. 옷장 칸을 열자 쉬폰 블라우스부터 다양한 스타일의 정장, 밍크코트 등의 여성 의류가 가득 걸려 있었다. 대개는 잘 입지 않는 올드한 스타일의 옷들, 버리기에 아까워서 모셔둔 옷들, 어디서 난 건지 알 수 없는 새 옷들이었다. 엄마는 미스코리아라도 뽑듯 신중한 태도로 옷을 하나하나 살폈다.

난 몸을 배배 꼬고 서서 얼른 엄마가 방에서 나가기를 기다렸다. 이윽고 연노랑의 봄 외투를 꺼내든 엄마가 말했다.

"내일은 병원 안 가겠네? 서연이가 대신 있다며?"

"모레 갈 거예요."

"걔가 학교 일로 얼마나 피곤해하는지 몰라. 요새 얼굴이 까칠해져서는 아주 못 봐주겠어, 어휴……."

거짓말. 아까 보니 얼굴에 반짝반짝 윤이 나던걸.

"그냥, 네가 좀 일찍 가주는 게 낫지 않겠어? 걔도 좀 쉬어야지…?"

나 또한 쉬고 싶다고, 지금 내 속도 속이 아니라고 대꾸하고 싶었지만, 역효과가 날 게 뻔했다.

"놔둬요. 아빠도 걔가 있는 걸 더 좋아하실 텐데요, 뭐."

"아니, 그렇긴 해도… 의식 없는 사람이 뭘 알겠어? 내일 점심 먹고 올라가 교대해 줘. 별로 바쁜 일도 없잖아?"

난 대꾸 없이 침대에 벌렁 드러누워 팔을 얹어 얼굴을 가렸다. 그러자 엄마는 아예 내 책상 앞에 자리를 잡고 앉았다. 의자가 삐거덕 소리를 질렀고 엄마는 난잡한 책상을 보더니 눈살을 찌푸렸다. 왜 찌푸리는지 모르겠다. 자기는 주방이며 거실이며 온갖 잡동사니들 늘어놓기 선수면서.

"낼 병원 안 갈 거면, 농막에 가자. 고구마 모종 사다 놨어."

순간 물벼락이라도 맞은 듯 침대에서 튀어 올랐다.

엄마가 말하는 농막이란 이 집에서 30분 거리에 있는 텃밭을 말하는 거다. 나중에 펜션을 짓고 싶어 투자 명목으로 사둔 집 근방의 택지를 놀릴 수 없다며, 300평이 넘는 땅에 들깨며 고추며 옥수수나 고구마 등 온갖 푸성귀를 키우기 위해 나를 부려 먹었다. 텃밭에 가는 건 세상 그 무엇보다 싫은 것이었다. 차라리 아빠가 있는 병원에 가는 편이 나았다. 당혹감에 언성이 높아졌다.

"이런 상황에 고구마 심는 게 문제예요? 아빠가 그 지경인데…."

"그럼, 뭐가 문젠데? 고구마 안 심으면 아빠 병이 낫는다니?"

"누가 그렇대요? 그래도 이 판국에 고구마나 심고 그럴 기분은 아니죠."

사실 아빠는 핑계였고 절망의 구렁텅이에 빠진 나를 추스를 시간이 필요했다.

"그럼 뭘 할 건데? 응? 말해봐! 니네 아빠를 위해 불공이라도 드릴 거야, 굿이라도 할 거야?"

더는 엄마와의 대화가 길어지지 않도록 조심해야 했다. 난 아주 중요한 일이 생각난 듯 책상을 마구 뒤적여 3년 전에 받았던, 교회 이름이 적힌 홍보용 티슈를 찾아내 나오지도 않는 코를 풀었다.

"뭐라도 해야죠. 돈 안 드는 거면."

"세상에 돈 안 드는 게 있어? 고구마 심는 거 말고."

"생각해 볼게요. 생각 좀 하게 엄마 방으로 가주시면 안 될까요? 제가 지금 너무 피곤하거든요."

"시기 놓치면 안 된다니까 그러네. 아무 때나 심으면 알아서 잘 자라는 줄 아니? 내일 해 놔야 월요일에 내가 맘 편히 서초동에 가지!"

"제가 언제, 제발 고구마 좀 심게 해달라고 애원이라도 했어요? 왜 나한테만 그래요, 맨날!"

"작년에도 몇 상자 해서 여기저기 나눠 주고 팔기도 하고, 그걸로 너 용돈도 쏠쏠히 챙겨 줬잖아."

"아하! 그, 몇 달 동안 소처럼 일 시키고 꼴랑 5만 원 준 거 말씀하시는 거예요?"

"이번엔 10만 원 줄게. 작년보다 모종을 백 개나 더 샀다, 너 좋아하는 호박 고구마로!"

머리가 띵했다.

"한두 시간 정도면 돼. 네가 삽질은 잘하니까, 이랑만 빨리 만들면 금방 끝나지, 뭐."

엄마는 늘 이런 말로 날 속였다. 막상 따라가면 반나절 이상 일을 했다. 뭔가를 심으려면 먼저 땅을 갈아엎어야 한다. 그래서 소가 쟁기질하는 것이다. 그런데 우린 소가 없으니 내가 소 대신 허리가 휘도록 삽질해야 했다.

삽질이 끝나면 땅에 거름을 먹이고 나서 모종을 심어야 했고, 그 후에는 비료도 주고 물을 줘야 하고(수도 설비가 없어서 5백 미터나 떨어진 마을회관의 마당 수돗물을 손수 퍼 날라야 했다), 다 자라면 캐서 상자에 옮기고 여기저기 택배까지 부쳤다. 이걸로 끝이 아니다. 말라버린 작물 뿌리는 괭이질해서 싹 다 뽑아내야 한다. 그래야 다음 작물을 심을 수 있으니까. 그야말로 끝없는 중노동에 이건 뭐 염전 노예가 따로 없었다(가족만 아니면 고소라도 했을 텐데).

그렇게 일하고 돌아오면 내 방에 널브러져 유튜브의 '성공하는 사람들의 비밀'과 같은 아무짝에도 쓸모없는 콘텐츠나 보다가 혼곤히 잠에 빠지는 것이다. 그러면 아침 일찍 일어나 오전에 글을 쓰면 되지 않느냐고 할지 모르겠지만, 유감스럽게도 난 아침잠이 많다. 저녁형 인간이기 때문이다.

그렇다면 밭일을 매일 하느냐고? 물론 그렇지는 않다. 하지만 그런 날도 한가한 형편은 아니었다. 이따금 하는 아르바이트를 제외하고라도, 집 청소며 빨래, 택연이 밥 차려주기, 마당의 앵두, 포도, 대추, 블루베리, 에메랄드그린, 장미 등 돌보기, 겨울을 제외하고 세 계절 내내 잠시만 방심하면 우후죽순 돋아나는 잡초 뽑기 등 할 일은 무궁무진했다.

이러니 대체 언제 글을 쓴단 말인가! 그 오랜 시간 동안 줄기차게 공모전에 낙방한 이유의 절반은 엄마 탓이나 다름없었다. 그래도 엄마의 선견지명 하나는 인정해 줘야 한다. 내가 작가로 성공할 거란 기대는 애초부터 병아리 눈물만큼도 없었으니까. 엄마는 애물단지 큰딸이 성공하는 길은 오직, 어느 눈먼 부자 남편을 만나 결혼하는 것 외에는 없다고 굳게 믿고 있었다.

"제가 없었어도 그놈의 밭에 맨날 이거저거 다 심으셨을 거예요?"

"아유 웬걸, 너 없었으면 그렇게 못 했지이~"

말투가 몹시 어색했다. 빤히 보이는 수작에 부아가 치밀었다.

"솔직히 말씀해 보세요. 혹시 돈 안 드는 노비 삼으려고 절 낳으신 거예요?"

그러자 엄마가 날 빤히 쳐다봤다. 곧 수류탄이 터질 타이밍이었다.

"고구마가 항암 식품인 거 알아?"

전혀 뜻밖의 반응에 흠칫 놀란 얼굴로 엄마를 쳐다봤다.

"아침에 생고구마 한 개씩 껍질째 먹으면 암세포가 없어진대. 부지런히 길러서 캐다가 너희 아빠 갖다주면 얼마나 좋아, 안 그래?"

말문이 막혔다. 고구마가 다 자라려면 6개월 이상이 걸린다고 소리를 지를까? 아니면 지금이라도 병원에 가겠다고 둘러댈까?

순간 난 몸을 부르르 떨며 주머니에서 휴대폰을 꺼냈다. 잔뜩 금이 간 화면에 눈을 들이대다시피 하며 외쳤다.

"어이쿠! 이거 중요한 전화가 왔네!"

"네가 전화 올 데가 어디 있어?"

"제 인간관계를 엄마가 다 알아요?"

사실 엄마가 모를 인간관계는 없었다. 지난 십 년간 내 주위엔 인간 자체가 없었으니까.

"기지배, 싸갈머리하고는 꼭 즈….", 라고 하던 엄마는 말을 삼켰다. 평소 같았으면, '즈이 아비를 쏙 빼닮았지'라고 말을 맺어야 했다.

"시집가려면 넌 그 성질머리부터 고쳐야 해."

"뜬금없이 그 얘긴 왜 나오는데요? 누가 시집가고 싶댔어요?"

"흥! 가고 싶으면 다 갈 수 있는 줄 아나 봐아?"

"그러니까요! 엄마 말대로 가고 싶다고 아무나 가나요? 그러니 그만 이제 포기하시라구요."

"포기하면? 시집도 안 가고 늙어 꼬부라질 때까지 나한테 빌붙어 살래!?"

"하! 그 말 나올 줄 알았어요! 걱정하지 마세요, 내일이라도 당장 방 얻어 나갈 테니까!!"

"허이고, 장하다, 이년아!! 왜 내일까지 기다려? 지금 당장 보따리 싸서…."

뻐꾹! 뻐꾹! 뻐꾹!

때마침 거실에 있던 뻐꾸기시계가 우렁차게 울어대는 통에 엄마와 난 동시에 입을 다물었다. 30년이 넘은 뻐꾸기는 유달리 소리가 컸다. 매시간 시계 판 위에 달린 조그만 창문에서 튀어나온 뻐꾸기가 울 때면, 마법처럼 누구나 하던 일을 멈추고 울음소리를 하나씩 세게 된다. 우린 어색한 침묵 속에 하릴없이 휴대폰 화면만

들여다봤다.

화면을 덮은 실금 사이로 날짜가 3월 31일에서 4월 1일로 바뀌는 게 보였다.

뻐꾸기가 열두 번의 울음을 멈추자, 전의를 상실한 듯 엄마가 의자에서 일어났다.

"낼은 일찍 일어나."

악덕 업주 같은 엄마가 드디어 방을 나가자 난 다시 침대 위로 벌렁 드러누웠다. 엄마는 내가 공모전을 탈락한 사실을 모른다. 아니, 공모전에 응모한 사실조차 모른다. 안다고 좋을 게 없었다. 타박할 거리만 늘어날 뿐. 천장이 날아갈 듯 연거푸 한숨이 나왔다.

정말 너무한 것 아닌가. 4년 만에 만난 아빠는 혼수상태이고, 내 오랜 꿈은 물거품이 되어 버린 이런 날!

늘 나를 지탱해 주던 상상, 머릿속으로 꿈꿔 왔던 장면 -시상식장에서 트로피를 받는 나, 그런 나를 자랑스럽게 바라보는 가족들- 은 이제 영영 이루지 못할 망상이 되고 말았다.

몸도 마음도 물기를 빨아들인 솜처럼 무거웠다. 앞으로 다가올 내 인생의 무게처럼. 이런 참담한 기분으로 소처럼 일까지 해야 한다니……

아니, 그럴 수 없다!

침대를 박차고 벌떡 일어났다. 내일만큼은, 아니-자정이 지났으니-오늘만큼은 날 혼자 두고 싶었다. 아니, 그래야 했다. 무슨 욕을 먹어도 상관없었다. 난 야반도주를 꾀하는 사람처럼 부랴부랴 가방과 노트북을 챙겼다. 그러다 멈칫했다.

근데 어딜 가지? 돈도 한 푼 없잖아? 이런 이런, 난 정말 재밌다니까. 그래. 돈이 없어도 이 구질구질한 현실을 벗어날 방법이 하나 있지!

난 목을 매는 데 적합할 만한 끈을 책상 서랍을 샅샅이 뒤졌다.

맨 아래 칸 구석에 필요할 때 쓰려고 모아둔 피자 상자를 묶는 노란 리본 끈 뭉치가 보였다. 그다지 신통해 보이지는 않았다. 어설프게 했다가 잘못 떨어져 괜히 어딘가 고장 나기라도 하면 더 최악이다. 아침에 또 잔소리를 퍼붓기 위해 들어왔다가 천장에 대롱거리는 내 시신을 발견한 엄마의 얼굴, 그 표정을 볼 수만 있다면 사뭇 통쾌하련만! 아니지, 어쩌면 짐 덩어리 하나 덜었다고 후련해할지도 몰라.

'흥, 누구 좋으라고!'

서랍을 탁 닫고 고개를 돌리다 문득 자개장에 시선이 꽂혔다. 엄마가 옷을 꺼내던 옷장 칸을 활짝 열었다. 고급스러운 모피 코트부터 색색이 다양한 여성 외투들이 가득 걸려 있었다. 옷들을 모두 한쪽으로 밀어붙이니 앉을 만한 공간이 생겼다.

난 그대로 옷장 안으로 엉덩이를 들이밀었다. 그런데 맨 앞쪽에 낯익은 검정 가죽 재킷이 걸려 있었다. 가만히 살펴보니 예전에 아빠가 입던 옷이었다. 아빠는 찬바람이 불 때면, 이 재킷만 입었다. 내 초등학교 입학식부터 12년 후 가정 법원 앞에서 엄마와 헤어질 때까지, 이 옷을 입었던 것으로 기억한다. 그 후엔 이 옷을 본 적이 없었다.

그런데 엄마는 왜 이 옷을 놔둔 걸까? 대충 짐작이 갔다. 좋은 양가죽이라고 아까워서 택연이나 입히려는 거겠지.

바닥에 개어 놓은 바지와 셔츠들을 깔아뭉개며 벽에 기대앉았다. 그리고 문을 닫으려다 당황했다. 검게 옻칠이 된 문은 매끈한 데다, 붙어있는 거라곤 납작한 경첩뿐이라 잡을 곳이 없었다. 할 수 없이 모서리를 잡고 문을 닫다가 하마터면 문틈에 손가락을 찧을 뻔했다.

젠장! 낼모레 마흔을 앞두고 이게 뭐 하는 짓인지….

빈방을 본 엄마는 내가 일찌감치 나갔다고 생각할 것이다. 설마 여기를 열어 보진 않겠지?

기대와 불안으로 가슴이 설레었다. 소리를 내지 않기 위해 콧구멍을 벌름대며 얼간이처럼 웃었다. 사방으로 까만 직사각형의 장안은 예상외로 안락했다.

문을 꼭 닫자, 옷장 안은 칠흑처럼 캄캄했다. 마치 관 속에 누운 것 같기도 하고, 내 미래 같기도 했다. 소리마저 차단된 빛 한 점 없는 어둠. 오로지 후각만이 존재했다. 오래된 양가죽, 소가죽, 알파카 털, 모직 천, 나프탈렌 향이 뒤섞인 냄새가 났다. 아주 오랫동안 잊고 있던 과거의 냄새 같은….

문득 뒷덜미에 살랑거리는 바람의 감촉이 느껴졌다. 하지만 밀폐된 공간에 바람이 들어올 리 없었다. 기분 탓인지도.

점차 아늑하고 몽롱한 느낌에 졸음이 몰려왔다. 잠들기 직전까지 떠올린 생각은 하나였다.

어제가 꿈이라면 얼마나 좋을까…….

4.

팔다리가 저렸다. 꽤 오랫동안 잔 것 같았다. 한 번도 깨지 않고 잔 적이 언제인지 기억도 나지 않았다.

자개장 밖으로 나오자 이미 방 안은 환해져 있었다. 닫힌 문에 귀를 바짝 대보았다. 밖은 조용했다. 살며시 문을 열고 내다보니 엄마는 이미 외출한 듯했다.

후유…….

가슴을 쓸어내리던 난 순간 멈칫했다. 방금 지나친 거울에서 뭔가 이상한 점을 느꼈다. 다시 거울 앞으로 다가간 난 소스라치게 놀랐다.

뺨에 있던 검은 번개가 말끔히 사라지고 없었다!

어떻게 된 거지? 밤새 이렇게 깨끗하게 지워졌다고?

아무리 이리저리 뜯어봐도 흔적조차 보이지 않았다. 순간 난 또다시 펄쩍 뛰어올랐다.

정수리에 흰머리 두 가닥이 삐죽 솟아 있었다. 어제 분명 매직펜으로 까맣게 칠했던 머리카락이었다.

설마…… 새, 새로 난 걸까? 물론, 우연히 그럴 수 있지, 어제랑 똑같은 곳에…….

그때 윙— 하는 진동음이 들렸다. 어제처럼 책상 위 수북한 책더미 아래에 휴대폰이 깔려 있었다.

어젯밤에 분명 침대 위에 올려뒀었는데?

휴대폰을 들여다본 난, 눈을 의심했다. 거미줄처럼 깨져 있어야 할 액정에 실금 하나도 보이지 않았다. 멀쩡한 화면이 켜지자 난 비명을 지를 뻔했다.

3월 31일 금요일 오전 8시 30분

오늘은, 어제였다.

† 제 2 장 †

1.
드디어 내가 미친 것인가.

눈을 비비고 다시 보고 또 들여다봐도, 휴대폰을 수십 번이나 껐다가 켜봐도 화면 속 날짜는 바뀌지 않았다. 공포심에 눈앞이 아찔했다. 이게 대체 어찌 된 일일까. 지금 꿈을 꾸고 있는 걸까?

코가 닿을 정도로 얼굴을 바짝 당겨 거울을 들여다봤다. 만약 꿈이라면, 콧잔등의 주근깨나 왼쪽 뺨에 깊숙이 패인 볼우물의 모양이 이토록 선명하게 보일 리가 없잖아? 대체 어떻게 된 거지?

난 합리적인 해답을 찾기 위해 머리를 짜냈다.

그래, 어제가 꿈이었던 거야! 시간마다 세세하게 기억이 나는 게 이상하지만, 스크루지 영감이나〈구운몽〉같은 이야기도 있잖아?

난 가만히 거울을 노려보다 느닷없이 내 뺨을 후려쳤다. 너무 아파서 나도 모르게 소리를 질렀다.

"아악, 염병할!"

벌게진 뺨을 문지르며 돌아서던 난 또다시 펄쩍 뛰어올랐다.

"아 깜짝이야!!"

살짝 열린 문틈 사이로 택연이 미친 사람 보듯 날 쳐다보고 있었다.
"택연아! 오늘 며칠이야?"
"2023년 3월 31일 금요일."
날짜 감각은 명확한 녀석은 인공지능 로봇처럼 대답하고는 금세 사라졌다.
분명한 건 지금은 꿈이 아니라는 사실이었다.
난 다시 휴대폰을 들여다봤다. 화면 하단에 못 보던 붉은색 표시가 나타나 있었다.

타이머 16:59:30

시간이 초 단위로 줄어들고 있었다. 난 이런 걸 설정한 적이 없었기에 타이머를 없애려 했다. 하지만 아무리 삭제해도 타이머 표시는 사라지지 않았다.
난 부랴부랴 통화 목록에 들어가 발신 버튼을 눌렀다. 전화기 너머 목소리가 들렸다.
"무슨 일이야?"
난 마른침을 꿀꺽 삼켰다.
"지, 지금 어디세요?"
"어디긴 어디야? 서초동이지."
엄마가 뚱한 목소리로 대답했다.
"거긴 언제 가셨어요? 엄청 일찍 나가셨나 봐요?"
"뭐어!? 월요일에 왔잖아! 근데 무슨 바람이 불어서 시키지도 않는데 이렇게 일찍 일어났니? 일어났으면 택연이 밥도 챙겨 주고 청소도 좀 하고… 어디 마당 한번 내다봐라, 잡초가 아주 눈 뜨고 볼 수가 없어. 넌 애가 그런…."

"어제 여기 오셨었잖아요!?"

"내가 그럴 새가 어딨어? 엊저녁엔 계모임에 잠깐 다녀와서 서연이가 늦게 퇴근했길래 국수 한 그릇 말아주고…."

전화를 끊고 멍하니 있던 난 어딘가로 전화를 걸었다. 대여섯 번의 신호가 가는 동안 심장이 쿵쾅거렸다.

"여보세요?"

아빠의 목소리를 듣자, 가슴이 철렁 내려앉았다.

"저, 자연인데요…."

"안다. 웬일이냐?"

이 상황이 도무지 믿기지 않았다. 지금 대체 무슨 일이 벌어지고 있는 거지?

"…뭐 하고 계셨어요?"

"이제 아침 먹은 거 치우고, 재활용 쓰레기 갖다 버릴 거 정리하고 있는데… 무슨 일 있냐?"

숨을 꿀꺽 삼켰다. 어제 통화했던 옆집 남자가 떠올랐다.

"아빠 옆집에 사는 남자 있잖아요. 혹시 그 사람 이름이 강태훈이에요?"

"네가 어떻게 알아? 언제 내가 얘기했던가? 나이 드니까 자꾸 기억이 깜빡깜빡한다."

맙소사! 강태훈은 실재했다. 어제도 꿈이 아니었다. 아니면 생생한 예지몽이라도 꾼 걸까?

휴대폰으로 시간을 확인했다.

오전 8시 40분.

만약 어제가 꿈이 아니라면, 앞으로 한 시간 삼십 분 후에 아빠는 병원에 실려 갈 것이다.

"아빠, 그 쓰레기 가만 놔두세요! 제가 지금 그리 갈 테니까 아무것도 하지 말고 기다리세요!"

"지금 여기로 온다는 소리냐? 무슨 일인데 그래?"
"급히 할 말이 있어요. 절대 밖엔 나가지 마시구요."
"밖엔 왜? 네가 오는 건 오는 거고 버릴 건 버려야지."
"아니, 그러니까… 그 쓰레기들을 제가 좀 봐야 해요. 글 쓰는 데 자료 조사를 할 게 있어요."

급한 마음에 터무니없는 소리를 내놨다.

"무슨 글을 쓰는데 쓰레기를 조사하냐?"
"음, 그러니까… 독거노인의 삶을 묘사하는 부분이 있어서요, 흐……."

아빠는 잠시 말이 없었다. 혹시 '독거노인'이란 표현이 상처가 된 건 아닐까? 하지만 그런 걸 따질 상황이 아니었다.

"알았다. 밥은 먹고 오냐? 안 먹었으면…."
"먹었으니까 신경 쓰지 마세요. 바로 출발할게요. 절대 나가지 마시고, 될 수 있으면 방에 누워 계세요."

전화를 끊자마자 쏜살같이 옆집으로 달려갔다.

울타리 하나를 사이에 두고 나란히 붙어 있어 서로의 마당이 훤히 내다보이는 옆집은, 1년 전쯤 전원생활에 대한 로망을 품고 귀촌한 60대 초반의 부부가 세 들어 살고 있었다. 주택 구조상 마당에 나올 때마다 그들과 번번이 마주치며 인사를 나누고 말을 섞는 게 성향상 그리 달갑지 않은 않았던 난 이웃을 보고도 못 본 척 잽싸게 지나칠 때가 많았다.

오늘도 밀짚모자를 쓴 옆집 아저씨는 여느 때처럼 파란 호스를 들고 마당에 심은 토마토나 상추 같은 푸성귀에 물을 주고 있었다.

"안녕하세요!!"

내가 다가가 큰소리로 인사하자, 그는 뭘 잘못 들었나, 싶은 표정으로 돌아봤다.

"지난번에 드린 떡은 맛있게 드셨어요?" 내가 물었다.

"아, 보름 전에 준 어머니가 찌셨다는 개떡이요? 맛있게 먹었죠."
"보름은 안 됐는데요, 헤헤……."

일주일 전 엄마는 친구들과 봄나들이하러 갔다가 뜯어온 쑥에 멥쌀가루를 버무린 개떡을 백 개쯤 만들었다. 나와 택연이가 두고 두고 일용할 양식으로 삼길 바라겠지만, 유감스럽게도 우린 둘 다 개떡을 좋아하지 않았다. 놔두면 틀림없이 버려질 게 뻔했기에 엄마 몰래 옆집에 인심을 쓸 참이었다.

"그전에 드린 배추랑 무는 어떠셨는지, 엄마가 궁금해하시더라구요!"

옆집 아저씨의 이마에 깊게 팬 주름이 꿈틀거렸다.

"에? 언제 줬더라? 벌써 서너 달은 된 거 같은데…."

언제 준 건 뭘 자꾸 따지시나. 자기네는 뭘 준 적도 없으면서. 그저 마주칠 때마다 이것저것 빌려달라기에 바쁘지. 그거 안 쓸 거면 우리 줘요, 같은 말만 수십 번은 들었을걸.

그때 채소를 담을 소쿠리를 들고 현관을 나오던 아저씨의 부인이 아는 체를 했다.

"어머 그 배추랑 무가 엄청나게 달더라~ 된장국이랑 겉절이 해서 겨우내 잘 먹었죠. 뭐~"

아주머니의 눈꼬리가 처지며 습관처럼 애교스러운 눈웃음을 지었다. 피부는 약간 거무스름한 편에 통통한 몸매였지만 젊은 시절엔 이성들에게 인기가 많았을 것 같았다.

"참! 시래기도 잘 먹고 있어요! 맨날 얻어먹기만 해서 어떡하나 몰라~"

그러자 상추에 물을 뿌리던 아저씨가 건성으로 말했다.

"이거 상추 자라면 좀 드리지, 뭐."

난 깜짝 놀란 척 손사래를 쳤다.

"아니에요, 저희 집도 엄마가 자주 뜯어오시는데 맨날 시들어서

버려요."

"그럼 뭘 드리나? 여보, 뭐 다른 거 없어?"

"웬만한 건 다 키우신다던데 뭘……."

아저씨는 자기 부인을 향해 애써 아쉽다는 표정을 지었다. 난 이 때다 싶어 급히 용건을 꺼냈다.

"사실은… 좀 전에 저희 아빠가 위독하다는 연락을 받았어요."

부부는 눈을 휘둥그레 떴다.

"저런! 서울에 혼자 사시는 아버님이요?"

난 떨떠름한 표정으로 고개를 끄덕였다. 고작 인사만 나누는 사이인데도 이 부부는 이상할 정도로 우리 가족에 대해 많은 걸 알고 있었다.

"네 맞아요. 급한 상황인데 전철로 가려면 3시간이나 걸려서요. 혹시 차 좀 빌려주실 수 있을까요?"

"…근데, 우리도 이따 차를 써야 할 거 같은데, 안 그래 여보? 낼 윤달 보시하러 절에 가는 날이잖아?"

"응 그렇지, 나야 뭐 따로 볼일이 있지만서도…."

아저씨의 표정이 일그러졌다.

"같이 가야지, 부부가? 작년에도 나 혼자 갔는데 올해 또 혼자 가라고?"

"당신 조상 일이지 내 조상은 아니잖수."

남의 부부싸움 따위를 지켜볼 의향이 전혀 없었던 난 얼른 끼어들었다.

"병원에 아빠 모셔다드리고 다시 내려올 거예요. 오후에 꼭 돌려드릴게요."

"글쎄, 근데 차란 게 거시기해서… 지금 기름도 얼마 없고… 아이고! 저 쪽파가 벌써 순이 나왔나? 가만있어 보자…."

"기름 만땅으로 채울게요!"

텃밭으로 걸음을 옮기려던 아저씨가 멈칫했다.

"에이 참… 위독하시다니 어쩔 수 없지, 뭐. 이웃사촌 간에."

현관문 안쪽에서 금세 차 키를 들고나온 아저씨를 뒤따라 대문 곁 공터에 지지대를 세워 놓은 차광막으로 다가갔다. 그 아래 검정 SUV 차량이 웅크리고 있었다. 한때 코뿔소처럼 튼튼한 동급 최강 엔진을 자랑했지만, 이미 단종된 지 오래인 투박한 디젤차는 여기저기 스크래치가 수두룩했다. 특히 왼쪽 범퍼 모서리가 움푹 찌그러져 있었는데, 아저씨는 그게 차의 보조개라며 껄껄 웃었다.

"진짜루 곱게 쓰셔야 해, 내 평생의 애마니까요."

어떻게 써야 곱게 썼다는 걸 증명할 수 있을지 모를 지경이었지만, 털끝 하나 다치게 하지 않겠다고 맹세했다. 그리고 반드시 해 지기 전까지 돌려준다는 약속을 한 후에야 아저씨는 내게 무쏘의 키를 넘겨주었다.

10년 만에 하는 운전이었지만 거침없이 차를 몰았다. 팔당호에 걸쳐진 고가 다리를 질주하는 동안, 혼란함과 불안감에 쉽사리 마음이 진정되지 않았다. 이 상황이 도무지 실감이 나지 않았고 머리가 혼미해질 지경이었다. 새봄의 시작을 알리는, 산과 들의 풍경도 눈에 들어오지 않았다. 어쩌면 지금, 이 순간이 꿈일지도 모른다.

내비게이션의 안내에 따라 올림픽 대로를 탔다. 약 1시간 만에 잠실 롯데타워가 보였고, 그 후 20분을 더 달려 아빠가 사는 '초원빌라'가 있는 동네에 다다랐다. 다세대 빌라들이 촘촘히 줄지어 선 골목길로 접어들었을 때가 9시 25분이었다. 어제 전화를 받은 시각은 9시 33분이었으니까 대략 8분이나 일찍 도착한 거였다. 이제 잠시 후면 아빠를 만날 수 있다. 곧장 이 차에 아빠를 태우고 더 큰 병원으로 갈 작정이었다.

그때 삐뽀삐뽀- 소리가 커지더니 구급차가 내 앞을 가로막았다. 난 멈춰서 길을 비켜주었고, 1분 뒤에 초원빌라 앞에 도착했다. 그런데 빌라 앞에 몇몇 동네 주민들이 서성이고 있었다. 건물 담벼락에 차를 대고 내리는데 휴대폰이 울렸다. 아빠였다.

"저 지금 앞에 왔어요!"

"박 자연 씨 되세요?"

어제 들었던 목소리였다. 아니, 그럴 리 없다. 어제 통화한 시간이 아니었다. 아직 10분 전인데….

"저는 박관수 아저씨 옆집에 사는 강태훈이라고 하는데요."

그의 목소리가 이중으로 들렸다. 소리가 난 쪽을 돌아보자, 강아지를 안고 선 남자가 휴대폰을 들고 통화하고 있었다.

"제가 박 자연이에요."

불쑥 얼굴을 들이밀자, 태훈이 화들짝 놀라며 돌아봤다. 그는 드라큘라처럼 창백한 피부에 은테 안경을 쓰고 있었다. 그의 품에 안긴 '쿠키 앤 크림' 무늬의 테리어 종 잡종 개가 내게 이빨을 드러내며 으르렁댔다. 태훈이 걱정스러운 얼굴로 다급히 말했다.

"방금 아저씨 응급차에 실려 가셨어요! 아직 멀리 안 갔을 텐데 얼른 쫓아가 보세요!"

"보람병원인가요?"

"어? 네, 맞아요. 거기로…."

그에게 인사를 하는 둥 마는 둥 서둘러 차의 시동을 걸었다.

"잠깐만요!"

출발하며 보니 사이드미러 속에 태훈이 쫓아오는 게 보였다. 남자가 뛰는 통에 안겨있던 쿠앤크 강아지의 작고 까만 역삼각형 모양의 양쪽 귀가 위아래로 펄럭거렸다.

왜 저러는 건지 궁금했지만 난 구급차를 뒤쫓았다.

병원으로 향하던 중에 교통사고를 내고 말았다. 구급차를 놓치지 않으려고 신호등이 바뀌었는데도 무리하게 좌회전을 한 게 문제였다.
　맞은편 차로에서 오던 택시가 신호가 바뀌자마자 속도를 올려 신호를 어기고 진행하던 내 차에 돌진했다. 의도적인 게 분명했지만 신호 위반을 한 내 잘못이 컸기에 할 말은 없었다. 그는 살짝 찌그러진 중형 택시의 앞 범퍼와 반절이 뜯겨 덜렁거리는 무쏘의 오른쪽 뒤 범퍼를 번갈아 봤다. 그는 내가 음주했는지 약물에 취했는지 떠보려고 경찰에 신고해야겠다며 고래고래 소리를 질렀다. 대화를 해보니 둘 다 아니라고 판단한 그는 내게 당장 보험사에 연락하라고 했다. 물론 난 그럴 수 없었다.
　"이게 제 차가 아니라, 빌린 차라서요."
　그가 수상한 눈초리로 쳐다봤다.
　"빌린 차? 그러면 차주 연락처 대봐요."
　앗, 그러고 보니 옆집 아저씨의 연락처를 몰랐다. 사실 그의 이름조차 모르고 있었다.
　"일단 제 연락처를 드리면 안 될까요?"
　"차주도 아니라며 그쪽 연락처는 알아 뭘 하게."
　"지금 급해서 그래요, 저희 아빠가 구급차에 실려 가셨어요."
　"그걸 어떻게 믿어? 뺑소니치려는 건지?"
　"못 믿겠으면 쫓아오시면 되잖아요."
　"바쁜 사람한테 어딜 쫓아오래? 합의를 보고 가든가, 아니면 경찰서를 가든가."
　날 압박해서 합의금을 받아낼 요량인 듯했다. 정체되어 있던 차들이 귀청이 떨어질 듯 경적을 울려댔다.
　"알았으니까 일단 차 좀 빼놓고 얘기하시죠."
　차를 빼기 위해 우리는 각자 차에 올랐다. 난 차를 빼는 척하다가 액셀러레이터를 힘껏 밟으며 그대로 병원 방향으로 달렸다. 택시가 부리나케 쫓아오며 빵빵거렸다. 하지만 오래지 않아 보람병원을 바로 코앞에 두고 차를 세워야 했다. 경찰차가 사이렌을 울리며 앞을 막아섰기 때문이다.

교통계 사무실에 앉아 조사를 받느라 한참이나 시간을 흘려보냈다. 택시 기사에게 50만 원의 합의금을 약속하고, 13만 원짜리 신호 위반 범칙금 고지서를 발부받고 나서야 풀려날 수 있었다. 무쏘의 수리비까지 물어주려면 최소한 백만 원은 넘을 텐데, 지금의 내 형편으로는 합의금은커녕 범칙금을 내는 것도 빠듯했다.

서연이나 엄마에게 빌리는 수밖에 없었다. 그리고 얼른 편의점 아르바이트 자리라도 알아봐야겠다.

2.

병원에 도착했다. 기껏 남의 차까지 빌려 타고 왔더니 오히려 두 시간이나 늦어버렸다.

소화기 내과 병동으로 향하는데 전과 똑같은 풍경에 소름이 끼쳤다. 그렇지만 날 맞아준 간호사가 어제와는 다른 인물이었기에 난 후유-하며 안도의 한숨을 쉬었다.

진료실에 들어가자, 어제와 달리 흰 가운을 입고 얼굴을 드러낸 의사를 보고 더욱 기분이 좋아졌다. 하지만 그가 장기 단면도가 프린트된 용지를 꺼내는 순간, 그만 난 자리에 털썩 주저앉았다. 수술 마스크에 가려져 있어도 특유의 부은 듯한 눈매와 목소리로 미루어 어제와 동일 인물임이 틀림없었다.

"박관수 님의 현재 상태에 관해 설명해 드릴게요."

"혹시, 혼수상태는 아니겠죠……?"

의사의 눈이 휘둥그레졌다.

"췌장암 4긴가요?"

"전에 다른 병원에 갔었나요?"

"아니요."

"그런데, 어떻게 그런…?"

"그냥… 평소 아빠의 증상으로 짐작해 본 거예요. 근데, 4기가 확실한가요?"

"그런 생각이 들었으면 좀 더 일찍 오시지 그러셨어요?"

"…아빠랑 오랫동안 연락을 못 하고 지냈거든요."

그가 주머니에 꽂힌 붉은 펜을 꺼내 장기 단면도에 동그라미를 그려 넣기 시작했다.

"여기가 담도라고 하는 곳인데…."

"그러니까, 거기가 막힌 거죠? 담즙 배출이 안 돼서 황달이 온 거고요. 그래서 스텐트 시술을 하신 거잖아요? 혹시, 임시로 플라스틱 스텐트를 쓰셨나요?"

그는 아리송한 표정으로 따로 누구에게 들었는지 물었고, 난 어디선가 비슷한 사례에 대해 주워들은 거라고 둘러댔다. 역시나 어제와 똑같은 일이 벌어지고 있다는 게 분명했다.

"검사 결과가 나왔을 때, 방금 말씀하신 그런 병이 아닐 확률은 어느 정도일까요?"

"그런 확률을 논하는 건 별 의미가 없어요."

"아빠가 만약 혼수상태가 아니었으면, 얼마나 살 수 있었던 거죠?"

"평균 6개월입니다. 항암 치료를 받지 않는다는 전제하에 말이죠."

"항암 치료를 하면요?"

"예후가 좋으면 2, 3개월 정도는 더…"

"2, 3년이요?"

"아뇨, 두 달에서 석 달이요."

뭐라고? 그 힘든 치료를 하고 고작 두세 달밖에 못 산다니.

"어쨌거나 아버님은 지금 항암 치료를 할 수 없는 상황이니, 연명 치료 여부를 먼저 가족분들과 상의해 보는 게 좋겠습니다."

그는 여기저기 붉은 동그라미가 그려진 장기 단면도를 내밀었다. 난 멍한 눈으로 아빠의 복잡하고 어려운 내부 사정을 내려다보았다.

엘리베이터를 타고 8층 병동에 내린 난 잠시 멈춰서 주변을 살폈다. 맞은편 복도 끝에서 링거대를 잡고 천천히 걸어오던 할아버지 환자가 복도 중간에 난 휴게실로 들어갔고, 스테이션 안쪽에 서 있던 두 간호사가 대화를 나누고 있었다. 이미 봤던 장면이다.

물론 병실도 마찬가지였다. 어제처럼 803호로 갔고, 어제 본 하늘색 체크무늬 커튼을 열자, 아빠가 어제와 같은 모습으로 누워 있었다.

"따님?"

"아, 깜짝이야!!"

펄쩍 뛰며 돌아보니, 어제 본 그 참견쟁이 환자였다. 그의 환자복 소매 아래로 삐져나온 호랑이 꼬리도, 오른뺨의 흉터도 그대로였다.

"나, 아버님 맞은편 자리 룸메이트. 쯧쯧… 인사도 못 나눴는데, 깨어나면 신고식을 호되게 시켜야겠어!"

난 입을 벌린 채 그를 쳐다봤다.

"따님? 아버지가 깨어나실 것을 믿나요?"

"그, 그 말은…."

"믿어요. 뭐든 믿어요. 믿는 거예요. 믿음만이 아버님도, 아가씨의 삶도 구원할 수 있어요."

그가 또 아빠의 가슴에 손을 올렸다.

"내가 진실로 너희에게 이르노니 누구든지 이 산을 들리어 바다에 던지우라 하며 그 말하는 것을 이룰 줄 믿고 조금도 의심하지 아니하면 그대로 되리라… 아멘!"

별안간 그가 고개를 치켜들고 나를 쏘아봤다. 설마 또 그 질문을 하는 건 아니겠지.

"종교 있어요?"

"아아……."

"있든 없든 상관없어요. 기도하세요. 쉬지 말고 기도하세요. 기도하고 구하는 것은 받은 줄로 믿으라, 그리하면 너희에게 그대로 되리라, 서서 기도할 때에…"

모든 게 반복되고 있었다. 그나저나 이 아저씨는 성가시기 짝이 없군. 얼른 쫓아버려야겠어.

"아저씨 사이비죠?"

"네? 어째서 그런 말을 합니까?"

"저한테 자꾸 사이비를 믿으라고 강요하니까요. 신고하겠어요."

"아니, 내가 언제 강요를…."

"사이비가 아니면, 무슨 목사도 아니면서 그렇게 성경을 줄줄 외우고 다녀요?"

"저, 장로교 목회잡니다. 아주 조그만 교회였지만 말이죠."

당황스러웠다. 하긴 문신이나 칼자국이 있다고 목회자가 되지 말라는 법이 있나.

"내가, 목사가 아니라도 성경은 외웠을 거예요. 이 안에서 달리 뭘 할 수 있겠습니까? 얼마 남지 않은 시간을 바보 같은 테레비나 보며 허비할 수는 없지 않습니까?"

"죄송합니다…."

마침, 콧수염 난 미녀 간호사가 구세주처럼 나타났다. 그녀는 문신 목사를 보자 안 그래도 날카롭게 생긴 눈매를 치떴다.

"아이, 참! 또오 또!"

"알았어! 간호사 언니~ 내 자리로 간다. 가."

아저씨는 아이처럼 헤헤거리며 뒷걸음질을 쳤다.
콧수염 난 간호사가 심장 모니터 기계를 점검하며 말했다.
"신경 쓰지 마세요. 여기 오래 계시다 보니 심심하셔서 그런 거예요. 나쁜…"
"나쁜 분은 아니시죠, 그럼요."
날 빤히 보던 그녀가 아빠의 지갑과 수첩을 내밀었다.
"아, 아빠 소지품이네요? 저한테 주시려고 잘 챙겨놓으셨군요, 감사합니다."
그런데 그녀는 어제보다 더 불쾌해 보였다. 캐비닛을 탁! 탁! 소리 나게 여닫으며 쌀쌀맞게 굴었다. 나 때문에 그런 게 아니었다. 그녀는 원래 차가운 성향인 것이다.
"이제 여기서 잘 거냐고 물어보실 거죠? 이불은 데스크에 물어보라구요?"
"그런 건 알아서 하세요."
그녀가 사라지자 난 한숨을 내쉬며 보조 스툴을 꺼냈다.
대체 내게 무슨 일이 벌어지고 있는 걸까? 내가 미친 게 아니라면 어제든 오늘이든 둘 중 하나는 꿈이어야만 했다. 그때와 다른 점은 차를 빌리는 바람에 생각지도 못한 손해가 생겼다는 것뿐이다. 이따 서연이 오면 굽신거려서라도 돈을 꿔야 할 판이다. 이럴 줄 알았으면 그냥 전철을 탔을 텐데.
휴대폰이 울렸다. 서연이 도착했다는 문자였다. 여동생에게 이 기이한 일에 대해 말해주고 싶었다. 급한 마음에 병실 문을 향해 우당탕 돌진했다. 순간 안으로 들어오던 문신 목사를 황소처럼 들이받았다. 그가 비명을 지르며 코를 감싸 쥐었다.
나도 얼얼한 이마에 손을 대고 고개를 들어보니 그의 코에서 피가 흐르고 있었다.
"헉! 괘, 괜찮으세요!?"

자신의 코피를 검지로 찍어 들여다본 아저씨가 호들갑을 떨었다.

"오, 주여! 난 피 나면 안 되는데! 간호원 언니! 간호원 언니이!!!"

난 울부짖는 그를 내버려둔 채, 데스크로 뛰어가 간호사에게 803호에 응급 환자가 있다고 알린 후 때마침 도착한 엘리베이터 안으로 도망치듯 뛰어들었다.

1층 로비 앞에서 어제와 같은 차림새와 표정으로 선 서연에게 담당 의사의 말을 전했다.

여동생이 고개를 끄덕였다.

"깨어나실 거야. 우리가 열심히 기도하자."

"너, 그 말 할 줄 알았어!"

느닷없는 외침에 서연이 깜짝 놀라며 뒤로 물러섰다.

"왜 또 그래? 아빠를 위해 기도하자는 게 그렇게 기분 나쁜 일이야?"

"아니 그게 아니고, 어제도 이랬다니까? 어제 분명 이렇게 너랑 교대하고 집에 가서 잤다고! 분명히 이렇게 너랑 얘기하고 집에 갔거든? 자정이 지나고 4월 1일이 찍힌 것도 봤어! 똑똑히 봤다니까? 마루에 있는 그 뻐꾸기시계 너도 알잖아? 그게 열두 번 우는 거 엄마도 같이 들었다고!"

"무슨 말인지 하나도 못 알아듣겠어. 흥분하지 말고 천천히 얘기해 봐."

"아니 그러니까 잘 좀 들어봐. 어젯밤에… 아니, 자정이 넘었으니, 어젯밤이 아닌가? 아무튼 열두 시 땡 치고 4월 1일이 됐어. 그러고는 내 방 장롱에 들어갔다 나왔거든? 그랬더니 다시 오늘이… 그러니까 도로 전날인 3월 31일인 거야! 그러니까 난 이미 어제, 오늘과 똑같은 일을 겪었다고! 알아들어?"

그녀는 혼란한 표정을 지었다.

"장롱에 들어갔다는 게 무슨 말이야?"

"그 자개장 있잖아, 맨날 우리 집에 있던…."
"그러니까 왜 거길 들어갔다 나온 거냐고?"
"아, 그건… 뭐 좀 찾다가 잠깐 잠이 든 것 같았는데…."
"거기서 잔 거야?"
"확실하진 않아. 그런 것 같기도 하고 아니면…."
"꿈꾼 거네."
그녀가 단호히 말했다.
"아니, 나도 첨엔 꿈인가 했거든? 근데 어제 본 거랑 모든 게 다 똑같아. 아빠가 쓰러져서 이 병원에 온 것도, 담당 의사도, 아빠 병실에 같이 있는 아저씨도 다! 네가 입은 그 코트, 그 머리 모양까지 어제랑 똑같다고!"

그녀는 미간을 찌푸리더니 왼팔에 찬 불가리 손목시계를 들여다봤다.

"신기하네. 엄마도 가끔 예지몽 꾸시던데, 언니가 엄마 닮았구나. 그럼 난 아빠한테 가볼게."

돌아서는 그녀의 코트 소매를 우악스레 붙잡았다.

"네가 원래 날, 대단히 믿음직스럽게 생각하지는 않는다는 건 나도 알고 있는데, 이 말은 정말 믿어줘야 해. 1분 1초가 생생한데 어떻게 꿈이겠어? 아니면 내가 미친 거겠지! 내가 미친 거 같아?!"

지나던 사람들이 우리를 쳐다보자, 여동생은 당혹스러워했다.

"누가 미쳤대? 창피하게 왜 이래? 나중에 얘기하자 나중에, 응?"
"아하! 아니면 오늘이 꿈일지 모르지! 자, 한 번 내 따귀를 힘차게 때려 봐!"

그러자 그녀가 뒤로 물러나며 말했다.

"언니가 요새 스트레스가 많았나 보다. 안 그래도 예민한 성격에…."
"누가 할 소린데! 하여튼 간에 이게 현실이라고 생각하면 날 한

번 때려 보라니까?"

그녀가 자기 옆머리를 긁적이며 난처한 얼굴로 말했다.

"그러지 말고, 상담 한번 받아볼래? 내가 아는 심리 전문가 쌤이 있는데."

"그러니까… 내가 미쳤다고 생각하는 거지?"

"그럼, 병원에 입원시키지 무슨 심리 상담을 권해? 그렇게 늘 사람 의도를 멋대로 곡해하지 좀 마."

"뭐, 늘!? 늘이라고?? 야, 늘 그렇게 사람을 멋대로 판단하고 곡해하는 건 바로 너야!"

"이런 상황에 언니랑 또 싸우고 싶지 않아. 나도 종일 학교에서 엄청나게 시달리다 왔어. 지금 쓰러질 지경이라고. 언니한테 그런 배려까지 받을 기대도 없지만…. 지금은 언니 얘기 다 들어주기도 힘들어."

"그럼 내가 네 뺨 때려 볼게! 아픈가 안 아픈가 함 봐봐!"

내가 막 손을 올린 순간 여동생의 손이 먼저 날아왔다. 난 불에 덴 듯 얼얼한 뺨을 감싸 쥔 채 여동생을 쳐다봤다.

"됐어? 표정 보니까 꿈은 아닌가 보네. 나 이제 아빠한테 가볼게, 언니도 얼른 집에 가서 쉬어. 평일엔 언니가 계속 있어 줘야 할 테니 푹 쉬다가 낼모레 천천히 와."

그녀는 사람들의 시선 속에 날 홀로 남겨두고 엘리베이터를 타러 갔다. 난 너무 창피한 나머지 머릿속이 하얘진 채로 득달같이 출구를 향해 달려갔다. 그러다 갑자기 멈춰 섰다.

아차! 돈 빌려야 하는데!

돌아보니 서연이 열린 승강기에 오르고 있었다. 난 승강기 문이 닫힐 때까지 가만히 바라봤다.

아무래도 문자 메시지로 빌리는 편이 더 낫겠다. 혹 거절당하더라도 면전에서보다 덜 비참할 테니까.

주차장을 향해 힐레벌떡 달려갔다. 해지기 전까지 옆집에 돌려줘야 한다는 걸 잊고 있었다.

어제가 내 인생 최악의 날이라 믿었는데, 오늘은 그보다 더 끔찍할 수 있음을 알게 됐다.

집 앞에 도착했을 때, 주변은 내 머릿속처럼 까맣게 어두워져 있었다. 일단 차를 우리 집 대문 앞에 세웠다. 옆집에 불이 켜져 있었다. 아저씨가 쫓아 나오기 전에 후다닥 현관 안으로 뛰어 들어가다가 욕실에서 나오던 엄마와 마주쳤다.

"너 어디 갔다 왔어?"

잠시 망설였다. 엄마에게 털어놓을까? 오늘은 어제라고?

이내 단념했다. 날 정신병원에 입원시키려고 할 것이다.

그때 마침 현관 초인종이 울렸다. 문을 열자, 옆집 아저씨가 잔뜩 인상을 쓰고 서 있었다.

그런데 막상 자신의 차를 살펴본 아저씨는 의외로 침착했다. 반쯤 떨어져 나간 뒤쪽 범퍼를 들여다보는 눈빛이 묘하게 반짝였다. 이참에 그놈의 똥차를 싹 다 손보려는 게 아닐까. 아는 정비소와 짜고 내게 덤터기를 씌우려는 수작일지도 모른다. 불안함과 울화가 동시에 치밀었다.

"이따 견적 나오는 대로 연락할게요."

라며 옆집 아저씨는 휘파람까지 불며 돌아갔다.

내 방에 들어가자 미리 책상 앞에 앉아 벼르고 있던 엄마는 어떻게 겁도 없이 남의 차를 빌릴 생각을 했냐며 한참 야단을 쳤다. 엄마는 내가 수리비를 물어줄 형편인지 궁금해했다. 순간 난 이것이 엄마에게 도움을 요청할 기회라고 생각했다. 하지만 내가 미처 입을 열기도 전에 자기는 돈이 한 푼도 없다고 못을 박았다. 그러더니 주변 지인들은 죄다 자식들이 매달 백만 원씩 용돈을 챙겨 준다는 등의 허무맹랑한 얘기를 늘어놓기 시작했다.

그럼 어쩔 수 없이 서연이에게 빌려야겠군, 이라고 생각한 순간, 엄마는 독심술사처럼 서연 부부는 아파트 대출금을 갚느라 밥반찬이라고 김치 하나에 김 싸 먹는 게 일상이라느니, 그런 처지에도 굳이 자신에게 임플란트를 세 개나 해준 게 어찌나 미안한지 모르겠다고 했다.

이건 뭐 주머니에서 손을 빼내기도 전에 흠씬 두들겨 맞은 기분이었다. 어찌할 바를 몰랐던 난 자개장을 노려봤다. 다 이놈의 자개장 탓인 게 분명했다. 아니, 혹시……? 저 자개장이 타임머신 같은 게 아닐까? 아니면 다른 차원의 세계로 통하는 포털 같은 걸까? 요즘 여기저기서 떠들어대는 멀티 유니버스가 정말 실재하는 거라면? 갑자기 혼란스러워졌다.

그렇다면 지금 내가 있는 이곳은 진짜 현실 세계일까?

"느이 아빠 많이 안 좋다며? 아까 서연이가 전화했더라. 그러게, 그렇게 술을 마셔대니 탈이 안 나고 배겨?"

"그래서, 내일 고구마 심으라구요?"

순간 날 향한 엄마의 눈빛이 번득였다.

"이번 주 안에 심어야 해! 시기 놓치면 안 된다니까. 내일 해 놔야…"

"월요일에 내가 맘 편히 서초동에 가지!"

내가 엄마가 할 말을 선수 치자 엄마의 눈이 휘둥그레졌다.

"그러니까, 이놈의 기지배야! 한두 시간 정도면 돼. 네가 삽질 잘하잖아. 이랑 빨리 만들면 일도 금방 끝내지, 뭐."

그렇다면 어제와 같은 언쟁으로 번지기 전에 미리 손을 써야지.

"알았으니까 그만 나가주세요. 오늘은 너무 정신이 없어서 얼른 쉬고 싶어요."

"기지배, 싸갈머리하고는 꼭 즈…. 넌 시집가려면 성질머리를 고쳐야 해."

이런! 난 분명 어제와 다르게 대꾸했는데 엄마는 또 같은 말을 했다.

"그 얘기가 왜 나와요? 누가 시집가고 싶댔어요?"

"그럼! 시집도 안 가고 평생 나한테 빌붙어 살래!?"

"걱정하지 마세요! 내일 당장 짐 쌀 테니까!"

"어이구 장하다! 그럴 깜냥이나 되면!"

결국 똑같은 일이 벌어지자 난 알 수 없는 패배감에 몸서리를 쳤다.

뻐꾹! 뻐꾹! 뻐꾹!

거실에서 울려 퍼지는 시계의 울음소리에 엄마는 입을 다물었다.

휴대폰 화면의 날짜가 4월 1일로 바뀌었다.

열두 번의 울음을 마친 뻐꾸기가 제 집으로 들어가자 엄마가 내 방을 나갔다.

난 문득 자개장을 쳐다봤다. 바로 이 시간에 저 장롱에 들어갔다가 나오니 다시 전날이 된 것이다. 자개장을 이리저리 살폈다. 이불장과 서랍장도 열어 구석구석 빠짐없이 훑었다. 별다른 특이점은 찾을 수 없었다. 난 어제처럼 옷장의 옷들을 한쪽으로 밀어붙이고 벽에 기대앉았다.

다시 한번 어제로 되돌아갈 수 있다면……

난 있는 힘껏 눈을 부릅뜨고 정신을 바짝 차렸다. 하지만 캄캄한 어둠 속이라 내가 눈을 뜬 건지 감은 건지조차 분간할 수 없었다. 게다가 오늘은 정말 피곤한 하루였다. 코끝에 닿은 부드러운 양가죽 냄새를 느끼며, 난 어느덧 혼곤한 졸음에 빠져들었다.

3.

얼마나 지났을까⋯⋯.

번쩍 정신이 든 난 옷장 문을 박차고 나와 곧바로 거실부터 엄마 방까지 들여다봤다.

엄마가 보이지 않았다. 이번에도 또다시??

두근거리는 가슴을 부여잡고 휴대폰으로 날짜를 확인한 순간, 내 눈을 의심했다.

3월 30일 목요일 오전 8시 10분
타이머 12:58:30

이번엔 어제가 아니라 그제였다!

거울 앞에 다가가 셀프 따귀 대신 힘껏 뺨을 꼬집었다. 아픈 건 두말할 나위가 없었고 볼때기가 벌겋게 부풀었다.

다시 휴대폰을 들여다봤다. 이번에도 정체 모를 타이머가 표시돼 있었다.

이건 대체 뭘까?

거실로 나가 택연의 방문을 벌컥 열었다.

늘 그렇듯 녀석은 커다란 너구리 인형을 끌어안고 누워 있었다. 오래전 내가 직장에서 탄 첫 월급으로 사준 인형이었다. 침대 머리맡에는 구형 오디오 시스템(역시 내가 직장인이었을 때 사줬던)이 켜져 있었고, 라디오에서 국방FM 방송이 흘러나왔다.

"택연아! 오늘 며칠이야?"

대꾸가 없길래 난 녀석이 덮고 있던 이불을 홱 들추고 너구리 인형을 빼앗았다.

"3월 30일 목요이일!!"

녀석이 절규하듯 외치며 자신의 애착 인형을 내 손에서 낚아챘다.

 곧장 녀석의 방에서 빠져나와 거실 창문으로 다가가 밖을 내다 봤다. 옆집 아저씨의 검정 무쏘가 차광막 아래 얌전히 서 있었다. 어제 사고로 처참하게 떨어져 나갔던 뒤 범퍼가 멀쩡했다.

 난 눈을 빛내며 손뼉을 짝- 하고 마주쳤다. 오히려 하루를 더 번 셈이다. 그렇다는 건, 아빠가 쓰러지는 것도 미리 막을 수 있다는 얘기가 된다.

 바로 아빠에게 전화를 걸었다. 그런데 아빠는 전화를 받지 않았 다. 당장 서울로 가봐야겠다는 생각에 전화를 막 끊으려던 찰나 휴 대폰 너머로 소리가 들렸다.

"여보세요?"

 아빠의 멀쩡한 목소리에 뛸 듯 반가웠다. 이번엔 제대로 인사를 건네고 싶었다. 어찌 됐든 4년 만의 첫인사인 셈이니까.

"안녕하세요, 아빠."

"뭐어?"

 기가 찬 듯한 아빠의 반응에 잠깐 주눅이 들었지만, 지금은 그런 데 신경 쓸 겨를이 없었다.

"지금 어디세요? 지금 그리로 갈게요."

"몇 년 만에 전화해서는 다짜고짜 어디냐? 너도 참…."

 이것 좀 보라지. 이러나저러나 핀잔 듣긴 마찬가지라니까.

"집에 계신 거죠? 저 지금 아빠 집에 가려구요."

 잠시 말이 없던 아빠가 물었다.

"무슨 일 있냐?"

"긴히 할 얘기가 있어서요."

"무슨 얘긴데?"

"그건 만나서 말씀드릴게요."

 아빠를 만나 병원에 가야 하는 이유를 어떻게든 이해시켜야 한다.

"근데 난 약속이 있어서 막 나가려던 참이라… 급한 거 아니면 낼 얘기하자."

오, 안 돼. 내일은 절대 불가능한 일이다.

"무슨 약속인데요?"

아빠는 잠시 머뭇거렸다.

"그… 친구들이랑 북한산 등반하기로 했는데…."

아빠가 친구들과 등산을? 그런 건 한 번도 들어본 적이 없었다. 혹시, 그 때문에 쓰러진 게 아닐까? 갑자기 안 하던 등산을 하느라 몸에 무리가 갔는지도.

"등산은 언제부터 하신 건데요?"

"그게… 얼마 안 됐지."

"그럼 해지기 전에 내려오시겠네요? 제가 시간 맞춰 갈게요."

"하산하면 친구들이랑 한잔해야지. 그게 등산의 묘미 아니겠냐?"

"술까지 드신다구요?"

"산행 후에 마시는 술이 얼마나 기가 막히는데? 약주가 따로 없다고."

아빠가 쓰러진 이유가 더욱 명확해졌다.

"저도 따라갈게요."

"뭐? 네가 왜?"

아빠는 깜짝 놀란 음성이었다. 왠지 몰라도 방어적인 태도가 느껴졌다.

"저도 오랜만에 아빠랑 같이 등산하고 싶어서요. 앞으로 다신 그럴 기회가 없을지 누가 알겠어요."

나도 모르게 의젓한 자식 같은 소리가 줄줄 나왔다.

그런데 폰 너머에서 난감한 기운이 전해졌다.

"아, 그래…? 응, 잠깐만, 지금 다른 전화 들어온다. 끊자, 내 이따 전화하마."

"아뇨 아빠, 잠깐만요!"

매몰차게 전화를 끊은 아빠는 다시는 전화를 받지 않았다.

난 또다시 옆집으로 달려가 현관문을 두드렸다. 아무 반응이 없었다. 현관문 손잡이를 잡고 거칠게 당기자, 문이 열렸다. 안에 계시냐고 여러 번 외쳤지만, 집안은 조용했다. 차를 두고 어딜 갔지? 부부 동반으로 동네 마실이라도 가셨나? 몇 분 동안 발을 동동 굴렀지만, 나타날 기미가 보이지 않았다. 언제까지고 기다리고 있을 수는 없었다.

어쩌지······.

그런데 바로 코앞에 내가 원하던 게 보였다. 신발장 위에 걸어둔, 짚으로 엮은 작은 복조리 속에 차 키가 들어있었다. 잠시 망설이던 난 빈집에 대고 큰 소리로 외쳤다.

"잠깐 차 좀 빌릴게요!"

확인을 받듯 한 번 더 외친 난, 잽싸게 차 키를 들고 나가 무쏘를 납치했다.

약 1시간 40분 후 아빠가 사는 다세대 빌라 앞에 도착했다. 201호로 뛰어 올라가 초인종을 눌렀다. 아무 응답이 없었다. 문에 귀를 대봤지만, 인기척이 없었다. 휴대폰을 꺼내 전화를 걸었다.

그러자 현관문 안쪽에서 커다랗게 벨 소리가 새어 나왔다. 난 문을 쾅쾅 두드렸다.

"아빠! 아빠아!!"

그때 옆에 나란히 붙은 202호의 문이 열리더니 강태훈이 고개를 내밀었다.

"혹시, 관수 아저씨 따님이세요?"

"네네! 저기 벨 소리 들리죠? 아빠가 전화를 안 받으세요! 119에 신고 좀 해주세요!"

"119요??"

그가 의아한 얼굴로 되물었다. 순간 발밑으로 지난번 봤던 '쿠키 앤 크림' 색상의 강아지가 나타났다. 녀석이 내 발목을 물어뜯을 기세로 덤벼들었다.

"아, 깜짝이야! 저리 갓!!"

기겁한 난 허공에 발길질했다.

"재롱아, 안 돼!"

태훈이 강아지를 번쩍 안아 들었다. 그의 품에서도 그놈의 강아지는 지랄 맞게 으르렁댔다.

"왜 저래요? 물릴 뻔했잖아요! 이런 공동 주택에 사시려면 강아지 교육을 제대로 하셔야죠!"

"네, 그렇긴 하죠. 근데 제 개가 아니라서…."

"아무튼 지금 그게 문제가 아니고, 빨리 구급차를…."

"아저씨 아까 외출하셨어요. 또 휴대폰을 놓고 나가신 모양이네요, 흐흐…."

"나가신 건 어떻게 아셨어요?"

"이 녀석을 저한테 맡기고 가셨거든요. 종일 걸릴 것 같다구 하시던데…."

그가 품에 안은 성질 고약한 쿠앤크 개를 쓰다듬으며 대답했다. 난 믿기지 않는 얼굴로 여전히 괴물처럼 으르렁대는 쿠앤크 강아지를 쳐다봤다.

"얘가… 아빠 개라구요?"

아빠가 혼자 개를 키우다니 상상도 못 할 일이었다.

"제가 2년 전에 여기 이사 왔을 때도 키우셨는데? 다른 따님은 가끔 뵀는데, 그쪽은… 첨 뵙네요."

4년 전까지는 나도 왔었다. 심지어 5년 전엔 아예 이 집에 살았다. 하지만 굳이 이 사람에게 설명할 이유는 없었다.

"여길 왔는지 안 왔는지 강태훈 씨가 어떻게 다 알죠?"
"제 이름은 어떻게 아셨어요?"
그가 눈을 동그랗게 뜨고 날 쳐다봤다.
"아, 그, 그건… 아빠한테 들었던 거 같아요."
"전, 따님이 또 계신 것도 몰랐는데…."
그는 여전히 미심쩍은 표정으로 날 뜯어봤지만 이러고 있을 때가 아니다.
"혹시, 아빠가 북한산에 가신다고 하셨나요?"
"알고 계시네요?"
"혹시 어떤 코스로 가는지 그런 얘긴 안 하셨나요?"
"네 그런 얘긴… 그냥 꽃구경하러 간다고 하시던데요?"
"꽃구경이요?"
"요즘 진달래 철이라며, 이때 안 가면 못 본다고……."
더 이상 그에게서 정보를 얻긴 어려운 듯했다. 아빠의 강아지와 눈이 마주친 난 그에게 인사를 하는 둥 마는 둥 하고 밖으로 나와 차에 올랐다.

휴대폰으로 검색해 보니 북한산은 등산객에게 가장 인기 있는 산으로 등산 코스가 열세 개나 됐다. 출발 지점도 여러 지역이었고, 경유 지점에 따라 도착지도 달랐다. 그 중, 난이도가 낮은 아빠 나이의 어르신들에게 적합하고 꽃구경으로 유명한 두 곳을 추렸다.

그러고 나서 두 곳 중 '대동문 코스'를 찍었다. 그 코스에 '진달래 능선'이 있었기 때문이다. 대동문 코스의 출발지는 수유동에 있는 4.19 국립묘지 근방의 〈백련 공원 지킴터〉라는 곳이었다.

난 무쏘를 타고 그곳으로 향했다. 확률은 반반이었지만 선택의 여지가 없었다. 오늘을 놓치면 아빠는 의식 불명 상태가 될 테니까. 어떻게 해서든 속히 아빠를 찾아야 한다. 물론, 내가 자식 된 도리를 다하기 위해 이러는 건 아니다. 다만, 아빠에게도—얼마 남지 않은 시간일지언정—기회는 줘야 한다는 생각이었다. 세상을 완전히 떠나기 전 자신의 삶을 되돌아보고 반성할 그런 기회 말이다.

약 한 시간 후 목적지에 도착했다. 주변에 마땅히 주차할 곳이 없었기에 수유동 인근 공영 주차장에 차를 세웠다. 이국적 분위기의 카페 거리를 지나 4.19 기념탑에 다다르자, 백련 공원 지킴터가 나왔다.

잘 닦인 등산로 초입을 지나 산등성이를 오르는 동안 나무 계단이나 돌계단이 속속 나타났기에 산행은 예상보다 수월했다. 등산화와 등산복을 갖춰 입은 등산객들 사이에서, 스니커즈에 후드점퍼와 청바지 차림으로 홀로 털레털레 산을 오르는 난 왠지 이방인 같은 느낌이 들었다.

그렇게 등산로 중간쯤에 이르렀을 때 진달래 능선과 대동문을 가리키는 팻말이 나타났다. 이내 진달래 능선길에 오르자, 지천에 보라색과 연분홍색 진달래가 흐드러지게 피어 있었다. 혼자 보기에 아까울 정도였지만 지금은 감상이나 하고 있을 겨를이 없었다. 만일 여기가 아니면 얼른 다른 코스로 가야 하니까.

마침내 대동문에 가까워질 즈음 바윗길이 나타났다. 쇠말뚝에 굵은 밧줄이 달린 5미터 높이의 바위 암벽이었다. 그리 높거나 위험해 보이지 않았기에 별생각 없이 밧줄을 잡고 암벽에 올랐다. 그런데 예상치 못하게 자꾸만 발이 미끄러졌다(등산화를 준비해야 했나…). 여러 차례 시도했지만 반쯤 올라가다 연신 주르륵 미끄러져 제자리로 떨어졌다. 식은땀이 나기 시작했다. 한참 바위와 씨름을 하고 있는데 어느새 뒤에 나타난 5·60대로 보이는 등산객 아저씨들이 "으싸으싸!"하며 놀려댔다. 너무 창피해서 악착같이 손발을 놀린 끝에 기어코 암벽 위로 올랐다.

사람들과 멀어지자 문득 손바닥이 쓰라린 느낌에 들여다보니 피부가 벗겨지고 퉁퉁 부어 있었다. 아픈 손바닥을 후후 불어가며 목표 지점인 대동문에 도착했다. 사찰의 대웅전과 비슷한 형태의 대동문 주위로 널따란 평지가 펼쳐져 있었고, 갑자기 어디에서 나타났는지 모를 수많은 등산객이 삼삼오오 모여 싸 온 음식을 먹으며 수다를 떨고 있었다.

아빠를 찾아 등산객들 사이를 두리번거리며 돌아다녔다. 등산객의 대부분은 중년층으로 보였고, 더 젊은 사람들은 회사나 동호회 모임으로 온 듯했다. 아무래도 잘못 찾아온 게 아닐까 싶어 돌아서는데, 저만치 앞에 〈한마음 산악회〉라 쓰인 현수막이 눈에 들어왔다. 그 앞에 모인 30여 명의 중장년층으로 보이는 남녀가, 블루투스 마이크를 잡고 〈청춘의 꿈〉이라는 노래의 구성진 가락을 뽑는 60대 남자를 향해 손뼉으로 장단을 맞추고 있었다.

빨간 모자 남자의 익살맞은 추임새에 산악회원들이 자지러지게 웃어댔다. 이들의 분위기는 어쩐지 지나칠 정도로 유쾌해 보였다. 우레와 같은 박수가 터지고 곧바로 50대 후반쯤으로 보이는 사회자가 나와 마이크를 넘겨받았다. 그가 선보이는 하품 나는 아재 개그에도 회원들은 박장대소했다. 혹시나 해 산악회원들을 샅샅이 살폈지만, 아빠는 보이지 않았다.

아빠가 저런 모임에 나갈 사람은 아니지. 역시 다른 코스 쪽을 찾아봐야겠어. 돌아서서 내리막길로 향하는데, 문득 등 뒤에서 들리는 누군가의 노래가 내 귀를 잡아당겼다.

해는 져서 어두운데 찾아오는 사람 없어
밝은 달만 쳐다보니 외롭기 한이 없다
내 동무 어디 두고 이 홀로 앉아서
이 일 저 일을 생각하니 눈물만 흐른다

아주 예전에 아빠가 우리 삼 남매에게 이따금 불러줬던 〈고향 생각〉이라는 가곡이었다. 지금 부르는 사람의 노랫소리가 아빠와 아주 비슷했다. 에이, 설마⋯⋯.

노래의 주인공을 확인하기 위해 되돌아서 무대 가까이 다가갔다. 사람들 앞에서 무아지경인 듯 눈을 감고 열창하는 주인공은 바로 아빠였다.

나도 모르게 반사적으로 옆에 있던 소나무 뒤에 숨었다. 왠지 부끄러웠다. 차라리 내가 무대로 뛰쳐나가 다짜고짜 BTS의 춤을 추더라도 이보단 덜 부끄러울 것 같았다. 나무 뒤에 숨어서 휴대폰을 꺼내 '한마음 산악회'를 검색했다. 뜻밖에도 이 산악회에 대한 정보를 찾기가 어려웠다. 같은 이름의 산악회가 너무나도 많았다. 지역별로 수십 개씩 있었다. 회사 동호회며 동창 모임, 봉사 단체, 전부 '한마음 산악회' 일색이었다. 뭔 놈의 등산을 하는데 그렇게들 한마음이 되어야 하는지⋯.

그런데 우연히 이상한 정보를 알아냈다. 중장년층 기혼자들의 부도덕한 일탈 행위를 위한 산악회가 득시글댄다는 것이었다. 그러고 보니 이 〈한마음 산악회〉의 분위기가 유독 들뜬 분위기였던 이유를 알 것 같았다. 그래서 아빠가 친구들과 등산한다고 거짓말을 한 걸까?

어쩐지 민망스러웠다. 이대로 모른 척 집으로 돌아갈까? 서울에 온 김에 오랜만에 영화도 보고 대형서점에 가서 신간 도서나 살펴보는 건 어떨까.

아빠의 노래가 끝나자 잠시 정적이 흘렀다. 이내 김빠진 박수가 요기조기 나왔다. 사람들의 표정으로 보건대, '분위기 파악도 못 하고 왜 저딴 노래를 하는 거야?'라고 생각하는 듯했다. 정작 아빠는 눈치도 없이 수줍게 웃으며 마이크를 넘겼다.

노래자랑이 다 끝났고 회원들은 나눠준 도시락을 받아서 이동했다. 난 거리를 두고 아빠 뒤를 쫓았다. 아빠가 혼자가 될 때를 노렸지만, 내내 아빠 곁에는 사회자와 두 아주머니 회원이 따라다녔다. 두 아주머니는 50대 후반에서 60대 초반으로 보였는데, 한 여자는 20대처럼 생머리를 길게 늘어뜨렸고, 다른 단발머리의 여자는 빨간 립스틱에 하얀 파운데이션을 두껍게 발라 흡사 가부키 분장이라도 한 것 같았다.

네 사람은 벼랑 쪽 소나무 아래에 돗자리를 펴고 앉았다. 난 몇 미터 떨어진 도토리나무 뒤에 숨어 상황을 지켜봤다.

그런데 곧 놀라운 광경이 펼쳐졌다. 아빠가 가부키 분장녀의 도시락 뚜껑을 열어주더니 그녀의 나무젓가락도 반으로 갈라 건네주는 것이다. 그녀의 양손은 전혀 문제가 없어 보였는데 말이다!

난 문득 가부키 분장의 얼굴을 뚫어지게 쳐다봤다. 어쩐지 그녀의 인상이 낯설지 않았다.

어디서 봤더라? 저 눈꼬리가 처진 애교스러운 눈웃음은…….

"역쉬, 우리 큰성님은 젠틀맨이라니까!"

사회자가 아빠를 가리키며 너스레를 떨었다.

"회장 오빠야도 좀 배워!"

긴 머리 아주머니는 젓가락을 들고 사회자라고 하는 회장의 눈을 찌르는 시늉을 했다.

"아, 그놈의 오빠 소린! 내가 누님보다 몇 살이 어린데!"

"흥, 고까짓 것 얼마나 차이 난다고. 액면가는 내가 한참 동생이네요!"

그러자 회장이 긴 머리 아주머니의 뺨을 쥐고 흔들었다.

아빠는 자기 도시락에 딱 하나 있던 커다란 새우튀김을 가부키 아주머니의 밥 위에 얹어주었다.

새우튀김 맛있겠다…….

순간 누군가 등을 떠밀기라도 한 듯 내 몸이 도토리나무 뒤에서 벌컥 튀어나왔다.

아빠가 젓가락을 허공에 멈춘 채 날 쳐다봤다. 난 어색한 미소를 쥐어짰다.

"아빠! 왜 휴대폰을 놓고 가셨어요? 찾느라 애먹었잖아요, 헤헤…."

회장과 긴 머리의 아주머니가 눈을 휘둥그레 뜨며 궁금해했다. 그러자 아빠는 그들에게 나를 '큰딸'이라고 소개하며, 왜 그런지 몰라도 살짝 얼굴을 붉혔다(내가 창피한 걸까, 내게 창피한 걸까).

그런데 나와 눈이 마주친 가부키 아주머니가 당황하는 기색을 보였다. 분명 그랬다.

"여길 어떻게 알고 왔냐?"

"아빠한테 아주 중요한 얘기가 있다고 했잖아요."

내 말에 더욱 어색한 분위기가 형성되었다. 눈치를 살피던 긴 머리 아주머니가 갑자기 친근한 태도로 내 팔을 툭툭 치며 웃었다.

"아빠 잡으러 온 거야? 요기 그냥 친구들끼리 놀러 온 거야~ 오호호호…."

"제가 뭐라고 했나요? 아빠, 얘기 좀 하게 잠깐 일어나세요."

"택연이 관련된 일이냐?"

예민한 표정으로 아빠가 물었다.

"아뇨."

"그럼 이따 천천히 얘기하고. 너도 점심 안 먹었으면 이리 앉아. 아빠 도시락 같이 먹자."

"아뇨, 아뇨, 지금 그럴 때가 아…."

회장이 끼어들었다.

"도시락 남는 거 많아요. 갖다줄게요!"

난 필요 없다고 외쳤지만, 회장은 눈 깜짝할 사이에 긴 머리 아주머니와 손잡고 사라졌다. 그리고 그들은 다시 돌아오지 않았다. 남는 도시락이 없던 모양이다.

"아빠, 얘기 좀 하자니까요?"
"얘기해."
"따로 할 얘기라구요."
"괜찮아, 여기 이 여사는 그런 거 없어. 괜찮으니까 편히 얘기해."
"그런 게 뭔데요? 아우, 진짜 제 말 좀…."
"제가 자리 비켜 드릴게요!"

아까부터 안절부절못하던 가부키 여자가 벌떡 일어서며 외쳤다.

그녀의 목소리를 듣자 그제야 그녀가 누군지 알아챘다. 자꾸 내 시선을 피하는 그녀는, 바로 옆집 아저씨의 부인이었다. 늘 부스스한 모습만 봤기에 이렇게 꾸민 모습은 알아보기가 어려웠다. 아마 옆집 아저씨도 이런 그녀의 모습은 못 알아볼 것 같았다. 가부키 분장을 한 옆집 아주머니가 허겁지겁 짐을 챙기자, 아빠는 "에헤이, 놔둬요!"라며 그녀의 배낭을 빼앗아 자신의 등 뒤에 감췄다.

나와 옆집 아주머니가 황당한 얼굴로 아빠를 쳐다봤다.

"아빠! 그거 아줌마 돌려주고 얼른 일어나요 그냥!"
"넌 먼저 가라. 급한 일 아니면 낼 얘기하자. 나도 이 여사님이랑 긴히 할 얘기가 있으니까…."

이제 어쩔 수 없었다. 난 아빠의 귓가에 대고 나직이 속삭였다.

"여기 이 여사님이 누군 줄 아세요?"
"네가 이 여사님을 알아?"

아빠가 눈치 없이 크게 말했고, 놀란 이 여사는 아빠의 손아귀에 있던 자기 배낭을 맹렬히 잡아당기며 "이거 놔요. 아저씨이!!"라고 울부짖었다. 그러자 아빠는 내게 화를 냈다.

"너 이러는 거 아니야! 얼른 집으로 가 있어! 이따 아빠가 전화할 테니까…."

하지만 아빠는 말을 다 마치기도 전에 땅바닥에 나뒹굴었다. 아빠를 패대기치고 배낭을 되찾은 이 여사가 허둥지둥 멀어졌다.
"괜찮으세요!?"
난 아빠를 일으켜주려 했다. 하지만 아빠는 "냅둬!"라고 외치며 사납게 내 손을 뿌리쳤다.

산에서 내려가는 내내 아빠는 잔뜩 골이 난 표정을 풀지 않았다.
내가 몇 번이고 "화나셨어요?"라고 물었지만 입을 굳게 다문 채 묵묵부답이었다. 걷는 속도가 느린 아빠와 보조를 맞추기 위해 중간에 멈춰 기다리기를 반복했다.
잠시 후, 아까 그 생고생을 했던 밧줄 달린 암벽이 나타났다. 불현듯 식은땀이 솟고 손바닥 통증이 되살아났다. 그런데 의외로 아빠는 밧줄을 잡고 가뿐하게 암벽을 내려갔다. 하지만 밧줄에 매달려 바들바들 떨며 바위벽을 내딛던 난, 어느 순간 걷잡을 수 없이 발이 미끄러지는 바람에 된통 엉덩방아를 찧고 말았다. 고통에 눈물을 찔끔거리며 혼잣말을 읊조리는 나를 빤히 바라보던 아빠가 드디어 입을 열었다.
"산에 오면서 신발 꼴이 그게 뭐냐? 하여간 매사에 그렇게 조심성이….”
"조심성도 없고 등산화도 없으니까요."
"아무리 그래도 어른들 앞에서 그게 뭐 하는 짓이야? 얼마나 가정교육을 못 받았으면 그럴까, 사람들이 속으로 흉보지 않겠냐? 하기야 너만 탓할 일도 아니지. 자식 교육은 엄마 몫인데…."
난 조소와 심술이 뒤섞인 얼굴로 아빠의 말을 끊었다.
"사람들이 저 흉볼까 봐 화나신 거 아니잖아요, 솔직히."
"그럼, 뭔데? 알지도 못하면서 넘겨짚고 그러면 못 써, 네 엄마처럼."
물론, 엄마가 독심술가처럼 구는 성향이 있다는 건 동의하지만 나까지 빗대는 건 곤란했다. 아니 상당히 불쾌했다. 그래서 난 가부키 여자의 정체를 폭로할 작정이었다.

우리가 5년 전 양평으로 이사 온 후로 나와 연을 끊기 전까지 아빠는 매달 한두 번 꼴로 택연이를 보러 양평 집에 방문했다. 올 때마다 마당에서 밭을 가꾸는 옆집 아저씨와는 자주 인사를 나눴다. 하지만 집 안에 있던 아주머니는 한 번도 보지 못한 모양이었다.

"아까 그 새우튀김 준 아줌마랑은 무슨 사이예요?"

"그야… 취미도 같고 말도 잘 통하는, 뭐 그런 친구 같은 사이지."

"제가 바본 줄 아세요?"

"그 소리가 왜 나와?"

"그래서 그 아줌마랑은 어쩔 생각인데? 사귀기만 하려구요? 예전처럼?"

"예전처럼이라니?"

아빠는 십수 년 전 자신의 재혼 문제로 나와 크게 다퉜던 일을 까맣게 잊은 것 같았다. 난 당시 아빠와 깊이 사귀던 여자 친구와의 결혼을 기대했다. 엄마 대신 떠맡은 지긋지긋한 집안 살림에 대한 부담을 내려놓고 싶은 마음이었다(물론 표면상으로는 아빠의 행복을 위하는 듯 말했지만). 그렇지만 아빠는 그런 내 소박한 바람을 무정하게 걷어차 버리고 말았다.

"그 아주머니랑 재혼할 의향도 있으세요?"

아빠는 놀랍다는 얼굴로 날 돌아봤다.

"재혼 같은 소리 하고 있네. 대체 넌 생각이란 게 있는 앤지 궁금하다."

벌써 불길한 기운이 드리워지고 있었다.

"재혼할 생각이었으면 이미 진작에 했겠지, 이러고 살겠냐."

"그러니까요. 왜 이러고 살아요?"

그때, 아빠는 우리 삼 남매 때문에 다른 사람과 결혼할 수 없다고 했다. 난 그게 그저 핑계라고 생각했다. 책임은 지지 않고 마음 편히 즐기고자 하는 이기적인 속내를 감추기 위한 변명이라고. 이젠 혼자 사는 마당에 무슨 핑계를 대시려나.

"왜 재혼 안 했는데요? 누가 못 하게 말렸어요? 이해가 안 되잖아요."

"너한테 뭘 기대하겠냐. 평생 이해하지 마, 그럼."

화를 낼 거라 기대하고 있던 난 약간 당황스러웠다.

"참 이상한 녀석이라니까… 몇 년간 연락 한번 없다가 느닷없이 나타나서 간섭질이지, 쓸데없이?"

"결혼 생각도 없고, 몸도 안 좋으면서 이런 덴 왜 돌아다니시는 거예요? 그러니까 쓰러지죠."

"뭐라고?"

걸음을 멈춘 아빠가 눈을 크게 뜨고 날 쳐다봤다. 가슴이 철렁 내려앉았다.

아빠의 눈자위에 노란 황달기가 뚜렷했다.

"…그, 그러다 쓰러지신다구요."

하지만 아빠는 미심쩍은 시선을 거두지 않았다.

"사람의 건강 상태는 얼굴에 다 나타나는 거라고 그러셨잖아요. 요새 거울 안 보세요?"

"내가 할 소리다. 젊은 여자애가 그렇게 초췌한 몰골로 다니면 좀 창피하다는 생각이 안 드나…?"

세수도 못 하고 부랴부랴 달려온 내 잘못이었다. 아무리 그렇지만…….

"이상하네요? 고슴도치도 자기 새끼는 이쁘다던데."

"고슴도치면 귀여운 맛이라도 있지. 너는 애가…… 관두자."

"관두긴요, 무슨 말 하려고 했는데요?"

티격태격 말다툼을 벌이는 사이 등산로 초입에 다다랐다.

"점심 안 먹었지? 이 앞에 괜찮은 식당 있는데 같이 가자. 가서 네 용건도 들어보고…."

"괜찮아요. 용건은 가면서 말씀드릴게요. 주차장에 차 세워놨어요."

웬 차냐고 묻는 아빠에게 옆집에서 빌린 거라고 솔직히 털어놓았다가 야단을 맞았다.

"서둘러야 해요. 신촌까지 가려면 시간이 꽤 걸리니까…."

"신촌이라니? 거긴 왜 가는데?"

"가보시면 알아요."

"신촌이든 구촌이든 식사는 해야지? 밥 한 끼 먹는다고 무슨 큰일이 나겠냐."

"큰일 나요."

웬일인지 아빠는 더 이상 따지지 않고 차에 올랐다. 등받이에 몸을 기대자마자 기력을 소진한 듯 축 늘어진 아빠는 아까보다 10년은 더 늙어 보였다.

우리를 태운 무쏘는 우리나라에서 세 손가락 안에 든다는 대형 병원으로 달려갔다.

보람병원의 의료진을 의심하는 건 아니지만, 그래도 큰 병원은 뭔가 다를 것이란 기대감이 있었다. 최첨단 의료 장비도, 실력이 뛰어난 의사를 만나는 것도 중요하다. 의술은 인술이란 말처럼 어떤 의사를 만나느냐에 따라 환자의 운명이 바뀔 수 있으니 말이다. 최소한 혼수상태가 되는 것은 피할 수 있으리라.

20층이 넘는 두 개의 빌딩이 이어진 병원 로비에 들어서자 그토록 큰 규모의 공간에 수많은 사람들로 붐비는 모습에 놀랐다. 원무과를 거쳐 소화기 내과 병동을 찾는 데도 한참이 걸렸다. 담당 의사의 진료실 앞은 예약 환자들로 북적였다. 무려 두 시간 이상을 기다려야 했다. 그렇지만 이대로 넋 놓고 기다릴 수만은 없었던 난, 대기실 한편에 마련된 투명 아크릴 부스로 다가갔다. 간호사들이 드나들며 전화 업무를 보는 곳이다.

"좀 급한데, 검사 먼저 받을 수 있을까요?"

전화를 걸던 간호사가 무슨 소리냐는 듯 날 올려다봤다.

"다른 병원에서 췌장암 4기라는 진단을 받았거든요."

"의사 소견서 갖고 오셨어요?"

그런 게 있을 리 없었다. 보람병원에 간 일은 내 기억에만 존재하니까.

"담당 교수님과 상담하셔야 해요."

"그럼, 상담 후에 검사받고, 입원 바로 가능하나요?"

"예약하셔야죠. 입원은 아예 불가능하구요. 병실이 없거든요."

"병실이 없다구요?"

간호사는 다시 전화기의 버튼을 누르며 남는 자리가 없다는 말만 반복했다. 난 그녀의 말을 믿을 수 없었다. 24층짜리 건물에 있는 수백 개의 병실이 모두 만원이라니.

대기석에 앉은 아빠에게 간호사가 응급실로 가라고 했다며 거짓말을 했다. 뭔가 혼잣말을 읊조리며 일어선 아빠는 응급실로 가는 내내, 다리도 아프고 힘들다, 응급실은 대체 언제 나타나는 거냐, 제대로 된 방향으로 가는 게 맞냐는 둥, 끊임없이 신경질을 부리는 바람에 귀에서 피가 날 지경이었다. 대체 내가 왜 이런 소리를 들어가며 이 고생을 하고 있는지 회의감이 들었다. 이렇게 애써 봐야 누가 알아준다고…. 물론, 늦기 전에 아빠의 사과를 받고자 하는 바람이 있는 건 분명한 사실이다. 하지만 사과란 게 받고 싶다고 받을 수 있는 게 아니란 것도 알고 있다.

어렵사리 응급실에 도착했지만, 또 한 번 좌절을 맛봐야 했다. 응급실은 이미 환자들로 포화상태였다. 대한민국의 아픈 사람은 죄다 이 병원만 오는 건가 싶었다.

아빠를 출입문 앞 복도의 대기 의자에 앉혀 놓은 후 나 혼자 응급실 안으로 들어갔다.

때마침 곁을 지나던 30대 초반의 여자 레지던트를 붙잡고 급한 상황을 설명했다. 그러자 그녀는 절차란 게 있다며 접수부터 할 것을 권유하고는 내빼고 말았다. 실망을 금치 못한 난 고개를 돌려 문밖에 앉아 있는 아빠를 쳐다봤다. 아무래도 제 발로 걸어온 환자는 덜 위급해 보이겠지?

복도로 나가 주변을 살폈다. 환자가 누운 이동 침대 여섯 개가 CT실 앞에 열차처럼 줄지어 서서 차례를 기다리고 있었다. 주변을 이리저리 살피던 난 복도 끝에 덩그러니 놓인 빈 이동 침대를 발견했다. 저거다. 난 사람이 없는 틈을 타 재빨리 침대를 밀고 나와 복도를 돌아 출입문 앞으로 갔다.

눈을 감고 의자에 기대 있던 아빠가 앞에 놓인 이동 침대를 보고 어리둥절한 표정을 지었다.

"아빠! 여기 누우세요!"

"…뭐 하는 건데?"

"어서요, 시간 없어요."

"무슨 시간?"

"설명할 시간 없어요. 일단 누워요, 제발!"

그러자 아빠도 짜증이 폭발했다.

"대체 왜 이러는 거냐, 너?"

"지금 의료진이 다들 바쁘다면서 저한테 이렇게 하라고 시키더라구요!"

물론 아빠는 이런 거짓말에 쉽게 속아주는 사람은 아니었다. 마음이 급했던 난 아빠를 우악스레 일으켜 침대 위에 눕혔다. 의외로 마른 볏단처럼 풀썩 자빠진 아빠는 몸을 일으키려다 단념한 듯 가만히 누워 눈을 감았다. 내가 힘으로 아빠를 제압했다는 게 놀랍기도 하고 다행스럽기도 했지만, 기분이 썩 유쾌하지는 않았다.

아빠는 젊은 시절 베트남에 파병된 경력도 있는 육군 장교였다. 60대 중반까지만 해도 아빠는 젊은 남자건 덩치가 큰 남자건 가리지 않고 메다꽂을 수 있을 정도의 기백이 있었다. 그랬던 아빠가 한순간에 초겨울 앙상한 나뭇가지처럼 변해버린 것이다.

어쨌든 난 최대한 긴급한 표정을 지으며 허둥지둥 침대를 밀고 응급실 안으로 들어갔다.

바로 앞 데스크 앞에 서 있던 남자 의사와 눈이 마주쳤다. 그는 이 안에서 가장 상급자인 듯싶었다.

"저희 아빠가 쓰러지셨어요! 빨리 좀 봐주세요!"

그가 급히 다가와 핀 라이트를 꺼내 아빠의 눈꺼풀을 벌리고 눈동자를 비췄다.

"어유, 이거 황달이 심하시네요. 일단 시티를 찍어봐야 할 것 같은데…."

의사는 건너편 간호사에게 CT실 검사 예약을 지시했다.

"저쪽 복도 옆에 있는 시티실이요?"

"그런데요?"

"한참 기다려야겠네요?"

"아마도."

이러면 결국 똑같은 상황이 아닌가? 그렇게나 애를 썼건만, 오히려 시간만 더 지체됐을 뿐이다.

난 자리를 뜨려는 그를 막아섰다.

"그럼, 스텐트 수술이라도 먼저 해주세요. 지금 담도가 막혀서 그래요."

그가 황당한 표정을 지었다.

"입장은 충분히 알겠는데요, 여기 급하지 않은 환자가 어디 있나요? 기다리시든가 아니면 다른 병원을 가보시는 게 나을 거예요."

매몰차게 돌아서서 총총히 멀어지는 그를 보며 느닷없이 분노가 치밀었다.

내가 어떻게 여기까지 왔는데!

난 한달음에 쫓아가 그를 가로막고는 와락 덤벼들어 그의 멱살을 움켜잡았다.

"이러다 우리 아빠 잘못되면 당신이 책임질 거야?! 당장 수술해 달란 말이야!!"

그는 침착하게 내 손을 뜯어내더니 냅다 밀쳤다. 갑자기 균형을 잃은 난 벌렁 넘어져 엉덩방아를 찧었다. 주위에 있던 모두가 쳐다 봤다. 세련된 정장 차림의 40대 엄마가, 침상에 누워 스마트폰을 하는 10대 딸에게 날 가리키며 "개진상이네~"라고 말했다. 어딘가 쥐구멍이라도 있다면 숨고 싶었다.

정신없이 가까이 있던 침대 다리를 잡고 일어서는데, 갑자기 다리가 움직이는 바람에 다시 벌렁 자빠지고 말았다. 침대 다리라고 생각한 것은 지나가던 방문객의 다리였다. 볼썽사나운 자세로 일어서다 아빠와 눈이 마주쳤다.

이동 침대 위에서 몸을 일으켜 앉은 아빠는 알 수 없는 표정으로 날 빤히 보고 있었다.

어휴, 또 얼마나 야단하시려나.

민망함에 괜스레 바지를 터는 시늉을 하며 아빠에게 다가갔다.

그런데 뜻밖에도 아빠는 화를 내는 대신 말없이 내게 손을 내밀었다. 그런 아빠의 모습에 나도 모르게 울컥했다. 아빠에게 이런 면이 있는 줄은 미처 몰랐다. 이런 것에 익숙하지 않은 나였지만 아빠의 호의를 무시하고 싶지 않았다. 난 기꺼이 손을 뻗어 아빠의 내민 손을 잡았다. 그런데 아빠가 눈살을 찌푸렸다.

"뭐하냐, 나 여기서 내리게 부축하라고."

난 무안한 얼굴로 이동 침대에서 내리는 아빠를 도왔다.

"나가자."

주차장으로 가는 내내 아빠와 난 입을 열지 않았다. 차에 오르자, 아빠가 뜻밖의 말을 했다.

"보훈병원으로 가볼래?"

"보훈병원이요?"

"거기가 여기보단 사정이 나을 거야. 병원비도 훨씬 싸고."

보훈병원은 국가유공자를 위한 정부 산하 병원이었다. 신촌에서 출발해 한남대교를 건너 강동구까지 가는 데 한 시간가량 걸렸다.

운전하며 뒷좌석에 앉은 아빠를 룸미러로 훔쳐봤다. 아빠는 고요히 강물을 바라보고 있었다. 몹시도 쓸쓸해 보이는 모습에 말을 붙일 수가 없었다.

보훈병원도 규모가 꽤 컸지만, 사람들이 북적이지 않아 상당히 쾌적한 느낌이었다. 군인과 경찰 등의 유공자를 위한 병원이라는 특수성 때문인 것 같았다. 내원 환자들 대부분은 7·80대의 할아버지였다. 빨간 해병대 모자를 쓴 노인도 보였다. 직원들도 꽤 친절했다. 귀가 어두워 말귀를 잘 알아듣지 못하는 할아버지에게 화도 안 내고 같은 설명을 몇 번이고 되풀이해 주었다. 게다가 국가유공자는 의료비가 90퍼센트나 감면되었다. 90퍼센트라니!

마음이 깃털처럼 가벼워졌다. 진즉 여기로 왔으면 좋았을걸.

하긴 내가 너무 막무가내로 구느라 아빠에게 그런 말을 들을 새가 없었다. 아빠는 왜 진작 얘길 안 해줬는지 모르겠다. 아, 내가 그럴 기회를 준 적이 없구나.

이제 제대로 찾아왔다는 생각에 한시름 놓았다. 응급실에서 혈액 검사와 심전도 검사 등 몇 가지 검사를 받은 아빠는 수액을 맞으며 잠이 들었다. 그사이 시간을 확인하려고 휴대폰을 켰다.

3월 30일 목요일 오후 7시 45분
타이머 01:27:50

여전히 타이머가 돌아가고 있었다. 타이머가 다 되면 어떻게 될까?

얼마 후 응급실 전담 의사가 나를 따로 불렀다. 아빠의 상태가 안정되었으니 퇴원하고 내일 담당 의사에게 진료 상담을 받으라고 했다. 난 곤란한 표정을 지었다.

"그냥 여기 있으면 안 될까요?"

의사는 고개를 저었다. 규정상 응급조치가 끝나면 퇴원해야 한다고 했다. 입원을 알아보기 위해 원무과로 갔다. 원무과 직원은 담당 의사의 오더 없이 입원 절차를 밟을 수 없고, 현재는 병실 자리도 없다고 했다. 이 병원도 입원이 쉽지 않은 건 마찬가지였다.

하루를 벌었지만, 결과는 별로 달라진 게 없었다. 지금까지의 상황을 고려해 보면 차라리 보람병원이 가장 나은 것 같았다. 아빠가 누운 곳으로 이동하자 간호사가 아빠의 팔에서 수액 주삿바늘을 제거하고 있었다.

응급실을 나와 주차장으로 가며 아빠에게 말했다.

"보람병원으로 갈까요? 아빠 동네니까 거기가…."

"됐다! 그냥 집으로 가련다."

아빠를 다시 설득하는데 눈치도 없이 내 배가 꼬르륵거렸다. 그러자 마치 화답이라도 하듯 아빠의 배에서도 꼬르륵 소리가 났다. 아빠가 가까운 식당에 들렀다 가자고 했다. 무쏘에 올라 역이 있는 방향으로 천천히 차를 몰았다. 계기판 옆 시계를 보니 9시 10분이었다.

문득 아빠와 마지막으로 식사를 했던 일이 떠올랐다. 4년 전 아빠가 마지막으로 양평 집에 왔을 때다. 공모전 마감일을 코앞에 두고 있던 터라, 함께 식사하자는 아빠에게 툴툴거리며 볼멘소리를 하고선 방에 들어가 버렸다. 아빠가 쓰러진 후로 그때의 기억이 이따금 떠올랐었는데, 그 아쉬움을 만회할 기회인듯했다.

"뭐 드시고 싶으세요?"

룸미러로 뒷자리에 앉은 아빠를 보며 물었다.

"너 먹고 싶은 걸로 먹자."

"막국수나 칼국수 어떠세요?"

"면은 별로야."

"고기 드실래요? 보쌈이나 갈비나…."

"고기는 좀 그렇고, 밥을 먹는 게 좋지 않겠냐."

"그러면 중국집 어때요? 밥 종류도 많고…."

"그런 건 느끼해서……."

이쯤에서 욱-하고 성질이 뻗쳐 올랐지만, 열심히 억눌렀다.

"그러니까 드시고 싶은 걸 그냥 말씀하시라구요, 제발."

"난 얼큰한 국물 있는 거면 돼."

갓길에 차를 세우고, 핸드폰으로 근처 맛집을 검색했다.

"이 근처 식당 중에 해물탕집 있구요… 부대찌개 식당도 있네요. 김치찌개 맛집도 있어요. ……왜 대답을 안 하세요? …그럼, 감자탕 어때요?"

"그래 그거 먹자."

5분 거리에 있는 소문난 감자탕집을 찾았다. 그런데 휴대폰 화면이 전환된 순간 타이머가 눈에 박혔다.

타이머 00:00:12

이제 12초가 남아 있었다. 왠지 모를 불안함에 정신이 나갈 것 같았다. 어쩔 줄 몰라 하던 난 아빠에게 휴대폰을 내밀며 외쳤다.
"아빠 이것 좀 보세요!"
"응?"
"여기 이 타이머 표시 말이에요! 거의 다 끝나 가고 있잖아요! 이게 뭔지 모르겠는데…."
아빠가 고개를 내밀어 핸드폰을 들여다봤다.
"이게 뭔데?"
3초, 2초, 1초, 그리고 0초가 되던 순간, 아빠는 그 상태로 움직이지 않았다. "아빠?"라고 불러봤지만, 아빠는 마치 얼음땡 놀이하는 것처럼 미동도 하지 않았다. 아빠의 공허한 눈동자가 허공에 멈춰 있었다. 와락 겁이 났다.
"뭐 하시는 거예요? ……왜 그러세요!??"
문득 이상한 느낌이 들어 고개를 돌렸다. 차창 옆에 흰색 SUV 차량이 멈춰 있었다. 하지만 그 차는 정차하고 있는 게 아니었다. 마치 달리는 차를 순간 포착한 듯한 광경이었다.
소스라치게 놀란 난 후다닥 차에서 내렸다. 도로 위를 쌩쌩 질주하던 차량과 도보 위를 지나던 사람들이 전부 일시 정지 버튼이라도 누른 듯 멈춰 있었다. 난 미친 듯이 이리저리 뛰어다녔다. 하지만 정상적인 풍경은 어디에서도 찾을 수 없었다. 초봄의 쌀쌀한 밤기운에도 진땀이 흘렀다. 종말의 세상 속에 홀로 남겨진 느낌에 너무나 무서워진 난 다시 차로 뛰어갔다.
무쏘가 코앞에 나타나자, 여전히 아까의 모습대로 멈춘 아빠가 보였다.
그런데, 막 차 문을 열던 순간 주위가 회전하기 시작했다. 그러니까, 초등학교 시절 딱 한 번 타봤던 회전목마, 바로 그 느낌이었다. 점점 속도가 빨라졌다. 주변 풍경들이 세탁기 속 세탁물처럼 뒤엉켰다. 정신이 나가버릴 것 같았다.

"살려줘! 이렇게 죽고 싶지 않아! 아직 책 한 권도 못 냈다고!"

크게 고함을 지르며 무쏘에 몸을 던진 순간, 난 그대로 의식을 잃었다.

4.

정신이 드는 순간 오른쪽 손가락 사이에 매직펜을 끼고, 새치 두 가닥을 잡은 내가 보였다. 화들짝 놀라 뒤로 물러났을 때, 내 방 거울 앞이란 걸 알아챘다. 휴대폰을 찾기 위해 책들로 뒤덮인 책상에 다가갔다.

아차, 또 실수를 반복하면 안 되지!

난 손에 쥐고 있던 매직펜을 내던졌다. 책상 위 잡동사니 사이로 휴대폰이 보였다. 잡동사니들을 우악스레 헤치며 휴대폰을 집어드는 순간 쿵- 소리를 내며 뭔가가 바닥에 떨어졌다.

"안돼!!"라고 외치며 허겁지겁 엎어진 노트북을 살폈다. 옆구리가 찌그러졌다.

괜찮아, 살아만 있다면.

뚜껑을 열고 전원을 켰다. 요즘 부쩍 부팅 속도가 느려지긴 했지만, 이제는 아예 켜지지 않았다. 영원히 잠든 것 같았다.

"키키! 안 돼, 키키야! 어흐흐흑……"

난 노트북을 부여안고 오열했다. 15년 동안 무탈하게 내 곁을 지켜주던 키키. 그렇게 착한 녀석을 내 손으로 죽이다니, 대체 뭘 한다고 이런 짓을…….

문득 난 울음을 뚝 그쳤다.

아니지, 어쩌면 원래 상태로 되돌릴 수 있을지도 몰라. 아빠처럼.

냉정을 되찾은 난 즉각 휴대폰을 확인했다.

3월 31일 금요일 오전 8시 10분
타이머 16:59:30

 그때와 날짜와 시간이 같았다. 타이머 시간도 마찬가지. 처음 자개장에서 나왔을 때 그대로였다.
 조금 전, 그러니까 30일 저녁 마지막 순간에 난 아빠와 차에 타고 있었고, 휴대폰 속 타이머가 0이 되자 주변 풍경이 멈추고 빙글빙글 돌더니 곧장 이때로 돌아온 것이다. 지금 나타난 타이머로 계산을 해보니 17시간 후면 4월 1일 자정이었다. 아마 이 타이머는 그날그날 내게 주어진 시간인 듯했다.
 혹시 자개장에 들어갈 때마다 하루 전, 이틀 전, 사흘 전, 이런 식으로 하루씩 순차적으로 되돌아가는 건가? 확인해 봐야겠다.
 난 다시 자개장 안에 들어갔다. 그리고 잠시 후 나와서 휴대폰을 확인했다.
 하지만 여전히 31일이었다. 다시금 여러 차례 자개장을 들락거렸지만, 날짜는 변하지 않았다. 애꿎은 타이머 시간만 줄어들 뿐······.
 왜 안 되는 거지?
 타이머 시간을 계속 흘려보낼 수 없기에, 연이어 떠오르는 의문들을 수수께끼로 남겨둔 채 서둘러 아빠에게 전화를 걸었다. 안 받을까 불안했지만, 다행히 대여섯 번의 신호음 끝에 아빠의 목소리가 들렸다.
 "아빠! 지금 뭐 하세요?"
 "누워 있다. 진즉에 깼는데··· 아침 준비하려다 영 기력이 없어서······."
 정말 목소리가 좋지 않았.

"병원에 가 봐야겠어요. 지금 거기로 갈게요."
"필요 없어. 좀 누워 있으면 돼."
어쩐지 4년 만에 나와 처음 통화하는 느낌이 아닌 듯했다. 그렇다는 건······.
"어제는 뭐 하셨어요?"
난 숨죽인 채 아빠의 답변을 기다렸다. 한창 즐거운 판에 네가 4년 만에 느닷없이 나타나 깽판을 쳐놓고는, 난데없이 병원 응급실마다 날 끌고 다니지 않았느냐는 그런 대답을.
"나중에 얘기하자. 긴말하기 힘들다."
"일단 누워 계세요. 최대한 빨리 갈게요."
"오지 말라니까. 전화 끊는다."
전화가 끊겼고 다시 연결되지 않았다. 창가로 달려가 밖을 내다봤다. 옆집 마당의 차광막 아래 여느 때처럼 서 있는 무쏘가 보였다. 어제 훔쳤던 차를 언제 다시 갖다 놓은 걸까?
혼란스러움을 안고 옆집으로 달려갔다. 나와 마주했을 때, 아주머니는 어떤 표정을 지을까?
막 현관문을 두드리려던 찰나, 문이 벌컥 열렸다.
"아이고, 놀라라!"
손바닥 부분에 빨간 라텍스가 코팅된 목장갑을 끼던 아저씨가 화들짝 놀라며 외쳤다.
"안녕하세요!"
"무슨 일이에요?"
난 뭐라고 말해야 할지 몰라 머뭇거리며 무쏘를 가리켰다.
"저 차가······."
아저씨는 미심쩍은 눈빛으로 날 쏘아보며 말했다.
"아, 저거! 어제 누가 훔쳐 갔다가 밤에 도로 갖다 놓았더라고요?"

헉! 어제의 일이 그대로 이어지고 있었다. 당혹감을 숨기느라 입에서 나오는 대로 말했다.

"아, 정말요? 어휴, 다행이네요!"

아저씨는 "흥!"하며 콧방귀를 뀌더니 나를 지나쳐 마당으로 내려갔다.

"죄송한데, 아저씨의 귀한 차를 좀 빌릴 수 있을까요? 기름 가득 채워서 오후에 돌려드릴게요"

"에? 아니, 어제도 잃어버려서 얼마나 가슴이 철렁했는데, 또 그걸 빌려달라면 내가…."

"제발 부탁드려요. 저희 아빠가 매우 위독하셔서 그래요. 급히 병원에 가야 하는데…."

"아부지가요? 서울에 혼자 사신다는?"

내가 고개를 끄덕거리자, 아저씨는 거실 안쪽을 돌아보며 외쳤다.

"여보! 이리 나와 봐!"

부엌에 있던 아주머니가 손의 물기를 털며 나왔다.

"아이, 왜 바쁜 사람 오라 가라 하는…."

날 보더니 그녀는 흠칫 입을 다물었다. 평소처럼 부스스한 모습의 그녀는 어제와 같은 사람으로 보이지 않았다.

"안녕하세요, 아주머니!"

난 일부러 더 싹싹하게 인사를 건넸다.

"어, 어머… 옆집 아가씨가 웬일이래요?"

당황한 기색을 애써 감추는 그녀.

"차를 또 빌려달라는데? 내일 절에 가려면 오늘 방앗간 가야지?"

아저씨의 말에 지난번 처음 차를 빌릴 때 아저씨가 했던 말이 떠올랐다.

"혹시, 그 윤달 보시인가 하러 가시는 거예요?"
"아가씨네도 절에 다녀요?"
"네 맞아요!"
물론 거짓말이었다.
"아가씨넨 윤달 보시했어요?"
그게 무슨 말인지도 몰랐지만, 열심히 고개를 주억거렸다.
"언제 다녀오셨어?"
"아… 그냥 한 달 정도 됐어요. 근데 제가 지금 급해서…."
"에이, 무슨 말이에요? 윤달은 3월 22일부턴데, 한 달 전에 하는 게 어딨대요?"
아저씨의 표정을 보자 괜히 긁어 부스럼을 만들었다는 후회가 들었다.
"아, 맞다. 그쵸? 제가 딴 거랑 착각했나 봐요! 어휴 참…."
"차 빌리러 오신 거라며?"
난감하던 차에 이렇게 끼어든 아주머니가 너무나 고마웠다.
"어, 참 그렇지! 그, 서울에 혼자 계신다는 아버님이 몹시 아프시다네?"
"네에? 아, 아버지가 어디가 아프신데?"
그녀는 어리둥절하면서도 의심이 서린 눈초리로 날 건너다보았다.
"췌장암 말기래요."
아주머니는 충격을 받은 듯했다.
"그, 그걸 언제 알았대요?"
"어제 오후에 병원에서 검사를 받았는데 방금 연락받았어요. 가족 아무나 빨리 오라는데, 저밖에 갈 사람이 없어요."
"하이고, 저걸 어쩐대!"
아저씨가 진심으로 탄식하자 애교 만점의 부인이 그의 팔을 철썩- 후려쳤다.
"얼른 차 빌려 드려요! 방앗간은 이장 언니네 차 얻어 타면 되니까."

초원빌라 앞에 도착하자 오전 9시 10분이었다. 전보다 20분 먼저 도착했고, 구급차도 오지 않았다. 이번엔 조짐이 나쁘지 않았다. 기대감을 안고 건물 안으로 뛰어 들어갔다.
201호의 현관 벨을 누르자 안에서 개 짖는 소리가 들렸다. 재롱이라는 녀석이었다. 그런데, 좀처럼 문이 열리지 않았다. 연속해서 벨을 눌러 댔지만, 재롱이가 짖는 소리만 더욱 격렬해질 뿐이었다.
현관문에 귀를 바짝 붙였다. 기척이 전혀 느껴지지 않았다.
"아빠! 아빠!!"
문을 쾅쾅 두드리자, 이번에도 옆에 붙은 202호 문이 열리더니 강태훈이 얼굴을 내밀었다. 반가웠다.
"저희 아빠가 대답이 없으신데, 혹시 어디 나가셨을까요?"
"어? 계실 텐데…?"
고개를 갸웃하던 그가 슬리퍼를 꿰고 나와 201호 현관을 두드렸다.
"아저씨!? 관수 아저씨!"
그의 목소리에 재롱이의 짖는 소리가 뚝 멈추더니 애처롭게 낑낑대는 소리로 바뀌었다.
"잠깐만요!"
태훈은 자기 집으로 들어갔다가 열쇠 하나를 들고나왔다. 아빠가 맡긴 여분의 열쇠라고 했다. 문을 열자 기다렸다는 듯 재롱이 태훈의 품에 안겼고, 난 황급히 안으로 들어갔다.
거실에는 아침 뉴스가 나오는 텔레비전이 혼자 켜져 있었고, 아빠의 침실 문이 반쯤 열려 있었다. 침실 문을 활짝 연 난, 방 안의 광경을 보고 얼어붙었다. 아빠는 티셔츠를 팔 한쪽만 걸친 채 바닥에 엎드려 있었다.

"아빠!?"

바짝 마른 몸을 뒤집어 일으키려 했지만, 아빠는 힘없이 늘어졌다. 난 아빠의 뺨을 철썩철썩 두드렸다.

"눈 좀 떠보세요! 정신 차려봐요. 아빠!"

아빠가 흐릿한 눈을 떴다. 팔을 뻗었지만, 허공에서 헛손질할 뿐이었다.

"병원에 가요!"

아빠의 목과 무릎 뒤로 손을 넣어 번쩍 들어 올리려는 나를 태훈이 말렸다. 119에 신고했으니, 구급차가 곧 올 거라고 했다. 그의 말에 아빠를 도로 내려놨다. 떨리는 손으로 아빠의 티셔츠를 제대로 입히고, 아빠를 요 위에 눕혔다.

잠시 후 아빠를 태운 구급차를 따라 보람병원으로 향하다가 지난번 접촉 사고가 났던 그 택시와 또 충돌할 뻔했다. 하지만 이번엔 직전에 브레이크를 밟아 아슬아슬하게 사고를 피한 덕에 경찰서에 가지 않았기에 전보다 두 시간이나 일찍 병원에 도착할 수 있었다. 아빠는 수술실로 들어갔고 난 원무과에 가서 입원 절차를 밟았다.

아빠의 담당 의사인 이호준 교수를 다시 만난 난, 그에게 공손히 인사했다. 녹색 수술복 차림의 그는 마스크를 턱밑으로 끌어내리며 피로한 듯 눈을 끊임없이 깜빡거렸다.

"수술은 별 탈 없이 잘 마쳤구요, 좀 전에 병동으로 옮겨지셨어요. 그런데……."

의사는 무거운 표정을 지었다.

"혼수상태가 되셨나요?"

그의 눈이 커졌다. 표정을 보니 대답을 들을 것도 없었다. 그 이

후의 친절한 설명들도.

그가 장기 단면도를 꺼내자 난 벌떡 일어섰다.

"시간을 아끼는 게 좋을 것 같아요. 밖에 기다리는 환자도 많던데."

어리둥절해하는 의사를 내버려둔 채 진료실을 나와 8층 병동으로 올라갔다. 창가 자리의 커튼을 열고, 전과 똑같은 모습으로 누운 아빠에게 다가가던 난, 느닷없이 침대 밑에 숨었다. 그러자 곧바로 커튼이 열리더니 "따님!?"이라고 외치는 소리가 들렸다.

그럴 줄 알았지.

침상 아래로 바퀴 달린 링거대 다리와 슬리퍼 신은 발이 보였다. 잠시 길을 잃은 듯 머뭇대던 발은 링거대와 함께 시야에서 사라졌다. 그제야 난 침상 밑에서 엉금엉금 기어 나왔다.

그런데 미처 몸을 일으키기 전 다시 커튼이 열렸다. 화들짝 놀라 올려다보니, 콧수염 미인 간호사였다. 그녀는 서릿발처럼 차가운 표정으로 날 내려다봤다.

"뭐 하시는 거예요?"

"아, 안녕하세요? 그냥… 이 아래 뭐가 굴러 들어가서요."

날 빤히 보던 그녀는 이내 보호자의 수칙에 대해 알려주었다.

오늘은 여기서 밤을 지새울 요량으로 그녀에게 담요 두 장을 부탁했다. 그런데 그녀는 다른 보호자도 써야 하기에 담요를 한 장밖에 줄 수 없다고 말하고는, '휙' 하니 병실을 나갔다. 어이가 없었다. 병원비가 얼만데 고작 담요 하나 갖고……

한숨을 쉬며 보조 스툴에 털썩 앉아 아빠를 내려다봤다. 오늘은 서연에게는 연락하지 않을 것이다. 어차피 다시 자개장에 들어갈 작정이니까.

사방이 어두웠다.

네 개의 침상이 전부 커튼에 가려져 있는 한밤중의 병실은 적막하고 괴괴했고, 아빠는 여전히 미동도 없이 누워 있었다. 심전도 모니터의 초록색 파동이 삐-삐-하는 기계음을 따라 끝없이 흘러갔다.

지난번, 나 대신 곁을 지켰던 서연은 어떤 심정이었을까? 그건 가늠하기 어렵다. 난 그녀의 입장이 되어보지 못했으니까. 애정이 깊을수록 슬픔의 깊이도 비례하겠지. 그런 면에서는 오히려 난 다행인 듯싶었다.

그러는 사이 휴대폰이 서른 번도 넘게 몸살을 했다. 옆집 아저씨의 차량 반납 독촉 문자라는 걸 알기에 휴대폰을 확인하지 않았다. 문득 옆집 아저씨한테 윤달 보시를 아는 척했다가 망신당한 게 떠올랐다. 근데 윤달이 뭐지? 어디서 많이 들어보긴 했는데.

인터넷으로 검색해 보니 윤달이란 양력의 일수와 음력의 일수를 맞추기 위해 불가피하게 만든 달이었다. 양력의 일 수는 365일이지만 음력은 총 354일로 1년 동안에 11일의 차이가 생긴다. 그 오차를 없애기 위해 4년마다 임의로 한 달을 만들어 끼워 넣은 것이었다. 즉, 윤달이란 실재하지 않는 시간이나 마찬가지였다. 그러한 연유로 윤달과 관련된 다양한 속설들이 존재했다.

이를테면 윤달 기간에는 신들이 인간 세상에 관여할 수 없다던가, 조상의 묘를 양지바른 곳으로 이장한다던가, 중요한 집안 행사를 금한다든가 하는. 그래서 불교 신자들은 옆집 아저씨처럼 윤달이면 절을 찾아가 조상들에게 잘 좀 봐달라고 보시를 하는 것이다.

올해의 윤달은 양력으로 3월 22일부터 4월 19일까지였다.

앗, 그러고 보니 지금이 윤달이잖아! 그렇다면 내게 벌어진 이 기묘한 일도 윤달과 관련된 걸 수도! 그 고릿적 자개장에 붙어있다가 마침, 윤달을 맞아 고삐가 풀린 귀신이 내게 장난질을 치는 건지 누가 알겠나? 게다가 4월 1일은 만우절이잖아! 글쎄, 만우절까지는 잘 모르겠는걸. 귀신이 만우절을 즐기는지도 알 수가 없는 데다……

잠깐, 지금 몇 시지?

2024년 4월 1일 오전 12시 10분
타이머 00:00:00

어느새 자정이 넘었네. …그런데 타이머가 멈춰 있다! 이건 무슨 뜻이지?

지금까지 타이머가 설정된 시간만큼 과거에 머무를 수가 있었다. 그렇다면 이제는 현실의 시간을 살 수 있다는 건가.

곰곰이 떠올려보니, 두 번의 시간 여행 모두 4월 1일 자정을 막 넘긴 뒤에 자개장에 들어갔다. 혹시 이 시점이 자개장이 작동하는 타이밍인 걸까? 단 두 번의 경험만으로 확신할 수는 없었지만, 일단 가설로 세워두는 데에 나쁠 건 없었다.

여전히 의식이 없는 아빠의 얼굴을 가만히 들여다보았다.

다시 자개장에 들어가야 할까? 매번 고생이 이만저만이 아니었다. 차라리 엄마의 텃밭에 가는 편이 더 낫지.

인간이 아무리 애를 써도 이루지 못하는 것들이 있다. 내 운명조차 바꿀 수 없는 처지에, 다른 사람의 운명을 어떻게 바꾸겠다는 걸까. 미련 없이 내려놓자. 그저 하룻밤, 아니 이틀 밤 꿈이었다고 생각하면 그만이다.

굳게 다짐하듯 고개를 끄덕이며, 아빠에게 시선을 돌렸다.

얼굴을 덮은 투명한 산소호흡기 안으로 흐린 입김이 들러붙었다가 사라지길 반복했다. 두 주먹을 이마에 댄 채 고민하던 나는 이내 자리에서 일어나 병실을 빠져나왔다.

그래, 한 번만 더. 한 번만 더 자개장에 들어가 보자. 뭐든 삼세번은 해봐야 아는 법이니까. 어차피 현실 세계엔 그리 바쁜 일도, 중요한 일도 없는 걸.

난 병실을 빠져나왔다. 이번은 전략을 바꿔야 한다. 무턱대고 병원에 데려가는 짓은 그만둬야지. 어차피 화해가 목적 아닌가? 정면 승부를 보는 거다.

병원 건물 앞의 4층짜리 개방형 주차장 건물로 향해 빠르게 걸어가며 머릿속으로 계획을 그렸다.

무쏘의 운전석에 올라 모바일 앱으로 통장 잔액을 확인했다. 우와… 딱 36,540원. 이걸로 대체 뭘 할 수 있을까? 하지만, 낙담할 필요는 없다. 시간 여행을 이용하면 돈쯤이야 얼마든지 마련할 수 있을 테니까! 어쩌면 현실에선 상상조차 못 했던 일들도 가능할지도 몰라. 다만, 양심을 잠시 어딘가에 맡겨둬야겠지만……

괜찮다. 정말 괜찮을 것이다.

지금은 신의 눈을 피할 수 있다는 윤달이니까.

"거긴 왜 들어가?"

노크도 없이 엄마가 불쑥 내 방에 들어왔다. 막 한 발을 자개장 안에 걸치고 있던 난 당황하며 철퍼덕 주저앉았다.

"네? 뭐가요?"

영문을 모르겠다는 표정으로 엄마를 쳐다보며, 후드티 주머니 속의 신용카드를 꽉 움켜쥐었다. 조금 전 엄마가 잠든 사이 방에 몰래 들어가 슬쩍 한 것이다. 눈을 치켜뜨며 성큼성큼 다가온 엄마는 자개장 안을 들여다보았다.

늘 6시 반에 일어나는 양반이 왜 오늘따라 한 시간이나 일찍 일어나셨담?

"옷 다 망가지게 뭐 하는 거래? 대체 뭐 하느라 그랬니?"

"그냥, 왠지 아늑할 것 같아서…."

"몇 시에 들어왔어?"

"두 신가… 세 신가… 네 신가…?"

"술이 덜 깼구먼? 차도 없었을 텐데 어떻게 온 거야? 누가 태워다 줬니?"

난 그렇다고 대답했다. 그러자 엄마의 눈이 번쩍번쩍 빛났다.

"누군데? 만나는 남자 있어?"

"맞아요. 나중에 자세히 말씀드릴 테니까 좀 나가주세요, 술 좀 깨게 더 자야겠어요."

엄마는 날 빤히 쳐다봤다.

"여기 들어가지 마. 이거 다 비싼 옷들인데 망가지면 물어낼 돈이나 있어?"

헐…… 이제 자개장에 들어가려면 아르바이트라도 해야겠군.

"잠깐 눈 좀 붙이고 나와. 돼지 등뼈 사다 놨어. 너 좋아하는 감자탕 끓일 거니까."

내 귀를 의심하며 엄마를 쳐다봤다.

"이따 감자탕 실컷 먹고 콩 심으러 가자."

우하하! 그러면 그렇지. 소도 일을 시키기 전엔 배를 채워주는 법이니.

"그런 것 좀 그만 심으면 안 돼요? 그냥 사다 먹자고요. 제발! 그깟 것 얼마나 한다고…."

"애 좀 봐, 콩이 얼마나 비싼 줄 알아? 시중에 파는 거 죄다 중국산이야. 엄마 콩으로 작년에 얼마 벌었게? 땅 파면 돈이 나오는 거야!"

"땅 파서 돈 벌고 싶지 않아요. 전 그런 데 소질 없어요."

"아니, 넌 소질이 충분해. 내가 알아. 이번엔 십만 원 줄게."

얼굴을 잔뜩 일그러뜨리던 난 눈이 번쩍해서 엄마를 쳐다봤다.

"그거… 미리 가불해 주시면 안 돼요?"

"뭐? 가불 같은 소린 어서 배웠니? 백수 주제에 참, 나……."
"알았어요. 한 시간만 더 자고 나갈게요."
"두 시간 더 자. 술은 다 깨야지."

엄마가 방을 나가자, 난 도망치듯 자개장으로 들어갔다.

컴컴한 장롱 속에 쭈그려 앉은 채, 주머니 속 신용카드를 꽉 움켜잡았다. 긴장한 탓인지 손에 땀이 배어 나왔다. 그렇게 조금 지나자, 목덜미에 따스한 바람이 스쳤다.

전에도 이랬지. 이런 느낌을 받고 나면 과거로 나왔어…….

어쩐지 마음이 편안해졌다. 난 몸을 더욱 옹송그리며 다정하게 감싸오는 공기에 몸을 맡겼다.

† 제 3 장 †

1.

이번엔 절대로 잠들지 않았다. 어느 순간, 공기의 흐름이 멈췄다는 걸 느낀 난 천천히 자개장 밖으로 나왔다. 역시 내 방이었다. 창밖에 비가 내리고 있었다.

난 서둘러 휴대폰을 확인했다.

3월 24일 금요일 오전 11시 40분
타이머 09:58:12

이번엔 3일 전인 29일이 될 거란 예상은 보기 좋게 빗나갔다. 무려 8일 전으로 되돌아갔다. 하루씩 과거로 가는 패턴이 아닌가 보다. 이렇게 되돌아가는 날은 대체 어떤 날들인 거지? 그리고 이 타이머의 의미는 대체 뭘까? 내가 알 수 있는 거라곤 자개장을 통해 주어진 날들에는 각자 정해진 시간이 있다는 것, 그리고 과거로 갈수록 타이머가 점점 줄어든다는 정도였다.

나는 타이머가 나타나는 공간을 '타이머 존'이라 부르기로 했다. 이번이 횟수로 따지면 '3회차 타이머 존'이 되는 셈이다. 앞으로 더 알아볼 기회가 있겠지. 자개장이 언제까지 작동할지는 모르겠지만, 직접 부딪치고 시행착오를 겪다가 보면 언젠가는 그 비밀을 풀 수 있을 것이다.

난 침대에 벌렁 드러누운 채, 노트북에서 흘러나오는 '기차는 8시에 떠나네'에 귀를 기울였다.

날은 더욱 흐렸고 빗줄기도 아까보다 굵어졌다. 갑자기 의욕이 사라졌다. 원래 비가 오는 날은 아무것도 하지 않는 게(책, 음악, 알코올, 택연 밥 주기를 제외하고) 내가 고수하는 나만의 철칙(몇 개 안 되지만) 중 하나였다.

호소력 짙은 소프라노의 목소리를 따라 흥얼거리던 나는 벌떡 몸을 일으켜 창가로 다가갔다.

창문 바로 앞, 앙상한 백목련 나뭇가지 위에 동그랗고 하얀 새가 앉아 있었다. 흑요석처럼 까만 눈을 반짝이며 내 방을 들여다보는 앙증맞은 새는 지난번에도 봤던 흰머리오목눈이다.

책상 앞에 앉은 난 독서대 위에 펼쳐져 있던 〈오 헨리의 단편집〉을 집어 들었다. 병상에 누워 죽을 고비를 넘긴 존시가 마지막 담쟁이 잎의 비밀을 알게 되는 장면이었다. 본문 중 의사가 그녀에게 한 말이 눈에 들어왔다.

희망은 반반이야. 하지만 좀 더 버티면 당신이 이길 수 있어.

거기에 겹쳐 〈기차는 8시에 떠나네〉 노랫말이 자동 재생으로 자꾸만 귓가에 되돌아왔다.

휴대폰 버튼을 눌렀다. 여러 번 걸어도 아빠는 받지 않았다.

거실로 나가 옆집 마당을 내다보았다. 무쏘는 보이지 않았다. 난 문득 주머니를 뒤적였다. 엄마의 신용카드가 들어 있었다. 모든 근심 걱정이 사라지는 기분이었다.

몇 분 후 나는 택시에 올라 "서울이요!"라고 외쳤고, 기사 아저씨는 신나게 차를 내달렸다.

약 두 시간 후 초원 빌라 앞에 선 난, 빌라의 2층 베란다를 올려다보며 엄지손톱을 물어뜯었다. 아빠는 또다시 나와 4년 만에 처음 만나는 상황인 셈이다.

기억상실증 환자와 만나는 기분이 이런 걸까.

그때 출입문이 열리며 커다란 배낭을 등에 멘 태훈이 나타났다. 우산을 펼치던 그와 눈이 마주치자, 엉겁결에 인사를 하고 말았다.

"안녕하세요!"

그는 의아한 얼굴로 날 쳐다봤다. 아차 싶었던 난 "아, 아니구나…."라고 중얼대며 그를 지나쳤다. 허둥지둥 출입문을 여는데, 갑자기 문이 벌컥 열리며 누군가와 쿵 부딪쳤다. 나와 부딪친 검정 슈트를 입은 노신사가 "아이쿠 죄송합니다!"라며 고개를 숙이며 지나쳤다.

아, 진짜 눈을 어디에 달고 다니는 거야…라며 안으로 들어가려던 난 멈칫, 뒤돌아섰다.

"아빠!"

아빠가 돌아보더니 눈이 휘둥그레졌다. 검은 슈트 차림의 아빠는 〈대부〉에 나오는 돈 코를레오네 같았다. 하지만 옷맵시는 형편없었다. 치수 큰 남의 옷이라도 빌려 입은 듯 몸과 옷이 따로 놀았다. 예전엔 분명, 자로 잰 듯 딱 맞던 슈트였다.

"비 오는데 왜 우산 안 갖고 나왔어요?"

"웬일이냐, 느닷없이?"

"우산은요?"

"우산이고 나발이고 여긴 어쩐 일이냐고?"

"어디 가세요?"

"하 참, 상대가 묻는 말에 대답부터 하고 네 얘기를 하라고. 그게 대화의 기본이야."

내가 먼저 물었는데.

"난 장례식에 가는 길이다. 어제 친구 놈 하나가 또 떠났지, 뭐냐. 인호라고… 너도 알지?"

이인호 아저씨라면 내가 고등학생 때, 그러니까 부모님이 이혼하시기 전까지 가족끼리 여행도 가고 서로의 집에 왕래도 했던, 아빠의 고등학교 동창이자 절친 4인방 중 한 분이었다.

"빈소가 어딘데요?"

아빠의 머리 위에 우산을 씌우며 물었다. 아빠는 우산을 도로 내 쪽으로 밀쳤다.

"별로 안 멀어. 저 흑석동에 있는 병원 있잖아, 무슨 대학 병원인데… 가만있어 봐라……."

아빠가 주머니를 뒤적거리며 휴대폰을 꺼내려 했다. 아빠의 어깨가 빗방울에 얼룩지는 걸 보고 다시 아빠의 머리에 우산을 씌웠다.

"중대 병원이요?"

"그래, 거기 장례식장. 우산은 너나 쓰라고, 아빤 됐으니까."

아빠가 다시 우산을 밀쳐냈다. 제발 집에서 우산을 챙겨 나오시라고 보챘지만, 아빠는 이 정도 비쯤은 괜찮다며 고집스럽게 걸음을 옮겼다. 어쩔 수 없이 아빠와 함께 우산을 썼지만 서로 떨어져 걷는 바람에 우산은 그 누구도 제대로 가려주지 못했다. 아빠에게 우산을 받으라고 했지만, 또 거절당했다. 혼자 쓰기에 마뜩잖았던 난 결국 우산을 빈 허공에 들어 올린 채 그대로 걸었고, 그렇게 둘 다 비를 맞으며 마을버스 정류장에 도착했다.

다행히도 버스가 금방 왔고, 우리는 텅텅 빈 차에 올랐다. 난 아빠의 뒷자리에 앉았다.

"오늘 또 술 드시는 거예요?"

"친구는 먼 길 떠나고, 오랜만에 동창 놈들 만나는 자린데 그럼, 손가락만 빨고 앉아 있어야겠냐?"

"누가 그러래요? 딴 거 드시면 되죠. …오늘, 술 엄청 드시겠어요?"

아빠는 못 들은 척하며 창밖으로 먼 시선을 던졌다.

"제가 왜 왔는지 아세요?"

"……."

여전히 창밖만 보는 아빠의 귓가에 가까이 대고 다시 또박또박 말했다.

"제가, 왜, 여기에, 온….."

"말해! 듣고 있으니까!"

아빠의 버럭 짜증에 그만 기분이 상해버린 난 입을 다문 채 창밖을 내다봤다. 아빠가 돌아봤다.

"말하라니까?"

"됐어요, 그냥 집에 갈래요."

"흥, 어려서부터 툭하면 삐쭉대던 성격은 여전하구먼. 제 할아버지를 닮았나……."

그러는 아빠는 누굴 닮았느냐고 받아칠까?

"넌 할아버지 기억 안 나지? 네가 다섯 살 땐가 여섯 살 때 돌아가셨으니까."

"안 나긴 왜 안 나요! 제 기억력을 어떻게 보시고, 쯧!"

절대 입을 열지 않으려 했지만, 발끈할 수밖에 없었다. 엄마와 아빠는 내가 할아버지의 얼굴조차 제대로 기억 못 할 거로 생각했다. 하지만 그렇지 않았다. 얼굴뿐만 아니라 내 머릿속엔 할아버지와의 추억도 몇 장면 남아 있었기 때문이다. 그런 얘기를 하면, "그걸 네가 어떻게 기억하겠어? 넌 고작 두세 살이었는데?"라며 두 사람 모두 내 말을 믿지 않았다.

"그래서, 왜 온 건데? 몇 년간 연락 한번 없다가, 무슨 바람이 불어서…?"

"제가 왜 아빠랑 연락을 끊었는지 아세요?"

"네 속을 어떻게 아냐, 말해야 알지."

"물어보셔야 말을 하죠. 왜 진작 안 물어보셨어요?"

"어떻게 물어볼까, 전화해도 안 받는데. …왜 자꾸 질질 끄냐? 하아, 답답하네… 됐다, 말하지 마라. 알고 싶지도 않다."

"알고 싶지도 않다구요? 그럼, 계속해서 연락 끊고 지내도 괜찮다는 거예요? 정말 그래도 괜찮아요, 아빠는?"

"그러니까 어서 말을 해보라고!"

"됐어요!"

"에잇, 관둬라!"

분했지만, 전처럼 내 성질대로 굴 수만은 없었다.

"궁금하시면 이따가 자세히 말씀드릴게요."

"이따 언제? 거기 가서 친구들 만나고 그러면 그럴 새가 없지. 그냥 지금 얘기해."

"인사만 하고 얼른 나오시면 되잖아요. 저랑 어디 가서 얘기 좀 해요."

"어떻게 그러냐. 정 그러면, 내일 얘기하자."

"그건 안 돼요!"

"내일 안 돼? 그럼, 모레 하던가. 뭐 바쁜 일 있어?"

"오늘 아니면 6일 후에 가능해요."

"뭐 하느라? 어디 일자리라도 얻었냐?"

그놈의 일자리, 일자리!

"네."

처음으로 아빠의 표정이 환해졌다.

"오, 그래? 그거 잘됐다. 뭐 하는 덴데?"

"그건 나중에 천천히요… 아무튼 일자리 얻은 기념으로 아빠한테 한턱내려고요. 빈소에 가서서 딱 한두 잔만 드시고 저랑 밥 먹으러 가요."

"가만있자… 그럼, 가서 한 시간 정도만 있다가 나올까…."

한 시간이라… 그 정도는 괜찮겠지? 아직 6시간이 남아 있으니까.

마을버스에서 내려 시내버스 정류장으로 갔다. 버스를 타고 20분 만에 장례식장에 도착했다. 복도에서 아빠에게 잠시 기다려 달라고 하고는 화장실에 들렀다 나왔는데, 아빠가 보이지 않았다.

빈소가 나란히 늘어선 복도를 따라가다가 이인호라는 이름이 쓰인 근조 화환이 놓인 곳으로 들어갔다. 아빠는 인호 아저씨의 영정 사진 앞에 절을 올리고 있었다.

입구 바로 앞의 데스크에 앉아 조의금을 담당하던 남자가 나를 보고 벌떡 일어났다. 이런 사태를 미처 예상하지 못한 난 당황했다. 현금이 없었기에 할 수 없이 아빠가 나올 때까지 기다리는 수밖에 없었다. 난 데스크 남자를 향해 민망한 웃음을 지었다.

"제가 급히 오느라 봉투를 못 챙겼어요. 봉투 구해서 다시 올게요."

"괜찮아요, 봉투는 여기 많이 있어요."

남자는 미리 준비된 흰 봉투를 내밀어서 나를 더욱 당혹스럽게 만들었다.

"아… 맞다, 제가 깜빡하고 지갑을 차에 두고 왔네요? 지금 가서…."

"괜찮아요, 계좌 이체도 돼요."

남자가 계좌 번호가 적힌 종이를 내밀기에 할 수 없이 통장에 남아 있던 돈을 전부 이체했다.

제단 앞에 다가가자, 유족들과 인사를 나누던 아빠가 나를 소개했다. 예상치 못한 조문객의 등장에 몹시 고마워하는 유족과 인사를 나눴다. 그러다 문득, 머지않아 나 역시 이들과 같은 처지가 되리란 걸 깨달았다. 갑자기 가슴이 서늘해졌다.

"우리 관수가 효녀 딸내미를 다 뒀네. 그려!"

마주 앉은 은발의 노신사가 말했다. 아빠의 절친 4인방 중 유일하게 남은 오경택 아저씨였다. 20년 만에 마주한 반가운 얼굴. 이제는 완연한 노인의 모습이었지만, 여전히 금세 알아볼 수 있었다. 경택 아저씨의 터무니없는 칭찬에 속절없이 웃으며, 종이컵에 소주를 따라드렸다. 그런데 일회용 접시에 놓인 빨간 홍어 무침을 집어 입에 넣던 아빠가 혀라도 깨문 듯 얼굴을 찡그렸다.

"효녀가 다 얼어 죽었대?"

"왜! 늙다리 아비를 다 모시고 다니고, 요새 이런 자식이 어디 있나?"

"알지도 못하면 그냥 술이나 마셔."

아빠가 콧방귀를 끼며 종이컵을 내밀었다. 경택 아저씨가 술을 따라주려던 순간, 난 종이컵을 낚아챘다.

"이제 다 드셨어요."

"딱 한 잔만 더 하게. 잔 이리 내놔."

"원래 두 잔에 합의 봐 놓고 석 잔까지 봐 드렸잖아요. 근데 또 드시겠다구요?"

"오랜만에 만난 친구 앞에서 아빠 민망하게 할래?"

경택 아저씨는 난감한 듯 아빠와 날 번갈아 봤다.

"죄송한데요, 경택 아저씨… 지금 아빠랑 갈 데가 있어서요. 양해 좀 부탁드릴게요."

경택 아저씨가 떨떠름한 얼굴로 "어 그려…"라고 하자 아빠가 말했다.

"그거는 나중에 얘기하자. 아까 며칟날 된다고 했지?"

"그런 게 어딨어요? 약속하셨잖아요! 부조까지 했다구요."

"언성 낮춰. 남의 장례식에 와서 뭐 하는 짓이야? 대체 나이를 어디로 먹은 건지 쯧쯧….”

"어! 저기 창식이 놈 왔네! 어이!"

경택 아저씨가 유난히 반가운 친구를 만났는지 부리나케 자리를 떴다. 아빠는 전전긍긍하는 나는 안중에 없다는 듯 슈트 안주머니에서 펜과 수첩을 꺼냈다. 보람병원의 콧수염 간호사가 건네주던 바로 그 수첩이다.

검정 비닐 재질의 수첩 겉면에 흰 글씨로, '父(부), 사망 시 절차'라고 쓰여 있었다.

"근데, 부는 뭐예요?"

"부가 뭐냐니? 이 정도 한자도 모르냐? '아버지 부'자 아니냐?"

"아니, 무슨 뜻인지 모른다는 게 아니라, 왜 이렇게 썼냐는… 에이, 됐어요."

그러자 이상한 벌레라도 본 듯한 표정으로 아빠는 수첩을 폈다. 그리고 그 안에 적힌 지인 목록 중 '이인호'라는 이름 위로 두 줄을 그었다.

"차암… 나보다 먼저 갈 줄은 꿈에도 몰랐네. 사람의 명이라는 게 알 수 없는 거야."

씁쓸히 웃는 아빠의 모습이 어쩐지 서글퍼 보였다. 그래서 난 퉁명스레 말했다.

"알 수 없다면서 그런 수첩은 왜 만든 거예요?"

"아빠가 천년만년 사냐? 저승사자가 당장 오늘 밤에 찾아올지 낼모레 데려갈지 누가 알겠냐. 이렇게 미리 준비해 놔야 너희도 좀 수월할 테고."

속으로 흠칫했던 난, 플라스틱 접시에 놓인 동그란 꿀떡을 젓가락으로 푹 찔렀다. 아빠가 자신의 운명을 정확히 예측했다는 사실에 놀란 게 아니었다. 그건 이미 10년 전부터 반복된 아빠의 레퍼토리 중 하나였으니까. 그보다, 자식들을 위해 수첩을 마련했다는 건 전혀 생각지도 못한 일이었다.

"이 정도로 거의 정리된 것 같으니까, 이제 네가 갖고 있어라."

아빠가 수첩을 내밀었다.

"싫어요. 이딴 건."

난 쑥 빛깔의 꿀떡을 입에 넣고 깨물었다. 입안에서 단물이 터졌지만 별로 달게 느껴지지 않았다.

"받아. 막상 그때 돼 봐라, 얼마나 경황이 없을 텐데. 이거 있으면 도움 될 거야."

"솔직히 아빠는 두렵지 않아요? 왜 늘 담담한 척하세요?"

"척이 아니고, 난 정말 하나도 두렵지 않아. 지금껏 크게 아픈 곳 없이 이렇게 사지 멀쩡히 산 것만도 하나님께 감사할 일이지."

"교회도 안 나가면서 그런 말을 잘도 하시네요."

"형식이 뭐가 중요하냐? 마음이 중요한 거지."

"그럼, 장례식은 왜 해요? 그냥 마음으로 기리면 되지."

아빠는 못 들은 척 헛기침을 하며 접었던 수첩을 다시 펼쳤다.

"여기 친지들 연락처랑 아빠가 부조했던 사람들, 동창회니, 동기회니, 번호 다 적어 놨어. 특히 무슨 무슨 '회'라고 적어놓은 곳엔 꼭 연락해라. 부의금이 조금 들어올 거야. 국가 보훈처에 연락하면 장례 보조비도 나올 거고. 장례식 치르는 데 비용이 만만치 않을 테니 꼭 다 받아 챙겨. 아빠가 남겨줄 것도 별로 없는데, 너희들한테 장례 비용까지 부담 주긴 싫어서 그래."

아빠는 수첩을 접어 내 코앞에 바짝 디밀었다.

"듣기 싫다구요. 저 방울토마토 좀 먹게 이것 좀 치워 주세요. 그렇게 주고 싶으시면 나중에 서연이나 주시든가요."

"하여간 너하곤 말이 안 통한다니까…."

아빠는 무색한 표정으로 수첩을 슈트 안주머니에 도로 집어넣었다.

"저흰 그만 이제 나가요."

"가만있어 봐라… 이건 마저 비워야지."

아빠는 소주병을 집어 들었다. 기어코 남은 술을 처치할 기세였다.

"알았어요. 그럼, 제가 따라드릴게요."

난 소주병을 집어 들고 아빠의 잔에 기울였다. 순간, 손이 미끄러진 척하며 잔을 엎어뜨려 술을 다 쏟아버렸다.

"뭐 하는 거야!!? 넌 대체 어떻게 된 애냐!? 누굴 닮아서 그리 매사에 조심성이 없어!!"

아빠는 마치 내가 고려청자라도 깨뜨린 것처럼 화를 냈다. 하지만 어쩔 수 없었다. 무엇이든 맺고 끊는 데는 타이밍이 중요한 법이다.

조문객들의 시선을 한 몸에 받으며 도망치듯 먼저 밖으로 나왔다. 아빠는 무안한 얼굴로 냅킨을 꺼내 흘린 술을 닦아냈고, 그제야 빈소를 나왔다.

빨간 제육볶음이 수북이 쌓인 접시가 놓이자 아빠와 난, 며칠 굶은 사람들처럼 젓가락을 바삐 움직였다. 원래는 병원을 나와 시내의 복합영화관에 가려 했는데, 아빠가 영화를 볼 기분이 아니라고 해서 아빠의 단골 식당으로 온 것이다.

소문난 맛집답게 식당 안은 빈 테이블 하나 없이 손님들로 가득 차 있었다. 실내 장식도 고가구를 활용해 고전미와 독특함이 느껴졌다.

파란 상추에 고기를 싸 먹다가 무심코 양념 조각을 테이블 위에 흘렸다. 그제야 자개장 문짝 형태의 테이블이 눈에 들어왔다. 그걸 보자 정신이 번쩍 들었다(꼭, 배가 어느 정도 차서 그런 건 아니다).

"참! 양평 집에 있는 자개장 있잖아요, 옛날부터 쓰던 거요."

"어…? 아아, 그게 여태 있었나?"

"그게 무슨 말이에요, 버리지 말라면서요?"

"내가?"

"어휴… 아무튼 그 자개장이 아빠 결혼할 때 할아버지가 주신 거라면서요?"

엄마에게 한두 번 들은 소리가 아니었다.

"정확히 말하면, 느이 할아버지가 준 건 아니지. 그 장은 원래 내 것이었으니까."

"아빠 거라뇨?"

"아빠가 아주 어릴 때 선물로 받았던 건데, 결혼하면서 본가에서 쓰던 걸 갖고 온 거야. 대신에, 네 엄마가 해온 장은 부모님 드렸지. 덕분에, 네 할머니도 골이 나고, 네 엄마도 골이 나고… 나만 곤란하게 됐지, 뭐냐. 하여튼 네 엄만, 수틀리는 일 생길 때마다 그놈의 장 얘기로 매번 날 들들 볶아댔지…."

"그런 자개장을 누가 아빠한테 준 건데요?"

"우리 할아버지, 그러니까 네 증조할아버지가 주셨어."

"증조할아버지가요? 왜요?"

증조부에 대한 얘긴 처음 듣는 것이었다. 내가 궁금해하자, 아빠는 눈을 반짝이며 내가 처음 듣는 이야기를 들려줬다.

쉰여섯 살에 돌아가신 증조할아버지는 논 열댓 마지기에 소작농을 부리던 마을 유지였다. 증조부는, 그러니까 나의 할아버지와 평생 사이가 좋지 않았다. 할아버지는 증조부를 닮아 무척이나 고집이 셌고, 그래서 부자는 서로를 이해하려 하지 않았다. 특히, 할아버지가 집안일에는 무관심한 채 서양 책이나 음악에만 몰두하는 모습을 증조부는 몹시 못마땅하게 여겼다.

부모님 몰래 훔친 논 반 마지기의 땅문서를 내주고 기타라는 악기를 산 것도 속이 부글거릴 일이었다. 1945년 해방 당시 우리나라에 기타를 들고 왔던 어느 미군에게 산 것인데, 지금으로 따지면 약 150평가량의 강남땅을 기타 하나와 맞바꾼 거나 비슷했다.

자유로운 풍운아로 살고 싶다는 아들의 의견을 묵살하고, 이웃 마을 만석꾼의 장녀 점순이(나의 할머니)와 억지로 혼인을 시킨 것도 부자 관계를 더욱 악화시켰다. 그러다가 집안의 장손(아빠)이 태어나자, 말할 수 없이 기뻤던 증조부는 아들에게 주지 못한 애정까지 장손에게 쏟아부었다.

일제강점기였던 당시, 조선총독부에서 시행한 '토지조사사업'에 따라 논 다섯 마지기를 강제로 내놓아야 했던 증조부는 나머지도 빼앗기기 전에 서둘러 땅을 모두 팔았다. 그리고 남은 땅 값의 절반을 장손의 첫돌 기념에 쓰기로 결심했다. 일본으로 운반하기 위해 베어진 백 년 넘은 주목나무들 중 몇 그루를 비싼 값을 치르고 가져다 마을의 장인에게 자개장 제작을 맡겼다. 그 유서 깊은 자개장이 바로 내 방에 있는 그것이었다.

"우리 할아버지는 내가 세 살 때 돌아가셨어. 그땐 이미 가세는 기울고 집안에 남은 게 아무것도 없었지. 그렇게 내가 할아버지의 유산을 받은 유일한 자손이 된 거야."

아빠의 입가에, 마치 좋은 꿈을 꾸는 듯한 미소가 떠올랐다.

"이제 네 얘기를 해봐."

난 고민했다. 그냥 털어놓을까? 과연 그게 좋은 방법일까?

"그러니까, 얼마 전에 그 자개장에 들어갔었는데요."

"그 자개장엘 들어갔다고? 누가?"

"제가요."

왜 그런 짓을 했냐는 핀잔쯤은 감수할 생각이었다. 그런데 아빠는 뜻밖의 말을 꺼냈다.

"너도 그랬냐? 아빠도 어렸을 때 가끔 그랬는데."

"네!? 그, 그래서, 자개장에 들어갔더니 어떻게 되셨어요?"

"한 번은, 네 할아버지가 날 찾는 소리가 들렸는데 어린 마음에 혼날까, 싶어 거기 숨어 있다가 잠이 든 거야. 아, 박가네 장손이 없어졌다고, 동네 사람들이 죄다 나서서 날 찾는다고 야단이 났지. 한참 만에 네 할아버지가 장롱 안에 있는 날 발견한 거야. 아주 치도곤을 치르겠구나 싶었는데, 야 이노무 새끼야 하고 말더라고, 허허… 그러고도 가끔 거길 들어가곤 했어. 그 안에 있으면 이상하게 마음이 편안해졌거든. 아부지한테 들킬 때면 여지없이 혼나곤 했지만. 사내자식이 뭐 하는 짓이냐, 꼬추 떼놓고 들어가 다신 나오지도 말아라…."

"혹시, 그 장롱에 들어갔다 나오면 다른 날이 된다거나 그러진 않았어요?"

"그랬지."

순간, 펄쩍 튀어 오를 뻔했다.

"자고 나서 다음 날이 된 것 같기도 하고, 낮에 들어갔는데 밤에 나오기도 하고… 그땐 지금처럼 집집이 달력이 있던 시절이 아니라서 날짜를 확인하긴 어려웠어. 어머니한테 물어보지 않으면 며칠인지 알 수가 없었으니까."

"몇 살 때까지 들어가셨어요?"

"국민학교에 들어가기 전까지 1, 2년이나 그러다 말았지. 점점 동생들이 늘고 할 일도 많아지고, 짐도 많아지니…."

"이상한 일을 겪은 적은 없으세요? 가령, 자개장에서 나왔는데 어제와 똑같은 일이 생겼다든지."

"시골 일상이래 봐야 다 거기서 거기니 뭐… 근데 그런 질문은 왜 하는 건데?"

몹시 실망스러웠다.

"얼른 네 얘기나 해봐. 무슨 얘길 하려고 4년 만에 행차하셨는지."

"이달 말일에, 아빠한테 안 좋은 일이 생겨요."

"어떤 안 좋은 일?"

난 아빠가 난치병에 걸려 혼수상태가 될 거라는 걸 솔직히 털어놓았다. 잠시 묵묵히 먼 데를 보던 아빠가 말했다.

"개꿈이야."

"꿈이 아니에요! 아니, 개꿈 같은 게 아니에요. 정말 생생했다구요. 예지몽일 수도…."

"복권이나 한 장 사야겠다. 죽는 꿈은 길몽이라던데. 근데, 고작 그 얘기 하려고 4년 만에 불쑥 찾아온 거냐?"

난 속이 터질 듯했다.

"그러다 진짜 꿈처럼 되면요?"

"그럼, 뭐… 운명으로 받아들여야지."

"그게 무슨…! 미리 조치를 취해서 운명을 바꿔볼 수도 있잖아요?"

아빠는 문득 조소하는 투로 말했다.

"네 운명이나 좀 바꿔보지 그래? 뭐, 그거 한다고 방구석에 틀어박혀서 나이만 먹고 있지 않냐. 십 년이나 노력해도 안 되는 건 안 되는 거야. 세상에 작가가 되고 싶지 않은 사람이 어디 있겠냐? 사람이 다 제 하고 싶은 대로만 하고 살 수 있나, 응? 안 그러냐? 다들 너처럼 살면 세상이 어떻게 되겠냐?"

"세상이라구요…? 그러니까… 제가 세상에 쓸모없는 인간이란 건가요?"

"참… 역시 넌 서연이랑은 많이 달라. 쉽게 말이 통하지 않아.

달을 가리키는데, 달은 안 보고 가리키는 손톱에 낀 때만 쳐다보고 있네."

"지금 같이 병원에 가봐요."

"뭐?"

"병원에 가서 검사 받아보자구요. 그러면 개꿈인지 뭔지 확실히 알 것 아녜요."

허를 찔린 듯한 표정의 아빠였다.

버스 안은 승객들로 빽빽했다. 보람병원으로 가는 버스였다. 이제껏 겪었던 일들과 개인적인 추론을 종합한 결과, 병원은 바꾸지 않는 편이 좋다고 판단했다.

버스 중간쯤의 자리에 서서, 앞에 있는 좌석의 손잡이를 잡은 채 휴대폰을 확인했다.

타이머는 3시간 이상 남아 있었다. 시간은 충분했다. 검사를 마치고 타이머가 끝나면 산악회에 가는 날로 건너뛸 것이다. 아마도 아빠는 병원에 입원해 있겠지. 적어도 혼수상태에 빠지는 일은 없으리라. 나도 모르게 안도의 한숨을 내쉬며 아빠를 돌아봤다.

그런데 웬 스포츠형 머리의 키 큰 남자가 어느새 아빠와 나 사이에 끼어있었다. 아빠의 얼굴을 살펴보니 갑작스레 아까보다 십 년 이상 더 늙어 보였다. 하긴, 안 그런 척하지만 걱정이나 두려움이 안 든다면 거짓말이지. 자기 몸속이 그 지경인데, 평소에 뭐라도 느끼지 못했을 리가 있나….

아빠의 바로 곁에 앉은 중학생 남자애가 자신의 휴대폰에 고개를 처박고 있었다.

하여간 요즘 애들은 싹수가 없다니까, 라고 생각하는 찰나, 내 앞에 앉았던 아주머니가 일어섰다. 난 재빨리 스포츠형 머리 남자의 앞으로 손을 뻗어 아빠의 팔을 두드렸고, 아빠가 쳐다보자, 내 앞에 빈 좌석을 가리켰다. 하지만 아빠는 나더러 앉으라고 손짓했고, 난 잔말 말고 얼른 앉으시라는 의미의 동작을 취했다. 그때, 우리 가운데 섰던 스포츠형 머리의 남자가 나를 휙 밀치고 그 자리에 앉았다.

기가 막히고 화가 났던 난 거친 목소리로 그에게 따졌다.

"저기요? 여기 어르신 앉을 자리예요."

30대 중후반쯤 되어 보이는 그는 무섭게 눈을 치뜨며 나를 올려다봤다.

"증거 있어요?"

"네?"

"여기가 저 할배 자리란 증거 있냐구요."

할 말을 잃은 채 어버버거리는데, 아빠가 내게 그냥 내버려두라는 눈짓을 했다. 하지만 난, 고개를 푹 수그린 채 휴대폰을 들여다보는 스포츠형 머리의 어깨를 톡톡 두드렸다.

"이봐요!"

그가 홱 하니 고개를 쳐들었다. 그리고 실핏줄이 가득한 눈자위로 날 노려보며 말했다.

"씨발, 한 번만 더 건드려 봐."

깜짝 당황한 난 주위를 두리번거렸다. 그런데 남자의 말을 나만 들은 건지 주변 승객들은 모두 딴청이었다. 아빠는 창밖을 보며 무슨 생각엔가 잠겨 있었다.

난 스포츠형 머리를 내려다봤다. 그는 마치 아무 일도 없던 것처럼 휴대폰 삼매경에 빠져 있었다.

"왜 욕을 하세요."

스포츠형 머리가 흠칫한 얼굴로 날 올려다봤다.

"부모님 안 계세요? 당신 부모한테도 내가 똑같이 하면 좋…"

난 말을 멈췄다. 그의 얼굴을 기억해 냈다. 기억 창고에서 뉴스

장면들과 인터넷 기사의 헤드라인이 머릿속을 휙휙 지나갔다.

신상 공개와 머그샷, 엽기적인 발언의 인터뷰 영상들… 군대 내 가혹행위로 우울증을 앓던 이등병… 부모 이혼 후 보육원에 맡겨져 자란 어린 시절….

그는 앞으로 세간을 떠들썩하게 만들 '탈영병 시내버스 칼부림 사건'의 주인공이었다. 순식간에 내 안의 분노가 사그라들었다.

"뭐요?"

겉늙은 스타일이었던 탈영병이 조용한 목소리로 말했다.

"아, 아니요, 그냥… 신경 쓰지 마세요, 저흰 금방 내릴 거예요, 헤헤…."

그러자 그가 기괴한 미소를 지으며 자리에서 일어났다.

"아니, 아니 괜찮아요! 그냥 편히 앉아계세요!"

"미안하지만, 넌 못 내려."

그가 내 목을 와락 움켜쥐었다. 난 컥컥대며 남자 손을 떼어 내려고 버둥거렸다.

바로 그 순간, 누군가가 달려들어 그의 목을 잡고 버스 벽에 쾅- 밀어붙였다. 그 누군가는 놀랍게도, 아빠였다.

"이거 안 놔? 영감탱이야!"

그는 내 목을 쥔 채 다른 손으로 아빠의 손을 떼려 몸부림쳤다.

"그 손부터 놔요. 먼저 놓으면 나도 놓을 테니까."

아빠가 말했다. 이런 상황에, 믿을 수 없을 만큼 침착한 어조였다.

문득, 장교 시절 맨손으로도 한 방에 사람을 잡을 수 있는 특공무술을 익혔다는 얘기가 떠올랐다. 그래봤자 군필 남자라면 으레 그러듯 절반 이상이 허풍인 '군대 무용담' 같은 것이리라 여겼다. 그런데 아빠보다 훨씬 덩치가 큰 그는 아빠의 손아귀를 쉽사리 벗어나지 못했다.

어떤 승객이 버스 기사에게 싸움이 났다고 소리를 질렀고, 순간 버스가 급정거했다. 그 바람에 서 있던 승객들이 일제히 앞쪽으로 와르르 쏠렸다. 그제야 난 그의 손에서 벗어나 바닥에 뒹굴었다. 넘어진 승객들 사이에서 비명과 아우성이 터져 나왔다. 사람들과 뒤엉켜 있던 난 왼쪽 다리에 불붙는 듯 엄청난 통증을 느꼈다. 그대로 주저앉은 채 아빠를 찾다가 문득 얼어붙고 말았다.

스포츠형 머리, 그러니까 우울증 걸린 탈영병이 나를 향해 성난 황소처럼 쿵쿵거리며 다가오고 있었다. 그의 손에 과도 크기의 날카로운 칼이 들려 있었다. 푸쉭— 문이 열리는 소리가 들리자 혼비백산한 승객들이 밀물처럼 빠져나갔다. 나도 일어서고 싶었지만 어디가 부러졌는지 꼼짝할 수가 없었다.

거침없이 다가온 탈영병은 주저앉은 나를 향해 칼을 치켜들었다. 칼날이 나를 향해 똑바로 내려왔다. 모든 장면이 고속 촬영한 영상처럼 느릿하게 펼쳐졌다. 난 본능적으로 목과 심장 부위를 가리고 질끈 눈을 감았다. 그런데 이상했다. 아무 감촉이 느껴지지 않았다. 눈을 뜬 순간, 뺨 위로 물방울 같은 게 똑똑 떨어졌다.

고개를 치켜들자, 탈영병의 칼날을 움켜쥔 아빠의 손에서 피가 흐르고 있었다. 순간, 탈영병이 칼을 홱 비틀어 뺐다. 곧이어 탈영병이 휘두른 칼을 간발의 차로 피한 아빠는 주먹으로 그의 명치를 가격했다. 탈영병이 허리를 꺾고 숨을 몰아쉬었다. 그 틈에 다시 칼을 빼앗으려던 아빠는 그가 재차 휘두른 칼에 어깨를 깊숙이 찔렸다.

난 아빠를 목청껏 외쳤고, 버스 밖에 모여 서서 들여다보던 승객들은 발을 동동 굴렸다.

그런데 아빠는 자신이 찔린 것도 모르는 듯 아귀처럼 달려들어 탈영병의 손목을 붙들었다. 이미 기력이 고갈된 아빠는 힘에서 밀렸고, 끝내 탈영병은 칼로 아빠를 찔렀다.

난 비명을 질렀다. 배에 칼이 꽂힌 채 아빠는 마지막 힘을 그러모아 그의 목을 틀어쥐었다. 순간 그는 숨을 쉬지 못했다. 필사적으로 몸부림을 끝에 탈영병이 아빠를 내동댕이쳤다. 좌석 등받이에 세게 부딪히며 튕겨 나간 아빠는 쓰러진 채 움직이지 않았다.
"아빠!"
고장 난 것 같은 몸을 질질 끌며 필사적으로 아빠에게 기어갔다. 다가가 보니, 아빠의 하얀 와이셔츠가 온통 붉은색으로 물들어 있었다. 고개를 돌려, 버스 좌석에 걸터앉아 야수처럼 가쁜 숨을 몰아쉬는 탈영병을 쳐다봤다.

난, 한 번도 느껴본 적 없는 가공할 분노에 휩싸였다. 모든 감각이 마비된 느낌이었다.
"으으 드그드드으…"
내 입에서 알 수 없는 소리가 흘러나왔다. 정신 나간 듯 이리저리 둘러보던 난, 버스 뒷문에 붙은 비상용 탈출 망치 함을 발견했다. 벌떡 일어서서 팔꿈치로 투명한 아크릴판을 깼다. 그 안에서 작고 빨간 쇠망치를 꺼내 곧장 탈영병에게 다가가 힘껏 내리쳤다. 연달아 퍽! 퍽! 퍽!

버스 밖에서 들리는 어느 여자의 찢어질 듯한 비명이, 구급차와 경찰차의 사이렌 소리와 섞여 공기를 뒤흔들었지만, 내 귀에는 물속처럼 멀고 둔했다. 이미 정신은 몸과 따로 놀았.

이제는 얼굴이 알아볼 수 없게 된 탈영병이 바닥에 털썩 엎어지는 순간 경찰들이 버스 안으로 들이닥쳤다.

그제야 의식이 돌아온 난, 그대로 풀썩 쓰러졌다.

역한 소독약 냄새가 코를 찔러 눈을 떠보니 보람병원 응급실에 누워 있었다. 옆자리에 아빠가 보이지 않아 물어보니 수술실에 들어갔다고 했다.

복부 자상으로 인한 과다 출혈과 심각한 수준의 뇌진탕.

코뼈와 안와가 골절되고 이마와 광대뼈가 함몰됐다는 탈영병은 아직 의식을 회복하지 못한 채 중환자실에 누워있다고 했다. 우리 부녀로 인해, 그의 손에 목숨을 잃었던 다섯 사람의 운명이 뒤바뀐 것이다.

그런데, 그 대가로 아빠의 운명은 오히려 앞당겨지고 말았다. 타이머가 종료되기 약 한 시간 전, 아빠가 또 코마 상태에 빠진 것이다.

중환자실로 옮겨지는 아빠를 먼발치에서 바라보다가 침상으로 돌아와 휴대폰을 열었다.

그런데, 휴대폰 속 타이머 표시가 00:00:00으로 멈춰 있었다!

오늘 정해진 타이머는 아직 30분 정도 남아야 했다. 뭐지!? 4월 1일 자정이 되어야 타이머가 멈추는 게 아니었나?

한 시간을 더 기다리며 타이머를 확인했지만, 멈춘 표시는 달라지지 않았다.

병동 간호사에게 퇴원을 요청했지만, 담당 의사의 허가가 있어야 한다며 받아들여지지 않았다. 그렇지만 위독한 상태의 아빠가 언제 어떻게 될지 모르는 마당에 마냥 기다릴 수 없었다.

몇 분 후, 간호사에게 얻은 목발을 짚고 병실을 나와 휴게실에 가는 척하며 그대로 엘리베이터를 타고 병원 밖으로 나왔다.

병원 앞은 온갖 취재진이 몰려들어 소란스러웠다. 출입문 한쪽에서 제복 차림의 경찰 간부가 기자들에 둘러싸여 인터뷰하고 있었다. 지붕에 경광등을 단 국방색 승용차가 눈앞에 멈췄다. 문짝에 '헌병'이라 쓰여 있었다. 거기서 사복 차림의 두 남자가 내리며 두런거렸다. 박관수 예비역 대위… 옛날 0사단 중대장… 그 딸이… 10층이랬나…? 라는 말들이 얼핏얼핏 들렸고, 그들은 날 지나쳐 병원 안으로 들어갔다.

전철역이 코앞에 있어 그나마 다행이었다. 난 아주 조심스럽게 움직여야 했다. 통깁스한 다리가 어딘가에 살짝만 부딪혀도 감전되는 느낌이었기 때문이다. 환자복 차림으로 목발을 짚고 주위의 시선을 한 몸에 받으며 꿋꿋하게 전철역으로 향했다. 난리 통에 엄마의 신용카드는 어디선가 잃어버린 상태였다.

역사 밖으로 나왔을 땐 밤 10시 20분이었다.
전철표를 사느라 수중엔 4천 원밖에 없었지만, 난 역 앞에 대기하고 있는 택시에 올라탔다. 기사에게 집 주소를 알려주며 이렇게 덧붙였다.
"근데 죄송하지만, 제가 기본 요금밖에 없는데요…."
60대로 보이는 택시 기사가 룸미러로 내 얼굴을 흘끗 쳐다봤다.
난 최대한 비참한 표정을 지었다.
설마 환자복에 깁스까지 한 사람을 중간에 내리게 하진 않겠지. 여긴 시골 동네고, 사람들도 다 순박하니까….
그런데 기사는 미터기의 요금이 바뀌는 순간 칼같이 차를 세웠다. 집까지 2킬로미터나 남은 위치였다. 빌어먹을.
멀어지는 택시를 쏘아보며 돌아섰다. 목발이 하도 불편해서 가다가 쉬기를 반복해야 했다. 가끔 차들이 지나갔지만, 가로등이 없어서 날 보지 못하는 것 같았다. 평상시라면 20분 정도 걸릴 거리를, 덕분에 거의 1시간이나 걸려 집에 도착했다. 간신히 대문 안을 들어서자마자 마당 잔디 위에 털썩 드러누웠다. 양쪽 겨드랑이가 욱신거렸다.
현관 안에 들어가 소리가 나지 않게 목발을 살며시 내려놨다. 그리고 바닥에 엎드려 내 방까지 배를 끌며 기어갔다. 소리를 내지 않으려고 안간힘을 쓰며. 그런데, 그때였다.
뻐꾹!! 뻐꾹!! 뻐꾹!!

깜짝 놀라 하마터면 비명을 지를 뻔했다.

뻐꾸기가 열두 번 우는 사이 힘겹게 방으로 기어들어가 살며시 문을 닫았다. 자개장 안에 들어가려는데 깁스한 다리를 접을 수 없었기에 안에 걸린 옷을 모조리 밖으로 빼놔야 했다. 다친 다리를 조심하느라 온몸이 땀범벅이었다. 간신히 다리를 쭉 펴고 앉아 문을 닫고 두 손을 꼭 마주 쥐었다. 이번에도 성공하면 네 번째 타이머 존에 도착하게 될 것이다.

제발… 제발 부탁한다. 자개장아, 이런 내 성의를 봐서라도…….

어느 순간 땀으로 찐득해진 목덜미에 부드럽고 따스한 공기가 닿았다. 그 순간 안도감과 함께 나도 모르게 눈물이 맺혔다.

2.
"왜 멍하니 섰어? 빨리 갖고 와!"

밭고랑 사이에 앉아 있던 엄마가 외쳤다. 난 호미를 든 채 문이 열린 컨테이너 농막 앞에 서 있었다. 엄마는 공판장에서 사 온 씨감자를, 내가 열심히 삽질해서 봉긋하게 만들어 놓은, 여섯 줄의 기다란 이랑에 바특하게 심고 있었다.

하필 이런 날로 오다니…….

난 마뜩잖은 표정을 지으며 마른 흙이 군데군데 묻은 초록색 추리닝 주머니를 뒤적여 휴대폰을 꺼냈다.

3월 18일 토요일 오전 11시 25분
타이머 07:28:21

18일??

자개장 여행의 첫 번째 회차에서는 하루 전날인 31일로 돌아갔다. 2회차에서는 2일 전인 30일로, 3회차에서는 8일 전인 24일로 이동했다. 그런데 이번 4회차에서는 무려 2주 전으로 돌아온 것이다.

이 날짜들엔 대체 어떤 원리가 적용되는 걸까? 그걸 알아내야 한다. 그래야 이 불가사의한 자개장 여행의 비밀을 풀 수 있을 것이다.

그건 그렇고, 아빠는 어떻게 됐을까? 오늘은 일곱 시간 반 밖에 남지 않았다. 서둘러야 했다.

"여태 못 찾았어!? 거기 좀 잘 살펴봐! 아휴 참, 애가 왜 저리 칠칠찮을까, 쯔쯔……."

"엄마! 저 서울에 가 봐야 할 것 같아요."

"무슨 소리야, 갑자기?"

"아빠랑 약속이 있는데 깜빡했어요."

"뭔 약속? 너 아빠랑 연락도 안 하잖아?"

"…다시 연락해요."

엄마가 잔뜩 얼굴을 찌푸렸다.

"여긴 어떡하라고?"

"담에 할게요. 담엔 오늘보다 두 배로 할게요."

"담에 언제? 감자는 뭐 아무 때나 심어도 쑥쑥 나는 줄 알아? 뭐든 다 때가 있는 법이야."

"왜 나한테 그래요? 내가 언제 감자 안 심으면 가만 안 두겠다고 협박이라도 했어요?"

"어머나, 세상에! 얘 말 하는 것 좀 봐?"

엄마의 표정을 보고 곧바로 후회했다. 아무리 화가 나도 엄마에게는 하고 싶은 말을 다 하면 안 되는 거다. 그건 잠자는 사자의 코털을 뽑는 거나 마찬가지니까.

애초에 이 밭은 목장용지로 나온 땅을 엄마가 헐값에 사들인 것이다. 목장용이나 전답으로 나온 토지는 3년 이상 농사를 지으면 주택을 지을 수 있는 '대지'로 용도 변경할 수 있었다. 그런 이유로 시작된 밭농사가 벌써 4년째 이어지고 있었다.

처음엔 전체 대지의 20%도 안 되는 면적에 고추나 옥수수 토마토를 소소하게 가꿔 재미 삼아 따다 먹었다.

그러다 한 해의 마지막 농사로 심은 고구마가 쓸데없이 엄마 마음에 불을 지폈다. 해마다 100kg이 넘는 고구마를 수확해 주변 사람들에게 나눠줬고, 고구마가 유난히 맛있다는 말과 그런 고구마를 키운 엄마가 대단하다는 칭찬을 귀가 닳도록 들은 것이다.

사람들은 엄마에게 그런 칭찬을 하지 말아야 했다. 다음 해에는 배추와 들깨와 콩까지 손을 뻗치더니 어느새 300평 전체가 텃밭이 되어버렸다. 계절마다 파종 시기가 다른 작물들—상추나 배추 같은 잎채소, 옥수수, 참외, 토마토 같은 열매채소, 양파나 감자 고구마 같은 뿌리채소 등—을 심고 거두기를 반복했다. 물론 벌레 먹거나 병이 나거나 말라 죽는 게 태반이었지만.

택연이를 시키고 싶어도 걔는 도통 말을 듣지 않으니 어쩔 수 없다고 했다. 그건 사실이었기에 더 따질 수는 없었다. 그렇더라도 딸자식을 소처럼 부리는 데 전혀 거리낌이 없는 엄마를 이해하기는 어려웠다.

"네가 있어서 하는 거지, 나 혼자 어떻게 하겠어."라는 위안도 하나 안 되는 말로 구슬리거나, 그도 안 통하면 집에서 나가라는 말로 날 무력화시켰다. 나름 하얗고 세련된 도시 여자였던 내가, 4년 만에 강제적인 선탠으로 구릿빛 촌년으로 거듭난 건 돈이 없거나 관리를 못한 탓만은 아니었다.

난 울며 겨자 먹기로 타협안을 내놓았다.

"내일 꼭 할게요."

"낼 곗날이야. 아침 일찍 서울 가야 돼."

"제가 혼자 다 해 놓을게요. 진짜예요."

미심쩍은 눈으로 잠시 날 살피던 엄마가 말했다.

"그럼, 물통 몇 개 떠다 놓고 가."

선선히 놔줄 리 없다는 건 이미 알고 있었지만, 짜증이 치미는 건 어쩔 수 없었다.

이 밭에는 수도 시설이 없다. 1킬로미터 떨어진 마을회관에서 물을 길어다 썼다. 수도 설비를 신청하려면 여러 절차와 비용이 상당했기에 엄마는 지혜롭게도 나를 이용하는 방법을 택했다.

속으로 투덜대며 10리터짜리 물통 두 개를 카트에 싣고 '워터 로드'(매번 물통을 지고 물을 길으러 가는 길이 고되어 내가 붙인 이름)를 걸어가며 아빠에게 전화를 걸었다. 몇 번을 걸어도 아빠는 전화를 받지 않았다. 도대체 한 번에 전화를 받는 법이 없었다.

마을회관의 마당에 다다르자, 수돗가에 물통을 내려놓은 채 도망쳤다. 아무리 빠른 걸음으로 가도 집까지 도착하는 데 30분이 걸렸다. 드문드문 지나다니는 택시를 잡기 위해 도로변을 따라 걸으며 전화를 걸었다. 일곱 번째 시도 끝에 아빠의 목소리가 들려오는 순간, 나는 그 자리에서 펄쩍 뛰었다.

"아빠! 괜찮으세요? 지금 어디세요?"

잠시 말이 없던 아빠가 조용히 말했다.

"네가 알아서 뭐 하게? 무슨 바람이 불어서 전화를 다 주셨나?"

아, 깜빡했다. 아빠는 또, 4년 만에 처음 내 전화를 받은 거였다. 긴히 할 얘기가 있다고 하자, 아빠는 종로에 있는 동묘시장에 가는 길이라며 시장에 도착하면 동묘공원 앞에 와서 다시 전화하라고 했다.

마침, 빈 도로를 달려오는 택시를 잡았다. 집 앞에 도착해 옆집 마당을 들여다보니 무쏘가 없었다. 할 수 없이 택시를 기다리게 하고 집으로 들어가 엄마의 가방에서 신용카드를 챙긴 후 다시 택시에 올랐다.

그런데 아빠는 동묘시장에 무슨 일로 가는 걸까? 난 한 번도 가본 적이 없던 곳이라 휴대폰으로 검색해 보니, 황학동 풍물시장과 이어져 전국 각지에서 온 사람들뿐 아니라 외국에서 온 관광객들도 즐겨 찾는 대규모의 벼룩시장이었다. 의아했다. 아빠가 쇼핑하는 자체도 그렇지만, 더군다나 남이 사용하던 물건 같은 것엔 통 관심이 없었기 때문이다. 그래서 예전에는, 쓸만하다 싶으면(꼭 필요하지 않더라도) 누군가 내다 버린 물건을 곧잘 들고 오는 엄마와 자주 언쟁을 벌이곤 했다.

아무튼 이번에 아빠를 만나면 내가 겪은 일을 모조리 다 털어놓을 작정이다. 또다시 예기치 못한 악재가 만나기 전 내 말을 믿게 만들어야 한다.

난 주머니 속의 신용카드를 꼭 움켜쥐었다.

오늘 엄마는, 혼자서 일하느라 밭에 있는 시간이 길어질 것이다.

평일인데도 시장 안은 각양각색의 사람들로 북적였다.

골목길 양쪽으로 온갖 구제 옷들이 걸린 행거가 늘어섰고, 유명 브랜드의 짝퉁 운동화들, 황동이나 주석으로 만든 골동품들, 라이방이란 명칭이 어울릴 법한 구식의 선글라스들, 다양한 문양의 은장 지포 라이터들, 레코드판과 카세트테이프 등을 파는 가판이 줄지어 이어졌다. 나도 모르게 자꾸 발길이 더뎌지며 눈이 돌아갔다.

대체 이런 건 다 어디서 나온 걸까? 오, 저 놋 촛대는 꽤 근사한걸? 내방에 잘 어울리겠는데… 어, 로열 코펜하겐 접시네! 그림이 딱 내 스타일인데, 한번 가격이나 물어볼까? ……참, 이럴 때가 아니지!

겨우 정신을 차리고 아빠에게 전화를 걸었다. 수십 번을 걸어도 받지 않았다. 시장 안이 하도 시끌벅적해서 벨 소리를 잘 듣지 못

하는 것 같았다. 더군다나 아빠는 군 장교 시절 포탄 사격 훈련 도중, 어리바리하게 서 있던 한 사병의 실수로 한쪽 고막을 잃은 적이 있어 청력도 좋지 않았다.

이윽고 갈림길이 나타나서 동묘공원 방향을 물어보기 위해 바로 앞에 보이는 노점상에 다가갔다. 헌책을 파는 곳이었다. 바닥에 깔린 돗자리 위에 온갖 책이 수북이 널려있었다. 귀퉁이가 말려 올라간 〈짱구는 못말려〉, 〈베르세르크〉 같은 만화책부터 처음 보는 수필집, 시집들 그리고 〈엄마를 부탁해〉, 〈그해 겨울은 따뜻했네〉, 〈나는 야한 여자가 좋다〉, 〈율리시스〉, 〈구토〉, 〈남쪽으로 튀어〉 같은 다양한 책들이 뒤엉켜 있었다. 난 뿔테 안경을 쓴 50대의 남자 주인에게 물었다.

"이건 얼마예요?"

윌리엄 포크너의 〈내가 죽어 누워 있을 때〉를 집어 들었다. 전부터 읽고 싶었던 책인 데다 손 탄 흔적도 없는 새 책이었다.

"그건 칠천 원은 받아야 하는데, 그냥 오천 원에 가져가요."

"카드 돼요?"

주인이 얼굴을 찌푸렸다.

"카드가 되면 이런 데서 팔아요? 현금도 없이, 여긴 왜 왔대?"

난 무안한 얼굴로 슬며시 책을 내려놓았다. 길을 물어본다는 것조차 까먹은 채 돌아서던 참이었다.

"거 하나 주쇼!"

시장 가방이 달린 손수레를 끌고 옆으로 다가온 노인이 말했다. 그 노인은 아빠였다.

아빠는 포크너의 책을 집어 주인에게 내밀고는 책더미를 뒤적거렸다. 겉표지 아랫부분이 반달 모양으로 찢긴 〈창문 넘어 도망친 100세 노인〉을 집었다. 주인이 6천 원을 부르자 아빠는 지갑에서 꺼낸 5천 원권을 내밀며 그게 전부라고 했다.

그런 아빠의 모습에 난 몹시 놀랐다. 바가지를 쓰는 한이 있더라도 절대 물건값을 깎는 양반이 아니었으니까. 혹시 내가 오해하고 있었나? 아니면 아빠도 세월에 성향이 변한 걸까. 이런 곳을 다니는 것도 처음 본 데다, 평소엔 그렇게나 낯가림이 심하고 내성적인 양반이 산악회에서는 노래자랑까지 하며 모르는 사람들과 어울리지를 않나, 그 버스 난동 사건에서는 전사처럼 몸을 던지지를 않나…….

문득, 내가 아빠에 대해 아는 게 그리 많지 않다는 사실을 깨달았다. 알고 싶어 한 적조차 없을 지도.

헌책 주인과의 가격 협상이 타결되자 아빠는 내게 포크너를 건네고, 100세 노인은 자기 시장 가방 안에 넣었다(나중에 알게 된 사실인데, 우리가 산 두 책 모두 각자의 책장에 이미 꽂혀 있었다. 사람의 기억이 이토록 불안정하고 불완전한 것이라니!)

어딘가로 향하는 아빠 뒤를 쫓아가며 아빠의 불룩한 시장 가방을 쳐다봤다. 대한민국의 나이 지긋한 어르신들이 하나같이 끌고 다니는, 바퀴 달린 시장 가방이었다.

"뭐, 사셨어요?"

"아니…."

아빠는 노점에서 파는 옷보다는, 거대한 옷 무덤을 파헤치는 좀비 떼 같은 사람들을 흥미롭게 구경하며 건성으로 대꾸했다.

"아빠도 이런 카트를 끌고 다니실 줄 몰랐어요."

반은 궁금하고 반은 놀리는 듯 물었다.

"아, 요새 다리가 좀 안 좋아서 지팡이 대신 갖고 다니는 거야. 이게 여러모로 편리하다니까? 아무리 그래도 벌써 지팡이나 짚고 다니면 남 보기에 좀 그렇지 않냐……."

가볍게 물은 건데, 이토록 마음이 무거워지는 대답을 듣게 될 줄이야.

문득 멈춰 선 아빠는 뽕짝이 흘러나오는 가판대에 다가가 레코드판 하나를 집어 들었다. 앨범 재킷에 김추자, 〈님은 먼곳에〉, 〈월남에서 온 김 상사〉 등이 인쇄돼 있었다. 아빠의 눈이 반짝였다.

"아빠가 예전 월남에 갔을 때, 이 가수가 위문 공연 왔었잖냐. 같이 사진도 찍고 그랬는데…."

"아, 그렇군요."

신나게 호응을 해주고 싶었지만, 난 이 가수가 누군지도 모르고 노래 제목도 낯설었다.

"그때 당시, 월남에 위문 공연 온 가수들이 공항에서 유서 써놓고 오고 그랬다고…."

"아, 저런. 근데, 아빠도 막, 베트콩한테 막 총 쏘고 그랬어요?"

"아니, 전투에 직접 참여한 적은 없지. 아빠가 있던 부대는 기지 경비가 주요 업무였고, 또 나 때는 거의 끝물이라 전투도 별로 없었고. ……표정이 왜 그러냐?"

"아, 아니에요. 월남에 갔다고 다 전투를 한 건 아니었군요."

"그럼, 다 보직이 있는 건데."

"근데 월남전엔 왜…."

"오, 이거 봐라? 이런 게 아직도 있네?"

아빠는 옛날 물건들을 파는 옆 가판대에서 필름 카메라를 집어 들었다.

"너 어렸을 땐 이런 카메라로 사진 많이 찍어줬는데……."

아빠는 카메라 뷰파인더에 눈을 대고 나를 봤다.

"이런 건 얼마나 해요?"

아빠가 주인에게 묻자, 주인은 아니꼬운 표정으로 "왜요, 사시게?"라고 했다.

난 카메라를 빼앗아 내려놓고 아빠의 팔을 잡아끌었다.

"가요. 제가 새 걸로 사드릴게요."

"이런 걸 어떻게 새 걸로 사? 그리고 어차피 쓰지도 못할 거, 뭘…."

"근데 가격은 왜 물어보셨어요?"

"그냥 재미로 물어봤지."

난 뻥뻥한 얼굴로 아빠를 쳐다봤다. 예상치 못한 대답이었다.

"점심 먹으러 가요. 제가 살게요."

아빠가 멈칫 날 돌아보더니 재밌다는 미소를 지었다.

"로또 당첨이라도 됐냐? 네가 돈이 어디 있다고 뭘 자꾸 사준대?"

순간 눈이 번쩍 뜨였다.

로또라니! 왜 진작 그 생각을 못 했을까? 다음번 자개장에 들어가기 전에 미리 복권 당첨 번호를 외워둬야겠어!

아빠를 안심시키기 위해 아르바이트로 돈을 모았다고 거짓말을 했다.

"알바해서 얼마나 번다고? 넌 매사에 기분대로 행동하는 습관을 고쳐야 해. 당장 돈 몇 푼 생겼다고 헬렐레하지 말고 앞날을 대비할 생각을 해야지…."

얼굴이 화끈 달아올랐다. 잘 나가다 꼭 이런다니까.

"제가 헬렐레하는 걸 보셨어요?"

"내가 널 모르냐?"

"자식이라고 다 알 거란 건 착각이에요."

"모를 거로 생각하는 게 네 착각이야. 이제 입 다물고 밥이나 먹으러 가자. 이 근처에 유명한 집 있어. 근데, 굉장히 비싼 데니까 거긴 네가 사라."

난 입이 댓 발 나온 채로 아빠 뒤를 쫓으며 이 근방에서 가장 비싼 식당들을 검색했다.

"그래서, 4년 만에 갑자기 연락한 이유가 뭐냐?"

아빠가 김이 나는 하얀 국수를 젓가락에 휘감으며 말했다. 시장 안에 있는 이 작고 허름한 식당은 국수도 김치전도 모두 3천 원이었다. 좀 더 근사한 곳으로 모시고 싶었지만, 아빠의 고집을 꺾을 수 없었다. 이곳에선 카드를 받지 않으니 나가자고 했지만, 아빠는 자기가 살 테니 나중에 성공해서 사라고 했다. 그 말에 괜히 울적해지고 말았다.

"다신 안 본다고 했잖아. 전화도 한번을 안 받고… 아빠가 저 하늘나라로 떠난 다음에나 연락하려고 했냐?"

"알아들었으니까 그만하세요."

"뭘 그만해? 그러면 네가 잘했다는 거냐? 고얀 놈 같으니."

"제가 왜 그랬는지는 생각 안 하시죠?"

"됐다, 그만하자. 머리 아프다. …여사님, 여기 막걸리 하나 줘요."

아빠가 여주인을 향해 말했다. 말리려던 난 단념했다. 지금 술을 못 마시게 해 봤자 2주 후의 결과에는 그리 큰 도움이 되지 않을 것 같았다. 과음만 하지 않으면 괜찮겠지….

막걸리가 나오자, 아빠는 잔으로 나온 양푼 그릇 두 개에 막걸리를 가득 따랐다.

"예전부터 아빠는 저한테, 힘든 일 있거나 할 말 있으면 허심탄회하게 얘길 하라고 하셨어요. 그런데 막상 제가 마음먹고 그렇게 털어놓으려고 하면, '머리 아프니까 나중에 얘기하자'라며 회피하셨죠. 그런데 이젠 아예 안 듣겠다고 하시네요."

"이렇게 기분 좋게 맛있는 거 먹고, 막걸리나 한잔하고 그러면서 사는 게 낙이지. 행복이 별 거 있나. 이제 그런저런 거 신경 쓰면서 안달복달하고 살기가 싫어. 나도 좀 마음 편히 살고 싶다."

아빠의 말은 날 무척 서운하게 만들었다. 내가 아빠의 삶에 걸림

돌 같다는 소리로 들렸기 때문이다. 지난 타이머 존에서, 탈영병으로부터 날 구해준 그 일만 아니었어도, 이런 말을 견디며 아빠 앞에 앉아 있지 않았을 것이다. 그렇지만 한편으로는 짠한 마음도 들었다. 아빠에게는 그런 소박한 바람조차 누릴 시간이 별로 남아 있지 않았으니까.

슬쩍 휴대폰을 확인하니 앞으로 한 시간가량 남아 있었다. 마음이 조급해졌다.

"아빠는 만약, 내일이 없다면 무슨 일을 하고 싶으세요?"

"지구가 멸망한다거나 뭐, 그런 거냐?"

"음… 비슷한 거죠."

"으흠… 뭘 해야 하나? 그… 한 그루의 사과나무를 심겠다고 한 게 누구더라?"

"스피노자."

"그렇지, 스피노자!"

"근데 스피노자가 처음 한 말이 아니라는 설도 있어요."

"그럴 수 있지. 해 아래 새것은 없다고, 다 돌고 도는 거야. 따지고 보면 주인이 따로 있는 게 세상에 아무것도 없어. 욕심에 눈이 먼 인간들이 착각하며 사는 거지."

"네, 그렇군요. 그래서 뭘 하고 싶으시냐구요. 종말이 코앞에 닥친다면. 평생하고 싶어도 불가능했던 일들을 해보고 싶지 않으세요?"

"불가능한 게 어딨겠어, 배포가 없을 뿐이지."

"배포요?"

"아빠가 원래 내성적인 데다 소심한 성격이잖냐…."

난 앞에 놓인 막걸리를 단숨에 들이켰다. 그리고 아빠를 똑바로 바라보았다.

"일주일 후에 아빠는 장례식장에 가실 거예요."

"캬~ 크으 좋다~"

"제 말 좀 들어보세요. 다음 주에 아빠는 누군가의 부고를 들으실 건데…."

"내 나이 되면 일주일에 한 번씩 부고가 들어와. 뚱딴지같은 소리 말고 이 야채부침개나 먹어봐. 이거 호박도 들고 아주 맛나다. 호박이 몸에 좋은 거야. 알칼리 성분이 많고 항암 식품에…."

"이인호 아저씨요. 경택 아저씨랑 10년 전에 떠나신 상범 아저씨랑 고등학교 동창 4인방."

국수 가락이 늘어진 아빠의 젓가락이 허공에 멈췄다. 장례식장의 위치와 빈소의 호수, 경택 아저씨와 만나 했던 대화까지 구체적으로 전했다.

"인호가 다음 주에 죽는다는 말이냐? 인호는 작년에 풍을 맞긴 했는데, 지금은 걸어 다닐 수 있을 만큼 아주 좋아졌다던데. 고급 요양원에서 잘 먹고 잘 지내고 있다고."

난 그날 아빠에게 들었던, 아저씨가 세상을 뜨게 된 이유도 말했다.

"그런데 왜 느닷없이 그런 소리를 하는 거지? 갑자기 무슨 계시라도 받았냐?"

난 자개장에 들어가서 겪은 일들을 몇 가지 얘기했다. 아빠가 해준 그 자개장에 얽힌 얘기를 하자 아빠는 믿을 수 없다는 얼굴로 이렇게 말했다.

"그건 내가 예전에 말해준 거 아니냐?"

"아빠도 어릴 때 가끔 거기 들어가셨다면서요. 할아버지한테 혼나거나 기분이 안 좋으면요."

"…내가 그 얘기도 했었나?"

물론 그건 일주일 후에 처음 듣게 될 말이었다. 아빠는 약간 당혹한 얼굴로 나를 빤히 응시했다.

"설마하니… 술주정 아냐, 이거? 얼굴은 무슨, 원숭이 엉덩이마냥 뻘게져서는….”

"누가 막걸리 반병에 취해요? 화장을 안 해서 그런 거잖아요. 저도 원래 이러고 밖을 쏘다니는 타입은 아니라구요. 세상이 이렇게 만든 거죠. 하긴 누가 제 사정을 알겠어요? 제가 얼마나….”

"왜 말이 엉뚱한 데로 흘러가냐. 대화에도 맥이란 게 있는 거야. 집중을 해, 집중을.”

"어휴… 아무튼 지금은 안 믿기는 게 당연해요. 하지만 다음 주 금요일이 되면 확실히 알게 되겠죠.”

"뭘?”

"네?”

"뭘 확실히 알게 되냐고?”

"제 말이 진짜라는 걸요.”

"그래서? 진짜면 어쩔 거고 가짜면 어쩔 건데?”

진짜라는 걸 알게 되면 더 이상 나 혼자 애쓰지 않아도 되겠지. 자신의 운명이 달린 일인데 아빠도 적극적으로 나설 수밖에 없을 것이다.

"가짜면 저를 어디 병원에 입원시키면 될 거고, 진짜면 아빠도 같이 동참하게 되는 거죠.”

"동참을 해? 어디에?”

"아니, 그러니까, 그 자개장이….”

"그놈의 자개장 얘기 좀 그만하면 안 되냐? 아, 머리 아파… 오랜만에 갑자기 나타나서 이상한 소리만 늘어놓냐?”

갑자기 버럭 하는 아빠 때문에 말문이 막혀버렸다. 이런 것도 우울증 증상인 걸까? 확단할 수는 없다. 엄마도 종종 전혀 예상치 못한 대목에서 느닷없이 화를 내시곤 하니까. 어쩌면 내가 문제일 수도 있다. 하지만, 기분이 상하는 건 어쩔 수 없었다. 그래서였을까.

의도치 않게 아빠에게 심통 맞은 소리를 해버렸다.

"그냥 솔직히 말할게요. 얼마 안 있으면 아빠는 저랑 다시는 이렇게 대화를 못 나누게 돼요. 정확히, 이번 달 말에, 3월 31일 아침이 되면."

놀람과 두려움과 궁금증을 유발할 거란 예상을 뒤엎고, 아빠는 별안간 격노한 듯 눈을 부라렸다.

"이런 고얀 놈을 봤나?"

엥? 갑자기 왜 저러시지?

"대체… 어디가 잘못돼도 보통 잘못된 애가 아니야 네가. 아무리 그래도 이 정도 수준일 줄 꿈에도 몰랐네!"

"제가 뭘 어쨌는데요?"

"왜 나한테 그런 소릴 하는데? 협박하는 거야 뭐야?"

"협박이라뇨? 전 그냥 일어날 일을 미리 알려준 것뿐인데…."

"왜 그날로 잡았냐? 지금 당장이라도 그 국수 그릇에 코를 박지 그래? 사는 게 그럼, 그렇게 호락호락할 줄 알았냐? 낼모레 마흔이나 되는 녀석이 고작 한다는 생각하곤, 에잇!!"

맙소사.

벌떡 일어나 여주인에게 셈을 치른 아빠는 시장 가방을 끌고 밖으로 나갔다.

시간도 별로 안 남았는데 미치겠네.

허둥지둥 아빠를 뒤쫓았다.

"오해예요, 아빠! 제 말 좀 들어보세요!"

"앞으로 쭉 연락하지 말고 살자. 나도 더 이상 너 같은 놈 아빠하고 싶지 않다."

그 말은, 4년 전 내가 아빠에게 했던 말을 돌려준 것이었다. 가슴이 아팠다. 비참한 기분마저 들었다. 그러다 불쑥 분노가 솟구쳤다.

"제가 누구 땜에 이러는 건데요? 생각을 해보시라구요!"

나도 모르게 크게 고함을 질렀고, 아빠는 걸음을 멈춰 돌아봤다. 지나던 사람들이 우리 부녀를 쳐다봤다.

"넌 항상 그랬지. 뭐가 안 될 때마다 주변 탓을 했어. 남 탓, 부모 탓, 환경 탓, 사회 탓. 예전엔 어떤 공모전에 떨어졌다면서 심사에 야로가 있었다고 불평했을 땐 속으로 헛웃음이 나더라. 다른 데 눈 돌릴 이유 없어. 자신을 들여다볼 줄 알아야 발전이 있는 거야. 그게 제대로 된 인간이라고."

대체로 반박하기 어려운 말들이긴 했다. 그래서 난 자신을 발전시키려는 시도 대신, 내 한심스러운 수준을 더 이상 재확인하기가 두려워 꿈을 포기하려는 것인지도 몰랐다.

"그래요, 제가 원래부터 그런 자식이었잖아요. 그런 자식답게 이제부터 아빠가 어떻게 되든 상관 안 할게요."

"뭐가 어떻게 돼?"

난 홱 돌아서서 반대 방향으로 빠르게 걸어갔다.

"이리 와봐! …자연아!!"

뒤에서 내 이름이 몇 번이고 들렸지만, 난 멈추지 않았다.

대체 꾸역꾸역 사과를 받고 떠나보내는 건 무슨 의미가 있을까? 아빠의 목숨이 왔다 갔다 하는 판에, 난 빚쟁이 같은 생각만 하는 게 아닌가.

불룩하고 촌스러운 시장 가방을 끌고 나를 뒤쫓아오던 아빠가 외쳤다.

"아빤 빨리 걷기 힘들다고!"

그 말에 결국 멈출 수밖에 없었다.

"말할 땐 육하원칙대로 정확히 얘길 해. 에둘러 말하지 말고. 그런 말본새가 먹히는 사람도 있겠지만, 아빠 그렇게 말하면 못 알아듣는다고."

"진작 그렇게 말씀하시지, 그랬어요. 왜 꼭 성질부터 부리세요?"
"네가 성질나게 하잖… 아무튼 그래, 아까 아빠가 한 말은 속상해서 한 소리니까 담아두지 말고…."

전철역까지 같이 걸어가며 아빠는 택연에 대한 당부를 길게 늘어놓았다. 그리고 엄마와 잘 지내라는 잔소리와 수틀린다고 기껏 얻은 직장을 그만두지 말라는 잔소리를 쉬지 않고 쏟아부었.

승강장 안에서 서로 반대 방향의 전철을 기다렸다. 먼저 도착한 전동차에 오른 아빠를 배웅하고 승강장의 벤치에 앉았다. 난 굳이 전철을 기다리지 않아도 되었다. 30초 후면 타이머가 끝나기 때문이었다.

3.

3월 24일 수요일 11시 20분
타이머 09:58:12

전처럼 창밖에 부슬비가 내렸고, 백목련 가지 위에 앉은 흰머리 오목눈이와도 눈인사했다.

천상의 목소리가 부르는 〈기차는 8시에 떠나네〉를 들으며 침대 위에 널브러졌다. 아주 오랜만의 휴식. 안락함이 온몸을 휘감았다. 이런 날은, 아무것도 하지 않는 게 내게 주는 선물이고 행복이었다.

그때 휴대폰이 진동했다. 아빠였다. 그렇게 전화를 해댈 땐 언제고, 막상 전화가 오니 받기가 싫었다. 외면했지만 줄기차게 전화가 울렸다. 견딜 수 없었던 난 결국 전화를 받았다.

"어떻게 알았냐?"

아빠는 충격을 누르는 기색이었다.

나는 전철을 타고 3시간 후 보람병원 장례식장 앞에 도착했고,

미리 나와 기다리던 아빠를 만났다. 한동안 얘기를 나눈 우리는 보람병원으로 가는 버스를 타기 위해 정류장으로 향했다. 굳은 표정의 아빠는 내내 말이 없었다. 뭔가 생각에 잠긴 듯했다.

정류장에 다다르자 난 바로 휴대폰을 들여다보았다. 공교롭게도 지난번과 같은 시간대였다.

"그럼……."

아빠는 뭔가 잃어버린 사람처럼 골똘한 표정으로 관자놀이를 문질렀다.

"이미 겪은 일이라면, 내가 무슨 병인지도 알겠네?"

난 잠시 주저했다.

"알려드려요?"

착잡한 표정을 짓던 아빠가 막 입을 열려고 하던 순간, 버스가 도착했다. 난 가까이 가서 차창 안을 이리저리 살폈다. 중간에 키 큰 탈영병의 모습이 보였다. 몰려든 승객들 틈에서 버스를 타려는 아빠를 잡았다.

"이 버스는 안 돼요. 다음 거 타요."

아빠가 왜냐고 물었다.

"저걸 타면…."

난 문득 말을 멈췄다. 그리고 다시 버스를 쳐다봤다. 마지막 승객이 막 버스에 오르고 있었다.

막 버스 문이 닫히기 직전, 난 아빠의 팔을 잡고 황급히 버스에 올랐다. 빽빽하게 선 사람들을 헤치며 조금씩 움직이자, 승객들 사이로 불쑥 솟은 스포츠형 머리가 보였다. 반사적으로 머리털이 쭈뼛 서고 심장이 쿵 내려앉았다.

하지만 애써 마음을 다잡으며, 그와 두세 사람을 사이에 두고 멈춰 섰다. 앞으로 벌어질 사건에 대해 아빠에게 귓속말로 알려주었다.

이 버스가 앞으로 연일 세간을 떠들썩하게 만들 '탈영병 시내버스 칼부림 사건'의 무대이고, 이곳에 있는 승객 중 십여 명이 다치고 5명은 사망하게 된다고. 아빠와 내가 힘을 합쳐 미리 손을 쓴다면 5명을 살릴 수도 있다고 했다.

반신반의하던 아빠는 그를 유심히 보더니 헌병대에 신고해야겠다며 주머니의 휴대폰을 꺼냈다. 황급히 말렸다. 잘못하다 그가 듣기라도 하면 대참사가 벌어질 것이다.

"그럼 어쩔 건데?"

아빠가 잔뜩 목소리를 죽이며 소곤거리듯 말했다. 난 아빠의 귀(멀쩡한 고막이 있는 쪽)에 대고 소곤거렸다.

"기회를 보다가 우리가 먼저 칼을 뺏어요."

아빠는 황당한 표정을 지었다.

"무슨 액션 영화 찍냐? 말 같은 소릴 해야지…."

"아빠 싸움 잘하시잖아요."

"뭐?"

"군대 있을 때 특공 기술인가 그런 것도 익히셨잖아요."

주변에 바짝 붙은 승객들 때문에 우린 계속 속닥거려야 했다.

"언제 적 얘길 하는 거냐, 아빠 나이가 몇인데? 백번 양보해서 현역이라 쳐도 그래. 아빠는 무슨 강철로 만들어진 줄 아냐? 나도 칼에 베이면 아프다고."

그때 갑자기 뒤편에서 소란이 일었다. 중년의 남자 승객이 누군가에게 뭐 하는 짓이냐며 고함을 질렀다. 그 승객을 얼굴을 확인한 난 심장이 내려앉았다. 탈영병이었다. 또 자리를 가로챈 모양이다.

난 사람들을 헤치며 다가갔다. 가까스로 중년 아저씨의 팔을 잡으려던 순간, 탈영병이 벌떡 일어났다. 그는 손에 이미 칼을 쥐고 있었다.

"안 돼엣!!!"

난 두 손을 뻗어 탈영병의 칼을 쥔 손목을 낚아채 창문에 밀어붙이려고 했다. 하지만 내 손이 닿기 전에, 날 밀친 아빠가 그의 손목을 붙들고 다른 손으로 그의 목을 낚아채 차창으로 밀어붙였다. 승객들의 비명이 터졌고 버스 안은 아수라장으로 변했다.

"이거 안 놔! 영감탱이야!"

그는 아빠의 손을 주먹으로 쳐서 떼어 냈다. 아빠는 두 손을 이용해 그의 손목을 비틀어 칼을 막았다. 그러자 탈영병은 칼을 옮겨 쥐고 아빠의 목을 향해 휘둘렀다. 아빠는 재빨리 손바닥을 치켜들었고 그 바람에 칼이 아빠의 손을 관통했다.

순간, 난 정신이 번쩍 나서 뒷문에 붙은 망치 함을 깼다. 쓰러진 아빠에게 칼을 치켜든 스포츠머리의 뒤통수를 빨간 쇠망치로 힘껏 내려쳤다. 그 순간 버스가 급정거하는 바람에 그의 어깨에 빗맞고 말았다.

그는 분기탱천한 얼굴로 내게 돌아섰다. 뒤로 물러서려 했지만, 자리가 없었다. 사람들이 문을 열라고 고함을 쳤고 푸쉭-하며 문이 열리는 소리가 들리자, 순식간에 버스 안은 우리 세 사람만 남기고 텅 비었다. 거침없이 다가온 그에게 나는 마구잡이로 망치를 휘둘렀고, 그는 내게 칼을 휘둘렀다. 어느 순간 오른손등이 불에 덴 듯한 통증을 느끼며 망치를 떨어뜨렸다. 칼에 베인 손등에서 피가 흘러 바닥에 뚝뚝 떨어졌다.

바닥에 떨어진 망치를 집으려고 몸을 굽히는 순간, 그의 발길질에 명치를 세게 얻어맞고 털썩 주저앉았다. 심장이 멎는 듯한 고통 속에 숨이 쉬어지지 않았다. 가슴을 부여잡고 쌕쌕거리며 숨을 쉬기 위해 안간힘을 썼다. 그가 나를 내려다보며 칼을 치켜들었다.

이대로 죽는 건가.

별안간 탈영병이 앞으로 고꾸라졌다. 바닥에 엎드려 있던 아빠가 그의 발을 잡아당긴 것이다. 코가 부러진 듯 피 칠갑을 한 얼굴로 몸을 일으킨 그는, 엎어져 있는 아빠의 등을 연거푸 내리찍었다.

 나는 망치를 주워 일어서서, 아빠를 찌르는 그의 뒤통수를 미친 듯이 내리쳤다.

 그것이 내 마지막 기억이었다.

*

 난 병원 침상에서 눈을 떴다. 목 깁스를 한 상태였고, 오른손에는 붕대로 드레싱이 되어 있었으며, 가슴 부위에는 갈비뼈 골절 복대가 채워져 있었다.

 아빠는 어떻게 됐을까? 내가 있는 6인실에는 보이지 않았다.

 때마침 수액을 교체하려 온 간호사에게 조심스레 물었다. 알고 보니, 아빠는 중환자실에 있었다.

 결국 또 이렇게 되다니……

 난 오른쪽 손등에 열다섯 바늘을 꿰맸고, 갈비뼈는 무려 네 대가 부러졌다는 얘길 전해 들었다. 어쩐지 숨을 쉬기만 해도 소름 끼치는 흉통이 느껴지더라니.

 내 휴대폰을 찾으니, 간호사가 내 옆에 있던 사물함 서랍에서 꺼내주었다.

2023년 3월 30일 목요일 오전 8시 10분
타이머 12:58:30

 아빠는 과다 출혈로 혈압이 급격히 떨어졌고, 그렇지 않아도 상태가 좋지 않은 간에 칼까지 뚫고 들어와 자칫 생명을 잃을 뻔했다는 걸 알았다. 그래도 이호준 교수의 집도로 무사히 수술을 마친 아빠는 8층의 암 병동으로 옮겨졌다. 전과 같은 병실의 같은 창가

자리였다.

그런데 아빠는 한 시간이 넘도록 깨어나지 않았다. 또 혼수상태가 되는 걸까? 아직 타이머가 멈추지 않았다.

그렇다면……

난 아빠 옆에 앉아 초조하게 기다렸다.

제발, 이번 고비만 넘기면 될 텐데…. 하지만 이대로 또 깨어나지 못하면, 타이머가 멈추면, 다시 자개장에 들어가야 할까? 그건 언제까지 작동하는 걸까? 그보다 왜 작동하는 거지? 일단 아빠와 연관이 있는 건 확실했다. 자개장이 본래 아빠를 위해 만들어진 것이었고, 과거로 가면 켜지는 타이머는 아빠가 의식 불명일 때마다 멈췄고, 타이머가 멈춰야 자개장에 들어갈 수 있으니 말이다.

그렇다는 건…….

무심코 고개를 돌리다 소스라치게 놀랐다. 아빠가 눈을 뜨고 있었다. 순간 가슴이 쿵 내려앉았다. 움직임이 없어서 혹시 눈을 뜨고 돌아가신 게 아닌가 했다.

"아빠! 정신이 드세요!? …저 알아보시겠어요?? 아빠, 여기요, 여길 쳐다보세요! …아빠!? 어윽!!"

순간 극심한 갈비뼈 통증으로 가슴을 부여잡고 신음하며 숨을 골랐다. 흥분해서 호흡이 거칠어진 탓이었다.

초점 없는 시선으로 멍하니 허공을 보던 아빠는 나를 향해 천천히 고개를 돌렸다. 그리고 무슨 말인가를 했는데, 가래 끓는 소리만 그렁그렁해서 알아들을 수 없었다. 난, 호흡을 가다듬고 물었다.

"뭐라구요? 다시 말씀해 보세요."

"…댁이… 뉘시냐고…….''

순간 머릿속이 새하얘졌다.

"저 자연이요, 박관수 씨 첫째 딸! 기억 안 나세요?? …그럼, 아빠가 박관수라는 건 생각나요? … 아 씨, 어떡하지… 그럼 서연이는요? 택연이는요?! …정말 하나도 기억 안 나요??"

의료진을 부르기 위해 허둥지둥 일어서는데, 기력은 없지만 조금 전보다는 한결 또렷해진 음성이 들렸다.

"방정 떨지 말고 앉아. 기억이 왜 안 나겠냐."

난 기가 막힌 얼굴로 아빠를 내려다봤다.

"지금 뭐 하시는 거예요?"

"네가 먼저 아빨 치매 환자 취급했잖아. 근데, 넌 몸 괜찮냐? 누워있지 않고 왜 그러고 돌아다니냐."

난 깊은 한숨을 쉬며 아빠 옆에 앉았다.

"이제, 제가 했던 말 다 믿으시는 거죠?"

"그래요, 다 믿는 거예요! 믿음만이 너희를 구원하리라!"

화들짝 돌아보니 문신 목사가 커튼 사이로 얼굴을 내밀고 미소를 지었다.

앗, 저 아저씨가 있었지!

"돌아오신 거 환영해요. 전 맞은편에 사는 이웃사촌이에요."

"아, 예 안녕하세요. 잘 부탁합니다…."

아빠가 엷은 미소를 지으며 인사를 나눴지만, 그와 노닥거릴 시간이 없었다.

"죄송한데 바람이 들어와서요. 커튼 좀 닫을게요."

그를 밀어내며 커튼을 닫다가 다시 열고 그를 쳐다봤다.

"룸메이트라고 안 하시네요?"

그러자 그는 당황하는 기색을 보였다.

"예에? 무, 무슨 말씀인지…?"

그는 자신의 링거대를 끌고 서둘러 밖으로 나갔다.

이내 아빠는 자신의 병명을 물었고, 난 솔직히 대답했다. 아빠는 눈꺼풀을 몇 번 끔뻑거렸다.

"그럼, 앞으로 얼마나 남았다던?"

"그, 그건 안 물어봐서 모르겠어요."

아빠는 먼 시선으로 창밖을 바라봤다. 그 모습은 오 헨리의 〈마지막 잎새〉에 나오는 존시를 떠올리게 했다. 하지만 아빠가 보는 창밖은 회색빛 허공뿐이었다. 어딘가를 보며 아빠는 조용히 읊조렸다.

"어쩔 수 없는 일이지……."

"네? 무슨 말이에요?"

불현듯 아빠는 눈빛이 번쩍하더니 내게로 고개를 돌렸다.

"나도 그 자개장에 들어가 보면 어떨까?"

"네!?"

"네 말이 다 사실이라면, 내가 내 운명을 바꿀 수도 있지 않겠냐. 또, 네가 혼자 고생 안 해도 되고…."

"하지만, 그 자개장은 아빠가 혼수상태가 되어야 움직이는 것 같더라구요. 지금까지 경험상….."

"그래? 내가 혼수상태가 여러 번 됐었나 보구나?"

"아… 그, 그건 그렇….."

"가만있자… 그럼, 그 자개장이 나랑 무슨 연관이 있는 건가?"

"그럴지도 모르죠. 원래 아빠 물건이기도 하고…."

"점점 순차적으로 먼 과거로 가는데… 알 수 없는 날짜들이라… 그날들은 어쩌면 내 날들이 아닐까?"

"그게 무슨 말이에요?"

"네가 해준 얘기를 곰곰이 종합해 보니까, 나한텐 다, 나름의 의미가 있던 날들이더라고. 자리에 누우면 절로 떠올려질 만큼, 인상적인 그런 날들 있잖냐……."

난 숨을 크게 들이켰다.

"같이 자개장에 들어가 보실래요? 누가 알겠어요, 주인이 직접 들어가면 무슨 일이 일어날지!?"

한 번쯤 시도해 본다고 해서 무슨 큰 손해가 날 것도 없었다.
"당장 양평으로 가요! 택시 타구요! 물론 아빠 카드를 써야겠지만, 지금은 그런 게 중요한 게 아니니까요."

목과 가슴에 깁스를 한 나는 환자복 위에 검정 슈트를 걸친 아빠를 부축하며 택시에서 내렸다. 기력 하나 없이 병색이 완연한 아빠를 이끌고 대문에서 마당을 가로질러 계단을 오르고 현관까지 들어가는데 거의 반나절은 걸린 듯했다. 서너 걸음 옮길 때마다 아빠는 망가진 울타리며, 우후죽순 자란 잡초며, 죽어가는 블루베리 나무나 장미 나무, 부식돼 떨어져 나간 계단 모서리를 보고 잔소리를 해댔다.

거실에 들어서자, 택연이 우리의 모습을 보고 깜짝 놀란 표정을 지었다(녀석이 그런 표정을 짓는 건 일 년에 한두 번 볼까 말까이다). 아빠가 소파에 앉아 택연과 정다운 해후를 하느라 또 한 시간가량이 지체되었다. 이러다 타이머가 끝나면 어찌 될지 모른다며 아빠를 채근했다.

택연과 더 이야기를 나누고 싶었던(사실상 나눈다기보다 일방적인 설교라 할 수 있지만) 아빠는 마지못한 듯 택연의 등을 두드리며 마지막 당부의 말을 했다. 밥 잘 먹고, 누나 말 잘 듣고 있기를 바란다고…….

그러자 택연도 똑같이 아빠의 어깨를 두드리며, 알았다고, 다음엔 꼭 과자를 사 오길 바란다고 대답했다.

아빠는 기운 없는 얼굴로 후훗- 웃고는 내 방으로 들어갔다.

장롱 안에 있던 옷을 모조리 빼내고 아빠를 부축해 장 안쪽 벽에 기대앉도록 했다. 아빠는 긴장한 것 같기도 하고, 내가 지금 뭘 하는 건가 싶기도 한 표정이었다.

나도 자개장 안에 들어가자 뒤따라 들어온 택연이, 환자복 차림으로 장롱 안에 마주 옹크려 앉은 아빠와 날 번갈아 보며 대체 뭘 하는 건지 물었다.

너도 여기 들어와 앉아봐, 그러면 알게 돼. 싫어, 좁아. 그럼, 문이나 좀 닫아줄래? 그리고 한 30초만 기다리고 있어. …뭐 하는 건데? ……피톤치드 테라피야, 아빠 건강을 위해서. 피톤치드가 뭐냐면….

바로 문이 닫혔다.

그리고 잠시 후, 놀라운 일이 벌어졌다.

4.

예의 온화한 공기를 느끼고 자개장 문을 열었다. 빛이 들어와 장롱 안이 밝아지자 난 펄쩍 뛰었다.

마주 앉아 있어야 할 아빠가 온데간데없었다!

허둥지둥 밖으로 나오자, 보람병원 휴게실이었고, 난 여전히 깁스하고 환자복 차림이었다. 황급히 803호 병실로 뛰어가며 주머니에 있던 휴대폰 날짜를 확인했다.

2023년 3월 30일 목요일 오후 7시를 넘어가고 있었다.

조금 전 아빠와 자개장에 들어갔던 때보다 세 시간이 지난 시각이었다. 이게 어찌 된 일일까!? 어째서 과거로 가지 않은 거지??

아빠가 누운 침상에 대여섯 명의 의료진이 붙어 분주하게 뭔가를 시도하고 있었다. 병실의 담당 젊은 주치의가 다가와 아빠가 코마 상태라고 했다. 다시 깨어날 확률은 미지수라는 말도 덧붙였다.

의료진이 나가고 다시 찬찬히 휴대폰을 들여다보던 난 화들짝 놀랐다.

타이머가 00:00:00으로 멈춰 있었다!

4월 1일 자정이 되면 멈추는 게 아니었다. 타이머가 멈췄을 당시의 상황을 곰곰이 되짚어보았다.

어떤 공통점이 있었지? 맞아, 매번 아빠가 혼수상태가 됐을 때였어. 그래…… 그거였나?

그동안 자개장은 이렇게 타이머가 멈췄을 때만 작동했었다. 즉, 아빠가 혼수상태일 때만 다른 시공간으로 이동할 수 있었다. 그런데, 조금 전 아빠와 함께 자개장에 들어갔을 때는 타이머가 흘러가고 있었음에도 타이머가 멈춰버린 것이다.

게다가 아빠는 타이머 존의 날들이 개인적으로 매우 인상적이었던 날들이라고 하지 않았나! 이 모든 걸로 미루어 짐작하건대, 그 자개장이 아빠와 무슨 연관이 있는 게 틀림없었다. 물론, 원래부터 아빠를 위해 존재하게 된 물건이기도 했지만, 그런 단순한 의미를 넘어선 무언가가 있는 게 분명했다.

혹, 그날들이 아빠의 과거는 아닐까?

그렇다면 말이 된다. 이를테면, 자개장 안에 나와 함께 있던 아빠(과거의 아빠)가 사라지고, 지금 이곳에 의식 없이 누운 아빠(미래의 아빠)가 나타난 이유가 말이다. 과거의 아빠와 미래의 아빠가 한 공간에 존재할 수 없으니까. 아! 어쩌면 그 자개장은 아빠의 과거로 가는 통로일지도 모른다!

아니, 잠깐. 그렇다면, 이제껏 내가 아빠의 과거에 난데없이 끼어들어 아빠의 운명을 이렇게 저렇게 엿장수 마음대로 바꾸고 있던 게 아닌가(맙소사!)!

난 멍한 얼굴로 산소호흡기를 끼고 있는 아빠, 죽은 것도 산 것도 아닌 아빠를 바라보았다.

애초에 자개장에 들어간 게 잘못이었다. 남의 운명은 함부로 건드리는 게 아닌 데다가 내가 굳이 왜 이런 고생을 해야 한단 말인가? 누구처럼 아버지라는 존재에 사무치는 애정을 가진 것도 아니고. 그저 아빠가 내게 잘못한 것에 대해 진심 어린 사과를 받아내고 싶은 소박한 바람일 뿐이었다. 여기까지가 한계다. 사과고 뭐도 그만 내 일상으로 돌아가는 게 좋을 듯싶다.

문득, 아빠는 내게 미안함이 전혀 없을 수도 있다는 생각이 들었다. 누구나 자신이 용서해야 할 사람이 있다고들 하지만, 자신을 용서해 주어야 할 누군가가 있다는 사람은 별로 못 봤으니까.

만약 그렇다면, 아무리 아빠의 시간이 천년만년 남은들 사과를 기대할 수는 없을 것이다.

그래도 아빠에게도 기회는 줘봐야 하지 않을까? 자기 잘못을 발견하고 반성할 기회를.

좋아! 이왕 여기까지 온 거, 한 번만 더 해보지, 뭐!

난 바삐 병원을 빠져나와 양평 집으로 향했다.

아직, 희망은 있었다.

방에 들어가자마자, 어지러운 책상 위에 가엾게 방치된 채, 오매불망 나만 기다리던 노트북 키키를 황급히 깨웠다.

그리고 2주 전 로또 복권 추첨 결과를 찾았다. 2주 전, 그러니까 4회차의 첫 번째 날인 3월 18일 토요일에 발표된 로또 복권의 총 당첨금은 264억이었다. 그런데, 1등 당첨자가 13명이나 나와서 1인당 20억가량이 돌아갔단다. 갑자기 일주일에 13명의 백만장자가 생겨나다니!

눈에 불을 켜고 여섯 개의 번호와 씨름을 하기 시작했다. 사실 난 숫자에 유달리 취약했다. 여섯 개의 숫자를 수십 번씩 노트에 써보다가, 이렇게는 안 될 것 같아서 나만의 암기 비법으로 동요를 개사해 불렀다.

그렇게 번호를 완벽히 외운 난, 이번엔 췌장암에 관한 자료들을 조사했다.

아빠와 같은 병으로 6개월 시한부 선고를 받았던 한 환자가, 150

년 넘은 천종산삼을 먹고 6년 넘게 생명을 연장했다는 기사였다. 오래 자란 산삼일수록 면역력을 높이고 항암 작용에 탁월한 RG3라는 성분이 높다고 했다.

그래, 이거다!

150년 산삼의 소비자가는 한 뿌리당 5억 원을 호가했다. 입이 떡 벌어지는 가격이지만 당첨금만 들어오면 문제없다. 세금 33%를 떼도 실수령액이 14억. 그걸로 산삼을 한 뿌리 사고, 남은 돈으로 우리나라 최고 병원의 1인 병실에 아빠를 입원시키고, 난 서울에 혼자 살 전셋집 한 채를 마련한다. 그리고 엄마와 서연에게 각각 1억 정도 인심을 써준다. 그래도 1억 정도 남을 거다. 그거로 최소한 10년간은 마음 놓고 글을 쓰는 데만 집중할 수 있을 것이다.

순간 안에 있던 공기가 요동치며, 옷에 붙은 섬유 먼지가 콧구멍으로 훅 빨려 들어왔다. 난 재채기를 했고, 그 바람에 상처를 입은 갈비뼈에서 엄청난 고통이 느껴져 방바닥을 데굴데굴 굴렀다.

한참 만에 통증이 가라앉자, 나는 조용히 스스로를 다독였다.

"괜찮아… 14억이 기다리는데 이 정도쯤은 감수해야지… 아자…!"

난 눈물을 훔치며, 볼품없는 자세로 엉금엉금 기어 자개장으로 들어갔다.

5.

자개장 밖으로 나오자 갑작스러운 강추위에 몸을 웅크렸다. 함박눈이 펑펑 쏟아지는 숲속이었다.

기다린 패딩 점퍼를 입고 홀로 서 있던 난 한 손에 뭔가가 담긴 비닐봉지를 들고 있었다.

코가 떨어져 나갈 듯 추웠지만 다행히도 갈비뼈 통증은 완전히 사라지고 없었다. 날아갈 듯한 기분으로 점퍼 주머니를 뒤적여 휴대폰을 꺼냈다.

2023년 1월 24일 화요일 오후 2시 20분
타이머 06:47:49

 이번엔 거의 두 달을 건너뛰었다. 오늘은 설 연휴의 마지막 날으로 올겨울 중 가장 추운 날이었다. 하지만 나로서는 몸만 추운 날이 아니었다.
 명절을 쇠기 위해 대부분의 주민이 동네를 떠나 평상시보다 더욱 한적한 명절날 아침이었다. 난 명절 음식을 담은 봉지를 들고 홀로 산에 올랐다.
 오늘 같은 날, 다들 어디서 뭘 하며 지낼까? 나처럼 이렇게 아침부터 엄마에게 갖은 구박을 받고 동네 뒷산으로 피신 오는 사람은 없을 거다.
 그때 바스락거리는 소리에 화들짝 돌아봤다. 수풀 속에 여섯 개의 눈이 번득였다. 커다란 들개 세 마리가 나를 노려보고 있었다. 여차하면 튀어나올 듯한 기세였다.
 이날의 상황이 선명히 기억났다. 이때 난 돌팔매질로 저 들개 삼형제를 쫓아냈었다.
 난 씁쓸한 얼굴로 그들을 향해 말했다.
 "그래도 너흰, 배는 곯아도 외롭진 않겠다, 그치?"
 내 말에 깜짝 놀란 들개들이 후다닥 풀숲 안으로 몸을 숨겼다. 가만히 보니, 녀석들은 위협하는 눈빛이 아니라 겁을 먹은 표정이었다.
 "그땐 미안했다! 그치만 니들 생김새 좀 봐라, 누군들 안 그러겠나!"

난 비닐봉지를 거꾸로 뒤집어 안에 든 걸 돌덩이 위에 쏟았다. 원래는 들고양이들과 나누어 먹으려던 고구마전이었다. 엄마가 서초동에도 갖다주고 이모들에게도 전해준다고, 온 집안에 들기름 냄새를 풍기며, 두 시간 동안 산더미처럼 부쳐 놓은 걸 몰래 싸 들고 왔다.

내가 거리를 두고 조금씩 물러서자, 수풀에서 나온 들개 삼 형제가 내 눈치를 살피며 고구마전 쪽으로 다가갔다. 개들은 코를 킁킁대보더니 얼른 먹지 않고 주둥이에 침을 질질 늘어뜨리며 내 눈치를 살살 봤다.

난 자리를 피해 주려고 얼른 뒤돌아 산에서 내려갔다. 어차피 서둘러야 했다. 주어진 시간이 6시간 30분밖에 없기 때문이다. 다람쥐처럼 산길을 능숙하게 타고 내려가며 아빠에게 전화를 걸었다. 신호음이 길게 이어졌다.

왜 이렇게 맨날 전화를 늦게 받는 거야, 짜증 나게…. 혹시, 일부러 안 받는 거 아냐? 나도 귀찮을 땐 종종 그러니까. 안 그런 사람이 어딘 있나?

하긴…. 아빠는 그런 부류는 아니었다. 오히려 너무 고지식해서 탈이지.

막 개울 둘레길에 다다랐을 때, 휴대폰 너머 목소리가 들렸다. 나도 모르게 걸음을 멈추고 귀를 바짝 기울였다.

"네가 웬일이냐?"

어쩐 일인지 이번엔 유난히 말투가 퉁명스러웠다. 하지만 아빠가 전화를 받아 준 것만도 감지덕지했다.

"오랜만이죠! 헤헤… 새해 복 많이 받으세요!"

휴대폰 너머 '후유-' 하는 깊은 한숨 소리가 났다.

"…그래, 너도 많이 받거라. 무슨 일 있는 건 아니지?"

"그건 아니구요… 실은, 글을 쓰다 아빠한테 물어볼 게 생각나서요. 지금 그리 가도 돼요?"

아빠는 '흥!' 같은 콧소리를 냈다. 어쩌면 내가 잘못 들은 건지도.

"혼자 계세요?"

"아닌데!"

"누구랑 계시는데요?"

"재롱이랑 계신다, 왜!"

괜히 부아가 치밀었다.

"참, 넌 재롱이라고 모르지? 재롱이라고 아주 기특한 놈이 하나 있는데 말이야… 말도 사람보다 더 잘 알아듣지, 신통하게 내 기분을 다 알아맞히지… 재롱떠는 건 말할 것도 없고, 생긴 건 또 어찌나 잘생긴 줄 아냐! 그리고 말이야."

어쩌고저쩌고 어쩌고저쩌고…….

그 아귀 같은 녀석이 재롱을 떨다니 놀랠 노자였다. 그렇지만 난 토를 달지 않았고, 아빠가 본격적으로 늘어놓기 시작한 말끝마다 '아하, 그렇군요, 그것참 잘됐네요.'와 같은 추임새를 넣어 장단을 맞춰드렸다. 하지만 그럴수록 아빠는 하고 싶은 말이 점점 더 늘어났다. 얼른 끊어야 했다.

"만나서 얘기해요! 지금 아빠 집으로 갈게요!"

"그래? 그럼, 택연이도 데리고 와."

그건 어려웠다. 택연이로 말할 것 같으면, 자기가 내키지 않으면 (내키는 경우는 거의 없다) 소처럼 코뚜레를 꿰지 않고는 누구도 끌고 나갈 수 없는 녀석이라.

"뭐 드시고 싶으세요? 가는 길에 사 갈게요."

"연휴라 시장 다 문을 닫았을 건데. 그냥 마트나 들러서 너 먹고 싶은 거 적당히 사 와. 아빤 막걸리나 두어 병 있으면 돼."

택시를 타고 가며 통장 잔액을 확인했다. 이날은 다행히도 일전에 들어온 아르바이트 비가 17만 원가량 남아 있었다. 난 망설이지 않고 택시를 탔다. 아빠에게 설 선물로 10만 원이라도 드리면 좋겠지만, 시간을 아껴야 했기에 어쩔 수 없었다.

목적지에 도착해 택시비를 내자 6만 원가량 남았다. 이걸로 아빠가 좋아하는 조니워커 한 병을 사고 남은 돈으로 한돈 삼겹살이나 한 팩 살 생각이었다.

시장 골목 안의 중형 마트에 들어가 양주 판매대부터 찾았다. 특별 할인가가 붙은 다양한 위스키를 보자 눈이 돌아갔다. 괜스레 덜렁 방귀처럼 이것저것 살펴보던 난, 급기야 국산 위스키 한 병을 바닥에 떨어뜨리고 말았다. 조니워커를 사야 했을 돈으로 배상해야 했다. 아빠가 좋아하는 술로 비위를 맞춰서 병원에 모시고 가려고 했던 계획이 다 틀어지고 말았다.

아, 그러고 보니, 오늘은 명절 연휴라 문을 연 병원이 없을 텐데?

하…… 대체 난 왜 이럴까! 그냥 양평 집으로 돌아갈까?

자책과 망설임을 오가다가 어느새 초원빌라 앞에 도착했다.

현관을 열어준 아빠는 어색한 얼굴로 "어 왔냐?"라는 말을 툭 던지고는 하얀 김이 펄펄 나는 가스레인지 앞에 갔다. 난 새삼스러운 시선으로 아빠의 뒷모습을 좇았다.

그저 멀쩡히 걸어 다니기만 해도 이렇게 안심이 될 줄이야……!

아빠는 보글보글 끓고 있는 커다란 냄비에 뭔가를 집어넣었다.

"뭐 하세요?"

"떡국."

난 놀란 얼굴로 "떡국을 끓일 줄 아세요?"라고 했는데 재롱이가 짖어대는 소리에 묻히고 말았다.

"조용!"

아빠의 말에 녀석은 짖는 걸 멈췄다. 그러고는 이 집의 터줏대감이라도 되는 양 소파 위에 똬리를 틀고 앉아 날 평가하는 눈빛으로 주시했다.

난 싱크대 옆에 놓인 작은 식탁에 다가가 깨진 위스키값을 물어주고 남은 돈으로 산 막걸리 한 병과 멕시코산 삼겹살 한 팩을 꺼내 올려놓았다. 아빠는 의아한 표정을 지었다.
"막걸리를 하나만 사 왔냐? 넌 안 마시려고?"
"왜요? 한 병으로 나눠마시면 되죠."
괜스레 퉁명스레 대답한 난 조리대에 다가가 끓는 냄비 안을 들여다보았다. 정체를 알 수 없는 갈색의 국 안에 얇게 썬 흰떡이 불어 터진 모양으로 둥둥 떠 있었다.
"국물 색깔이 왜 이래요??"
"간장을 넣었더니 이렇게 됐다? 다 됐으니까 가서 앉아 있어."
아빠는 냄비를 가리듯 몸을 돌려 국자로 국물을 떠 간을 봤다.
"떡국에 간장을 넣으면 어떡해요! 아니 그래도 그렇지, 간장을 들이부으신 거예요?"
"잔소리 말고 앉아 있으라고."
하지만 아빠의 말을 무시하고 떡국 옆에 프라이팬을 올리고 멕시코산 삼겹살을 구웠다. 너무 저렴한 가격 탓인지, 아니면 기분 탓인지 몰라도 고기 노린내가 심해서 바짝 튀겼다. 곁에서 그걸 본 아빠가 인상을 썼다.
"왜 돈 주고 산 걸 다 태우냐?"
"고기는 태워야 맛이죠."
"아무리 그래도 적당히 구워야지! 탄 고기 먹으면 암에 걸릴 수 있대."
그 말에 난 저절로 얼굴이 굳었다.
"……이미 늦었어요."
아빠는 내 말을 고기가 다 탔다는 의미로 해석한 것 같았다.
이윽고 거무튀튀한 떡국과 과자처럼 튀겨진 삼겹살, 아빠가 반찬가게에서 사 왔다는 쿰쿰한 생멸치 젓갈, 그리고 윗집에서 줬다는 시큼한 묵은지가 거실 탁자 위에 올라왔다.

난 크기가 다른 맥주잔 두 개를 싱크대 선반에서 꺼내 왔다. 아빠는 두 개의 잔에 막걸리를 가득 채우더니 병뚜껑을 도로 닫았다. 난 아빠와 잔을 부딪치며 외쳤다.

"아빠의 장수를 위하여!"

오글거림을 애써 참으며 떨리는 목소리로 용기를 냈건만, 아빠는 마치 '되지도 않는 소리를 한다'라는 표정으로 피식 웃었다.

"고맙다."

"근데, 오늘 같은 날 왜 집에 계세요? 약속 없으세요? 작은 아빠들하고는 만나셨어요?"

아빠와 엄마가 이혼하기 전까지는 매번 우리 집에서 명절 모임을 가졌다. 그런데 그 이후로는 작은아버지들 집에 한 번씩 돌아가며 모이다가, 그마저도 할머니가 돌아가신 뒤로는 형제들끼리 별도로 장소를 정해 외식하는 것으로 명절 모임을 대신했다.

"안 그래도 오늘 네 막내 작은 아빠, 박 차관이 쏜다고 다들 모인다더라."

"근데, 왜 안 가셨어요?"

떡국을 한 수저 떠서 입에 넣는 순간, 연신 기침이 터졌다. 이건 뭐랄까… 맛이 없는 정도가 아니라 사람이 먹을 만한 수준이 아니었다. 그것도 모르고 아빠는 딱한 표정으로 날 쳐다봤다.

"천천히 먹어라. 누가 뺏어 먹는다고!"

"왜 안 가셨냐구요!"

"그냥, 귀찮아서."

"귀찮다구요오??"

왠지 아빠는 민망한 듯 헛기침을 하며 말했다.

"올겨울 들어서, 오늘이 젤 추운 날이라잖아……."

"혹시… 몸이 안 좋다거나, 그래서 그런 건 아니에요?"

갑자기 아빠가 심하게 기침했다. 얼굴이 시뻘게졌다. 분명 떡국 탓일 거다.

"하나 마나 한 소리를… 쿨럭! …나이 들면 다 그런 거지, 쿨럭, 쿨럭! …그보다 동생들한테 얻어먹기도 민망한 노릇이고, 쿨럭…."

"아무나 능력 있는 사람이 내면 되죠, 왜 민망해요?"

"그래도 명색이 장남이 돼서 염치가 있지, 네가 이해할진 모르겠지만…."

"장남이라고 특별히 무슨 혜택을 받은 것도 없잖아요."

"그렇다고 특별히 노릇을 한 것도 없지."

"왜요, 할머니 살아계실 때도 나름 못 하신 것도 아니고, 동생들도 많이 도와주셨잖아요? 대학 등록금이니 혼수 같은 것도 그렇고, 어디 그뿐인가요? 어떤 작은 아빠는 엄마가 사둔 땅을 빌려 갔다가 날려 먹고!"

"지난 얘긴 뭣 하려 하냐."

아빠는 내 말을 뚝 잘랐지만, 오랫동안 내 가슴에 맺혀있는 커다란 응어리였다.

내가 고등학교 시절, 한겨울 동안 교복 위에 걸칠 모직 롱코트가 필요했다. 하지만 아빠는 여유가 없다며 사주지 않았다. 그리고 나서 얼마 후 자기 동생 중 한 명에게 목돈을 빌려주었다. 그러느라 여유가 없다는 걸 뒤늦게 알게 된 난, 아빠를 저주했다. 다른 친구들이 대부분 검정 롱코트를 입을 때, 나 혼자만 파란 나일론 점퍼를 입고 학교에 다녀야 했던 설움이 분노로 되살아났다.

그 얘길 막 꺼내려던 찰나, 난데없이 조용필의 노래가 울려 퍼졌다. 아빠의 휴대폰 벨소리였다. 기다렸다는 듯 전광석화처럼 휴대폰을 들여다본 아빠의 얼굴에 미소가 번졌다.

"이봐라, 이번엔 네 큰고모다. 또 나오라는 소릴 테지, 후후…."

하지만 아빠는 휴대폰을 받지 않고 옆에 있는 작은 협탁 위에 올려놓았다.

어쩐지 짠한 기분이 들었다. 아빠는 일 년에 두세 번 하는 형제들 모임을 다른 어떤 만남보다도 즐거워했다. 오늘은 동생들과의 마지막 모임이 될 텐데…….

"그냥 다녀오세요."

멸치젓갈을 뒤적거리던 아빠는 젓가락을 옮겨 딱딱한 삼겹살로 집더니 아삭아삭 씹었다.

"이건 네가 구워 놓고 왜 안 먹냐? 고기는 태워야 맛이라며?"

"탄 거 그만 드시고 얼른 옷 갈아입으세요. 이건 제가 치울 테니까요."

아빠는 망설이는 표정이었다.

"됐어. 너도 오랜만에 오고 했는데…."

"저는 또 볼 수 있어요. 하지만 작은 아빠랑 고모들은 다시는 못… 자주 볼 수 있는 게 아니니까요."

"너도 같이 갈래?"

"에엑?"

난 정말로 이런 소리를 냈다.

"너도 오랜만에 작은 아빠들이랑 고모들 보면 좋잖아?"

대체 뭐가 좋을 거로 생각하는 걸까? 그런 자리에서 내가 처할 괴로움을 알기나 할까?

"아뇨! 고마운 제안이지만, 전 됐어요."

"이 추운 날 여기까지 왔는데 어떻게 혼자 돌려보내냐?"

"저, 추위 잘 안 타요. 진짜 상관없어요."

"아까부터 음식엔 손도 안 대고 막걸리만 홀짝거리고 있잖냐?"

"배가 별로 안 고파서 그래요."

말이 끝나자마자 내 배에서 주책맞게 꼬르륵 소리가 났다.

"아빠랑 같이 가서 맛있는 거 먹자."

이 순간, 진심으로 맛있는 걸 먹고 싶었다. 하지만 그 대신에 괴로운 질문들을 감당해야 한다.

"아빠 생각해서 일부러 사당역에서 모였대. 택시 타면 한 10분이면 가지. 택시비는 아빠가 낼게."

난 망설였다. 휴대폰을 보니 타이머가 한 시간 반 정도 남아 있었다.

난 말했다.

"뭘 드시고들 있대요?"

택시에서 내려 4층 건물을 통으로 쓰는 대형 횟집에 들어갔다. 엘리베이터가 없었기에 예약석이 있는 3층까지 계단으로 올라가야 했다. 아빠를 뒤따르던 난 자주 멈춰 거북이처럼 계단을 오르는 아빠를 기다려야 했다. 그러다 속도 좀 내보라고 살짝 한마디 던졌는데, 아빠는 무릎이 아파서 그런 걸 어쩌냐며 신경질을 부렸다. 벌써 이곳에 따라온 걸 후회했다.

8인석 룸 안으로 들어서자, 테이블에 둘러앉은 4명의 남녀가 환호성을 울렸다. 아빠와 의절 중인 첫째 작은 아빠만 제외한 모든 형제가 모였다. 우리나라 최고의 대학을 나와 중고차 딜러가 된 둘째 작은 아빠, 은행을 다니다 지금은 작은 커피숍을 운영하는 큰고모, 2년 만에 행정고시에 패스한 이래 제일 높은 직급까지 올랐던 다섯째 박 차관, 그리고 아빠와 거의 스무 살 터울이 나며, 시경의 여성청소년계 팀장을 맡은 막내 고모까지.

늘 그렇듯 큰고모가 특유의 세련되면서 호탕한 말투로 첫 테이프를 끊었다. 물론 첫인사는 칭찬으로 시작한다.

"이런 날 아빠 본다고 찾아오고, 야, 자연이 네가 그래도 큰딸답네~"

속으로는 몹시 불편했지만, 난 그냥 쑥스러운 척 웃기만 했다.

반응하기 어려운 얘기가 나올 땐 그 방법만큼 좋은 건 없으니까.
"아빠랑 가끔 만나고 그러니? 집이 멀어서 쉽지 않을 텐데."
원체 자상한 말투를 가진 작은고모가 말했다.
"아아… 뭐 그렇긴 하죠. 와, 이거 도미 아니에요? 어휴 너무 무리하시는 거 아닌가, 하하…."
아빠의 눈치를 살폈다. 혹시라도, 내가 그동안 몇 년이나 연을 끊고 살다가 오늘 처음 나타난 거라고 말할까 싶어 조마조마했다.
그런데 아빠는 뜻밖의 말을 했다.
"그러지 말라고 해도 자주 찾아와서 아주 귀찮다니까."
너무 놀랐지만 내색하지 않으려고 노력하며 아빠를 쳐다보았다.
"오늘도 한우 소갈비니 양주니 뭐, 한 보따리를 사 왔길래 야단을 쳤지. 아빤 이가 시원치 않아서 고기는 많이 못 먹는다고…."
좌중에서 감탄사가 터졌고, 내 얼굴은 제멋대로 시뻘게졌다.
"자연이가 이제야 철이 드나 보네요, 큰형님! 네가 올해 몇 살이지, 정확히?" 박 차관이 물었다.
이런, 이제 시작인가.
"삼겹살이요, 헤헤… 앗, 술이 떨어졌네요!"
난 얼른 테이블에 반주로 놓여 있던 청주 병을 들고 박 차관의 잔을 채웠다.
"효녀네 효녀." 둘째 작은 아빠가 말했다.
"효녀는 무슨… 성가시기만 하지."
아빠가 말했다. 어쩐지 진심이 느껴지는 말투였다.
"성가시긴요, 형님? 그냥 누리면 되죠. 얘도 나중에 결혼해서 제 가정 꾸리고 그래 봐요, 그러면 눈물 나게 아쉬워지실걸요? 그건 그렇고, 우리 자발적 백수 조카는 얼굴이 무지 좋아졌네? 무슨 좋은 일 있냐?"
"아직도 글 쓰는 거 하니? 책은 언제쯤 나오는 거야?"

막내 고모도 조심스레 물었다. 난 재빨리 도미회를 한 움큼 집어 볼이 미어터지도록 입안에 밀어 넣었다. 이걸 다 목구멍으로 넘길 동안 다른 화제로 넘어가 주기를 간절히 바라며.

"출판사 몇 군데서 앞다퉈 출간해 주겠다고 난리라더라."

아빠의 말에 입안 가득 도미회를 뿜어낼 뻔했다.

"어머나, 정말이에요 오빠?"

"야아~ 대단하구나!"

좌중은 열광의 도가니였다.

새빨개진 얼굴로 허둥지둥 물을 찾는데 아빠는 이제 재미를 들여서는 더욱 뻔뻔한 얼굴로 말을 이었다.

"어디로 정할지 고민 중이야. 내 자식이라서 하는 소리가 아니라, 한번 슬쩍 봤는데 꽤 하더라고."

"제발 그만 좀 하세요!!"라고 외치고 싶었다.

아무것도 모르는 어른들의 축하 인사에 당장 이 자리를 뛰쳐나 갈까 망설였다.

"우리 집안에 공무원은 충분하니 예술가도 한 명 나오면 좋지!"

누군가 말했다. 그러고 보니 아빠와 서연이도 그렇고, 집안에 유독 공무원이 많았다. 대학 입시에 실패했을 때, 할머니나 친척들이 내게 공무원 시험에 응시해 볼 것을 권유했지만 내 대답은 한결같았다. "나는 공무원이 싫어요."

지금 생각하면 왜 그랬는지 모르겠다. 공무원이라고 하면 난 항상 네모난 상자에 갇혀 똑같은 짓을 반복하는 실험용 쥐가 떠올랐다. 정해진 선 안에 반듯하게 서서 절대 흐트러지면 안 되는 따분하기 짝이 없는 직업.

하지만 마흔이 다 되도록 이렇게 살 줄 알았다면 진작 어른들의 말을 들었을 것이다. 무엇보다 공무원이란, 나라에 없어서는 안 될 소중한 존재 아닌가! 홍익인간의 정신으로 국민을 널리 이롭게 해야 하니까.

잠시 방심한 사이, 큰고모가 강스파이크를 날렸다.

"결혼은 안 해? 만나는 사람 없니?"

"아, 그러니까, 그런 건 능력이 돼야 하니까요."

"혹시 자연이 너도 비혼주의 같은 거 아냐?"

무심코 고추냉이를 듬뿍 씹은 탓에 눈물이 그렁그렁 맺힌 채 작은고모를 향해 절대 그런 건 아니라는 표시를 하려 했다. 그런데 막내 삼촌인 박 차관이 특유의 냉소적인 표정을 지었다.

"비혼주의 좋아하시네. 그건 이기주의와 개인주의의 기형적인 결합을 달리 표현한 말일 뿐이야. 실상은 누군가를 위해 참고, 희생하고, 책임지고, 그런 게 부담스럽고 싫은 거지. 그저 제 하고 싶은 거 하고, 먹고 싶은 거 처먹고, 자유롭고 속 편하게 살자꾸나, 하는 거라고. 대학에서 애들 가르치다 보면 종종 느끼는 건데, 요새 애들이 얼마나 이기적인지 몰라. 왕왕 놀란다니까."

막내 삼촌은 마치 내가 비혼주의자들의 대표라도 되는 양 나를 보며 눈을 부라렸다. 그러자 둘째 작은아버지가 말을 받았다.

"그러게. 돈이 전부가 아닌데 말이야. 같이 벌면서 사는 거지. 꼭 집 있고 뭐 있고 해야 하나? 자연이 너도 늦기 전에 서둘러야 아이도 낳고 할 텐데…. 하긴 요샌 마흔 넘어서도 잘들 낳긴 하더라."

"아 그렇군요! 잠깐만요, 작은 아빠."

난 문자 메시지를 확인하는 척 냉큼 휴대폰을 들었다.

제기랄, 아직도 40분이나 남았네. 꼭 이럴 땐 시간이 안 간다니까.

"그래서 넌 언제쯤 생각하고 있는데?"

둘째 작은 아빠의 물음에 내가 답했다.

"주영이는 언제쯤 한대요?"

이 말 한마디가 일순간 좌중에 찬물을 끼얹었다. 주영이란, 미스코리아 출신으로 돌 지난 아기를 데리고 작년에 이혼한 둘째 작은아버지의 외동딸이었다.

"야 인마, 네 얘기나 해. 자리에 없는 사람 얘길 왜 해? 좋은 소리도 아니고."

박 차관의 핀잔에, 내가 실언했다는 걸 비로소 깨달았다.

"아니 저는 그냥…."

난 그저 화제를 돌리려던 것뿐이었다. 주영이는 가진 게 많아서(특히 아기가 제일 부러웠다) 나보다는 화젯거리가 훨씬 풍부할 거로 생각했다.

"장소와 분위기 봐가며 할 말이 있고 못 할 말이 있는 거지. 이런 자리에서 꼭 그렇게 초 치는 소리를 해야 속이 후련하겠니?"

"쟤가 원래 저렇게 눈치가 없었나……?"

사람들이 점차 나라는 인간의 속성(나도 몰랐던)에 대해 저마다의 견해를 내놓을수록, 억울함과 후회와 자책으로 뒤범벅이 됐다. 결국 참지 못하고 감정을 발사했다.

"누가 그런 질문 해 달랬어요? 제가 언제 제 사정 좀 알아달라고 부탁했냐구요?!"

어른들이 놀란 얼굴로 날 쳐다봤다.

"그만해!"

갑작스러운 아빠의 고함에 실내 분위기는 시베리아 벌판이 되었다.

"이 녀석이 가끔 똥인지 된장인지 구별을 못 한다니까. 데려오는 게 아니었는데, 내가 괜한 짓을 했지, 뭐야!"

난 정말 미치도록 억울했다.

"제가 언제 오고 싶다고…."

"셧 업! 박 자연, 너 그만 말해!"

내 말을 끊은 박 차관은 특유의 능청과 쾌활함을 활용해 아빠를 달래며 술잔을 쥐여주었다.

"에이, 또, 형님은 그렇게까지 역정 내실 건 없어요. 요새 애들이 다 그렇죠. 뭐. 자자, 제 술이나 한잔 받으세요. 형님!"

그러자 아빠는 심통 어린 콧방귀를 끼며 말했다.

"요새 애들은 무슨! 쟤가 낼모레 불혹이라고, 불혹!"

"뭐? 마흔이라고??"

"어머 세상에, 네가 그렇게 됐니??"

"야~ 자연이가 벌써 중년이야?"

마치 내가 나이를 먹은 게 몹쓸 짓이라도 되는 것처럼 모두 호들갑을 떨었다.

난 얼굴이 붉어지도록 화가 솟구쳤다.

"왜 아빠 맘대로 그래요!"

"뭘?"

"왜 맘대로 남의 나이를 막 밝히냐구요!"

"남의 나이? 허, 기가 막히네. 네 나이가 무슨 국가기밀이라도 되나?"

"아무리 자식이라도 이건 매너가 아니죠!"

"매너? 네가 매너를 논해? 너 자꾸 그러면 그냥 집에 내려가라. 전철 끊기기 전에 얼른 가는 게 낫겠다."

그러자 좌중은 다시 조용해졌다. 이젠 분노와 억울함을 넘어 몹시 참담한 기분이었다.

난 자리에서 일어나 테이블 가운데 놓인 도미회 접시를 향해 꾸벅 묵례하고 난 뒤 돌아서서, 출입문을 향해 무거운 발걸음을 옮겼다. 출입문은 다섯 걸음 앞이었지만 마치 500미터는 떨어진 듯했다.

아직 배가 다 차지도 않았는데, 밖은 어둡고 냉혹한 바람이 불겠지. 날 잡는 사람도, 환영하는 사람도, 말리는 척이라도 하는 사람

하나 없는 이런 세상 따위……

"야 인마, 어디 가?"

박 차관이 외쳤다. 막 문을 열던 난 애써 냉소하는 얼굴로 돌아봤다.

"아빠 말대로 하잖아요. 전 효녀니까요."

"어이구 못났다! 아빠가 속상해서 한 소릴 갖고 그래?"

"알았어, 이제 그런 거 안 물어볼게. 네 입장도 있을 건데, 배려 못 해서 미안하다. 기분 풀고 이리 와서 고모랑 한잔하자. 너도 술 좀 한다며?"

작은고모의 말에 그만 참고 있던 눈물이 왈칵 터졌다. 나도 꼴사나운 줄 알지만 어쩔 수 없었다.

"얘 좀 봐라? 뭐 하는 거니, 곧 불혹이라며? 아이고~ 보는 내가 다 부끄럽다, 야."

박 차관이 과장된 표정을 지으며 놀렸다.

"나이는 왜 자꾸 들먹이세요. 제가 막내 작은 아빠한테, '곧 있으면 전철 공짜로 타시겠구만요오~'라고 하면 좋으세요?"

"좋다마다! 앞으로 평생 전철을 공짜로 탈 수 있게 됐다는데 얼마나 경사스러운 일이냐? 네가 굳이 날 먹이려고 한 소리가 아니라면 말이지."

모두가 웃음을 터뜨렸고, 분위기는 새롭게 바뀌었다. 더 이상 누군가 불편할 질문들은 사라졌다. 아무 허물없는 사이끼리만 할 수 있는 유쾌한 대화들이 이어졌다.

그러자 얄궂게도 시간이 빨리 지나갔다. 깔깔 웃다가 휴대폰을 보니 타이머가 끝나 가고 있었다.

58초, 57초, 56초….

앗, 맞다! 이다음은 3월 18일 토요일이잖아! 바로 로또복권 추첨이 있는 날!

어른들이 주는 술을 넙죽넙죽 받아 마신 탓에 꽤 취한 상태였지만, 반사적으로 여섯 개의 번호가 담긴 동요가 머릿속에 울려 퍼졌다. 노래를 흥얼거리던 난 충동적으로 의자를 박차고 일어섰다. 그리고 숟가락으로 빈 놋그릇을 땡땡 치며 말했다.

"여러분 엄청난 정보가 있어요! 자자, 수다 떠는 건 잠깐 멈추시고들, 집중! 집주웅!!"

취기에 가득 찬 사람들은 내 말을 들은 체도 않고 각자 자기 말만 하고 있었다. 누군가는 내게 시끄러우니 자리에 앉으라고 고함을 치기도 했다. 하지만 술기운으로 인해 더없이 유쾌하고 한없이 너그러운 인품으로 변모한 난 쩌렁쩌렁한 목소리로 외쳤다.

"앞으로 두 달 뒤면 여러분 모두 부자가 될 수 있어요! 정말이에요! 펜 있으신 분은 얼른 꺼내서 받아 적으세요. 3월 18일에 당첨될 로또 번호예요. 1등 번호라구요! 자, 잘 들어요! …우웨엑!!"

유감스럽게도 머릿속 번호보다 배 속에 있던 것들이 먼저 뿜어져 나왔다. 이상한 형태의 토사물이 방사형으로 퍼지며 허공에 멈췄다. 기겁하는 사람, 찡그리는 사람, 고함을 치려던 사람들이 밀랍처럼 굳어 있었다.

난 혼자 배를 잡고 깔깔 웃어댔다. 취해서 그런지 몰라도 이런 광경을 혼자 보는 게 너무나 아까울 지경이었다.

하지만 잠시 후 주위가 빙글빙글 돌기 시작하자 머릿속과 뱃속에서 소용돌이를 일으켰고, 난 어느새 의식을 잃고 말았다.

6.
정신을 차리자 난 미지근한 햇살이 비치는 컨테이너 농막 앞에 멀거니 서 있었다.

이곳에서 이런 안도감을 느끼긴 처음이었다. 시선을 돌리다 밀짚모자를 쓰고 감자밭 사이에 쭈그려 앉은 엄마와 시선이 부딪혔다. 얼른 휴대폰을 꺼내 봤다.

3월 18일 토요일 오전 11시 25분
타이머 07:28:21

"왜 그러고 섰어? 얼른 와!"
난, 한 치의 주저함도 없이 호미를 냅다 집어 던지고 반대편으로 뛰어갔다.
"어디 가?! …어디 가냐고오!!"
엄마의 고함이 허공에서 스러졌다.
택시를 타고 아빠에게 전화를 걸었다. 이번엔 다섯 번의 시도 끝에 연락이 닿았다. 전과 같이 동묘공원 앞에서 만나기로 약속을 정한 난 차창 밖을 바라보며 오늘 해야 할 일들에 대해 궁리했다.
시장 앞에 내리자마자 바로 앞에 보이는 복권 판매점에 들어갔다. 매점 문 앞에, 이곳에서 1등 당첨자가 여섯 번이나 나왔다는 홍보 현수막이 걸려 있었다.
오오, 내가 일곱 번째 주인공이 되는 거군.
내부에 비치된 용지에 여섯 개의 번호를 표시해 중년의 주인아저씨에게 내밀었다. 양쪽 귀를 뒤덮은 단발머리의 주인아저씨는 왠지 낯이 익었다. 어디서 봤더라……?
"이 번호로 한 장만 드려요?"
장발의 주인이 물었다. 난 화들짝 고개를 들었다. 그러고 보니, 꼭 한 장만 사야 할 이유는 없었다.
"아, 아뇨, 두 장요. …아, 아니 세 장 주세요!"
너무 욕심을 부리는 건 위험할 것 같았다. 사람들의 관심을 끌면 안 되니까. 세금 떼면 42억. 그 정도면 그리 나쁘지 않겠지. 사실

강남에서는 아파트 한 채 값도 안 되는 액수인걸.

이런 생각으로 애써 평정심을 유지하려 했지만, 평생 통장 잔액이 3백만 원 이상 찍혀본 일이 없는 나로선 콧구멍이 절로 벌름댈 수밖에.

"좋은 꿈이라도 꾸셨나 봐요?"

장발 주인이 복권을 단말기에서 뽑으며 묘한 투로 물었다.

"글쎄요, 헤헤…."

그가 똑같은 번호의 로또 복권 세 장을 내밀었다.

"복권 뒷면에다 이름, 주민 번호, 자필 사인 꼭 해 놓으세요. 그래도 혹시 모르니까. 눈먼 돈에는 온갖 악귀가 달라붙는 법이거든요."

웬 오지랖인가.

그렇지만 난 너그럽게 대답해 주었다.

"괜찮을 거예요. 곧 윤달이거든요. 그 안에만 쓰면 문제없을걸요?

그러자 흠칫 놀라는 표정을 짓는 장발의 주인. 그는 이내 어색한 투로 말했다.

"이번엔 꼭 행운이 따르시길."

이번이라니? 난생처음 사는 복권이건만, 이 아저씨가 무슨 소리를 하는 거지? 그냥 넘겨짚은 모양이지. 복권을 안 산 사람은 있어도 한 번만 사는 사람은 없다니 말이다.

난 어깨를 으쓱하고는 복권을 청바지 앞주머니에 깊숙이 찔러 넣었다. 밖으로 나오며 아빠에게 전화를 걸며 무심코 뒤를 돌아보니 장발 주인이 문간에 서서 날 쳐다보고 있었다.

문득 그가 낯설지 않은 이유를 깨달았다. 그는 문신 목사와 가족처럼 닮아 있었다. 아니, 문신 목사의 20년 전 모습이라 해도 믿을 수 있을 정도였다. 그러고 보니 쓸데없는 오지랖도 비슷하잖아?

"어디냐?"

전화기 너머 아빠의 목소리가 들렸다.

잠시 후 동묘공원 앞에 선 아빠와 만났다. 아빠는 얼굴에 즐거운 미소를 띤 채, 산처럼 쌓인 구제 옷더미를 둘러싸고 쟁탈전을 벌이는 사람들을 구경하고 있었다. 아빠는 지난번처럼 배가 불룩 나온 시장 가방 손수레를 끌고 있었다. 난 가방 안에 뭐가 들었는지 물었다.

"안 입는 옷인데, 여기 오면 팔 수 있다길래……."

아하, 지난번에는 나를 만나느라 못 판 거구나.

"옷은 갑자기 왜요?"

"요새 그런 사조 있잖아, 불필요한 물건은 없애고 비우면서 홀가분하게 사는 방식인데… 그 뭣이냐… 미니 어쩌고 하던데……?"

"미니멀리즘이요?"

"어어, 미니멀리즘, 그거다. 너도 꼭 필요한 물건 아니면 갖다 버리고 그래. 네 엄마처럼 아깝다고 그저 얼싸안고 있지 말고. 케케묵은 짐이 사람 기운을 흐리게 한다더라."

"걱정하지 마세요. 전 꼭 필요한 물건도 없는 게 많으니까요."

그러자 아빠는 탄식하듯 말했다.

"참 장하구나. 이 옷 팔면 필요한 거 몇 개 사줄게."

"그거 팔아서요?"

난 복권이 든 주머니에 손을 꽂은 채 코웃음 쳤다. 옷 무덤을 파는 상인에게 맞춤 정장을 비롯해 브랜드가 있는 깨끗한 옷 수십 벌을 팔고 만원을 손에 쥔 아빠와 지난번 갔던 3천 원짜리 국숫집으로 향했다.

"아빠, 지난번 설 연휴 때 제가 했던 얘기 기억하세요?"

"무슨 얘기?"

"저랑 내기하실래요?"

난 주머니 속에서 작은 종잇장을 꺼내 아빠에게 보였다.

"그거 복권 아니냐? 참, 한심하다 한심해. 땀 흘려 일할 생각은 하지 않고…."

"잔소리하시기 전에 제 얘길 먼저 들어보세요. 오늘이 복권 추첨하는 날이잖아요. 만약에 이게 당첨되면 어떡하실래요?"

"뭘 어떡해? 당첨되면 좋은 거지."

"1등에 당첨되면요?"

"어쩌라고?"

성가신 표정으로 말하던 아빠는 그러더니 김추자의 레코드판을 보고 반색했다.

"이야~ 내가 월남에 있을 때…."

"이거 1등 되면, 제 말에 따르기로 하는 거 어때요?"

"뭐?"

"1등 되면 다 아빠 줄게요. 세금 떼면 14억 정도 되더라구요."

그러자 아빠가 어깨를 들썩이며 웃었다.

"14억이란 건 어떻게 아나?"

"생각해 보세요. 번호 6개를 다 맞추는데 그걸 모르겠어요?"

"당첨될 번호를 미리 알았다는 소리냐?"

"맞아요."

"어떻게 알았는데?"

난 꿈을 꿨다고 했다. 특정한 날의 미래를 보았다는 식으로 말이다.

"그럼, 반대로 당첨 안 되면 어쩔 건데? 그땐 널 정신병원에 입원시켜도 이의 없겠냐?"

"좋아요. 그럼 얼른 집으로 가요. 방송 놓치면 안 되니까."

"온 김에 국수 먹고 가자. 배고파서 못 움직이겠다."

타이머가 4시간 이상 남았기에 여유가 있었다. 42억짜리 종잇조각을 품은 채 아빠와 막걸리와 채소전을 곁들인 3천 원짜리 국수를 후루룩 먹었다. 1시간 30분 동안 귀로 먹는 아빠의 훈계와 잔소리는 덤이었다.

식당을 나와 택시를 잡으려 하는데 아빠가 가로막았다. 무료로 전철을 탈 수 있는데 괜한 돈을 쓸 필요는 없다고. 복권 방송 시간을 확인하니 전철을 타고 가도 늦지 않았다. 그래서 아빠와 전철에 올랐다.

막상 방송이 시작되자, 아빠는 붉은 오디술을 홀짝이며 눈을 반짝였다. 탁자 위에 펼쳐 놓은 복권의 숫자를 재차 확인하는 아빠를 보며 속으로 두근거렸다.

과연······.

아빠의 옆구리에 찰싹 달라붙은 재롱이는, 이번엔 어쩐 일인지 전처럼 내게 지랄 맞게 덤벼들지 않았다. 가끔 나와 눈이 마주칠 때만 생각났다는 듯 작게 으르렁- 하는 소리를 낼 뿐이었다. 지난 설 연휴에 한번 봤다고 제 딴에는 봐주는 모양이다.

드디어 방송 추첨이 돌아가기 시작했다. 숫자가 적힌 공 여섯 개를 뽑는 시간은 매우 짧았다. 30초 안에 이 작은 종잇조각이 알라딘의 요술램프가 될지, 휴지 조각이 될지 판가름 날 것이다.

당첨 결과를 미리 알고 있음에도 손에 진땀이 났다.

혹시라도 번호가 다르게 나오면 어떡하지? 만약 그렇게 되면 아빠는 어떤 반응을 보일까? 실망할까? 웃을까? 화를 낼까? 날 병원에 입원시킬까?

눈을 크게 뜨고 커다란 투명 아크릴 통 안에서 튀는 공들을 따라갔다. 하나씩 공이 빠져나올 때마다 번호가 척척 맞았다. 난 그럴 때마다 월드컵 전에서 한국이 골을 넣은 것처럼 탄성을 질렀다.

그에 반해 아빠는 세 번째 번호까지 '어라?' 하는 표정이었다. 그런데 네 번째 공이 나오자, 아빠의 얼굴에 웃음기가 사라졌다. 그리고 다섯 번째 공이 나오자, 아빠는 마치 북한이 서울을 향해 핵미사일을 발사했다는 뉴스라도 들은 듯한 표정이었다.

여섯 번째 공이 또르르 굴러 나왔다. 난 아빠의 얼굴에 시선을 붙박았다.

여섯 개의 번호가 나란히 뜬 자막을 보는 아빠의 눈에 핏발이 섰다. 묵묵히 복권 용지를 집어 든 아빠는 식은땀을 흘리며 갑갑한 표정으로 자기 목덜미를 꾹꾹 눌렀다. 굳은 얼굴로 복권을 탁자에 내려놓던 아빠가 별안간 왼쪽 가슴을 움켜쥐더니 탁자 위로 고꾸라졌다.

"아빠!!!"

아빠는 엎드린 채 의식을 차리지 못했다. 술잔이 쓰러져 복권이 빨갛게 젖어 들었지만 건져 낼 정신이 없었다.

곧바로 119에 전화했고, 상담 직원이 알려주는 대로 아빠를 바닥에 눕히고 심폐소생술을 시도했다. 반복적으로 세차게 가슴을 압박하는데 손바닥 아래로 갈비뼈가 닿는 게 느껴졌다. 더 세게 하면 부러질 것 같다고 했더니 상담 직원은 그런 생각은 하지 말고 계속하라고 다그쳤다. 심장을 멈추지 않게 하는 것이 갈비뼈 한두 개 부러지는 것보단 낫다고. 물론 백번 맞는 말이지만, 직접 겪었던 갈비뼈의 통증을 떠올린 난 더럭 겁을 집어먹었다.

그런데 그 순간 느닷없이 재롱이가 달려들어 내 손을 물어뜯었다.

"으악!!!"

찢긴 손등에서 핏방울이 떨어졌다. 내가 아빠를 해치려는 줄 안 모양이다. 어쩔 수 없이 헛발질을 휘저으며 재롱이가 다가오지 못하게 막고 다시 흉부 압박을 시도했다. 하지만 녀석은 줄기차게 덤벼들었다. 날카로운 이빨에 물어뜯기면서 CPR을 하기는 어려웠다. 정말이지 정신이 나갈 지경이었다. 하는 수 없이 소파에 있던 방석을 들고 때리는 시늉을 하며 녀석을 쫓아버리려 했다. 그러다 탁자에 있던 복권이 바닥에 떨어졌는데, 분을 못 이긴 녀석은 내 손 대신 복권을 미친 듯이 물어뜯었다. 눈앞에서 14억이 갈기갈기 찢기는 걸 지켜보면서도 녀석을 막을 도리는 없었다. 복권을 끝장낸 녀석이 다시 나를 노리던 순간 때마침 구급대가 도착했다.

7.

아빠는 눈을 뜨고 있었지만, 날 알아보는 것 같지 않았다. 벌어진 채 다물어지지 않는 입에서는 제대로 된 언어가 나오지 않았다. 말을 시키면 어- 라든가 허- 같은 짧은소리만 간신히 나왔다.

뇌에 피를 공급받지 못한 시간이 길어진 탓에 뇌간에 큰 손상을 입은 아빠는 전신마비 판정을 받았다. 차라리 혼수상태라면 자개장에 다시 들어가겠건만, 의식은 있었기에 타이머는 멈추지 않고 흘러갔다.

응급처치를 제대로 못 한 내 탓인 것 같았다. 아니, 복권 추첨 방송을 보는 게 아니었다. 아니, 복권으로 빌미를 삼으려 했던 계획부터가 어리석었던 게 아닐까. 이제 와서 이런저런 후회를 해 봤자 소용없는 짓이다.

타이머가 10분가량 남아 있을 때 난, 재롱이에게 물린 상처를 꿰매고 붕대를 감은 손으로 나머지 복권 두 장을 꺼내 확인했다. 아직 28억이 남았다. 이 돈이라면 아빠를 회복시킬 수 있을 것이다.

주위가 빙글빙글 돌아가기 시작했다. 다음 타이머 존에서 눈을 뜨면 바로 당첨금부터 찾으러 가기로 작심하며 잠에 빠져들듯 눈을 감았다.

†제 4 장†

1.

번쩍 눈을 뜨자 난 허리를 숙이고 세면대에서 손을 씻고 있었다. 고개를 들어 코앞의 거울을 쳐다봤다. 순간, 거울 속 내 모습에 벼락을 맞은 듯한 충격에 휩싸였다.

"오, 안 돼엣!!"

검정 치마와 저고리를 입은 난, 하얀 리본 핀이 꽂힌 머리를 감싸쥐고 그 자리에 주저앉았다.

심장이 요동쳤고 정신이 혼미했다.

설마설마… 아니겠지. 아니야, 그럴 순 없지. 그럼, 왜 이런 차림이지?

침착하려고 애를 쓰며 상복 치마에 달린 주머니를 뒤적여 휴대폰을 꺼내 날짜를 확인했다.

3월 24일 금요일 오전 11시 40분
타이머 00:00:00

심장이 덜컥 내려앉았다. 휴대폰을 치마 주머니에 넣는 손이 벌벌 떨렸다. 후들거리는 다리를 일으켜 화장실 밖으로 나갔다.

복도 양쪽에 빈소들이 늘어서 있는 장례식장 복도가 나타났다. 어느 빈소인지 알 수 없었던 난, 각 빈소 입구에 걸린 고인의 사진과 이름이 적힌 명패를 일일이 확인하며 걸어갔다. 턱이 덜덜 떨리고 한겨울처럼 치아가 딱딱 부딪쳤다. 복도 끄트머리쯤 이르렀을 때 나타난 아빠의 이름과 사진을 발견하고 다리가 휘청했다. 상주 명단 중 제일 위에 적힌 내 이름이 눈에 아프게 박혔다. 벽 뒤에 몸을 숨기고 조심스레 안을 들여다봤다.

바로 앞 접수 데스크 뒤에 웬 20대 청년이 앉아 있었다. 자세히 뜯어보니 10년 전에는 중학교 1학년 꼬맹이였던 작은고모의 외아들이었다. 접객실에는 십여 명쯤 되는 낯선 조문객들이 조용히 식사 중이었다.

오전 시간이라 그런지 한산했다. 제단 쪽을 돌아보자, 상주 자리에 서연 내외만 앉아 있었다. 믿어지지 않는 광경에 허둥지둥 고개를 돌리다 데스크에 앉았던 사촌 동생과 눈이 마주쳤다. 그가 의아한 눈빛으로 날 응시했다. 난 어색한 얼굴로 눈인사를 한 후 주춤거리며 제단이 있는 자리로 올라갔다.

국화 장식 앞에 놓인 아빠의 영정 사진을 애써 외면하며 상주 자리로 다가갔다. 내가 옆에 앉을 때까지 서연은 날 쳐다보지 않았다. 제부도 마찬가지였다. 내가 투명 인간이 된 듯했다.

난 두려움에 떨며 여동생을 쳐다봤다. 눈이 빨갛게 충혈되고 핏기 없는 얼굴이 창백했다. 그런데 이상했다. 그녀는 바로 옆에서 내가 빤히 쳐다보는데도 고개를 돌리지 않았다. 참다못한 내가 입을 열었다.

"저기… 서연아…."

갑자기 그녀가 벌떡 일어났다. 그리고 내가 아닌 제부를 보며 말했다.

"나 잠깐만 쉬고 올게."

"그래, 걱정 말고 천천히 쉬다 와. 중요한 손님 오시면 알려줄게."

남편의 다정한 말투에 힘없이 고개를 끄덕이고 밖으로 나가는 여동생을 멍하니 바라봤다.

왜 저러는 거지? 설마…… 내가 귀신이라도 된 건가!?

제부를 봤다. 그 역시 나는 안중에도 없이 마룻바닥만 쉼 없이 줄곧 쳐다보고 있었다.

"제부…?"

"……."

"제부!"

그제야 그가 살짝 놀란 얼굴로 나를 돌아봤다.

"서연이가 왜 그래요?"

"네?"

"나한테 이상하게 구는 거 같아서요."

그러자 의아한 듯 보던 그가 난처한 미소를 지었다.

"처형이 이해하세요, 본인도 속상하니까 그러는 거겠죠. 좀 지나면 괜찮아질 거예요."

내가 뭘 속상하게 만든 거지? 혹시, 아빠가 돌아가신 게 내 탓이라고 생각하는 건가?

"근데, 아빠가 언제… 아니, 오늘이 장을 치른 지 며칠째죠?"

그러자 그는 아까보다 더 놀란 눈초리로 날 보더니 이내 관대한 표정을 지었다.

"처형도 매우 힘드시죠? 삼일장이니까 내일까지 조금만 더 버텨보세요."

아빠가 돌아가신 게 어제였구나.

난 제부에게 양해를 구하고 복도 중간에 있는 휴게실로 갔다. 서연이 소파에 비스듬히 기대앉아 눈을 감고 있었다. 내가 옆에 앉자, 눈을 뜨고 날 본 서연이 벌떡 일어서서 나가려고 했다. 난 그녀의 손목을 움켜잡았다.

"내가 미안해."

뭔지는 몰라도 뭔가 대단히 잘못한 게 있으니까, 얘가 이러는 거겠지. 하지만 그녀는 여전히 싸늘한 표정으로 날 내려다봤다.

"미안하다는 생각은 들어?"

"당연하지! 그러니까 잠깐만 앉아 봐. 내가 어떻게 해야 풀릴지 알려줘, 제발."

서연이 한숨을 쉬더니 도로 앉았다.

"그냥 솔직하게 얘기하면 되잖아."

"뭘 솔직하게 얘기하면 될까?"

그러자 그녀는 기가 막힌 듯 나를 빤히 쳐다봤다.

"왜 그러는 거야 진짜? 난 엄마 말처럼 언니가 정신적인 문제가 있다고 생각하진 않아."

난 맹한 얼굴로 눈만 끔뻑거렸다.

"엄마가 나더러 회까닥했대? 그렇게 말했지? 그치?"

"지금 엄마가 뭐라 한 게 중요해? 아무리 그 복권이 문제였다 해도 그래. 이미 몸 상태가 그리 엉망이었으니…."

아, 맞다 복권! 황급히 상복 주머니를 뒤적거렸다. 휴대폰 외에는 아무것도 없다.

이런, 대체 어디에다 뒀을까?

"아빠가 이렇게 되신 게 절대적으로 언니 탓이라고만 볼 순 없잖아, 안 그래? 그러니까 스스로 그렇게 자책할 필욘 없다고."

부드러운 말투 속에 가시가 숨겨져 있었다. 아빠가 돌아가신 데에는 내 탓이 분명 존재하고, 그러니 당연히 자책해야 한다는 뜻이었다. 억울하고 분한 마음에 자책감 따윈 저 멀리 사라지는 듯했다.

"그러니까, 아빠가 돌아가신 게 내 탓이라고? 그래서 나한테 이 따위로 구는 거야?"

"뭐라고?"

노여움을 억누르듯 그녀의 얼굴이 붉어졌다.

"와 놀랍다. 그렇게 실컷 얘기했는데 결국 이렇게 자기 식대로 생각하는 거 봐! 아빠가 그 지경이 되도록 혼자만 알고 있다가 돌아가신 다음에야 가족들한테 알린 이유가 뭐냐고! 언니 땜에 난 아빠 임종도 못 지켜드렸어. 그게 나한테 얼마나 한이 될지 전혀 생각 못 했어? 그럴 바엔 아예 장례도 언니 혼자 치르지, 그랬어? 도무지 이해할 수가 없잖아. 말하기 어렵다면서 꼭꼭 숨기고 있는 그 이유가 대체 뭐냐고."

아… 그런 것이었구나. 그거야 여차하면 자개장에 들어가면 그만이라 생각이었으니까 굳이…….

"아빠 수첩도 그래. 꼭 어디 일부러 숨겨 놓은 것처럼 모르쇠로 일관하고. 그게 없어서 얼마나 애먹었는데…."

앗, 그 장례 절차 수첩? 그 검정 수첩은 까맣게 잊고 있었다. 그건 아빠가 인호 아저씨의 장례식장에서 입었던 정장 주머니에 들었을 텐데? 병원에 입원하면서 어디로 사라진 걸까?

"무슨 말만 하면 자꾸 기억상실증 걸린 환자처럼 굴고, 대체 왜 그러는 거야??"

억울해서 더 이상 어쩔 방법이 없던 난, 결국 그녀에게 자개장 얘기를 털어놓았다. 세세하게 열성을 담아, 이것이 아빠의 첫 번째 죽음이 아니라는 것과 복권 번호를 미리 알 수 있었던 이유에 대해.

처음에 동생은 호기심 어린 눈을 반짝였다. 그렇게 반짝이던 눈은 얼마 못 가 급격히 어두워졌고, 우려의 눈빛은 근심과 두려움으로 변했다. 내 이야기가 끝나자, 그녀는 곤란한 것 같기도, 착잡한 것 같기도 한 얼굴이었다.

"그러니까 그런 꿈을 꿨다는 거지? 진짜 신기하긴 하네……."

"꿈이 아니라니까 그러네!"

내가 버럭 소리를 지르자, 주변에서 쉬던 다른 유족들이 놀란 얼굴로 쳐다봤다. 동생은 얼른 그들에게 '죄송합니다'를 연발하며 고개를 조아렸다. 난 조금 언성을 낮춰 말했다.

"정 못 믿겠으면 장례 끝나고 양평 집으로 같이 가자! 그 자개장에 같이 들어가 보자고!"

난감한 표정을 짓던 그녀가 내 어깨를 살짝 토닥였다.

"언니가 어릴 땐 정말 머리가 좋았잖아. 심지어 엄마 아빠는 언니가 영재인 줄 아셨다고 할 정도였는데… 아마도 스트레스 때문일 거야. 오죽하겠어? 아빠 그 지경이 된 걸 바로 옆에서 지켜봤는데 얼마나 충격이 컸겠어. 거기에다 자책감까지 더해져 현실감각이 없어진 거야. 다 이해해. 나 같았으면 아예 정신이 나갔을걸? 아빠 장례 끝나면 나랑 같이 병원에 가보자. 그냥 놔두면 진짜 심각해질 수도 있으니까. 나도 요새 바쁠 때기 한데 시간 내볼게."

"병원은 무슨 망할 놈의 병원이야?!"

주변에 있던 사람들이 인상을 쓰며 대놓고 나를 째려봤다.

"뭘 봐요!? ……왜? 뭐!!"

난 미친 사람처럼 괜히 모르는 사람들에게 화풀이했다. 서연이 거듭 사과하며 내 팔을 잡고 복도로 끌고 나갔다.

"내 말이 하나도 안 믿기냐? 정말 하나도??"

그때 진동이 울리자, 서연은 자신의 휴대폰을 들여다봤다.

"우리 교장 선생님 오셨대. 나 얼른 들어가 볼게. …참, 언니가 꾼 꿈, 나중에 소설로 한번 써봐. 정말 재밌을 거 같아."

"꿈이 아니라… 후유…… 나 양평 집 좀 다녀올게."

"왜?"

"그러니까… 택연이 데려오게!"

잔뜩 찌푸렸던 얼굴이 안도하듯 풀어졌다.

"그래, 택연이도 오긴 와야지. 그래도 걔가 언니 말은 듣는 편이니까, 잘 좀 달래서 데려와."

후유 다행이다. 흔쾌히 허락해 준 게 고마워서 하마터면 동생에게 90도로 인사할 뻔했다.

"미안해. 네가 수고 좀 해줘라."

내가 말하자 서연이 희미한 미소를 지었다.

"괜찮아. 어차피 언니 손님은 거의 없잖아. 대부분 아빠 손님이나 내 손님이니까 걱정하지 마."

거의 없다니? 내가 연락을 안 해서 그렇지 나도 긁어모으면 몇 명쯤은 있다고. 난 쓰게 웃으며 동생을 앞질러 빈소로 뛰어 들어갔다.

제단이 있는 옆방에 들어가 개인 짐들 속에 있던 내 후드점퍼와 스웨트셔츠를 찾아내 샅샅이 뒤졌다.

복권이 없었다. 집에 뒀을까? 아니, 다른 장소에 두었을 리 없다. 휴대폰처럼 늘 주머니에 소지하고 있었을 터다. 남은 건 바지. 카고바지에 달린 6개의 주머니를 뒤졌다. 종이 조각이 손끝에 걸렸다. 누군가 볼세라 재빨리 옷을 갈아입고 장례식장을 벗어났다.

버스 정류장 벤치에 앉아 손바닥 크기의 복권 두 장을 멍하니 들여다봤다. 마음이 열기구에 매달린 듯 자꾸만 붕 떠올랐다.

이 종이 조각 두 장이 28억이란다. 그게 대체 얼마만큼 큰돈인지 가늠이 되지 않았다. 확실한 건 이 정도라면 내 인생을 송두리째 바꿀 만한 액수라는 사실이다. 아빠가 이렇게 일찍 돌아가시게 된 건 유감이지만 서연이 말했던 것처럼 그게 내 탓은 아니지 않은가. 난 나름, 노력했고 아빠는 어차피 곧 혼수상태가 될 운명이었다. 이제 그 자개장도 멈췄을 것이다. 당연하겠지, 주인이 사라진 마당에……

그래도 다행이다. 이 복권만 있으면, 내가 쓴 글을 얼마든지 책으로 낼 수 있을 것이다. 그리고 쾌적한 시티 하우스도 한 채 마련하고, 세계 여행도 할 수 있다. 또 서연이와 엄마에게 1억씩만 나눠줘도, 날 멸시하던 눈빛은 분명 달라질 것이다. 어쩌면 평생 나를 추앙하게 될지도. 그깟 1억으로 말이다! 핫!

문득 사람들의 흘깃거리는 시선에 난, 저 혼자 팔푼이처럼 웃고 있는 걸 깨달았다.

난 복권을 주머니에 깊숙이 넣었다.

하아… 이제, 나도 그만 아빠를 놔줘야겠지… 어찌 보면 아빠 덕에 이 복권을 쥐게 된 거나 마찬가지니까. 내가 아무 걱정 없이 잘 지내는 걸 알면 아빠도 분명 기뻐하실 거야.

전철역으로 가는 버스들이 연달아 왔지만 어쩐지 엉덩이가 무거웠다. 난 후드점퍼 주머니에서 조의금 봉투 하나를 꺼냈다. 아까 빈소의 접수대에서 슬쩍 훔쳐 온 것이다. 통장 잔액이 하나도 없어서 어쩔 수 없었다. 봉투 안에 오만 원권 두 장이 들어 있었다(에잇, 몇 개 더 집어 올걸).

참, 지금쯤 중림대 부속병원 장례식장에서는 인호 아저씨의 장례식이 치러지고 있겠네. 갑자기 가슴이 찔린 듯 움찔했다. 아빠는 친구 장례식도 못 가보고… 아니, 그게 문제가 아닌가…….

앗! 그러고 보니, 오늘이 그 정신이상자 탈영병의 버스 난동 사건이 벌어지는 날이잖아!

휴대폰을 들여다봤다. 30분 후 그 사건이 벌어진다. 여기서 그곳까지 택시를 타고 간다면? 나도 모르게 엄지손톱을 물어뜯었다. 아슬아슬한데… 택시 잡느라 시간 걸리고, 신호등 걸리고 하다 보면 분명히 놓치고 말 거야. 에이, 그냥 상관하지 말자. 그 몇 사람구한다고 세상이 달라지는 것도 아니니까. 게다가 지금은 아빠도 안 계시는데 나 혼자 어쩌라고?

버스가 도착했고, 난 잠시 망설이다가 황급히 택시를 잡아탔다. 조의금 봉투에서 5만 원을 꺼내 기사에게 던지듯 건네고는, 서둘러 내려 버스 정류장 쪽으로 달려갔다.

막 출발하려던 버스를 겨우 붙잡아 세우고, 숨을 몰아쉬며 올라탔다. 난 잔뜩 긴장한 얼굴로 탈영병 바로 뒤에 섰다. 버스가 흔들려 그와 등이 맞닿을 때마다 몸을 움찔거렸다. 신경이 바짝 곤두서고 심장이 마구 요동쳤다.

그때 그의 앞쪽에 앉았던 승객이 일어섰다. 망설일 틈이 없었다. 나는 그의 점퍼 주머니에 손을 넣어 칼을 꺼내 내 주머니에 숨겼다. 그가 낌새를 채고 몸을 홱 돌리며 칼을 되찾으려 하자, 난 반사적으로 비명을 질렀다.

"으악! 성추행이다!! 살려줘요!! 으악!!"

사람들이 일제히 쳐다봤다. 그 순간, 그가 멈칫했다. 곧이어 "버스를 세워라!", "112에 신고해!" 하는 외침이 터져 나왔고, 주위에 있던 남자 승객들이 한꺼번에 달려들어 그를 제압했다. 버스 바닥에 엎어진 탈영병은 고개를 번쩍 쳐들더니, 나를 노려보며 괴성을 질렀다.

경찰서 여청계에서 조사를 받고 난 후, 경찰서를 나와 택시를 잡았다.

"양평이요!"

지금 당장 농협 본점으로 달려가 복권 당첨금부터 수령하고 싶은 마음이 굴뚝같았지만, 그래도 일단 자개장에 들어가 볼 작정이었다. 자개장이 정말 멈춘 건지 확인은 해봐야 홀가분하게 앞으로의 계획을 정리할 수 있을 것이다.

만약 다시 과거로 갈 수 있다면?

그러면 복권은 그때 다시 사면 된다. 될 수 있는 한, 더 많이.

무슨 생각을 하는지 도통 알 수 없는 표정으로 TV를 보던 택연이 천천히 고개를 돌렸다. 상중에 홀로 집에서 이러고 있는 녀석이 딱해 보였다. 그동안 녀석을 방치하고 있었다는 생각이 들었다.

"아빠, 끝났어?"

녀석이 대뜸 물었다.

"응? 뭐라고?"

"아빠 장례."

"장남이 없는데 어떻게 끝내?"

"장남이?"

난 한숨을 쉬며 녀석의 앞에 앉아 정신 사나운 TV를 껐다.

"기분이 어때? 이제 다신 아빠 못 보잖아."

녀석은 으레 그러듯 눈동자를 이리저리 굴렸다.

"슬퍼."

그리고 그는 리모컨으로 TV를 켰다. 난 리모컨을 빼앗아 다시 껐다.

"지금 이런 거나 볼 때야?"

"그럼 뭘 봐?"

"아빠한테 가자."

"아빠가 어디 있는데?"

"네가 원래 상주 노릇해야 하는 거야. 네가 장남이니까. 그리고 아빠가 널 얼마나 아껴주셨냐? 너도 마지막 인사는 드려야 할 것 아냐, 안 그래? 양심이 있어, 없어?"

"있어. 그런데 아빠가 없잖아. 없는 사람한테 어떻게 인사해?"

"아빠 영정에 향도 피우고 절도 올리고 해야지. 그게 자식 된 도리야."

녀석은 도리도리 고개를 저었다.

"싫어. 어떻게 하는지 몰라."

"누나가 알려주면 되지."

"나중에!"

"그럼, 나중에 누나가 아빠 영정 사진 갖고 오면, 네가 따로 인사드릴래?"

"싫어. 갖고 오지 마. 그냥 놔둬."

"왜?"

"그냥."

"아빠 보고 싶을 때 보라고 영정 사진을 네 방에 놓을까?"

"싫다고!"

"왜 싫어?"

"그냥."

"무서워? 아빠가 귀신처럼 꿈에 나타날까 봐? …으흐흐흐, 이놈 자식, 내가 살아있을 때도 말을 그렇게 안 듣더니 아빠 장례식에도 안 나타나?! 네 녀석한테 지옥을 구경시켜 주마, 으흐흐흐… 이럴까 봐?"

고집스레 입을 다물고 있던 녀석이 벌떡 일어나려고 했다.

"잠깐 앉아봐."

"국방 라디오 들어야 해."

"네가 군인이야? 왜 맨날 그것만 듣는데?"

대답이 없었다. 전에도 몇 번이나 물어봤지만 녀석은 답을 알려주지 못했다.

"누나랑 잠깐 얘기 좀 해보자. 딱 1분만."

"딱 1분이야."

녀석이 소파 끝에 엉덩이를 걸쳤다.

"누나가 좀 있으면 부자가 될 것 같은데, 아빠 장례 끝나고 같이 외국 여행 갈래?"

"어디?"

"어디 가고 싶어?"

동생은 무슨 말인지 모르겠다는 표정이었다.

"너 TV 많이 보잖아. 요새 방송마다 맨, 연예인들이 어디 여행 가서 띵까띵까 처묵처묵 하는 거 많더니만. 물가는 정신없이 치솟고 금리도 올라서 죽을 판인 흙수저들은 그런 거나 보며 힐링해라 이거지. 하지만 우리한테는 더 이상 그림의 떡이 아니야. 손에 쥘 수 있는 떡이지."

"난, 떡 안 먹어."

"……그러니까, 그런 방송 보면서 너도 한번 가보고 싶다, 하는 그런 데 없었어?"

"없었어."

"홍콩 어때? 저런 데 많이 나오잖아. 아니면, 파리! 에펠탑, 박물관, 바게트…… 거기도 아냐? 음, 그러면 도시가 물에 차서 배 타고 다니는 베니스는? 아! 디즈니랜드! 거긴 너도… "

"거기 국방 라디오 나와?"

"관두자. 네 방 가서 국방 라디오나 충성스럽게 들어."

그러자 그는 후련한 얼굴로 리모컨으로 TV를 켰다. 그런 녀석을 잠깐 노려보고는, 내 방으로 들어갔다.

난 문을 꼭 닫고 자개장 앞에 섰다. 손잡이를 잡은 채 가만히 서 있었다. 쉽사리 문을 열 수가 없었다. 한참 동안 자개장 문짝만 노려보던 난, 결국 단념했다. 다시는 돌아가지 못하는 것도, 다시 돌아가는 것도 두렵기는 마찬가지였기에.

잠시 후, 난 택연을 억지로 일으켜 씻게 했다. 말을 듣지 않으면, 녀석의 평생 친구인 너구리 인형의 귀를 떼어버리겠다고 협박했다. 내가 준 것이니 도로 가져갈 권리도 있다는 주장에 녀석은 쉽게 굴복했다. 그런데 녀석은 머리를 감지 않겠다고 했다. 내가 오기 직전에 감았다고 거짓말까지 해가며. 그럼 내가 감겨주겠다고 하니 순순히 따랐다(이따금 녀석은 5킬로미터 떨어진 미용실에 가서 5천 원을 내고 머리를 감았다)

녀석의 젖은 머리를 드라이기로 말리며 스타일링을 시도했다. 녀석은 아이돌 스타일을 원했지만, 어깨까지 자란 쑥대머리를 그렇게 만드는 건 어려웠다. 아무리 빗어도 단정해지지 않았다. 결국 난 미용실에 가는 게 좋겠다고 판단했다. 하지만 녀석은 머리카락 한 올도 자를 생각이 없다며, 파마는 봐주겠지만 커트는 절대 안 된다고 선언했다. 네가 무슨 삼손이냐고 소리를 질렀지만, 말이 통할 리 없었다. 할 수 없이 쿰쿰하고 희한한 냄새가 나는 녀석의 방을 샅샅이 뒤진 끝에 오래된 헤어젤을 찾아낸 난, 그걸로 녀석의 머리를 최대한 단정하게 눌러주었다.

난 나름 뿌듯했는데, 왠지 몰라도 거울을 들여다본 녀석은 잔뜩 골이 나고 말았다. 그렇게 준비를 마친 우리는 아빠의 장례식장으로 향했다.

2.
삼일장이 끝나자, 동이 트기도 전의 새벽에 아빠의 유해를 싣고 화장터에서 화장을 한 후, 장삿속이 훤히 보이는 백만 원짜리 유골함에 담긴 뼛가루를 받았다.

아빠의 유골함을 안치한 곳은 여주의 어느 사설 봉안당이었는데, 생긴 지 얼마 되지 않아 비어 있는 단이 더 많았고 분위기도 썰렁했다.

안치단의 위치에 따라 분양가가 수백만 원씩이나 차이가 났다.

'로열 칸'이라 불리는 중간층이 가장 비쌌다. 바닥에 쭈그려 앉거나 목이 아프게 고개를 쳐들지 않아도, 편하게 눈높이에서 고인의 유골함을 바라볼 수 있어서이다. 사실, 지름과 높이가 50센티도 안 되는 유골함 안을 오래 들여다보기란 쉽지 않은 일이었지만, 그랬다.

우리는 아빠를 '로열 칸'에 모셔 놓았다. 이런 조촐한 곳에 두면서 모양까지 빠지기 싫었고, 어차피 조의금 관리도 혼자 알아서 척척 했던 서연이 비용도 알아서 척척 처리한 덕이었다.

장례를 마치고 집으로 돌아온 뒤, 사흘 내내 방에 틀어박혀 잠만 잤다. 이틀째까지는 꿈도 꾸지 않고 푹 잤지만, 사흘째 밤엔 악몽을 꿨다. 자개장에 들어갔는데 갑자기 블랙홀 같은 곳으로 빨려 들어가기도 하고, 자개장 안에 갇혀 영원히 나오지 못하게 되는 꿈도 꿨다. 가장 압권이었던 건, 나 홀로 아빠의 유골함이 놓인 봉안당 안에 있던 꿈이었다. 전후 맥락 없이 아빠의 청자색 유골함이 부글부글 끓기 시작하더니 갑자기 시뻘건 색으로 변했다. 마치 아빠가 화를 내는 것 같았다. 급기야 이글거리며 타오르던 유골함이 펑! 소리를 내며 터졌고, 그 바람에 봉안당 전체가 폭격이라도 맞은 듯 화염에 휩싸였다. 관객처럼 그 광경을 지켜보던 난 발을 동동 굴렀다.

큰일이네! 이제 정말 아빠는 세상에 발 붙일 곳이 없어졌네!

활활 타오르는 유골함들의 아우성이 들리는 듯했다. 게다가 여러 뼛가루가 한꺼번에 타는 냄새까지 났다. 순간, 눈이 번쩍 떠졌다. 내 방 침대 위였다.

문밖에서 우당탕거리는 소리와 함께 지글지글- 보글보글- 탕탕탕탕- 착착착착- 소리가 들렸다. 저렇게 야단인 거 보니 손님이라도 오는 모양이다.

난 머리맡에 있던 휴대폰을 집어 들었다. 3월 28일 화요일 오전

11시 30분이었고, 화면 하단의 타이머는 여전히 00:00:00으로 표시돼 있었다.

그런데, 타이머의 숫자가 전보다 흐릿해져 있었다. 기분 탓인가.

불현듯 자개장에 들어가 보고 싶은 마음이 들어 그 앞으로 다가갔다. 막 심호흡을 하고 자개장 문을 여는 순간, 밖에서 초인종 소리가 울렸다.

"자연아! 자연아!!"

엄마의 외침에 화들짝 놀라 자개장 문을 닫고 방 밖을 내다봤다. 식탁과 싱크대 위에 잡채며 갈비며 홍어 회무침 같은 것들이 잔뜩 놓여 있었다.

"무슨 잔치 벌여요?"

내 물음에 노란 달걀물을 입힌 동태전을 부치던 엄마가 말했다.

"가서 문이나 열어줘."

"엄마 손님 아니에요? 전 할 일이 있어서…"

"네 손님이야!"

그게 무슨 뜻이냐고 물었지만, 엄마는 바쁘니까 얼른 문을 열라며 화를 냈다. 구시렁대며 현관으로 나가 문을 연 난 흠칫 놀랐다. 서연이가 홍삼 선물 세트를 들고 서 있었다.

"웬일이야? 학교는?"

"오늘 개교기념일이라."

"근데 왜 혼자 왔어? 가족이 세트로 움직이는 거 아니었어?"

"세트는 또 무슨 소리야? 다들 학교 갔지. 우리 가족이 다 같은 학교에 다니는 게 아니잖아?"

서연에게 선물을 건네받은 엄마는 침이 마르게 그녀를 칭찬했고, 그녀도 엄마가 마련한 요리를 보며 낯간지러운 말들을 남발했다. 정말 보는 사람이 다 훈훈해질 만큼 정다운 모녀였다.

엄마와 우리 삼 남매는 떡 벌어진 점심상 앞에 둘러앉았다.

"얘 온다고 이렇게 차린 거예요?"

엄마가 당황하듯 말했다.

"무슨, 얘는… 알지도 못하면서. 너 땜에 차린 거지!"

"……근데 웬일이야? 이런 날 쉬기도 바쁠 텐데?"

"오늘 아니면 시간이 안 날 것 같아서. 지난번에 언니랑 약속한 거 지키려고 왔지."

"무슨 약속?"

"같이 병원 가기로 한 거."

수저로 뜬 밥을 막 입에 넣으려던 난 멈칫했다.

"내가 알아 놓은 데 있어. 점심 먹고 가자. 여기서 1시간 반 정도 걸리는 것 같더라."

하마터면 버럭 소리를 지를 뻔했다. 하지만 이런 상황에 절대 그래서는 안된다는 신호가 머릿속 어딘가에서 깜빡거렸다. 난 침착한 태도를 유지하려고 애를 썼다.

"에이, 그건 진짜로 한 소리는 아니었잖아. 안 그래도 맨날 시간 없다고 쩔쩔매는 애가 뭘… 그딴 거 신경 쓰지 말고 밥이나 먹고 얼른 올라가."

"시간이 없어도 어떡해? 가족 일인데 뒷짐 지고 있을까, 그럼?"

"야! 네가 언제 그렇게 나를… 아, 아니, 가만히 생각해 보니까 네 말이 맞더라! 내가 꿈을 꾼 거더라고! 하하, 참 나 원……."

서연과 엄마가 어색하고 당황한 얼굴로 서로를 쳐다봤다. 이내 서연이 자연스러운 미소를 되찾으며 말했다.

"다행이네. 그럼, 오늘은 가볍게 상담만 한번 받아보고…"

더 이상 참을 수가 없어 난, 들고 있던 수저를 세차게 내려놨다. 그 바람에 수저가 튕겨 나가며-정말 그럴 의도는 전혀 없었지만- 그 위에 있던 밥 덩이가 택연의 뺨을 맞히고 갈비찜 접시에 툭 떨어졌다. 세 사람은 충격에 휩싸인 표정으로 나를 쳐다봤다.

"날 똑바로 봐봐! 내가 맛이 간 것 같냐, 앙? 엄마도 나 봐봐요! 내가 환자 같아요?"

"어머나! 너 지금 하는 거 거울로 봐라 어떻게 보이나! 세상에, 미친갱이가 따로 없지."

"택연아! 내가 미친갱이 같아? 응?!"

"응."

단호한 녀석의 대답에 가슴이 무너졌다. 걷잡을 수 없는 감정을 주체하지 못하고 포효했다.

"좋아! 다들 일어나 봐! 엄마도 일어나요!"

"어머나, 얘 왜 이러니!? 큰일 났네!!"

서연이 겁에 질린 눈초리로, 택연은 멀뚱한 눈으로 날 쳐다봤다.

"내 방에 다 같이 가보자고. 내가 증명할 테니까!"

"언니, 흥분 가라앉히고 잠깐만 앉아 봐."

"아니! 네가 일어나! 자개장에 다 같이 들어가 보자니까? 아빠도 생전에 나랑 같이 들어갔었어! 택연이 너 기억 나지? …응? 기억 안 나!?? 그렇게 고개만 까딱거리지 말고 대답을 해보라고, 이 새끼야!"

"엄마! 자연 누나가 나한테 욕했어!"

가족들의 표정이 더욱 심각해졌다. 그러자 엄마가 나를 달래듯 말했다.

"그래그래! 네 말대로 할 테니까 일단 앉아서 밥부터 먹자. 밥 먹다 말고 장롱에 기어서 들어가는 건 조금 이상하지. 밥 먹고, 차 한 잔하고, 그리고 나랑 서연이랑 같이 거기 들어가 보자, 응? 그럼 되지?"

그런 표정과 말투는 난생처음 보는 것이었다. 그렇게까지 하는데, 더는 발광을 떨 명분이 없었다.

"좋아요. 그럼. 그래도 엄마가 이해해 줘서… 감사하네요."

"그럼! 나 아니면 누가 널 이해하겠어?"

식사를 마치고 언제나 그렇듯 내가 설거지하려고 했다. 그런데 엄마는 자기가 설거지할 테니 서연이랑 함께 차나 마시고 있으라고 했다. 이런 대접은 처음이라 어안이 벙벙할 지경이었다. 엄마는 심지어 차까지 직접 끓여 내줬다. 그런데 내게는 커피믹스를 주고 서연에겐 유자차를 줬다. 그래서 내가 말했다.

"저도 유자차 먹고 싶은데요."

꼭 유자차가 먹고 싶었던 건 아니었다. 서연은 예쁜 도자기 컵이고 난 종이컵인 게 마음에 걸렸을 뿐이다.

"넌 커피 좋아하잖아. 서연이는 날 닮아서 커피를 한 방울만 먹어도 그날 잠을 못 자는데, 넌 잠자리에서 커피를 마셔도 쿨쿨 잘 자니까 얼마나 좋아."

엄마는 왠지 기분이 나빠질 만큼 상냥한 투로 말했다.

"맞아요, 그런 건 정말 부럽지, 뭐예요." 서연이 맞장구를 쳤다.

"이런 커피는 아닌데…."

"그냥 주는 대로 먹어."

엄마는 어금니를 꽉 깨문 채 말했다.

"그러면 언니가 이거 마셔."

서연이 내게 자기 잔을 내밀자, 엄마가 벌컥 성을 냈다.

"그거 먹고 또 유자차 타 줄게! 서연이 건 손대지 마!"

결국 난 내 커피를 마셨다. 어쩐지 커피 맛이 씁쓸했다.

창 너머로 들어오는 봄 햇살이 따사로워서인지, 따뜻한 커피에 긴장감이 풀린 탓인지, 어느 순간 노곤하게 졸음이 밀려왔다.

소파에 기댄 채 잠이 들기 직전, 주방에서 설거지하다가 고개를 돌려 날 보던 엄마의 눈빛이 기억이 남았다.

그 눈빛은 정말 이상했다.

그건 마치, 들판 위를 필사적으로 질주하는 토끼를 내려다보는 매의 눈 같았다.

3.

처음에 눈을 떴을 땐, 꿈을 꾸거나 혹은 죽은 게 아닐까, 생각했다. 난 원통 모양의 하얀 관 속에 들어 있었다. 아무 소리도 없고 눈 부신 빛만 가득했다.

일순 공황에 빠져 격하게 몸부림을 치고 비명을 질러댔다. 그러자 순간 동전 떨어뜨리기 게임 자판기처럼 내 몸이 쑥 밀려나더니 원통 밖으로 나왔다.

유리창 너머 조종실 같은 곳에 있던 흰 가운 차림의 남자가 당황하는 표정을 지었다. 간호사 유니폼을 입은 건장한 남자가 환자복 차림의 나를 휠체어에 태워 CT실에서 데리고 나갔다.

3층에 있는 일반 병동으로 가는 동안 남자 간호사에게 이곳이 어디인지, 내가 왜 여기 있는지 물었지만, 그는 아무 대꾸도 하지 않았다. 병실 안으로 들어가려는 순간 난 문을 잡고 버텼다. 남자 간호사에게 담당 의사를 만나게 해달라고 요청했다.

약 10분 후 원장실로 갔다. 책상 위에 정신과 상담의 정상준이라 쓰인 명패가 있었다.

"제가 왜 여기 있는 건가요?"

"본인은 여기 있을 필요가 없다는 뜻인가요, 여기 있게 된 경위가 기억나지 않는다는 말인가요?"

60대 남자 원장은 감정이 전혀 드러나지 않는 표정으로 담담히 물었다.

"둘 다요. 전 멀쩡해요. 제 가족이 조금 오해를 한 모양이에요."

"그렇군요."

"그리고 전 입원에 동의한 적 없어요. 환자가 원하지 않는데 강제로 입원시킬 수 없다는 거 알거든요?"

"맞아요. 그건 '자의 입원'일 경우구요, 박자연 환자는 '보호 입원'으로 온 거니까요."

"보호 입원이요?"

"당사자의 동의가 없어도 가족들과 전문의의 판단하에 강제적 조치가 불가피하다고 판단되는 상황에 해당하죠."

"가족들은 저에 대해 아무것도 몰라요! 원장님은 전문가시니까 아시겠네요. 보시다시피 아무 이상 없잖아요?"

"말씀하신 대로, 전문가 관점에서 보호자 말만 믿고 수락할 리는 없잖아요? 그럴 거면 뭐 하러 10년 넘게 공부한다고 그 고생을 했겠어요? 환자분을 진료해 보고 판단했으니까 여기 이렇게 환자복을 입고 있으시겠죠."

"그게 무슨 말씀이세요? 전 원장님과 지금 처음 얘기하는 건데요?"

"아니에요. 여기 처음 들어올 때 본인 발로 걸어들어왔어요. 다소 무기력하고 졸린 듯한 모습이긴 했지만, 본인이 하고 싶은 말도 다 하고 그러셨잖아요."

맙소사! 전혀 기억나지 않았다. 엄마는 대체 내 커피에 무슨 약을 탄 걸까?

"아까 제 뇌 검사 한 거죠? 이상이 있던가요?"

"음…… 신경이나 기능적인 면에서 특별히 이상은 보이지 않았어요."

"그것 보세요!"

"그건, 간혹 뇌 질환이 관련된 예도 있기에 참고로 본 거구요. 보통의 조현병… 아, 정신과적 병증은 심인성인 경우가 많으니까요."

정말 미치고 팔짝 뛸 노릇이었다. 큰 소리로 항변하려다 문득 멈칫했다. 로또복권이 떠오른 것이다. 급속도로 마음이 가라앉은 난 침착한 어조로 물었다.

"그럼, 여기 얼마나 있어야 하는 거죠?"

"대개의 병증이 그렇지만, 그렇게 몇 달 만에 호전되는 건 없어요. 저는 최소 2년 정도 보는데, 가족분들 뜻에 따라 일단 1년으로 잡았어요. 하지만 1년 후에도 별 차도가 없으면 연장이 되겠죠."

"뭐라구요!? 1년이라구요?!!"

난 다시 날뛰었다. 이건 도저히 참을 수 없는 것이다. 원장에게 달려들어 목을 조르며, 복권 당첨금은 1년 이내에 찾아야 한다고 이 인간아! 라고 소리치고 싶은 걸 가까스로 참았다. 그렇게 해서는 더 역효과만 날 것이었기에.

빨리 나가는 방법이 있을 것이다. 분명히!

데스크 옆 복도 끝에 마련된 공중전화를 붙들고 분노를 억누르며 버튼을 눌렀다. 이내 수화기 너머 목소리가 들리자, 난 부들부들 떨며 웃었다.

"어쩐지 커피가 유난히 쓰다 했어요. 난 또 기분 탓인 줄 알았죠, 호호호…"

"커피가 다 쓰지 그럼. 그리고 넌 원래 기분 탓을 많이 하잖아."

엄마는 억지소리를 했다. 인내심에 균열이 가기 시작했지만, 다시 마음을 다잡았다.

"약은 어디서 났어요? 미리 준비해 뒀던 거예요? 그렇게 치밀할 줄 몰랐어요."

"아유~ 원체 그럴 생각은 못 했지. 전에 왜, 택연이가 먹던 약봉지 남은 거 있잖아. 거기서 신경 안정젠가 수면젠가 그거 몇 알 갖다 칼등으로 빻았지. 어쩌겠어? 그렇게 펄펄 뛰는데, 난 진짜 큰일 났구나 싶더라. 안 그랬으면 서연이랑 가서 상담이나 좀 받아볼 참인데, 차라리 잘됐지. 뭐. 서연이한테 듣기는 했어도 난 긴가민가

했지, 웬걸? 그 정도일 줄은 꿈에도 몰랐다 난."

정말 충격이었다. 용암처럼 들끓는 속을 누르며 겨우 이성을 붙잡았다.

"그랬구나… 엄마를 이해해요. 저라도 그랬겠어요. 근데, 이제 정신 차렸어요. 엄마. 사실 자개장 얘긴 다 뻥이에요. 반응이 재밌어서 그냥 장난친 거라구요. 잘못했어요. 이제 다신 그런 소리 안 할 테니까 어서 여기로 와주세요."

"……."

"엄마? 듣고 있어요? 이 전화는 통화 오래 못해요!"

"네가 잘못했단 소릴 다 하고, 정말 이상하긴 이상하구나, 쯧쯧… 이왕 들어간 거 치료 잘 받고 와."

"뭐라구요?! 무슨 소리예요! 어서 당장 퇴원시켜 달라고요!"

"아유 그럼, 당연히 퇴원시켜 줘야지. 밥 잘 먹고, 약 주는 거 잘 먹고 그러고 있어. 가끔 보러 갈 테니까…."

"저 돈도 찾아야 해요! 1등 당첨된 복권 또 있어요! 그거 찾으면 엄마한테 1억 드릴게요! 아니, 당장 빼주면 3억! 진짜예요!"

엄마는 대답이 없었다.

"엄마? …엄마!!!"

어느새 전화가 끊겨 있었다. 간호사에게 간청해서 다시 전화를 걸었지만, 엄마는 받지 않았다.

이성을 잃은 난, 여자 간호사가 ID카드로 막 문을 열고 있는 출입문을 향해 돌진했다. 마른 체형의 40대 여간호사는 낙엽처럼 바닥에 나뒹굴었고, 엘리베이터 앞까지 뛰어갔다. 문이 열리길 기다릴 수 없어 비상계단으로 갔는데 문이 잠겨 있었다. 황급히 돌아서는 순간 금세 쫓아온 남자 간호사 두 명에게 붙잡혔다. 난 미친 사람처럼 고함을 지르고 몸부림을 치며 어딘가로 끌려갔다.

3일 후 독방에서 4인 병실로 돌아왔을 때는 한결 안정된 상태였다. 적어도 겉보기에는 말이다.

규칙적인 약물 투여로 전반적으로 둔해진 뇌가 나를 지배했다. 그러다가 약기운이 흐릿해지면 누구라도 물어뜯을 듯한 기세를 보였다. 날 쳐다보는 환자가 있으면 쫓아가 시비를 걸어 울리기도 하고, 또는 경기를 일으키게 만들어서 수시로 독방행을 자처했다.

모처럼 세 끼를 꼬박꼬박 챙겨주는 식당에 가면 배식판을 뒤엎어버리기 일쑤였고, 간호사가 약을 가져오면 돌처럼 입을 꾹 다물어서 남자 간호사까지 합세해 실랑이를 벌이다 결국 이상한 주사를 맞고 곯아떨어지는 패턴이 반복되었다. 아빠는 나 때문에 예정보다 일찍 돌아가셨고, 28억은 구경도 못 해보고 사라지게 생긴 판국이니 누군들 그러지 않을 수 있을까.

나와 같은 방을 쓰는 3명의 룸메이트—심각한 강박증과 편집증, 망상장애 등의 병명을 가진—도 내 근처에는 얼씬도 하지 않았다.

하지만 점점 강도가 센 약을 먹게 되자 나도 점차 얌전해졌다(약물이 감정을 지배할 수 있다는 건 퍽 신기한 일이었다). 현실을 생각할 때면 솟구치던 흥분이나 분노가 사라졌고, 나중에는 골치 아픈 생각 따윈 전혀 떠오르지도 않게 되었다.

그러던 어느 날 내 침상 옆의 개인 사물함을 처음 열었다. 내가 입고 왔던 옷과 소지품이 들어 있었다. 청바지를 발견하고 주머니를 뒤졌다. 거기서 옷핀으로 꿰어 놓았던 복권 두 장을 찾아냈다. 순간 뇌신경을 에워싼 더께가 두둑— 하며 갈라지는 듯했다.

미어캣처럼 주변을 살폈다. 그리고 원래대로 복권을 넣어 안쪽에서 옷핀을 꽂았다. 그리고 청바지를 똘똘 말아 캐비닛 안에 넣고 나머지 옷들과 다른 잡동사니를 앞에 잘 쌓아 놓았다.

그래도 안심이 되지 않았다. 여긴 일반 병원처럼 개인 사물함을 잠가 놓을 수 없었으니까.

빨리 이곳을 나가야만 했다. 난 정쌤(일전에 내가 돌진해서 쓰러 뜨렸던 40대의 수간호사)에게 조기 퇴원할 방법에 관해 물었다.

"감옥도 모범수라는 게 있잖아요. 여기도 모범 환자는 일찍 내보내 주고 그런 거 있나요?"

그러자 그녀는 재미있는 농담을 들은 듯 배를 잡고 웃어댔다. 상당히 불쾌했지만, 그녀의 비위를 맞춰주며 다른 방법이 있는지 물었다.

"그런 게 어딨어? 보호자가 꺼내주거나 아니면 창문으로 뛰어내리는 방법밖엔 없지. 근데 여긴 다 창살이 막혀 있어서 창문은 좀 어렵겠다."

깔깔거리며 멀어지는 그녀의 뒤통수에 대고, 양쪽 가운뎃손가락을 펴 들었다. 두고 보라지. 무슨 짓을 해서라도 이곳에서 탈출하고 말 테니.

오늘은 식목일이라 특별 활동으로 마당 뒤에 나무 심기를 하는 날이었다. 그놈의 삽질은 정말 질색이었지만 오늘만큼은 열성적으로 내 특기를 보여줄 작정이다.

"가족 면회 왔어요."

11시에 탁구 교실에 있던 내게 정쌤이 다가와 알려줬다.

엄마일까? 서연이일까?

어떻게든 그들을 구워삶을 방법을 고민하며 면회실로 달려갔다. 4인용 테이블에 웬 남자가 등을 돌리고 앉아 있었다. 누구지? 싶은 순간, 입안 가득 뭔가를 우물거리며 고개를 돌린 사람은 택연이었다.

난 반가운 얼굴로 녀석과 마주 앉았다.

"오, 머리 예쁘게 잘랐네? 여긴 어떻게 왔어? 너 혼자 온 거야?"

"전철 타고, 버스 타고."

"오~ 이런 것도 사 왔어?"

탁자 위에, 벌써 세 조각이 사라진 고구마피자가 펼쳐져 있었다.

"엄마가 사가라고 돈 줬어."

나도 한 조각을 집어 베어 물었다. 치즈가 늘어나는 따끈한 피자는 맛이 기가 막혔다. 평소에는 그리 좋아하지 않던 저렴한 브랜드였다.

"감동이다, 야. 네가 오리라곤 전혀 생각도 못 했는걸? 엄만 언제 온대? 얘기 못 들었어?"

"누나."

녀석이 사뭇 진지한 얼굴로 나를 쳐다봤다.

"응 택연아, 말해 봐."

"이거… 나 다 먹으면 안 될까?"

녀석이 네 조각 남은 피자를 내려다보며 조심스레 물었다.

"혼자 일곱 조각을 다 먹겠다고? 너, 누나 보러 온 게 아니고, 피자 먹으러 왔냐?"

녀석은 뚱한 얼굴로 대답을 거부했다. 결국 내가 한 조각만 더 먹는 거로 합의를 봤다. 한결 밝아진 표정으로 녀석이 말했다.

"누나도 맨날 약 먹어?"

"어? 어, 먹지."

"나도 맨날 약 먹었는데, 예전에. 거기 성남에 있을 때, 6개월. 매일 먹었다고. 근데 어떤 아저씨가 있었거든, 우리 방에. 근데, 그 아저씨는 약 안 먹었다고."

"왜?"

"약 주면, 혀에 에~ 이렇게 하고, 간호원한테 보여주고, 물 마시는 척하면서… 이렇게, 에…혀 밑에다 감추는 거야."

"왜?"

"그, 칫솔 통 있잖아, 거기다 모아둬."

"왜? 그걸로 무슨 짓 하려고?"

"아니, 막 사람들이랑 싸우고 유리창 깨고, 그러고 나서 그걸 다 한 번에 먹는 거야."

"뭐? 자살하려고 했다는 거야?"

"아니, 잠을 오래 자. 깨워도 안 일어나고, 밥도 안 먹고 계속 잠만 자."

"그래. 쓸데없는 정보, 고맙다."

녀석은 피자가 다 사라지자마자 집에 가겠다며 단호하게 일어섰다. 녀석이 떠나는 게 이렇게나 아쉬울 줄이야. 우리는 유리문 앞에서 작별 인사를 했다.

"멀리 못 나간다."

"알아."

녀석은 한 번도 돌아보지 않고 엘리베이터에 올랐다. 정말 쿨한 녀석이었다.

그렇게 동생과 헤어지고 점심을 먹은 후, 다른 환우들과 함께 나무 심기를 하러 병원 뒷마당으로 나갔다.

이 병원은 작년에 야산을 깎은 부지에 새로 건립된 곳이라 아직 민둥민둥 빈 곳들이 꽤 많았다.

외부 사람들이 드나드는 앞마당은 수억 원을 들여 사들인 거대한 노송과 조경석으로 멋지게 꾸며놨지만, 전면에서는 보이지 않는 뒷마당은 형편없었다. 건축 자금이 모자랐던지, 조경 예산을 앞마당에만 몽땅 다 써버린 건지는 알 수 없었다. 그러니 식목일 기념 '묘목 심기' 프로그램은 좋은 구실이었다. 간호사들은 비타민D를 충전할 좋은 기회라고, 이렇게라도 햇빛을 봐야 골다공증이나 우울증을 예방할 수 있다고 독려했지만, 내 귀에는 그저 환자들을 이용해 돈을 아끼려는 개수작으로만 들렸다.

그래도 4월의 봄 햇살이 솜사탕처럼 따사로웠기에 그다지 기분이 나쁘지는 않았다. 모자도 선크림도 없이 하늘색 단체 운동복 차림으로 나온 우리 환자들은 간호사들이 지정해 준 대로 그룹을 나누어 주어진 작업을 시작했다. 그런데, 작업장 가까이 다가간 난 기분이 상하고 말았다.

묘목 심기라고 해서 작은 나뭇가지 몇 개 심을 줄 알았는데, 묘목뿐 아니라 포트 모종을 수백 개를 갖다 놓고 화단 만드는 일까지 시키고 있었다. 그나마 이곳에 와서 좋았던 건 엄마의 텃밭 노예에서 벗어난 것이었는데, 이제 그 유일한 장점마저 사라진 것이다.

남자 환자들이 괭이와 갈퀴로 밭이랑을 만들면 여자 환자들은 호미로 상추, 방울토마토, 고추 등을 심었다.

난 누가 시키지도 않았는데 삽을 챙겨 들고 능숙한 솜씨를 뽐냈다. 사실, 우리 조에 있는 남자 환자 두 명은 호미조차 손에 쥘 형편이 아니었다. 각각 알코올과 약물 중독으로 입원한 탓에 둘 다 금단 증상으로 제정신이 아니었기 때문이다. 알코올 쪽은 부릅뜬 채 모종이 담긴 포트의 흙을 손가락으로 후벼파고 있었고, 약물 쪽은 파란 물뿌리개를 들고 멍한 얼굴로 엉뚱한 곳에 물을 뿌리고 있었다.

난 감독관들(남자 간호사들)을 곁눈질하며 여봐란듯이 힘차게 삽질했다. 하지만 그들은 이상하리만치 내 쪽으로 한 번도 고개를 돌리지 않았다. 일부러 그러는 게 분명했다. 그만 포기해야겠다고 생각하던 순간, 전혀 예기치 못한 일을 마주했다.

"마하반야바라밀다심경~ 관자재보살 행신 바라보아야 밀다니~"

누군가 반야심경을 노동요처럼 부르고 있었다. 소리가 나는 곳을 돌아보니, 두 블록 떨어진 곳에서 갈퀴질하는 60대의 까까머리 남자 환자가 보였다. 그는 경을 외우는 사이사이, 목탁 대신 화단 울타리에 대고 쇠갈퀴를 두드렸다. 그때마다 걷어붙인 츄리닝 소매 아래로 파란 타투가 언뜻언뜻 보였다.

승려가 된 건달인가?

호기심에 그의 얼굴을 자세히 살피던 순간, 내 눈을 의심했다.

설마, 그럴 리가!

삽을 든 채 몽유병 환자처럼 그에게로 가까이 다가갔다.

"박자연 씨! 제자리로 돌아가세요!"

남자 간호사 1이 신경질적으로 소리쳤다. 내가 말을 듣지 않자, 그는 이를 악물며 쫓아왔다. 남자 간호사 2가 "아, 또 왜 저래?"라며 신경질을 냈다. 그러거나 말거나 가까이 다가가서 까까머리 환자의 얼굴을 확인했다. 순간, 난 얼어붙었다.

그는, 문신 목사였다!

아니, 그럴 수는 없었다. 문신 목사는 지금 보람 병원 803호에서 성경책을 읽고 있어야 했다. 그가 염불을 멈추고 날 쳐다봤다. 그는 분명, 당황하는 기색이었다. 나도 모르게 삽을 치켜들고 그를 겨눈 채 말했다.

"아저씨, 혹시……?"

"자리로 돌아가라고 했죠! 이건 왜 시키지도 않은 걸 들고 설쳐요!"

남자 간호사 1이 내 손에 있던 삽을 우악스레 낚아챘다.

"아뇨, 이분이랑 잠깐 얘기 좀 할…"

"자꾸 멋대로 굴 거예요? 여기서 오래오래 살고 싶어요?"

"아닙니다! 당장 제자리로 가겠습니다!"

난 헐레벌떡 내 구역으로 돌아왔다. 그리고 남자 간호사 1에게 비굴한 미소를 지으며 고분고분한 태도로 호미를 집어 들었다.

모종을 심는 척하며 몰래 승려를 지켜봤다. 그렇지만 그는 작업 내내 내 쪽을 등지고 선 채 한 번도 돌아보지 않았다.

기분이 묘했다. 마치 꿈을 꾸는 것 같았다. 문득, 이 세계는 현실이 맞을까 하는 의문이 들었다.

혹시, 이것도 아빠의 과거와 연결된 걸까? 하지만······.

난 고개를 저었다. 결코 그럴 리 없었다.

그 자개장 주인은 이미 세상에 없는 사람이었기 때문이다.

다음날 식당 창구에서 점심으로 카레라이스가 담긴 배식판을 받았다. 룸메이트들이 늘 앉는 자리에서 날 보며 손을 흔들었다. 난 그들의 시선을 외면하고, 까까머리 환자가 앉은 테이블로 갔다.

어제, 행정실 직원에게 찾아가 그가 언제 이곳에 들어왔는지 물었다. 놀랍게도 그는 나와 같은 날 입원한 것으로 기록돼 있었다. 그의 이름이나 병명은 알 수 없었지만, 특이한 점은 제 발로 찾아와서 '자의 입원'을 했다는 사실이었다.

"쌍둥이 형제 있으시죠?"

비쩍 마른 20대의 마약중독 환자를 밀쳐내고, 까까머리 환자의 맞은편에 앉으며 물었다. 문신 목사, 아니 이제 승려 모습을 한 정체 모를 그는 침착한 미소를 지었다.

"어떻게 아셨어요?"

"그, 다른 쌍둥이 형제가 목사님이에요?"

"어디, 쌍둥이 형제가 목사뿐인 줄 아세요? 신부도 있고, 랍비도 있고, 달라이 라마도 있죠."

"저기요, 아저씨! 지금 무슨 소릴 하는 거예요?"

"따지고 보면 인간은 전부 한 가지에서 났다는 얘길 하는 거예요. 저와 보살님도 쌍둥이라 생각하면 쌍둥이이죠. 일체유심조라, 모든 건 다 생각하기에···"

"그런 귀신 씻나락 까먹는 소릴 듣고 싶은 게 아니에요, 아저씨! 진짜 쌍둥이 있어요, 없어요? 그것만 말해요."

"귀신 씻나락 까먹는단 말이 어디서 생긴 줄 아세요? 우리나라

제사 문화에서 혼령이 젯밥을 먹으러 올 때…"

"제발 닥쳐요!!"

내 고함에 모두 놀라 쳐다봤다. 간호사들의 서슬 퍼런 시선과 마주쳤고, 그들의 눈치 때문에 어쩔 수 없이 미소 띤 얼굴로 조곤조곤 말해야 했다.

"아저씨 뭐예요."

"사람더러 뭐냐뇨? 참 나… 일단 먹고 나서 얘기하시죠. 먹을 땐 먹는 것에만 집중하는 거예요. 먹으면서 다른 걸 하는 건, 이것도 저것도 아무것도 아니에요. 아무것도 아니라는 건, 내가 거기 존재하지 않는다는 것과 같아요. 다른 아무 생각도 말고, 내게 주어진 양식에 집중하는 거예요. 농부에게 감사하고, 쌀에 감사하고, 감자에 감사하고, 이 음식을 마련해준 손길에 감사하고, 내 몸이 건강해지는 것에 감사하며 꼭꼭 씹어 먹는 거예요. 뭘 하든 오롯이 그 행위에만 집중해야 하는 거예요. 거기에 인생의 답이 있어요. 똥을 쌀 땐 오롯이 항문에만 집중해야 하는 것이고, 또……."

"제발 시끄럽구요, 아저씨 누구냐구요!"

"내가 누구냐구요? 그 질문에는 천 가지 이상의 대답이…."

"저 아시죠?"

그러자 그가 못 들은 체하며 식판에 담긴 카레라이스를 열심히 떠먹었다.

"내가 진실로 너희에게 이르노니, 누구든지 이룰 줄 믿고 의심하지 않으면 그대로 되리라! 어디서 많이 들어봤죠?"

"나무 관세음보살…… 참 좋은 말씀입니다."

그가 수저를 쥔 채 합장하더니 다시 먹는 데 집중했다.

난 주위를 살폈다. 간호사들이 보이지 않았다. 그가 막 수저를 입에 넣기 전, 난 그의 손을 붙들었다. 그 바람에 노란 카레가 사방으로 튀었다. 옆에 있던 환자들이 기분이 나빠진 나무늘보처럼 나를 쳐다봤다.

"염불은 집어치우시구요, 왜 여기 있는 건지 설명하시죠. 갑자기 암이 아니라 정신적 문제였다는 진단이라도 받으셨어요?"

그는 격렬히 손을 버둥거렸다. 난 그의 식판에 담긴 카레라이스에서 갈색 조각을 집어 그의 코 앞에 디밀었다.

"이건, 고기 아닌가요?"

잠시 당혹하던 그는 금세 현자 같은 미소를 지었다.

"이것을 고기로 보면 고기인 것이고, 버섯이라고 생각하면 버섯인 거고…"

그때 남자 간호사들이 쫓아오길래 얼른 그의 손목을 놔줬다.

점심 식사 후 오후 두 시까지 자율 시간이었다.

식사를 마치고 그를 조용한 곳으로 끌고 가려 했는데, 잠깐 돌아선 사이에 그는 어딘가로 내빼고 말았다.

할 수 없지, 다음 기회를 노릴 수밖에.

복도에 새로 바뀐 월간 일정표를 보고 5월이 시작된 것을 알았다. 이곳에서는 매일 짜놓은 다양한 활동과 수업이 있었다. 내가 지난 십 년간 했던 활동보다 여기서 몇 주간 한 것들이 더 많았다.

오늘의 특별 수업은 딸기잼 만들기였다. 이 클래스는 다른 클래스보다 두 배나 많은 환자가 참여했다. 딸기와 설탕이 어우러진 황홀한 향기가 코를 찌르자 벌써 몇몇 환자들이 군침을 흘렸다.

수강생들 사이에 까까머리 승려를 발견했다. 그는 강사가 설명하는 동안 커다란 소쿠리에 담긴 딸기를 몰래몰래 집어먹었다. 그와 세 테이블 떨어진 조에 있던 난 생쥐를 노리는 솔개처럼 그를 지켜봤다. 그리고 실습이 한창 무르익을 무렵 난 슬며시 그에게 다가갔다.

기다란 나무 주걱으로 불그죽죽한 잼이 끓는 커다란 솥을 휘젓던 그는, 으깨진 딸기를 호호 불어 입에 넣다가 나와 눈이 마주쳤다.
"아 뜨거!"
"안녕하세요."
내가 인사를 건네자, 그는 작게 한숨을 내쉬었다.
"무슨 일인가요? 또 괴롭히려는 거면 간호사 선생님께 이를 수밖에 없어요."
"그러면 저도 강사 선생님께 아저씨가 딸기 훔쳐먹은 거 이를 거예요."
"훔쳐먹다뇨? 이렇게 사람 다 있는데 가당키나 한가요? 무고한 사람한테 그러면 못 써요."
"알았어요, 안 그럴게요. 잼 만드는 솜씨가 훌륭하시네요."
"…원하는 게 뭔데요."
"그냥 얘기나 좀 하고 싶어서요. 솔직히 말하면 전 과거를 왔다갔다 하고 있어요. 원래 이런 곳에 있어선 안 되는 사람이란 말이죠. 이건 제 운명에 없던 일이거든요. 제가 무슨 말을 하는 건지 잘 모르시겠지만…"
난 말을 멈췄다. 어느 틈에 다가온 강사가 의아한 표정으로 나를 쳐다보고 있었다. 나와 눈이 마주친 그녀는 어색하게 웃으며 잘하고 있다는 칭찬을 하고 지나갔다.
"압니다."
난 흠칫 놀란 얼굴로 그를 돌아봤다.
"어떻게 아세요? 혹시, 아저씨도… 그 타투 목사랑 동일 인물 맞죠? 그렇죠?"
그는 기다란 나무 주걱으로 커다랗게 O자를 그리며 잼을 저었다.
"사실, 같은 시간 속에 존재한다고 우리가 모두 같은 세계에서 살고 있는 게 아니에요."

깜짝 놀랐다. 뭔가 인간 세계의 중요한 비밀이 나올 것만 같은 그의 입을 뚫어져라 응시했다.

"저 구름 한 점 없는 푸른 하늘을 봐도 누구는 아름답다거나 날씨가 좋다며 기뻐하고, 누구는 자외선 때문에 주름 생기겠다고 짜증을 내요. 누구는 가진 게 없어도 들에서 거저 캔 쑥과 냉이에 행복하고, 누구는 돈과 명예를 다 가졌어도 사는 게 지옥이지요. 왜냐, 인간은 누구나 자기 업보대로 살아야 하는 게 이치니까요."

에잇, 난 또 무슨 소린가 했네!

"저기요…"

"업보, 즉 카르마란 건 저절로 생겨나는 게 아니라는 거예요. 몇 번이나 되풀이되는 시간 속에서 부딪치는 인간관계로 만들어지는 거죠. 특히나 전생에 카르마가 깊었던 사이일수록 현생에서는 가장 가까운 사이로 태어나는 법이에요. 그걸 푸는 게 현재에 내가 존재하는 이유라고 할 수 있죠."

"죄송하지만 전 크리스천이라 전생이니 윤회니 그런 건 믿지 않아요."

"기독교라서요? 성경에도 예수님이 세상에 오기 전에 야훼와 함께 있었다는 내용들이 있는데, 그건 예수님의 전생 아닌가요?"

"흥미로운 얘기긴 하지만 지금 저에겐 전생이고 후생이고, 그런 게 중요한 게 아니에요. 제가 운명을 바꿔보려고 하다 괜히 아빠를 더 일찍 돌아가시게 만든 데다, 그 일 때문에 이곳에 갇히는 바람에 제 인생까지 망하게 생겼다구요."

"다시 과거로 가면 되잖아요? 시간이 아직 있을 텐데…?"

라며 그가 자기 손목을 들여다봤다. 그의 손목 위에 파란 사인펜으로 시계가 그려져 있었다. 잠시 멍한 얼굴로 그걸 들여다보던 난 순식간에 분노가 치밀었다.

"아저씨, 그냥 미친 땡중이지? 아무것도 모르고 있잖아! 내 꼴을 보라고! 이런데도 그런 말이 나와!? 난 이미 망했어! 망했다고!!"

그의 멱살을 쥐고 흔들며 미친 사람처럼 울부짖었다. 그가 나를 도와줄 요정이길 은근히 기대했던 나 자신이 부끄럽고 절망스러웠다.

"그만, 그만! 위험하게 뭐 하는 거예요?"

내가 강사의 말을 듣지 않자, 그는 간호사를 부르러 교실을 뛰어나갔다.

"아직 시간이 있다니까! 5월 10일 안에는 가능해요!"

그가 붉어진 얼굴로 캑캑대며 말했다.

"5월 10일이 뭔데요? 윤달은 이미 지났는걸요? 그리고 무엇보다 아빠가 없…"

"윤달이요? 그게 무슨 상관이에요?"

"그 자개장은 윤달에만 작동하는 거잖아요?"

"누가 그래요?"

"……."

"아버지의 사십구재 전까지는 작동해요."

"사십구재요?"

난 그의 멱살을 스륵 놓았다.

우리나라를 비롯해 불교 문화권의 나라에는 전통적으로 장례를 치른 후 49일이 지나면 고인에게 제를 올리는 관례가 있다. 그것을 사십구재라고 불렀다. 49일 동안 이승에 머물다 마지막 날 영계로 떠나는 고인의 영혼을 배웅하며 극락왕생을 기리는 제사였다.

그는 아빠의 사십구재 전까지 기회가 있다고 했다. 그러니까, 5월 10일은 아빠가 돌아가신 날로부터 49일째가 되는 날이었다.

"그럼…"

그에게 궁금한 걸 물어보려는 찰나, 남자 간호사 1, 2가 들이닥쳤다. 그러자 갑자기 문신 승려가 자기 목을 부여잡고 주저앉았다.

"아이고! 나 죽네~ 아이고~!!"

남자 간호사 1은 날 보며 지겨운 표정으로 지었다.

"의무실로 데려가!"

남자 간호사 2에 승려를 맡긴 남자 간호사 1이 내 양팔을 뒤로 꺾어 잡고 복도로 나갔다. 난 그 상태로 다리를 질질 끌며 간호사 2의 뒤를 따라가는 승려에게 말했다.

"사십구재도 불교식 문화일 뿐이잖아요? 기독교에서는 그런 거 안 지낸다구요. 우리 식구들은 다 모태신앙으로…"

"조용히 해요! 이제 퇴원할 생각은 아예 꿈도 꾸지 말아요."

남자 간호사 1이 내 말을 끊었다. 뒤이어 승려가 앓는 소리로 대답했다.

"아이고… 구약성경에 있는 신명기에도 칠칠 절이 나와요. 49일간 모은 곡식을 50일째 신에게 올리는 거죠. 신약 성서에서 예수님이 사람을 곡식에 비유했던 거는 알죠? 예수도 부활하고 49일째 되는 날 승천한 거 알아요? 에고고고… 믿음이란 건 사실 꽤 간단한 문제예요. 자기가 아는 걸 믿는 거죠. 아니면 안다고 착각하는 거나."

나는 몹시 충격을 받았다. 순간적으로 몸을 비틀어 꺾여 있던 팔을 풀고, 남자 간호사 1을 넘어뜨렸다. 이어서 남자 간호사 2까지 밀쳐낸 뒤, 바로 옆에 열려 있던 빈 휴게실로 승려를 끌고 들어가 문을 잠갔다. 곧바로 밖에선 문이 부서질 듯 요란한 두드림과 고함이 터져 나왔다.

"아저씨 말대로라면 아빠의 영혼이 지금 세상에 떠돌고 있다는 뜻이네요? 그런 건 쉽사리 믿을 만한 얘기가 아니잖아요?"

"그럼, 우주의 먼지들이 모여 빅뱅이라는 대폭발로 펑- 하고 만물이 나타난 거라는 이론은 믿어요? 영혼이 존재한다는 사실보다 원숭이가 사람으로 진화했다는 논리가 더 믿기 쉬운가요?"

"그래도 이해가 안 되는데요, 죽으면 의식도 소멸하는 게 아닌가요? 혼수 상태일 때는 무의식이란 게 있으니까 그렇지만…."

"무의식은 애초에 어디에 존재하고 있던 걸까요? 육신에? 영혼에?"

내가 대답하려던 순간 쾅- 하고 문이 열리며 떼거지로 몰려온 간호사와 직원들이 내게 달려들었다.

4.

독방에 갇혀 있던 동안, 난 문신 승려의 말을 낱낱이 떠올리며 곱씹고 또 곱씹었다.

그의 말에 따르면 아빠의 무의식은 여전히 세상에 머물고 있다고 했다. 설령, 문신 승려의 말이 광인의 헛소리라 할지라도 지금의 나로선 믿지 않을 수도 없었다. 내가 뭘 믿고 뭘 하든지 간에 지금보다 더 최악은 없을 테니까 말이다.

3일 만에 독방에서 풀려난 뒤, 난 환생이라도 한 듯 얌전하고 말 잘 듣는 환자가 되어 있었다. 면회 왔던 택연의 이야기가 떠올랐다. 취침 시간에 주는 약을 혀 밑에 감췄다가 개인 칫솔 통에 모아두기 시작했다.

녀석에게 이런 식으로 도움을 받으리라곤 생각지도 못했다.

개똥도 약에 쓴다는 말은 사실이었다.

5월 4일 목요일이 되자, 난 계획했던 일을 실행에 옮겼다.

이날을 디데이로 잡은 이유는, 내일은 어린이날로 모처럼 사흘간의 연휴를 맞이한 탓(주말까지 남자 간호사1과 행정 직원 한 명

외에는 모두 비번이었다)에 직원 대부분이 들떠있거나 풀어진 분위기였기 때문이다.

난 콧노래를 흥얼대는 정쌤에게 면담을 요청했다.

지난번 택연과 만났던 가족 면회실에서 정쌤과 마주 앉았다. 내 앞에는 맥심 커피믹스 두 봉지를 탄 종이컵과, 어제 쿠킹 수업 때 만든 머핀 두 개가 놓여 있었다.

이게 잘 먹혀들어야 할 텐데······.

뾰족한 역삼각형의 얼굴에 걸친 은테 안경을 고쳐 쓴 정쌤이 내 머핀을 빤히 들여다봤다.

"사실 조금 놀랐지, 뭐야. 날 아주 싫어하는 줄 알았는데, 상담을 다 받고 싶다고 해서 말이지."

"오해예요. 전 원래 좋아하는 사람일수록 거칠게 대하는 습성이 있거든요."

"아, 그러시구나."

그녀의 눈길이 이번엔 그윽한 향기와 하얀 김이 솔솔 나는 커피로 향했다.

그걸 놓치지 않고 난 얼른 종이컵을 들어 소리가 나게 마셨다. 사실 소리만 크게 내고 아주 조금 마셨다. 분명, 그녀의 눈빛이 동요하는 듯 보였다.

"···사실, 좀 부끄러운 얘긴데, 여기 좋아하는 사람이 생겨서요. 아무래도 인기쟁이 정쌤이 연애 경험이 풍부하실 테니, 잇히···"

내 말에 무장 해제된 듯 정쌤이 소리 높여 웃음을 터뜨렸다.

"어우 애는, 사람 볼 줄 아네. 내가 좀 그렇긴 하지. 근데 누구야? 너무 궁금하다. 혹시, 변쌤?"

먹은 게 없는 데도 토할 뻔했다. 변 샘이란 내 삽을 빼앗기도 하고, 교실 밖으로 끌어내기도 했던, 나만 보면 지랄맞게 구는 남자 간호사였다.

"물론 변쌤이 멋있긴 하지만, 너무 터미네이터를 닮아서 제 스타일은 아니구요."

"그러면 누구야? 혹시 원장님? 하긴, 낼모레 쉰인데도 미혼에다, 와꾸도 훌륭하지. 정우성이랑 강동원을 반반씩 섞어 놓은 것 같잖아? 근데 원장님은 안 돼. 게이라는 정보가 있어."

"와우, 정쌤은 역시 정보통인가 봐요. 근데 원장님도 아니에요."

"설마, 환자 중에 있어? 혹시, 알코올 병동에 새로 들어온 그, 차은우 닮은…?"

그런 사람이 있었던가? 기억을 더듬었지만, 전혀 떠올릴 수 없었다. 지금껏 말한 사람들은 다 자기 취향인 듯했다. 원장만 해도 내가 보기에는 '개구리 왕눈이'와 닮은 꼴이었다.

채근하는 그녀를 두고, 난 뜸을 들이듯 머핀 하나를 들고 정성스레 딸기잼을 발랐다.

"……사실, 남자가 아니에요."

정쌤이 소리 없는 비명을 지르는 듯한 모습을 보였다. 그렇지만 이내 이해한다는 듯 고개를 주억거렸다. 그래, 그럴 수 있지. 그럴 수 있어. 괜찮아, 다 털어놔. 절대 비밀 지켜줄게.

"그녀의 곁을 지날 때면, 어렴풋이 기억에 남은 엄마의 젖 냄새를 맡을 수 있어요. 그, 은은하고, 고소하고, 향긋한 그런 내음 있잖아요."

"오, 그래? 나이가 좀 있나 부지?"

그녀는 무의식적으로 침을 꼴깍 삼켰다.

"그렇진 않아요. 성인 여자라면 누구나 아이를 가질 수 있죠. 아이를 낳으면 젖이 나온다는 게 신기해요. 근데, 상상 임신도 젖이 나온다더라구요? 그건 어떤 메커니즘일까요?"

되는대로 내뱉으며 천연스러운 몸짓으로 딸기잼을 바른 머핀, 즉 둘 중에 약을 섞지 않은 머핀을 한입 가득 베어 물었다. 그리고 정말로 먹음직스럽게 먹었다. 나로 말할 거 같으면 어려서부터 뭐든 맛깔나게 먹는 특기가 있었으니까.

그녀의 목울대가 미세하게 꿀렁이는 게 보였다. 이어서 내 시선은 그녀의 목에 걸린 직원 출입 카드로 날카롭게 옮겨졌다.

"그거, 두 개 다 먹을 거야?"

올 것이 왔구나! 심장이 쿵 내려앉았지만, 냉정함을 유지해야 했다.

난 애써 곤란한 표정을 지었다.

"드실래요?"

"아, 아니야. 난 다이어트 중이라…"

"무슨 다이어트요? 그렇게 삐쩍 곯아서… 아니, 아주 날씬하신데요. 거기서 더 빼면 남자들도 싫어해요. 누구라도, 앉았을 때 포근한 걸 좋아하지, 딱딱한 걸 좋아할 사람은 변태밖에 없을걸요."

흔들리는 그녀의 표정을 확인한 난, 나머지 머핀을 들어 입에 가져가며 쐐기를 박았다.

"에이, 아쉽네요. 이건 세상에 하나뿐인 머핀인 데다, 강사님도 이런 건 처음 보는 맛이라고 칭찬하셨는데…"

간신히 손에 쥔 머핀을 쥐처럼 갉아 먹는 정쌤. 그런 그녀를 두근거리는 마음으로 지켜봤다. 적당한 타이밍에 커피가 담긴 종이컵도 슬쩍 내밀었다.

"어우, 목이 메이시겠다."

그녀는 커피를 입에 살짝 대고 내려놨다. 그리고 머핀 부스러기를 조금 핥고, 또 커피를 몇 방울 마시고를 반복했다. 지켜보던 난 더 이상 못 견딜 지경이 되었다. 벌떡 일어나 그녀의 주둥이를 붙들고 커피를 몽땅 그녀의 목구멍에 콸콸 들이붓고 싶은 충동에 휩싸였다.

그녀는 먹다 남은 반 줌의 머핀을 도로 내 앞에 놓았다.

"잘 먹었어. 아휴 배불러. 나머진 다 자연이 먹어~"

그만 내 인내심은 동이 나고 말았다.

"그거 먹고 배부르면, 전 배 터지겠어요!"

"하던 얘기나 마저 해봐, 나 10분 있다가 원무과에 가봐야 해."

"10분이요? 아까 30분 내준다고 했잖아요!"

"내가 깜빡했어. 어쨌든 10분 밖에 없으니 얼른 얘기나 해. 누군데? 환자야, 직원이야?"

"일단, 이거 드시면서 얘길 들어 보시라고요!"

커피와 머핀을 그녀 앞으로 밀었다.

"괜찮다니까 그러네!"

그녀가 신경질적으로 컵을 미는 바람에 커피가 밖으로 넘쳐흘렀다. 난 신경이 바짝 곤두섰다.

약을 타느라 내가 얼마나 힘들었는데! 자꾸 이러면 위험해진다고!

난 다시 조심스레 그녀 앞으로 커피와 머핀을 밀었는데, 갑자기 그녀가 거친 동작으로 마주 밀쳤고, 순간 종이컵이 쓰러지며 커피가 몽땅 쏟아지고 말았다. 머핀까지 적신 커피는 테이블 위에서 바닥까지 주르르 흘러내렸다. 우리는 동시에 벌떡 일어섰고, 그녀가 밖으로 뛰쳐나갔다.

이제 전혀 쓸모가 없어진 머핀과, 커피로 흥건한 바닥을 멍하니 쳐다봤다.

이제 다 끝장인가.

곧 정쌤이 대걸레를 들고 들어와 바닥에 쏟아진 커피를 닦으며 내게 온갖 원색적인 욕설을 퍼부었다. 멍하니 서 있던 난, 돌연 그녀에게 달려들었다. 그녀의 손에서 대걸레를 빼앗아 그녀를 마구 내리쳤다. 나무 자루가 부러져 나갔을 때, 그녀는 의식을 잃었다.

서둘러 환자복을 벗고 그녀의 옷을 벗겨 황급히 꿰어 입었다. 그녀의 목에 걸린 출입 카드를 벗겨내 내 목에 건 후, 빨간색 브래지어와 팬티 차림으로 쓰러진 그녀를 놔두고 휴게실 문을 닫아걸었다.

신속히 정쌤의 카드로 출입문을 통과해 복도로 나가 엘리베이터 앞에 섰다. 엘리베이터 문이 열리자, 안에 있던 변쌤과 마주쳤다. 그는 내 팔을 비틀어 잡고 출입문을 향해 끌고 갔다. 눈물을 머금고 복권 한 장을 그에게 넘길 수밖에 없었다. 휴대폰으로 복권 번호를 확인한 그는 날 떠밀어버리고 미친 사람처럼 어딘가로 뛰어갔다.

병원을 빠져나와 도로변까지 이어진 수 킬로미터 숲길을 달리며 큰 소리로 부르짖었다.

"다신 이곳에 오나 봐라!!"

놀란 까마귀들이 푸드덕거리며 창공으로 날아올랐다.

현관문을 열고 들어서자, 메탈리카의 노래가 온 집안을 천둥처럼 울리고 있었다. TV 앞에 앉아 휴대폰을 귀에 댄 택연이 내 쪽으로 고개를 돌렸다.

"아 깜짝이야!!!"

공중 부양하듯 펄쩍 튀어 올랐던 녀석은 TV 볼륨을 줄이고 통화하던 상대에게 말했다.

"큰누나 왔어! …진짜야! 지금 여기 있다고!!"

녀석이 내게 휴대폰을 내밀었다.

"엄마가 바꾸래."

"누나 여기 안 온 거야. 네가 잘못 본 거라고 말해."

난 눈을 부라렸고, 녀석은 곤란한 얼굴로 전화에 대고 말했다.

"내가 잘못 본 거래."

전화기 너머 엄마가 튀어나올 듯 노발대발하는 소리가 들렸다.

황급히 내 방으로 들어가 자개장의 옷장 칸을 벌컥 열고 안으로 들어가 문을 막 닫으려다 멈칫했다. 문틈으로 엿보고 있던 택연과 눈이 마주쳤다.

"거기 왜 들어가?"

"알 거 없어! 얼른 문 닫아!"

그러자 녀석이 방 안으로 들어와 문을 닫았다.

"뭐 하는 거야?!"

자개장 안에 구겨 앉은 내게 녀석이 휴대폰을 내밀었다.

"엄마가 받으래."

난 순순히 휴대폰을 건네받았다. 그리고 종료 버튼을 누른 후 아무렇게나 내던졌다. 울상을 지으며 허둥지둥 휴대폰을 줍는 녀석을 보자 마음이 좋지 않았다.

저 녀석도 데려가면 어떨까? 나쁘지 않을 것 같은데… 게다가 녀석이라면 순수하게 내 말을 믿을 거야.

"택연아! 누나랑 같이 시간 여행 안 할래? 여기 들어오면 과거로 갈 수 있어. 진짜야. 네가 어릴 때 좋아하던 〈이상한 나라의 폴〉처럼 말이야! 누나가 폴이고 네가 찌찌야, 이 자개장은 요술차이고! 어때, 재밌겠지?"

녀석이 호기심 어린 미소를 지었다. 그리고 손에 든 휴대폰 버튼을 누르더니 전화기에 대고 말했다.

"엄마, 큰누나 이상해. 맛이 갔나 봐."

"야, 이 새끼야…"

녀석이 방을 나가며 문을 굳게 닫았다.

난 한숨을 쉬며 자개장 문을 닫았다. 고요한 어둠에 이르자 두려움이 왈칵 밀려왔다.

만약 과거로 가지 못한다면? 그 문신 목사인지 승려인지 모를 아저씨가 그저 미친 환자일 뿐이라면? 어쩌겠나. 그때는 당첨금

14억을 찾아 장밋빛 인생을 찾아 떠나는 수밖에.
점차 아득해지던 의식이 어느 순간 풍선처럼 붕 떠 올랐다.

제 5 장

1.

"뭐해?"

앞에서 와인잔을 내밀고 있는 남자를 보자 심장이 쿵 내려앉았다. 그리고 이내 먹물이 번지듯 가슴이 아려왔다.

테이블 위에 스테이크가 놓여 있었고, 세련된 크리스마스 장식이 된 고급스러운 식당 내부에 감미로운 캐럴이 흐르고 있었다.

앞에 앉은 남자, 오래전 헤어졌던 그가 의아한 눈빛으로 피식 웃었다.

"우리 먹깨비가 웬일로 이렇게 점잔을 빼실까, 안 어울리게. 걱정하지 말라니까, 나 돈 많아. 알바비도 타고, 합격 선물로 집에서 용돈도 좀 받고 해서…."

"그, 그렇구나… 돈이 많아서 좋겠구나… 축하해……."

애써 미소를 지으며 그와 와인잔을 부딪쳤다.

굳이 날짜를 확인하지 않아도 오늘이 언제인지 알 수 있었다. 오늘은 2년 전, 그러니까 2021년의 크리스마스이브 날이었다.

28살에 그와 처음 만나 4년을 사귀다가 서로 성공하면 만나기로 약속하고 헤어진 이후로, 5년 만에 처음 만난 자리였다. 6살 연하의 공대생이었던 그는 대학 졸업 후 1년간 다니던 공기업을 관두고 의학전문대학원에 진학하기 위해 3년간 도전하던 미트 응시에 드디어 합격한 것이다.

사실 그에게 연락이 왔을 때 난 깜짝 놀랐다. 성공하고 만나자는 건 허울 좋은 이별의 구실(이런 얼뜨기 같은 재회의 약속이 실재할 거라고 누가 믿겠나)이라고 여겼기 때문이다.

하지만 나로선 유쾌하고 당당하게 만날 처지는 아니었다. 성공하지 못했으니까. 거절의 뜻을 밝혔지만, 그의 설득에 어쩔 수 없었다. 게다가 이 시즌만 되면 격하게 꿀꿀해지는 기분 탓이었다.

"솔직히 말해서, 그동안 다른 사람을 안 만났던 건 아니야. 두세 명 정도 만나봤는데, 너만 한 애가 없더라고."

"나만 하다는 건 무슨 뜻이지?"

"뭐, 어느 정도 대화도 잘 통하고, 요리도 잘하고, 또 네가 좀, 요즘 여자애들 같지 않게 착하잖아."

개새끼.

"그래, 내가 좀 그렇긴 하지."

그가 내 앞에 작은 반지 상자를 내밀자 난 입에 머금었던 와인을 뿜을 뻔했다.

그때는 물론, 이런 반응을 보이지 않았다. 그때는, 무척 기뻤다. 그럼에도 당당히 거절했었다. 내 입장도 있으니 1년 후에 다시 주라며. 하지만 고작 1년이 지나기도 전에 그는 어느 부잣집 딸과 결혼해 버렸다.

그 소식을 들었을 때(사실 들었다기보다는 모양 빠지게 몰래 그의 카톡 프로필을 염탐해 알게 된) 꽤 충격이었다. 아르바이트 주급으로 편의점에서 저렴한 보드카를 사다가 몽땅 비우고는 사흘간 술병으로 앓아누웠다. 그해의 공모전 실패는 바로 이 녀석 탓이나 마찬가지였다.

그 후 까마득히 잊고 있었는데, 막상 다시 코앞에서 보고 있자니 다시 마음이 흔들렸다. 크리스털 장식의 작은 상자 안에 요염하게 앉은 14k 금가락지를 빤히 들여다봤다.

그때 이걸 받았다면, 난 어떻게 살고 있었을까?

"그렇다고 오해는 하지 마. 크리스마스 선물일 뿐 다른 의미는 없으니까."

그가 보조개가 파인 하얀 얼굴에 특유의 장난기 어린 표정으로 농담을 던졌다. 나도 모르게 한숨이 나왔다. 내 한숨을 오해한 그가 익살스럽게 말을 이었다.

"괜찮으면 이따 우리 집에 들르면 어때? 그냥, 뭐… 여기서 별로 멀지 않아서 하는 말이야. 부모님 계시면 잠깐 인사나 드릴 수도 있고…."

"부모님께 내가 작가라고 거짓말했지?"

"어!? 어떻게 알았어? 그렇지만 거짓말은 아니야. 미리 말하기 같은 거라고나 할까. 곧 진짜 작가가 될 텐데 뭐."

나도 모르게 목을 움츠리며 앓는 소리를 냈다. 그럴 일은 없다고 말해주고 싶었다.

"특히 울 아빠가 널 좀 궁금해하시더라."

"아 맞다, 아빠!!"

난 의자에 걸쳐둔, 자개장에서 몰래 꺼내 입은 엄마의 알파카 코트 주머니를 뒤적여 휴대폰을 꺼냈다.

2021년 12월 24일 금요일 오후 8시 25분
타이머 04:29:47

이번 6회차는 약 1년 3개월가량을 거슬러 왔다. 타이머도 이전보다 훨씬 짧아졌다.

의아한 얼굴로 보는 그에게 화장실에 다녀오겠다며 일어나 밖으로나 나가 전화를 걸었다. 전화기에서 신호음이 들리자, 심장이 쿵쾅거렸다.

통창 밖으로 화려한 세밑의 거리 풍경과 아무 걱정 없는 얼굴로 몰려다니는 사람들을 내려다보았다.

아빠가 정말 살아계실까? 혹시라도 다른 사람이 받으면 어쩌지? 그럼 어떻게 해야 할까? 어떻게 하긴, 남자 친구의 반지나 덥석 받으면 되는 거지. 모든 건 다 때가 있는 법이니까. 그것밖에는 다른 수가 없지 않나. 내후년에 번호를 외워둔 로또복권을 사면 그에게 개인 병원을 차려줄 수 있을 것이다. 작가 따윈 개나 줘버리라지!

그런데 네 번째 신호음에도 아빠는 받지 않았다. 신호음이 길어질수록 불안감이 번져갔다.

안 되겠어. 엄마나 서연이에게 전화를 해봐야겠다. 전화를 끊으려던 순간 전화기 너머 목소리가 들렸다.

"여보세요?"

"아빠세요!??"

"자연이냐?"

"정말 아빠 맞아요? 진짜 살아계신 거 맞죠!?"

나도 모르게 울컥했다. 아빠의 장례를 치르던 장면들이 주마등처럼 스쳐 갔다. 화장터와 봉안당까지…… 정말이지 꿈을 꾸는 기분이었다.

그런데 아빠는 잠시 말이 없었다. 전화기 너머 주위에서 왁자하게 떠드는 소리가 들렸다.

"왜, 아직 살아 있어서 유감이냐?"

"누가 그렇대요?!"

갑자기 눈물이 쏙 들어갔다.

"너 술 마셨냐?"

"어디세요? 지금 그리 갈게요!"

"왜? 무슨 일 있어?"

"그냥 궁금해서요. 할 말도 있고… 어디신데요?"

"종로3가 쪽에 있어. 거기서 오려면 몇 시간이 걸리는데, 별일 아니면 나중에 전화로 해."

"저도 서울이에요. 홍대 근방이라 택시 타면 금방 가요."

"어디?? 여기 시끄러워서 잘 안 들린다! 내일 통화하자!"

내일은 안 된다. 앞으로 4시간 15분이 지나면 1년 후로 훌쩍 건너뛰게 될 것이다. 전화기 너머 누군가 채근하는 소리가 들리자, 아빠가 "알았어. 알았어!"라고 외쳤다.

"잠깐이면 돼요. 종로3가 어디…."

"지금 바쁜 일이 있어서…."

전화가 뚝 끊겼다. 우리 가족은 왜 다들 전화 매너가 이 모양인가. 다시 전화를 걸었지만, 아빠는 전화를 받지 않았다.

난 다시 테이블로 돌아와 앉았다. 내 얼굴을 본 그는 잠깐 당황한 표정을 지으며 울었냐고 물었다. 아니라고 했는데도 가 놀리듯 웃었다.

"너답지 않게 뭘 이런 걸로… 하긴 그런 순수함이 박자연 씨의 매력이긴 하지."

"미안한데, 나 먼저 일어날게. 급히 갈 데가 있어서."

"뭐? 무슨 일이야, 갑자기?"

잠시 고민하던 난 반지 상자를 그의 앞으로 툭 밀치며 말했다.

"이게 뭐냐, 응? 명색이 프로포즈 반지가 뭐 이러냐고. 조선시대도 아니고 웬 쌍가락지? 이건 좀 짜치지 않냐?"

그는 얼굴을 붉히며 당혹스러워했다.

"그… 너… 아니, 그…."

"근데 궁금한 게 하나 있어. 5년은 기다렸으면서, 왜 1년은 못 기다렸니?"

"그게 무슨 소리야?"

"아니다, 신경 쓰지 마. 그리고 그땐 이 말 못했는데, 이렇게 잊지 않고 연락해 줘서 진심 고마워. 나 같은 백수는 그만 잊고 얼른 부잣집 딸내미나 만나서 행복하게 살아."

얼빠진 그를 두고 당당하게 돌아서서 나오긴 했지만, 속으로는 쓰디쓴 눈물을 삼켜야 했다. 설령 이 자리가 골백번 반복된다 해도 결코 그의 반지를 받을 일은 없을 것이다. 아무리 시간을 되돌린다고 해도 바꿀 수 없는 순간들이 있다. 모든 건 때가 있는 법이니까.

우리는 이미 10년 전에 끝난 사이였다. 아쉬워도 어쩔 수 없지. 그게 너와 나의 운명이니까… 라고 되뇌며 휘황찬란하고, 들뜨고, 시끄럽고, 쓸쓸한 거리로 나섰다.

도로는 차들과 택시를 잡으려는 사람들로 말도 못 할 정도로 혼잡했다. 남들보다 발 빠르게 택시를 잡으려고 메뚜기처럼 이리저리 뛰었다. 운 좋게 먼저 빈 택시를 발견한 난 허겁지겁 뛰어갔다.

그런데 내가 조수석 문을 여는 순간, 어디선가 갑자기 나타난 20대 커플이 뒷좌석에 타려고 했다. 여자는 이미 쏙 들어갔고, 난 뒤이어 타려는 남자의 팔을 잡았다. 내가 먼저 잡았는데 이게 무슨 경우 없는 짓이냐, 무슨 소리냐 먼저 잡았단 증거를 대라, 네가 전세 낸 택시냐 라고 서로 소리치며 한바탕 실랑이를 벌였다. 처음엔 내가 먼저 잡았다는 걸 인정하던 택시 기사는, 커플이 남양주로 간다고 하자 갑자기 태세를 전환하더니 커플의 편을 들었다.

난 "이 더러운 세상아!"라며 고함을 지르고 택시 문을 쾅 닫았다.

그때 배달 상자가 달린 오토바이가 내 앞에 멈추더니 헬멧을 쓴 남자가 내렸다. 그는 키를 꽂아 놓은 채 앞쪽에 있던 음식점으로 뛰어 들어갔다. 난 주변을 휘리릭 살피고는 재빨리 오토바이에 올라탔다. 주변 사람들이 날 가리키며 뭐라고 외쳤지만, 무시하고 힘껏 페달을 밟아 붕 소리를 내며 내뺐다.

롱코트에 부츠 차림으로 긴 머리를 휘날리며 배달 오토바이를 몰아 거북이 운행 중인 차량 사이를 요리조리 빠져나갔다. 커다란 링 귀걸이가 바람에 사정없이 나부꼈다. 엄마가 자개장 서랍 속 깊숙이 숨겨놓은 새 양가죽 장갑도 챙겨 오길 잘했지. 안 그랬으면 손이 꽁꽁 얼어붙어 운전이 힘들었을 텐데.

그런데 이 125cc 구형 혼다는 사제 머플러를 개조한 탓에 소음이 굉장했다. 갑작스러운 소음에 놀란 사람들이 일제히 고개를 돌려 나를 바라봤다.

종로 3가에 다다르자, 사방에 하얀 진눈깨비가 흩날리기 시작했다. 도로를 벗어나, 한 시대를 풍미하다가 이제는 퇴락한 낙원상가 언저리에 멈췄다. 1960년대 말, 철거민 이주 정책과 도로 개설 사업으로 지어진 낙원상가는 주거와 상점이 같이 들어선 우리나라 최초의 주상복합 건물이었다.

어느 담벼락 구석에 오토바이를 세워두고 상가 건물이 위치한 비좁은 골목길로 걸어 들어갔다. 이곳에서부터 탑골공원까지 주머니가 가벼운 노인들을 위한 영세 식당들이 곳곳에 자리 잡고 있었다.

낙원상가 4층에는 〈허리우드 극장〉이라는 독특한 영화관이 있었다. 외벽에 조악한 옛날 그림체로 그려진 커다란 포스터가 걸려 있었는데, 이소룡이 '아뵤!'라는 입 모양으로 포효를 내지르는〈용쟁호투〉, 클라크 게이블이 비비언 리의 허리를 90도로 꺾은 채로 끌어안은 〈바람과 함께 사라지다〉, 그리고 올리비아 핫세의 눈을 외계인처럼 그려놓은 〈로미오와 쥬리엣〉 등이 상영 중임을 알리고 있었다.

이걸 보면 굳이 자개장을 통하지 않아도 누구나 과거로 여행 온 것 같은 기분을 느낄 수 있을 정도였다. 알고 보니 이 오래되고 독특한 영화관은 대단한 생명력을 자랑했다. 1990년대 말부터 대기업들이 앞다퉈 세운 멀티플렉스 형태의 영화관이 늘어나자, 오랫동안 영화 애호가의 사랑을 받던 〈단성사〉나 〈피카디리 극장〉 같은 단일관들은 경영난에 허덕이다 결국 문을 닫았다. 〈허리우드 극장〉 또한 같은 운명이었으나 추억과 역사를 간직하고 싶었던 몇몇 '민간인'들의 노력과 지원 덕에 살아남아 60년이 넘게 명맥을 유지할 수 있었다.

무엇보다 놀라운 것은 55세 이상의 관객은 관람료가 2천 원이라는 사실이었다. 이런 곳은 영원히 없어지지 않았으면 좋겠다. 언젠가 나도 자격이 주어지면 매일 이곳에 오고 싶어질 테니까. 아, 혹시 기회가 된다면 아빠와 같이 이곳에서 옛 명화를 감상하는 것도 나쁘지 않겠군. 그러고 보니, 아빠와 함께 영화를 본 적이 한 번도 없네.

일대의 골목을 누비며 음식점과 술집들을 뒤지기 시작했다. 아빠는 죽도록 전화를 받지 않았기에 일일이 찾아다닐 수밖에 다른 방법이 없었다.

몇 번인가는 아빠를 찾았다고 착각했다. 하지만 다가가 얼굴을 들여다보면 다른 사람이었다. 그전에는 몰랐다. 아빠와 비슷한 옷차림과 체형을 가진 할아버지가 이렇게나 많은 줄은. 심지어 걸음걸이까지 흡사한 사람은 세 명이나 목격했다. 혹시, 70살 이상이 되면 나라에서 지정하는 헤어스타일이나 옷차림이 따로 있기라도 한 걸까?

거의 한 시간을 헤매던 끝에 탑골공원 앞까지 갔다. 이곳은 어르신들의 놀이터라고 할 만한 곳이었다. 입구 쪽 지붕의 기왓장 아래에 〈삼일문〉이라 쓰인 현판이 달려있었다. 이곳은 1919년, 최남선과 한용운 등의 민족 대표 33인이 3.1운동을 선포했던 장소였다.

공원 안에 들어가자, 각지에서 모인 할아버지들이 팔각정이나 오랫동안 손때가 묻은 나무 벤치마다 자리를 잡고 크리스마스 기념 주를 나눴다. 술기운 탓에 추위도 모르는 모양이었다. 벌써 만취해 고래고래 소리를 지르거나 땅바닥을 안방 삼아 뒹구는 사람들도 눈에 띄었다.

설마하니 아빠가 이런 곳에 계실까……?

아빠를 빨리 찾고 싶다는 마음과, 이런 곳에서는 안 만났으면 하는 양가감정이 충돌을 일으켰다.

타이머는 이제 세 시간이 채 남아 있지 않았다.

불안하고 막막한 기분으로 한창 어두워진 공원 안을 보는데, 비닐 천막처럼 지어진 거대한 부스가 눈에 들어왔다. 영화 속에 나오는 옛날 유랑 극단의 공연장 같은 분위기였다. 그곳으로 할아버지들(할머니는 거의 눈에 띄지 않았다)이 들락날락했다.

가까이 다가가 출입문 구실을 하는 비닐 포장을 들추고 안을 들여다봤다. 한가운데 놓은 기름 난로 주위로 예닐곱 그룹으로 나뉘어 앉은 2~30명의 노인이 바둑이나 장기를 두고 있었.

여긴 자세히 살펴보나 마나였다. 아빠가 바둑이나 장기를 두는 걸 본 적은 없으니까. 대강 둘러본 후 비닐 문을 닫고 급히 돌아서던 난, 뭔가에 발이 걸려 우당탕 넘어지고 말았다. 진눈깨비에 젖은 진창을 구른 덕에, 일껏 빼입고 나온 베이식 색 알파카 코트가 엉망 진창이 되었다.

"에이 씨, 뭐야!!"

아픈 무릎을 매만지며 사납게 돌아보자, 누군가 바닥에 엎드려 있었다. 가슴이 덜컥 내려앉았다. 파란색 파카와 고동색 우단 바지를 입고 땅에 얼굴을 대고 누운 남자는 아빠처럼 보였다. 끙끙대는 가느다란 신음도 아빠의 목소리와 비슷했다. 사위는 어둑했고 불길한 예감이 엄습했다.

설마, 결국 또 이렇게 되는 걸까? 난 아직, 아무 짓도 안 했는데!

천천히 일어서며 작은 소리로 아빠? 라고 불러보았다. 아무 대답이 없었다.

그래, 아빠가 아니니까 반응이 없는 거야. 그리고 난 지금 시간이 별로 없어. 아빠를 찾아야 한다고. 저 노인은 안됐지만 금방 누군가 나타나 도와주겠지. 비록 눈에 띄는 사람들이라곤 고주망태가 된 할아버지들뿐이긴 하지만.

나는 아무것도 못 본 사람처럼 돌아섰다.

하지만 몇 걸음 못 가, 쓰러진 노인에게 돌아갔다. 홱 하니 노인을 돌려 눕힌 난 가슴을 쓸어내렸다. 얼굴이 온통 희끗희끗한 수염으로 뒤덮인 남자는 아빠가 아니었다.

난 노인을 흔들어 깨웠다.

"어르신?! 어르신!"

그는 핏기 하나 없는 얼굴로 가슴을 부여잡은 채 희미한 숨소리를 냈다. 문득 복권 추첨 방송을 보던 아빠가 발작을 일으키던 장면이 떠올랐다.

"많이 아프세요? 구급차 불러드려요?"

하지만 그는 말할 상태가 아니었다. 서둘러 119에 신고하는 중에 사람들이 하나둘 몰려들었다.

"어르신? 제가 119 불렀으니까 조금만 참아보세요! 저는 급한 일이 있어서 가봐야 해요!"

그러고 나서 얼른 자리를 뜨려고 했다. 하지만 둘러서 있던 몇몇 노인이 날 가로막았다. 그냥 가면 어쩌냐는 원성이 여기저기서 터져 나왔다.

"아니, 전 모르는 분이에요. 구급차 곧 올 거예요. 어르신들이 좀 지켜봐 주시면…."

"늦게 생겼어!"

귀마개가 달린 방한 모자를 쓴 노인이 말했다.

"네?"

"119 오기 전에 이 냥반 골로 가게 생겼다고."

그걸 나더러 어쩌라는 거지?

"구급차 금방 온댔어요!"

"금방 오긴? 오늘 뭔 날이라 을매나 길이 막힐 텐데."

"저걸 어째, 큰났네. 쯧쯧….."

노인들이 혀를 차며 날 쏘아대며 무언의 압박을 했다. 난 안절부절못하며 쓰러진 노인을 돌아봤다. 그리고 휴대폰을 들여다봤다. 2시간 20분가량 남았다.

난 한숨을 쉬며 쓰러진 노인에게 다가가, 그의 가슴에 손을 얹고 심폐소생술을 시도했다. 지난번 아빠에게 '선무당 사람 잡듯' 처음 CPR을 한 후로 관련 영상들을 틈틈이 찾아보며 제대로 숙지해 둔 것을 또 이런 식으로 써먹을 줄은 몰랐네.

그런데 노인의 몸 상태가 받쳐주지 못했다. 근육이라고는 씨가 마르고, 헝겊 조각처럼 얇디얇아진 피부 아래 가느다란 뼈마디가 손끝에 고스란히 느껴졌다. 불현듯 전에 겪었던 갈비뼈 통증이 되살아났다. 난 더럭 겁을 집어먹었다. 여기서 조금 더 힘을 주면, 갈비뼈가 몽땅 부서지고 말 걸!

사람들이 외치는 소리에 비닐 부스 안에 있던 사람들도 하나둘 쏟아져 나오는 바람에 구경꾼이 더욱 불어났다. 조금씩 흩날리던 진눈깨비는 어느새 함박눈으로 변했다. 한파주의보가 내려진 날이었음에도 내 이마에는 땀방울이 송골송골 맺혔지만, 그럼에도, 이 가여운 노인은 점점 더 악화하는 듯했고, 날 에워싼 수십 명의 참관인들은 내게 이래라저래라 시끄럽게 떠들어댔다.

에잇, 모르겠다!!

두 눈 질끈 감고 그의 가슴을 있는 힘껏 눌렀다. 그렇게 세 번 만에 손바닥 밑으로 우두둑- 하는 소리가 들렸다. 화들짝 손을 떼는 순간, 어억- 하는 소리와 함께 깨어난 노인이 고통스럽게 기침했다. 관람객들은 그제야 만족한 듯 환호하며 손뼉을 쳤다.

"자연아!"

화들짝 돌아보자, 아빠가 사람들 사이에 서 있었다. 벌떡 일어나 가려다 때마침 노인이 치켜든 발에 걸려 나뒹굴었다. 성큼성큼 다가온 아빠가 날 내려다보았다.

"괜찮냐?"

그렇지만 손 하나 내밀어 줄 생각까지는 없는 듯 보였다. 하지만 그런 건 문제도 아니었다.

"살아계셨네요, 아빠!? 정말 다행이에요!! 정말 다행이에요, 아하하!!"

난 너무나 감격한 나머지, 흙투성이의 코트 차림으로 땅바닥에 주저앉은 채 아빠의 다리를 끌어안고 기뻐했다. 이런 모습을 보고 이산가족의 상봉이라 생각했는지 주위에서 환호와 박수가 터졌다.

"뭐 하는 짓이야? 얼른 일어나지 못해!"

아빠가 얼굴을 붉히며 거머리라도 떼어내듯 내 손을 뿌리쳤다.

"아빠가 여기 있는 줄은 어떻게 알았어?"

"어디 계셨는데요?"

비닐 간이 부스 안에서 장기판을 벌이다가 나왔다고 했다. 아빠가 장기를 두다니, 정말 금시초문이었다.

아빠는 함께 있던 두 명의 장기 친구에게 날 소개했다. 두 친구는 자식 농사를 잘 지었다며 입에 침이 마르게 칭찬했다. 아빠는 콧방귀를 뀌며 누구나 해야 할 당연한 일을 한 것뿐이라고 말했다. 늘 느끼는 거지만, 자신도 평생 칭찬에 인색했으면서, 어쩌다 남들에게 받는 칭찬마저 칼같이 차단해 버리는 아빠를 좀처럼 이해할 수가 없었다.
 곧 요란한 사이렌을 울리며 구급차가 도착했고 구급대원들이 노인을 들것에 뉘었다. 문득, 저 노인을 구하지 않았다면 오늘 아빠와 만나지 못했을 거란 사실을 깨달았다. 물론 내켜서 한 일은 아니었지만, 남몰래 뿌듯함을 느꼈다.
 들것에 누워 옮겨지던 노인과 눈이 마주쳤다. 그러자 그가 씩 미소를 지었다.
 고맙다는 표시인가…. 그런데 문득 그의 눈빛이 낯설지 않게 느껴졌다. 어디서 봤더라. 기분 탓이겠지…….
 잠시 중단된 게임을 재개하기 위해 친구들과 함께 부스로 들어가는데, 뜻밖에도 아빠가 내게 칭찬의 말을 던졌다.
 "너도 쓸모 있는 짓을 할 때가 다 있구먼."
 장기판 앞에 앉아, 팔각형 모양의 장기짝 두 알을 손에 쥐고 돌리는 아빠가 낯설어 보였다.
 "장기도 둘 줄 아셨어요?"
 그러자 아빠는 조소하듯 말했다.
 "내가 할 줄 아는걸, 네가 다 아냐?"
 듣고 보니 그랬다. 아빠가 나에 대해 아는 게 별로 없는 것처럼, 나 또한 아빠에 대해 별반 다르지 않다는 걸 깨달았다. 아빠와 상대편 선수는 새우깡과 쥐포를 안주 삼아 막걸리를 세 병째 마시며 진지한 얼굴로 대국을 펼쳤다. 장기판 밑에 만 원짜리 지폐 두어 장과 천 원짜리 지폐가 수북이 깔려 있었다.
 "이거, 도박 같은 건 아니죠?"
 농담 삼아 말한 건데 아빠는 말없이 움찔했다.
 "도박이지 그럼. 한 판에 천 원짜리 빵이라도 내기는 내기니께."
 내 옆에서 훈수를 두던 다른 친구가 대신 대답했다.
 "근데, 서울엔 무슨 일로 온 거냐?"

아빠가 물었다.
"아… 볼일이 좀 있어서요."
"볼일은 다 봤고?"
"네."
"엄만 집에 있냐?"
"아뇨."
한자로 '포'라 쓰인 말을 집던 아빠가 멈칫했다.
"그럼, 택연이 혼자 있겠네?"
"먹을 거 다 챙겨 놓고 왔죠."
난 변명하듯 말했다. 이날 내가 정말 그랬는지, 기억은 확실하지 않았다.
"무슨, 강아지 밥 주냐? 먹는 것도 먹는 거지만, 이런 날은 좀 같이 있어 주면 좋잖아."
장기짝을 놓으며 아빠는 눈살을 찌푸렸다. 상대 선수와 훈수 친구도 시선은 장기판에 있었지만, 귀를 쫑긋 세우고 우리 대화를 듣고 있는 게 보였다.
"좋긴 뭘요. 허구한 날 같이 있었는데 오늘 같은 날도 붙어서 시중들어야 해요? 그리고 걔는 TV랑 맛있는 것만 있으면 아무것도 아쉬울 게 없는 녀석이라구요."
"그러니까 네가 생각이 짧다는 거야. 지가 말을 안 해서 그렇지 녀석이라고 허전하고 쓸쓸한 맘이 없겠냐?"
"그럼, 저는요?"라는 말이 튀어나올 뻔했다. 조금 전, 잘했으면 아빠의 맏사위가 됐을 뻔했던 남자를 걷어차고 왔다고, 앞으로 맏딸은 마흔이 되도록, 어쩌면 그 이후로도 오랫동안, 아니 어쩌면 영원히 결혼하긴 글러 먹은 것 같다고 부르짖고 싶었다.
"꼭 뭔가를 해주라는 게 아니야. 그저 옆에 있어 주는 것만으로 마음에 위안이 되는 거라고."

"그렇지, 그렇지!"

다른 두 친구가 장기판에 시선을 고정한 채 고개를 끄덕였다.

"아빠 찾으러 왔어요."

"……?"

"저랑 잠깐 나가서 얘기하면 좋겠는데요."

아빠는 굳이 다른 사람이 듣기 곤란한 얘기냐고 물었고, 난 그렇다고 했다.

"그러면 이거 끝나고 얘기하자. 이번이 중요한 판이라……."

"저 시간이 많지 않아서 그래요. 얘기하고 다시 와서 하시면 되잖아요."

"쫌만 기둘려봐요. 금방 끝날 참이니. 어차피 또 지게 돼 있으니께… 클클클…."

상대 선수가 놀리듯 웃었다.

"지긴 누가 진다고 그래?"

아빠가 아이처럼 발끈했다. 하지만 잠시 후 상대편의 초나라 말이 한나라 병사를 잡아가자, 아빠는 막걸리를 종이컵에 가득 따라 벌컥벌컥 마셨다.

난 우려하는 얼굴로, 술을 마시는 아빠를 쳐다봤다. 상대 선수가 웃으며 혼자만 먹지 말고 딸내미도 한 잔 주라며 핀잔하듯 말했다. 내 표정을 보고 오해한 모양이다.

"너도 한잔할래?"

아빠가 비닐 포장 속 새 종이컵을 집어 들었다.

"아뇨, 됐어요."

아빠가 어깨를 으쓱하며 새 종이컵을 내려놨다. 그리고 아빠가 자신의 컵에 손을 뻗자, 내가 대뜸 아빠의 컵을 낚아채 벌컥벌컥 마셔버렸다. 방금 무슨 일이 일어난 건지 모르겠다는 듯, 아빠가 눈을 껌뻑거렸다.

"새 컵에 따라 마시지 않고?"

"이거면 됐다구요, 끄으윽-."

나도 모르게 트림을 해버렸다. 아빠는 자못 언짢은 얼굴로 자신의 빈 컵에 새로 막걸리를 가득 따랐다.

"얼른! 자네 차례여!"

상대 선수의 채근에 다시 장기판에 주의를 돌린 아빠는 한나라의 '병'이라고 쓰인 말을 거머쥐고 고민했다.

전투가 진행되는 판을 가만히 들여다보고 있자니 장기는 체스 게임과 비슷했다. 휴대폰으로 장기의 경기 방식을 검색했다. 난 대학 시절 약 2년간 체스 동아리에 빠져 있었다. 당시에는 프로 선수에까지 도전하고 싶은 열망이 있었지만, 그러려면 외국 유학이 필수였기에 미련 없이 포기하고 말았다. 아무래도 작가만큼 투자 비용이 적게 드는 일은 흔치 않았던 거다.

체스는 계급에 따라 킹과 퀸, 나이트, 비숍, 룩과 8개의 폰으로 구성된 흑과 백의 왕국이 싸우는 것이라면, 장기는 한나라와 초나라─궁, 사, 차, 마, 상, 포, 5개의 졸과 병의 말들로 이루어진─ 의 장군이 이끄는 군단의 전쟁으로 둘 다 상대편의 수장(궁)을 잡으면 끝나는 게임이었다. 장기짝에 한자로 새겨진 '마(馬)'는 체스의 나이트(기사)와 역할이 같았고, 앞과 옆으로 한 칸씩만 움직일 수 있는 '병'과 '졸'은 체스에서의 '폰'과 흡사한 규칙이 있었다.

얼마 지나지 않아 상대 선수가 "멍군!"하고 외치며 아빠의 돈을 가져갔다. 이제 끝났구나! 싶었지만, 아빠는 자리에서 일어나지 않았다.

"한 판만 더!"

아빠는 말들을 거둬들이며 외쳤다.

"이번 판만 하고 끝내기로 하셨잖아요."

"한 판만 더 할 거야. 이번 판은 이길 자신 있어!"

상대 선수와 훈수 친구가 함께 웃어댔다.

"그러다 밤샌다. 클클클…."

"걸 돈은 있고? 그러다 여까지 온 딸내미한테 눈깔사탕이라도 하나 사주겠어?"

"시간이 그리 많지 않다니까요, 아빠!"

"가만히 있어봐. 금방 끝난다니까? 이번 판만 이기면 돼."

아빠의 눈에 광기가 번뜩였다. 어쩔 도리가 없었다.

다음 판도 아빠는 단연 밀리고 있었다. 훈수 친구가 감 내라 배 내라 했지만, 아빠에게는 그다지 신통한 수가 되지 못했고, 점점 수세에 몰린 아빠는 급기야 훈수 친구와 말다툼까지 벌였다.

그러다가 자신의 막걸릿잔을 집어 든 아빠가 흠칫 컵 안을 들여다봤다. 조금 전에 분명 가득 따라뒀던 잔이 텅 비어 있던 것이다.

이런 식으로 서너 번이나 몰래 잔을 비웠지만, 아빠는 장기판에 정신이 팔려서 여태 알아채지 못했다. 아빠가 나를 보며 눈을 부라렸다.

"뭐 하는 짓이야? 왜 자꾸 남의 잔에 손을 대냐!? 그냥 새 컵 꺼내 따라 마시라고! 하, 참……."

아빠는 과도하다 싶을 만큼 성을 냈다.

하긴, 이런들 무슨 소용이 있을까. 나머지 1년 반 동안의 음주는 어떻게 막을 건데?

그건 불가능에 가까울 것이다. 앞으로 1시간 30분 정도밖에 남지 않았는데 그 안에 무슨 수로 술을 끊게 할 수 있단 말인가.

이때, 결정적인 말을 움직인 적군 친구가 아빠를 재촉했다. 장기판을 들여다보며 고민하던 아빠는 더욱 낯빛이 어두워졌다. 곧이어 '병'이라 쓰인 장기짝을 집었다 놓았다 했다.

난 아빠에게 슬며시 귀띔했다.

"그건 놔두세요. 그거 움직이면 두 수만에 '궁'이 잡혀요. 여기

'차'를 이쪽에 두면, 이게 이렇게… 이렇게 돼서, 세 수만에 외통수가 가능해요."

아빠가 움찔했고, 상대 선수도 웃음을 멈췄다.

"네가, 언제 장기를 배웠냐?"

"좀 전에 인터넷 검색해서 룰을 익혔어요. 체스랑 비슷하더라구요."

"체스? 네가 체스를 둘 줄도 알아?"

아빠가 신기한 듯 눈을 깜빡거렸다.

"왜요? 전 그런 거 둘 줄 알면 안 돼요?"

"체스고 짭새고 빨리 해!"

상대 친구가 처음으로 성질을 부렸다.

경기가 속행되며 단 두 수만에 상대 장군의 턱밑을 위협한 아빠가 득의만만한 얼굴로 말했다.

"외통 아닌가?"

"왜 외통이야? 여기 포가 떡하니 있구만!"

"아하……."

아빠가 아쉬워하며 슬쩍 내 눈치를 살폈다. 난 빨리 이 경기를 끝내고 싶은 마음에 눈에 불을 켜고 전세를 탐색했다. 말들의 움직임을 시뮬레이션으로 돌려 보다 마침내 발견한 수를 아빠에게 귀띔해 주자 아빠는 눈이 번쩍하더니 장기짝을 턱 놓으며 외쳤다.

"외통이야!"

극적 승리를 거머쥔 아빠는 내가 삼수 끝에 대학에 합격했을 때보다 훨씬 더 기뻐하는 것 같았다. 하지만, 이제껏 본 적 없는 '환한' 미소를 떠올린 아빠를 보자 나도 모르게 빙구처럼 따라 웃고 말았다. 웃지 않으려 애를 썼지만 어쩔 수 없었다. 웃음은 전염되는 법이니까.

우린 다 같이 삼일문 밖으로 나왔다. 두 친구는 자기들끼리 좋은 곳에 가겠다며 어깨동무하고 어딘가로 떠났다. 두 친구의 뒷모습이 어쩐지 쓸쓸해 보였다.

"어디로 가고 싶은데?"

"그, 동묘 앞에 있는 3천 원 하는 국숫집에 갈까요?"

"어? 너도 거기 아냐?"

"아빠 덕분에 알죠."

그러자 아빠는 자신의 기억을 의심하는 듯 혼란한 표정이었다.

휴대폰 화면을 본 난 화들짝 놀랐다.

"아, 그냥 이 근처에서 먹어요. 날도 춥고 피곤하니까요."

"그러자. 따끈한 국물을 좀 먹었으면 좋겠는데… 어, 저 순댓국집에 갈까? 너도 순대 좋아하던가?"

"상관없어요. 얼른 들어가요!"

돼지 뼈를 고아 육수를 만든다는 다섯 평 남짓한 순댓국 식당 안은 손님들로 바글바글하였다.

보글보글 끓는 뚝배기에 들깻가루와 부추를 듬뿍 넣어, 국물을 한 수저 떠먹은 아빠는, "으어허~!"라며 공중목욕탕에 들어간 할아버지 같은 소리를 냈다.

"이거 안 되겠다. 여기 막걸리 주쇼!"

아빠가 직원에게 외쳤다. "막걸리 하나요?"라며 확인하는 직원에게 난 황급히 "아뇨, 됐어요!"라고 외쳤다.

"되긴 뭐가 돼? 싫으면 넌 안 먹으면 되지."

아빠가 눈을 부라리며 이미 다른 자리의 주문을 받는 직원에게 손을 치켜들었다.

"아까 술 많이 드셨잖아요."

"내가? 네가 뭘 착각하는 모양인데, 내 술을 다 드신 건 너야. 모처럼 기분이 좋아지려던 참인데, 아빠 성질나게 하지 말고 좋은 말로 할 때 얼른 막걸리 시켜."

"걱정돼서 하는 소리잖아요."

"걱정? 걱정 같은 소리 하네. 그런 녀석이 몇 년을 연락 한번 안 해? 괘씸한 놈 같으니라구…."

절로 한숨이 나왔다.

"제가 여기 온 이유는, 바로 아빠 건강 때문이라구요. 더 정확히 말하면 아빠의 수명에 관한 문제죠."

그러자 아빠가 나를 똑바로 바라봤다.

"어떻게 알았냐, 아빠 오래 못 사는 거."

도리어 내가 놀라고 말았다. 아빠는 아무렇지 않은 얼굴로 말을 이어갔다.

"내 나이쯤 되면 언제든 갈 수 있다는 얘기야. 막말로 아빠 나이쯤 되면 오늘 밤 자다가 떠나도 이상한 일이 아니라고. 물론 그렇게 떠날 수 있다면 얼마나 좋겠냐만, 그게 맘대로 되는 것도 아니고…."

난 피곤한 얼굴로 눈썹을 문질렀다.

"늘 처음 하듯 말씀하시는데요, 그런 얘긴, 아빠가 60살 이후부터 백 번은 더 했던 말이에요. 한번 솔직하게 대답해 주세요. 만약, 앞으로 1년 정도밖에 못 산다면 어떠실 것 같아요?"

"내가? 살날이 1년 남았다면 …? 글쎄, 후후… 그저 감사할 따름이지."

아무래도 내 질문을 잘못 이해한 듯싶어 다시 설명하려고 했다. 하지만 아빠는 성가신 표정으로 알아들었다며 자기 얘기를 들어 보라고 했다.

"이 얘긴 너한테 처음 하는 건데… 예전에 아빠가 쉰 살 갓 넘었을 무렵에 보증 잘못 서줬다가 도피 생활하던 때가 있었잖아. 사실 그때 어디서 목을 매야 하나, 라는 걸 심각하게 고민했어. 정말이지 그런 억울함과 치욕을 안고는 살 수가 없겠더라고. 그런데 뭔가 낌새를 눈치챈 내 친구 오경택이가, 재야의 고수라면서 어떤 역술인을 소개해 주더라. 그땐 그리 유명하지 않았는데 나중엔 정치인들이 찾아가고 텔레비전에도 나오고 엄청 저거했지. 여하튼, 그 사람이 내가 사주를 꺼내놓기도 전에 내 얼굴을 보고 대뜸 하는 말이, 잘 버티라는 거야. 환갑 전에 객사할 운이라고. 그런데 이번 고비만 잘 넘기는 진갑도 넘길 수 있다나. 난 속으로 기가 찼지. 그렇게나 오래 산다구? 고질적인 화병에다가, 술·담배를 그렇게나 했는데? 이거 돌팔이 아냐? …하긴, 고수가 재야에 묻혀있을 리 없지, 하고. 하여튼 속는 셈 치고 점 찍어 뒀던 산에 가는 건 단념했어. …그리고, 이제 내 나이 몇이냐? 일흔을 넘기고도 세 해가 더 지났는데 아직 건재하잖냐. 그런데 1년을 더 살 수 있다니, 축배라도 들 일 아니냐? 안 되겠다, 소주로 시켜라. 빨간 뚜껑으로다."

풋고추를 된장에 푹 찍어 아삭아삭 소리 내 씹는 아빠를 보며 난 씁쓸한 표정을 지었다.

"죄송한데… 지금 별로 건재한 상태가 아니에요. 그러지 말고 1년 동안 술도 끊고 운동도 하고 병원도 다니면서 빡세게 관리해 볼 생각 없어요? 그럼 더 오래 살 수 있을 텐데…."

"그런 소리 마라. 아무 낙도 없이 오래만 살면 뭐 하냐? 1년 아니라 하루를 산다고 해도 아빠 하고 싶은 거 하며 살련다."

한 시간도 채 남지 않은 시간 동안 아빠를 설득하는 건 불가능해 보였다. 동급 최고의 도수를 자랑하는 빨간 뚜껑이 달린 소주가 나오자, 아빠는 자신의 잔과 내 잔에 소주를 가득 따랐다. 단숨에 잔을 비운 난, 얼굴이 사정없이 구겨졌다. 난 다시 빈 잔을 채워 단숨에 마셨다. 소주를 좋아하지 않는 나로서는 엄청난 고역이었지만 멈출 수 없었다.

"뭐 하냐. 천천히 마셔라. 그렇게 마시다 탈 난다."

아빠의 경고에도 소주 반병을 순식간에 비웠다. 급하게 투여된 알코올은 혈관을 타고 빠르게 퍼져 곧바로 뇌에 전달됐다. 난 한껏 취한 목소리로 말했다.

"아빠는 2023년 4월이 되기 전에 혼수 상태가 돼요. 췌장암 4기죠."

"누가 그러더냐?"

"어떤 스님이 그랬어요."

"스님? 절에 있는 스님?"

"그럼, 성당에 있는 스님이겠어요? 아무튼 그 스님이…"

"너, 절에 다니냐? 언제부터? 아예 개종한 건 아니지?"

"아니, 그냥 병원에서 만났어요. 근데, 그 스님이…"

"원래 모르던 사람인데 병원에서 우연히 만났다는 소리냐? 병원엔 무슨 일로 간 건데?"

아빠와 대화할 때면 늘 이런 게 문제였다. 육하원칙에 맞춰 전달하고자 하는 이야기의 정확한 개요와 배경을 짚고 넘어가야 직성이 풀리는 사람은 그다지 흔할 것 같지는 않았다.

"아휴……."

"말하다 말고 웬 한숨이냐? 복이 하도 많아서 좀 달아나라고 그러냐?"

"제 말 좀 끊지 말고 들어 보세요, 제발! 아빠도 말 끊는 거 세상 싫어하시면서 그래요? 그러니까, 그 스님이…"

"그 스님이고 저 스님이고, 병원엔 왜 간 거냐고? 어디가 안 좋냐?"

난 얼굴이 터질 듯 달아올랐다. 술기운 탓이 아니었다. 타이머를 확인하니 이제 30분 남아 있었다.

"대화하다 말고 핸드폰은 대체 왜 보는데? 대화 매너가 왜 그 모양이야? 어려서부터 뭘 해도 그리 산만하더니만, 쯧쯧……."

잠시 잊고 있었다. 아빠는 원래 잔소리 대마왕이었다는 사실을. 그리고 이때만 해도 기력이 그리 나쁘지 않았다는 걸. 아직은 아빠의 몸에 악성 세포가 없는 걸까? 그렇지는 않을 것이다. 암이란 건 발생에서부터 말기까지 이르는 시기가, 보통 나이나 몸의 상태에 따라 2년에서 길게는 10년 정도 걸린다니 말이다. 지금은 1기나 2기 정도 되지 않았을까 추정해 볼 뿐이었다. 문득, 초기에 발견하면 생존확률이 확 달라진다던 어느 전문가의 말이 떠올랐다.

"간이 안 좋대요."

일단 나오는 대로 지껄였다. 아빠가 괴이한 느낌으로 눈을 끔뻑댔다.

"간?? 간이 어떻게 안 좋은데? 병명을 정확히 말해봐."

이것까지는 미처 예상치 못했기에 잠시 당황했다. 하지만 아빠에게 거짓말을 간파당하지 않기 위해서는 조금도 머뭇대면 안 된다. 순간적으로 머리에 떠오른 수만 가지의 단어 중 아무거나 하나를 낚아챘다.

"폴리아모리라는 간질환이에요. 희귀성 난치병이라고 하더라구요."

"폴리… 뭐? 그런 건 첨 들어 보는데?"

당연히 아빠는 처음 들어봐야 했다. 그게 무슨 뜻인 줄 알면, 난경을 치를 테니까.

"간 쪽이라면 술 마시면 안 되잖아? 거기다 난치병이라고?"

"그렇긴 한데… 술을 안 마실 수가 없는걸요."

"왜?"

이미 내뱉은 헛소리를 이어가려니 걷잡을 수가 없었다. 하지만 이런 헛소리로 인해 뜻밖의 상황으로 전개되리라고 미처 예상치 못했다.

"사실은… 제가…… 알콜 중독이에요."

충격을 받은 듯 아빠의 표정이 험악해졌다.

"너 당장 그 잔 내려놔. 얘 좀 봐라? 대체 언제부터냐, 앙!?"

그 순간, 난 보란 듯 잔을 단숨에 털어 넣었다. 갑자기 이상한 아이디어가 머리를 쳤기 때문이다.

"뭐 하는 짓이야? 잔, 이리 내!"

아빠는 내 잔을 빼앗아 자신의 앞에 엎어 놓았다.

"아하! 그래서 아까 내 막걸리를 그딴 식으로 마셨구만? 너 앞으로 술에 손도 대지 마, 알았어?"

"아빠도 술 못 마시면 스트레스라면서요. 하지만 저는 발작한다구요, 환자니까요."

하지만 아빠는 잔뜩 성난 얼굴로 소주병에 남은 술을 자신의 잔에 따라 놓고는 당당한 표정으로 소주 한 병을 더 주문했다. 새로 주문한 술은 오롯이 자신의 몫이니 절대 넘보지 말라며.

"아까, 그 스님 얘기 궁금하지 않으세요?"

"전혀."

"왜요? 그 재야의 고수도 직접 찾아갔으면서요."

"다 우연히 때려 맞춘 거지. 우거지상을 하고 있으면 누구라도 그런 소릴 못 하겠냐? 뭔가 버텨야 할 일이 없는 사람이 세상에 몇이나 되겠어? 하여튼 간에 그건 중요한 게 아니고, 네 병은 어떻게 치료하는 건데? 희귀병이면 병원비도 보통이 아닐 텐데……?"

"아무래도 희귀병이라 똑 부러진 치료법은 없나 봐요. 무조건 술을 끊으면 좋아질 수 있다던데요."

"그래? 그럼, 다행이지. 내일 당장 아빠랑 정신과 병원에 같이 가자. 중독 그런 건, 반드시 전문가의 치료가 필요해. 그 누구라도 혼자 힘으론 절대로 못 끊는 거라고, 그런 건."

정신과라니, 그런 곳엔 두 번 다시 얼씬도 하기 싫었다. 이대로 도망치는 게 낫지 않을까?

하지만 최선의 방어는 공격이라는 말이 떠올랐다.

"아빠는요? 저랑 같이 입원하는 게 어때요?"

"아빤 너처럼 중독이 아냐. 즐길 뿐이지."

"그건 착각이에요. 아빠 정도면 중독이라던데요, 엄마도 서연이도 그러던데요."

"웃기고 있네. 술도 못하는 것들이 뭘 안다고…."

"저도 병원 안 가도 돼요. 아빠가 끊으시면 저도 끊을게요."

이번엔 아빠가 펄쩍 뛰어올랐다.

"넌 그 폴리 뭣인가 하는 병도 치료해야지? 난 아무렇지 않다는데 왜 자꾸 끌어들여?"

"그럼, 저도 알아서 할게요."

"네가 무슨 세 살짜리 애냐? 큰놈이 돼서 의젓한 맛이 하나 없다니까 애가. 일이나 치고 다니지, 쯧쯧……."

새 술이 테이블에 놓기가 무섭게, 아빠는 경쾌한 소리를 내며 뚜껑을 땄다.

이제 더는 할 수 있는 게 없는 듯했다. 잠시 망설였다. 꼴깍꼴깍 소리를 내며 잔에 따라지는 소주를 보며 침을 꼴깍 삼켰다.

과연, 그게 성공할까……? 시도해 보지 않으면 아무것도 알 수 없지.

순식간에 소주병을 낚아챈 난, 병 주둥이를 입에 물고 소주를 꿀꺽꿀꺽 들이켰다. 잠시 어리둥절한 표정이던 아빠는, 이내 노한 얼굴로 술병을 되찾기 위해 손을 뻗쳤다.

난 아예 자리를 박차고 일어나 식당 한가운데 선 채 병나발을 불었다. 아빠는 물론이고 식당 안에 있던 모두가 믿기지 않는 얼굴로 쳐다봤다. 감미료와 물을 섞은 차가운 에탄올이 역한 향을 내뿜으며 목구멍을 쥐어뜯고, 뜨겁게 위장으로 쏟아져 내리는 느낌이 그야말로 죽을 맛이었지만 어쩔 수가 없었다. 이게 실패하면 타이머가 끝나고 또다시 정신병원에서 깨어날지도 모른다. 그리고 또 한 가지, 이 정도로 굴복한다면 앞으로 수백 번을 다시 살아도 제자리걸음일 거라는 두려움이 날 부추겼다.

거꾸로 들린 녹색병의 투명한 액체가 거의 사라지자, 한계에 도달했다. 마치 불이 붙은 솜뭉치가 목구멍을 꽉 막은 느낌이었다. 급기야 구역질이 치밀어 올랐다. 뿌옇게 흐려진 시야 속에 눈을 부릅뜬 아빠가 다가오고 있었다.

아빠가 손을 뻗는 순간, 난 토악질을 해댔다. 마치 영화 〈엑소시스트〉의 목이 360도로 돌아가던 여자처럼 연달아 게워 냈다. 맑은 액체가 끝나자, 막걸리가 릴레이하듯 튀어나왔다. 막걸리도 다 나오자, 이번엔 홍대에서 마셨던 호박색 액체가 끌려 나왔다. 그렇게 많이 먹은 줄 몰랐는데 정말 끝도 없었다. 나중에는 위장까지 튀어나올 듯 같았다. 이러다 죽겠구나, 싶었다. 내가 죽으면 이게 다 무슨 소용이란 말인가. 죽을 것만 같은 고통에 미친 듯 몸부림치며 다음부터는 이런 어리석은 짓은 절대로 하지 않으리라 다짐했다. 뭐니 뭐니 해도 이 세상에 내 목숨만큼 소중한 건 아무것도 없으니까 말이다.

더 이상 나올 게 없어지자, 바닥에 털썩 주저앉아 가쁜 숨을 쉬었다. 아빠가 화를 내야 할지 걱정을 해야 할지 혼란한 표정으로 날 들여다보며 "괜찮냐?"라고 물었다. 그 말이 버튼이 된 듯, 난 바닥에 벌렁 드러누워 뭍에 나온 물고기처럼 파닥파닥 요동을 치기 시작했다. 혼신을 기울인 발작 연기 탓에 하느라 또다시 구역질이 솟구쳤고, 이번엔 정체를 알 수 없는 액체가 입을 타고 줄줄 흘러나왔다. 질식을 막기 위해 아빠가 내 목덜미를 받치고 얼굴을 옆으로 돌렸다.

순간, 고압 전류에 감전된 듯 온몸이 부르르 떨렸고, 눈꺼풀이 말려 올라가 흰자위만 보였다.

"야 이 녀석아, 정신 차려!! 자연아!!!"

손님과 직원이 자리에서 일어나 몰려들었고, 아빠는 사람들에게 119에 신고하라고 외쳤다. 속으로는 미치도록 창피했지만, 미래를 위해 꾹 참았다.

조금만 더 버티자. 이 또한 지나가리라.

그리고 잠시 뒤, 달리는 구급차 안에서 실눈을 뜨고 아빠를 올려다봤다. 아빠는 안도하는 눈빛으로 화를 냈다.

"너 앞으로 절대 한 방울도 마시지 마, 알았냐!?"

난 정말로 지친 목소리로 힘없이 대답했다.

"약속은 못 하겠는데요. 아시다시피 전 의지박약이니까요."

"그런 소리가 나와? 그렇게 죽다 살아났으면서."

"어쩌겠어요, 아빠의 유전자를 닮은 걸요······."

그러자 아빠는 말없이 벽에 난 작은 창에 눈을 가까이 대고 밖을 내다봤다.

휴대폰을 보니 이제 29초에서 1초씩 빠르게 줄어들었다.

어휴······ 이번에도 틀려먹었나 보다.

"아빠가 술 끊으면 너도 끊을래?"

아빠의 말에 힘없이 들것에 누워있던 난 몸을 벌떡 일으켰다.

"당연하죠!"

시종 울적한 표정이던 20대 구급대원이 짜증 섞인 말투로 내게 누우라고 했다. 크리스마스에도 일을 하느라 그런 듯했다. 난 도로 얌전히 누워 아빠를 쳐다봤다.

그러자 여전히 창밖에 시선을 둔 채 아빠가 무어라 읊조렸다.

"뭐라구요? 못 들었어요!"

타이머가 끝을 향해 흘러갔다. 12, 11, 10,······

"설 지나고 병원에 가보겠다고. 조금이라도 이상 있으면 당연히 끊는 거고, 이상 없으면···"

"이상 없으면요??"

5, 4, 3….

"이상이 없으면…"

순간 타이머가 끝나고 입을 벌린 채 아빠가 멈췄다. 고개를 돌리고 몰래 코를 후비던 구급대원도 멈췄다.

순식간에 가속도가 붙은 시간의 소용돌이 속에서 내 의식은 차차 희미해졌다.

2.

'어? 왜 내가 여기 있는 거지?'

거실 창밖으로 함박눈이 펑펑 내리고 있었다. 나는 손에 들린 접시를 내려다보았다. 접시엔 고구마전이 담겨 있었다. 이번에는 숲에서 들개 삼 형제와 함께 있을 줄 알았던 난 당황했다.

"왜 그러고 있는 거야!?"

화들짝 돌아보니 아빠가 택연과 함께 식사가 차려진 탁자 앞에 앉아 있었다.

"여기 웬일이세요? 언제 오신 거예요?"

아빠가 이마를 찌푸렸다. 뭘 잘못 들었나 싶은 표정이었다.

"뭐라고?"

"아, 아니에요."

난 고구마전 접시를 탁자에 올려놓고 내 방으로 뛰어 들어갔다. 휴대폰은 책상 위에 있었다.

2023년 1월 24일 화요일 2시 20분
타이머 06:47:49

난 안도하며 다시 거실로 나갔다. 재채기를 연달아 하던 아빠가 탁자 옆에 놓인 티슈를 뽑으며 말했다.

"이따 서울로 올라가련다. 이틀을 춥게 잤더니, 감기 기운도 도지는 것 같고, 더는 못 있겠다."

우리 세 사람 모두 두터운 스웨터와 양털 점퍼를 껴입고 있었다. 나와 택연이는 워낙 익숙해져서 그다지 큰 불편함을 못 느꼈지만, 한여름이나 한겨울에 우리 집을 방문했던 손님들은 두 번 다시 찾아오지 않았다.

"아무리 LPG 값이 비싸다 해도 그렇지 잘 땐 좀 틀어야지. 전기장판은 몸에 안 좋다니까. 네 엄만 그렇게 아꼈다가 죽을 때 싸 간다니? 에잇, 독감 주사도 안 맞았는데."

"독감 주사는 왜 안 맞았어요? 바쁜 일도 없잖아요."

난 핀잔하는 투로 말했다. 독감으로 사망하는 노인이 꽤 많다는 기사가 떠올랐기 때문이다. 아빠는 대답 대신 크흥 크르르릉- 폭풍 소리를 내며 코를 풀었다. 내 귀로 콧물이 몰아치는 느낌이었다.

"나가서 풀어. 밥맛 떨어져."

택연이 거침없이 말했다. 아빠는 이 추위에 어딜 나가라는 거냐며 화를 냈다.

"그럴 거면 앞으로 아빠한테 오라고 전화하지 마, 알았어?"

"응."

녀석은 뻔한 거짓말을 했다.

거실 한쪽에 놓인, 투박한 주물 난로에 다가가 장작을 몇 개 더 집어넣었다. 택연은 그동안 아빠의 방문을 독촉한 모양이었다. 원래는 나와 연을 끊었던 탓에 아빠는 한동안 오지 않았었다.

"하여간, 무슨 심본지 알 수가 없다니까? 언제 오냐고 닦달을 해대서 막상 오면, 언제 가냐고 성화를 부리니, 나 원……."

"아빠는 맨날 뉴스만 보잖아. 아빠 땜에 어제 인기가요 못 봤다고. 라이브였는데!"

"사람이 뉴스도 보고 해야 하는 거야. 맨 그런 애들 나와서 푸닥 거리하는 거나 보면 바보 된다니까?"

"뉴스도 본다고!"

당당한 택연의 항변에, '기상 캐스터 보려는 거잖아'라고 까발려 주려다 꾹 참았다.

"독감 주사는 왜 안 맞으셨어요? 노인은 다 무료잖아요? 제때 챙기셨어야죠."

"내 나이 돼 봐라, 깜빡깜빡하는 게 어디 한두 가지겠냐."

무심코 식사가 차려진 탁자로 시선을 돌리던 난 이상한 느낌을 받았다. 아빠가 앉은 상 위에 늘 있어야 하는 것, 바로 그것이 없었다. 혹시나 해 고개를 수그리고 탁자 밑을 살폈다.

"뭐 찾냐?"

"아, 아니요. 근데… 반주는 안 하세요?"

조심스러운 물음에 아빠의 표정이 험악해졌다.

"너 혹시, 다시 시작한 거냐? 솔직히 말해봐."

"네에?? 아, 아뇨, 아뇨! 아빠는요?"

"난 그때부터 한 방울도 안 마신다니까."

"그때라면, 재작년 크리스마스 때 말씀하시는 거예요? 탑골공원에서…"

"무슨 소리야? 작년 설 지나서 검사받고 나서지."

"아!! 그… 검사 결과가 어떻게 나왔더라…?"

기가 찬 듯 보던 아빠는 한숨을 쉬었다.

"넌 젊은 놈이 정신머리가 없는 거냐, 제 일 아니라고 관심이 없는 거냐? 췌장에 염증 생긴 것 같다고 해서 바로 술 끊고 치료받았잖아."

오, 드디어 성공인가!

아빠의 눈을 살피니 늘 눈에 띄던 황달기가 별로 느껴지지 않는 것 같았다. 그렇다고 전체적으로 안색이 특별히 좋아 보이는 것 같지도 않았다. 오히려 체중은 전보다 더욱 줄어든 느낌이었다. 감기 탓인가?

반주가 없어서인지 평소보다 빨리 식사를 마친 아빠는 현관으로 갔다. 뒤따라가 보니, 아빠는 신발장 안에 있던 공구함을 챙기고 있었다.

"뭐 하시려고요?"

"마당 울타리 좀 고치려고. 남들이 보면 폐가인 줄 알겠다."

부서진 채 방치된 지 3년이 넘은 울타리였다. 진작에 아빠와 연락하고 지낼 걸 그랬다.

"추운데 그냥 놔두세요."

"이왕 본 김에 해야지, 아빠가 여길 또 언제 올지 누가 알겠냐."

내가 돕겠다고 하자 아빠는 추우니까 나오지 말라고 했다. 난 괜찮다며 따라나서려 했다. 그런데, 아빠가 넌 상도 치우고 집 안 청소나 하라며, 걸레질한 지가 언제인지 몰라도 두엄자리 같은 바닥을 디딜 수가 없다고 잔소리를 해대는 통에 미련 없이 돌아설 수 있었다.

대걸레로 거실을 닦으며 창밖을 보니 아빠가 집 뒤편에 버려진 널빤지를 가져다 톱질하고 있었다. 어느새 눈은 그쳤지만, 아빠가 밭은 숨을 쉴 때마다 하얀 김이 뿜어져 나왔다.

"아이고, 안녕하세요! 오랜만에 뵙네요!?"

옆집 아저씨의 목소리였다. 싱크대 앞에서 설거지하던 난, 황급히 거실 창문으로 다가가 마당을 내다봤다. 외출복 차림의 옆집 아저씨와 아주머니가 울타리를 사이에 두고 아빠와 마주 보고 있었다.

"예, 그렇네요. 새해 복 많이 받으십쇼."

아빠가 인사를 하자 아저씨 부부도 새해 덕담을 건넸다.

난 세 사람을 주시했다. 아빠와 옆집 아주머니는 오늘 처음 대면한 게 분명했다. 이제 서로 얼굴을 봤으니 잘됐다.

옆집 아저씨가 말했다.

"아이구, 안 그래도 그 울타리가 늘 거슬렸는데 정말 잘하셨네요!"

그렇게 거슬렸으면 진작 좀 고쳐주시지. 뭐 하러 3년이나 참으셨나.

아저씨와 아주머니가 올라탄 검정 무쏘가 금세 시야에서 사라졌다. 그동안 정이 들었는지 마치 내 차를 타고 가버린 듯한 착각이 들었다.

그런데 아빠에게 시선을 돌린 난 펄쩍 뛰어올랐다. 아빠가 점퍼 주머니에서 꺼낸 하얗고 가느다란 물체를 입에 물고 불을 붙였다. 난 곧바로 마당으로 뛰쳐나갔다.

"아빠! 지금 뭐 하시는 거예요!?"

"울타리 손보잖아?"

아빠는 담배 연기가 내 쪽으로 오지 않도록 손을 허리춤으로 빼며 말했다.

"그거 언제부터 피우셨어요?"

"이건 상관하지 말라니까."

"기껏 끊었던걸, 왜 다시 손대신 거예요?"

"나도 스트레스 풀 건 하나쯤 있어야 할 거 아니냐!? 의사도 술보단 차라리 이게 낫다고 하더라."

"어떤 의사가요!? 그 의사 연락처 당장 알려주세요!"

정말 기가 찼다. 전문의들이 꼽는 췌장암의 원인 1위가 담배였다(알코올은 2위였다). 아빠는 10년 전 이미 담배를 끊었기에 술만 끊으면 되는 줄 알았는데, 이게 대체 무슨 일이란 말인가. 역시 운명은 바꿀 수 없는 건가.

자연광 아래로 고스란히 드러난 아빠의 핼쑥하고 까만 낯빛이 심상치 않았다. 아빠의 손에서 담배를 낚아채 잔디밭 위로 내던지고 발로 꾹꾹 밟았다. 그리고 기가 막힌 얼굴로 선 아빠의 주머니에서 남은 담뱃갑을 꺼내 갈기갈기 찢어 사방에 흩뿌렸다.

"얘가 지금 뭐 하는 거야!"

담배 없이도 아빠의 입에서는 하얀 입김이 뿜어져 나왔다.

"스트레스 풀 게 없어요? 재롱이도 있고, 취미생활도 할 거 많잖아요."

"그건 그거고, 이건 이거지!"

"재롱이도 없고, 술·담배도 없고, 산악회도 안 가는 저는 스트레스에 찌들어 죽겠어요?"

"건방 떨지 말고 가서 새로 사 와. 지금 당장!"

"당장 저랑 서울에 가요. 병원에 가봐야겠어요."

"병원은 왜?"

"정밀 검사받아야 해요. 최근에 검사받은 게 언제예요?"

"한… 6개월 됐나? 건강검진 받았잖아. 당뇨 수치가 좀 높게 나오긴 했지만, 관리 잘하고 있으니까…."

"이게 관리를 잘하는 거예요? 당장 들어가서 짐 챙겨요. 이깟 울타리 고치는 게 문제가 아니에요."

"오늘 문 여는 병원이나 있간디?"

아, 오늘 설 연휴구나. 이번에도 역시……

허탈함에 한숨을 쉬는데, 아빠가 지갑에서 꺼낸 만 원권 지폐를 내밀었다.

"담배 두 갑 사고, 남은 돈은 너 심부름 값이나 해."

아빠의 입가에 걸린 개구쟁이 같은 미소에 화가 치밀었다. 심부름 값이 꼴랑 천 원이라 그런 게 아니었다. 자신의 운명도 모르고 바보 같은 소리를 하는 아빠가 미치도록 답답했다. 어느새 머리 위로 희뿌연 먼지처럼 진눈깨비가 날리기 시작했다.
"젤 가까운 편의점이 30분 걸려요."
"뭐 어쩌겠어, 한 시간만 참지 뭐."
아빠는 아무렇지 않은 얼굴로 잘라낸 널빤지를 덧댄 울타리에 뚝딱뚝딱 못을 박았다.
"진심이에요? 무슨 아빠가 그래요?"
아빠는 못을 입에 물고 망치질을 계속하며 말했다.
"그르게 누그 믐대로 그르래? …결자해지라그, 즈그가 한 대로 들려받는 게 스상 이치야. …으무리 으도가 좋아도 그르지, 폭력은 여윽효과만 느는 그라고. …내 즈식이지만 가끔 흐는 짓 브면 증상인가 싶을 때도 있드느까."
그럼, 딸한테 담배 심부름을 시키는 건 정상이냐고 따지려다 문득 주머니에서 휴대폰을 꺼내 들여다봤다.
타이머가 1시간 정도 남아 있었다. 1시간 후면 두 달을 훌쩍 넘어 아빠가 동묘시장에 갔던 날이 될 것이다. 어쩔 수 없었다. 그때가 되어야 제대로 점검해 보고 그 결과에 따라 계획을 수정할 수밖에.
하릴없이 하늘을 올려다봤다. 한바탕 쏟아질 듯 눈발이 굵어졌다.
참, 그러고 보니, 오늘은 그 들개 삼 형제가 쫄쫄 굶고 있겠는걸! 녀석들에게는 하루하루가 생존을 위한 싸움일 텐데…….
"어이쿠!"
못질하던 아빠가 어이없이 망치를 놓쳤다. 아빠는 민망한 얼굴로 다시 망치를 집어 들더니 괜히 나를 향해 인상을 썼다.
"뭐하고 섰어? 눈 쌓이기 전에 얼른 갔다 와!"
"알았어요. 대신 연휴 끝나면 꼭 병원에 가는 거예요?"

"아, 참 내, 알았다고! 그렇게 할 테니까, 너도 신속하게 움직인다, 실시!"

어쩐지 불안했던 난 다시 한번 다짐을 받고 나서야 신속하게 돌아섰다.

주방으로 돌아온 난 고구마전과 동그랑땡까지 한 보따리 챙겼다. 두꺼운 패딩 점퍼로 갈아입은 후 밖으로 나왔다. 대문을 나서는데 아빠가 무슨 무슨 1밀리로 사 오라고 고함을 질렀다. 옆집 부부가 외출하지 않았거나 다른 집들이 멀찍이 떨어져 있지 않았다면 굉장히 부끄러울 뻔했다.

난 아빠를 향해 크게 손을 흔들어주고 뛰어갔다.

보통 때의 걸음으로는 1시간이 넘는 거리였기에 뛰다시피 산으로 올라갔다. 헉헉대며 오른 끝에 타이머 시간 3분을 남겨두고 들개 삼 형제와 만났다.

녀석들은 버선발로 달려 나오지는 않았지만, 수풀 뒤에서 고개와 혓바닥을 빼꼼 내밀며 눈을 반짝이는 모습이 날 반기는 게 분명했다. 이마의 땀을 훔치며 부랴부랴 봉지에 싸 온 음식을 납작한 돌 위에 쏟았다.

바로 코앞에 멈춰서서 날 흘끔흘끔 보던 삼 형제는 바위에 놓인 특식을 맛있게 먹기 시작했다.

뿌듯한 마음으로 바라보던 중 맏형과 눈이 마주쳤다. 그러자 녀석이 꼬리를 살랑살랑 흔들었다.

"그래그래, 알았어. 얼른 식사나 마저 해. 버릇없는 동생들이 다 먹어 치우기 전에."

하지만 녀석은 꼼짝도 하지 않고 나를 쳐다봤다. 흔들리던 꼬리가 그대로 허공에 멈춰있었다.

타이머가 끝난 것이다. 이내 폭풍이 몰아치며 나를 다음번 순간으로 끌고 갔다.

3.

3월 24일 금요일, 오전 11시 40분으로 날아갔을 때 난 보람 병원 8층 병동에 있었다. 나와의 약속대로 병원에서 검진을 받은 아빠는, 스스로 입원을 결정했다.

"두세 달이 어디야?"

어둑한 8층 병동 복도에 마주 선 서연이 어처구니가 없다는 얼굴을 했다. 전혀 예상치 못한 여동생의 반응에 난 어리둥절한 표정을 지었다. 당연히 그녀도 나와 같은 의견일 거로 생각하고, 그녀가 오면 바로 퇴원 절차를 밟아서 아빠를 양평 집으로 모실 계획이었다.

현재의 상태에서 아빠의 기대 수명은 6개월인데, 항암치료를 하면 8개월에서 9개월까지 연장할 수 있다는 이호준 담당 교수의 말을 그녀에게 전하던 참이었다.

하지만 그 정도의 연장도 항암치료가 성공적일 경우다. 그렇지 않으면 오히려 평균 기대 수명에도 훨씬 못 미칠 위험성도 있었다. 전문가들조차 의견이 분분할 정도로 항암치료의 효과는 사람마다 달랐다.

독한 약물이 암세포뿐 아니라 멀쩡한 세포까지 공격하기 때문이다. 그로 인해 백혈구 수치가 줄어들고 면역력이 바닥나게 된다. 어떤 바이러스도 막지 못하는 몸이 되는 것이다. 그러면 합병증이 생길 소지가 크고, 그렇게 되면 결국 제대로 손을 쓸 수도 없이 숨이 꺼지고 마는 것이다.

그렇기에 난, 아빠가 항암치료를 하지 않기를 바랐다. 혼수 상태만 면한다면, 6개월 정도는 나쁘지 않다고 생각했다.

암세포를 억제하고 면역력을 높여주는 데 탁월하다는 생강이나 강황, 말린 비단풀, 그리고 맨손 체조와 명상, 구충제 요법, 웃음 치료, 숲속에서 살기 등 다양한 민간요법들도 시도해 볼만했다.

하지만 서연의 태도는 확신에 차 있었다.

"두세 달 아니라 하루라도 더 살고 싶은 게 인간이야. 언니는 안 그럴 것 같아?"

"나? 글쎄, 난 별로……"

나도 모르게 기어드는 소리가 나왔다. 아깐 확신했었는데, 그녀의 말을 듣고 보니 섣부른 생각일 수 있겠다.

"하긴, 언니는 어릴 때부터 공감 능력이 조금 떨어지긴 했어."

"뭐라고?"

"어릴 때 기억 안 나? 날 괴롭히고는 혼자 배꼽이 빠지라 웃어대곤 했던 거."

"내, 내가 언제??"

"싸우다 나한테 말로 안 되면 주먹질하고, 그러다 내가 울면 간지럼 태웠잖아. 싫다고 해도 힘으로 밀어붙였지. 난 너무나 괴로워 죽을 것 같아도 웃을 수밖에 없었어. 간지럼이 멈추면 난 더 크게 울음을 터뜨렸고, 그러면 언니는 내가 울지 못 하게 또다시 간지럽히길 반복한 거야. 괴로워도 억지로 웃어야 하는 게 얼마나 지옥 같은 줄 알아?"

사실은 나도 똑똑히 기억하고 있다. 하지만 그녀의 울음을 멈추게 하려면 다른 방법이 없었다. 엄마한테 매를 맞는 건 나한테는 너무나 괴로운 일이었기 때문이다. 하나 억울한 점은, 내가 웃은 건 자지러지는 동생의 웃음에 동화된 것일 뿐 다른 의도는 전혀 없었다는 거다.

"웬 케케묵은 얘길 들먹여서 물타기 하냐? 그리고, 죽음에 관한 생각이 다 똑같은 줄 알아?"

그녀가 고개를 절레절레 흔들었다.

"난 직접 두 번이나 겪은 사람이야. 내 다섯 손가락 안에 드는 베프가 투병하는 거 옆에서 다 지켜봤어. 항암치료 잘 돼서 지금 거의 완치됐고. 그리고 우리 시아버지도 1년밖에 못 산다고 했는데 치료받으시고 3년 넘게 건재하셨어. 그러니 언니가 항암치료에 대해 키보드나 치며 얼마나 열심히 조사를 했는지 몰라도, 그런 건 화면 속 텍스트일 뿐이야. 그냥 남들 떠들어대는 소리라고. 직접 체험하는 것과는 차원이 달라. 난 어떤 약물을 쓰는지도 다 알아. 암세포를 없애는데 항암치료만 한 게 없어. 그리고 약물이 그렇게 위험한 것만은 아니야. 아빠는 원래 건강 체질인 데다 평소 식사도 잘하시는 편이니까 잘 버티실 거야."

"그랬다가 잘못되면 어떡할 건데? 약물이 암세포뿐 아니라 정상세포까지 다 파괴한다는데, 그러다 더 빨리 나빠지면? 네가 책임질 거야?"

"무슨 책임? 내가 신이야?"

"그러니까! 꼴랑 두 번의 경험치로 그런 식의 주장을 내세우면 안 되지, 네가 신도 아니면서."

"신이 아니니까 최선을 다해 봐야지!"

"그게 왜 최선이야? 망할 확률도 50퍼센튼데?! 차라리 6개월이라도 보장받는 게 낫지!"

우린 격렬한 언쟁을 벌였다. 이곳이 암 병동이란 사실도 잊은 채 말이다.

문득 누군가 두드리기에 휙 돌아보았다. 콧수염 미녀 간호사였다. 그녀는 좀 조용이 해 달라며 우리를 나무랐다.

"죄송합니다! 저희가 미처 생각이 없었네요, 정말 죄송합니다."

서연이 얼굴을 붉히며 콧수염 간호사에게 굽신굽신 사과했다.

병실로 향하던 서연의 팔을 붙잡아 세웠다.

"아직, 무슨 병인지 말씀 안 드렸어."

그러자 그녀는 걱정하지 말라는 듯 고개를 끄덕였다. 어쩐지 마음이 든든했다. 내가 동생으로 태어났더라면, 우린 훨씬 의좋은 자매가 될 수 있었겠다는 생각마저 들었다. 우린 입을 굳게 다문 채 긴장한 얼굴로 아빠가 있는 812호 병실에 들어갔다.

"뭐? 몇 개월?"

군대 훈련 중의 사고로 왼쪽 귀가 거의 들리지 않게 된 아빠는, 오른쪽 귀를 쭉 내밀며 답답하다는 듯 큰소리로 물었다.

서연이 화들짝 병실 안을 둘러봤다. 아빠의 맞은편 두 개의 침상에 각각 환자가 있었다. 일어나서 커튼으로 자리를 가린 서연은 아빠의 오른쪽 귀에 다가가 입을 가까이 댔다. 그녀가 "육…"이라고 입을 벌리는 순간 내가 끼어들었다.

"항암치료 안 하면 1년이구요, 치료받으면 6개월 더 연장된대요."

서연이 입을 벌린 채 나를 쳐다봤다. 그런데 정작 아빠는 별로 놀란 표정이 아니었다. 혹시 제대로 못 들었나 싶어 다시 설명하려 들자, "아, 알아들었다고."라며 역정을 냈다. 아무래도 충격이 커서 실감하지 못하는 게 분명했다.

아빠가 나를 보며 말했다.

"간호원 좀 불러봐, 아빠 퇴원한다고 해."

그러자 서연이 심각한 표정으로 말했다.

"아빠, 요샌 간호원이란 말 안 써요."

"간호사요, 간호사!"

내가 잽싸게 알려주자, 아빠는 괜히 나를 보며 인상을 썼다.

"간호사고 간호삼이고 아무나 얼른 불러오라고!"

맨날 나한테만 그래, 씨이.

"하루라도 빨리 퇴원하는 게 낫지, 병원비가 한두 푼도 아니고……."

"아빠, 제 얘기 먼저 들어 보세요."

라며 진중한 말투로 아빠를 집중시킨 서연은, 항암치료를 해야 하는 이유를, 아빠의 눈을 뚫어지게 보며 조곤조곤 늘어놓았다. 하지만 그러한 서연의 노력에도 아빠는 뜻을 굽히지 않았다. 정말 의외였다.

"난, 이런 데서 주삿바늘이나 꽂은 채로 골골대다 가고 싶지 않아. 떠나는 건 언제든 상관없지만, 그저 눈 감을 때는 너희랑 손주들이랑 옆에 있으면 좋겠다 싶은 거지. 내 욕심이다만…."

"욕심이라뇨? 그건 당연한 거예요, 아빠. 그치만 아빠는 우리 산이랑 강이를 더 오래오래 보고 싶지 않으세요?"

서연의 절절한 어조에 아빠의 눈빛이 달라졌다.

"그놈들이라면, 지금도 눈에 밟히는 걸……."

결국 아빠는 항암치료를 선택했다. 난 치료의 부작용에 대해 열심히 설명했지만, 이미 정해진 마음을 돌릴 수는 없었다. 하기야 어떤 선택이 최선이 되는지는 시간이 지나고 봐야 알 것이다. 비록 그때가 되면 돌이킬 수 없게 될지언정…….

어쩌겠나, 제아무리 과학이 고도로 발달했다고 해도, '생로병사'와 '시간'은 인간이 간섭할 수 있는 영역이 아닌 것을.

문득 타투 목사가 떠올랐다.

그는 여기에 있을까?

그를 만나면 궁금한 모든 걸 물어봐야겠다.

803호 병실 앞에 달린 팻말을 들여다봤다. 조바울이라는 이름이 있었다.

병실 안을 슬쩍 들여다보니 간호사들은 보이지 않았다. 바깥쪽에 마주한 두 침상은 비어 있었고, 창가 쪽 두 자리(원래 아빠가 썼던 자리와 문신 목사의 자리)는 각각 커튼으로 가려져 있었다.

난 오른쪽 창가 자리로 살금살금 다가가 커튼을 핵 열어젖혔다. 순간 내 얼굴은 불을 켠 듯 밝아졌지만, 뭔가를 우물우물 먹고 있던 문신 목사는 펄쩍 뛰어올랐다.

"안녕하세요, 아저씨!"

그가 이불 아래 감췄던 새우깡 봉지를 꺼내 개인 서랍장에 넣었다. 그리고 소리가 안 나게 녹여 먹고 있던 과자를 꿀꺽 삼켰다.

"그건, 왜 그렇게 드세요? 입천장 다 까질 텐데…?"

그가 미간을 찌푸리며 혀로 입천장을 더듬었다.

"간호사 언니한테 혼나잖아요. 아, 나처럼 먹어본 적 있으시구나?"

"저 아시죠?"

난 미소를 지었다.

"아… 제가요? 글쎄, 뉘신지……?"

"에이, 왜 이러세요? 얼마 전에 저랑 같이 용인에 있는 병원에 계셨잖아요. 마당이 무식하게 넓기만 하던 그 병원 말이에요. 참, 그땐 스님이셨죠."

"스, 스님이요? 무슨 말씀을 하시는 건지 당최… 방을 잘못 찾아오신 것 같은데, 간호사 언니를 불러야겠어요."

목사가 몸을 일으키며 황급히 슬리퍼를 신었다.

"그래요 얼른 부르세요. 환자 주제에 몰래 나트륨 흡입한 거 이를 테니까."

"휴게실로 갑시다."

조그만 소극장 크기 정도의 휴게실은 텅 비어 있었다.

"원하는 게 뭔데요?"

다섯 줄로 배치된 좌석 중, 맨 앞줄 가운데에 앉은 문신 목사가 드라마 재방송이 나오는 TV에 시선을 고정한 채 물었다. 바로 뒷줄에 앉은 난, 그의 뒤통수에 대고 말했다.

"아저씨의 진짜 정체랑 내가 지금 처한 상황이 뭔지, 그리고 앞으로 어떻게 되는 건지, 또….”

"어, 어? 한 가지만요."

"네?"

"한가지 답변만 해줄 수 있어요. 하루에."

"하루에 한 가지요?"

그가 근엄한 얼굴로 고개를 끄덕였다.

"왜죠? 지난번 스님이었을 땐 안 그러셨잖아요?"

"그때는 타이머가 멈춰있었죠? 하지만 타이머가 동작하는 구간에서 날 만나면 한가지 질문을 할 수 있다는 말이올시다."

"아저씨는, 대체 누구세요?"

"그게 오늘의 질문인가요?"

"앗, 잠깐만요! 성격도 급하시긴. 잠깐 생각 좀 해보구요. 음……."

"사실, 우린 이런 식으로 대화를 나누면 안 돼요."

"그러면 문자로 할까요?"

"어쭙잖은 조크 같은 건가요, 아니면 원래 말길을 잘, 못 알아먹는 건가요?"

그가 처음으로 역정을 냈다.

문득, 엄마가 때때로 '부처님도 화나게 할 애'라며 나를 놀리던 게 생각났다.

"일부러 그런 건 아녜요."

"스스로 답을 찾아야 한단 뜻이에요. 잃어버린 시간을 다시 얻었다고 해서 날로 먹을 수 있는 건 아무것도 없단 얘깁니다. 봐봐요, 지금, 이 순간이 현실과 다를 게 뭐가 있나요?"

"어쨌든 아저씨도 저를 도와야 할 책임이 있는 거 아닌가요? 생각해 봐요, 혹시라도 이러다 제가 엄청난 일이라도 저질러서 인류의 미래가 뒤바뀌면 어떡해요?"

그러자 그가 피식하고 웃었다.

"글쎄, 그럴 걱정은 안 해도 될 것 같은데요. 그리고, 저는 자연 님을 도울 의무가 없어요. 엄밀히 말하면, 지켜보는 쪽에 가깝다고 할 수 있죠."

"지켜본다구요? 아저씨 정체가 뭔데요?"

"그게 오늘의 질문인가요?"

"아니요!"

타투 목사가 자신의 손목시계를 들여다봤다. 지난 번처럼 파란 펜으로 그린 가짜 시계였다.

"이제 겨우 30분 남았네요. 그렇게 미적거리다가 눈 깜짝할 새 6일 후로 떨어질 텐데……."

난, 바쁘게 머리를 굴렸다.

먼저, 이 과거로의 역행이 어떤 규칙으로 작동하는지 물어볼까? 아니, 그건 아직 급하지 않아. 아빠가 유의미하게 오래 살 수 있는 방법을 묻는 게 더 낫지 않을까? 글쎄, 그보다는… 이 기묘한 자개장 현상이 언제까지 이어질지를 먼저 알아야 하는 게 아닐까?

문신 목사가 길게 하품하며 텔레비전 드라마로 시선을 돌렸다.

"결정했어요, 질문!"

나는 떨리는 목소리로 질문을 던졌다.

"제가, 작가로 성공할 수 있을까요?"

4.

다음 순간으로 넘어갔을 때, 난 8층 병동의 탕비실 안에 있었다. 때는 3월 30일, 오전 8시 10분이었다.

대걸레가 놓인 커다란 스테인리스 싱크대 앞에 있던 난, 내 손에 들린 하얀 물통 같은 걸 내려다보았다. 입구에는 동그란 마개가 달린 플라스틱 통 안에 연노란색의 액체가 찰랑거렸다. 뭔가 싶어 마개를 열고 코를 바짝 들이댔다.

"으악! 이거 뭐야?!!"

화들짝 놀라 플라스틱 통을 개수대 안으로 내동댕이쳤다. 우당탕 소리가 나자, 하필 근처를 지나던 콧수염 미녀 간호사가 얼굴을 들이밀었다.

"무슨 일이세요?"

"아, 아니, 그게 아니라…… 소, 손이 미끄러졌어요!"

그녀는 인상을 쓰더니 "뒤처리 깔끔하게 해주세요."라는 말을 남기고 사라졌다.

싱크대 안을 들여다보자, 소변 통 손잡이에 달린 꼬리표에 아빠의 이름이 적혀 있었다. 난 수도꼭지를 틀고 통 위로 한동안 물이 콸콸 쏟아지게 놔뒀다. 느낌이 좋지 않았다. 한참 동안 시간을 들여 씻은 통을 새끼손가락에 걸고 서둘러 병실로 뛰어갔다.

아빠를 본 난, 또다시 심장이 덜컥 내려앉았다.

그새 형편없이 야위어버린 아빠의 얼굴에 산소 공급을 위한 비위관(콧줄)이, 배에 뚫린 구멍으로는 위루관이 연결돼 있었다. 온통 하얗게 센 머리칼은 간신히 몇 가닥 붙어 있었다. 항암치료를 시작한 지 고작 5일 지났다는 게 믿어지지 않는 모습이었다.

점심시간이 되자 간호사가 들어와 유동식이 든 팩을 뱃줄(위루관)에 연결했다. 입과 식도를 생략하고 위장으로 직접 음식물을 투입하는 것이다. 원래 콧줄을 쓰다가 아빠가 너무 고통스러워해서 내가 뱃줄로 교체해 달라고 했다며, 간호사가 알려주었다.

배에 구멍을 뚫고 위장까지 연결한 투명 관으로 뿌연 액체가 흘러가는 광경은 너무나 비현실이었다. 먹는다는 행위는 ―나처럼 별다른 기쁨이나 보람도 없는 삶일지언정― 누구에게나 허락된 유일무이한 즐거움일진대, 그조차 고통이 된다는 건 너무나 가혹한 일이었다.

질문하기 위해 803호 병실을 찾아갔다. 그런데 문신 목사의 자리에는 처음 보는 할머니 환자가 앉아 있었다.

콧수염 간호사에게 그의 행방에 관해 물었다. 그는 개인 사정으로 오늘 아침 다른 병원으로 전원을 갔다고 한다.

젠장! 하루에 하나씩 알려주기로 해놓고 몰래 도망쳐 버리다니! 빌어먹을 문신충 영감탱이 같으니…….

한 달이 훌쩍 지나고, 어느새 5월 8일이 되었다. 침상에 달린 식탁용 선반을 펴고, 설탕물로 만든 카네이션이 장식된 떡케이크를 내려놨다.

비록 먹지도 못할 케이크지만, 아빠는 미소를 지으려고 애를 쓰는 듯했다. 사실, 멍하거나 미간을 찡그리는 것 외의 표정은 사라진 지 오래였다.

몸에 달린 삽입 관도 몇 개가 더 늘어났다. 가슴 아래엔 억지로 담즙 배출을 돕기 위한 관이 뚫려 있었고, 요도에 꽂힌 튜브는 침대 아래 걸린 비닐 팩으로 소변을 흘려보냈다.

그보다 더욱 참담했던 건, 일흔 살이 넘은 아빠가 아기처럼 기저귀를 차게 된 사실이다.

보름 전부터 위급 상황이 자주 일어나 검사실과 처치실을 하루에도 몇 번씩 들락거렸다. 깨어있는 시간은 갈수록 줄어들었고, 깨어날 때마다 뭉텅뭉텅 언어를 잃어갔다. 사흘 전부터는 한 단어도 발음하지 못하고, 목을 쥐어짜는 듯, 허어 허어…, 하는 소리만 냈다.

아빠는 케이크에 달린 빨간 카네이션을 가만히 바라보고 있었다. 하지만 며칠 전부터 초점이 맞지 않기 시작한 눈동자가 어디를 보고 있는 건지 알 수 없었다. 독한 약기운 탓이리라 짐작했다.

케이크에 꽂은 촛불을 끄라고 코앞에 가져다 댔을 때, 힘없이 시늉만 하는 것도 목을 가누기 어려워 그런 줄 알았다. 그런데, 내가 케이크 칼을 내밀자 엉뚱한 방향으로 손을 뻗는 아빠를 보고 깜짝 놀라고 말았다.

난 바로 뛰쳐나가 다른 병실에서 회진을 돌던 이호준 담당 교수를 붙들고, 아빠의 상태에 대해 꼬치꼬치 물었다. 그는, 아빠가 합병증으로 시력을 잃은 것이라고 했다. 조금 있으면 귀도 영영 들리지 않게 될 거라고.

난 허둥지둥 휴게실로 뛰어 들어갔다. 아무도 없는 휴게실의 맨 앞자리에 다가가 털썩 주저앉았다. TV 화면 속에 〈나는 자연인이다〉가 재방송 되고 있었다.

산속에서 홀로 움막을 짓고 사는 60대의 남자가, 된장찌개에 개구리를 넣고 끓이는 장면을 보며, 나도 모르게 흐느껴 울었.

머지않아 모든 게 멈춰지겠지. 그렇게 죽음을 기다리는 거다. 난 고개를 절레절레 흔들었다. 그런 식으로 연명하느니 차라리 혼수 상태가 되는 게 낫겠다. 어쩌면 아빠도 같은 생각일지 모르지.

나의 이런 생각에 우주가 감응이라도 한 듯, 다음 날 새벽, 아빠는 혼수 상태에 빠졌다.

*

천근만근 지친 몸과 마음으로 택시을 타고 양평으로 향했다.

멍한 눈으로 차창 밖을 내다보았다. 푸릇하게 생기가 돋아난 산과 들에 미색의 벚꽃잎이 눈처럼 날리고 있었다. 한 달 내내 잠을 제대로 자 본 적이 없었다.

서연이 주말마다 와주긴 했지만, 양평 집에서 옷가지 등의 개인

짐을 챙겨와야 했던 두 번을 제외하고는, 늘 한두 시간 후에는 그녀를 돌려보내곤 했다. 여동생은 개인적인 사정이 있었고, 나는 아빠와 단둘이 대화를 나눌 기회를 가져보고 싶었다(이런 사정을 잘 모르는 같은 병실의 환자들, 그리고 그 까다로운 콧수염 미녀 간호사마저 나를 지극한 효녀로 오해하고는 나를 대하는 태도가 달라진 건, 결코 내가 의도한 바가 아니었다). 끝내 아빠가 시력과 청력을 다 잃는 바람에 이런 내 바람은 수포가 되어버리고 말았지만.

핸드폰을 들여다보았다.

5월 9일 오전 11시 10분이었고 타이머는 여전히 00:00:00에서 멈춰있었다.

이제 그만 아빠를 놓아주고 싶었다. 이렇게 힘들고 어려운 일들은 더는 겪고 싶지 않았다. 사과나 화해 같은 건 아무래도 좋다는 심정이었다. 욕심만 버리면 모든 게 간단했다. 운명을 거스르기 위해 애를 쓸 이유가 하나도 없었다. 아무도 내게 아빠를 다시 살려내라고 등을 떠밀거나 부탁하지도 않았다.

사실, 지난번 버스에서 그 사이코패스 탈영병의 일이 아니었다면 난 단호하게 멈췄을 것이다. 단지 그뿐이었다.

창밖으로 꽃놀이 나온 사람들이 보였다. 마치 눈앞에 장밋빛 미래만이 펼쳐진 듯 화사한 얼굴들. 나도 저렇게 여유롭게 산책을 즐기던 때가 있었는데. 너무도 까마득한 옛일처럼 느껴져서 서글퍼졌다. 신나는 일백 개보다 나쁜 일 하나 없는 게 얼마나 복된 일인지를 깨달았다.

불현듯, 지난 번에 문신 목사와의 충격적인 대화가 떠올랐다. 순간 민망함에 얼굴이 확 달아올랐다. 하고 많은 중요한 질문들을 놔두고, 그런 멍청한 질문을 하다니!

"작가로 성공할 수 있을까요?"라는 나의 질문에 그는 앞으로 10년만 더 피 터지게 노력하면 쉰 살이 넘어 멋지게 성공할 수 있다고 했다. 그 말을 듣는 순간, 난 길길이 날뛰었다. 한 가지 일에 20년을 전념하고도 성공하지 못할 사람이 세상천지에 어디 있겠느냐며. 그는 그런 사람도 많다고 했지만, 이성을 잃은 난 그의 말을 뭉갰다.

차라리 죽을 때까지 성공하지 못한다고 했다면 좋았을걸. 홀가분하게 포기하면 그만(그리고 돈도 나이도 많은 남자와 결혼해서 엄마라도 기쁘게 해드릴 수 있었다)이니까 말이다.

집 앞에 도착하자, 택시비를 내고 허둥지둥 내렸다.

이왕이면 1초라도 빨리 자개장에 들어가고 싶어 안달이 났던 나는, 한달음에 마당을 가로질러 안으로 들어갔다. 거실에서 텔레비전을 보다가 놀라서 날 쳐다보는 택연에게는 눈길도 주지 않은 채, 곧장 내 방으로 달려갔다.

그런데, 방문을 열고 들어서던 난, 그대로 얼어붙었다.

자개장이, 감쪽같이 사라지고 없었다.

혹시 꿈인가 싶어 몇 번이나 눈을 비비고 다시 쳐다봤다. 자개장이 있던 자리엔 조잡스러운 문양의 하이그로시 장이 놓여 있었다. 거실로 뛰쳐나가 택연에게 고함을 질렀다.

"누나 방에 있던 장롱 어디 갔어!!? 어?! 어디 있냐고!!"

"몰라. 엄마한테 물어봐."

녀석은 미니스커트 차림의 기상 캐스터에게 시선을 붙박은 채 말했다. 흥분한 탓에 몇 번이나 통화 버튼을 잘못 눌렀다. 금세 전화를 받은 엄마가 놀란 음성으로 물었다.

"무슨 일이야? 너희 아빠 어떻게 됐니??"

"장롱 어딨어요?"

"무슨 장롱?"

"내 방에 있던 자개장이요!"

"아 그거….."

내가 병원에 있는 동안, 엄마의 계모임 회원 중 한 분이 집에 놀러 오셨다. 내 방에 있던 자개장을 본 그녀가(주인도 없는 방엔 왜 들어간 걸까) 좋은 값을 쳐준다고 해서 냉큼 팔았다는 엄마.

눈이 뒤집힐 지경이었다.

"왜 맘대로 그래요!? 엄마 물건도 아니잖아요!"

"왜 아니야? 시집올 때 엄마가 해온 혼수 대신 바꾼 건데, 내 거지! 지금 산이 강이 밥 챙기느라 바빠, 끊어."

"잠깐만요! 누구한테 팔았어요?"

"누구라고 하면 네가 알아?"

"그 사람 연락처 알려주세요."

"얘가 왜 이래? 구닥다리 좀 갖다버리라고 앵앵댈 땐 언제고? 뭐 땜에 그러는데, 응? 솔직히 말해봐."

"아빠 돌아가시면 유품으로 간직하고 싶어서 그래요."

"웃기고 있네. 네가 무슨……"

난 백만 원을 더 얹어줄 테니 다시 가져다 달라고 사정했다.

"네가 무슨 돈이 있어서?"

"아빠가 물려준 거 미리 쓰면 돼요."

"그 인간… 느이 아부지가 무슨 돈이 있어? 통장에 꼴랑 2천5백인가 있다는 거? 그건 병원비 써야지!"

"아빠가 보험 들어둔 게 있더라구요. 아빠가 우리 세 남매 나눠 가지라고 했어요."

엄마는 구미가 당긴 듯, 얼마나 나오는지 궁금해했다.

십 원짜리 한 장도 보태기 힘든 내 형편에, 아빠가 병원비를 미리 마련해 놓았다는 것만으로도 감사한 일이었다. 그런데 유산까지 물려받게 되리라고는 상상조차 못했다. 난 아빠가 일러준 대로 보험사에 미리 연락을 해 두었다. 그래서 2천만 원가량 받을 수 있었다.
"천만 원이요."
"애걔? 그럼, 네 몫이 얼마야?"
"세금 떼고 하려면 삼십 프로 정도 되겠죠."
그런데 엄마가 콧방귀를 꼈다.
"그걸로는 판값도 못 치른다."
"얼마에 팔았는데요?"
"얼마에 팔았으면? 그거론 턱도 없다니까."
"사실 2천만 원이에요. 그러면 제 몫은 육백이 넘죠!"
거기서 최대한 얼마까지 쓸 수 있는지 엄마가 물었다. 일단 내 몫은 다 쓰겠다고 장담했다.
혹 모자라면 택연을 구슬리는 방법도 있으니까….
"잠깐 끊어봐."
엄마의 전화를 기다리는 동안 택연 옆에 앉아 뉴스를 시청했다. 그러자 녀석이 채널을 바꿔 아이돌이 나오는 음악방송을 틀었다. 난 녀석에게서 리모컨을 빼앗아 다시 뉴스를 틀었다. 녀석은 내가 꼭 움켜쥐고 있던 리모컨을 기를 쓰고 빼앗았다. 그리고 다시 아이돌 방송으로 바꾼 후, 리모컨을 자기 겨드랑이에 끼웠다.
"이리 내."
"나 보는 거야."
"이러면 국물도 없어. 누나가 해주는 맛있는 밥 먹을래, 아니면 이거나 볼래?"
"이거나 볼래."
"너구리 내다 버린다?"
그제야 녀석은 리모컨을 내려놓으며 심통 난 표정으로 물었다.
"아빠 병원 안 가? 여기 언제까지 있을 거야?"
"엄마 전화만 받으면, 있어라 해도 안 있어."

엄지손톱을 질겅질겅 씹으며 뉴스를 보는데, 지리산에서 백년 넘은 천종산삼을 발견했다는 심마니의 인터뷰가 나왔다. 그는 천종산삼으로 백혈병과 파킨슨병을 완치한 사람들에 대해 얘기했다. 산삼에 포함된 사포닌이란 성분이 암세포 억제와 면역력 증진에 탁월한 효과가 있기에 그런 산삼은 가치가 어마어마하다고 했다.

그가 캔 네 뿌리의 천종산삼의 감정가는 무려 3억이었다. 보통 사람은 먹어볼 엄두도 못 낼 만 했다. 하지만 로또 복권이 있다면……

그때 휴대폰이 울렸다. 엄마였다.

"그 여편네 씨알도 안 먹혀. 두 배를 준대도 싫다네?"

"그 여편네요?"

"자개장 산 이!"

"얼마면 돌려준대요?"

"무조건 안 된대. 천만 원 갖고 와도 못 돌려준대. 막 펄펄 뛰더라고? 여편네가 무슨 약을 처먹었나…"

"원래 얼마에 판 건데요?"

"얼마 안 받았어."

"그러니까, 얼마!!"

내가 버럭 소리를 지르자 움찔하던 엄마는 3백만 원에 팔았다고 실토했다. 이상했다. 두 배로 준다는 데도 그 여편네는 어째서 돌려주지 않으려는 걸까?

"그 아줌마 연락처 알려주세요."

"물 건너갔다니까 그러네."

말릴 틈도 없이 전화를 끊었다. 정말 미치고 팔짝 뛸 노릇이었다.

현관문을 박차고 뛰쳐나간 난 도로변까지 숨도 쉬지 않고 달려갔다. 택시를 타고 서초동으로 향했다.

자개장이 어디에 있든 무슨 수를 써서라도 반드시 찾아낼 것이다. 그 여편네의 연락처를 밝히지 않으면 엄마의 휴대폰을 강제로 빼앗아서라도 알아낼 참이다.

못 찾기만 해보라지. 누구라도 가만두지 않을 테다.

5.

서연의 동네 전철역에서 연락받고 나온 엄마와 만났다. 만나자마자 엄마의 계좌로 100만 원을 이체해 주고 그 여편네의 전화번호를 받았다.

전화를 받은 여편네는 자개장의 행방을 알려주지 않으려 했다. 내가 집으로 쫓아간다고 하자, 자신의 먼 친척이 운영하는 평택의 중고 가구 판매장에 있다고 했다. 그곳을 알려달라고 했지만, 그녀는 가봐야 소용없을 거라고 했다. 내가 화를 낼수록 그녀의 입이 꼭꼭 닫혔다. 난, 20만 원 줄 테니 주소만 알려달라고 사정했다. 그러자 그녀는 십만 원을 더 얹어달라고 했고, 30만 원을 송금한 후에 간신히 정보를 받아 택시를 타고 평택으로 갔다.

하지만 곧 좌절했다. 무려 천 평이나 되는 창고형 매장 안의 수많은 가구 중, 나의 자개장은 보이지 않았다. 매장 주인은 이미 누군가에게 팔았다고 했다. 구매자를 알려달라고 했지만, 주인은 강경한 태도를 보였다.

"못 찾아요. 그거."

"왜요?"

"돈 많아요? 가격 못 맞출 건데…?"

"3백만 원에 사셨다면서요, 제가 두 배로 돌려드릴게요."

그러자 그가 혼잣말로 분통을 터뜨렸다.

"삼배액…? 이런 씨부럴! 나한테 5백이나 띵겨!? 하!"

그걸 8백이나 주고 샀다고?

"그럼, 아저씨는 그걸 얼마에 넘겼는데요?"

"남이사!"

주인에게 20만 원을 줬다. 돈은 사람들의 입을 여는 마스터키였다.

"난 뭐, 기껏 천이나 더 얹었지."

헉! 이 사람들이 제정신인가?

"그 장롱이 그 정도로 가치가 있어요?"

"나주의 그 유명한 장인이 만든 건데, 그럼! 10년 전에 작고하고 나선 부르는 게 값이지."

어쩐지! 예전부터 범상치 않아 보였다니까. 불현듯 그 자개장이 애타게 그리웠다. 주인에게 구매자의 주소를 알려주는 값으로 10만 원을 제안했지만, 그는 당치도 않다는 표정을 지었다. 지난한 흥정 끝에 결국 50만 원을 주고 경기도 포천의 어느 주소를 받았다.

그리고 두 시간 후, 땅거미가 질 무렵 그곳에 도착했다.

주소지는 폐점한 상가가 즐비한 철거 예정 지역 안이었다. 스산한 골목길 여기저기에 녹슨 공구와 철선이 나뒹굴었다. 택시는 낡디낡은 2층짜리 건물 앞에 섰다. 외벽에 '이동 기계톱 상사'라고 쓰인 간판이 대롱대롱 매달려 있었다. 인적도 없는 이런 곳에 고가구 같은 걸 가져다 놓을 만한 사연은 아무리 머리를 굴려봐도 상상하기 어려웠다.

그 가구점 주인이 주소를 잘못 알려준 건 아닐까?

황급히 평택에 전화를 걸었지만, 서너 번을 해도 받지 않았다. 아무래도 속은 것 같았다. 막 분통을 터뜨리려던 찰나, 건물 출입문에 난 창 너머 불이 켜졌다.

오, 사람이 있었구나! 다행이다.

난 택시 기사에게 나올 때까지 잠시 기다려 달라고 했다. 택시

기사는 기다려주는 값으로 요금을 5만 원을 추가하겠다고 했다. 싫으면 그냥 가겠다기에, 그의 요청을 수락하고 불이 켜진 건물 입구로 다가갔다. 어딜 가나 칼만 안 든 강도투성이였다. 새시로 된 미닫이문 틈새로 안을 들여다보려 했지만 잘 보이지 않았다.

문득 안쪽에서 인기척이 들린 것 같아 귀를 문에 바짝 댔다. 순간, 쿵 딱! 하는 둔탁한 마찰음과 동시에 꾸엑! 하는 돼지 비명 같은 게 들렸기에 화들짝 뒤로 물러섰다. 안에서 남자들의 거친 외침이 새어 나왔다.

가축 도살장으로 쓰고 있는 덴가? 기분 탓인지 몰라도 문틈으로 피비린내 같은 게 풍기는 듯했다. 아니면 그저 쇳내일 수도. 이곳은 원래 쇳덩어리들을 취급하던 곳이었으니까… 라고 생각했지만 어쩐지 싸한 기분이 들었다. 마음 한쪽에서는 얼른 택시로 돌아가라는 경고를 보냈고, 다른 쪽에서는 자개장을 못 찾으면 어쩔 셈이냐고 아우성을 쳤다.

여기까지 왔는데, 에라 모르겠다.

드르륵- 하고 미닫이문을 열자, 안에 있던 네 명의 남자가 일제히 고개를 돌렸다.

뭔가 심상치 않다는 걸 뒤늦게 간파한 난 '앗, 여기가 아니네?'라고 말하며 총알처럼 내빼려 했다.

하지만 그럴 수 없었다. 그들 뒤편에 생뚱맞게 놓인 커다란 가구는, 내 소중한 자개장이었기 때문이다. 오래된 공구가 가득한 선반들 사이에 놓인 자개장이 날 보며, 목이 빠지게 기다렸다고, 왜 이제 왔냐고 화를 내는 것 같았다.

난 주저 없이 안으로 들어섰다.

"안녕하세요? 바쁘실 텐데, 잠깐 제가….."

"에헤이, 꼬리가 긴가?"

사무용 책상 앞에 앉아 있던 붉은 실크 셔츠 차림의 남자가 손에 쥔 얇은 줄톱으로 새시 문을 가리켰다. 누가 봐도 그는 우두머리로 보였다.

난 문을 닫고, 친화력 좋은 사람인 척 미소를 지으며 줄톱을 든 남자에게 다가갔다. 그러다 화들짝 멈춰 섰다.

거기엔 또 다른 사람이 있었다. 얼굴을 흠씬 두들겨 맞은 대머리 아저씨였다. 그는 줄톱 남자의 똘마니처럼 보이는 세 남자에게 둘러싸인 채 무릎을 꿇고 앉아 있었다.

그 광경에, 난 등골이 서늘해지면서 심장이 튀어나올 것 같았다.

날 보는 대머리 아저씨의 눈빛이 몹시도 처량하고 간절해 보였지만, 난 그의 눈길을 외면했다. 지금은 내 코가 석 자였기에 누굴 봐 줄 형편이 아니었다.

문득, 줄톱을 든 남자가 흥미로운 얼굴로 대머리 아저씨에게 나와 아는 사이냐고 물었다. 그는 아니라고 솔직하게 대답했다. 그러자 줄톱 남이 나를 위아래로 훑어봤다.

"뉘쇼?"

"다른 게 아니고… 저걸, 찾으러 왔는데요."

내 손가락이 가리킨 방향을 모두 돌아보았다.

난 그들이 알아듣기 쉽도록 간단히 설명했다. 저 자개장은 원래의 주인이 따로 있는데, 치매기가 있는 엄마가 실수로 판 거라고.

"물론 돈은 돌려드릴게요. 원하시면 약간 더 얹어드릴 수도 있을 거예요."

우두머리는 말없이 줄톱으로 탁상 모서리를 긁어댔고, 톱날 아래로 톱밥 가루가 날렸다. 그의 눈빛이 흥미로움과 얍삽함으로 번득이고 있었다.

"내가 저걸 얼마에 산 줄 알고?"

"2천만 원으로 들었는데, 그게 약간 오해가 있…"

내 말이 끝나기도 전에 벌떡 일어선 우두머리가 대머리 남자에게 다가가 줄톱을 그의 목에 들이댔다.
"어떻게 된 거야? 5천이라며?"
"맞아요, 5천! 저 이상한 여자가 대체 무슨 소리를 지껄이는 건지! 며칠만 말미를 주시면 틀림없이 1억으로 만들 수 있다니까요."
애걸하는 대머리 남자를 뿌리치며 우두머리가 벌떡 일어나 내 쪽으로 돌아섰다.
"들었지? 1억짜리라잖아. 1억에 더 얹어주려면… 도의상 2억은 있어야겠다, 그치?"
그들의 대화를 들으며 바쁘게 머리를 굴리던 난, 천연스러운 얼굴로 말했다.
"당장 현금은 없지만, 제가 가진 주식을 팔면 될 것 같아요."
그러자 그가 사뭇 의아한 눈으로, 다 합쳐도 오만 원이 안 될 내 옷차림과 신발을 쭈욱 훑었다.
"뭐 하시는 분인가?"
"저요? 저는… 별로 뭘 하는 편은 아니에요."
"팔자 한번 좋구먼? 현찰 갖고 와요. 오까네만 보여주면 당장 돌려줄 테니까."
"아뇨, 저걸 먼저 주시면 좋겠어요. 돈은 내일 아침 일찍 드릴게요."
"그러면 내일 챙겨서 일루 오시라고. 어디 안 도망갈 테니까."
미치겠네.
어떻게든 자개장 안에 들어가는 게 중요하다. 그냥 무턱대고 들어가면? 이 사람들이 가만히 구경하고 있을 리는 없겠지. 어쩌면 좋을까? 하지만 이럴 때일수록 침착해야 한다.
"사실 저 장롱은, 독립운동가셨던 저희 할아버지가 아빠한테 주신 마지막 유산이에요. 그런데 국가유공자인 저희 아빠는 불치병으로 오늘내일하시는데, 죽기 전에 저걸 꼭 보고 싶다며 매일 울고 계세요. 마지막 소원이라도 이뤄드리고 싶은데…."

우두머리가 코를 훌쩍이는 나를 빤히 쳐다봤다.

"그게 뭐! 죽기 전에 하고 싶은 거 다 하는 인간이 어딨어? 노인네가 노망이 났나, 자식들 얼굴이나 보면 그만이지, 뭔 장롱 따위를 보고 싶다는 거야?"

"노망이라뇨? 말씀 너무 함부로 하시는 거 아닙니까, 선생님?"

그는 야비한 눈빛으로 나를 위아래로 훑으며 말했다.

"2억은 염병, 쥐뿔도 없지?"

"뭐요!? 사람을 뭐로 보고… 주식 팔면 돼요! 오늘 당장 팔아서 내일 주면 되잖아요!"

"지금 시간이 몇 신데, 주식을 팔아? 저기 읍내 5일 장 하는 데 내다 팔게? 그리고, 팔아도 이틀이 지나야 돈이 들어오는데? …… 주식을 해보긴 했어?"

이런, 제기랄.

낯을 붉힌 채 어쩔 줄 몰라 하는데, 그가 친절한 말투로 뜻밖의 제안을 했다.

"내 밑에서 한 3년 일해서 갚을래? 그럼, 저거 돌려줄게."

뭐? 3년 동안 2억을? 아무 기술도 없는 내가 뭘 해서 그렇게 벌 수 있다는 거지?

"어휴, 형님? 너무 노땅 아닙니까?"

똘마니 중 가장 나이가 많아 보이는 남자가 말했다. 난 발끈했다.

"누구더러 노땅이래요? 그러는 아저씨는요?"

"뭐야!?"

나이 많은 똘마니가 겁박하듯 발을 굴렀다. 난 화들짝 뒤로 물러났다. 우두머리가 말했다.

"아직 아줌마 같지는 않은데 뭐. 그리고 이런 애들도 좋다고 하는 이상한 취향의 새끼들도 많다고."

'이런 애'가 무슨 뜻인지 따져 묻고 싶었지만 그게 문제가 아니었다.

"혹시, 성매매 같은 건가요?"

내 돌직구에 모두 흠칫했다.

"같은 게 아니고, 그거지."

우두머리가 말했다.

"좋아요. 저 같은 사람도 써주겠다면 기꺼이 하죠."

똘마니들이 미심쩍은 표정을 지었고 자기 귓가에 손가락을 빙빙 돌리는 사람도 있었다.

"그런데 한 가지 부탁이 있어요. 저 안에 잠깐 들어갔다 나오게 해주세요, 지금 당장이요."

"저 안에 들어가겠다고? 왜?"

"아, 왜냐면…… 저 자개장 안에는 제가 어릴 때 돌아가신 저의 할아버지 냄새가 배어 있거든요. 저희 할아버지는 저를 사랑해 준 유일한 분이에요. 그래서 힘들 때마다 저 안에 들어가 앉아 있으면 위안이 되고 치유가 되고 그랬는데, 벌써 한 달 넘게 못 들어가서 우울증과 공황장애가 생겼어요. 지금도 막 폭발할 것 같아서…."

우두머리가 오른팔 똘마니를 쳐다봤다. '이거 정말 또라이 아니야?'라는 표정이었다. 그가 다시 내게 시선을 향하더니 꿰뚫어 보듯 눈빛을 쏘았다.

"아가씨 혹시 병원 치료 받은 적 있어? 예를 들어 정신병원 같은 데서 말이야."

그의 통찰력에 내심 놀라고 말았다. 그렇지만 자초지종을 털어놓을 마음은 전혀 없었다.

"별말씀을요. 전 원래 병원이랑 별로 안 친한걸요. 감기 걸리면 아스피린이나 쌍화탕 먹고, 담 걸리면 파스 붙이고, 상처엔 후시딘이죠. 어릴 때부터 강인한 자식을 만들기 위한 엄마의 큰 그림 교육 같은 거라고나 할까요. 아, 초등학교 3학년 때 친구들과 놀다가 시멘트 바닥에 머리를 크게 부딪쳐서 3일간 의식불명일 때가 있었어요. 그때 엄마는 3일 내내 저에게 우황청심원을 먹이며 기도해줬어요. 병원에 갔다가 뇌를 잘못 건드려서 집안에 바보 하나 더 늘까 싶어 무서웠대요. 물론, 그 사고 이후로 전보다 학습 능력도 떨어지고 매사에 우둔해지긴 했지만, 전 그 말을 믿어요. 엄마가 아무리 구두쇠라지만, 설마 병원비 아끼려고 그러시진 않았을 거예요, 그쵸?"

진지한 눈빛으로 듣던 우두머리는 내 말이 끝나자, 톱날의 개수라도 세는 듯 손에 든 줄톱을 한참 동안 들여다봤다.

"그래도, 우리 엄마보단 낫네."

"네??"

"버리진 않았잖아."

난 말문이 막힌 얼굴로 그를 쳐다보았다.

"딱 3분 주겠어."

그가 줄톱으로 자개장을 가리키자, 난 하마터면 환호성을 지를 뻔했다. 뛰어가고 싶은 걸 꾹 참고 침착하게 자개장 앞으로 다가갔다. 문을 열고 들어가려는데, 우두머리가 말했다.

"문은 활짝 열어 둬."

"네!? 아… 그, 그러면 소용이 없어요! 문을 닫고 어둠 속에 있어야 효과가 있다구요."

얼굴을 찌푸리던 우두머리는, 알아서 하라는 표시로 줄톱을 까딱거렸다. 장롱 안은 텅텅 비어 있었지만, 여전히 아빠의 양가죽 재킷 냄새와 나프탈렌 향이 희미하게 허공을 떠돌았다.

밖에서 우두머리와 오른팔 똘마니가 하는 소리가 둔탁하게 들려왔다.

"…아니 형님, 저런 걸 어따 써먹습니까? 딱 봐도 정상이 아니잖습니까?"

"그런 편견 따윈 집어치워! 세상에 쓸모없는 인간은 없다. 제아무리 또라이일지언정, 몸은 튼튼해 보이더구먼. 쓸 만한 장기가 많을 거야."

"아하! 역쉬 형님은……"

난, 덜덜 떨리는 무릎을 꼭 끌어안은 채 마른침을 꿀꺽 삼켰다.

그런데, 문득 이런 생각이 들었다. 잠시 후 내가 과거로 가면 저들은 어떻게 되는 걸까? 벌컥 문을 열었을 때 내가 마술처럼 사라진 걸 알게 된다면? 참 기이하네, 라며 저들의 삶은 그대로 흘러가는 걸까? 아니면, 내가 과거로 이동하는 동시에 이 문밖의 세계는, 폼페이처럼 순식간에 먼지와 같이 사라지는 걸까?

요즘 과학자니 호사가니 할 것 없이 떠들어대는 '멀티 유니버스' 그럴싸한 이론이 있었지만, 거기엔 맹점이 하나 있었다. 내가 자개장에서 사라지는 순간, 바깥은 내가 존재하지 않는 세계가 된다. 그렇다면 그 세계는 '또 다른 평행 우주'라 부를 수 없는 셈이다.

국내의 한 저명한 천문학자가 이렇게 말했다. 각기 다른 선택으로 인해 생겨난 '멀티 유니버스'들은 서로 완전히 단절되어 있어, 결코 관찰될 수 없으며, 그렇기 때문에 이 이론의 타당성을 검증할 방법도 없다고. 어쩌면 그는 '이게 무슨 개소리야!'라는 말을 점잖게 바꿔 말하고 있었던 건지도 모르겠다는 생각이 들었다.

어쨌거나 인간은 자신이 믿고 싶은 걸 믿을 뿐이고, 한 번 믿음에 빠지면 누구도 말릴 수 없다는 건 진리다. 아무튼, 다중 우주고 나발이고 간에 당장 내가 할 일은, 지긋지긋한 이곳을 벗어나야 한다는 것이다.

1시간 같은 1분이 흐르고, 또 흐르자 어느 순간 높은 산에 오른 듯 귀가 먹먹해졌다. 이윽고 익숙한 바람결이 목덜미를 스치며 마음이 편안해졌다. 옷장 문에 귀를 바짝 댔다. 멀리서 들리던 소리들이 뚝 끊긴 듯, 사방이 고요했다. 하지만 선뜻 문을 열 용기가 나지 않았다.

혹시라도 놈들이 여전히 있으면 어쩌지?

난 깊게 심호흡을 한 후 조심스럽게 자개장 문을 열었다.

6.

자개장에서 나와 보니, 어느 공용 여자 화장실 안이었다.

성공이다!

세면대 앞에 다가갔다. 거울에 비친 내 모습을 보자 심장이 쿵 내려앉았다. 난 품이 커서 벙벙해 보이는 회색 모직 코트 차림에 케이크 상자를 들고 있었다.

이번은 자개장을 통한 일곱 번째 시간 여행으로 오늘은 2019년 12월 14일, 토요일이었다. 아빠와 연을 끊은 바로 그날이었다.

지금 시각은 오후 5시 29분이었고, 제한 시간은 4시간 30분가량 주어졌다. 바로 이전 2021년 12월에서 무려 2년을 건너뛴 셈이다.

하필 왜 이날로 왔을까······.

4년 전, 애써 외면해 왔던 그 순간과 마주하자, 이대로 도망치고 싶은 충동이 밀려왔다.

당시 내가 거금을 들여 산 생크림 딸기 케이크를 들고 약속 장소에 들어섰을 때, 서연의 가족과 아빠는 이미 식사 중이었다. 나를 본 아빠는 으레 인상을 썼지만, 앞에 있는 사위를 의식해서 점잖게 말했다.

"왜 이렇게 늦었냐? 일이십 분도 아니고, 그냥 내일 오지 그랬어?"

나로서는 늦은 이유에 대해 할 말이 많았지만, 자리가 자리이니만큼 침묵하는 쪽을 택했다. 서연과 제부와 조카들을 향해 유쾌하게 인사를 건넨 난, 케이크를 꺼내 테이블에 올리고 초를 꽂으려 했다. 그러자 아빠는 밥 먹는 중에 뭐 하냐며, 핀잔을 줬다.

난 무안한 얼굴로 케이크를 주섬주섬 챙겨 다시 상자에 넣었다.

"택연이도 좀 데려오지, 혼자 왔어?"

"오고 싶단 녀석을 제가 억지로 떼 놓고 왔을까 봐요?"

"누가 그렇대? 이런 때 오랜만에 식구들 얼굴도 보여주고, 영양 보충도 시켜주고 그러면 좋았겠단 소리 아니냐."

"걱정하지 마세요. 평소에도 영양 보충 잘하고 있으니까요. 보충이 과하다 못해 관리 안 된 중년 아저씨처럼 배불뚝이가 됐다구요."

"그런데, 아까부터 말투가 왜 그 모양이냐?"

서연이 얼른 중재에 나서며 숯불에 알맞게 구워진 소갈빗살을 내 앞접시에 놓아주었다.

때마침 20대 초반의 여자 종업원이 추가 주문한 갈빗살이 담긴 접시와 밑반찬을 내왔다. 손님이 많아서 마음이 급했는지, 아니면 개인적으로 기분이 안 좋은 일이 있었는지 몰라도 그녀는 접시들을 거의 내던지다시피 거칠게 내려놓았다. 그 바람에 접시에 놓인 고기가 한쪽으로 쏠렸고, 양파 절임이 담긴 그릇에서는 간장소스가 튀었다.

내가 여종업원에게 따졌지만, 그녀는 사과하지 않았다. 되려 나를 무례한 손님 취급하며 되받아쳤다. 그 바람에 큰소리로 실랑이가 벌어졌다. 다른 손님들이 쳐다봤고, 안절부절못하던 서연이 나를 말렸다. 그런데 이때 아빠가 여종업원에게 미안해하며 고개를 조아렸다.

"대체 누구 편을 드는 거냐"고 항의하자, 아빠는 "유치한 소리는 집어치우라"며 나를 나무랐다.

"힘들게 일하는 사람한테 꼭 그렇게까지 해야겠냐? 그냥 넘어갈 수도 있는 일 아니냐?"

"손님으로서 권리가 있어요! 응당 받아야 할 서비스에 대한 의무가 이 비싼 고깃값에 다 포함된 거라구요!"

"네가 내는 것도 아니면서 왜 난리야?"

"……."

그게 도화선이었다. 나는 아빠와 격한 말다툼을 벌였고, 급기야 화가 머리끝까지 치민 아빠가 테이블 위로 수저를 탁! 내리쳤다. 순간, 아빠의 손에서 튕겨 나온 수저는 허공을 가르더니 내 뺨을 정통으로 때렸다.

"아얏!!!"

뺨이 뚫린 게 아닐까 싶을 만큼 아팠다. 하지만 그보다 더 큰 모멸감에 얼굴이 터질 것 같았다. 시뻘겋게 타오르는 뺨을 쥔 채 아빠를 노려보았다.

아빠가 당황한 기색을 보였고, 놀란 서연이 내게 괜찮냐고 물었다. 난 그 자리에서 벌떡 일어나 내 가방과 케이크 상자까지 챙겨 들었다.

"야, 실수한 거 갖고 그러냐?"

"실수가 아니에요. 이게 바로 아빠의 마음이죠. 사람의 마음은 숨길 수 없는 법이거든요. 앞으로 저같이 모자라고 부끄러운 자식은 없다고 생각하고 사세요. 저도 아빠 없는 애로 살 테니까요."

그러고는 끝이었다. 그 뒤로 4년 동안, 아빠를 외면했다.

그랬던 자리에 다시 가야 한다고?

오래 고민한 끝에, 나는 화장실 밖으로 나섰다. 눈앞에 널찍한 식당이 펼쳐졌다. 세련된 감각으로 꾸며진 실내엔, 고기를 굽는 손님들로 북적였다. 콩닥거리는 심장을 부여잡고, 나는 아빠와 서연 가족이 모여 있는 좌식 테이블로 다가갔다.

아빠는 네 살배기 손자 산이를 무릎에 앉힌 채, 뭔가를 먹여 주며 꿀이 뚝뚝 떨어지는 미소를 짓고 있었다. 그리고 제 엄마 곁에 얌전히 앉은 세 살배기 손녀딸 강이를 향해 뭐라고 어르며 함박웃음을 지었다. 그러다가 아빠는 고개를 돌렸고 나와 시선이 마주쳤다.

아빠의 웃음이 거짓말처럼 사라졌다. 날 본 서연이 깜짝 놀라서 말했다.

"그래, 언니! 잘 왔어, 잘 왔어! 어서 이리 와서 앉아."

낭패스러운 얼굴로 아빠의 옆자리에 앉았다.

"뉘신데 이렇게 함부로 옆에 앉는 거요? 조금 전, 이제 남남이라며 줄행랑친 양반 아닌가?"

가까이에서 본 아빠의 얼굴은 4년 후의 모습보다 10년 이상 젊어 보였다. 특히 마지막 병상에서의 그 비참했던 몰골과 비교하면…… 나도 모르게 울컥 눈물이 솟았다.

아빠는 기가 막힌다는 얼굴로 날 쳐다봤다.

"왜 질질 짜냐? 그렇게 당당히 뛰쳐나갈 땐 언제고."

"좀 봐주세요, 아빠. 그래도 언니가 이렇게 뉘우치고 있잖아요."

젠장, 그런 게 아니라고!

아빠는 콧방귀를 끼더니 자기 앞에 놓인 잔에 소주를 가득 채웠다.

난, 냉큼 아빠의 잔을 빼앗았다.

"제가 다시 온 이유는, 아빠한테 중요하게 할 얘기가 있어서예요."

"잔은 이리 내고, 얘기해. 안 말릴 테니까."

"제 얘기 먼저 들어 보세요."

내 단호한 태도에 아빠는 물론 서연 부부도 놀란 얼굴로 주시했다.

"계속 이렇게 술을 드시면, 앞으로 4년밖에 못 살아요."

"누가?"

"아빠요. 그리고 죽기 전에는 수치스럽고 고통스러운 치료 과정을 거쳐야 해요. 식사 때면 플라스틱 관을 콧구멍에 꽂아 죽처럼 만든 음식을 목구멍으로 흘려보내요. 2주마다 콧줄을 교체할 때면 얼마나 아픈지는 몰라도, 말릴 새도 없이 자꾸 줄을 홱 잡아 뽑으려는 바람에 코랑 입에서 피가 철철 나는 건 예사죠. 그래서 이번엔 콧줄 대신 배에 구멍을 내고 위장에 유동식을 주입해요. 물론 초반엔 위액이 새어 나와 배가 찢기는 듯한 복막염으로 고생하겠지만 그것만 아니면 콧줄보다는 훨씬 낫죠."

모두 눈이 휘둥그레졌다. 어린 두 조카마저 영문도 모르면서 눈을 동그랗게 뜨고 숨을 죽였다.

"욕심이라도, 손주들 대학 가는 것까지만 보면 소원이 없겠다고 늘 그러셨잖아요. 계속 술을 드시면… 아, 담배도 마찬가지구요. 강이 초등학교 입학식도 못 볼 거예요."

"그게 다 무슨 소리야, 언니?"

서연은 잔뜩 겁에 질린 얼굴이었다.

"믿기 어렵겠지만 사실이야. 헛소리가 아니라구."

"무슨 노스트라다무스처럼 계시라도 받은 거냐?"

"그냥 제가 봤어요."

"헛것을 본 건지 꿈을 꾼 건지 어떻게 아냐? 믿을 만한 근거가 있어야지."

어떤 게 가장 효과적일까? 4년 후에 누가 대통령이 되는지? 아니면 그녀가 지지하는 정치인의 말로가 어떻게 되는지?

아! 내년이면 지금 서연이 살고 있는 아파트값이 급등해서 서초동으로 이사하게 될 거라는 예언이 가장 적합하겠다. 근데 그 아파트 이름이 뭐였더라? 호수는…… 에이, 뭐 딴 거 없나……?

불현듯 난 철썩 무릎을 쳤다.

"내년 2월 말쯤 나라에 엄청난 일이 생길 거야. 사실 이번 달부터 중국 남부의 어느 도시에서 전 세계를 휩쓸 팬데믹이 시작되는데…."

"팬데믹? 중국 남부 도시? 우한 말하는 거 아냐? 아이참, 언니도 순진하다. 그런 걸 믿어? 나도 이미 그런 문자들 엄청나게 받았어. 요새 얼마나 가짜 뉴스가 많은데? 그런 게 다 사실이면 이미 북한이랑 전쟁도 몇 번 했어야지."

이미 그런 문자들이 돌았다고? 그런데 난 왜 하나도 못 받았지? 아, 하긴…….

살짝 조소마저 어린 서연의 표정에 당혹하긴 했지만, 이대로 물러설 수 없었다.

"좋아, 지금부터 내가 하는 말, 잘 기억해 둬. 우한 바이러스는 코로나19라고 불릴 거야. 사람들은 어디서나 마스크를 써야 하고 집 밖에도 잘 돌아다니지 못해. 1년도 안 돼서 미국에서 개발했다는 백신을 비싼 돈 주고 가져다가 몇 차례씩 맞아도 감염자는 끊임없이 늘어나는데, 걸린다고 다 죽지는 않아. 대개는 극심한 몸살 같은 걸 겪고 감기약 같은 거 먹고 나았다가 또 걸렸다가 하는데, 언론에서는 영원히 끝나지 않을 거라고 떠들어대지만 결국 3년이 지나면 바이러스는 거의 자취를 감추게 되지. 모든 나라를 통틀어서 650만 명이 죽고, 우리나라는 사망자가 2만 7천 명 정도 나올 거야. 우리 가족도 나랑 택연이, 그리고 아빠만 빼고 다들 한두 번씩 걸리는데, 조금 많이 아프고 말지. 그런데 문제는 아빠야. 아빠는 팬데믹이 끝나고 얼마 있다가 말기 암으로 보람 병원에 입원하게 돼."

모두 할 말을 잊은 듯했다.

"앞으로 내 말이 맞단 걸 알게 되면, 서연이 네가 책임지고 아빠가 술·담배를 끊도록 만들어야 해. 그래도 네 말을 제일 귀담아들으시니까."

"아하… 그러니까, 아빠 술 끊으시라고 언니가, 하는 소리였네.

하하하! 놀라라……."

서연이 냉소적인 웃음을 터뜨렸다. 그게 아니라고 항변하려 했지만, 아빠가 근엄한 말투로 앞질렀다.

"좋다. 백번 양보해서 네가 한 말이 진짜 예언인지 망상인지 몰라도 여하튼 들어맞는다 치자. 그렇다면 그건 이 아빠의 운명인 거야. 수명은 하늘에 달린 건데 사람이 노력한다고 되겠냐? 만약 네 말대로라면, 얼마 안 남은 시간 동안 더 부지런하게 술을 즐겨야겠구나."

"속이지 마세요. 맨날 그렇게 초연한 척 자신을 속이지 마시라구요. 세상에 죽음이 두렵지 않은 사람이 어딨어요? 태어난 운명은 바꿀 수 없지만, 팔자는 노력하면 바꿀 수 있는 거라고, 아빠가 자주 했던 말 아닌가요?"

"이제 와 팔자를 바꾸면 뭐 하겠냐, 얼마나 더 산다고. 사람이 낙이 있어야지, 오래 산다고 장땡이 아니야."

"찾아보면 취미 거리는 많아요. 등산도 하고 장기도 두고 영화도 보고, 종로의 허리우드 극장은 관람료가 2천 원이래요. 건강해야 맛있는 것도 먹을 수 있고, 손주들도 더 오래 볼 수 있잖아요. 반려견을 키우는 건 어때요? 불쌍하고 귀여운 유기견들 많잖아요. 이름은 재롱이라고 짓고…."

"개는 무슨! 털이나 날리고, 아프면 돈이나 들고, 못 써, 못 써."

"언니 말도 일리는 있어요. 이제는 웰빙 뿐만 아니라 웰다잉도 중요한 시대잖아요. 새롭고 다양한 즐거움을 찾아보는 것도 좋은 것 같아요."

"역시, 언니가 작가 소질이 있긴 있나 봐. 나, 진짜 빠져들 뻔했잖아. 와, 아깐 정말 오싹하더라."

"그게 아니라니까!!"

"왜 소릴 질러? 그러면 그게 다 진심으로 한 얘기란 거야?"

급기야 서연과도 말다툼을 벌였다.

"그만해."

평소 말수가 적은 제부가 조용하고 엄한 투로 말했다. 그러자 서연은 금세 입을 다물었다. 물론 나도 마찬가지였다.

아무리 가족이라도 믿지 못하는 건 어쩌면 당연한 일이었다. 답답해서 속이 터질 지경이었지만, 달리 방법이 없었다. 그때가 오기를 기다릴 수밖에.

이제 곧 두 시간 후면, 2년 후의 크리스마스이브 날이 될 것이다.

*

눈 깜짝할 새 2021년의 크리스마스이브 저녁으로 이동했다.

그런데 나는 적잖이 당황했다. 캐럴이 흐르는 근사한 스테이크 식당이 아니라, 비닐 포장에 둘러싸인 침상 위에 누워 있었기 때문이다.

이곳은 일반 병실과는 분위기부터 달랐다. 내가 입은 옷도 일반 환자복이 아니라 머리끝에서 발끝까지 가려진 하얀 방호복이었고, 산소마스크를 끼고 있었고, 팔에 링거 바늘이 꽂혀 있었다. 온몸이 두들겨 맞은 듯 아팠다. 오한이 나고 머리도 어질어질하고 지끈거렸다.

이게 대체 어떻게 된 일이지!

내가 죽어가고 있는 건가 싶었다. 이런 통증은 난생처음이었다. 비닐 장막이 걷히며 방호복을 입고 고글과 마스크로 얼굴을 모두 가린 누군가 들어왔다. 바이털 사인을 점검하는 그녀에게 내가 왜 여기에 누워 있는지 물었다.

알고 보니, 내가 코로나 중증에 걸려 이곳에 3일째 입원 중이라는 사실을 알았다. 가족들도 만날 수 없었다. 전화를 쓰고 싶다고 했지만, 그녀는 내가 누워 있어야 한다며 말만 남긴 채, 급히 자리를 떴다.

난 힘겹게 몸을 일으켜 산소마스크와 바이털 체크기 그리고 링거 주삿바늘을 모두 제거한 후 침대에서 내려와 비닐 장막을 걷어 보았다. 병상이 수두룩했고 의료진들이 정신없이 오가는 출입문에 붙은 〈권역응급의료센터〉라는 표지판이 보였다. 난 바로 곁을 지나던 방호복을 입은 사람을 잡고 휴대폰을 빌려달라고 간청했다. 잠시 망설이던 그는 말없이 휴대폰을 꺼내주었다.

서연에게 연락했지만 받지 않았기에 엄마에게 전화했다. 다행히 바로 전화를 받은 엄마에게 충격적인 얘기를 전해 들었다.

내 예언이 들어맞았다는 걸 알게 된 아빠는 놀란 기색을 감추지 못했고, 정말로 술을 끊고 건강을 위해 노력하기 시작했다. 생강, 강황, 돼지감자, 여주 등으로 혈당 관리도 하고, 산책과 가벼운 등산도 했다.

그런데 건강한 취미생활을 찾아보다가, 구에서 운영하는 게이트볼장에 다니게 된 것이 문제의 발단이었다. 코로나로 한동안 모임은 중단됐지만, 마음이 맞는 사람들끼리 조심스레 모여 마스크를 쓰고 볼을 쳤다. 거기서 경기 후 함께한 식사 자리에서, 누군가에게서 코로나에 감염된 것이었다.

아빠는 심각한 기저질환이 있던 데다, 코로나 증상인 폐렴까지 악화되며 상태가 급속도로 나빠졌다. 곧바로 중환자실에 입원해야 했지만, 병상이 없었다. 아빠를 모시고 이 병원 저 병원을 찾아 헤매던 나도, 결국 아빠에게서 바이러스를 옮고 말았다.

어느 병원 응급실에서 격리 중이던 아빠가, 이틀 전 코로나 합병증으로 세상을 떠났다는 소식을 들었을 때는 충격 그 자체였다.

원래 아빠도, 나도 코로나에 걸린 적은 한 번도 없었다.

괜히 나 때문에 아빠는 2년이나 더 일찍 돌아가셨잖아. 어줍잖은 예언을 한 게 실수였다. 운명은 함부로 거스르지 말았어야 했다.

헐레벌떡 센터를 뛰쳐나온 난 택시에 올라 기사를 향해 양평으로 가자고 소리쳤다. 나까지 죽기 전에 얼른 자개장에 들어가야만 했다.

7.

자개장 밖으로 나왔을 때, 가뿐해진 몸 상태에 매우 기뻤다.

그런데, 열어진 문 앞에 폭격을 맞은 듯 어수선한 거실이 나타났다. 초원 빌라 안이었다.

이삿짐센터 직원 두 사람이 800리터급 냉장고를 낑낑대며 밖으로 옮기고 있었다. 세탁기 50인치 TV, 가죽 소파 등 큰 살림살이 모두 빠진 집 안은 휑했다.

8회차 시간 여행의 첫 날인 이날은 2019년 2월 18일 토요일이었다.

나와 택연이 아빠와 살던 이 집을 떠나 엄마를 따라 양평으로 이사하는 날이었다. 오전 10시 29분으로 표시된 휴대폰 하단에 타이머 시간이 돌아가고 있었다.

타이머 03:39:59

고개를 돌려 보니 거실 밖 베란다에 아빠가 서 있었다. 난 반가운 얼굴로 그곳으로 다가갔다. 아빠는 창을 열고 담배를 피우며 이삿짐이 실리는 3톤 트럭을 내려다보고 있었다. 담배 연기를 한숨처럼 내뱉던 아빠는 짧아진 담배를 빈 참치 통조림에 비벼 끄고 발치에 있는 쓰레기봉투에 깡통을 넣었다. 아빠는 주머니에 있던 남은 담뱃갑과 라이터까지 몽땅 종량제 봉투에 버렸다.

맞아. 이때부터 아빠는 담배를 아주 끊었지….

"아빠!"

"어, 네 짐은 다 옮겼냐? 찬찬히 다시 잘 살펴봐. 또 덤벙하다 빠뜨린 거 없나…"

"괜찮으세요?"

"뭐가?"

"그냥… 이것저것."

"자연아-!!"

밖에서 들리는 엄마의 외침에 흘깃 창 아래를 내려다본 아빠가 말했다.

"너 내려오란다."

난 아빠를 보며 결연하게 말했다.

"전 따로 갈 데가 있어요."

"응? 어딜?"

"내년 아빠 생신 때 봐요."

"내년? 가끔 양평에 가볼 참인데, 왜? 아빠가 가는 게 싫어서 그러냐?"

"그게 아니고… 아무튼 나중에 봐요."

어디를 가느냐고 외치는 아빠를 돌아보지도 않고 후다닥 밖으로 뛰쳐나갔다. 막 계단을 올라오던 엄마와 마주쳤다. 엄마는 내게 작은 액자를 내밀었다.

"이거 도로 갖다 놔! 안 그래도 자리도 모자란 판에 이딴 걸 왜 챙겼대?"

어느 바닷가 앞에서 찍은 아빠의 독사진이었다. 지금보다 10년은 젊은 모습에 바바리코트의 옷깃을 세우고 어딘가를 아련하게 바라보는 모습에서 고독함이 물씬 느껴졌다. 어쩌다 이삿짐에 섞여 들어간 모양이었다.

"소리는 왜 질러요? 제가 갖다 놓은 것도 아닌데!"

"내가 언제 소릴 질렀어? 소리는 네가 질렀지!! 얼른 이거 주인이나 갖다줘!!"

"엄마가 직접 갖다줘요!! 에잇!!"

벌컥 엄마를 밀치고 계단을 뛰어 내려가 택시를 타고 지리산이 있는 경남 함양까지 내려갔다. 택시비가 걱정되긴 했지만, 오늘은 4시간밖에 허락되지 않았기에 어쩔 수 없었다. 그곳에 사는 어느 심마니를 찾아가려는 것이다.

지난번 우연히 천종산삼에 관한 뉴스를 봤던 난, 틈틈이 관련 자료를 검색하다가 몇 달 전 지리산에서 백 년 넘은 천종산삼을 발견한 심마니에 관한 기사를 발견했다. 해발 700미터의 어느 골짜기에서 캔 것으로 뿌리 끝부터 노두를 지나 이파리까지 70센티가 넘는 희귀 삼이라고 했다. '천종'은 말 그대로 하늘에서 내려줬다는 뜻으로, 일반적인 인삼이나 장뇌삼과는 차원이 다르다고 했다. 그가 캔 천종 네 뿌리의 감정가는 1억 5천만 원으로 책정됐다. 판매가는 그보다 훨씬 웃돌 거라고 했다.

약 3시간 후 행운의 심마니가 산다는 동네에 도착해 통장에 있던 전 재산을 탈탈 털어 택시비를 냈다.

그의 집을 찾는 건 어렵지 않았다. 동네 정자에 앉아 있던 할머니들에게 심영근이라는 심마니를 아는지 물으니, 앞다퉈 집을 알려주었다.

푸른 기와지붕이 얹힌 한옥 앞에 다다라 대문 없는 마당 안을 기웃대자, 여기저기 매달아 놓거나 널어놓은 다양한 약초들이 보였다. 너른 마당의 한쪽에 있는 커다란 비닐하우스에서 한 남자가 광목 자루를 탁탁 털며 나오다 나를 보고 "뉘교."라고 했다. 무슨 말인지 얼른 알아듣지 못했던 난 대답은 못 했지만, 그가 기사에서 본 사람과 동일 인물이란 걸 알았다. 내가 천종산삼을 구하러 왔다고 하자, 그는 날 감정이라도 하듯 위아래로 훑어봤다.

"현찰은 있는교?"

"일단 보여주세요. 물건을 봐야 흥정하죠."

마치 난 뭘 아는 사람처럼 당당하게 대꾸했다.

그러자 그는 말린 비단풀과 더덕이 널린 평상 위에 있던 자신의 휴대폰을 가져오더니, 직접 찍은 사진을 몇 장 보여주었다. 기사에서 본 산삼이 틀림없었다.

"이게 진짜 실물이 있는 거 맞아요?"

"와요? 누가 즈이 집에서 사기 칠라고 이캅니꺼? 다 뉴스에도 나고 안 했는교."

"직접 한 번 보고 싶은데… 일부러 서울에서 온 거예요."

"서울 아니라 평양에서 왔다 캐도 산다 카문 안 뵈주께뵈? 천종은 그리 함부로 뵈주는 기 아이라."

"근데 왜, 아직 안 팔렸어요?"

그는 한 달 전 산삼을 1억 5천에 경매로 내놓았다가 3억에 낙찰받았다고 했다. 그런데 낙찰을 받은 사람이 돈을 마련한다며 기일을 미루더니 연락이 안 된다고 했다. 개인 구매자들의 문의도 꽤 받았지만, 가격이 맞지 않아 다시 경매에 내놓을 예정이라는 것이다.

"3억 있어요? 힘들면 해지긴 전에 퍼뜩 올라가소."

그는 파리를 쫓듯 손사래를 치고는 평상에 앉아 말린 비단풀을 플라스틱 접시에 수북이 담아 납작한 전자저울에 달았다.

"아저씨, 제가 사지도 못할 걸 서울에서 택시 타고 여기까지 왔겠어요? 잠깐 보여주는 게 뭐 그리 어렵다구 그러세요?"

그는 중량을 맞춘 비단풀을 비닐봉지에 넣고는 손때 묻은 스프링 노트에 뭔가를 끄적끄적 적었다.

"이, 천종이란 기, 사람 손을 탄맨치 기운이 날아가 뿐데이. 효험이 떨어진다꼬."

"안 만질게요. 눈으로만 볼게요."

"어허, 사람 눈에도 다 기가 있는 기라. 저 가서 아무 풀때기 하나 찍어서 노려보라고. 하루도 못 지나 시들어 죽어 뻔다니까. 내 말이 참말인가 아닌가 함 해보소!"

"진짜면 산다니까요! 하 참… 그러면 어떻게 해야 볼 수 있는 건데요?"

"한 4·50년 됐나… 울 아부지가 600살 넘은 천종을 캤다 안카요. 한 날은 기별도 없이 대한민국에서 최고라 카는 재벌 회장님이 비서 한 명 데꼬 찾아온 기라. 그 냥반이 오자마자 그, 007가방 있잖아? 그 가방을 하나 턱 내놓음서 삼 한번 보자 카대. 그기 당시 아파트 한 채 값이었제. 기양 아파트 아이고 강남 노른자 땅 아파트."

"구경만 하는데요??"

"구경만은 무슨… 삼에 도가 튼 냥반이라 대번에 물건을 알아봤제. 내 평생 찾던 기 이기다! 라꼬, 아파트 세 채 값을 더 내놓드만. 그라고 앉은 자리에서 잔털 하나 안 남기고 세 시간 동안을 다 씹어먹었다꼬."

미쳤다. 보통 사람은 30년을 허리가 휘도록 일해도 아파트 한 채 얻을까 말깐데, 3시간 만에 강남 아파트 네 채를 꿀꺽 삼켜버리다니.

"그 회장은 백 살도 넘게 살았겠어요?"

"흥! 그레 단순한 기 아니제. 사람 수명이란 다 따로 있는 기라, 천금이 있다꼬 시간을 살 수 있다요? 삼 덕에 건강하게 지내다 가믄 그기 장땡이제."

그라고는 약초 포장에만 몰두하는 그의 고집스러운 얼굴을 보니 더는 설득하기는 쉽지 않다고 생각했다. 난 머리를 굴렸다. 신뢰를 살 수 있는 방법이 없을까? 비즈니스란 결국, 사람의 마음을 사는 것이니까.

잠시 망설이던 난 평상 끝에 슬쩍 걸터앉았다.

"이런 거 다 하시려면 힘드시겠어요."

"안 힘든 일이 어데 있나… 밥은 먹고 살아야 안 하요. 삼이 지천으로 널린 게 아닌 담에야…… 하기사 그랬다믄 그리 비싼 몸이 아니었겠제."

"아, 정말 그렇네요. 헤헤……"

난 그가 하는 양을 따라 비단풀을 봉투에 담았다.

"뭐하는교? 놔두소, 그케 하는 기 아니요!"

그가 신경질을 내며 봉투를 빼앗아 갔다.

"심마니 일은 혼자서 하시는 거예요?"

"그람 혼자 하지 떼루 하나? 가끔 깊은 데 갈라치믄 한둘 붙여 가기도 하제. 여 지리산엔 곰이 많아 놔서……."

"오, 그렇게 여럿이 다니다 산삼을 발견하면 어떻게 해요?"

"먼첨 본 사람이 그 자리에서 '심 봤다'하고 소리쳐야제. 그게 삼의 주인이란 표신기라. 마카, 애매한 상황이면 엔 분의 일로 나누기도 하고… 아참, 기양 놔두라꼬요. 해 떨어지기 전에 퍼뜩 가이소마."

"지금은 어차피 어디도 못 가요."

"와요?"

"그럴 만한 사정이 있어요."

"우짤라꼬예?"

"선생님께 폐 끼칠 일은 없으니 걱정하지 마세요. 그런데, 선생님은 어쩌다 심마니가 되신 거예요? 기사에서 보니까 아버지도 심마니셨다고 하던데, 가업으로 물려받으신 거예요?"

"어데예?"

내내 치솟아 있던 심영근 씨의 숱 많은 눈썹이 쑥 내려앉았다. 그는 한결 누그러진 태도로 자신의 이야기를 들려주었다.

원래 그는 자기 아버지처럼 심마니가 되고 싶은 마음이 추호도 없었다. 귀한 산삼으로 다섯 명의 자식을 대학도 보내고 결혼도 시킨 심마니 아버지는 80세가 넘은 고령에도 산을 헤집고 다니다 낙상해 유명을 달리했다. 서울에서 작은 공장을 운영하던 장남 심영근 씨는 자신의 열일곱 살 딸이 뇌의 혈관에 문제가 생긴 걸 알았다.

산삼이 특효약이라는 말에 백방으로 찾아다녔지만, 설상가상으로 그 해 터진 IMF로 인해 사업이 망해 그만한 돈을 마련할 수 없었다. 그는 딸을 위해 자신의 아버지처럼 직접 산삼을 찾아 지리산을 헤매고 다녔다. 그리고 3년 6개월 만에 150년 된 천종산삼을 발견했다. 생활비를 위해 팔 한 뿌리만 남기고 나머지 두 뿌리를 딸에게 먹였고, 딸은 병이 깨끗이 나았다.

천종산삼의 효과를 직접 체험한 그는, 자신에게도 심마니의 피가 흐름을 깨닫고 본격적인 심마니가 되었다. 천종산삼을 캤던 그 장소를 자기만 아는 방식으로 표시해 두고, 남들에겐 비밀로 했다. 그 근방에서 몇 년에 한 번씩 천종을 발견하곤 했기 때문이다. 이번에도 같은 곳에서 찾아낸 것이라고, 한 번 큰 심이 발견되면 그 일대의 땅을 10년 이상은 캐 먹는다며 심영근 씨는 미소를 지었다.

그가 이야기하는 내내 존경의 눈빛을 담아 열심히 경탄하는 모습을 보이던 나는 호기롭게 외쳤다.

"그거, 제가 5억에 살게요."

도라지를 바구니에 넣던 그가 멈칫했다. 하지만 그다지 믿기지 않는 눈초리였다.

"대신 3년만 기다려주심 안 될까요? 3년이래야 뭐 눈 깜짝할 새인걸요."

2023년 3월이 되어야 복권 당첨금을 탈 수 있기 때문이다.

아니나 다를까, 그는 코웃음을 치더니 어림도 없는 소리라고 일

축했다.

"정말이에요. 그때 꼭 돈 갖고 올 테니까 절대 다른 사람한테 팔지 마세요."

"뻘소리 말고 퍼뜩 가소 마! 내 오만 사기꾼을 한두 번 본 줄 아는교?"

"그게 왜 사기예요? 기다려달란 것뿐인데요?"

그는 상대하기 싫다는 듯 홱 돌아서서 집으로 들어가 현관을 쾅 닫았다. 안에서 철컥 걸쇠를 잠그는 소리도 났다.

에휴, 그냥 포기해야 할까.

망연히 서서 하릴없이 눈동자만 이리저리 굴리던 난, 문득 평상 위로 시선을 멈췄다.

평상 위에 펼쳐진 스프링 노트 사이에 뭔가가 그려진 종이가 삐죽 튀어나와 있었다. 왜 그랬는지 몰라도 머리가 생각하기도 전에 내 손이 절로 뻗어 종이를 쓱 빼냈고, 내 눈이 그것을 들여다보았다.

놀랍게도 그 종이는 노고단, 토끼봉, 촛대봉 등 지리산의 지리가 그려진 지도였다. 곳곳에 붉은 사인펜으로 X자 표시가 눈에 콕콕 박혔다. 제멋대로 콩콩 뛰기 시작한 가슴을 진정시키며 지도를 유심히 들여다보았다.

아무래도 천종을 발견한 지역임이 틀림없었다. 그렇지 않나? 심마니가 가진 지도인데 그것 밖에는 달리 무슨 생각을 할 수 있을까! 게다가 그가 조금 전, 천종산삼이 한 번 발견된 곳은 반경 수백 미터 이내에 또 다른 심이 있기 마련이라고, 그러므로 천종을 캤던 곳을 누구에게도 알려주지 않는다고 하지 않았나.

이건 그야말로 보물 지도임이 틀림없었다!

번쩍 고개를 들고 굳게 닫힌 현관을 돌아보았다. 다시 손에 든 지도를 내려다보았다. 내 손에 이런 것이 쥐어진 건 결코 우연이 아닐 것이다. 그러니 난 이것을 훔치는 게 아니다. 다만 우주의 뜻대로 진행하는 것뿐이다.

　난 재빨리 지도를 접어 겨울 점퍼 안주머니에 깊숙이 집어넣고 천천히 뒷걸음질 쳤다. 이런 때일수록 더욱 침착해야 한다. 조바심을 치거나 서두르면 일을 그르치는 법이다.

　난 굳게 닫힌 현관을 향해 큰 소리로 외쳤다.

　"어쩔 수 없죠, 뭐! 그럼 안녕히 계세요!!"

　마당을 나와 빠르게 걷다가 심마니의 집이 시야에서 완전히 사라지자 쏜살같이 뛰어갔다.

8.

타이머가 끝나자 2019년 12월 14일로 점프했다.

　아빠의 생일 모임 날이었다. 전처럼 화장실에 있던 난 식당 안으로 나와 그대로 아빠와 서연 가족이 있는 자리를 지나쳤다.

　가까운 등산용품점에 들러 심마니가 갖춰야 할 여러 물품을 준비해서 지리산으로 갔다. 복권을 손에 넣을 3년 후까지 기다릴 여유가 없다. 그때가 되면 이미 산삼이고 죽은 삼이고 간에 소용이 없어질 확률이 높았다. 돈이 없으면 몸으로 때우는 게 진리. 게다가 나라고 심마니 노릇쯤 못 할 것도 없다는 무모한 자신감도 한몫했다. 내게는 농사일로 다져진 튼튼한 팔과 다리, 그리고 시간이라는 자원이 있었으니까. 그저 삼을 알아보는 눈만 있으면 되는 것이다.

　물론 그게 가장 핵심적인 기술이었기에 기를 쓰고 공부했으니 찾는 건 시간문제일 뿐이라고 생각했다. 이 산삼 지도를 얻은 건 그저 운이 아니었다. 내가 할 수 있는 만큼 노력한 끝에 더는 어쩔 수 없는 벽에 부딪혀 막 좌절하려던 순간 눈앞에 나타난 것이다. 하늘도 스스로 돕는 자를 돕는다는 속담처럼 말이다.

작은 호미와 비상약, 여벌의 옷과 오이와 초코바, 물병 등을 넣은 커다란 배낭을 메고 튼튼한 등산화까지 갖췄다. 거기다 만일을 대비해 인터넷에서 구매한 마체테(정글도)까지 챙겼다. 난 맨 먼저 지리산의 최고봉이자 제1의 절경으로 유명한 천왕봉부터 시작해 반야봉, 노고단, 형제봉 등 시간이 허락하는 대로 지도에 표시된 붉은 X자 지역을 부지런히 찾아다녔다.

홀로 산을 타는 것에 대한 어려움이나 부담감은 없었으나 종종 생각지 못한 오싹한 일들과 맞닥뜨리고는 했다. 이곳에는 평소에는 거의 볼 수 없는 무수히 많은 생명체가 살고 있었다.

이를테면 하늘다람쥐나 노란목도리담비 같은 것들이 갑자기 눈앞에서 휘리릭 지나가면 심장이 쿵 내려앉게 된다. 그런 건 그나마 양반 축에 속한다. 희한하게 생긴 벌레들이 이리저리 달려들 땐 소리를 지르지 않을 수 없다. 과장이 아니라 박쥐로 착각했던 나방도 있었다. 그런 벌레에게 물렸다가는 죽을 것 같았다. 그러다가 뱀을 만나면 그런 곤충들 따위는 또 하찮다고 느끼게 된다. 유혈목이나 누룩뱀, 능구렁이는 보기만 해도 발길이 얼어붙고 만다. 이따금 동네 산책길인 시냇가의 갈대 수풀에서 튀어나오던 작고 얇은 초록 뱀은 아주 귀여운 것이었단 걸 깨달았다. 물리면 일곱 걸음을 걷기도 전에 죽는다고 해서 '칠보사'라고도 불리는 까치살무사도 목격했다.

그렇지만 그보다 더 힘든 일은 산속에서 길을 잃는 것이었다. 원체 방향감각이 둔한 데다 길눈이 어두운 편인 나로서는 삼을 찾는 데에 몰두하다 보면 길을 잃기 십상이었다. 그래서 늘 등산로 방향을 표시해 놓아야 했다. 게다가 정해진 타이머 시간이 있어서 아무리 빠르게 움직여도 언제나 한계에 부딪혔다.

지도 속 X자 표시가 된 곳은 총 열다섯 곳이었는데, 지리산은 너무나 넓었다. 무려 서울 면적의 70%, 즉 에버랜드 320개가 합쳐진 면적이라고 했다. 그중에서도 붉은 X 표시 지역은 죄다 험하고 깊은 산골짜기들이었다. 이런 곳을 다닐 때 가장 무서웠던 건, 바로 사람과 마주치는 일이었다. 이런 곳을 홀로 다니는 사람은 제정신이 아닐 테니 말이다. 그럴 때면 수풀 속에 숨어 있거나, 어쩔 수 없이 맞닥뜨리면 허리에 찬 마체테를 꼭 쥐고 상대가 말을 붙여도 헐레벌떡 내빼곤 했다.

사실, 처음 산삼을 찾기 시작한 지 한 시간도 안 돼서 포기하려 했다. 꼭 산삼이 효능이 있을 거란 보장이 어디 있을지 하는 합리적인 핑계도 떠올랐다. 하지만 등산 장비를 사들이느라 서연에게 자존심을 내려두고 빌린 돈과 여기까지 오느라 애써 계획하고 준비한 수고가 아까웠다. 게다가 손발만 조금 고생하면 수억 원 가치의 영험한 묘약을 얻을 수 있다는 기대감에 이런 무모한 도전에 매달릴 수밖에 없었다.

그날그날 타이머가 끝나고 다음 순간으로 넘어갈 때마다 나는 어김없이 지리산으로 달려갔다. 그렇게 반복되는 시간 속에서, 어느 날 문득 눈을 떠보니 지리산 계곡 사이를 헤매고 있는 내 자신이 보였다. 등산 장비는 점점 늘어났고, 급기야 원터치 텐트까지 갖춰져 있었다.

지도를 보면 내 기억에는 없는 지역에 O자 표시(다녀갔다는)가 되어 있기도 했다. 이때부터 타이머가 끝나기 전에 "다음엔 칠선봉, 칠선봉으로 가는 거야!"라고, 속으로 되뇌었고, 그러자 정말 다음 순간, 칠선봉 산마루에서 눈을 떴다. 그 뒤로도 타이머가 끝날 무렵엔 "다음은 토끼봉, 토끼봉으로 가는 거야!"라고 반복하면, 정말로 토끼봉의 산마루 턱에 앉아 있었다.

그러다 마침내 2023년 3월 31일에 비둘기봉의 둘레길 쉼터에서 눈을 뜬 난, 아빠가 병원에 실려 갔다는 옆집 태훈의 전화를 받았다. 난 자개장에 들어가기 위해 바로 산을 내려가 양평 집으로 달려갔다.

9.
그 후에도 자개장에 들어갔지만, 산삼은 좀처럼 구할 수 없었다. 결국 9회차부터 12회차까지 반복해서 드나들 수밖에 없었다. 시간이 거슬러 갈수록 타이머는 점점 짧아졌고, 과거로 향하는 날짜의 간격은 무척 들쑥날쑥했다. 나름의 규칙이 있다고 여겼지만, 실상은 무작위처럼 느껴졌다. 몇 주, 몇 달을 훌쩍 뛰어넘던 이동이 어느 순간부터는 2017년 안에서 몇 주 간격으로만 뒤로 흘렀다.

문득 궁금했다. 만약 이 타이머 존이 아빠의 과거라면, 과연 그에게 이 날은 어떤 의미를 지닌 시간이었을까?

그러다 13회차 시간 여행에서 무시무시한 존재와 마주치고 말았다. 바로 반달곰이었다.

지리산은 국가가 지정한 반달곰의 서식지였다.

우리나라는 2004년 러시아, 북한, 중국 등지에서 어린 반달곰 다섯 마리를 데려왔다. 국립공원공단 소속의 '종복원기술원'이라는 곳에서 맡은 〈한반도 반달곰 복원 프로젝트〉의 시작이었다. 2021년이 되자 세 마리의 어미 곰이 여섯 마리의 새끼 곰을 낳았고, 2022년에 태어난 5마리의 새끼 곰과 2023년에 태어난 7마리의 새끼 곰까지 합쳐 지리산에 살게 된 반달곰은 총 86마리가 되었다.

보통은 이곳의 곰들이 민가에 나타나거나 등산객을 위협하는 일은 거의 없었다. 등산로에서 아주 멀리 떨어진 곳에 살게 하는 데다, 어린 곰을 방사하기 전 '대인기피 훈련'을 시키기 때문이다. 사람에 대한 두려움을 심어주려는 것인데, 훈련 방식의 하나로 전기충격기를 이용했다. 이 훈련에 통과하지 못한 곰, 즉 그렇게 위해를 가하는 인간을 겪고도 여전히 사람을 좋아하고 따르는 곰은 야생에 방사되지 못하고 동물원에 보내져 평생 갇혀 살아야 했다. (이런 훈련을 받지 않아도 대인기피증이 절로 생기는 우리 인간은 얼마나 대단한지)

나는 산 곳곳을 누비며 반경을 넓혀갈수록 반달곰들과 몇 번씩 마주치곤 했다. 보통 먼발치에서 몰래 관찰하는 정도였는데, 생각보다 그리 덩치가 크거나 위협적으로 보이지는 않았다. 도리어 귀엽고 천진스러운 생김새와 행동에 호감이 갔다. 어쩌면, 다양한 외국인들이 자기 집에서 키운 거대한 곰과 부둥켜안고 뒹굴며 교감하는 인터넷 영상을 많이 봤던 탓인지 몰라도, 이곳에 사는 곰들도 먹을 것을 주며 잘 구슬리면 그런 영상에서처럼 친해질 수도 있을 것 같았다. 바로 코앞에서 마주치기 전까지는 정말 그랬다.

아무튼, 나의 시간 여행은 계속되었고, 16회차에 이르러 큰 사건이 터졌다.

2016년 9월 15일, 햇살은 따사로웠고 계곡 바람은 청량했다. 나는 가파른 산기슭을 엉금엉금 기어 오르며 산삼을 찾던 중이었다. 그러다 불과 3미터 앞 수풀에서, 새끼 둘을 거느린 어미 곰과 마주쳤다.

어미 곰은 나를 보더니 땅을 쿵쿵 울리며 돌진하기 시작했다. 순간, 곰을 만나면 절대로 도망쳐선 안 된다는 말이 머릿속을 스쳤다. 곰은 시속 60킬로미터까지 달릴 수 있다고 했다. 우사인 볼트의 최고 속력이 시속 40킬로미터라는 걸 생각하면, 도망치지 말라는 조언이 허투루 들리지 않았다.

난 〈이솝 우화〉에서 봤던 대로 벌렁 드러누워 죽은 체했다. 어떤 사람들은 이 방법이 실제로는 아주 위험한 짓이라고 했지만, 이 상황에 할 수 있는 게 달리 없었다. 타이머가 아직 30분이나 남아 있었기에 어떻게든 그 시간 동안은 버텨야 했다.

눈을 질끈 감고 바닥에 엎드린 채 숨조차 죽이고 있는데, 곁에서 들려오는 거친 숨소리와 땅을 울리는 발소리에 공포는 절정에 이르렀다. 평소 곰과 껴안고, 뽀뽀까지 해보고 싶다는 허황된 꿈을 꿨던 나였지만, 지금만큼은 곰이란 종이 멸종해도 단 한 톨의 미련도 없었다.

문득 통나무 찧듯 쿵쿵대던 소리가 멈췄다. 곧, 내 정수리와 목덜미에 축축한 혀가 닿더니 크르릉-크르릉- 소리와 함께 뜨거운 김이 뿜어져 나왔다. 숨이 막혔지만, 죽지 않을 정도로만 천천히, 아주 조심스럽게 숨을 내쉬었다.

그렇게 꿈쩍도 하지 않은 채 엎드려 있는데, 갑자기 콧잔등이 간질간질했다. 풀잎 한 가닥이 끊임없이 내 코를 건드리고 있었기 때문이다. 미치도록 긁고 싶었지만, 움직일 수는 없었다. 간지러움을 참는다는 건 고문에 가까웠다. 어릴 적, 내가 간지럼을 태워 괴롭히던 서연의 심정이 그제야 뼈저리게 와닿았다.

그때였다. 어미 곰이 느닷없이 커다란 앞발을 들어내 뒤통수를 톡톡 건드리기 시작했다.

그녀의 발길질은 점점 거세졌다. 이젠 정말 한계였다. 이렇게 가다간 정말 죽을지도 몰랐다. 얼른 일어나 도망치는 수밖에 없다고 생각하며 상황을 살피려 실눈을 뜨는 찰나, 나는 속으로 '유레카!'를 외쳤다.

코끝을 간질이던 풀잎은 다섯 장의 이파리가 별처럼 퍼진, 오밀조밀한 형태였다. 단번에 알아볼 수 있었다. 내가 그토록 찾아 헤매던 바로 그것, 천종산삼이었다. 더 이상 사진을 꺼내 확인할 필요도 없었다. 살아남는 한, 반드시 이 순간을 붙잡아야 했다.

나는 다시 눈을 감았다. 어미 곰은 앞발을 거두더니, 이번엔 느닷없이 혓바닥을 내밀어 내 머리통을 쓱쓱 핥기 시작했다. 오래 감지 않아 떡이 진 머릿결에서 풍기는 구수한 냄새 때문이었을까. 혀가 한 번 훑고 갈 때마다 머리카락이 뽑히는 듯한 고통이 밀려왔다.

이제 좀 가라 제발… 부탁이야…….

그때 묘한 정적이 흘렀다. 거친 숨소리 외에는 아무 기척이 없었다. 슬그머니 한눈을 떠서 보는 순간, 어미 곰이 내 머리통을 덥석 깨물었다.

쇠창살에 두피가 찢기는 고통을 느낀 난 비명을 지르며 펄쩍 뛰어올랐고, 그 순간 요란한 호루라기 소리가 들렸다. 곰이 깜짝 놀라더니 달려오는 세 명의 남자를 보고는 자신의 새끼 두 마리를 데리고 수풀 너머로 빠르게 사라졌다.

난 가까이 다가오는 세 남자를 향해 고개를 숙이며 "감사합니다! 정말 감사합니다!" 연신 인사하다 멈칫했다. 그러다 그 중 가운데 선 사람을 알아본 난 일순 굳어버렸다.

그는 심영근 심마니였다. 난 그대로 산삼이 있는 자리에 털썩 주저앉았다.

"괜찮은교? 다리도 다쳤는 갑네!"

그의 오른쪽에 선, 산적처럼 생긴 털보 아저씨가 걱정스레 물었다.

"아따 마! 아가씨 혼자 뭐 한다꼬 겁도 없이 이런 델 싸돌아댕기는교?"

그중 가장 어려 보이는 40대의 깡마른 체구의 남자가 말했다. 그때, 심영근 심마니가 눈을 부릅뜨고 손가락으로 가리키며 "어어…?"라고 했다. 아마도 날 알아본 듯했다. 낭패스럽던 참에 이번엔 깡마른 남자도 그를 따라서 손가락으로 내 얼굴을 가리키며 말했다.

"병원부터 가야 안 하나!?"

"네? 아, 아녜요, 이 정도로 병원은요 뭘, 헤헤….''

"피가 억수로 나는 구마이. 뭐가 아니요, 얼른 일어나소, 마!"

그제야 이마를 타고 연신 흘러내리던 뜨뜻한 액체가 땀이 아니라 피라는 걸 알았다. 하지만 난 대수롭지 않다는 듯 손등으로 이마를 문지르며 말했다.

"아, 이거요? 여기서 조금 쉬면 괜찮아질 거예요. 정말 감사합니다! 바쁘실 텐데 안녕히들 가세요!"

나는 덜덜 떨리는 손으로 배낭에서 구급상자를 꺼내 상처 부위에 거즈와 소독약을 대강 바른 뒤 붕대를 감기 시작했다. 그런데 심영근 심마니는 돌아갈 생각은커녕, 묵묵히 그 자리에 서서 나만 내려다보고 있었다. 나는 최대한 그의 눈을 피한 채, 붕대를 머리에 감는 데만 집중했다.

"참말로… 그건 그렇고, 내 지도는 우쨌는교?"

화들짝 놀라서 머리에 둘러매던 붕대가 한꺼번에 홀랑 벗겨지고 말았다.

"네? 무, 무슨 지도요?"

난 영문을 모르겠다는 표정으로 붕대를 풀어 머리에 다시 감았다.

"그짝이 그때 삼 산다꼬 왔다가 훔쳐 갔다 아인교!"

"무신 지도 말이고?"

털보 심마니가 물었다.

"아니… 곰이 사는 데 표시해 놓은 지도를 여가 몰래 쌔비갔다 아이가!"

순간, 나도 모르게 외쳤다.

"고, 곰이 사는 데라고요!??"

"그걸 와?" 마른 심마니가 고개를 갸우뚱거렸다.

"모르제. 보물 지돈 줄 알았갑제."

심영근 씨가 코웃음을 치듯 말했다.

"그런 기 있음 내캉 마 강남에 빌딩이나 보러 다니제, 이카고 있나?"

세 심마니가 배를 잡고 웃어댔다. 멍한 얼굴로 있던 난, 문득 내 엉덩이 뒤에 있는 보물을 떠올리고 그들을 따라서 배시시 웃었다.

어쨌거나, 그 지도가 있었기에 산삼을 발견할 수 있었다. 모두가 함께 웃는 사이, 풀려버린 긴장 탓에 나는 그만 큰 실수를 저지르고 말았다. 무심코, 궁둥이에 깔고 앉아 있던 산삼의 이파리를 힐끗 돌아본 것이다.

내 시선을 따라 고개를 돌리던 심영근 씨의 눈이 반짝 빛났다. 그 순간, 나는 마치 터치다운이라도 하듯 산삼 위로 몸을 던지며 외마디 비명을 질렀다.

"심 봤다! 심 봤다아!"

산발한 머리에 붕대는 흘러내리고, 피투성이 얼굴로 "심 봤다."를 미친 듯 외쳐대는 나를, 세 명의 심마니가 가만히 쳐다보았다. 산적 아저씨가 사뭇 위협적인 투로 말했다.

"함 보입시더!"

"보긴 뭘 봐요!"

"진짜 천종인지, 산양삼인지 함 봐준다꼬요!"

심영근 씨가 말했다.

"누가 봐 달랬나요? 보려면 돈 내셔야죠! 아저씨가 그랬잖아요!"

그런데 내가 찜한 산삼의 잎사귀를 살펴보던 아저씨들의 눈빛이 갑자기 심상치 않게 변했다.

"맞나?"

"맞네!"

"이기 무조건 백 년은 넘은 기다."

산적 아저씨가 내 어깨를 밀치더니 다른 사람들과 함께 막무가내로 산삼을 캐기 시작했다.

"제가 할 거예요! 놔두세요!"

내가 달려들었지만, 그들은 꿈쩍도 하지 않았다.

"아가씬 못 해! 잔뿌리 하나라도 다치면 가치가 확 떨어지뻔데이!"

잠시 뒤, 나무 둥치에 융단처럼 깔린 진초록 이끼 위에 가지런히 놓인 천종산삼을 바라보며, 아저씨들은 흥분을 애써 누른 채 눈동자를 뒤룩뒤룩 굴렸다.

"딱 네 뿌리네예?"

심마니가 열띤 얼굴로 웃었다. 그러자 천종 아저씨가 고개를 끄덕이며 "한 뿌리씩 나누면 되겠네."라고 했다.

"그런 게 어딨어요! 눈이 있으면 이 피 좀 보세요! 제가 목숨 걸고 발견한 거라구요!"

나는 성마르게 목덜미를 문질러 손에 묻은 시뻘건 피를 그들 앞에 들이대며 소리쳤다. 그러자 심마니들도 금세 핏대를 세우며 맞받아쳤다.

"우리 안 왔으면 어쩔 뻔했는교? 곰이 그 캐 가라고 가만 놔뒀을 줄 아나 베?"

"그라고 어차피 내 지도 쌔비가 찾은 기 아인교? 그람 내한테도 권리가 있다 안 카나!"

"하모!"

"그 지도가 뭐라구요? 곰 나오는 지도라면서요?"

"생각해 보소. 곰이 사는 데면 사람 발길 닿지 않는 곳이라 삼을 볼 확률이 높으니 그기 보물 지도나 다름없지, 하모!"

"하모! 하모! 그렇게 치면 원래 지도 주인이 임자제!"

"자꾸 그렇게 억지들 부리시면 저도 가만히 있지 않을 거예요."

난 마체테 손잡이를 움켜쥔 채 턱을 치켜들었다.

"안 되겠다. 이 아가씨 절도죄로 경찰에 신고해 삐라 마!"

털보의 일갈에 급히 태세 전환을 할 수밖에 없었다. 잘못하면 곰한테 물리기까지 한 마당에 산삼도 못 챙기고 철창에 갇히는 수가 있었다.

"그럼 대신, 제가 발견한 거니까 제가 젤 먼저 골라도 되죠?"

그러자 아저씨들이 다 같이 인심 써주듯 "하모! 하모!"라고 외쳤다. 난 슬쩍 휴대폰을 들여다봤다.

타이머가 5분가량 남아 있었다.

난 산삼을 고르는 척하며 시간을 들여 이것저것 집어 들고 비교했다. 그러자 심마니 셋이 동시에 고함을 질렀다.

"와 자꾸 만쳐 싸!? 기양 놔두고 눈으로 보라꼬!"

심영근 씨와 더불어 다른 심마니들까지 눈을 부라렸다.

"앗, 죄송해요."

예의 바르게 사과한 후, 손에 쥐고 주물럭거리던 산삼 두 뿌리를 제자리에 내려놓는 척하다가, 이끼 위에 놓여 있던 나머지 두 뿌리까지 순식간에 집어 들고 언덕배기 아래로 몸을 날렸다. 한참 구른 후 평지에 이른 난 벌떡 일어나 쏜살같이 달아났.

사실 '쏜살같이'는 잘못된 표현이다. 마음은 그랬지만 수풀과 바위와 이리저리 튀어나온 나무뿌리들로 뛰는 게 그리 쉽지는 않았다. 게다가 부리나케 뒤쫓아오는 세 남자는 산에 이골이 난 심마니들이었다.

달려가며 휴대폰을 들여다보니 이제 타이머는 2분가량 남아 있었다.

필사적으로 달려 등산로 가까이 다다랐을 무렵, 폭 5미터가 넘는 냇물이 눈앞에 나타났다. 백 년 넘은 산삼 네 뿌리를 한 손에 움켜쥔 채, 냇물을 첨벙첨벙 건넜다. 하지만 채 다 건너기도 전에, 어느새 따라붙은 깡마른 심마니에게 덜미를 잡히고 말았다.

그는 내 팔을 비틀며 산삼을 빼앗으려 들었고, 나는 고통을 참지 못해 그의 낭심을 걷어찼다. 그는 비틀거리더니 끝내 개울 쪽으로 쓰러졌고, 물에 빠지기 직전 시간이 멈췄다.

바람에 흔들리던 나뭇잎도, 미루나무 위에서 날아오르던 하늘다람쥐도, 졸졸 흐르던 개울물도, 헐떡이며 뛰던 심영근 씨와 털보도—모든 것이 그대로 얼어붙은 채, 숲 전체가 천천히, 빙글빙글 돌기 시작했다.

10.
번쩍 눈을 뜨자 2019년 12월 14일, 아빠의 생일 모임을 하는 식당 앞이었다.

출입문을 열고 안으로 들어서는 내 손엔 케이크 상자 대신 에코백이 들려있었다. 에코백 안을 들여다보니 신문지로 싼 꾸러미가 보였다. 신문 포장을 펼쳐보니 줄기와 잎이 떨어진 천종산삼 네 뿌리가 들어 있었다. 난 뿌듯한 마음으로 아빠와 서연 가족이 모인 테이블에 합류해 호기롭게 선물 꾸러미를 내밀었다.

"생신 축하드려요!"

직접 지리산을 헤매고 다니며 목숨 걸고 캐온 백 년 넘은 산삼이라고 소개했다. 그러자 모두 웃음을 터뜨렸다.

"언니가 원래 어렸을 팬 저렇게 장난기가 많았었어."

"진짜라니까! 살모사 같은 독사도 밟을 뻔하고, 반달곰한테 물리기도 하고 강도들이랑 싸움도 했다고!"

"알았으니까 적당히 해. 뭐든 지나치면 안 하느니만 못하니까."

아빠가 정색하며 말했다.

"근데 무슨 돈이 있다고 이런 걸 다 사 왔냐, 고맙기야 하다만… 이거 얼마나 줬냐? 못 해도 한 사오만 원 이상 줬을 거 같은데…?"

그러자 서연이 거들었다.

"에이, 아빠가 잘 모르셔서 그렇지, 이 정도 장뇌삼이면 인터넷으로 사도 십만 원은 넘어요."

하도 기가 막혀서 말문도 막혔다.

"아이구, 그러냐? 아빠가 늘 얘기하지만, 자연이 넌 그렇게 기분 내키는 대로 돈 쓰는 습관을 고쳐야 해. 네가 서연이처럼 직장 생활이라도 하면서 이런 걸 줬다면 아빠가 얼마든지 기분 좋게 받지."

"아니, 제 말을 좀 들어 보세요! 이건 돈 주고 산 게 아니라…"

"보자… 네 뿌리니까 한 뿌리씩 나눠 먹으면 딱 맞겠다. 이런 건 생으로 꼭꼭 씹어먹는 게 효과가 좋다더라. 자, 이 서방도 한 뿌리 집어 봐."

"아, 감사합니다, 아버님! 그럼 염치 불고하고…"

순간 난, 산삼을 향해 뻗치는 제부의 손등을 철썩! 후려쳤다.

"만지면 효과 없어져욧!"

모두 깜짝 놀란 얼굴로 나를 보았고, 난 아랑곳없이 산삼을 신문지로 꼭꼭 여몄다.

"언니!"

서연이 황당한 표정으로 뭐라 따지려던 찰나였다.

"동작 그만!"

누군가의 커다란 외침에 우리뿐 아니라 주변 손님들 모두 돌아보았다. 우리 테이블과 곁에 다가온 사람들을 보고 소스라치게 놀랐다. 그들은 3인조 심마니였다.

"도둑질하고, 사람도 줘 패놓고 고기가 넘어가는교?" 털보가 말했다.

"좋게 얘기할래요, 같이 경찰서 갈까요?" 심영근 씨가 물었다.

"기양 경찰서로 가입시더 마!"

깡마른 심마니가 위협적으로 눈을 부라리자, 아빠가 말했다.

"무슨 일 때문에 그러는지 차근차근 얘길 해보쇼."

미적거릴 이유가 없었다. 산삼 꾸러미를 품에 안고 벌떡 일어선 난, 바로 옆쪽에 두 남녀가 앉은 좌식 테이블로 몸을 날렸다. 여자가 자기들의 식사 테이블 위를 밟고 뛰어내리는 날 보며 꺅! 하고 비명을 질렀다. 김칫국물이 묻은 양말 발로 밖으로 나가 바로 택시를 타고 그들이 찾아올 수 없는 곳으로 도망쳤다.

난 그곳에서 타이머가 끝날 때까지 숨어 있기로 했다. 컨테이너 농막 안에는 소파와 이불과 전기난로와 냉장고와 텔레비전까지 있었기에 몇 년은 거뜬히 버틸 만했다.

*

눈을 뜨자, 2년 후인 2021년 크리스마스이브 날이었다.

원래대로라면 프러포즈 반지를 받고 있었어야 하는 날, 난 여전히 컨테이너 농막 안에서 뒹굴뒹굴하고 있었다.

벽에 걸린 작은 거울을 들여다본 난 흠칫 놀랐다.

산발이 된 머리는 어깨 아래까지 치렁치렁 길었고, 여름내 햇볕에 그을린 게 벗겨지지 않은 듯 거무스름한 얼굴이었다. 팔다리는 그 어느 때보다 더 우람하고 굵직했다. 2년간 여기서 엄마의 '노예 농사꾼'으로 살아온 모양이었다.

2년 내내 이곳에서 지낸 걸까? 구석에 한 무더기 쌓인 책들이며 노트북 키키까지 있는 걸 보니 몰래 집을 왕래했던 것 같았다.

아빠와 통화를 하고 약 세 시간 후, 탑골공원에 도착했다. 비닐 천막 안으로 들어가자, 장기판를 두던 아빠는 나를 보자 적잖이 놀라는 기색이었다.

"잠깐 얘기 좀 해요."

아빠는 잠시 나를 따라 밖으로 나왔다.

"그동안 어디서 어떻게 지낸 거냐?"

난 2년이 지나 누렇게 바랜 신문지 꾸러미를 내밀었다.

아빠는 의아한 얼굴로 산삼을 싸고 있던 2019년 12월 자 신문지—대통령이 특채로 뽑은 검찰 수장이, 청와대 내 대통령비서실을 압수수색 한 기사가 대문짝만하게 실린—를 펼쳤다.

"이게 뭐냐? 어디서 난 거야?"

난 의아한 얼굴로 아빠를 쳐다보았다. 2년 전 아빠의 생일 모임일을 기억하지 못하는 걸까? 하긴, 2년이란 시간이 지났으니 그리 이상한 일은 아니었다.

"이거 백만 원짜리 산삼이에요. 제가 알바한 걸로 샀으니까, 아무도 주지 말고 혼자 드세요."

"얘 좀 봐라?! 무슨 놈의, 내일도 없는 녀석처럼 돈을 펑펑 써대냐? 아르바이트 따위로 얼마나 번다고?"

"그냥 고맙다고 하시면 안 돼요? 제가 이거 드리려고 얼마나 애를 썼는데, 꼭 그렇게 타박하셔야 속이 후련하세요?."

내 말에 아빠는 헛기침을 하더니 신문지 꾸러미를 도로 꼼꼼하게 여몄다.

"누가 안 고맙대? 네가 그렇게 매사에 기분대로 사는 게 문제라는 거지."

"기분대로 살지 않는 사람이 어디 있어요? 인류 역사도 다 그렇게 쓰인 건데요? 비즈니스도, 전쟁도, 사건·사고도 다 그때그때 인간의 기분에 따라 좌우되는 거라구요."

"어디서 산 거야? 너무 비싼데, 다시 환불할 수 없나?"

난 아빠의 손에서 꾸러미를 빼앗아 다시 펼쳤다.

"지금 드세요."

"나중에 집에 가서 먹을 테니까 이리 내."

난 아빠의 손을 뿌리치고 아빠의 코 앞에 산삼을 바짝 디밀었다.

"지금 제 앞에서 다 드시라구요."

"뭐 하는 거야? 대체 왜 이러냐, 너?"

"제가 내후년 설날까지 어디 좀 가 있어야 해요. 아빠 드시는 거

보고 가려구요."

"또 어딜 가는데?"

"이거 다 드시면 말씀드릴게요."

"왜 강요하냐고. 내 선물이면 내 맘대로지. 안 줄 거면 도로 가져가든가."

"그러면 반이라도 드세요."

"됐어."

아빠와 실랑이를 벌이고 있는데 어디선가 끙끙대는 신음이 들렸다. 소리가 나는 곳을 돌아보니 한 노인이 비닐 부스 곁에 식은땀을 흘리며 가슴을 부여잡고 주저앉아 있었다. 수염이 난 할아버지는 내가 전에 CPR을 해준 그 할아버지였다. 노인은 점차 숨이 가빠지는 듯했다. 저러다 쓰러진 것이 틀림없다. 나와 아빠는 동시에 노인에게 다가갔다.

"이보쇼? …넌 얼른 119 불러라."

아빠는 휘청이는 노인을 바닥에 앉히며 말했다.

문득 내 손에 놓인 산삼과 벌써 바닥에 드러누운 노인을 번갈아 보며 망설였다. 난 산삼 한뿌리를 꺼내 노인의 입속에 넣었다.

그러자 노인은 본능적으로 입에 든 산삼을 우물우물 천천히 씹었다. 잠시 후 놀랍게도 노인의 호흡이 정상으로 돌아왔다. 안정을 되찾은 노인은 우리 부녀에게 감사의 인사와 함께 복을 빌어주고 어디론가 떠났다.

아빠는 문득 이 산삼이 보통의 것이 아니라는 걸 깨달은 듯했다. 당장 세 뿌리를 일단 먹고 나머지는 집에서 먹겠다고 약속을 한 후 한뿌리를 조심스레 입에 넣었다. 그리고 삼 뿌리를 천천히 음미하며 씹었다.

난 밀린 숙제를 해결한 기분으로 안도의 한숨을 내쉬었다. 백만 원짜리라고 한 건 잘한 것 같았다. 실제 1억 원이 넘는다는 걸 알았다면 아빠는 절대로 먹지 않았을 것이다. 심지어 자신이 불치병에 걸린 사실을 알고 있더라도 말이다.

정말 쉽지 않은 과정이었지만, 그만큼 뿌듯했다.

과연 아빠의 운명은 달라질까?

기대와 설렘 속에서, 얼마 남지 않은 타이머가 어서 끝나기만을 기다리고 있었다. 그 순간, 비닐 천막 안에서 와악 하는 함성과 웃음소리가 터져 나왔다.

크리스마스이브 저녁, 쓸쓸한 공원에는 갈 곳 없는 영혼들을 품 듯 하얀 눈이 펑펑 쏟아지고 있었다.

*

텅 빈 휴게실에서 나 홀로 TV 앞에 앉아 멍한 얼굴로 손톱을 물어뜯고 있었다.

오늘은 2023년 1월 24일 설 연휴 날이었지만, 들개 삼 형제에게 고구마전 파티를 열어주지도 못했고 아빠가 해준 간장 떡국도 먹을 수도 없었다. 지난 크리스마스이브에서 오늘로 날아오자, 아빠는 이미 보람병원 812호에 입원해 있었다. 항암치료를 시작한 지 2주째였고, 지금은 이미 혼수 상태였다.

모든 의욕이 사라진 난 문신 목사를 찾아가 오늘의 문답을 요청했다. 그를 만나면, 이 시간 여행이 도대체 언제까지 지속되는지 꼭 물어보고 싶었다. 지금은 그게 가장 궁금한 지점이었다.

어차피 이런 식으로는, 아빠가 세상을 떠나기 전에 사과를 받을 가능성은 희박해 보였다. 그렇다면 애초에 그런 일이 생기지 않도록 과거를 바꿔보는 것도 나쁘지 않겠다는 생각이 들었다.

언제부터인지는 몰라도 관계가 꼬이게 된 원인과 이유가 분명히 있을 것이다. 그걸 해결한다면, 지금처럼 사이가 나쁘지는 않게 되겠지. 서연이만큼은 아니더라고(그 정도는 바라지도 않는다) 평범한 아빠와 딸 사이(평범한 사이가 어떤 정도인 건지는 잘 모르겠지만)가 된다면 그걸로 족하다.

그때 드르륵-하며 링거대를 잡은 문신 목사가 들어왔다. 난 구세주를 만난 듯 벌떡 일어나 그를 반겼다. 내 옆으로 다가온 그가 말했다.

"거기 내 자린데…."

"아무렴요!"

난 흔쾌히 옆으로 한 칸 물러났다.

"잘 지내셨어요?"

"그게 오늘의 질문인가요?"

"무슨, 인사도 못 해요?"

그는 못 들은 체 다큐가 나오는 텔레비전을 쳐다봤다.

"……선생님을, 매번 뵐 순 없는 건가 봐요?"

그가 어깨만 으쓱했다.

"휴우… 이건, 질문이 아니니까 그냥 들어만 주세요. 대체 어떻게 된 일인지 모르겠어요. 무려 150년이 넘은 천종산삼이었다고요. 웬만한 병은 다 고치는 명약이라는데, 왜 아빠는… 아빠한테는 효과가 없었나 봐요."

그는 으흠 하고 헛기침만 했다.

"아니면 역효과가 난 건가? 어휴, 그렇게 고생한 보람도 없이 이게 대체 뭐람……."

그는 텔레비전에 집중하며 헤헤 웃었다.

"알았어요! 그 질문으로 할게요. 왜 그런 건지 알려줘요."

다음번엔 헛고생을 반복하지 않기 위해서라도 이유는 꼭 짚고 넘어가야 했다.

"자연 님이 그토록 어렵사리 얻은 산삼으로 아버님은 아주 건강해졌어요. 분명 그랬죠. 당시 암세포가 생겨나던 시점이었는데 그것도 막았을 정도였으니."

"정말요!? 그런데요??"

"그런데, 그게 문제였어요."

"그게 뭔데요?"

"몸이 건강해지자 더 마음껏 술을 마시게 된 거예요. 전에는 반주로 몇 잔, 이렇게 정해두고 나름 조절해서 마셨더랬죠. 그러다 우연찮은 기회로 어르신들 전용 무도회장에 가게 됐는데, 거기서 모처럼 마음에 쏙 드는 여자 친구를 만난 거예요."

"그게 왜요?"

"내 말을 끊지 말고 들어봐요. 그런데 하필 그 여친이 사기꾼이었어요. 흔히들 플라워 스네이크라고 하는 그런 여자 있잖아요. 적금이며 연금이며 대출까지 해주고, 나중에 자식들에게 물려주려던 초원빌라 201호까지 홀라당 빼앗기곤 폐인처럼 지냈어요. 매일 독한 술·담배로 살다가, 이번엔 간암으로 이렇게 되고 말았죠."

하도 기가 차서 창밖만 멀거니 내다봤다. 아무리 그래도 이건 너무나 지독한 부작용이었다.

대체 아빠는 병원에 입원하기 전까지 어디서 어떻게 지냈던 걸까? 그건 이 아저씨한테 억지로라도 캐내야겠다고 생각하며 고개를 돌렸다. 그런데 그는 어느새 사라지고 없었다.

휴대폰을 확인했다. 타이머는 약 4시간가량 남아 있었다.

문득 TV에서 '장수마을'이라는 나레이션이 연거푸 흘러나왔다. 고개를 들어 화면을 쳐다봤다.

화면 속에 이탈리아 지중해에 있는 사르데냐섬의 주민들이 정원에 다 같이 모여 식사를 준비하는 모습이 보였다. 어느 이름난 인류학자가 선정한 '세계 5대 블루존'에 대해 다룬 다큐 방송이었다.

'블루존'은 장수 인구가 눈에 띄게 많은 지역을 뜻하는 용어였다.

 지중해 한가운데에 이탈리아의 사르데냐 섬에선 80~90대의 노인들이 양고기를 굽고, 올리브와 해산물, 녹황색 채소가 어우러진 전통 파스타를 만들었다. 거기에 직접 담근 포도주 한 잔을 곁들이며 유쾌한 대화를 나누었다.

 장면은 곧 그리스의 이카리아섬으로 바뀌었다. 난치병에 걸린 미국의 큰 사업가가 모든 걸 정리하고 이 섬에 이주한 지 3년 만에 병이 씻은 듯 나았다는 인터뷰를 보고 눈이 번쩍 뜨였다. 그는 건강해졌지만, 미국으로 돌아가지 않고 평생 이카리아에서 살 거라고 했다. 행복하게 오래 살고 싶다면서.

 괜찮은데? 꽤 시도해볼 만한데…

 하지만 이내 고개를 절레절레 흔들었다.

 하지만 이내 고개를 절레절레 흔들었다. 장수마을이 아니라 영생하는 마을이라 할지라도, 아무와도 말이 통하지 않는 곳에서 산다는 건 절대 쉽지 않은 일이기 때문이다. 이제 와서 고작 수명 좀 늘려보겠다고 아빠가 골치 아프게 외국어를 배우려 할 리도 만무했다. 또, 설령 말이 통한다고 해도 식습관의 문제도 컸다. 아빠는 한식이 없는 곳에서는 결코 살 수 없는 사람이었다. 우리나라만큼 맛있고 다양한 먹거리를 가진 나라는 지구상에 없다고 굳게 믿었다. 그런 말을 할 때마다 난 아빠가 외국을 얼마나 다녀봤냐고 비웃었지만, 사실 그런 건 직접 가보지 않아도 알 수 있는 일이었다.

 어느새 TV 화면은 코스타리카 해안에서 캘리포니아 로마린다의 가정집으로 넘어가 청교도처럼 사는 주민들의 일상을 보여줬다. 곧이어 일본의 오키나와섬이 나타난 순간 눈이 번쩍했다.

 휴대폰을 들여다본 난 펄쩍 뛰었다. 타이머가 어느새 2시간 30분밖에 남지 않았다. 전철을 타면 늦는다!

 난 황급히 병원을 빠져나와 택시를 잡았다.

택시를 타고 양평으로 향하며 오키나와를 조사했다.

그곳에 오기미, 라는 세계적인 장수마을이 있었다. 총 삼천여 명이 사는 그 마을은, 90세 이상 된 주민이 무려 160명이 넘는다고 했다. 기본적인 식습관을 비롯해 문화, 가치관 등등 그들만의 유서 깊은 비법들이 있다는 것이다.

난 오기미 마을을 점찍었다. 고등학교 때 일어를 배워 히라가나와 가타카나를 읽을 줄 알았고, 또 당시 학교와 자매결연을 맺은 일본의 고등학교 학생들이 단체로 방문해 우리와 짝을 지어 편지와 대화를 나누는 행사도 종종 있었기에 간단한 회화 정도는 가능하다는 장점이 있었기 때문이다. 그리고 음식이라면 한식밖에 모르는 바보인 아빠도 일식이라면 취향과 크게 동떨어질 것 같지 않았다. 그런 면에서 오키나와는 여러모로 블루존 지역 중 가장 접근성이 좋은 곳이라 할 수 있었다.

그곳에 살면 정말 90살이 넘도록 살 수 있을지 궁금했다. 물론 토착민이 아닌 입장에서 몇 년 머문다고 해서 큰 효과를 기대하긴 어렵겠지만, 그래도 단 1년이라도 늘릴 수 있다면, 시도해 볼 가치는 충분했다.

무엇보다 서연이도 한 번도 보내주지 못한 해외여행이었다. 이걸 계기로, 나를 보는 아빠의 시선이 분명 달라지리라 확신했다.

† 제 6 장 †

1.
 눈을 뜨자마자 우당탕- 하며 몸이 튕겨 나갔다.
 엉덩방아를 찧은 난 황망한 얼굴로 바로 앞에서 서로 뒤엉켜 난리를 치고 있는 사람들을 올려다봤다.
 "자연아, 괜찮니!?"
 걱정스레 날 들여다보는 막내 고모는 지난 설에 봤던 모습보다 훨씬 젊어져 있었다. 안경도 쓰지 않았고 흰머리도 없었다. 눈앞에는 한 무더기의 사람들이 뒤엉켜 몸싸움을 벌이고 있었다. 그 중심에는 상주복 차림으로 맹수처럼 몸부림치는 아빠가 있었고, 그런 아빠를 둘러싸고 말리는 동생들-둘째 작은 아빠, 큰고모, 박 차관-이 있었고, 그리고 아빠에게 멱살을 잡힌 첫째 작은 아빠(이날 이후로 다신 볼 수 없었던)가 있었다.
 고성이 오가는 중에 바로 옆쪽 제단에 놓인 영정 사진 속에서 할머니가 서글픈 미소를 짓고 있었다. 장례 마지막 날의 늦은 밤이라 조문객이 거의 없다는 점이 그나마 다행한 일이었다.

19회차인 오늘은 2013년 9월 26일 목요일이었다. 그리고 시각은 밤 11시 19분이었고, 타이머는 약 3시간가량 남아 있었다.

  벌써 10년 전의 과거였다. 이런 날로 온 걸 보니 아빠에게 있어 인상적이거나 잊을 수 없는, 뭔가 기억에 깊이 새겨진 날들임이 틀림없었다.

  "너 이 새끼, 제정신이야!? 그딴 소리가 나와?!"

  아빠가 첫째 작은 아빠에게 고함을 지르자, 그도 지지 않고 목청을 높였다.

  "왜요? 급한 일이 있어서 내 몫 좀 먼저 챙겨달라고 한 게 뭐가 그리 잘못됐어요? 그럼, 부조를 혼자 다 챙기려고!?"

  "뭐? 그게 터진 입이라고 할 소리냐!? 여태껏 어렵다, 꼭 갚겠다며 나한테 가져간 돈이 얼마냐? 그래도 동생이라고 퇴직금 줬지, 집사람이 한 푼 두 푼 모아 사둔 땅도 건축 사업한다고 빌려줬지, 없을 땐 대출까지 받아 주고 심지어 보증까지 서줬어. 근데, 이제껏 단 한 푼이라도 돌려준 적이 있냐, 아니면 미안하단 소리라도 한번 해봤냐?"

  "그게 그렇게 아까웠소? 장남이 돼서 맘보를 그렇게 쓰니까 이혼이나 당하고, 아들내미 하나 있는 것도 그렇게 생긴 거 아뇨?"

  순간 말리던 나머지 동생들이 식겁한 표정을 지었다.

  다른 건 몰라도 택연이 운운한 건 그야말로 지뢰를 건드린 거나 마찬가지였다. 갑자기 괴력을 뿜어내며 동생들을 떨쳐내고 돌진한 아빠는 순식간에 첫째 작은 아빠를 바닥에 메다꽂았다. 바닥에 드러누운 그는 아빠에게 목을 잡힌 채 버둥거렸다.

  나까지 다섯 사람이 한꺼번에 달려들어 간신히 아빠를 뜯어냈다.

  그렇게 두 형제의 관계는 끝이 났다.

  약 한 시간 후, 장례식장 뒤뜰에서 홀로 담배를 한숨처럼 피우는 아빠를 발견했다. 내가 다가가자 아빠는 옆에 놓인 공용 스탠드형

재떨이에 담배를 비벼 껐다.

"넌 왜 안 가고 여즉 있어? 차 끊기기 전에 얼른 집에 가지 않고. 모레 발인 때나 오면 되지."

그땐 그랬었다. 이날 난, 진절머리를 치며 막차를 타고 집으로 돌아갔었다.

"택연이 혼자 있을 텐데 얼른 가봐. 저녁이나 챙겨 먹었으려나 모르겠다."

"한 끼 굶는다고 안 죽어요."

아빠는 문득 귀를 의심하는 얼굴로 날 쳐다보았다.

"뭐라고?"

"걔는 앞으로도 쭉 건강하니까 아빠 걱정이나 하시란 거예요. 스트레스가 만병의 근원이라고 아빠가 맨날 그러셨잖아요. 나중에 암이라도 걸리면 어떻게 하시려구요?"

"그래서 어쩌라는 거야? 늘 눈 돌리는 데마다 안팎으로 스트레스 천진데, 응? 어디 한번 알려줘 봐, 돈 안 들이고, 다시 태어나지 않고, 어떻게 하면 이놈의 화병에서 벗어날 수 있는지."

"얼른얼른 해소해야죠. 가장 널리 알려진 방법이 있잖아요."

"그게 뭔데?"

"비행기 타고 슝- 힐링 여행이요. 가까운 일본에라도 가서 바람 좀 쐬고 오면 어때요? 경비는 걱정 안 하셔도 돼요, 제가 알아서 할 테니까…"

"네가 뭘 알아서 해? 무슨 돈이 있다고?"

아빠는 생뚱맞다는 듯 나를 쳐다보았다.

지금 지리산의 그 곰 거주지 근처에는 누구도 손대지 않은 천종 산삼이 땅속에 묻혀있었다. 당장은 그걸 팔아 경비를 마련할 요량이었다. 먹어봤자 소용도 없으니.

"알바하면서 조금씩 모아둔 게 있어요."

"훗, 네가 물가를 알고나 하는 소리냐? 그깟 걸로 얼마나 모았다고…"

"걱정 안 하셔도 될 만큼 넉넉하다구요."

"얼마 모았는데?"

"왜요?"

"어서 말해봐, 부몬데 뭘 어때?"

"그냥… 한, 천만 원 정도…?"

아빠는 깜짝 놀란 얼굴로 날 쳐다보았다.

"뭘 해서 그렇게 모았냐?"

"지금 그런 게 중요한 게 아니구…"

"중요하고 안 하고는 내가 판단하니까 넌 대답만 해. 대체 네가 무슨 일을 해서 그렇게나 모았느냐고 묻잖아."

으으, 짜증 나. 해외여행 두 번 보내려다가는 화병에 내가 드러눕겠어.

"아, 맞다! 아빠 혹시, 오키나와라고 들어 보셨어요?."

"오키나와? 태평양 전쟁 때의 그 오키나와섬 말이냐?"

"……? 태평양 전쟁이 뭔데요?"

그러자 인상을 찌푸리는 아빠를 보며 한바탕 잔소리가 쏟아지겠구나 싶어, 그 전쟁에 대해서는 나중에 따로 찾아보기로 다짐하고 재빨리 말을 이었다.

"아무튼 일본 제일 끄트머리에 있는 섬인데, 일본의 괌이다, 하와이다, 할 정도로 멋진 곳이라 관광객들한테 그렇게 인기래요. 그리고 잘 들어 보세요, 이게 진짜 중요한 건데요, 그곳에 작지만, 세계적인 마을이 하나 있는데… 참! 근데 아빤 여권 없으시죠? 미리 만들어놔야 하는데!"

"내가 왜 여권이 없을 거라고 단정 짓냐?"

"외국에 나가신 적이 없지 않나…요…?"

아빠는 코로 웃었다.

"내가 하는 일을 네가 어떻게 다 아냐? 수십 년간 한 이불 덮고 산 부부도 서로를 다 모르는데. 가족이든 절친이든, 다 안다는 착각이 관계를 틀어지게 만들지. 자기 잣대로 상대를 틀에 넣고, 상대방의 처지를 이해하려는 노력은 하지 않는 거야. 그게 바로 문제라고."

그건 내가 하고 싶었던 말이라고 외치고 싶었지만, 이제 남은 시간이 10분 밖에 없었다.

"여권은 있으시다니 정말 다행이네요. 그럼, 일단 보름 정도 다녀오는 걸로 할까요?"

그렇게 하고 일단 가서는 비자 만료일까지 머물도록 하면 될 것이다.

"장남이 할머니 장례식이 끝나자마자 해외여행 다니고 그러면 사람들이 뭐라고 생각하겠냐?"

"사람들이 어떻게 생각하는 게 뭐가 중요해요? 그 사람들이 아빠 인생 대신 살아준대요? 나중에 아빠가 병에 걸리면 대신 아파준대요?"

아빠가 한숨을 쉬며 나를 응시했다.

"무인도에 혼자 살면 모를까, 사람 사는 게 네 생각처럼 그리 단순하면 얼마나 좋을까마는……."

꼭 왜 이러는 걸까? 그놈의 '네 생각처럼'이란 말 같은 걸 안 붙이면 혀에 가시라도 돋는 걸까?

"아빤 됐으니까, 오키나와든 육키나와든 너나 다녀와."

다시금 고개를 쳐드는 미움이 설득할 의지를 지그시 밟아댔다.

물론 나라고 아빠와의 여행이 달가울 리 없었다. 하지만, 달리 어쩌겠는가? 목적을 위해서라면 어느 정도 희생은 감수할 수밖에. 여태껏 그렇게 해오지 않았나.

"할머니도 아빠가 화병에 찌들어 살다 죽어버리길 바라진 않으실 텐데요."

그러자 아빠는 약간 놀란 듯 끔뻑이는 눈으로 관을 눕혀놓은 듯한 회색의 장례식장 건물 너머의 어딘가로 먼 시선을 보냈다.

"네가 그런 식으로 돈을 쓰는 건, 아빠한테 또 다른 걱정거리를 안겨주는 거야. 그 돈은 잘 아꼈다가 나중에 꼭 필요한 일이 생길 때 써. 생각해 준 건 고맙다만, 마음만 받을 테니까…"

"그럼 6개월 후는 어떠세요? 그동안 열심히 알바해서 경비를 따로 모을게요. 그럼 괜찮죠?"

아빠는 으흠… 하며 고민하는 얼굴로 말했다.

"그럼, 한 삼사일 다녀오는 걸로 할까?"

"그건 좀 애매한데… 일단 6박7일로 할게요."

재빨리 항공권 예약 사이트에 접속했다. 이번 타이머가 끝나면 6개월 후, 즉 2014년 3월 14일로 점프하게 된다. 그래서 난 3일 전인 3월 11일 나하 공항행 항공편을 예약했다.

타이머가 5분밖에 남지 않아 서둘러 비즈니스석 편도 두 좌석을 예매했다. 그때, 갑자기 아빠가 내 팔을 잡았다.

"잠깐 놔둬 봐. 혹시 모르니 그때 가서 다시 얘기하는 걸로 하자."

"이미 예약했어요!"

"뭐? 벌써? 얼른 취소해."

"안 돼요, 이미 계좌이체 다 했어요!"

결제창에 계좌 번호를 누르면서 팔꿈치로 아빠를 밀어냈다.

"아니 무슨 버스표 끊는 것도 아니고 그렇게 성급하게 해버리냐? 다시 환불해!"

"안 돼요. 초특가로 예약한 거라 환불 안 되는 거예요."

휴대폰으로 뻗쳐오는 아빠의 손을 연신 쳐내며 이체를 진행했다.

"그런 게 어딨어? 전화 이리 내 봐!"

"보면 뭐 알아요? 인터넷도 쓸 줄 모르잖아요. 가만 좀 계세요!"

화면에 결제 완료 창이 뜨기 직전, 아빠가 내 휴대폰을 낚아챘다. 도로 빼앗으려다 둘 다 휴대폰을 놓쳤고, 날아가는 휴대폰을 보며 우린 동시에 "어엇!"하고 소리를 질렀다. 그런데 휴대폰이 바닥에 닿기 직전 허공에 멈췄다. 아빠의 놀란 시선이 허공에 붙박여 있었다.

그러고는 모든 게 팽이처럼 돌고 돌고 돌아갔다.

2.
잠시 후 눈을 떴을 때, 난 여행용 트렁크를 끌고 낯선 도로변을 홀로 걷고 있었다.

화들짝 놀라 두리번거리자, 도로변 옆 숲길 너머로 작은 바위섬들과 푸른 바다가 보였다. 도로를 달려 지나가는 차량과 번호판과 도로 이정표를 보고 이곳이 일본이라는 걸 알았다.

내가 왜 혼자 있는 거지? 부랴부랴 휴대폰을 찾으며 아름드리나무들이 우거져 있던 코너를 돌자, 커다란 배낭을 메고 한참 멀리 떨어져 앞서 걷고 있는 아빠가 눈에 들어왔다.

후유…….

아빠와 여행하고 있다는 사실이 정말로 꿈만 같았다. 물론, 꿈꾸듯 환상적이라는 의미가 아니다. 이상하고 생소한 느낌이란 거다. 아빠와 둘이 여행한다는 건, 나로선 이 기이한 시간 여행보다 훨씬 더 비현실적인 일이었다.

문득 오래전 봤던 짐 자머시의 대표작인 〈천국보다 낯선〉이라는 흑백 영화가 떠올랐다. 그 이상하고, 낯설고, 지리하고, 불안하고, 허전하고, 쓸쓸한 분위기랄까. 비록 내용은 하나도 기억나지 않지만, 주관적인 인상과 감흥은 뇌리에 남기 마련이니까.

한참 동안 아빠는 뒤를 돌아보지 않았다. 난 아빠의 뒷모습을 향해 외쳤다.

"아빠!! 우리 어디 가는 거예요!!?"

드디어 아빠가 걸음을 멈추고 돌아섰다.

"뭐라고?"

"여기가 오기미 마을이에요?"

그러자 아빠는 어쩐지 골이 잔뜩 난 얼굴로 나를 노려봤다.

"그걸 지금 나한테 묻는 거냐?"

민망했던 난 서둘러 휴대폰 속 일정표를 살폈다(타이머 존에 있는 동안은 늘 내가 한 일과 할 일을 꼬박꼬박 적는 습관을 들여놓았다). 3일 전 나하 공항에 도착했다는 메모가 적혀 있었고, 오늘은 '오기미 마을에 도착해서 하나코 상과 통화하기'라고 적혀 있었다. 근데 하나코 상은 누구지?

"이쪽 길 맞냐, 안 맞냐? 잘못 온 거냐, 또?"

아빠의 날이 선 어조에, 난 얼른 휴대폰으로 현재 위치를 검색했다. 이곳은 오기미 마을 근방의 국도변이란 걸 알 수 있었다.

"거의 다 온 것 같아요. 그런데 왜 그렇게 화가 나셨어요? 제가 뭐 잘못한 거라도 있어요?"

"그럼, 네가 여권이랑 지갑을 몽땅 다 잃어버린 게 내 잘못이냐? 오기민지 오재민지 내 안 간다고 했지? 너 땜에 이게 뭐냐? 이럴 바엔 그냥 집에서 편히 앉아 뉴스나 보며 김치에 막걸리 한잔하는 게 백번 낫지. 하긴, 너한테 맡긴 내 잘못이다. 거기다 금방은 무슨, 몇 시간째 금방 나온대? 모르면 좀 물어보라고 해도 그렇게 똥고집을 부리더니, 에잇!"

내가 또 그런 실수를…….

당황했지만, 나중에 캐리어의 짐을 정리하다가 옷 사이에 둘둘 말아 놓은 여권 두 개와 지갑을 발견하고 아빠를 이곳에 데려오려고 거짓말을 했다는 걸 알았다.

"네가 다 알아서 한다길래 따로 현금도 못 챙겼는데, 그러다 비행기 삯도 모자라면 어떻게 할래? 비행기라도 미리 왕복으로 끊었으면 좋았잖냐? 혹시 그런 생각 안 해봤냐? 누굴 닮아 그리 칠칠치 못한 건지…."

"알바 하면 되죠! 여기 일할 데 많아요. 사탕수수 농장, 두부 공장, 소금 공장, 해초 따기…"

"어떻게 그리 잘 알아? 언제 여기 와본 적 있냐?"

"인터넷이 있잖아요. 미리 다 알아봤죠. 그리고 일본은 90일간 체류할 수 있으니까 걱정하지! 마세요."

"90일이건 90년이건 내 알 바 아니고, 임시 여권 나오기만 하면 아빠 바로 서울 갈 참이니까, 넌 더 있다가 오든가, 아주 여기에 뼈를 묻든가 알아서 해. 아무리 제 돈이라지만 어떻게 상의 한마디 없이 숙소를 1년이나 계약해 버려? 그것도 생전 첨 온 낯선 동네에다? 참, 겁도 없다, 겁도 없어. 내일 꼭 여권 신청해라. 영사관이 어디라고 했지? …왜 대답이 없어!"

"엇, 저것 좀 보세요!"

길가에 나타난 파란 팻말을 가리켰다.

거기엔 히라가나와 한자로 '오오기미 촌, 3km'라고 쓰여 있었다.

아빠가 인터넷 사전을 찾아보라고 성화를 부렸다. 이때는 통번역 앱이 상용화되기 전이었다.

"3킬로 더 가면 오기미 마을이래요. 제 말이 맞잖아요. 그러니까 화 좀 그만 내시라구요. 자꾸 그러면 제 기분은 어떻겠어요? 상대방의 입장도 생각해야 한다면서요? 저도 쉽게 여기까지 온 게 아니…"

"아, 알았으니까 그만해! 귀 아프다!"

기가 막힌 얼굴로 아빠의 뒤통수를 노려보는데 문자 메시지 알림이 울렸다. 일본어로 어디냐고 묻는 내용이었고, 발신자의 이름은 '하나코 상'이었다.

바로 전화를 걸었다. 상냥하고 나긋나긋한 중년 여성의 목소리가 들렸다. 하나코 상은 마을 입구의 무슨 비석 앞에서 기다려 달라고 했다.

마을 입구에 다다르자, 오기미 마을의 정체성이 담긴 기념비가 나타났다. 사다리꼴로 깎은 돌판 위에 반원형의 화강암이 얹힌 모양새였다. 화강암에 적힌 기념석을 들여다본 아빠는 더듬더듬 한 자를 읽으며 의미를 유추했다.

"세계 어쩌구… 장수촌? 세계적인 장수촌이라 이거지? 흠… 대의미촌? 이건 무슨 말이지?"

"그게 일어로 오오기미라고 읽는 거예요. 세계적인 장수마을 오오기미."

난 오기미 마을과 '세계의 5대 블루존'에 대해 설명했다. 그러자 아빠는 이 마을에 관한 생각이 확 달라진 듯했다.

"오호, 이렇게 작은 마을이 세계에서 다섯 손가락 안에 꼽힌단 말이지…?"

비석 아랫부분에 빼곡하게 새겨진 글귀를 궁금해하는 아빠를 위해 인터넷 블로그에 올라온 내용을 찾아 읽어줬다.

"70세는 아직 어린아이요, 80세는 청년이다. 90세에 저승사자가 데리러 온다면 100세가 될 때까지 기다리라고 쫓아버려라. 우리는 나이가 들수록 더욱 원기가 왕성해지고, 늙었다고 자식에게 응석 따위는 부리지 않는다. 장수를 누리고 싶다면 우리 마을로 와라. 자연이 선사하는 장수의 비결을 전수하겠다. 우리 오기미 마을 노인들은 이곳이 일본 최고의 장수마을임을 소리 높여 선언하노라."

아빠는 감회 어린 미소를 지었다.

때마침 "자연상?"이라고 부르는 소리가 들렸다. 아빠와 내가 동시에 돌아보자, 빨간색 소형 도요타에서 한 여자가 내렸다. 50대 후반쯤 보이는 곱고 단아한 인상의 여자였다. 내가 "하나코 상?"이라고 묻자, 그녀는 방아깨비처럼 연신 허리를 숙여 우리에게 인사했다.

"하이, 하지메마시떼(반가워요)! 혼또니 캉게이시마쓰(정말 잘 오셨어요)!"

도요타를 타고 10분 정도 달린 끝에 우리가 홈스테이로 예약한 집에 도착했다. 작은 뜰이 있는 방 두 칸짜리 아담한 가옥이었다.

좌식 마루에 다다미방 두 개와 부엌이 있는 구조의, 히로카즈 감독의 작품들에서 봤음 직한 그런 집이었다. 오랜 기간 이곳에서 혼자 살던, 백 살이 된 집주인 할머니가 요양원으로 들어가며 이 집을 마을 자치회에 맡겼다고 했다. 집안을 쓱 훑어본 아빠는 다다미가 깔린 마루를 지나 안뜰로 연결되는 툇마루에 나가서 다양한 채소가 있는 아담한 뜰을 찬찬히 둘러보며 말했다.

"아빠가 딱 이런 텃밭을 갖고 싶었는데 말이야……"

"그죠? 정말 운치 있지 않아요? 여기서 바로 채소를 따다가 밥을 지어 먹을 수도 있구요."

"흠, 바비큐 해 먹기도 좋겠다."

난 눈살을 찌푸렸다.

"여긴 그런 거 안 먹어요. 돼지고기를 즐기지도 않지만, 먹더라도 청주 같은 데다 삶아 먹고 그런데요."

"참, 여기 어디 막걸리나 소주 파는 데는 없는지 물어봐라."

그놈의 술은 좀 잊으시라고 대답하려다 말았다. 그러다 또 수틀려서 일찍 가버리겠다고 하면 골치 아프니까.

난 하나코 상에게 이곳에서 한국 소주나 막걸리를 구할 수 있는지 물었다. 그녀는 시내의 대형 상점에 가면 있을 거라고 했다. 한국 소주와 막걸리가 젊은이들 사이에 꽤 인기라며. 주마다 한 번씩 마을 사람들이 필요한 것들을 사러 시내에 장을 보러 나가는데 그때 같이 데려가 줄 수 있다고 했다.

난 아빠에게 그 말을 그대로 전하며 일주일만 참아보시라고 했다. 그러자 순식간에 낯빛이 어두워진 아빠는 영사관의 위치를 물었다. 내일 바로 여권을 신청하러 가야겠다는 거였다.

"일주일을 못 참으신다구요? 중독 아니라면서요? 거짓말인가 봐요?"

수십 년의 습관을 하루아침에 고치기가 쉽지는 않을 거란 걸 각오하고 있었다. 그렇기에 꾸준한 환경이 중요했다.

"내일 시내에 나가서 사 올게요."

"좋아, 그럼 딱 일주만이다."

아빠는 으름장이라도 놓듯 못을 박았다.

하나코 상이 마을 자치회에서 환영 점심을 준비했다며 우리를 태우고 차로 5분 거리에 있는 마을회관에 데려갔다.

회관 안에 모여 있던 서른 명 가량의 노인들이 우리를 따뜻하게 환대했다. 그들은 이 마을의 주요 자치 단체인 〈노인 클럽 연합회〉 회원들이었다.

관광객을 위한 토속 음식점을 운영한다는 85세의 하리모토 상 회장은 불편한 점이나 궁금한 게 있으면 언제든 자신에게 알려달라고 했다. 회원 중 절반은 이미 세상을 떠났고, 남은 어르신들이 우리를 위해 정성껏 마련한 환영 식사를 함께 나눴다. 다다미방에 둘러앉은 사람들 앞에는 각각 소반이 조심스레 놓였다.

소반 위에는 쥬우시(버섯과 톳을 넣고 지은 밥), 전갱이 구이, 우미부도 샐러드, 여주 초절임 등 오기미 마을의 특산물로 만든 향토 음식들이 차려졌다. 푸릇하고 간소한 밥상이었지만 무척 허기가

졌던 아빠와 난 다소 게걸스럽게 밥을 먹었다. 재료가 좋아서인지, 시장이 반찬인지 몰라도 꿀맛이었다.

함께 식사하던 할머니 몇 분이 그런 우리를 보며 신기한 걸 본 아이들처럼 천진하게 웃었다.

난 할머니들에게 이곳에서 어떤 일들을 하는지 물었다. 그들은 매일 두세 시간씩 이곳에 모여 다양한 취미생활을 나누기도 하고 마을과 주민들에게 도움이 되는 일들을 의논한다고 한다. 얼핏 우리나라의 경로당과 비슷한 느낌이었지만, 마을에 관련된 일을 능동적으로 주도한다는 점에서 약간 차이가 있는 것 같았다.

올해 105세라는 사토 할머니가 아빠의 나이를 물었다. 63세라고 내가 대신 대답했다. 하루코 할머니가 새파랗게 어린 사람이 들어왔다고 말하자 모두 손뼉을 치며 웃었다.

"뭐라는 거냐?"

아빠가 얼떨떨한 표정으로 물었다.

"아빠더러 새파랗대요."

"뭐?"

하나코 상은 이 노인 클럽의 가장 막내였고, 73세라고 해서 나와 아빠는 깜짝 놀랐다. 특히나 아빠는 충격을 받은 것 같았다. 그녀가 당연히 자신보다 어린 줄 알았다며, 상냥하고 싹싹해서 호감이 있었는데 너무 연상이라며 아쉬워했다. 하나코 상이 한국말을 알아듣지 못하는 게 여간 다행이 아니었다.

그때 하나코 상이 내게 무슨 말인가 했다. 난 젓가락질을 멈추고 인터넷 사전을 열어서 알아듣지 못한 부분을 다시 한번 발음해달라고 했다. 그때였다.

"자연 씨가 기특하대요. 아버지를 모시고 다니는 젊은 자녀는 별로 본 적이 없대요."

하리모토 회장 할아버지가 갑자기 한국말을 했다.

"한국말을 하시네요?"

"나도 본래 한국 사람이외다. 귀화해 산 지 벌써 20년이 넘었네요."

내가 눈이 휘둥그레지자, 그는 자신의 이야기를 들려주었다.

그는 25년 전 처음 이곳에 흘러왔다고 했다. 백여 명의 직원을 두고 우수 기업으로까지 선정되었던 자동차부품 관련의 중소기업을 운영하다가 예상치도 못한 IMF 사태로 하루아침에 부도를 맞았다. 아내와 자녀를 위해 그나마 건질 수 있는 건 모두 넘기고, 결국 이혼할 수밖에 없었다. 친했던 사람들과도 모두 연락이 끊겼고, 설상가상으로 불치병 진단을 받아 시한부 선고까지 받았다.

그러고 나서 아무도 모르는 곳에서 조용히 떠나기로 결심했다. 사업할 때 비즈니스 관계로 여러 차례 다녀온 일본을 떠올렸고, 그렇게 오키나와를 여행하다가 우연히 오기미 마을까지 흘러들게 된 거였다.

이곳에서 살게 되리라고는 전혀 생각지 못했다. 그런데 시간이 지날수록 이곳만의 남다른 생활에 매료되었다. 여기서 다양한 자연 특산물들을 손수 가꾸고 채취하고 만드는 것도 재미있었지만, 무엇보다 이웃을 가족처럼 대하는 이곳 사람들의 태도가 마음에 와닿았다.

제2차 세계대전 중 가장 격렬한 희생을 치른 '오키나와 전투'로 인해 이곳 주민들 대부분은 가족을 잃는 아픔과 극심한 가난을 겪었다. 그 경험을 통해 이들은 건강한 삶뿐 아니라 사람 간의 유대가 얼마나 중요한지를 절실히 깨달았다. 그래서 배려와 공생을 바탕으로 한 공동체 의식이 자연스레 이곳의 문화로 자리잡게 된 것이다.

스스로 생을 마감하려 했던 그는 가끔 마을에 일손이 필요한 곳을 도우며 지내다 하루만 더, 하던 것이 며칠이 되었고, 그 며칠은 어느새 몇 달이 되었다. 시간이 흐를수록 몸도 마음도 한결 가벼워지는 걸 느꼈다. 그러던 어느 날, 오랜만에 한국에 돌아가 병원 검진을 받았고, 말기라던 병이 2기로 호전된 것을 알게 되었다. 깊은 고민 끝에 그는 일본 법무국에서 귀화 허가를 받아 이 마을에 정착했다.

난 그의 현재 상태에 관해 물었다. 그는 여태껏 병원에 가본 일은 없어서 모르겠다며 웃었다.

"무엇 때문인지는 몰라도, 아마도 몇 가지가 다 같이 맞물려 시너지 효과를 낸 것이 아닌가 싶더라고요. 분명한 건 좋은 일과 나쁜 일은 늘 짝으로 다닌다는 거예요. 그러면서 호사다마, 전화위복처럼 서로 뒤바뀌기도 한다는 거."

말하는 하리모토 상의 얼굴에 현자의 미소가 떠올랐다. 그의 꼿꼿한 자세와 밝은 낯빛을 보면 정말 83세라는 나이가 무색할 정도였다. 난 그를 보며 기대감이 커졌다.

하리모토 상이 이 마을 공동체에 관한 일과와 규칙에 대해 알려 주었다. 그러자 아빠가 어색하게 웃었다.

"말씀은 고마운데, 그렇게 신세를 질 일은 없을 것 같습니다. 저흰 일주일만 있을 거라서요."

"예?"

하리모토 상이 의아한 표정을 지었다. 난 서둘러 화제를 돌려야 했다.

"와, 재료가 다 건강식이에요. 평소에도 이렇게들 드시는 거예요?"

"맞아요. 여긴 먹는 걸 아주 중요하게 여겨요. 식사를 생명의 약이라고 부를 정도에요. 나도 그렇지만, 마을 어르신 중에 약이나 영양제를 먹는 사람을 못 봤어요."

어느새 상 위의 그릇들이 설거지라도 한 듯 깨끗하게 비워졌다.

"혼또니 오이시데스요!"

하나코 상을 향해 빈 젓가락을 입에 문 채 웃었다. 이 정도면 누구라도 내 의도를 알 수 있었다.

"아리가토." 하나코 상이 상냥하게 대답했다. 그리더니 자기 식사에 집중했다.

그녀는 생각보다 눈치가 별로 없는 것 같았다.

난 여전히 배가 고팠다. 아빠 역시 자신의 빈 그릇에 붙은 밥풀을 하나하나 뜯어 먹고 있었다. 난 염치 불고하고 하리모토 상에게 식사를 더 할 수 있는지 물었다.

"아니야, 난 됐어."

아빠는 국그릇을 찹찹 긁어 마시며 날 나무라듯 말했다. 그러자 가만히 있던 하나코 상이 뭐라고 얘기를 했고, 하리모토 상이 그녀의 말을 전했다.

"정량대로 준비한 거라 남은 음식이 없다네요."

하나코 상이 미안해하며 스미마셍을 연발하는 바람에 괜히 더 무안해지고 말았다. 어르신들 대부분은 식사가 대부분 절반 이상 남아 있었다. 입에 들어간 건 뭐든 시간을 들여 꼭꼭 씹었다. 심지어 물까지도 그랬다. 벌써 식사를 다 마쳐버린 아빠와 난 민망하지 않은 척하느라 애를 썼다.

"여기 주민들은 하라하치부, 라는 식습관이 있어요."

하리모토 상의 말에 따르면 하라하치부란 정량 식사의 80%만 배를 채운다는 뜻으로 장수의 주요 비결 중 하나라고 했다. 우린 입맛을 다시며 끄덕거릴 수밖에 없었다. 이런 식단으로는 200%를 먹어도 배가 부를 성싶지 않았지만 어쩔 수 없었다. 로마에 가면 로마법을 따라야 하는 법이니까.

"술은 좀 하시는가요?"

하리모토 상이 묻자, 마지막 한쪽 남은 손톱만 한 매실장아찌를 나노 분해하고 있는 아빠가 번쩍 고개를 들었다.

"이 마을에서도 술을 마십니까?"

"그럼요. 술도 잘 마시면 약주 아닙니까. 뭐든 욕심이 들어가지만 않으면 나쁜 음식이란 건 없어요."

그가 갈색 정종병을 들어 보였다.

"여기 전통주인 아와모리라는 소줍니다. 나름 꽤 유명한 편이죠."

"아이고 이런, 고맙습니다."

술병을 보여줬을 뿐인데 냅다 인사부터 하는 아빠.

근방에 있다는 유서 깊은 양조장에서 가져왔다는 아와모리를, 마치 소믈리에처럼 맛을 본 아빠는 감동했다. 희귀 보석을 발견한 사람의 눈빛이었다.

그러나 아빠의 기쁨은 오래 가지 못했다. 아빠가 눈 깜짝할 사이 두 잔을 비우고 석 잔째 내밀었을 때, 하리모토 상이 정종병의 뚜껑을 매몰차게 닫아버린 것이다. 그걸 본 할머니들이 소녀들처럼 까르륵 웃어댔고, 내년이면 120살이라는 유키코 할머니가 술고래 청년이 왔다며 큰소리로 놀려댔다. 좌중의 웃음소리가 더욱 커졌지만, 아빠만 혼자 웃지 못했다.

"앞으로 1년을 계시려면 부지런히 적응하는 게 좋을 것 같습니다만."

하리모토 상의 말에 아빠는 심통 어린 표정으로 입을 열었다.

"제가 원래 친한 친구나 형제 집에서 하룻밤 묵는 것도 못 견디는 성격입니다. 하물며 남의 나라에 와서 1년을 지낸다는 게 가당키나 한가요? 여권만 나오면 돌아가야죠. 애초에 제가 여기 오고 싶었던 것도 아니고…"

보다 못한 난, 얼른 끼어들었다.

"아빠, 더 이상 안 바랄 테니 여기 딱 3개월만 있어 봐요."

"그건 안 돼. 6월 초에 중요한 일들이 있다고."

다음으로 점프하게 될 날은 6월 6일 현충일이었다. 아빠는 매년 현충일마다 한 번도 빼먹지 않고 국립현충원에서 열리는 추모식 행사에 참석하곤 했다.

"그건 매년 있는 거니까 큰 문제는 아니고, 6월 4일이 지방선거 날 아니냐."

"아……! 하지만 아빠 한 사람 안 찍는다고 뭐가 달라지겠어요."

"얘 좀 봐라? 어떻게 나 한 사람이냐, 너도 있는데. 벌써 두 배야. 그렇게 다들 너처럼 나 한 사람쯤이야 하다가 세상이 엉터리 되는 거야."

정말 답답했다. 앞으로 수년이 지나면, 그 지방선거에서 당선된 누군가는 치열한 당쟁의 희생양이 되어 정치생명이 끝장날 것이고, 또 다른 누군가는 인생 자체가 끝날 것이다. 그런 앞날이 기다릴 줄 알았다면 그들은 선거에 출마하지도 않았겠지. 도를 닦으며 다음 기회를 기다리든가, 아니면 아예 정치판에서 발을 빼는 것이 그들에게 천운이고 복이 되었을 거라는 걸 아빠에게 설명하기는 불가능했다. 게다가 이제 타이머 시간도 고작 20분이 남았다. 난 급한 마음에 무리수를 두었다.

"아까 대사관에 알아봤는데, 임시 여권이 나오려면 두 달 이상이 걸린다고 하더라구요."

"두 달이나!?"

무척이나 곤혹스러운 표정을 짓는 아빠를 보니 다행히도 거짓말이 먹힌 듯했다.

문득 아빠가 사방을 둘러보며 말했다.

"가만있어봐라, 화장실이 어디 있나…?"

하리모토 상이 알려주자, 아빠는 황급히 밖으로 나갔다.

그런데 한참이 지나도 아빠는 돌아오지 않았다.

왠지 불길한 예감에 아빠를 찾으러 밖으로 나갔다. 아빠는 출입문 앞 화단에 서 있었다. 어딘가와 통화하던 아빠는 전화를 끊더니 눈에서 레이저 빔을 쏘듯 나를 봤다.

"두 달이라며? 네 막내 작은 아빠가 그러는데 신분증이랑 사진 들고 영사관에 가면 바로 임시 여권 나온다더만!"

"아, 그래요?"

"아 그래요?? 대체 왜 속인 거냐?"

어느새 뒤따라 나와 있던 하리모토 상과 하나코 상이 놀란 얼굴로 우리를 쳐다봤다. 나머지 노인 클럽의 장수 인간들도 현관 안쪽에 서서 내다봤다.

그들의 시선을 인식한 아빠가 언성을 낮췄다.

"아빤 내일 영사관 갔다가 바로 서울로 올라갈 테니 그리 알아."

"자식을 버려두고 혼자 가시겠다구요? 이렇게 생판 모르는 남의 나라에다가, 것도 딸자식을요!?"

"버리긴 뭘 버려? 네가 한두 살 먹은 애냐?"

"진짜 너무한 거 아니에요? 저 좋자고 온 것도 아니잖아요?"

"그럼, 내가 오자고 했나? 내가 오기미 마을 장수 클럽에 좀 가입시켜 달라고 부탁하든?"

"혼자 공항 가서 비행기표는 어떻게 끊으시려구요?"

"방법 없겠냐? 다 사람 사는 덴데."

"지금은 성수기라 표도 없을걸요?"

"기다리면 취소된 자리 하나 안 나올까."

어떻게든 탈출하고 싶어 안달 난 사람 같았다.

"그냥 딱 3개월만 지내봐요. 그 이상은 강요 안 할게요."

"됐다. 3개월은커녕 사흘도 못 있겠다."

"원래 일주일 있기로 했잖아요?!"

"생각이 바뀌었어."

그리고 아빠는 지켜보던 사람들을 향해 묵례하고 돌아서서 숙소 방향으로 걸음을 옮겼다. 난 급히 달려가 앞을 막아섰다.

"한 번만요, 예? 딱 한 번만 제 뜻에 따라주시면 안 돼요? 여기서 장수하는 습관도 익히고 건강하게 오래 살고 싶지 않아요?"

"내가 싫다는데 왜 자꾸 이러는 거야? 날 미치게 만들려고 그러냐?"

아빠는 날 밀치고 빠르고 고집스러운 걸음을 옮겼다. 난 아빠의 등에 대고 큰 소리로 외쳤다.

"앞으로 10년밖에 못 산대두요?!"

아빠의 뒤통수가 움찔한 듯했지만, 걸음을 멈추지 않은 채 대답했다.

"오래 사는구먼!"

"그래요! 손주들 크는 것도 못 보고 일찌감치 죽어버리면 참 근사하겠네요!"

그 순간 아빠가 걸음을 멈췄다. 이때는 서연이 아직 결혼하기 전이었으므로 손주들이 있을 턱이 없었다. 그렇지만 소 뒷걸음질 치다 쥐를 잡듯 아빠의 예민한 감성을 건드린 걸까, 기대에 찬 마음으로 아빠가 돌아서기를 기다렸다. 하지만 아빠는 고개를 돌리지 않았다.

이상해서 뒤를 돌아보니 장수인들 모두 영원히 죽지 않는 밀랍 인형처럼 서 있었다.

타이머가 끝난 것이다.

난 괴성을 터뜨리며, 될 대로 되라는 식으로 잔디밭에 드러눕고 말았다.

3.

맨 처음 눈에 들어온 건, 내 손에 들린 무지막지하게 커다란 햄버거였다. 그런데 아무리 봐도 이런 건 처음이었다. 보통 크기의 햄버거를 네 개쯤 합쳐 놓은 크기였다.

눈앞의 1인용 테이블 위에 감자튀김이 산처럼 쌓여 있었다. 내가 앉아 있는 유명 프랜차이즈 매장 안은 사람들로 북적였다.

왜 내가 이런 곳에 있는 거지? 오기미 마을 프로젝트는 망해버린 걸까?

무심코 얼굴에 묻은 소스를 닦는데 뭔가 이상한 느낌이 들었다. 얼굴이 커다랗게 부푼 느낌이었다. 얼굴을 이리저리 만져보다가 문득 내 두 팔을 들여다보았다. 군살 하나 없이 쭉 곧았던 손목이 사라지고 대신에 하얀 통나무 두 개가 달려 있었다. 2XL 이상은 돼 보이는 펑퍼짐한 티셔츠, 그럼에도 티셔츠를 뚫고 나올 듯한 배와 숨 막히게 맞닿은 거대한 허벅지를 보고 너무 놀란 나머지 나도 모르게 마른침을 꿀꺽 삼켰다. 그런데 매장 안을 둘러보니 나처럼 살이 뒤룩뒤룩 찐 사람들이 많았다.

아빠에게 전화를 걸기 위해 급히 휴대폰을 집었다. 그때, 출입문을 열고 들어오는 사람이 있었다.

아빠였다.

광대뼈가 불거질 만큼 살이 빠져 있어서 처음에는 몰라볼 뻔했다. 눈을 휘둥그레 뜬 나와 시선이 마주친 아빠는 험상궂은 표정을 지으며 성큼성큼 다가왔다.

"넌 왜 맨날 이 모양이냐?! 잠깐 한눈파는 사이에 또 여길 와 있네!"

한 손에 종이봉투를 든 아빠는 다짜고짜 내 손에 들려있던 커다란 햄버거를 낚아채 버렸다.

"왜 이러시는데요? 제발 언성 좀 낮추세요, 사람들 다 쳐다보잖아요!"

"너나 낮춰. 그거 들고 얼른 나오기나 해."

아빠는 먼저 홱 돌아서 나갔다. 내 옆자리에 커다란 비닐 쇼핑백이 있어 안을 살펴보니 칫솔, 비누, 슬리퍼 같은 생필품과 수세미와 알루미늄 포일 같은 주방용품 등이 담겨 있었다. 난 쇼핑백을 들고 황급히 일어났다.

햄버거 가게를 나오자, 오키나와 시내의 번화가라는 것을 알았다. 거리를 오가는 사람들 대부분이 젊은 층이었고, 아까 매장에서처럼 비만인들이 종종 눈에 띄었다. 막 의류 판매장의 쇼윈도를 지나치던 난 우뚝 멈췄다.

유리창에 하마를 닮은 여자가 비쳐 보였다.

절로 탄식이 흘러나왔다. 대체 어쩌다 이 지경이 된 걸까? 뭐든 잘 먹는 편이었지만 평생 다이어트에 크게 신경 쓰지 않아도 평균 이하의 체중을 유지해 왔던 나로서는 큰 충격이 아닐 수 없었다.

문득, 예전에 워킹 홀리데이로 미국에 다녀온 친구에게서 들은 이야기가 떠올랐다. 큰 키에 상당히 마른 편에 속하던 그녀는 미국에 머무는 동안 가장 저렴한 햄버거로 주식을 삼았는데, 두 달 만에 체중이 무려 15킬로그램이 불었다고 했다. 한국으로 돌아와 예전의 체중으로 돌아오는 데 1년이 걸렸다며 그녀는 두 번 다시 햄버거는 쳐다보지도 않았다.

내가 아까 먹던 것도 미국 현지에서 파는 햄버거와 같은 크기였다. 세계적인 장수 지역으로 명성을 떨쳤던 오키나와현이, 도심 지역의 비만율 증가로 평균 수명이 낮아지자 결국 비만 퇴치 운동에까지 나섰다는 사실이 그제야 실감되었다.

아빠를 따라 옥외 주차장에 도착하자, 주차돼 있던 빨간 도요타 안에서 하나코 상이 고개를 내밀고 손을 흔들었다. 아빠와 함께 뒷좌석에 오르자, 하나코 상이 상냥한 얼굴로 내게 햄버거를 사 왔느냐고 물었다.

"이이에(아니요)!"라고 대답하자, 하나코 상이 의외라는 표정을 지으며 잘했다고 칭찬했다. 난 어쩐지 얼굴이 빨개졌다. 문득 아빠의 옆구리에 놓인 종이 쇼핑백이 궁금했다.

"별거 아니야. 개인적으로 필요한 거 몇 개 샀다."

아빠는 종이가방을 바짝 끌어당기며 하나코 상을 곁눈질했다.

"그게 뭔데요?"

내가 종이가방을 들여다보려고 하자, 아빠는 가방을 가리며 "가만 놔둬!"라며 위협적으로 말했다. 난 이상한 눈초리로 내내 피죽만 먹고 산 것 같은 아빠의 얼굴을 빤히 쳐다보았다.

하나코 상은 홈스테이로 사용하는 가옥에 우리를 내려주었다. 도요타가 멀어지자, 아빠는 마당 안으로 들어서며 말했다.

"넌 또 저녁 먹기 전까지 한숨 자야지?"

"제가요?"

"왜, 오늘은 안 졸려?"

아빠가 이상하게 눈을 부릅떴다. 그러고 보니 졸리기는 했다.

아빠에게 한 시간만 있다가 깨워달라고 부탁하고 집 안으로 들어갔고, 아빠는 종이가방을 든 채 안뜰에 있는 판자로 만든 창고에 들어갔다.

나는 집 안을 이리저리 둘러보았다. 아빠가 쓰는 방, 내 방, 마루와 부엌에 놓인 살림살이로 보아, 제법 오래 머물며 지낸 듯한 느낌이 들었다. 그러다 주방의 찬장과 싱크대를 열어본 순간, 깜짝 놀라고 말았다. 빈 소주병과 막걸릿병이 곳곳을 가득 메우고 있었기 때문이다.

아빠에게 따지려고 뜰로 나가자, 창고 지붕에 달린 연통에서 하얀 연기가 뭉게뭉게 피어오르고 있었다. 난 불이 난 줄 알고 창고로 뛰어가 벌컥 문을 열었다. 그러자 창고 안에서 집게를 들고 고기를 굽던 아빠가 펄쩍 뛰었다.

"지금 뭐 하시는 거예요??"

당황하는 아빠에게 가까이 다가갔다. 아빠의 앞에는 원예용 쇠말뚝을 받침대 삼아 반으로 가른 양철 드럼통이 얹혀 있었다. 그리고 그 안에 담긴 빨갛게 달군 숯불 위에서 삼겹살이 지글지글 익고 있었다. 고기 굽는 냄새가 끝내줬다. 간이 탁자 위에 종이가방의 내용물이 풀어헤쳐져 있었는데, 그 정체는 삼겹살 한 팩과 목살 한 팩, 그리고 소주 두 병과 막걸리 한 병이었다.

"정말 너무한 거 아니에요? 어쩜 이렇게 혼자 몰래 바비큐를 해 먹을 수 있어요? 무슨 아빠가 그래요?"

"다 널 위해서 그런 거지! 거울을 좀 봐라. 그러다 터지게 생겼어. 이왕 봤으니 어쩌겠냐. 먹어라 먹어."

아빠가 나무젓가락을 건넸다. 다른 때 같으면 자존심이 상해 뛰쳐나갔겠지만, 나도 모르게 덥석 젓가락을 받았다.

바비큐 도구들은 어떻게 구했는지 물으니, 87세의 와타나베라는 할아버지가 운영하는 대장간 일을 도우며 가져다 만든 것이라고 했다. 도기 컵에 따른 막걸리를 한 모금씩 홀짝이며 고기를 굽는 아빠의 모습은, 마치 치즈를 발견한 생쥐 같았다. 뭔가를 먹느라 저렇게 신난 얼굴은 본 적이 없었다.

"자주 이러셨어요?"

"그랬으면 너처럼 됐겠지. 다음 주에 체류 기간 끝나고 한국에 들어갔다 다시 오면 소주는 끊을 참이야."

어이가 없었다. 소주를 끊는다는 건 그 외의 주종은 계속 마시겠다는 뜻 아닌가.

"여길 다시 온다구요? 이렇게 드실 거면 뭐 하러요? 한국에서 눈치 안 보고 실컷 드시지 않구요. 여기 있어봤자 별로 건강해지는 것 같지도 않고 오히려 역효과만 나는 거 같은데요?"

"아니야, 전보다 몸도 가벼워지고 나쁘지 않아. 여기 사람들도 좋고, 이거저거 할 만한 일들도 많고, 물론 김치도 젓갈도 없는 이곳 음식이 내 입에 잘 맞지는 않지만, 그래도 이렇게 가끔 고기랑 술을 몰래 먹는 재미도 쏠쏠하고… 사람이 말이야, 마음껏 얻을 수 있는 것엔 별로 마음이 가지 않는 법이야. 도리어 쉽게 가질 수 없을 때 진정한 가치를 누릴 수 있게 되지."

아빠는 직접 만든 쌈장을 크게 한 숟가락 떠서, 상추에 얹은 고기에 듬뿍 발라 입에 넣었다.

"짠 걸 그렇게 퍼 드시면…… 하, 근데 이건 진짜 아닌 거 같아요."

난 다시 한국으로 가는 게 낫겠다고 말하며, 그을린 석쇠 위에 있던 삼겹살 한 조각을 집어 입에 넣었다.

"하, 뜨거! 뜨거!!"

난 오두방정을 떨며 고기를 도로 뱉었고, 아빠는 혀를 끌끌 차며 나를 바라봤다.

"왜 그런 눈으로 보세요?"

"이러다 널 아예 못 알아볼까 봐, 걱정이다."

"그러는 아빠는요? 아주 멸치처럼 말라비틀어져서, 어디 아픈 사람 같고 좋겠어요."

씩씩대던 난 열린 창고 문 앞에 선 어떤 할머니와 눈이 마주쳤다.

아빠는 그녀를 보자 "뮤끼 상! 도죠! 도죠!"라며 이리와 고기를 먹으라고 손짓했다. 그런데 할머니는 살며시 웃으며 고개를 끄덕 거리다가 사라졌다. 누구냐고 물으니, 옆집에 사는 할머니라고 했다.

그로부터 30분 후, 하나코 상이 우리를 데리러 왔다. 우리는 노인 클럽 원로들이 주재하는 긴급회의에 소환되었다.

마을회관의 다다미방에 하리모토 상과 하나코 상을 비롯해 예닐곱 사람이 모여 있었다. 하리모토 상이 마주 앉은 우리를 보며 특유의 인자한 미소를 지었다.

"이 마을에서 지내기가 그다지 쉽지 않으시죠?"

아빠와 내가 앞다퉈 손사래를 쳤지만, 그는 상관없다는 듯 말을 이어갔다.

"저희가 다 같이 의논했어요. 이런저런 얘기들이 전부터 있었지만 지켜보자는 쪽이었죠. 애석하지만 더는 머무르는 건 서로에게 좋지 않다는 결론이 났어요. 미안하지만 이번 주 내로, 집을 싹 비워주시면 고맙겠습니다."

난, 살 속에 파묻혀 작아진 눈을 한껏 크게 떴다.

"저희가 무슨 잘못이라도 했나요?"

"아뇨, 꼭 잘못이라기보다는 문화 차이란 걸 이해합니다. 하지만, 이 마을도 나름의 전통이랄까, 오랫동안 지켜왔고 또 앞으로도 지켜야 할 정신적 가치라는 게 있지요. 그렇지 않아도 패스트푸드에, 알코올에, 또 기타 좋지 못한 여러 취미에 중독된 젊은 세대들로 인해 가치가 심히 바래져서 다시 세계 최고의 장수 지역이라는 타이틀을 되찾기 위해 애쓰고 있는 마당에, 이 청정구역과 같은 오기미 마을까지 침해돼서는 안 되지 않겠습니까?"

"침해요? 그러니까, 저와 아빠가 이 마을에 민폐를 끼쳤다는 말씀인가요?"

고작 고기와 술 좀 몰래 먹었기로서니, 이렇게까지 하는 건 부당한 처사라고 생각했다.

나의 거센 항의에 하리모토 상이 클럽 원로들과 작은 소리로 뭐라고 속삭였다. 할머니들은 상냥한 얼굴로 저마다 한마디씩 했다. 표정을 보니 아마도 우리를 좀 봐주자는 기색인 듯했다.

하지만 하리모토 상이 클럽 원로들의 의견을 취합해 전해준 순간, 나는 그만 얼굴을 들 수 없을 만큼 면목이 없었다.

먼저, 대장간을 하는 와타나베 상은, 아빠가 많이 나아지긴 했지만, 여전히 급하고 불같은 성향이 있어 같이 일을 하는 데 곤란할 때가 많다고 했다. 그리고 이웃집의 뮤끼 할머니는, 아빠가 술에 취하면 고성방가하거나 마당에서 담배 연기를 풀풀 날린다고 했다. 이러다가 장수마을이 아니라 주정꾼 마을로 오해받게 될지도 모른다고 했다. 심지어 술에 취한 아빠가 마을의 마스코트인 장수 비석을 뽑으려던 걸 목격했다는 주민도 열 명이 넘었다. 거기에 화룡점정을 찍듯 하나코 상이 말한 얘기가 압권이었다.

그녀는 우리(아빠와 나)처럼 매일 다투는 부녀지간은 평생 본 일이 없다고 했다. 더군다나 사람의 감정은—특히나 부정적 감정은—전염성이 있어, 원래 여유롭고 온화하던 마을 주민들까지 우리를 만나고 나면 이상하게 신경이 예민해지곤 한다는 것이다.

난 얼굴을 붉히며 시선을 어디에 둘 지 몰라 했고, 아빠는 억울해했다.

"그동안 열심히 노력한 걸 아시잖습니까? 식사는 늘 멀건 된장국에 채식 위주로 소금, 간장, 고춧가루 섭취도 줄이고, 아침 일찍 일어나 체조 모임에 참석하고, 매일 계절 채소들이며 생강, 여주도 가꾸고, 모즈쿠도 따고, 두부 만드는 것도 돕고, 마을에 필요한 일이라면 뭐든 도왔구요…"

난 벙벙한 얼굴로 아빠를 쳐다보았다. 오기미 노예였던 거야, 뭐야. 열량 있는 음식도 못 챙겨 먹으면서 육체노동만 하니 이렇게 마른 인간이 된 거구먼. 난 열량 높은 것만 먹고 잠만 잔 거고. 자괴감과 함께 아빠에 대한 미안함도 느껴졌다. 아빠의 말에 하리모토 상은 안타까운 얼굴로 말했다.

"저도 제 개인적으로 할 수 있는 일이라면 그냥 계시라고 하고 싶어요. 게다가 동포분인데 이럴 수밖에 없는 제 속은 어떻겠습니까? 아무쪼록 미안합니다. 미리 내신 1년 치 숙박비에서 남은 부분은, 8개월 친가요, 마을회에서 반환해 드릴 겁니다."

마을의 마지막 대장장이라는 와타나베 상이 뭐라고 말하자, 하리모토 상이 바로 통역을 해주었다.

"농사를 망치는 탄저병도 조그만 점 한두 개로 시작되지."

뭐라구? 아무리 그래도, 우리를 병충해에 비교한다고!?

찌릿한 모욕감이 뒤통수를 타고 올랐다. 얼굴이 벌게진 아빠는 아무 대꾸도 하지 않았다.

무심코 와타나베 상의 말을 그대로 전했다가 뒤늦게 실수를 깨달은 하리모토 상은 난처한 얼굴로 와타나베 상을 책망했다. 그때 하나코 상이 일어나 밖으로 나가자, 하리모토 상이 우리를 위해 하나코 상이 준비한 게 있다며 잠시 기다리라고 했다.

하지만 이미 감정이 상할 대로 상해버린 난 벌떡 일어섰다.

"필요 없어요. 가요, 아빠!"

아빠가 흠칫하며 날 올려다보았다. 아빠는, 자리에 있던 사람들에게 정중히 인사했다.

"덕분에 그동안 잘 지냈습니다. 아가리또 고자이마시따."

"아가리또는 무슨… 얼른 일어나시라구요, 그냥!"

나는 아빠의 팔을 우악스레 끌어당겼다. 짐을 챙기러 홈스테이 숙소로 향하는 동안, 아빠와 나는 서로를 탓하며 티격태격 말다툼을 벌였다. 이번에도 명백한 실패였다. 운명을 바꾸는 일은 결국 불가능한 일인 것만 같았다.

잠시 후, 아빠와 난 나하 공항발 JAL 여객기의 비즈니스석에 나란히 앉아 똑같은 스카치를 홀짝거렸다.

아빠와 난 기분이 썩 나쁘지 않은 상태였다. 아니, 솔직히 말하면 조금 유쾌한 편이었다. 가장 큰 이유는, 기내 서비스로 제공된 조니워커를 마음껏 마실 수 있었기 때문이다.

이제 타이머가 끝나기까지 20분이 남았다. 나는 빈 온더록스 잔을 일본인 여성 승무원을 향해 번쩍 치켜들었다. 그 순간 내 옆을 지나던 노신사와 눈이 마주쳤다. 그러자 슈트 차림에 넥타이를 맨 노신사는 은테 안경 너머 과하지 않은 부드러운 미소를 띠며 내게 가벼운 목례와 눈인사를 건넸다. 문득, 술에 환장한 주정뱅이처럼 치켜든 손이 부끄러워져 얼른 팔을 내리며 그에게 어색하게 고개를 까딱여 답례했다.

옷차림부터 자세, 몸짓까지 기품이 넘치는 노신사는 나와 두 좌석 떨어진 창가 자리에 앉아, 빈티지한 카멜색 가죽 서류 가방에서 잡지를 꺼냈다. 나는 몸을 살짝 빼 몰래 건너다보았다. 혈관이 입체적으로 드러난 심장 사진이 표지로 실린 〈네이처〉라는 영문 과학 잡지였다.

노신사는 의료계 관련 직업을 가진 듯했다. 의사거나, 아니면 인체 생물학 분야의 과학자이거나, 그것도 아니면 제약회사 쪽 사람일지 모른다.

난 고개를 돌려 아빠를 쳐다봤다. 오른손에 스카치 잔을 쥔 아빠는 다른 손으로 자기 무릎 위에 놓인 스티로폼 상자 안을 열심히 뒤적거리고 있었다.

"뭘 그렇게 열심히 살피시는 거예요?"

"그래도 얼마나 고맙냐? 이런 건 한국에서 구하기 쉽지 않은 건데."

하나코 상이 작별 선물이라며 챙겨 준 상자 안에는 여주 몇 개와 잘 포장된 오키나와 특산 해초인 모즈쿠, 우미부도, 생강과 정종을 넣고 삶은 돼지 앞다릿살이 들어 있었다.

"안 그래도 서울 가면 여주를 한 번 키워볼까, 했는데 잘됐다. 혈액순환이랑 당뇨에 특효라잖냐."

"한국 바다에도 해초 많이 나요. 모즈쿠나 우미부도 같은 건 없어도 값싸고 영양 많은 톳과 꼬시래기가 있고요, 고기가 먹고 싶으면 구이 말고 수육이나 족발 같은 걸 드시면 돼요. 물론 반주는 생략하구요. 반주는 노래할 때만 하시면서 미역국만 잘 챙겨 먹어도 혈관 걱정은 싹 사라질걸요?"

"아빤 미역국을 별로 안 좋아하잖아. 술을 끊는 건 어려우니까 미역국을 자주 먹도록 노력해 봐야겠다. 좀 깐깐해서 그렇지, 가만 보면 꽤 괜찮은 사람들이란 말이야. 너만 아니었으면 더 있을 수 있었는데…."

난 어이없는 얼굴로 아빠를 응시했다. 아빠는 상자 구석에서 조그만 봉투를 꺼내더니 밝게 미소 지었다.

"여주 씨앗까지 챙겨줬다? 여주가 혈당 치료제 아니냐. 가만있어 봐라…… 집에 가면 텃밭 좀 알아봐야겠는걸?"

난 코웃음을 쳤다.

"아빠가 농사일을 해보셨어요? 그냥 심는다고 쑥쑥 자라는 게 아니에요."

"누가 그렇대? 식물이나 말 못 하는 짐승이나 다 사람이나 똑같이 어미의 손길로 정성을 다해 길러야 하는 거야. 그래야 건강하게 꽃도 피우고 열매도…."

"그럼, 아비는요?"

그러자 아빠의 눈꺼풀이 파드득파드득 떨렸다.

"네 나이가 몇이냐? 벌써 서른 살이나 먹은 녀석이 말본새가 그거밖에 안 돼?"

"헤헷, 농담이죠!"

"달을 가리키면 달을 보면 돼. 말꼬리나 잡지 말고."

"네넵! 명심하겠습니닷!"

"그러니까, 자식 농사란 말이 괜히 있는 게 아니다, 는 말을 하려던 거야. 알겠냐?"

"아, 그렇군요. 그러면 아빠는 자식 농사를 어떻게 지으신 거 같아요?"

아빠는 내 눈을 노려봤다. 그러다가 이내 손에 들고 있던 위스키 잔 안으로 시선을 떨구었다. 눈빛엔 아쉬움인지 자책감인지 슬픔인지 모를 알 수 없는 감정들이 혼재돼 있었다.

"오기미에서 어깨너머 배워보니까, 농작물 기르는 일 말이야… 내 취미에 맞는 것 같더라."

"에이, 무슨 그런 말씀을… 진짜 제대로 해보시면 그런 말을 한 걸 후회하실걸요?"

"아빤 사실… 은퇴하면 작은 농장을 가꾸며 살고 싶었어. 죽을 때까지 자연을 벗 삼아서 그렇게 살다 가면 얼마나 좋겠냐….."

이런 말을 하는 아빠의 표정은 측은할 정도로 쓸쓸해 보였다. 하지만 그런 마음을 들키지 않으려고 일부러 조롱하듯 말했다.

"아이구야, 그럴 거 같죠? 현실과 이상은 다르다는 걸 모르세요? 뭐, 어디 밭 하나 얻었다고 쳐요. 어떻게 하실 건데요? 작물마다 키우는 법이 다 다른데! 아빠는 인터넷도 할 줄 모르시면서 혼자 어떻게 하시려구요?"

"네가 알려주면 되지."

농담이라고 여겨 코웃음을 치자, 아빠는 일이 주에 한 번씩 와서 도우라고 했다. 그냥 가만히 있을걸, 괜히 성가시게 됐네. 엄마 밭도 벅찬 마당에.

난 승무원을 향해 잔을 치켜들고 외쳤다.

"도죠! 도죠! 위스끼! 위쓰끼!!"

5초가 남은 순간 승무원이 새로 채운 스카치 잔을 내밀었다. 덥석 잔을 낚아채 단숨에 꿀꺽꿀꺽 마셨다. 그러고는 발광하듯 엉덩이를 들썩거리며 목이 타오르는 고통을 만끽했다. 이런 나의 우악스러운 모습에 승무원의 미간을 찌푸렸고, 아빠는 눈을 부릅떴다.

"지금 뭐 하는 거냐!?"

버럭 언성을 높이는 아빠 때문에 네이처지에 빠져 있던 노신사가 우리를 돌아보았다.

"그만 식으로 마시려면 다신 술 입에도 대지 마라, 알았냐!?"

"아빠도 마찬가지에욧! 딸꾹!"

그 순간, 모든 것이 멈췄다. 이내 비행기 안이 빙빙 돌기 시작했다.

4.

번쩍 눈을 뜬 난, 일단 흙을 밟고 있지 않다는 사실에 안도했다. 그렇지만 예상치 못한 장소에서 깨어나는 건 언제나 당혹스러운 노릇이었다.

난 비행기 안의 창가 자리에 앉아 있었다. 옆을 돌아보자 어느 30대로 보이는 동양인 연인이 있었다. 주변을 둘러봤지만, 아빠의 모습은 보이지 않았다.

의아했다. 어째서 혼자 비행기를 타고 있는 걸까? 혼자 여행이라도 하는 걸까?

하지만 때마침 흘러나온 기내 방송을 듣고 그런 게 아니라는 걸 알았다. 잠시 후 나항 공항에 착륙한다는 기장의 목소리에 난 펄쩍 뛰었다.

"왜 또?!"

하도 놀라서 속으로 생각한다는 걸 그만 입 밖으로 내버리자, 옆의 커플이 깜짝 놀란 얼굴로 나를 쳐다보았다.

나하 공항에 도착해 입국 게이트를 나서며 아빠에게 전화를 걸었다. 신호음이 한참 가는 중에 휴대폰 밖에서 큰 소리가 들렸다.

"자연아!!"

소리가 난 곳으로 고개를 돌리자, 아빠가 하나코 상 옆에 서서 힘차게 손을 흔들고 있었다.

이게 대체 무슨 상황인 걸까?

난 하나코 상의 인사에 소스라쳤다. 그녀는 내게 "반갑스므니다 자욘상!"이라고 했기 때문이다.

우린 전처럼 하나코 상의 빨간 도요타를 타고 마을회관에 갔다. 조수석에 앉은 아빠는 하나코 상과 한국말과 짧은 일어를 섞어 대화했다. 서로 대화가 잘 통하는지 꽤 자연스러운 분위기였다.

마을에 도착해 먼저 노인 클럽에 들러 어르신들에게 인사를 한 후 홈스테이하던 집으로 갔다. 아빠와 함께 집으로 들어선 나는 전과 달라진 뜰을 보고 놀랐다.

온갖 종류의 농작물이 뜰 안 가득히 가지런하고 풍성하고 가꿔져 있었다. 이내 아빠는 창고에서 농기구 몇 가지를 챙겨 짐수레에 싣고는 3킬로미터가량 떨어진 농장으로 나를 데려갔다.

천 제곱미터 이상 되는 면적에 두릅나무와 처음 보는 덩굴식물이 오와 열을 맞추어 가지런히 심겨있었다. 일본에도 두릅이 나긴 했지만, 이곳의 두릅은 아빠가 한국에서 종자를 가져다 심은 것으로 맛과 품질이 월등해서 도쿄나 오사카 같은 도시로 판매까지 한다고 했다. 건강은 물론 맛도 좋아 인기가 많다며 아빠는 쑥스러운 척 자랑스러운 미소를 지었다. 농장의 절반을 차지하는 덩굴 열매들은 노란색과 연둣빛이 섞인 모양새가 마치 개똥참외를 길게 늘인 듯한 모양새였다. 아빠가 직접 개량한 신품종 여주라고 했다.

"이게 여주라구요?"

아빠는 과도로 깎은 뭉툭한 여주 한 조각을 내게 내밀었다. 난 의아한 얼굴로 아빠를 쳐다봤다.

혈당을 안정시키는 데 탁월한 효능이 있어 천연 인슐린이라 불리는 여주는 쓴맛이 강해서 생으로는 먹기 어려운 채소였다. 소금물에 담가서 쓴맛을 빼서 간장이나 식초에 무쳐 먹는 것이다. 때문에 특유의 쌉쌀한 맛이 남아 있어 사람들이 흔히 즐길 만한 채소라고는 할 수 없었다.

"먹어봐."

아빠의 당당한 태도에 조심스레 한입 베어 물었다. 처음 먹는 맛이었다. 약간 쌉쌀하면서도 달콤한 맛이 났다.

"아빠가 한국에서 가져온 금싸라기 참외랑 접붙이기한 게 드디어 성공했다는 것 아니냐!"

아빠는 먹기 좋은 개량 여주를 성공시키기 위해 오랫동안 연구했고, 여주와 가장 잘 어울리는 과일이 한국에서만 나는 금싸라기 참외라는 걸 알았다. 가장 양질의 맛을 내기 위해 한국산 참외를 수십 박스씩 공수해 와서 접붙이기 실험을 했고, 수백 번의 실패 끝에 결실을 얻게 된 것이다.

"에이, 틀렸구나, 했지. 1년 넘게 허탕을 쳤으니까. 며칠 전엔 일본 농수산부에 신청한 특허 승인도 받았다. 물론 하나코 상이랑 같이 이름을 올린 거지만. 사실 하나코 상이 없었으면 이렇게 못 했을 거다."

"하나코 상이요? …여기서 왜 이러고 계신 거예요? 귀화라도 하신 거예요?"

"예잇, 귀화는 무슨! 그냥 왔다 갔다 하는 거지. 여긴 나한텐 제2의 고향이라고나 할까…"

"제2의 뭐라구요? …얼굴은 좋아 보이시네요. 요즘 술은 안 드세요?"

"일주일에 한두 번밖에 먹는다니까, 왜 사람 말을 안 믿냐. 마을 사람들이랑 정종 한잔하거나 하나코 상이 사다 준 막걸리를 아주 가끔 하지. 아무튼 여주랑 생강이랑 많이 캐다가 서연이도 주고 네 엄마도 갖다주고 그래라. 너도 온 김에 채소랑 해산물이랑 많이 먹고. 허구한 날 집에서 치킨 피자만 시켜 먹는다며?"

"누가요?

"택연이가 그러더라."

여전히 통나무 같은 내 팔뚝은 수시로 눈앞에 걸리적거렸다. 1년이 지났음에도 원래의 체형으로 돌아가기는커녕 오히려 전보다 살이 더 붙은 듯했다. 이러다 '백수 노처녀'라는 타이틀에서 '뚱땡이'라는 수식어까지 달게 될 판이었다. 이제 도리어 아빠가 내 건강에 대해 잔소리를 늘어놓고 있었다. 밭일을 시키기 위해 비행기까지 타고 오게 했으면 잔소리는 조금 삼가달라고 부탁했지만, 잔소리라는 표현에 기분이 상한 아빠는 또 다른 주제의 잔소리를 늘어놓았다.

"그걸 잔소리라고 생각하면 발전이 없는 거야. 너 아침에 몇 시에 일어나냐? 아직도 밤새 있다가 아침에 늘어지게 자고 그러냐? 인간은 생체리듬이라는 게 있어. 해가 뜨면 활동에 필요한 호르몬이 나오고 밤이 되면 휴식과 세포 재생에 필요한 물질이 분비되는 거야. 인간의 신체가 다 그렇게 되어 있다고. 그런데 거꾸로 행동하면 어떻게 되겠냐? 생각 좀 해봐라. 아빠가 너 주려고 어떤 유명 작가의 인터뷰 기사 오려 놓은 거 있어. 그거 꼭 갖고 가서 차근차근 읽어봐. 네가 참고할 점이 많을 거야. 일본 작간데… 그, 이름이 뭐라더라… 아! 너, 무라까미 하루끼라고 들어봤냐?"

"앗 따거워!"

두릅을 따다가 가지마다 뾰족뾰족 솟은 가시에 찔렸다. 핏방울이 맺힌 손가락을 입안에 넣고 얼굴을 찡그렸다. 명색이 작가 지망생인데 무라카미 하루키를 아냐고 묻는 건 해도 너무 하지 않나. 그의 주요 작품은 물론 에세이와 단편집도 가지고 있던 난 더 듣고 싶지 않다는 의미를 전달하기 위해 가시에 찔린 상처를 들여다보며 엄살을 피웠지만 아빠는 전혀 아랑곳하지 않았다.

"일본에서 최고 유명한 작간데, 그 사람은 아침에 일찍 일어나서 조깅하고 점심 전까지 글을 쓴다더라. 공무원처럼 말이야, 딱딱 정해놓은 시간에 무조건 그날의 분량을 채우는 거야. 외려 공무원들은 주말엔 쉬기라도 하지, 그 사람은 특별한 일이 아니면 비가 오나 눈이 오나 하루도 안 빼놓고 그렇게 한다는 거야. 그리고 오후엔 독서하고 정신 건강에 도움이 되는 취미생활도 하면서 재충전한다더라. 창작이란 게 얼마나 에너지 소모가 크고 힘든 일이냐? 마라톤과 똑같은 거야, 자기와의 싸움이라고. 그러니 또 저녁엔 쓸데없는 짓거리 안 하고 9시가 넘으면 잠자리에 드는 거야. 그래야 아침 일찍 일어날 수 있으니까. 그러니 그렇게 훌륭한 작가가 된 거지. 너도 발치라도 따라가 보려면 습관이라도 그렇게 들여봐야 하지 않겠냐?"

"이럴 거면 뭐 하러 스크랩을 해두셨어요?"

아빠는 늘 이랬다. 내게 도움이 될 것 같은 내용의 신문 기사나 감명 깊게 읽은 책을 건네주는 것까진 고마운 일이었지만, 꼭 줄거리를 설명하다 심지어 스포일러까지 일삼아서 읽고 싶은 의욕을 사라지게 했다.

"한 번 말한다고 마음에 새겨지든? 글도 마찬가지야. 뭐든 한 번 읽는다고 다 본 게 아니야. 두 번이고 세 번이고 음미하며 읽어야 온전히 내 것이 되는 거지. 글도 밥처럼 꼭꼭 씹어먹어야 하는 거라고. 그리고…"

휴대폰을 들여다보니 아직 50분이나 남아 있었다.

"젠장, 여기까지 와서 또 일만 하게 생겼네……."

혼잣말로 구시렁거렸다. 아빠는 청력이 뛰어난 편이 아니었기에 무신경했다. 그런데 아빠가 말을 멈추고 눈을 부라렸다.

"뭐라고?"

"에에?"

"방금 뭐라고 했어?"

"뭘요?"

"여기 와서 또 일만 하게 됐다고 안 했냐?"

"다 알아들었으면서 왜 물으시는 건데요?"

"참, 큰일이다. 작가란 모름지기 남의 말에 귀를 기울일 줄 아는 재능이 있어야 하는데 말이야. 그저 제 하고 싶은 말만 끄적대는 게 작간 줄 알아? 그래서 히쭈구리 작가도 되긴 틀려먹었지 싶다."

"히쭈구리가 무슨 뜻이에요?"

뭔진 몰라도 어감이 상당히 좋지 않았다. 여주가 든 상자를 짐수레에 싣던 아빠는 코웃음을 쳤다.

"너 같은 걱정가마리를 일컫는 말이지 뭐긴 뭐야."

"걱정가마리요? 가마리는 또 뭐예요?"

뜻은 몰라도 영 좋지 않은 말임에 의심의 여지가 없었다. 그래도 언젠가 써먹을 수도 있지 않을까 싶어 휴대폰 메모장에 그 해괴한 단어들을 입력해 놓았다. 그러다 문득, 내가 50살이 넘어야 작가가 될 수 있다던 문신 목사의 말이 떠올랐다. 아니, 왜 꼭 그때까지 기다려야 한단 말인가! 마흔이 되려면 아직 8년이나 남아 있는데 말이다!

그래, 내가 진짜 해야 할 일이 생겼어. 내가 일찍 성공하는 게 아빠에게도 좋은 영향을 미칠 테니까, 안 그래?

갑자기 새로운 의지와 설렘에 뱃속이 간질간질해진 난, 유독 연둣빛이 진한 여주를 따서 한입 아삭 깨물었다… 가 퉤- 하고 뱉었다. 미처 금싸라기 참외의 유전자를 받지 못한 돌연변이 같은 쓰디쓴 여주를 바닥에 내던졌다.

"그거 도로 주워."

어느새 지켜보고 있던 아빠가 눈을 부라렸다. 난 오만상을 찌푸린 못난이 뚱땡이의 얼굴로 외쳤다.

"왜요!? 이건 못 먹는 거라구요!"

"아빠가 알아서 할 거니까 얼른 주우라고! 제 딴엔 얼마나 기를 쓰고 나온 건데, 쉽게 버리면 쓰나."

할 수 없이 바닥에 떨어진 여주를 주워 다시 상자에 담았다.

그리고 타이머가 끝날 때까지(그리고 살이 빠질 때까지) 끝없이 두릅과 여주를 따고 수레를 끌었다.

씩씩하고 고집스러운 시시포스처럼, 튼튼하고 사나운 무소의 외뿔처럼.

5.

10년의 세월이 쏜살같이 날아갔다.

오기미 마을의 여주 농장에 갔던 이후부터 난 굳이 아빠를 찾지 않았다. 아빠는 평생 그 어느 때보다 보람찬 나날을 보내는 중이었으므로 내가 관여할 이유는 없어 보였기 때문이다. 아니면, 결국에는 맞닥뜨릴 수밖에 없는 그 질긴 운명을 회피하고 싶은 무의식이 작동한 탓인지도 몰랐다.

아무튼 그날이 오기 전까지 나 자신을 위해 살기로 결심했다. 너무 오랫동안 방치했던 나를 위해.

오, 나야! 그동안 돌보지 못해서 정말 미안하구나. 이제부터는 스트레스를 조금도 허락하지 않을게. 대신 아주 즐겁고 신나는 선물을 해주련다.

난 타이머가 켜질 때마다 전국의 맛집을 찾아 달려갔다. 다양하기 짝이 없는 수많은 종류의 요리를 목구멍이 차오를 때까지 먹어댔다. 먹는 게 남는 거라는 말이 있듯, 먹는 거야말로 가장 확실한 만족과 행복을 주는 행위였으므로. 난 내일이 없는 사람처럼 먹어댔고 급기야 씨름 선수를 능가하는 모습으로 변모했다.

결과적으로 인풋에 따른 아웃풋은 정직했다. 몸 여기저기가 아프기 시작했고 어느 순간에는 눈을 뜨니 집 밖에 나갈 수 없는 몸이 되어 있었다.

이러다 아빠보다 먼저 죽을 수도 있었기에 난 절식과 병원 치료와 운동을 병행하며 원래의 상태로 돌아가기 위해 기를 쓰고 노력했다. 그 과정은 자못 고생스러웠기에 애초에 '무제한 맛집 투어'의 발상을 냈던 나 자신을 저주하고 원망해야 했다.

그렇게 3월의 마지막 날 아침에 옆집 태훈의 전화는 오지 않았다.

아빠는 무사했다. 멀쩡한 모습으로 자식처럼 기른 여주밭에 거름을 주고 있었다. 하지만 이번엔 오기미 마을이 아닌 말죽거리 근방에 있는 그린벨트 지역이었다. 수년 동안 그곳에서 농작물을 기르던, 군 시절 친구의 배려로 한 구획을 얻어 텃밭을 일군 것이다.

그간의 사정을 잠깐 설명하자면, 아빠는 원래 하나코 상과 결혼해 한국에 데려와 함께 농장을 가꾸며 말년을 보낼 계획이었다. 하지만 하나코 상은 아빠의 청혼을 거절했다. 다른 사람이 보기에 그녀의 선택은 이해하기에 그리 어려운 일은 아니었지만, 마지막 인연이라 믿었던 상냥하고 우아한 10살 연상녀와의 실연에 아빠는 크게 상심했다.

'내 팔자엔 두 번째 부인이 허락되지 않은 모양'이라며 정들었던 오기미 마을에 영영 작별을 고하고 한국에 돌아와 자신이 개발한 '금싸라기 여주'를 재배하는 데 전념했다.

그런데 의외로 오기미보다 사정이 좋지 않았다. 여주와 참외는 모두 여름철 작물이었는데, 순이 돋아나면 고라니와 까치들이 몰래 뜯어 먹고, 장마철 폭우라도 내리면 성한 열매를 얻기 힘들었다.

궁여지책으로 군 공무원 대출을 받아 비닐하우스를 짓고, 자동 급수 시설 등 돈과 시간과 노력을 몽땅 들였지만, 비닐하우스에서는 열매가 크게 자라지 않아 몇 상자 수확하기도 어려웠다. 그렇다고 풍성하게 수확했을 때도 별 재미를 보지 못했다. 중간 유통업자에게 터무니없는 헐값에 넘기고 나면 대출 이자를 갚기에도 부족했다.

인생 황혼기에 찾아온 즐겁고 보람되던 일은 계속 이어갈 수도, 처분할 수도 없는 스트레스 거리로 변했고, 아빠는 다시 술을 마시기 시작했다. 그렇지만 오기미에서의 생활이 효과가 있었는지, 원래 아빠가 쓰러졌던 2023년의 3월의 마지막 날이 무사히 지나간 지도 어언 7개월이나 되었다. 그동안 난 다시 아르바이트를 시작했고, 도서관에 다녔고, 틈틈이 엄마의 밭일을 도우며 지냈다.

그러던 2023년 10월의 마지막 금요일이었다.

도서관에서 책을 고르다가 헤르만 헤세의 〈정원일의 즐거움〉이라는 수필집을 발견했다. 이런 책도 썼었구나, 라며 들여다보니 그의 생전 사진들과 그가 직접 그린 수채화도 몇 점 실려 있었다. 화가의 타이틀을 가질 정도로 수준급의 그림이었다. 게다가 인생 후반기에는 집필 외의 대부분을 정원을 가꾸는 데 썼던 그는 뛰어난 정원사이기도 했다. 풀과 나무와 흙에서 삶의 이치와 사유를 찾은 철학자이기도 했다.

그가 골방에 틀어박혀 책만 쓸 줄 아는 고리타분한 천재가 아니었다는 사실에 새삼 경탄과 부러움이 동시에 느껴졌다. 허심탄회하고 담담하게 써 내려간 글을 통해 그 자신이 좋아하는 일, 그리고 삶이 주는 가치에 대한 깨달음과 행복을 얻는 데 필요했던 꾸준함과 성실함의 비결을 설파했다. 나처럼 당장 남들에게 내세울 만한 트로피에 눈독을 들이며 아등바등, 일희일비하지 않았다. 손수 가꾼 석류나무 가지를 조심스레 쥐고 들여다보는 헤세의 행복한 미소. 그 미소에는 아무런 사심 없이 해처럼 빛나는 명철이 어려 있었다.

문득, 자신이 직접 만든 농장의 원두막에 홀로 앉아 막걸리를 마시며 회한과 체념의 콧노래를 흥얼거리고 있을 아빠가 떠올랐다.

아빠도 참 대단하지. 어떻게 참외를 접붙이기한 여주를 생각해 냈을까? 비록 지금은 재배상 문제도 많고 인기도 별로 없지만 언젠가는 주목받을 날이 올지도 모르지. 아빠가 일찌감치 직업 군인 대신 농업을 선택했다면 제2의 우장춘 박사가 될 뻔했어. 그랬다면 아빠의 인생도 완전히 달라져 있겠지. 그랬다면 난 세상에 없었겠지. 언젠가 엄마는 농사꾼과 결혼하기 싫어서 고향을 떠났다고 했었으니까.

문득 엄마의 농막 앞 도롯가의 가로수로 심은 돌 매실나무가 생각났다. 이것도 엄마에게 들었던 것인데, 돌 매실나무에 전동드릴로 구멍을 내고 돌 매실보다 맛도 크기도 월등한 우량종의 매실 가지를 깎아 구멍에 꽂아 접붙이기하면 돌 매실나무에 우량종의 열매가 달린다는 얘기였다.

사람도 그럴 수 있다면 참 재미날 텐데, 라는 생각이 들었다. 가령 무라카미 하루키나 스티븐 킹의 뇌를 살짝만 잘라다가 내 뇌에 접붙이기한다면······.

그때 휴대폰이 울렸다. 진동음이 왠지 재난 알림 문자처럼 불길하게 울렸다.

전화를 받으니 아빠였다. 얼마 전 검진을 받은 보람 병원에서 결과를 알려줄 테니 가족과 함께 오라는 연락을 받았다며 내게 시간이 되는지 물었다. '올 게 왔구나···'라는 심정, 단지 그뿐이었다.

약 4시간 후 보람 병원에서 장기 단면도를 쥔 이호준 교수와 만났고, 그 후로 전과 같이 서연의 주장대로 항암치료가 시작되었고, 이번에는 전과 달리 약 두 달 후에 아빠는 혼수 상태가 됐다.

물론, 원래보다 무려 10개월이나 미뤄진 셈이지만, 어쩐지 허탈했다. 산 것도 죽은 것도 아닌 아빠의 옆에서, 앞으로 어떻게 해야 할지 고민했다. 하지만 아무리 생각해도 뭘 더 어떻게 해봐야 할지 알 수 없었다.

하릴없이 도서관 반납 기한을 한참 넘긴 헤세의 〈정원일의 즐거움〉을 들춰보았다. 군데군데 밑줄을 긋고 악필로 끄적인 메모들이 눈에 들어왔다. 누가 공공 도서에 이런 무개념 짓을 했나 싶어 눈살을 찌푸리며 들여다보니, 내 글씨체랑 흡사했다. 내용도 다른 사람이 쓴 게 아니란 건 확실했다. 처음 책을 읽을 때 떠오른 상념의 파편들, 금싸라기 여주, 돌 매실, 접붙이기, 하루키와 스티븐 킹의 뇌…… 등등. 나도 모르게 습관적으로 메모를 해버리고 잊고 있었다.

그때였다. 별안간 번개라도 치듯 어떤 생각이 번쩍 떠올랐다. 곧바로 인터넷 검색창에 '췌장 이식술'을 입력했다.

아빠의 그 몹쓸 췌장에 일찌감치 우량한 췌장을 이식한다면? 어째서 사람의 장기도 접붙이기할 수 있다는 생각을 진작에 못 했을까!

췌장 이식은 일반적으로 췌장에 악성 세포가 없는 당뇨 환자들에게 시행했다. 췌장에 종양이 생긴 후에는 재발의 우려로 인해 이식이 큰 의미가 없기 때문이다. 여태껏 나온 뉴스 기사나 관련 자료를 살펴본바, 몇몇 나라에서 돼지의 심장과 췌장을 사람에게 이식했다가 실패한 사례들이 있었다. 그러다 중요한 정보를 발견했다. 세상에서 췌장 이식을 가장 잘하는 의사가 우리나라에 있었다. 서울의 한 대형 병원에 근무하는 그는 황의준이라는 교수였다. 국내 첫 이식에 성공한 후 20년간 수천 건의 이식 수술을 집도했다는 사진 속의 그는 어쩐지 낯이 익었다.

어디서 봤더라? 난 그의 사진이 실린 기사들을 찾아보다가 예전

사진을 보고서야 그를 기억해 냈다.

그는 바로 12년 전 오기미 마을에서 쫓겨나 아빠와 함께 조니워커를 실컷 마셨던 JAL 항공의 비즈니스 칸에서 봤던, 그 품위 있는 노신사였다! 그가 장기 이식술의 천재라는 황의준 교수였다!

그의 이력은 굉장했다. 그가 처음으로 췌장 이식 수술을 한때는 1990년이었다. 행운의 첫 환자는 당뇨 합병증으로 발가락이 썩어가는 바람에 일상생활을 할 수 없었던 어느 30대 남자였다. 그렇게 국내 의료계를 발칵 뒤집어 놓은 국내 최초의 장기 이식 수술은 대성공이었지만, 놀랍게도 그는 칭찬을 받기는커녕 사람들의 엄청난 비난에 시달려야 했다.

장기를 내준 뇌사자에 대한 윤리 문제가 거론되었기 때문이다. 당시에는 뇌사자, 흔히 '식물인간'이라 칭하는 환자에 대한 사람들의 인식이 협소할 때였다. 뇌사자의 장기를 이용한 수술로 살아있는 환자를 죽인 거나 다름없다고 생각한 것이다. 그 때문에 그는 검찰 조사까지 받게 됐고, 자칫 징역살이할 뻔하기도 했다.

그렇게 한동안 진통을 겪다가 첫 이식 수술 후 9년이 지난 후에야 국내에도 공식적인 '장기 이식법'이 효되어 일반 환자들도 장기 이식을 받을 수 있게 되었다. 그는 이후 수천 건의 장기 이식술을 성공시키면서도 부단한 실험과 노력을 게을리하지 않았기에 국내 최초일 뿐만 아니라 세계에서도 인정받는 최고의 의료인이 되었다.

이를테면 모든 병원에서 수술 불가능이라며 꺼리는 환자들—생후 몇 개월 안 된 영아부터 고령의 중증 환자까지-의 수술을 도맡아 성공했고, 심지어 거액의 비용을 제시했음에도 미국 유수의 의료진이 포기한 어느 세계적 갑부도 그를 찾아와 수술받았다니 말이다. 이건 분명 운명이고 계시였다. 아빠를 그에게 맡기라는! 생각해 보면 내내 이런저런 사인을 주었는데도 내가 미련하게 눈치

를 못 채고 있었다,

 물론 그를 만나는 건 쉽지 않았다. 그는 상담 예약만 하는 데도 1년 이상 기다려야 하는 의사였기 때문이다.

 난 그가 재직 중인 병원으로 갔다. 무턱대고 로비에 앉아 그를 기다렸다.

 약 세 시간 후 일정을 마치고 나오는 황의준 교수를 발견했다. 단정한 코트 차림의 그는 12년 전 비행기에서 봤던 카멜색 가죽 가방을 들고 있었다. 난 그의 앞에 다가가 반갑게 외쳤다.

 "엇?! 안녕하세요. 선생님!"

 황 교수는 멈춰 서더니 전과 같은 인자한 미소를 지어 보였다.

 "예, 안녕하세요? 미안하지만, 저와 아는 사인가요? 요즘 제가 기억력이 많이 떨어져서요…."

 "전에 여행 중에 만났었는데 기억 안 나세요? 12년 전에요. 그때 제가 약간 도움도 드렸었는데, 헤헤."

 "아 그래요? 은인을 잊다니 제가 큰 문제네요."

 "아니요, 아니요! 사실 급히 여쭤볼 게 있어서 세 시간 거리에 있는 양평에서 왔어요. 그리고 지금까지 다섯 시간 동안 선생님을 기다렸구요."

 그는 깜짝 놀라며 자신이 대답해 줄 수 있는 거라면 얼마든지 들어주겠다고 했다. 하지만 그는 약속 장소에 가는 길이었기에 단 5분밖에는 시간을 내줄 수 없었다. 마음이 급했다. 그를 따라 출구를 향해 걸어가며 말했다.

 "만약에 말이에요, 만약에 유전적이거나 생활 습관상 나중에 암에 걸릴 확률이 매우 높은 사람이 있다고 치면요, 췌장 같은 곳에 말이에요, 그런 사람도 이식 수술을 해주실 수 있나요?"

 "제가 말인가요? 아하, 이거 어쩌죠? 제가 집도를 그만둔 지가 3년이 넘었는데…."

"네에!? 여기서 일하고 계신 거 아니에요?"

"아, 여긴 강의 없는 날, 일주일에 두세 번 나와서 환자들 상태나 봐주고 그러는 거죠."

그는 워낙 오랫동안 무리를 한 탓에 손목에 심한 관절염이 도져서 메스를 잡을 수 없다고 했다. 기대와 다른 전개에 당혹감과 실망감이 교차했다.

병원 출입문을 나오자, 우리나라에서 10년 전 처음 출시된 1세대 전기차가 대기하고 있었다. 운전대를 잡고 있던 30대 남자가 열린 차창 너머로 "교수님!?" 하고 외쳤다. 그러자 황 교수는 내게 유감스러운 미소를 지었다.

"도움이 못 돼 미안하네요. 찾아보면 훨씬 훌륭한 의사들도 많으니 꼭 좋은 분 만나실 겁니다. 그럼, 전 이만…."

난 조수석 문을 막으며 다급히 말했다.

"그럼… 만약, 만약에 말이에요! 10년 전이라면요? 만약 10년 이상 전의 선생님이었으면, 해주실 수 있으세요?"

그는 약간 곤란하고 성가신 표정을 지었다.

"글쎄요… 그렇다고 역시 쉽게 판단할 문제도 아니지만, 그런 가정이 무슨 의미가 있겠어요? 과거로 돌아갈 방법이 있는 것도 아닌 담에야, 허허……"

쏜살같이 멀어지는 차의 뒤꽁무니를 바라보던 난 다시 자개장에 들어가기로 결심했다. 12년 전으로 돌아간다면, 아빠의 수술을 앞당겨 상황을 바꿔볼 수 있을지도 모른다. 혹시 그때가 안 된다면 더 먼 과거로 가면 될 테고.

난 서둘러 전철역으로 향했다. 손목에 관절염이 없던 시절의 그를 만나기 위해.

† 제 7 장 †

1.

12년 전 그날이 되자 JAL 비즈니스 클래스에 앉아 있었다. 난 통로를 사이에 두고 옆 좌석에 앉은 황 교수를 곁눈질로 쳐다보았다.

그러니까 오기미에서 아빠와 함께 쫓겨나던 날, 미리 황 교수가 앉았던 자리의 옆 좌석을 예약해 두었다. 그리고 나하 공항에서 기다리다가, 황 교수를 발견하고 그를 뒤따라 탔다. 이번엔 스카치 대신 오렌지 주스가 담긴 잔을 빙빙 돌리며 기회를 노리는 중이었다.

"안녕하세요!"

그가 화들짝 잡지에서 고개를 들었다.

"제가 아는 분인가요?"

"이번이 세 번째로 뵙는 건데……"

"아! 이거 정말 미안하군요, 제가 하도 정신이 없어서 … 사과의 의미로, 제가 도울 수 있는 일이 있다면 뭐라도…"

"정말요!? 아핫, 감사합니다! 사실 전 교수님을 다시 만나기 위해 이 비행기에 탔어요. 정말 중요한 부탁이 있거든요! 믿지 않으시겠지만, 솔직히 말씀드릴게요. 사실 전, 12년 후의 미래에서 왔어요. 그때는 지금보다도, 물론 지금도 유명하시지만, 교수님의 위상이 까마득히 높아져서, 교수님의 얼굴 한 번 보기도 하늘의 별 따기죠. 그래서 불가피하게 이렇게 과거로 다시 올 수밖에 없었어요."

10년 후엔 그가 더는 메스를 쥘 수 없게 된다는 것도 말하려다가 그건 별로 쓸모없는 소리 같아서 관뒀다. 황 교수는 입을 벌린 채 잠시 멍한 얼굴로 나를 응시했다. 그러더니 별안간 너털웃음을 지었다.

"다소 황당한 방법이긴 했지만, 나쁘지 않았어요. 저를 추켜세우면서 본인의 간절함을 흥미롭게 어필했다는 점에서 이거, 부탁을 들어줄 수밖엔 없겠는걸요?"

아하하하!! 우리는 서로를 바라보며 호탕하게 웃었다. 이보다 더 성공적일 수는 없었다!

그런데 이건 모두 내 머릿속 상상이었다.

이렇게만 된다면 얼마나 좋을까!

난 머뭇거리며 황 교수를 흘깃흘깃 훔쳐보다가 막 네이처지에서 시선을 돌린 그와 눈이 마주쳤다.

"…아, 안녕하세요!"

"예, 안녕하세요."

"교수님을 신문에서 봤어요."

"오, 젊으신 분이 신문도 보시고 멋지시네요."

"헤헤, 감사합니다. 이렇게 존경하는 선생님 옆자리에 앉게 된 것도 운명인데, 뭐 하나만 여쭤봐도 될까요?"

"그럼요, 두 개 물어보셔도 돼요. 제가 답해드릴 수 있는 내용이라면…."

"저희 아빠에 대한 건데요. 저희 증조할아버지는 지병으로 일찍 돌아가셨고, 친할아버지도 60세가 되기 전 폐암으로 돌아가셨어요. 할아버지와 제일 많이 닮은 저희 아빠는 평생 술과 담배의 노예로 살다가, 곧 담뱃값이 배로 오르면 금연은 하겠지만, 술은 죽어도 못 끊겠다는 분이시거든요."

"암은 유전하고는 크게 상관없어요. 그래도 아버님은 관리를 잘 하셔야겠네요. 췌장이 나빠지는 습관을 다 가지고 계시니까요."

"암이 유전이 아니라구요? 다들 그렇게 알고 있는 거 아닌가요?"

암은 무조건 유전된다는 이론 때문에 멀쩡한 가슴과 자궁과 전립선을 없애버리는 사람들도 있지 않은가!

"그게 아니라 유전적 요인은 전체 암 발생 중 오에서 십 퍼센트 정도란 거예요. 유전적 요인이 크다면 같은 배에서 난 형제들은 거의 다 걸려야겠죠. 몸을 구성하는 무수한 세포들이 저마다 수명을 갖고 있다는 걸 아나요? 단 두 군데, 뇌와 심장을 제외하고는 모든 세포가 주기적으로 재생이 되죠. 수십조 개나 되는 세포가 매일, 혹은 매달 새로 태어나는 거예요. 그래서 총 6개월에서 1년 안에 모든 세포가 교체돼서 사실상 새로운 몸이 되는 거예요. 그러니 '지금의 나'는 '어제의 나'와는 다른 육체가 됐다고 말할 수 있는 거죠. 그렇게 수없이 사멸하고 재생되는 과정에서 돌연변이 세포 몇몇도 같이 발생했다가 사라지는 걸 반복하는 거예요. 그런데 어떤 요인으로 인해 돌연변이가 자연스레 사멸하지 않고 악성 종양으로 발전하는 경우가 있고, 또 그 악성 종양이 암으로 변할 수 있죠. 예를 들자면, 어릴 때부터 조금씩 조금씩 삐뚤어진 행동을 하는 아이를 '에이 어려서 그렇겠지, 뭐 크면 달라지겠지, 라며 방관하다가 나중에 크게 뉴스에 나오게 되는 것처럼요. 암도 비슷한 이치라고 보면 됩니다. 그래서 평상시 미리미리 정신적으로나 신체적으로 관리를 해두면 좋지요"

그제야 제대로 이해를 할 수 있었다. 하긴 유전이 전부라면, 해당자들은 불안에 떠느라 암에 걸릴 확률이 더 높아질 거고, 멀쩡한 신체를 자꾸 잘라내고 싶어 미칠 지경이 될지도 모른다.

"아무튼 누가 봐도 장래에 발병률이 높다면요, 우리 아빠처럼요! 미리 이식 수술을 해주실 수 있으실까요?"

"그러니까, 제가 그 얘기를 하는 겁니다. 방금 얘기했던 대로 돌연변이 세포가 무조건 암세포가 되는 건 아니라는 거구요. 좋지 않은 습관을 지녔다고 다 그런 병에 걸리는 게 아니라니까요. 누구는 술·담배를 전혀 안 해도 병에 걸리고, 어떤 사람은 술·담배를 평생 해도 백 세까지 무탈하고 건강하게 사는 사람도 있잖아요?"

"맞아요. 근데 저희 아빠는 무조건 걸리게 돼 있어요."

그가 어리둥절한 표정으로 날 응시했다.

"정말이에요. 물론 믿지 못하시겠지만, 제가 예지몽을 꾸거든요. 정확하죠. 날짜도 댈 수 있어요. 하지만 12년 후에 제가 교수님을 찾아가서, '이것 보세요, 제 말이 맞았죠!'라고 해 봤자 그땐 너무 늦어버렸을 거니까요."

그가 나와의 대화를 단절할 수도 있다고 생각했다. 하지만 예상과 달리 황 교수는 진지한 눈빛을 보였다. 그는 인간의 복잡하고 오묘한 몸속을 수십 년 동안 들여다보며, 논리적인 설명이 어려운 경우도 숱하게 경험했다고 했다. 그것이 무신론자였던 그가 가장 어려웠던 환자의 수술을 성공한 후 종교를 갖게 된 이유라고 했다.

"이해해 주셔서 감사해요! 그럼, 저희 아빠를 받아 주시는 건가요?"

그러자 그가 딱하다는 얼굴로 고개를 흔들었다.

"그 말이 사실이라 해도 그런 수술이 별 도움이 되진 않을 거예요. 가령, 현재 아버님의 몸속 어딘가에 이미 약간의 병변이 있다면, 췌장만 바꾼들 무슨 의미가 있겠어요? 대신에 나타날 부위는 많고 많은데 말이에요. 신체 전반의 세포를 전부 교체하지 않는 이상, 별 효용성이 없다는 거예요. 내 말 이해하겠어요?"

"그건 다 이해하고 있어요. 그래도…"

"그뿐만이 아니에요. 이식 수술을 한 후가 더 중요해요. 몸에서 일으키는 거부 반응 때문에 대부분의 이식 환자는 죽을 때까지 면역 억제제를 먹어야 해요. 우리 신체의 메커니즘 상 내 몸속에 외계의 물질이 침입했다고 인식하게 되면 자체적인 면역 기능이 가동돼서 그 침입자를 몰아내기 위해 온갖 공격을 퍼붓죠. 그러니 가만 놔두면 그 이식한 장기가 어떻게 되겠어요? 그러니 그걸 제지하기 위해 아이러니하게도 몸의 면역 기능을 떨어뜨려야 하는 거죠. 그러면 면역력이 떨어졌을 때의 위험들에 대해서는 대충 짐작하시겠죠?"

"조금만 도와주세요, 교수님! 모든 건 제가 책임질게요."

"그런 문제가 아니에요. 설령 제가 수락한다고 칩시다, 아시다시피 예약이 밀려있어서 저한테 수술받으려면 1년 이상 기다려야 해요. 또, 차례가 왔다고 해도 또 맞는 장기를 확보하는 데 얼마나 걸릴지 몰라요. 그 사이에 아버님의 몸 상태가 어떻게 변할지는 아무도 모르죠, 안 그래요?"

정말 맥 빠지는 얘기였다. 난 입안 가득 공기를 머금었다가 뱉어내며 말했다.

"그럼, 그냥 운명대로 죽든가 말든가 내버려둬야겠군요."

"아버님과 사이가 굉장히 좋으셨나 보군요?"

순간 뜨끔했다. 난 잠시 머뭇거렸다.

"솔직히 말하면… 뭐, 꼭 아빠를 위해서 이러는 건 아니에요. 그저, 내가 성공할 때까지만 살아줬으면 했던 거죠."

처음으로 그의 얼굴에 호기심이 반짝였다.

"왜죠? 본인이 성공할 때까지 아버님이 살아계셔야 하는 이유가 뭔가요?"

"음… 말로 표현하기는 좀 그렇지만… 아빠가 저한테 잘못했던 걸 깨닫거나 후회할 수 있는 뭐, 그런 기회를 주고 싶달까요."

"만약 아버님이 본인의 기대한 바대로 깨닫고 후회를 한다면, 그게 누구한테 어떤 이익이 되는 거죠?"

난 도리어 어안이 벙벙한 얼굴로 교수를 쳐다보았다.

"본인이 꿈꾸던 대로 다 이루고 아버님이 돌아가신다면, 그땐 아무 미련 없이 보내드릴 수 있다는 건가요?"

"모르겠어요. 확실한 건 이번이 제가 할 수 있는 마지막 노력이라는 거예요. 이 방법마저 실패한다면, 맹세코 더는 신경 쓰지 않을 작정이거든요."

교수는 곰곰 생각하는 얼굴로 자신의 관자놀이를 두드리며 뜸을 들이더니 대뜸 이렇게 물었다.

"돈 많아요?"

"얼마 정도 필요한데요?"

"글쎄요, 저도 정확히 말씀드리긴 어려운 면이 있긴 하지만, 수억 이상 들지 않을까 싶어요."

"수억 정도는 상관없어요."

아직도 동요에 붙인 가사를 까먹지 않은 그 로또 복권만 있다면야!

그러자 교수는 안주머니에서 몽블랑 만년필을 꺼내더니 네이처 잡지 속 보험 광고 지면의 흰 여백에 뭔가를 썼다. 그는 메모한 부분을 찢어 내게 내밀었다.

"이 친구한테 한번 연락해 봐요. 내가 알려줬다고 하진 말구요."

메모를 유심히 들여다보느라 그가 뒤에 한 말은 귓등으로 들었다. 그 바람에 '내가 알려줬다고 하라'고 뜻을 정반대로 받아들였다. 이러니, 늘 사람의 말을 경청하는 버릇을 들여야 한다고 아빠가 그렇게 잔소리를 해댄 것이다.

아무튼 그가 준 메모에는 어떤 이름 하나와 일반적인 휴대폰 번호가 아닌, 다른 형식의 연락처가 적혀 있었다.

"이분이 누군데요?"

"전에 좀 친했던 대학 동기인데, 지금은… 일단 생명공학계의 천재라고만 일러둘게요. 지금껏 전, 어떤 환자에게도 이 번호를 알려준 일이 없어요. 성공 가능성의 유무는 차치하고라도 개인적으로 전혀 권장하고 싶은 방법은 아니거든요. 그런데 마지막이라고 했던 말에 마음이 움직였어요. 아, 물론, 이곳에 연락한다고 이 친구가 응대해 줄 거란 보장은 없어요. 워낙 거물급이라 아주 바쁠 거예요. 그래도 그 정도 투지가 있으시니 성공하리라 봅니다."

난 '한운몽'이라는 이름을 보고 고개를 갸웃했다. 설마… 동명이인이겠지.

"혹시 이분이, 저도 아는 그 분은 아니죠?"

그 이름은, 한때 온 나라를 들썩이게 했던 전대미문의 어느 과학자의 이름과 똑같기 때문이다.

그런데, 황 교수가 대답하려고 입술을 움직이다가 멈췄다. 그리고 그대로 움직이지 않았다.

난 앞으로 펼쳐질 일들에 대해 불길한 예감을 가진 채, 또다시 미지의 시간 속으로 휘말려 들어갔다.

2.

2023년 4월 5일 오후 4시 55분에 난 두바이 국제공항의 출국 게이트를 나섰다. 여기에서 100킬로미터 떨어진 아부다비에 한운몽 박사의 연구소가 있었다.

사실 난, 황의준 교수에게 그의 연락처를 받은 이후로, 타이머 존으로 이동하는 동안 박사에게 한 번도 연락하지 않았다. 별로 만나고 싶은 생각이 없었기 때문이다. 내가 아는 바로 그는, 국민적 영웅에서 사기꾼으로 전락해 도망치듯 역사 속으로 사라진 인물이었다.

황 교수가 어째서 그런 사기꾼의 연락처를 줬는지 의아했다. 이후 난 아빠의 생활에도 끼어들지 않았다. 더는 뭔가를 시도해 볼 방법이 없었던 탓이기도 했다.

과연 시간 여행을 지속해야 하는지 깊이 고민하며, 시간 여행 내내 주야장천 유튜브 시청에 빠져 지냈다. 유튜브는 마법과 같았다. 봐도 봐도 끝이 없었고 그렇게나 봐도 시간이 모자랐다. 휙휙 날과 달이 바뀌고 해가 바뀌었고, 거울을 볼 때마다 휙휙 늙어갔다.

그러다가 한운몽 박사를 꼭 만나야겠다고 생각이 바뀐 건 뜻밖에도 아빠의 장례식 때문이었다.

이번에도 아빠는 혼수 상태가 되었고, 단 이틀 만에 심장이 멈췄다. 아빠의 죽음을 한두 번 겪은 게 아니었음에도, 일이 닥칠 때마다 정신이 없었다. 난 바로 양평 집으로 내려가려 했지만, 때마침 달려온 서연에게 붙잡혀 장례 준비를 해야 했다.

그런데 장례식장에서 서연과 생로병사에 대한 이런저런 이야기를 나누던 중, 우연히 한운몽 박사 이야기가 나왔다. 그는 세계 최초로 체세포를 이용한 동물 복제에 성공하며, 이순신 장군에 비견될 만큼 국민적 영웅으로 떠올랐다. 그러나 어느 순간 논문 조작과 비윤리적인 실험 방식이 드러나면서 법정에서 실형을 선고받고, 한순간에 나락으로 떨어지고 말았다. 결국 그는 조국을 등질 수밖에 없었다. 내가 한 박사를 비판적으로 언급하자, 서연은 그가 "너무 일찍 폭죽을 터뜨린 시대의 희생양"이라며 열변을 토했다.

"박사님이 너무 성과에 대한 의욕이 앞섰던 게 탈이었어. 칭찬이란 게 빈곤한 자에게나 약이지, 지나친 찬사는 자신은 물론 시기하는 누군가에겐 독으로 작용하는 법이니까."

"무슨 소리야? 그 아저씨 연구 자체가 다 사기 아니야? 양인가 개인가 복제했다는 동물들도 다 가짜라며?"

"어휴, 이래서 언론이 떠드는 것만 듣고 띄엄띄엄 아는 게 무서운 거야."

한때 한 박사의 지지자들로 결성된 팬클럽의 회원이었던 서연은 일반인이 모르는 정보를 많이 알고 있었다. 그녀의 말에 따르면 사건의 발단은 이랬다.

박사의 연구가 전 세계적으로 조명을 받던 그때, 한 강대국 대통령이 불쾌한 기색을 숨기지 않은 채, 생명 복제를 반인륜적이라 규정하고 법으로 단속하겠다고 선언했다.

공교롭게도 그 발표 직후 그 나라의 어느 보수 일간지에 소속된 기자가 한 박사의 연구와 관련자들을 샅샅이 조사하기 시작했다. 그 과정에서 실험실 측근, 즉 내부자를 통해 '비윤리적인 난자 채취 방식'에 대해 알아냈고, 그 여파로 어느 공중파 방송국의 탐사 보도 방송에서 본격적으로 취재해 다루며 논란이 시작되었다.

그러자 그 분야의 몇몇 과학자들이 박사가 발표한 논문을 자세히 들여다보았는데 몇 가지 실험 결과가 허위로 기재된 부분을 발견했다. 게다가 줄기세포 자체가 날조라는 보좌 연구진들의 증언까지 힘을 보태 논문 조작을 확인했던 것이었다.

한번 붙은 불길은 모든 것을 삼킬 때까지 거세게 몰아쳤다. 여기저기서 탈탈 털리기 시작하자, 결국엔 모든 것이 의심의 대상이 되었고, 마침내 그의 성과와 업적까지 싸그리 부정당하기에 이르렀다. 심지어 그가 복제한 동물들조차 모두 조작된 가짜라는 말까지 나돌았다.

사실 유전자나 세포학 같은 분야는 전공자가 아니고서는 이해하기 어려운 영역이었다. 대다수의 국민은 그저 문외한일 수밖에 없었고, 언론이 쏟아내는 선정적인 표현과 자극적인 보도에 휘둘리며, 박사를 국민을 속인 사기꾼으로 몰아가기 시작했다. 그렇게 가스라이팅에 가까운 여론 속에서, 결국엔 그의 실제 성과와 업적마저 부정당하는 지경에 이르렀다는 입장이었다.

서연은 그가 극단적인 선택을 하지 않도록 얼마 남지 않은 팬클럽 회원들과 모여 철야 기도회까지 했다고 한다. 할렐루야! 정말로 그들의 충절 어린 기도가 하늘에 닿았던 걸까. 박사는 끝내 스스로를 망치는 길 대신, 고국을 등지고 유랑의 길을 택했다. 그 뒤로 박사는 자신을 반기는 외국의 연구소들을 전전하게 되었다. 한때 그는, 외국의 파격적인 스카우트 제안조차 단칼에 뿌리치며, 죽을 때까지 조국에서 연구를 이어가겠노라 맹세하던 사람이었다

그러던 박사는 또 한 번 인생을 뒤흔들 후원자를 만나게 된다. 그는 세계에서 가장 유명한 왕자이자, 지구상에서 손꼽히는 거부 중 한 사람이었다. 조국에게 버려졌지만 연구에 대한 그의 순수함은 끝내 꺾이지 않았고, 그는 지금도 인류를 위한 마지막 사명을 수행 중이라며 여동생은, 그가 언젠가는 모든 오명을 씻고 돌아올 거라며, 열변을 토했다.

"근데, 그 아랍 왕자랑은 어떻게 만나게 된 거야? 너도 그런 건 모르겠지……?"

"모르긴! 그 나라 왕실에 있던 한 아름다운 공주 때문이었어."

"헉! 아름다운 공주가 어떻게? 뭐 때문에!? 설마, 그 박사랑 사랑에라도 빠졌다는 거냐!?"

"아 진짜… 성질 급한 건 둘째 치고, 그렇게 상상력이 뻔해서야 어떻게…… 쯧쯧……"

'작가가 되긴 글러 먹었군'이라고 쓰인 얼굴로 고개를 절레절레 하는 여동생에게 버럭 성질을 낼까 싶었지만, 박사의 얘기가 더 흥미로웠기에 참았다.

"아무튼, 그녀는 왕실의 배다른 소생이었는데, 왕실 서열 2위의

그 유명한 왕자가 가장 아끼는 여동생이었어. 그녀가 평소 자기가 낳은 아기처럼 끼고 살던 애완견이 노령으로 죽은 거야. 그러자 그녀는 식음도 전폐하고 반쯤 미치광이가 돼서 자기 개를 다시 살려내라고 주변 사람들을 괴롭혔대. 그런데 마침 한 박사에 대해 알고 있던 그 유명한 큰오빠 왕자가 박사님을 고용해서 사랑하는 여동생의 정신 나간 소원을 이뤄준 거지."

"…뭐어!? 그게 진짜 가능했다고!?"

"모르는구나. 요샌 일반인들도 많이들 시도해. 우리나라에도 동물 복제 회사가 몇 군데 있는 걸로 알고 있어."

"뭐? 우리나라에도 그런 복제 회사들이 있다고?!"

"아무튼 그 일을 계기로 박사는 왕실 소속의 책임 연구원으로 고용됐고, 주 임무로 왕실이 소유한 희귀한 품종의 경주용 낙타들을 맡게 됐어. 몸값이 수십억 원에 이른다는, 지상에서 유일한 외모와 품종을 가진 낙타가 죽었던 거야. 그런데 그 유일했던 낙타가, 박사님 덕분에 지금은 150마리가 됐지. 그 가치를 생각해 보라구, 하……"

나로서는 도무지 다 믿기 힘든 이야기였다. 내가 초야에 묻혀 고구마나 캐는 동안, 이 세상은 대체 어떻게 돌아가고 있던 것일까!

"네 얘기들이, 사실이라는 증거 있어?"

"스트리밍 플랫폼에 관련 영상 있으니까 찾아보시던가."

"어디 있는데? 넷플릭스? 왓챠? 티빙? 디즈니? 그가 어디에 있다고? 연구소 이름이 뭔데?"

"연구소 이름은 바이오 어쩌고저쩌고였던 것 같은데… 지역은 아랍 에미리트 수도 있잖아, 두바이 말고, 그…… 어휴, 지금 정신이 없어서 생각이 잘 안 난다. …근데 그건 알아서 뭐 하게, 언니가? 박사님 한번 찾아가 뵈려고?"

그녀는 쿡- 하며 웃음소리를 냈다. 난 굽신거리며 말했다.

"혹시 그 오티티 채널 구독하면 나도 아이디 좀……"

"그래, 내 비번 알려줄게. 물론 다른 사람한텐 절대 노출되면 안 돼, 알았지?"

"그럼, 당연하지."

"진짜! 꼭이다!"

"알았다고! 무슨, 대통령실 도어락 번호야 뭐야?"

"왜, 꼭 그런 불쾌한 비유를 드는 거지?"

"아냐, 농담이야! 농담!"

"농담이라고? 아빠 장례식 중인데 농담이 나와?"

"앗, 그렇네. 아빠 장례식 중이었지! 내가 정신이 없다야. 알다시피 이런 일은… 처음 겪는 거니까."

"그러면 뭐, 아빠 장례를 여러 번 치르는 사람도 있어?"

그게 바로 나다! 라고 외치고 싶었다.

난 그녀가 사용하는 OTT 플랫폼의 아이디와 비번을 고이 받아서 휴게실로 갔다. 한운몽 박사에 대해 다룬 다큐멘터리 영상을 보면서 내 머릿속은 요동쳤다.

내가 보고 있는 건 페이크 다큐가 아니었다. 현실 세계에서, 복제가 실제로 이뤄지고 있었다. 맙소사! 이제야 황 교수가 왜 그의 연락처를 알려준 건지, 그 이유를 알 것 같았다.

나는 한 박사와 관련된 모든 기록을 샅샅이 뒤졌고, 작가적 통찰력으로 실체적 진실에 접근하려 애썼다. 그가 논문 주요 부분을 허위로 작성해 〈네이처〉에 발표한 건 용서받기 어려운 명백한 잘못이 있다. 하지만 그럼에도 불구하고, 아직까지도 그를 뛰어넘는 동물 복제 전문가는 지구상 어디에도 없다. 어쩌면 그는 지금, 우리가 상상조차 못한 영역에 이미 발을 들여놓았는지도 모른다.

나는 상복 치마 속에 입은 청바지 주머니를 뒤져, 네이처지에서 찢어낸 종잇조각을 꺼냈다. 나를 능가하는 악필이 휘갈겨져 있어,

그 숫자들을 하나하나 해독하듯 읽어내야 했다.

수화기 너머로 누군가 영어로 응답했다. 전화를 받은 여성은 한 박사의 연구소 직원이었다. 내가 한운몽 박사를 바꿔달라고 하자, 그녀는 내 신원을 물었다. 황의준 교수의 소개로 연락했다고 설명했지만, 그녀는 그 이름을 알지 못한다며 같은 말만 반복했고, 박사를 바꿔줄 생각은 없어 보였다.

결국 나는 어쩔 수 없이, 한국의 유명 언론사 기자라고 거짓말을 했다. 박사와의 인터뷰 기사를 내고 싶다고 하자, 그녀는 박사는 언론 인터뷰는 일절 하지 않는다고 단호하게 잘라 말했다.

그래도 포기하지 않고, 정말 중요한 일이라며 간곡히 매달리자, 그녀는 한 박사가 부재 중이라며 메모를 남기면 전달하겠다고 했다.

하지만 하루가 지나고, 이틀이 흘러도 그의 전화는 오지 않았.

그것이 내가 아빠의 삼일장을 치른 바로 다음 날, 열 시간을 날아서 두바이 공항에 도착한 까닭이었다.

난 반드시 49일 안에 임무를 마쳐야 했는데, 문제는 자금 사정은 여의치 않다는 거였다. 부끄러운 이야기지만, 그놈의 유튜브에 빠져 로또 복권을 사야 한다는 걸 깜빡 잊고 만 것이다. 아마도 언제든 과거로 돌아갈 수 있다는 안일하고 해이한 마음가짐이 한몫한 게 아닐까 싶었다.

이렇듯 시기가 썩 좋지는 않았지만, 그래도 일단은 박사를 만나서 얘기를 해봐야 다음 시간 여행에서 무엇을 준비해야 할지 감이 올 것 같기에, 서두를 수밖에 없었다.

공항 게이트를 나오자, 연구소에서 나온 한국인 직원이 날 기다리고 있었다. 내 또래쯤으로 보이는 그는 네모난 뿔테 안경을 쓰고 있었다. 그의 펑퍼짐한 엉덩이를 뒤따라가, 주차된 사륜구동 지프차에 올랐다. 운전석에는 아랍 남성이 앉아 있었다.

처음 보는 사람들과 좁은 차 안에 두 시간이나 갇혀 있다는 건 그다지 유쾌한 일은 아니었다. 사실 난 낯가림이 심한 편이기 때문이다.

조수석에 앉은 연구원이 성가시게 내게 말을 걸어왔다. 그는 자원해서 아부다비 연구소에 합류했고, 한 박사의 보좌 연구진으로 일한 지 2년이 넘었다고 했다. 나는 이곳에 체류하는 데 불편함은 없는지 물었고, 그는 국가에 도움이 되는 인재에게는 10년 동안 자유롭게 머무를 수 있는 '프리 비자'를 발급해 준다고 답했다. 그 말에 나는 적잖이 놀랐다.

사막과 바다를 배경으로 한 영화 속 미래 도시 같은 풍경이 창밖으로 스쳐 지나갔다. 하지만 아무리 차가 달려도 시야에서 좀처럼 벗어나지 않는 건물이 하나 있었는데, 바로 세계 최고층 빌딩 '부르즈 칼리파'였다. 어떻게 모래 위에 63빌딩 세 개 높이의 초고층 건물을 세울 수 있었을까 궁금해져 검색해 봤고, 그것이 한국 건설사의 작품이라는 사실에 신선한 충격을 받았다.

나는 부르즈 칼리파를 가리키며, 저 건물이 한국 건설사가 세운 것이라는 걸 아느냐고 아랍 운전자에게 물었다. 그는 소를 닮은 순한 눈망울로, 이미 알고 있었다는 듯 "오께! 오께! 꼬레아 넘버 원!"이라며 엄지를 치켜들었다.

"오, 진짜요?"

하버드를 나온 한국인 연구원이 깜짝 놀란 표정을 지었다.

쳇, 수재 주제에 그런 것도 모르다니.

두바이는 일곱 개의 토후국으로 이루어진 아랍에미리트 연방에서 서열 2위에 해당하는 토후국이다. 비록 1위인 왕실 국가 아부다비보다 면적은 작지만, 도시 곳곳에는 황금 돔을 인 장대한 모스크와 더불어 세계 최고층 빌딩과 초대형 쇼핑몰 등 최첨단 기술이 조화를 이루며 독특한 경관을 자아내고 있었다.

재미있는 사실은, 이 나라에 거주하는 천만 명의 인구 중 자국민은 고작 10%에 불과하다는 점이다. 나머지 대부분은 외국에서 온 노동자들이다. 국토 대부분이 모래사막이고, 보수적인 문화 환경까지 갖췄음에도 불구하고, 1971년 영국의 통치에서 벗어난 뒤 이 나라가 세계 무대에서 방귀깨나 뀌는 강국이 된 건 순전히 '오일머니' 덕이었다. 덕분에 자국민들은 힘든 일은 하지 않아도, 띵까띵까 놀면서 살아갈 수 있었다. 하지만 경제적 풍요의 결과로, 걷기보다는 차에 의존하고, 매 끼니 맛있고 기름진 음식을 즐기다 보니 비만 인구가 전체의 30퍼센트에 육박한다고 한다.
　문득 오키나와가 떠올랐다.
　오, 순박하고 애처로운 오기미여…….
　두바이를 떠난 지 약 두 시간 만에, 아부다비 외곽의 광활한 사막 지대에 도착했다. 도심과는 한참 떨어진 이곳엔, 국회의사당을 연상케 하는 웅장한 연구소 건물이 자리하고 있었다. 아랍어 간판이 걸린 그 건물의 드넓은 마당으로 차가 천천히 들어섰고, 차에서 내리는 순간, 곧 그 유명한 왕실 박사를 마주하게 될 거란 생각에 긴장감이 온몸을 감쌌다.
　하버드 출신 연구원을 따라 복도를 지나 한 방으로 들어섰다. 내부는 모든 집기가 스테인리스 스틸로 반들반들하게 마감되어 있었고, 금속 케이지 속에 갇힌 다양한 동물들이 온갖 울음소리를 내고 있었다. 마치 동물원의 부속 병원 같은 느낌이었다. 하버드 연구원은 동료 연구원들을 향해 외쳤다.
　"박사님! 대한일보에서 오신 기자님이세요! '주인공' 기자님이요!"
　그가 큰 소리로 외치자 나도 모르게 목이 움츠러들었다.
　망할! 하고 많은 이름 중에 주인공이 뭐냐.
　통화할 때 이름을 묻기에 엉겁결에 튀어나온 이름이었다. 왜 그랬는지 모르겠다. 가끔 습작하다 등장인물의 이름이 떠오르지 않으면 이름을 '주인공'으로 썼던 버릇이었는지, 아니면 너무 이상한 나머지 설마 지어낸 것이리라고는 상상도 못 할 거라는(다른 의미로 허를 찌른다고나 할까) 효과를 노린 건지.

연구원을 따라 다가가자, 한 케이지 앞에서 허리를 굽히고 안을 들여다보던 남자가 천천히 고개를 돌렸다. 그는 내 기억과는 상당히 달라진 모습이었다. 짧게 친 은발의 머리칼과 깊은 주름은 세월의 더께와 풍파를 가늠케 했다.

이웃집의 마음씨 좋은 할아버지의 풍모로 변한 박사가 나를 향해 가까이 오라는 손짓을 했다. 난 일단 악수해야겠다는 생각에 그에게 다가가 손을 내밀었다.

"안녕하세요. 박사님! 이렇게 뵙게 되어 영광입니다!"

"오호, 멋진 네임의 기자님, 반가워요."

그는 내게 손을 내미는 대신 케이지에서 꺼낸 갈색의 점박이 무늬가 있는 새끼 치타를 내게 보이며 보스에게 보내질 녀석이라고 했다. 그가 말하는 보스란, 이 연구소의 로비에 걸려 있던 사진들—칸두라 차림의 왕족들이 서열대로 배치된—중 국왕과 왕세자 옆에 나란히 서 있던 왕자였다. 그가 바로 이 나라의 부통령, 그리고 바로 박사에게 이 연구소를 지어준 후원자였다.

"그렇군요. 그런데 이 새끼 치타는 어디가 아픈가요?"

"No Sick. 태어난 지, 원 먼쓰 됐어요. 원래 보스가 키우던 녀석이죠."

나는 고개를 갸웃했다. 오랜 외국 생활 탓인지, 그의 한국어가 많이 어눌해진 듯했다.

"……? 키우고 싶었던 동물이라구요?"

"놉. 보스가 키, 웠, 던."

"네? 이제 태어난 지 한 달 됐다면서요?"

"잇츠 트루. 얘는 작년에 죽었던 녀석이에요. 여섯 살밖에 안 됐는데 선천적인 하트 트러블이 있었거든요."

 난 믿기지 않는 눈으로 복제 치타를 들여다봤다. 박사는 이 귀여운 치타가 최소한 심장 질환으로 죽지는 않을 거라며 활짝 미소를 지었다.

 그랬다. 국민적 영웅에서 후안무치의 사기꾼으로 전락한 그가, 고국에서 사실상 버림받고 전 세계를 표류하던 그가, 억만금을 줘도 한국이 아닌 다른 나라에서 재능을 펼치는 일은 없을 거라던 그가, 이 머나먼 이국땅에서 복제된 새끼 치타를 안고 소년처럼 기뻐하고 있었다.

3.
"왕실 소유의 동물을 복제하는 일이 주된 업무인가요?"

 내 질문에, 수많은 영문 서적이 꽂힌 떡갈나무 책장과 모서리에 황금 장식이 둘러진 마호가니 원목 책상 사이에 놓인 소파에 앉은 박사가 묘한 표정을 지었다.

 "어브 콜스. 그게 다는 아니지만, 그러니까 내 말은…"
 "저도 다큐 방송 봤어요. 매머드 상아에서 DNA 채취하시던 거. 정말 대단하시던데요."
 "아이구, 아닙니다. 내게 주어진 그뤠잇 오퍼튜니티에 감사할 따름이죠."

 마치 난 고기를 물고 다리를 건너다 물에 비친 자기 모습을 보고 짖어버린 개처럼 입맛을 다셨다.

 "아쉽네요. 박사님이 만약 고국에 계셨다면 한국의 멸종 동물들 다 부활시키고… 어디 그뿐인가요? 우량 가축들을 외국에 수출해서 국가 경제에도 이바지하고, 또 대한민국 국민이라면 누구나 투뿔 소갈비를 라면 먹듯 먹을 수도 있었을 텐데요, 흐흐… 좀 비현실적인 얘긴가요…?"

"아니에요. 사실, 기자님의 얘기는 내가 꿈꾸던 것과 크게 다르지 않아요. 또 바로 그 때문에 과한 욕심을 부리다 이런 데스티니를 맞이하게 된 거라고도 볼 수 있겠네요. 어쨌든 여기선 그런 재능은 별로 쓸모가 없으니까요."

그랬다. 이 나라에서는 종교적인 이유로 소를 먹지 않았고, 또 거주민의 절반을 차지하는 인도 사람들은 돼지고기를 먹지 않았다. 그러니 축산 산업에 신경을 쓸 이유가 없었다. 하긴, 땅 파면 돈이 나오는데 뭐들.

문득 박사가 궁금한 얼굴로 물었다.

"기자님은, 대한일보의 사이언스 파트를 맡고 계신다고 하셨나요?"

"엣? 아, 그, 그랬죠. 왜요?"

"주인공 기자님은 일반적인 저널리스트와는 꽤 디퍼런트한 느낌이라서요. …아니, 아니, 나쁘다는 건 아니에요. 그런 캐쥬얼한 애티튜드가 저는 오히려 나쁘지 않아요."

"네, 저도 그렇게 생각해요. …그런데, 어째서 그런 짓… 아니 그런 잘못된 선택을 하신 거죠?"

"흠… 시간이 많이 흘렀네요. 그렇지만 제게는 에버래스팅 꼬리표가 되겠죠."

"시간도 많이 흘렀고, 꼬리표가 흐려질 수도 있어요. 솔직히 털어놓으신다면…?"

"글쎄요, 이제 와서 그런 기사가 도움이 될까요? 괜히 기자님만 욕을 먹을 수도 있어요, 언포츄너블한 상황은 누구에게나 예고 없이 찾아오니까요."

"이건 '오프 더 레코드'입니다. 개인적으로 궁금한 사항이라 기사에는 싣지 않을 거예요."

드디어, 미리 익혀둔 취재 용어를 하나 써먹게 된 사실에 가슴이 벅차올랐지만, 티 내지 않으려 애써 진지한 표정으로 말했다.

박사는 고민하듯 깊은 한숨을 내쉬었다. 그 바람에 그의 콧구멍 안쪽에 있던 흰 코털 하나가 순식간에 뻗어 나왔다가 들어가는 걸 포착했다. 난 재채기처럼 튀어나올 뻔한 웃음을 삼키느라 험상궂은 표정으로 그를 노려보아야 했다.

"당시 분위기상 누구도 내게 딴지를 걸 수는 없었어요. 난 히어로였으니까요. 변명을 하자면, 더 많은 테스트가 절실했어요. 그만큼 자신이 있었으니까. 원하던 셀을 발견하는 건 시간 문제라고 확신했죠. 실패할 거라고는 어니메지너블, 상상할 수 없는 일이었어요. 한국에서 처음 선보였던 카우나 도그의 클론들도 사실상 휴먼 실험을 위한 검증 단계였으니까. 빨리 앞당기고 싶다는 생각으로만 가득했어요. 지금 와 생각해 보면, 뭔가에 씐 건지도 모르죠. ······한참 후에야 생각이 들었어요. 내게 마지막 희망을 건 사람들에게 하루라도 빨리 부응하고 싶었던 마음이, 자만과 욕심으로 변질된 건 아니었을까······."

나로서는 그와 같은 대의를 생각해 볼 일이 전혀 없었기에 그의 심정을 다 알 수는 없었지만, 아주 약간은 그를 이해할 것 같았다. 높은 자리에 오를수록 명성과 영향력을 확장하고 싶어지는 게 인간의 속성이니까. 늘 교만이 문제다.

그나저나 이제 슬슬 본격적인 용건을 꺼내놓을 타이밍이었다. 주어진 시간이 넉넉지 않은 데다, 이곳은 한국보다 5시간 느리다 보니, 귀국하는 순간 10시간을 손해를 보는 느낌이었다.

"제가 박사님에 대한 자료들을 찾다가 돼지 췌장에서 얻은 체세포를 사람에게 이식하는 기술을 연구한다는 걸 봤는데요, 그것도 여전히 연구 중이신 건가요?"

내 말에 눈빛이 달라진 박사는 자리에서 일어나, 등 뒤에 있던 은회색 소형 냉장고처럼 생긴 물건으로 다가갔다. 그건 금고였다. 허리를 굽혀 도어락 버튼을 누르던 박사가 갑자기 휙 돌아봤고, 그의 뒤에서 빤히 지켜보던 나와 눈이 마주쳤다.

"예전에, 첫 클론 실험의 리포트를 잃어버려서 무척이나 곤욕을 치른 일이 있어서요. 지금은 무조건 연구 노트를 목숨처럼 챙기죠."

"아, 그러시군요."

그는 검정 하드보드지가 달린 노트를 내 앞에 펼쳐 놓았다. 노트 안에는 복잡한 수식, 알파벳 약자 그리고 이상한 도표로 가득했다.

"이건 말하자면, 돼지의 췌장 이식에 관한 임상 실험 리포트예요. 이미 다양한 애니멀 임상 실험을 통해 안정성과 가능성이 입증됐죠."

난 펄쩍 뛰어올라 손뼉이라도 치고 싶었지만 애써 태연한 척했다.

"왜 이걸 저한테 보여주시는 거죠? 기사로 내길 원하시나요?"

"노!! 오프 더 레코드요. 기사로 내보내면, 최악의 경우 주 기자님이 큰일을 당할 수 있어요. 쥐도 새도 모르게."

"네? 뭐라고 하셨죠?"

"하하, 조크에요."

혼자 껄껄대던 그는 갑자기 내 쪽에 몸을 바짝 기울이더니 목소리를 낮췄다.

"어차피 오프 더 레코드니 하나만 알려드리자면, 작년에 왕실 가족 중 한 사람이 이 수술을 받았어요."

"그게, 정말인가요?!"

왠지 박사는 신이 난 얼굴로 고개를 끄덕거렸다.

그래, 이거다! 그냥 임상 단계라 해도 무조건 아빠의 수술을 맡길 참이었다. 그건 박사로서도, 실험의 성공을 위해서도 꼭 필요한 일인 만큼, 거절하기 힘든 제안이었을 테니 말이다.

다만, 아빠를 생체 실험에 이용한다는 느낌에 마음이 걸리기는 했지만, 어차피 다 아빠를 위해 하는 일이다. 게다가 만약 또 실패하면 다시 자개장에 들어가면 원점 아닌가. 여러 번 시도하다 보면 언젠간 성공할 때가 오겠지.

"사실은 췌장뿐만이 아니에요."

"그럼, 또 무슨……?"

그러자 갑자기 입을 굳게 다문 박사가 노트를 집어 다시 금고 안에 넣고 문을 굳게 닫았다. 도어락이 삐빅- 소리를 내며 자동으로 잠겼는데도 손잡이를 열 번이나 잡아당겼다.

난 재차 물었지만, 그는 더는 입을 열지 않았다. 문득 의구심이 들었다. 그저 허세가 아닐까? 아니면 너무 연구에만 몰두한 나머지 머리가 좀 이상해진 건지도 모르지.

"근데, 죄송하지만… 그런 기사는 전혀 본 적이 없는걸요?"

"언론에 낸 적이 없으니까요. 보스가 그런 걸 좋아하지 않아요. 전 그런 권한이 없구요."

"아하! 다른 곳에 박사님을 빼앗길까 봐 그런 거 아니에요?"

별안간 박사가 얼음장처럼 차가운 눈으로 나를 쏘아보았다.

"뭘 안다고 그래요! 주 기자님이 세상 돌아가는 걸 다 알아요?"

갑자기?? 그저 추켜세워주려 한 말인데, 별꼴이야.

"죄송합니다. 제가 멋모르고 말실수를 했나 보군요. 그럼, 만약에 말이에요… 그냥 일반인이 박사님께 그런 수술을 받으려면 왕실의 허가를 받아야 하는 건가요?"

"눕."

"아, 그건 박사님 맘대로 해도 돼요?"

"눕! 임파서블이란 뜻이에요. 왕실이 절대 허락할 리 없으니까."

"비용을 넉넉히 내도요?"

"일론 머스크가 전 재산을 싸 들고 와도 안 돼요."

그건 좀 믿을 수 없었다. 머스크 라면, 가능하지 않을까.

"그렇다면, 박사님을 납치하는 수밖에는 방법이 없는 건가요? 하하하……"

난 농담하듯 슬쩍 말했다. 하지만 박사의 표정은 단호했다.

"푸틴이 군대를 끌고 온대도 불가능해요. 애초에 들어올 수도 없겠지만, 후후……"

맥이 탁 풀리고 말았다. 세상은 계획대로 돌아가는 게 아니었다. 나도 모르게 박사의 등 뒤에 있는 은회색 금고로 시선이 갔다. 저 안에 든 연구 노트만 손에 넣을 수 있다면, 더는 누구도 기증자를 기다리며 고통받지 않아도 될 지도 몰라. 어쩌면 불법 장기 매매 같은 범죄도 사라질지 모르지.

맞다! 과거의 한 박사에게 저 노트를 가져다주면 어떻게 될까? 그러면 아빠의 일도 해결되고, 자기 발목을 잡은 사건도 막을 수 있겠지? 그러면 박사도 계속 우리나라에 있게 될 거고, 언젠가는 전 국민 모두가 투뿔 한우를 물리도록 먹게 될 날이 올지도…….

"아하 그렇군요. 그런데 말이에요, 만약에 20년 전에 방금 보여주셨던 그 노트가 있다면 그 망할 논문은 안 내셨겠죠?"

내 질문에 그는 한동안 멍한 시선으로 허공을 응시했다.

"……글쎄요. 장담은 못 하겠는데요."

"네에??"

"설령, 타임머신을 타고 그때로 다시 돌아간다고 해도, 아마 똑같이 하지 않을까 싶어요. 아무리 성공적이라고 해도 이식술은 차선책일 뿐이에요. 매우 위험하고 제한적인 데다 불안정하죠. 그러니, 내가 죽을 때까지 스템셀을 포기할 수 있겠어요?"

"죄송하지만 스템셀이 뭐예요? 아까부터 알아듣는 척은 하고 있었지만….."

"줄기세포 말이에요."

"아하, 그거 알죠!"

"스템셀에 대해 알아요?"

"아니, 안다고 하기는 어렵구… 사실 박사님 만난다고 자료들을 열심히 찾아봤는데도 무슨 말인지 잘 모르겠더라고요. 아무튼 그 스템셀을 잘 만들어서 인간 복제가 성공했을 때 말이에요, 종교계의 반발이라던가 클론의 인권과 관련된 문제들에 대해서는 어떤 생각을 가지고 계실까요? 어쨌든 복제품이라 해도 인간이잖아요?"

"주인공 기자 님은요? 어떤 오피니언을 갖고 계시죠? 기자 님은 무신론자인가요?"

"앗, 저요? 저도 크리스천 집안에서 태어났긴 했는데 가나안 신자라서요. 흐흐…… 솔직히 어떻게 생각해야 하는지조차 잘 모르겠어요."

"가나안 신자라면……?"

"가나안을 거꾸로 말해보세요. 신앙은 있지만 교회에 다니지 않는 저나 저희 아빠 같은 사람을 뜻해요. 천주교에서는 냉담자라고 부르는 것과 비슷한 말이죠."

"일단은, 줄기세포만 발견하면 클론에 대한 문제를 해결할 수 있어요. 전체를 복제하지 않아도 꼭 필요한 부위만 재생시킬 수 있으니까요."

"그게 정말 가능하다구요?"

난 줄기세포 재생의 원리와 방식에 대해 꼬치꼬치 캐물었다. 처음에는 친절히 답변을 해주던 그는 급기야 화를 냈다.

"이런, 그 정도도 공부를 안 하고 절 인터뷰하러 왔다구요? 기자답지 않네요."

아깐 기자답지 않아서 좋다더니만…….

이상하게 기자도 아닌 주제에 모욕을 당한 느낌이었다. 더군다나 내가 미리 공부를 안 한 것도 아니었다. 다만 이해를 잘 못했을 뿐이다. 그게 그렇게 비난받을 일이냐. 하여간 수학이고 과학이고 죄다 없어졌으면 좋겠다니까!

"죄송해요. 사실, 전 기자 자격이 없어요."

홧김에 실토했다는 표현이 적확할 것이다. 그런데 그의 반응은 나를 다시 당혹스럽게 만들었다.

"아니, 뭐 그렇다고, 그렇게 자책하시나, 내가 괜히 미안하게시리…… 애니웨이, 방금 질문에 답변을 해드리자면, 저 또한 평생 자문해 왔던 일이에요. 저도 신을 믿는 자로서—내 보스나 이 나라 사람들처럼 말이죠—인간이 신의 영역에 도전할 수는 없다고 봐요. 그렇게 과학이 발달했어도 아직도 사람의 피부나 혈액을 만들지 못해요. 생명이 관계된 건 그 무엇이든, 풀 한 포기도 못 만들죠. 과학자들, 모든 분야의 인간이 할 수 있는 건, 신이 이미 만들어놓은 것에서 인간을 위한 방법을 찾아낼 따름이죠. 저도 확실히 몰라요. 세상에는 명백히 옳다고 볼 수 있는 일들이 몇 가지 없으니까요. 다만, 인류를 위한 최선이라면 하나님도 봐주시지 않을까요? 만약, 신이 원치 않는다면 제 리서치는 영영 노서치가 되고 말았겠죠……"

말았겠죠? 말겠죠가 아니고? 그건, 이미 성공했다는 뜻일까? 아니면 단순히 시제를 잘못 사용한 걸까.

"꼭 세포를 발견한 것처럼 말씀하시네요, 하하."

그는 내 말에 반응하지 않았다. 묘한 미소만 지을 뿐이었다.

"오프 더 리코더로 말씀해 주시면 안 돼요?"

"노코멘트입니다"

"노코멘트라니… 하, 그럼 뭐 진짜 발견이라도 했단 거예요? 아니면, 신이 허락해 주지 않았다는 뜻인가요?"

내 의도가 먹혀든 그는 금방이라도 내게 주먹을 쥐고 달려들 듯 흥분했다.

"그런 뜻이 아니에요! 당신은 상상도 못 할 단계에 있다고만 말해두죠! 물론 오프 더 레코드입니다만, 리코더가 아니구요! 여기서 리코더를 불 일은 없으니까요."

심장이 콩콩 뛰었다. 설마, 이미 복제가 성공한 건 아닐까? 하지만 난 미심쩍은 표정으로 말했다.

"설마, 그런 게 성공할 리 없잖아요, 안 그래요?"

그는 보란 듯 콧방귀를 뀌었다.

"세상에 인간이 상상할 수 없는 일은 불가능한 일 뿐이라고만 해두죠."

"제가 아는 사람도 췌장암으로 죽을 운명인데, 박사님의 연구가 성공하면 오래 살 수도 있는 건가요?"

"그리 멀지 않았다고만 말해두죠."

난 슬그머니 박사의 눈치를 살피며 조심스레 말했다.

"실험의 일환으로 자원한다면……?"

그러자 그가 혼란한 표정으로 날 노려보았다.

"여기 온 목적이 뭡니까? 날 시험하는 건가요?"

"노노! 말씀드린 사람은 바로 저희 아빠예요. 마이 빠더!"

"주 기자 아버지라구요?"

한순간 '죽이자 아버지'로 들린 탓에 속으로 뜨끔 놀랐다.

급격히 모드가 바뀐 박사는 아빠의 상태에 관해 물었다. 하마터면 돌아가셨다고 할 뻔했으나 얼른 정신을 차리고 병원에서 입원해 있다고 둘러댔다. 어차피 과거로 돌아가면 또다시 입원하게 될 테니 완전한 거짓말도 아니었다.

"여건이 된다면 돌아가시기 전에 냉동시키는 방법이 있어요."

박사는 마치 냉동 참치 얘기라도 하듯 아무렇지 않은 투로 말했다. 난 도무지 이해할 수 없었다. 냉동 인간이라니, 그런 건 공상 과학 영화에나 나오는 거 아닌가?

"냉동을 어떻게 시키죠? 업소용 냉동고 같은 걸 사야 하나요?"

"…설마, 농담이겠죠? 여기도 냉동 시설이 있긴 한데 킹덤 소유라 도와주긴 어렵구요. 미국에 유명한 업체가 있는데, 거긴 비용이 어마어마해서 추천하고 싶진 않구요, 오히려 러시아에 있는 시설이 훨씬 규모도 크고 비용도 로우하니까 그쪽으로 알아보는 것도 나쁘지 않을 거예요."

"정말이요? 진짜 그런 게 존재한다구요?!"

그러자 박사는 눈살을 찌푸리며 일반인들에게도 널리 알려진 지가 꽤 된 데다, 더군다나 과학부 기자라는 사람이 어떻게 모를 수가 있느냐며 의아해했다. 물론 나도, 세상을 떠난 걸로 알려진 세계적인 유명인들 가운데 누구누구가 냉동 캡슐에 들어가 있다더라, 는 풍문 같은 건 들어본 일이 있다. 하지만 그런 건 다 '믿거나 말거나' 같은 이야기가 아니었던가? 그게 다 사실이었다는 말인가? 도대체 내가 알지 못하는 세상은 얼마나 무궁무진한 걸까?

"냉동 시설에 옮긴 다음에는요?"

"기다려야죠, 하지만 그리 멀지 않았다는 것만 말씀드리죠."

이 말을 하며 박사는 한 쪽 눈을 찡긋했다. 아니, 실제로 그는 그런 표정을 짓지는 않았을 것이다. 그렇지만 그런 종류의, 어떤 신호를 감지했다.

"혼수상태일 때도 냉동할 수 있어요?"

"대부분 그런 상태로 들어가는걸요. 인위적 혼수상태를 만드는 거죠. 멀쩡한 정신으로 얼어붙고 싶은 사람이 어디 있겠어요? 몸에 있는 수분을 다 뽑아내야 하는데요. 혈액이며 체액이며 전부."

"헉! 왜죠??"

그러자 박사가 두통이 일듯 머리를 흔들어댔다.

"정말 기이할 정도로 모르는 게 많군요. 사이언스 필드의 리포터라면서요?"

"아까도 말씀드렸지만, 전 기자가 아니라니까요! 제 진짜 이름은 박자연이고요. 어느 분의 소개로 박사님께 연락했지만, 도무지 만나기가 어렵더군요. 그건 정말 죄송하지만, 저도 급해서 어쩔 수 없었어요. 아빠가 계속 돌아가시니까… 아니, 돌아가시게 되어 있으니까… 아니, 자꾸 혼수상태가 되니까… 아니……"

뭐라고 설명해야 할지 난감했다. 그런데 박사가 나를 가만히 쳐다보았다.

"그러면 박자연 씨는 뭘 하는 사람인가요?"

"원래는 작가 지망생 겸 파트 타임 농부였는데, 지금은… 아빠를 쫓아다니고 있다고나 할까요…."

"아버지가 그렇게나 각별한 존재인가요?"

"아니… 뭐, 그런…… 어떤 의미로는 그렇다고 할 수 있겠네요."

"누가 날 소개했다구요?"

드디어 대망의 황의준 교수 찬스를 쓸 타이밍이었다(그때 황 교수의 말을 제대로 들었다면 절대로 이런 생각을 하지 않았겠지만). 내게서 그의 이름을 들은 박사는 뜻밖의 반응을 보였다.

"방금 황의준이라고 했어요? 내가 아는 그 황의준? 정말 그 자식이 알려줬다구요? 노 웨이! 정말 어처구니가 없구먼!"

난 당황한 얼굴로 어쩔 줄 몰라 했다.

"두, 두 분이 친구 사이가 아니었나요?"

"친구요!? 친구랍시고 내가 하는 일에 사사건건 시비나 걸던 인간인데! 아마도 뒤에서 내 욕을 하고 다녔을걸! 이 웬수 같은 놈이, 어째서 내 넘버를 함부로 아무한테나 뿌리고 다닌 거지? 작년에 은사님의 장례식장에서 오랜만에 마주쳤길래 의례상 명함 하나 던져준 것뿐인데, 이런 식으로 어뷰즈한다고?! 이거 고얀 놈 아닌가!"

젠장, 다 된 죽에 코 빠뜨리게 생긴 건가?

"당장 마이 오피스에서 겟아웃하세요! 시큐리티 가드 부르기 전에 나가는 게 좋아요, 내 마지막 배려니까요."

"아니, 잠깐 제 말을 들어보세요. 저한테 화내실 일은 아니지 않나요? 제가 두 분 사이가 그런 줄 알았던 것도 아니고, 황 교수님처럼 훌륭한 분이 박사님을 소개한 이유가… 아니, 그런 친구를 두신 걸 자랑스러워하셔야… 아니 서로 정말 자랑스럽겠…."

역효과인 것 같았다. 그가 심통이 난 얼굴로 탁상 위에 있던 황금색 유선 전화기를 집어 들기에 뭘 하려느냐고 물었다. 그는 시큐리티 가드를 부르겠다고 했다. 나도 역시 인내심에 한계를 느꼈다.

"내려놓으세요."

날 올려다본 그가 흠칫 놀라며 수화기를 제자리에 놓았다.

난 그의 코앞에 전기 충격기를 겨눴다. 혹시라도 낯선 이국땅에서 겪을 위험에 대비해 배낭에 챙겨 온 것이었다. 난 전기 충격기로 은회색 금고를 가리켰다.

"저거 다시 열어보세요."

"아, 오해예요. 이 금고엔 귀중품이 없어요. 도큐먼트뿐이에요."

"아까 저한테 보여준 그 노트 꺼내보세요. 그거랑 또 아까 말한 스템셀인지 스팸셀인지 그 연구 노트도 같이요."

"당신이 그걸 가져가서 뭘 어쩌겠다고… 설마, 스파인가요?"

"스파이가 전기 충격기 따위를 갖고 다니지는 않겠죠. 솔직히 말씀드리면, 전 과거로 갈 수 있어요. 이 연구 자료를 가지고 과거로 가서 박사님을 만나 전해주려구요."

그의 얼굴에 낭패스러운 기색이 완연했다. 정신이상자한테 잘못 걸렸다는 그런 표정이었다.

"미안하지만 싫어요. 그게 총이라고 해도 못 줘요. 저 리포트들은 내 목숨보다 소중한 거니까."

"어차피 이 전기 충격기를 쓰나 안 쓰나 서류는 갖고 갈 거예요. 단지 박사님께 고통을 주고 싶지 않아서 그래요. 자, 셋을 셀 테니 잘 생각하세요. 하나…… 두울…… 세…"

"오케이, 오케이!"

그는 서랍에서 열쇠를 꺼내 금고를 열었다. 그런데 서류를 꺼낸다며 금고 앞에 쭈그려 앉아 미적거리는 모습이 어쩐지 수상해 보였다. 그의 등 뒤로 바짝 다가가 들여다보려던 순간, 그가 금고 깊숙한 곳에서 리볼버를 꺼내 내 이마를 향해 겨눴다. 그런데 권총을 쥔 박사의 자세가 상당히 어색했다. 총을 처음 만져보는 게 분명했다. 안전장치를 풀지도 않은 채 겨누고 있는 것 같았다.

이런 기회를 놓칠 수 없던 난 곧바로 그의 목에 전기 충격기를 갖다 댔다. 박사가 비폭력주의 연구 벌레라는 게 나로서는 퍽 다행한 일이었다.

그의 손에서 두 개의 서류철을 빼앗아 배낭에 넣은 난, 실험판 위의 개구리처럼 간헐적으로 파닥거리는 박사를 뒤로하고 집무실을 빠져나왔다.

연구소 주차장에 아랍 남자를 발견한 난 볼일이 끝났으니 두바이 공항까지 태워다 달라고 했다. 그러자 그는 "오께이!"라더니 어딘가로 전화를 걸었다.

확인하려는 거겠지.

난 그에게 가까이 다가가 그의 목덜미에 전기 충격기를 댔다. 그리고 쓰러진 그의 주머니에서 차 키를 꺼내 지프차 운전석에 올라 두바이 공항을 향해 달렸다.

이 노트를 과거의 박사에게 전해주면 박사의 운명도, 아빠의 운명도 달라질 것이다.

공항 터미널 안으로 들어가니 출입국장 곳곳에 카빈총을 든 무장 군인들이 2인 1조로 돌아다니고 있었다. 처음엔 그들이 날 찾고 있을 거로 생각하지 못했다. 그런데 뒤쪽 어딘가에서 군인들이 '파크 좌욘, 파크 좌욘'이라고 떠드는 소리가 들렸다. 무슨 말인가 싶어 귀를 기울이다가 머리털이 쭈뼛 섰다.

쓸잘머리 없이 내 본명은 뭐 하러 알려줬을까. 아주 잘했다, 잘했어. 그런 멍청한 짓을 안 하면 파크 좌욘이 아니지, 아무렴.

무인 발권기로 향하다가 30미터 앞에서 날 향해 다가오는 군인 두 명을 보고 발길을 돌렸다. 이대로 도망치면 등 뒤에서 총을 쏠 것 같은 생각에 오줌을 쌀 것 같았다. 침착하고 여유롭게 움직이려 애썼지만, 자꾸만 빨라지는 걸음을 붙잡느라 스스로와 치열한 내적 싸움을 벌여야 했다.

뒤에서 "헤이! 헤이!"라고 크게 외치는 소리가 뒤통수를 잡아당겼지만 꿋꿋하게 돌아보지 않았다. 그리고 눈앞에 보이는 여자 화장실로 재빨리 들어갔다.

가장 안쪽에 있는 칸에 들어가 허겁지겁 바지를 내리고 변기 위에 걸터앉았다. 줄기차게 소변을 누며 발을 동동 굴렀다. 여기서 체포되면 끝이라는 건 아랍 유치원생들도 알 것이다.

난 대체 어떻게 되는 걸까……?

그러다 번쩍 생각이 떠오른 난 한국 대사관에 전화해 도움을 요청했다. 긴급 지원 부서와 연결이 되자, 난 담당 여자 직원에게, 아부다비의 왕실 직원과 사소한 시비를 일으켜 체포될 위기에 놓였다고, 어제 아빠가 돌아가셨기 때문에 장례를 치르기 위해 바로 한국으로 가야 한다고, 사정했다. 그러자 그녀는 내게 택시를 타고 대사관으로 올 수 있느냐고 물었다.

"그건 어려울 것 같아요. 군인과 경찰이 공항 차량을 샅샅이 검문하고 있거든요."

"그럼, 저희가 어떻게 할 방법이 없는데요. 두바이에 총영사관이 있는데 그쪽에 문의해 보시겠어요?"

난 그녀의 지시대로 총영사관으로 전화를 걸었다. 그런데 내 얘기를 들은 영사관 직원의 반응이 심상치 않았다. 전화기 너머로도 직원의 놀란 기색이 역력히 느껴졌다. 그는 무슨 상황인지 알아보겠다며 전화를 끊지 말고 기다리라고 했다.

난 손톱을 물어뜯으며 참을성 있게 기다렸다. 약 15분 후 전화가 걸려왔고, 그는 조금 전과는 달리 싸늘한 말투로 도움을 줄 수 없다고 했다.

"어째서요? 거긴 어려움에 부닥친 자국민을 돕는 곳 아닌가요?"

"맞아요. 하지만 범법자를 돕는 건 무리죠. 게다가 피해자도 한국인이더군요."

그는 비싸고 유능한 변호사를 구하는 것이 내가 취할 수 있는 최선의 방책이라고 했다. 최고형을 선고받을 가능성이 높다는 게 그 이유였다.

"최고형이 뭔데요??"

"사형밖에 더 있나요. 이곳은 한국과 달리 사형 제도가 활발히 시행되는 편이라서 특별히 조심하셔야 할 거예요. 부디 행운을 빕니다."

"뭐라고요?? …여보세요? 여보세요! …야!"

눈앞이 캄캄했다. 다리를 펴고 누울 자리도 없는 이 좁은 공간에서 한 발짝도 나갈 수 없다는 걸 알았다. 처음엔 군인들이 들이닥칠까 봐 가슴이 쿵쾅거렸다. 하지만 수십 분이 지나도 그런 기척은 없었다. 다리에 힘이 풀린 난 변기 뚜껑을 덮고 두루마리 휴지를 풀어 바닥에 깔고 그 위에 쪼그려 앉아 시간이 지나기를 기다렸다.

1초도 꺼지지 않는 불빛 아래에서 눈을 붙이고 선잠에 들었다 깼다, 하길 반복했다. 문득 정신병원의 독방이 생각났다. 여기에 비하면 그곳은 말로 다할 수 없을 만큼 포근하고 안락한 곳이었다. 이따금 옆 칸에서 나는 다채로운 배변 소리를 듣는 것 외에는 아무것도 하지 못할 때 유일하게 할 수 있는 건 생각이었다.

만 하루가 지나 다음 날 오후가 되자 인기척이 없는 틈을 타 변기 칸 밖으로 나왔다. 세면대에 물을 틀고 손을 씻고 세수하며 정신을 가다듬었다. 혹시나 해서 선크림과 함께 챙겨 온 파운데이션과 빨간 립스틱을 꺼내 그것들을 얼굴에 퍼 바르고 퍼 발랐다. 좀비 같았던 얼굴이 훨씬 봐줄 만 해졌다.

검정 야구모자를 눌러쓰고 슬며시 밖을 살폈다. 어제처럼 검문하던 군인들은 보이지 않았고, 저 멀리 순찰하는 공항 경비대만 보였다. 그렇지만 이미 수배가 내려졌을 것이고, 난 결코 출입국 심사대를 통과할 수 없을 거라는 데, 못생긴 내 엄지손가락을 걸 수도 있었다.

지금은 무엇보다 먹을 게 절실했다. 하루 이상 굶은 탓에 배에서 아우성을 쳐댔다. 주머니 사정을 고려해 공항 터미널 근방의 버거퀸에 갔다. 배를 채우며 한국 소재의 해외 배송 전문업체 사이트를 찾아 양평 집의 주소지를 입력하고 12자짜리 자개장의 배송 요청을 접수했다. 받는 주소란에는 버거 퀸의 주소를 입력했다.

그런데 통관이 되려면 여권과 비자와 거주 증명서가 필요했다. 물론 난 여권 외의 서류를 마련할 수 없었다. 그래서 내가 직접 통관 심사를 받겠다는 취지로 통관 대행 서비스는 생략했다.

운송 업체 직원에게서 곧 전화가 왔고, 내일 오전쯤 화물의 견적을 내러 양평 집에 방문하겠다고 했다. 비용은 화물의 킬로당 무게로 책정되며, 비용이 결제되면 인천 공항의 수출입 세관을 거쳐 두바이의 제벨 알리항으로 향하는 컨테이너 선박에 실릴 예정이라고 했다.

"여기까지 도착하는 데 며칠 정도 걸리나요?"

"짧으면 한 달, 길면 두 달 정도요. 하지만 보통은 두 달까진 안 걸리고 45일 전후로는 다들 받으시더라구요."

심장이 덜컥했다. 아빠가 돌아가신 지 5일이 지난 시점이라서 앞으로 44일 안에는 무조건 자개장에 들어가야 했다. 전화를 끊고 머리를 감싸 쥐었다. 44일 안에 자개장이 도착하지 않으면 난 어떻게 되는 걸까?

아니, 제 시간에 도착한다 해도 통관에 필요한 서류가 없기에 내 짐을 받는 건 사실상 불가능이었다. 통관을 허가받지 못한 화물을 내어줄 리 없으니까.

무슨 수든 써야 했다.

문득, 오기미 마을에서 아빠가 했던 말이 떠올랐다.

"못할 게 뭐 있겠냐. 다 사람이 하는 일인데."

그래. 하고자 하면, 방법이 왜 없겠어!

다음날 운송 업체에서 견적서를 보내줬다. 난 비행기표를 사려던 돈으로 비싼 운임을 치렀다.

그나저나… 앞으로 40여 일을 어떻게 살지?

배낭을 뒤졌다. 혹시 모를 비상사태에 대비해, 아빠의 장례식에서 남몰래 챙겨 온 조의금 봉투를 꺼냈다. 다섯 개의 봉투에 든 현금은 총 45만 원. 그 돈을 환전소에서 아랍 화폐로 바꾼 뒤, 하루 만 원으로 버틸 방법을 궁리하기 시작했다.

이곳은 물가가 굉장히 비쌌다. 웬만한 식당에서 밥 한 끼를 먹으려면 2~3만 원은 우스웠다. 이 돈으로는 햄버거 밖에 못 사 먹는다. 그것도 하루에 한 세트. 점심엔 햄버거와 콜라 반 컵, 저녁엔 감자튀김과 콜라 반 컵. 생각만 해도 벌써 속이 니글거리는 느낌이었다. 아니, 이 기회에 다이어트 한다고 생각하지, 뭐. 하루 햄버거 한 끼 정도면 전처럼 돼지가 되지는 않겠지.

참고삼아 휴대폰 스트리밍으로 톰 행크스 주연의 영화 〈터미널〉을 시청했다. 영화 자체는 재미있는 편이지만, (같은 입장에서는) 보는 내내 괴로웠고, 내 처지와는 거리가 먼 에피소드들 같았다. 어차피 영화는 영화일 뿐이니까. 여하튼 난 자개장을 기다리는 동안 줄곧 공항 터미널 안에서 살았다. 그런데 막상 살아보니 영화 〈터미널〉에서 본 장면대로 따라 하는 것들도 꽤 있었다.

하지만 계획이 변경되는 바람에 하루에 만 원도 쓸 수 없는 처지가 됐다. 혹시 모를 비상시를 대비해 십만 원 정도는 세이브를 해놔야 했기에 35만 원으로 44일을 살아야 했다. 그래서 콜라와 감자튀김은 포기하고 매일 햄버거 단품만 샀다.

그렇게 한 달이 넘었을 즈음엔 돈이 다 떨어져서 굶기도 하고, 정 배가 고프면 사람들이 남기고 간 감자튀김이나 샌드위치 같은 걸 재빨리 주머니에 챙겨서 먹기도 했다. 커피숍에 비치된 일회용 설탕을 물에 타서 마시는 건 다반사였다.

그렇게 터미널의 이곳저곳을 쥐처럼 옮겨 다니며 지내던 중, 자개장이 제벨 알리 항에 도착했다는 연락이 온 것은 42일째 되는 날이었다. 조금만 더 있었다면 사형을 당하거나 굶어 죽을 뻔했던 나는, 〈쇼생크 탈출〉의 주인공이 된 기분으로 단숨에 제벨 알리항의 세관 사무소를 찾아갔다. 이곳이 세계 최고의 무역 중심지로 떠오를 수 있었던 건, 항공·항만·철도가 하나로 연결된 복합 물류망, 이른바 '트라이포트' 시스템 덕분이었다. 그 덕에 두바이 공항에서 에티하드 열차를 타면 30분 만에 도착할 수 있었다.

철도 승강장을 빠져나와 번쩍번쩍한 12층짜리 항만 사무소 건물을 바라보며 내 심장은 빠르게 뛰었다. 지금부터 내가 감행하려는 일 중 하나라도 삐끗하면, 내 인생은 끝장이었다.

안내 직원에게 개인 화물을 받기 위해 통관 인터뷰를 하러 왔다고 말하자, 아랍인 직원은 다소 당황한 기색으로 어딘가 전화를 걸어 뭔가를 물어봤다. 보통 개인이 직접 오는 일이 없다며 민망한 웃음을 짓던 직원은 3층에 있는 어느 사무실로 나를 안내했다.

아랍 전통 복장 차림의 40대 세관 직원은 내게 통관 서류를 요구했다. 난 여권을 내밀었다.

— 좋아요. 나머지 서류는요?

— 제가 아직 준비를 못 했는데 여기서 발급받을 수 있을까요?

나는 휴대폰 통역 앱을 통해 의사를 전달했다. 그는 1층에 관련 부서가 있으니 다녀오라고 말했다. 나는 잠시 망설였다.

— 그런데… 제가 급한 사정이 있는데요. 한국 업체에서 짐을 혼동해서 보낸 것 같다고, 꼭 확인해 보라고 했어요. 짐을 먼저 확인해 보고 싶은데요, 잘못 온 거라면 빨리 돌려보내야 하거든요.

그가 고개를 끄덕였다. 일단 통관 절차를 거친 후, 자택에서 짐을 받아 확인하고 처리를 하라고 친절히 알려주었다.

— 그런데요, 그 짐을 빨리 확인해야 하는 이유가 있어요. 사실 저희 아빠가 한국에서도 알아주는 독실한 이슬람교도인데요, 아빠의 목숨이 관련된 일이라서요.

그가 놀란 얼굴로 무슨 일인지 물었다. 하지만 난 먼저 짐을 확인한 후 말해줄 수 있다고 했다. 정말 급한 일이라며, 컨테이너로 가서 짐이 제대로 왔는지만 확인하게 해달라고 사정했다. 당연하게도, 그는 고개를 저었다. 절차라는 게 있다며 단호히 거절했다.

하지만… '다 사람이 하는 일이다.'

난 이때를 위해 예비비로 아껴뒀던 아랍 돈 10만 원을 슬쩍 그의 책상 위에 올려놓았다. 두바이에 대한 리서치를 하던 중 '두바이 세관, 부패와의 전쟁으로 거듭나기'와 같은 제목의 기사를 여럿 봤다. 어디나 부패한 인간은 존재하고, 그런 인간은 하루아침에 거듭날 수 있는 게 아니라는 데에 배팅을 했다. 그런데, 아뿔싸! 세관원의 표정이 험악해졌다. 이제껏 친절하던 모습은 온데간데없이 거칠게 소리를 지르기 시작했다.

아, 이걸로 끝인가…!!

그래도, '다 사람이 하는 일이다.'

난 짐만 확인한 직후에 백만 원을 당신의 계좌로 바로 쏴줄 수 있다고 다시 통역기를 돌렸다. 아니, 원하면 더 줄 수도 있다고 했다. 하지만 그는 고집스레 고개를 절레절레 흔들었다. 그러더니 3백만 원을 요구했다.

손뼉을 치며 소리를 지를 뻔한 걸 꾹 참고 오케이를 외쳤다.

그와 함께 트럭에 올라타, 세계의 온갖 화물이 쌓인 거대한 컨테이너 숲 속으로 들어갔다. 그는 내 앞으로 온 화물이 무엇인지 무척 궁금해했다.

현장 물류 직원이 붉은색 컨테이너를 열어주었다. 직원이 밖에서 대기하는 동안, 재포장에 필요한 도구를 든 세관원이 나와 함께 안으로 들어갔다.

이윽고 그가 내 짐을 찾았고, 포장된 종이상자와 그 안에 가구를 싼 두꺼운 부직포까지 벗겨지는 내내 난 흥분의 도가니였다. 자개장은 이불장, 서랍장, 옷장, 그리고 이 세 개 조를 연결하는 위·아래 선반까지 각각 잘 포장되어 있었다. 이내 옷장이 완전히 모습을 드러내자, 내 숨소리는 제어할 수 없이 거칠어졌다. 눈물이 날 것 같았다.

자개장을 처음 보는 아랍 세관원은 '뷰리풀'을 연발했다. 나는 장롱 문짝에 새겨진 휘황찬란한 자개 문양을 들여다보고, 손끝으로 더듬고 있던 그의 등 뒤로 조용히 다가가 전기 충격기를 목덜미에 댔다. 조금 오래 댔다. 혹시라도 일이 끝나기 전 깨어나면 큰일이니까. 손끝을 통해 한 생명의 연약함이 고스란히 전해져 왔다.

그가 거품을 물고 쓰러진 것을 확인하자마자, 나는 자개장 안으로 몸을 밀어 넣었다.

4.

"내가 왜 당신 같은 여자랑 결혼했는지 참, 나 자신이 참 한심하다 한심해!"

"누가 할 소릴! 그렇게 동생들 주렁주렁 달린 거지 집구석의 장남씩이나 되는 줄 내가 어떻게 알았을까? 완전히 사기 결혼이지 뭐야."

"뭐라고? 너 지금 뭐라고 했냐?"

영산홍 나무 아래, 화단 벤치에 앉은 엄마와 쓰레기통 옆에 서서 담배를 피우는 아빠가 나를 사이에 두고 핏대를 올리며 싸우고 있었다.

바로 앞에 차갑고 위압적인 건물이 있었다. '서울가정법원'이라는 팻말이 눈에 들어왔다. 찌는 듯한 한여름이었음에도 건물을 오가는 사람들의 면면은 꽁꽁 얼어붙어 있었다.

여름 티셔츠 차림의 나는, 두바이 항구에서 들고 있던 배낭을 어깨에 메고 있었다. 허겁지겁 배낭을 열어보니 한 박사의 검은 서류철이 들어 있었다. 이내 카고 반바지 주머니에 손을 넣자, 색다른 감촉이 느껴졌다.

꺼내보니, 그 시절에 쓰던 펄 핑크 컬러의 폴더폰이었다. 작고 답답한 액정 화면을 자세히 들여다보았다. 날짜, 시간 표시와 함께 그 아래 타이머가 깨알만 하게 나타나 있었다.

2008년 8월 26일 수요일 오전 10시 18분
타이머 03:39:58

재미나게도 오늘은 음력으로 칠석이었다. 견우와 직녀가 1년에 한 번 만나는 날에 엄마와 아빠는 영영 절교하고 만 것이다.

"내가 미친놈이었지, 그놈의 얼굴 하나 보고 쫓아다녔던 내 멍청한 발등을 찍고 싶다. 그때 나 좋다고 매달리던 숙대 국문과 여자랑 결혼했어야 했는데. 그러면 얼마나 행복하게 살았을까!"

"지금으로라도 찾아가 보셔! 아직도 당신 같은 남자 못 잊고 기다리고 있을지도 모르지!? 그리고 예전에 그, 자연이 아홉 살 땐가, 푹 빠졌던 그 다방 여자한테 한 것처럼 다 퍼다 줘 봐요. 그땐 나라도 있었으니 망정이지, 이제 또 그러다간 애들 길거리에 나앉을 줄이나 아셔!"

그때 나는 "그만들 좀 하세요! 사람들 다 쳐다보잖아요!"라며 싸움을 부추겼다. 하지만 지금은 조용히, 마흔이 된 엄마와 아빠의 얼굴을 번갈아 쳐다보았다.

"점심 먹고 가라고. 그래도 마지막인데 그렇게 팽하니 가버리고 싶어? 자연이도 있는데? 하긴, 당신한테 모정을 기대한다는 건 무리란 건 나도 잘 알고 있지. 애들 한창 자랄 때 좋은 옷은 고사하고 영양가 있는 음식이라도 제대로 챙겨준 일 있나? 그놈의 돈, 돈거리기만 했지, 살갑게 대해주기나 했나? 자연이 아기였을 때도 참… 애가 엉덩이 짓무르는 생각은 하지 않고 그 몇 푼 아낀다고 기저귀를 제때 갈아주길 해? 보다 못해 내가 갈아주곤 하면서 속으로 얼마나 기가 막히고 속이 상했는지 알아? 이럴 바엔 뭐 하러 애들을 셋씩이나 낳아서…… 애들이라도 없었으면 진즉에…"

"애는 나 혼자 만들고 낳아서 나 혼자 기르는 거예요? 아유, 이러는데 어떻게 마주 앉아 밥을 먹어? 난 갈래요."

엄마가 샐쭉한 얼굴로 발딱 일어섰다. 그리고 엉덩이에 깔고 앉은 신문을 쓰레기통에 버리려 했다. 순간 엄마의 손에서 신문을 낚아챘다.

3개월 전 갑자기 유명을 달리한 전직 대통령과 그와 가까웠던 또 다른 전직 대통령이 며칠 전 잇달아 서거한 기사 옆에 한운몽 박사의 사진이 실려 있었다!

기사를 읽어보니, 한 박사가 논문 조작 등의 혐의로 서울 구치소에 갇혀 재판을 기다리는 중이라는 내용이었다.

"누군 할 말이 없어서 가만히 있는 게 아니에요. 난 그저 당신만 안 보면 그만이라니까 왜 말길을 못 알아먹나 몰라. 하긴 사람 말 안 듣기로 당신을 따라갈 사람이 있을까마는. 원체 젊어서부터 귀가 좀 어둡긴 했지만서도. …"

담배만 뻑뻑 피우는 아빠의 얼굴은 무척이나 고독하고 초라해 보였다. 난 엄마의 팔을 잡고 한쪽으로 끌어당겨 귓속말했다.

"그렇게까지 모질게 구실 필욘 없어요, 엄마. 앞으로 15년 있으면 아빠는 불치병으로 떠나게 돼요. 그리고, 15년은 생각보다 금방이에요."

순간 벙벙한 얼굴로 날 보던 엄마가 말했다.

"누가 그러디?"

난 대답하지 않고 돌아서서 근방에 있는 서초 전철역으로 달려갔다.

인덕원역에서 내려 버스를 갈아타고 구치소 앞에 내렸다. 정문 앞 초소에 신분증을 맡기고 오르막 정원 길을 한참 걸어 올라가 접수 창구가 있는 건물로 들어갔다. 대기실 안은 면회객으로 북적대고 있었다.

박사를 면회하려면 그럴듯한 타이틀이 필요했다. 하도 찾아오는 사람이 많았기 때문이다. 전처럼 기자로 속여볼까 했지만, 이번엔 기자증이 있어야 했다. 잠시 머리를 굴리던 난, 접견 신청서에 박사의 팬클럽인 '한사모(한운몽 박사를 사모하는 모임)'의 부회장이라고 써넣었다.

접수 후 대기석에 앉아 내 차례가 오기를 기다렸다. 전광판에 대기 번호가 뜨는 순서대로 대여섯 팀이 한 조가 되어 접견실이 있는 건물로 이동했다. 상황을 보니, 내 차례가 오려면 한참 동안 기다려야 할 것 같았다.

타이머가 1시간 정도 밖에 없었기에 무척 초조했다. 그런데 뜻밖에도 난 15분 후 박사를 만날 수 있었다. '특별 접견'으로 분류된 거란 걸 알았다. 그래서인지, 박사와 만난 곳은 투명한 칸막이와 마이크가 달린 일반 접견실이 아니었다. 일전에 내가 있던 정신병원의 면회실보다 더 넓고 쾌적한 공간이었다. 단 10분간만 면회가 허락된 일반 접견실과 달리 시간제한도 없었다.

"새로 바뀌신 분이라구요. 엊그제 다녀간 회장님한테 그런 말은 못 들었는데……?"

주홍색 수의를 입고 나타난 박사는 무척이나 수척한 얼굴이긴 했지만 평온한 말투였다. 당당하거나 체념했거나 둘 중 하나였다.

"오늘 결정이 난 거라서요, 한시라도 빨리 뵙고 인사드리고 싶어서요, 헤헤."

"그렇군요. 대학생인가요, 아니면 직장인?"

"저는 지방 국립 대학에서 생명공학을 전공하고 있어요. 이번 학기는 조교 알바를 하느라 기숙사 생활을 하고 있죠."

계획에도 없던 말을 아무렇지 않게 내뱉는 나 자신에게 놀랐다. 하도 거짓말을 하다 보니 이젠 입만 열면 자동으로 술술 나오는 듯했다.

"그렇군요. 아무튼 고마워요. 이런 데서 만나지 않았다면 근사한 점심이라도 대접했을 텐데 아쉽네요."

"괜찮아요. 조금 전에 부모님이 이혼하는 걸 보고 와서 별로 식욕도 없는걸. …아니 뭐, 그런 표정을 지으실 필요는 없어요. 제가 고등학생 때 이미 별거하던 사이라 별거 아니에요. 그보다, 박사님께 보여 드릴 게 있어요."

그의 앞에 검정 파일에 담긴 연구 노트 두 권을 내밀었다. 박사는 이마 위에 있던 안경을 내려쓰고 찬찬히 노트를 들여다봤다. 그가 의아한 표정을 지었다.

"누군지 몰라도 필체가 나랑 아주 비슷하네요."

"아마 그럴 거예요."

노트를 훑어보던 박사의 눈빛이 점차 동요하기 시작했다.

"어허, 이거…… 이게 가능해…? ……음, 그래 이런 식으로 한다면…… 흐음…… 근데 이건 영어가 아닌데… 아랍언가…? ……오오, 그래 이렇게 된단 말이지? 그래도 이게 과연……?!"

한참 만에야 고개를 든 박사는 돋보기안경을 이마 위로 올리며 아리송하기도 하고 멍하기도 한 표정을 지었다.

"정말 희한한 일 아니에요? 필체가 박사님이랑 똑같잖아요. 이런 악필이 어디 흔하냐구요?"

"이거, 어디서 난 겁니까? 이런 연구를 할 수 있는 사람이 존재하다니 믿기지 않네요."

"내용은 어때요? 박사님께 도움이 되나요?"

"도움이요? 이건 내 논문을 뒤집을, 아니 내가 가진 모든 지식과 데이터를 박살 내고도 남을 대발견이에요."

"이걸 박사님 이름으로 발표한다면 어떨 것 같아요?"

불현듯 그의 낯빛이 두려움에 휩싸였다.

"누구죠? 이걸 나한테 갖다주라고 누가 시킨 거예요?"

"전 누가 시키는 대로 하는 사람이 아녜요! 박사님 눈에는 제가 앳되고 귀여운 여대생으로 보이겠지만, 사실 전 불혹을 앞둔 파트타임 농부 겸 작가 지망생이라고요! 그리고 이 노트는 16년 후의 박사님한테 빼앗아 온 거라구요!"라고 말한다면 박사가 과연 믿을까?

그럴 리 없다. 이 면회는 바로 중단될 게 뻔하다.

"이 노트의 출처는 밝힐 수 없지만, 장담하건대 박사님과 무관하지 않아요. 이게 있으면 최악의 상황을 면하고 명예 회복도 하실

수 있잖아요? 논문을 실수로 잘못 올렸다, 이 노트가 진짜다, 하고 제시하면 되니까요. 그러면 아무도 딴지를 못 걸겠죠! 사람들에게 손가락질받으며 이 나라를 떠나고 싶어요?"

그러자 박사는 돌연 싸늘한 표정으로 노트를 탁 덮었다.

"아직 판결이 나온 것도 아닌데 어째서 그런 험악한 소리를 하죠? 아직은 날 믿어주는 사람이 많아요. 내가 버티고 있는 것도 사실 그들 덕이죠. 물론 이 노트의 내용이 흥미로운 건 사실이지만, 내가 직접 실험에 참여한 것도 아니고, 출처도 모르는 걸 함부로 받을 순 없어요. 지금으로선, 이건 단지 종이에 적힌 텍스트일 뿐이라구요. 내 눈으로 검증해 보지도 않은 걸 어떻게 믿겠습니까."

그렇게도 보물단지처럼 여기던 노트를 보여주면 덩실덩실 춤이라도 출 줄 알았는데, 하여간 이놈의 박사는 예측하기가 여간 어려운 인간이 아니었다. 어쨌든 더 시간을 끌 수 없었다. 내게 허락된 시간은 이제 20분밖에 없었다.

"누군가 박사님보다 앞섰다고 그렇게 시샘이나 할 때가 아녜요. 지금 박사님 발등에 떨어진 불이 활활 타오르고 있다구요!"

"내가 시샘을 왜 합니까? 오히려 나로선 매우 기쁘고 반가운 일이죠."

"근데 왜 의심하세요?"

"의심이 아녜요. 내 업적이 아닌 걸 훔치면서까지 사람들을 속이긴 싫다는 거예요."

기가 막혔다. 이렇게 고집스러운 양반이 논문은 왜 그렇게 내서 이 사달을 냈냐고 쏘아붙이려다 참았다. 너무 몰아붙이면 역효과가 날 테니까.

아무튼 이제는 결정적 한 방을 날려야 할 타이밍이었다.

"앞으로 평생 사기꾼이라고 낙인이 찍히면 좋겠어요?"

갑자기 박사는 얼빠진 표정이 되었다.

"사기꾼이라구요? 어느 언론사 기사에서 그러던가요? 언론 대부분이 날 이 지경으로 만든 방송사와 정부를 맹비난하며 내 편이 돼주고 있는 판국에……"

현시점에서는 아직은 박사를 옹호하는 여론이 더 큰 게 사실이었다. 하지만 며칠 지나지 않아 모든 언론에서 '사기'와 '조작'이라는 단어를 지겹게 남발하게 될 터였다.

"앞으로 박사님은 이 나라에서 살 수 없게 되는데 괜찮겠어요? 아무리 좋은 조건을 제시해도 절대 다른 나라로 가지 않겠다고, 우리나라에서만 일하겠다고 맹세하셨었죠. 그렇게 사람들을 황홀한 국뽕에 차오르게 하셨던 분이, 이런 곳에 갇혀서 썩어가느라 마음이 바뀌신 건가요?"

"뭐가 차올라요?? 아니 근데, 내가 이 나라에서 살지 못 하게 된다니 그게 무슨 뜻이죠? 어떤 소문을 들은 겁니까?"

그의 눈빛이 요동쳤다.

"소문 따위가 아녜요. 제가 직접…… 예지몽을 꾼 거예요. 전 16년 후 박사님이 어디에 계실지 알아요."

"그게 대체 무슨…? 아무튼, 그래서 목적이 뭡니까?"

"이 노트로 박사님의 커리어와 명예를 회복하는 대신 제 부탁 하나만 들어주시면 돼요."

박사가 경계하는 얼굴로 어서 말해보라는 손짓했고, 난 미리 준비해 둔 소형 녹음기를 켜서 탁자 위에 놓았다.

"이 노트에 있는 자료로 진짜 체세포 복제에 성공하면 꼭 약속해주세요. 첫 실험이라도 좋아요. 저희 아빠의 췌장을 복제해서 이식해 주세요."

한동안 눈을 끔뻑거리던 그는 아빠의 건강 상태에 관해 물었다.

"현재는 멀쩡해요. 오늘 이혼 이슈가 있던 바여서 앞으로 심리적인 문제로 인한 알코올 중독이 이어져 16년 후에는 말기 암으로 손을 쓸 새 없이 혼수상태에 빠질 운명이지만. 그땐 박사님 말대로 냉동시키는 방향으로⋯ 아참, 박사님 말씀이 맞더라구요. 알아보니 우리나라에도 냉동 캡슐 회사가 있었어요."

"잠깐만요, 내가 언제⋯? 한국엔 아직 그런 회사가 없어요."

물론 이때는 없었다.

"흠⋯⋯ 나중에 냉동 시설이 어떻든 간에 내가 도와줄 수 있는 부분은 아닌 것 같아요. 솔직히 말해 지금으로썬 연구를 이어가기가 어려운 형편이니까요. 어쩌면 아주 오랫동안 못할 수도 있어요. ⋯음, 미안하지만, 곧 점심시간이라⋯⋯."

박사는 벽에 걸린 전자시계를 보더니 엉덩이를 뗐다.

"이 노트가 있잖아요. 박사님! 생각을 해보세요!"

"다시 말하지만, 저의 학자적 자존심의 문제를 차치하고라도 제 명에 하나 회복하자고 다른 사람의 피땀을 가로챌 맘은 없어요."

다른 사람이 아니라 당신의 피땀이라고 이 양반아! 라는 말을 하고 싶었던 건데, 내 입에서는 다른 말이 튀어나왔다.

"가짜 논문은 괜찮구요?"

순식간에 박사의 안색이 변했다.

"앗! 그, 그게 아니라⋯⋯"

"다만, 내가 이곳에서 나가면 이걸 쓴 사람과 꼭 같이 일해 보고 싶다는 생각은 드네요."

박사는 싸늘한 태도로 몸을 돌렸다.

"만약 이게 박사님이 쓴 거라면요?"

"뭐라구요?"

"글씨체를 좀 보세요. 세상에 똑같은 필체는 없잖아요."

박사는 내 정신 상태를 의심하듯 쳐다보더니 문밖을 향해 외쳤다.

"교도관님! 여기 면회 끝났습니다!"

난 재빨리 노트를 집어 들고 후다닥 달려가 의자를 끌어다가 문손잡이 아래에 끼워두었다. 그리고 박사의 코앞에 노트를 펼쳐 보였다.

"잘 보시라니까요! 이건 박사님이 쓴 거라구요!"

"뭐 하는 짓입니까!?"

교도관들이 문을 두드려댔다. 이내 누군가를 불렀고, 더 많은 사람이 몰려왔고, 열쇠를 짤그락거리며 문고리를 열려고 하는 소리가 들렸다. 난 문이 열리지 않게 손잡이를 꼭 잡은 채 박사를 설득했다. 하지만 박사는 날 미치광이로 보는 듯했다.

"저리 비켜요! 이러다 공무집행방해죄로 구속될 수 있어요!"

"박사님은 이걸로 실험을 계속하셔야 해요. 그러면 20년을 앞당길 수 있어요. 원래 박사님이 꿈꿨던 것처럼 남부럽지 않은 나라를 만들 수 있다구요. 이 말은 안 하려고 했는데, 박사님은 최종심에서 징역 2년을 선고받을 거예요. 집행유예로 풀려나긴 하겠지만, 박사님을 지지하던 사람들은 싹 다 자취를 감출 거예요. 그러니 여기서 일을 할 수 있겠어요?"

박사는 기이한 표정으로 내 얼굴을 응시했다. 난, 눈에 힘을 주어 그의 시선을 맞받아쳤다. 내가 미친 사람이 아니라는 걸 알아주길 바라며…….

이윽고 박사는 테이블로 비틀거리며 다가가 털썩 주저앉았다.

쾅쾅대며 문을 두들기던 교도관들은 문을 부수려 하고 있었다. 더 이상 버티기 어렵다는 걸 직감했다. 이제 3분 밖에 시간이 없었다.

"전혀 터무니없는 소리 같지 않다는 게 문제예요. 나도… 후우…… 그런 생각을 안 해본 건 아니니까요. 그런데, 당신은 그런 걸 다 어떻게 아는 거죠?"

"박사님! 지금 시간이 없어요! 빨리 약속한다고 약속하세요!"

"그런 바보 같은 약속은 하지 않을 겁니다."

"잘 들으세요. 제가 지금 무슨 짓을 저질러도 전 다시 예전으로 돌아갈 수 있어요. 그리고 기회가 올 때마다 거머리처럼 박사님을 쫓아다닐 거예요. 그리고 전처럼 무기를 사용할 수도 있겠죠. 지금 설명할 시간은 없지만 제가 그럴 수 있다는 걸 믿으셔야 해요."

혼란함과 두려움이 섞인 눈으로 박사는 머뭇거렸다.

"나중에, 그러니까 복제 기술이 성공했을 때 말이지만, 정말 아버님이 그런 상황이 되면 찾아와 봐요. 난 약속은 지켜요. 훗날 내가 어디에 있을지는 모르겠지만……"

"걱정하지 마세요. 제가 알고 있으니까요. 여기에 박사님 이름 쓰고 사인도 하나 해주세요. 말로만 하는 건 믿을 수 없으니까."

난 확실히 해두기 위해 연구 노트의 빈 페이지를 펼쳐 볼펜과 함께 내밀었다. 박사는 한숨을 쉬더니 사인을 휘갈겼다. 순간, 문이 쾅 부서지며 교도관들이 떼를 지어 우르르 쏟아져 들어왔다.

깜짝 놀란 난—나조차도 왜 그런 행동을 했는지 미스터리였지만— 박사가 사인한 부분을 찢어 입에 넣었다. 혹여라도 빼앗길까 봐 그랬던 것 같았다. 하지만, 이런 행동은 도리어 화를 자초하고 말았다.

내가 뭔가를 삼키려는 걸로 오해한 교도관들은 나를 붙잡고 억지로 내 입을 벌리려 했다. 난 격렬히 몸부림쳤다. 그러다 팔꿈치를 잘못 휘둘러 한 교도관의 코뼈를 부러뜨렸고, 내 입을 벌리는 또 다른 교도관의 손가락을 물어뜯었다. 비명을 지르며 손을 뺀 교도관은 피로 얼룩진 자신의 엄지손가락을 들여다보았고, 그 순간 모든 것이 멈췄다.

5.

눈을 떴을 때 난 깜깜한 어둠 속에 있었다.

가만히 살펴보니 엎드린 내 몸 위에 담요 같은 것에 덮여 있었고, 몸살기라도 있는 듯 몸이 욱신거렸다. 그리고 귓가에 처음 듣는 이상한 노래가 아득히 들려왔다. 법을 지키는 일은 쉽고 중요하다는 노랫말의, 동요 느낌이 드는 「지킬수록 기분 좋은 기본」이라는 노래였다.

숨이 막히는 느낌에 담요를 걷어차며 몸을 일으키는 순간, 누군가 내 옆구리를 걷어찼다.

"뀨엑!"

나는 괴성을 지르며 바닥에 쓰러졌고, 곧바로 무차별적인 발길질이 쏟아졌다. 살기 위해 본능적으로 손에 잡히는 대로 다리를 홱 끌어당겼다. 두 여자가 비명을 지르며 바닥에 나뒹굴었다.

벌떡 일어나 보니, 황토색 수의를 입은 여자 하나와 푸른색 수의를 입은 여자 셋이 있었다. 그중 앉아 있던 황토색 수의의 여자가 바닥에 자빠진 푸른 수의 여자 둘을 향해 "찐따년들!"이라고 욕을 퍼부었다. 둘 중 하나는 쑥대머리였고, 다른 하나는 눈가에 시퍼런 멍이 들어 자이언트 판다처럼 보였다.

이 방에선 황토색이 우두머리로 보였다. 그래서 난 황토색 여자에게 물었다.

"왜 때려요! 내가 뭘 어쨌는데요!?"

그러자 쑥대머리가 자이언트 판다와 마주 보더니 자기 귓가에서 검지를 빙빙 돌렸다.

뒤이어 황토색 수의 여자 옆에 앉아 있던 푸른 수의를 입은 예쁘장한 얼굴의 여자가 "이 또라이년이!"라고 소리치며 주먹을 쥐고 달려들었다. 나는 재빨리 그녀의 두 손목을 움켜쥐고 버텼다. 그녀는 가냘프지만 깡이 센 타입이었으나, 다년간 농사일로 단련된 내

힘을 이기기엔 역부족이었다.

난데없이 자이언트 판다가 주먹으로 내 뒤통수를 후려갈겼다. 뇌가 분리되는 듯한 충격에, 나는 그만 개구리처럼 바닥에 엎드려 꽥 소리를 질렀다. 곧 복도에서 교도관의 고함이 들렸고, 네 명의 룸메이트는 황급히 제자리에 앉았다. 문이 열리자마자 여자들은 일제히 나를 가리키며 아우성을 쳤다.

"저년이 또 우릴 이렇게 만들었어요!"

"세상천지에 저런 생 또라이는 첨 봤다구요!"

"저런 거랑 계속 같이 있다간 누구 하나 죽어 나가게 될걸!?"

그러자 젊은 남자 교도관이 말했다.

"이제 그럴 걱정 없을 거다. 6173번 개인 소지품 다 챙겨 나와라!"

문득 나는 가슴에 달린 명찰을 내려다보았다. 거기엔 '6173'이라는 수인번호가 적혀 있었다. 입이 댓 발이나 나와선 하나같이 날 노려보고 있는 룸메이트들을 천천히 둘러보았다.

"내가 여기 처음 왔을 때 무슨 종이조각 같은 거 갖고 있지 않았나요?"

내가 물었다. 불현듯 박사의 사인이 적힌 쪽지가 떠올랐다. 그러자 감방 동기들은 하나같이 기가 차다는 듯 콧방귀를 뀌었다.

"그건 용케 기억나시나 봐?"

"왜 안 그러겠어? 그거 때문에 이 평화롭던 곳에 한바탕 피바람이 몰아쳤는데!"

"그래서 또라이는 건드리는 게 아니야."

난 그들에게 다시 물었다.

"그거 어딨어요?"

"20대에 벌써 치매냐? 그때 네가 하도 말을 안 들어서 이 언니가 변기통에다 장례식 치러줬잖아?"

순간 나는 황토색 여자에게 달려들었고, 문 앞에 서 있던 교도관이 곧장 달려와 나를 떼어내 끌고 나갔다. 등 뒤로 "어린 년이 싸가지가 없어! 앞으로 그렇게 살지 마라!"라는 고함이 따라붙었다.

교도관을 따라 복도를 걸으며, 나는 비로소 내가 왜 이곳에 갇히게 되었는지를 깨달았다. 공무집행방해와 함께, 박사를 협박한 경위에 대한 조사를 위해 구속 수사를 받게 된 것이었다.

하지만 협박 혐의는 박사가 나를 정신 이상자로 진술해준 덕분에 제외되었고, 결국 공무집행방해죄와 폭행죄만 인정되었다. 초범이라는 점이 참작되어, 나는 집행유예로 풀려나게 된 것이었다.

자유의 몸이 된 기쁨도 잠시, 입출감 사무실에서 내 옷을 돌려받으며 몹시 곤혹스러웠다.

지금은 12월 말이었기 때문이다.

해골이 그려진 반소매 티셔츠와 반바지 차림으로 접견 대기실로 나오자, 두꺼운 모직 코트나 패딩 점퍼를 입은 면회객들이 나를 흘끔거렸다. 난 혹시나 엄마나 아빠가 기다리고 있을까, 해서 주변을 샅샅이 둘러봤다. 하지만 아무도 눈에 띄지 않았다. 내 휴대폰은 이미 배터리가 방전된 상태라 아무것도 확인할 수 없었다.

난 로비쪽 유리문 앞에 서서 밖을 내다보며 두 팔을 끌어안은 채 몸을 부르르 떨었다. 함박눈이 펑펑 내리고 있었다. 도저히 밖으로 나갈 엄두가 나지 않았다. 그때였다. 누군가 뒤에서 내 어깨를 턱 잡아 뒤돌아봤다. 아빠였다.

"어, 어떻게 알고 오셨어요!?"

"옷차림이 그게 뭐냐?"

아빠는 눈살을 찌푸리며 자신이 입고 있던 밤색 무스탕 점퍼를 벗어 내게 내밀었다.

"아빠는요? 괜찮으세요?"

그래도 아빠는 긴팔 셔츠 위에 스웨터를 껴입고 있었다.

"그러게, 왜 편지 한 통 전화 한 통을 안 하냐? 이런 줄 알았으면 잠바라도 하나 챙겨왔지."
"휴대폰은 꺼지고, 생각나는 번호가 있어야 말이죠."
"참 장하구나. 너 찾느라고 아빠가 얼마나 고생한 줄 알아?"
"어떻게 찾으셨어요?"
"네 막내 고모 덕이지. 넌 그렇게 주변머리가 없어서 앞으로 인생을 어떻게 살아가려고 그러냐?"
"그래도 다 살아지더라구요. 아무튼 고생 많으셨네요. 제가 나중에 오키나와 여행 시켜드릴게요."
아빠가 특유의 코웃음을 쳤다.
"너 땜에 내가 그때까지 살아있을지나 모르겠다."
밖으로 나오자 조금씩 눈보라가 나부끼며 금세 코끝이 빨개졌다. 그런데 아빠는 어깨 하나 움츠리지 않고 성큼성큼 걸어갔다.
도로변 정류장에 이르러 택시를 잡으려 하자 아빠는 요새 택시비가 얼마나 많이 올랐는데, 구치소 안에서 돈이라도 벌었냐며 화를 냈다. 할 수 없이 시린 발을 동동 구르며 거의 30분을 기다린 끝에, 도착한 버스를 타고 5분 후 인덕원 전철역 앞에서 내렸다.
다행히도 전철 안은 따뜻했다. 게다가 운 좋게 아빠와 나란히 좌석에 앉아서 갈 수 있었다. 긴장이 한꺼번에 풀리며 안도의 한숨이 나왔다. 주변 승객들이 심심치 않게 우리 부녀를 곁눈질했다. 한겨울에 슬리퍼와 반바지 차림 위로 큼지막한 남성용 외투를 걸친 나와, 외투도 없이 스웨터만 입은 아빠는 시선을 끌기에 충분했다.
나는 아빠에게 혹시 나에 대한 뉴스가 있었는지 조심스럽게 물었다. 아빠는 고개를 저으며 그런 건 없었다고 했다. 내가 한 박사와 어떤 연관이 있는지 묻는 아빠에게, 난 그저 팬으로서 만났다가 오해가 생긴 거라고 했다. 아빠는 불가사의한 얼굴로 고개를 절레절레 흔들었다.

"정말 놀랄 노 자다. 대체 어쩌다 여자애가 구치소엘 다 들락거리고… 하……."

아빠의 말에 주변 승객들이 흠칫하는 기색이 느껴졌다. 내 옆에 앉은 아주머니는 대놓고 내 얼굴을 들여다봤다. 난 얼른 눈을 감고 자는 척했다. 아빠가 그만 이제 입을 다물어주길 바라며.

"어떻게 우리 집안에 이런 녀석이 다 나왔지…?"

나도 모르게 눈이 번쩍 떠졌다.

"이런 녀석이라뇨? 그게 어떤 녀석인데요?"

"꼭 말을 해야 아나?"

"말해야 알죠. 아빠 머릿속을 제가 어떻게 알겠어요."

"됐다."

"되긴 뭐가 돼요! 제가 왜 이러고 다니는 줄 알기나 하세요?"

"내가 어떻게 알겠냐? 그러니까 솔직히 말을 해보라니까? 빙빙 돌리고 감추고 하는 걸 내가 모를 줄 아냐? 학교 다닐 때 국어나 영어 같은 언어 쪽은 괜찮았어도, 수학이랑 과학은 영 젬병이었던 녀석 아니냐, 네가? 근데 왜 느닷없이 과학자를 쫓아다니게 된 거냐고?"

"아, 됐어요! 아무것도 모르는 주제에……"

"방금 뭐라고 했냐? 주제? 제 아비한테 주제?? 어디서 배워먹지 못한 말본새냐? 하, 이래서 엄마의 가정 교육이 중요하다니까! 당장 학교 때려 쳐. 기본도 안 된 놈한테 대학이 다 무슨 소용이냐? 어디 공장에나 취직하는 게 딱 네 수준에 걸맞겠다."

"그건 공장에 다니는 모든 신성한 노동자를 싸잡아 비난하는 소리예요. 그런 일을 하는 사람의 인성과 자질이 서울대 나온 사람들보다 못하다는 증거는 어디에도 없다구요. 아니, 오히려…"

"알았으니까 그만해. 사람들 다 쳐다본다. 넌 그렇게 생각하고 그렇게 살아. 어차피 내가 네 인생 살아줄 수도 없는 노릇이니까,

다 네 팔자지."

그렇다. 다 내 팔자다. 아빠도 아빠의 팔자를 살면 그만인 것을, 난 왜 놓지 못하고 이런 고난을 자초하는 걸까.

*

타이머 존의 각 날을 거치는 내내 아빠를 아랍 에미리트에 데려갈 방법을 궁리했다.

일단 시간을 좀 벌어볼 요량으로 2019년에는 지리산에서 천종산삼을 캐서 아빠에게 주었고, 2023년 3월 18일이 되자 번호를 외워둔 로또 복권 당첨금을 타서 은행에 넣어두었다. 냉동 비용과 이식 수술 비용으로 쓰기에 넉넉한 액수였다. 3월 23일 저녁에 아부다비 공항으로 직행하는 비행기와 그곳의 숙소를 예약했다. 인호 아저씨의 부고를 받을 즈음엔 이미 비행기가 이륙해서, 아빠가 장례식에 참석하겠다고 고집을 부릴 수 없게 되었다.

아빠에게는 복권이 당첨됐다며 두바이 여행을 제안했다. 기뻐하던 아빠는 고개를 갸웃하며 유럽이나 동남아 쪽이 더 좋지 않겠냐고 했다. 난 스마트폰으로 두바이의 멋진 명소들과 음식들을 보여주며 설득했다.

"여긴 물가가 엄청 비싸서 경비가 솔찬케 들 텐데?"

"경비는 넉넉하니 걱정하지 마세요."

"공돈 생겼다고 다 써버릴 작정이냐? 앞날도 생각해야지."

"그렇게 해도 10년은 놀고먹을 수 있어요."

"10년을 무위도식하겠다고? 하! 그런 정신 상태로는 천억이 있어도 10년 안에 다 날릴 거다."

3월 24일에 눈을 떴을 때, 아랍 에미리트 항공의 여객기 안에 아빠와 나란히 앉아 있었다(이때까지만 해도 우리나라 항공사에는 아부다비로 가는 직항 노선이 없었다). 이제 약 1시간 후 아부다비 국제공항에 도착한다는 기내 방송이 나왔다. 이번에는 오키나와 때와는 완전히 다르다. 일단 그곳에 가게 되면 마음에 안 든다고 아빠 혼자 한국으로 돌아가는 건 어렵기 때문이다.

아빠에게 아랍 에미리트의 특수한 정치, 종교, 문화, 우리나라 기업들과 특별히 연관된 일 등을 흥미진진하게 풀어놓으며, 그 나라에 대한 긍정적인 인상과 기대감을 심어주려 노력했다. 아빠는 "오호, 그래?"라는 감탄 섞인 반응을 보였지만, 결국에는 "네가 그런 걸 다 어떻게 아냐?"라고 해서 내 기분을 망쳐놓았다. 이러니 아빠와 싸우지 않겠다고 늘 혼자 다짐을 해봐야 소용이 없는 것이다.

"한운몽 박사 아시죠?"

"한운몽 박사? 아… 그, 예전에 송아지 복제했다고 사기 쳤던 그 박사 말이냐?"

"그건 사기 아니에요. 잘못 알려진 사실도 많은데… 아무튼 지금 그 박사님이 아부다비에 산대요."

"오, 그래? 근데 네가 어떻게 알아? 그런 걸 뉴스에서 본 일은 없는데?"

"세상 모든 일이 다 뉴스에 나오는 건 아니에요. 한운몽 박사님이랑 한번 만나보실래요?"

"……? 오! 그래, 한번 만나보자꾸나! 라고 하면, 아무나 다 만날 수 있는 사람이더냐?"

아빠는 콧방귀 끼듯 웃으며 말했다.

"근데, 그 사람이 왜 거기 살고 있는데? 네가 그런 것까지 모르려나……"

정말 알려주기도 싫은 기분이었지만, 꾹 참고 박사에 대해 이야기했다. 마리당 수십억이나 하는 희귀 품종의 낙타들을 복제한 것이나, 얼음 동굴에서 발견한 매머드의 상아로 멸종된 매머드를 재탄생시킬 연구를 한다거나, 부활한 반려견들에 대해서 말이다.

당연히 아빠는 믿지 못하겠다는 얼굴이었다.

"공상과학 소설 같은 걸 보고 네가 뭔가 착각한 거겠지. 난 그런 얘긴 들어본 적이 없다."

"아빠가 모른다고 세상에 없는 일이 아니라구요!"

아빠의 표정이 험악해졌다.

"왜 소리를 지르냐? 여기가 우리 집 안방이냐? 사람이 공공 예절을 지킬 줄 알아야지. 그런 건 다 유치원에서 배우는 걸 텐데, 쯧쯧……"

"그러게요. 전 유치원을 안 다녀서 그런 걸 몰랐네요!"

그러자 아빠는 못 들은 체하며 고개를 돌렸다. 승무원이 다가와 우리에게 주의를 줬고, 아빠는 미안한 얼굴로 '쏘리, 쏘리' 하더니 입을 다물었다. 난 심통 난 얼굴을 창밖만 바라보았다.

창공엔 은빛 구름밭이 비현실적인 광경처럼 펼쳐져 있었다. 그때 아빠가 갑자기 나를 돌아보며 말했다.

"맞다, 너 예전에 구치소 갔을 때! 그 박사 때문이 아니었냐?"

아빠가 너무 물색없이 큰소리를 내는 바람에, 통로 건너편에 앉아 있던 한국인 승객 두 명이 고개를 뺐다.

"승무원한테 마이크 좀 갖다 달라고 할까요?"

"왜, 내가 틀린 말이라도 했냐? 네가 구치소에 갔던 건 사실이잖아?"

"알았다구요! 제발 작작 좀 하시라구욧!!"

아빠와 아부다비 공항에 내렸을 때 타이머는 6시간 남아있었다.

공항 안의 식당가에 있는 한식 전문점에서 갈비탕 두 개를 주문하고 연구소로 전화를 걸었다. 처음엔 거부당했지만, 내 이름을 전해달라고 하니 한참 만에 박사가 직접 전화를 받았다. 16년 전 인덕원 구치소에서 박사와 약속했던 대로 아빠를 모시고 왔다고 했다. 그는 놀라워하고 반가워도 하며 공항까지 차를 보내주었다.
 운전기사는 전과는 다른 인도 사람이었다. 지프차를 타고 연구소로 가는 동안 박사가 노트를 어떻게 했을지 궁금했다.
 "어떻게 한운몽 박사와 알게 됐다고 했지? 그동안 연락을 하고 지냈던 거냐? 근데, 연구소엔 왜 가는 거냐? 밖에서 따로 만나면 안 되냐?"
 아빠는 불안한 표정으로 여러 질문을 퍼부었다. 난, 가보면 알게 된다며 자세한 대답을 회피했다. 아빠는 남의 말에 더욱 귀를 잘 기울이는 편이었으니까. 박사가 하는 얘기를 들으면 곧 알게 되겠지.
 집무실로 들어서자, 박사가 인사를 하려고 일어섰다. 그와 악수하며 등 뒤로 보이는 은회색 금고에 시선이 갔다.
 아빠는 잔뜩 경직된 자세로 시종 뻣뻣하게 굴었다. 차에서 내린 직후부터 연구소의 분위기에 압도되더니, 자신이 왜 이곳에 있는지 의문을 가지기 시작한 것 같았다. 커다란 마호가니 탁자에 마주 앉은 아빠는, 박사의 얼굴을 빤히 쳐다보았다.
 "생명 연장을 연구하시는 분이 몰라보게 늙으셨네요, 허허… 역시 세월은 어쩔 수 없는가 봅니다."
 "하하, 왜 아니겠어요? 저도 곧 칠순을 바라보는 나이인걸요."
 내 우려와 달리 박사가 털털하게 웃었다. 아빠는 깜짝 놀라는 표정을 지었다.
 "예에? 설마! 아직 진갑도 안 됐다구요? 나보다 동생이구만요, 허허!"
 난 얼른 본론을 꺼냈다.
 "그래도 기억하시고 약속 지켜주셔서 감사합니다, 박사님! 만약 박사님이 거절하셨으면 저흰 다시 한국으로 돌아가야 했을 거예요. 사실, 박사님 사인도 잃어버렸거든요."

난 정말 박사가 고마웠다.

"제가 약속은 지킨다고 하지 않았나요? 애니웨이, 아버님의 의료기록은 갖고 오셨죠?"

"아뇨. 아빠가 지리산 산삼을 먹은 후로 한 번도 병원에 간 적이 없으세요."

곧바로 아빠의 검진을 위해 박사의 주선으로 아부다비에서 가장 큰 병원으로 갔다. 오래 기다리지도 않았고 특별 대우를 받았다. 새삼 박사의 영향력이 상당하다는 걸 체감할 수 있었다.

이날의 타이머가 끝나고 30일로 점프하자, 아빠와 난 박사의 집무실에 마주 앉아 있었다.

박사는 의구심과 신기함이 섞인 표정으로, 아빠가 현재 '팬크리어스 캔서 스테이지 아이'라고 했다. 그게 뭐냐고 묻는 아빠에게, 박사는 췌장암 초기라고 대답했다.

"오, 다행이네요."

나도 모르게 외치자, 한순간 멍한 표정이던 아빠가 나를 돌아다보았다.

"뭐라고?"

"아, 아니 그게 아니라… 초기라니 그나마 다행이라는 뜻이에요."

고맙게도 한 박사가 팬크리어스 캔서는 일찍 발견하기가 어렵다는 말로 나를 거들어줬다. 하지만 그가 이 상황에 대해 럭키와 포춘이라는 표현을 쓰는 바람에, 애써 진정됐던 아빠를 다시 화나게 했다.

"이게 행운이라구요? 하, 그럼 암에 안 걸린 사람들은 죄다 불행하겠구만?"

민망해하던 박사는 세포 채취를 원활히 하기 위해 연구소 안에 아빠의 병실을 따로 마련해 두었다고 했다.

"시술이라뇨? 무슨 시술 말입니까?"

한껏 예민한 상태의 아빠가 따지듯 물었다. 한 박사가 고개를 갸웃거렸다.

"따님한테 얘기 다 들으신 거 아닌가요?"

"무슨 강아지랑 매머드를 어쩌고 하는 얘긴 들었는데, 사람도 치료한다구요? 그런 건 불법 의료 행위 아뇨?"

"치료가 아닙니다. 췌장을 새로 만들어드리는 거죠."

아빠는 귀를 의심하듯 박사를 쳐다보았다.

"뭘 어떻게 한다구요?"

"쉽게 말씀드리면 아버님 몸속에서 채취한 체세포에서 배아줄기세포를 추출하는 거예요. 세포가 잘 자라 클린한 장기가 되면 그걸 병든 췌장과 교체하는 거죠."

"하, 나…… 그게 말이나 되는 소립니까? 그러니까 그때도 그런 걸로 감옥에 가고 그런 거 아뇨?"

도를 넘은 비아냥에 박사의 눈동자가 요동쳤다.

내가 만류했지만, 아빠는 자기가 무슨 틀린 말을 했느냐며 내 손을 뿌리쳤다.

"아빠, 제 말 좀 들어보세요. 하루라도 빨리 이식하는 게 좋아요. 암세포가 췌장에만 얌전히 머물러 있는 게 아니니까요, 주변에 퍼지면 그땐 이식도 아무 소용이 없게 돼요."

"혹시, 휴먼 클론을 원하시나요?"

박사의 말에 화들짝 그를 쳐다봤다. 그게 정말 가능한지 묻자, 박사는 이제껏 한 번도 본 적 없는 득의만만한 미소를 지었다.

"20년 전 당신이 보여준 연구 노트보다는 조금 더 발전했다는 것만 말씀드리죠. 비용이 만만치 않아서 감당할 수 있을지 모르겠지만."

헉! 그렇다면 그 노트를 기반으로 박사의 연구 성과가 더욱 발전한 것이 틀림없었다.

"그건 비용이 얼마나……?"

"휴먼 쿨렁이 뭔데?" 아빠가 물었다.

"쿨렁이 아니고 클론이요. 복제 인간이란 뜻이에요. 아빠랑 똑같은 사람을…"

아빠는 더는 참지 못하겠다는 듯 벌떡 일어나 나를 향해 소리를 질렀다.

"별 미친 소릴 다 들어보겠네! 갑부 밑에서 일한다고 눈에 뵈는 게 없나? 자연이 너도 얼른 일어나! 이딴 곳엔 더 있을 필요가 없어! 문 앞에는 왕족 사진이나 주르륵 걸어 놓지를 않나, 무슨 공산당이야! 뭐야!"

쿵쿵대며 밖으로 나가는 아빠. 당황한 난 벌떡 일어섰다.

"박사님 죄송해요! 제가 다시 모셔 올게요."

"노노, 그럴 필요 없어요. 오히려 나, 한결 마음이 가벼워졌어요. 사실, 나도 약속 지키려고 보스한텐 비밀로 일을 진행하려던 건데… 애니웨이, 여까지 찾아오느라 고생하셨는데 공항까지는 모셔다드릴게요."

탁자 위에 놓인 황금색 전화기를 들어 올리는 박사의 얼굴을 보며, 난 울상을 지었다.

그의 표정은 홀가분하다 못해 날아갈 듯했다.

"일부러 그러신 거죠? 다 알아요!"

두바이 공항에서 탄 인천 공항행 여객기에 나란히 앉은 아빠에게 쏘아붙였다.

"언성 낮춰라. 사람들이 못 알아듣는다고 흉 안 볼 것 같냐? 공공 예절은 만국 공통이야."

"자기 자식이 구치소에 다녀왔다고 동네방네 자랑스레 떠드신 분이 할 말은 아닌 것 같은데요?"

"내가 없는 얘기한 건 아니잖아? 높으신 양반들도 다들 한 번씩 다녀오고 그러는 덴데, 그리 유난 떨 일은 아니지."

아빠의 표정에 어떤 의도나 악의가 보이지는 않았다.

"그런 경험 자체는 부끄러운 일이 아니야. 스스로 부끄러운 짓을 했느냐가 중요한 거지."

"아빠를 복제한다는 게 아니잖아요. 장기만 만들어서 이식하면 되는 건데 뭐가 불만이세요? 수술이 무서워서 그러세요?"

"수술보다도… 솔직히 주삿바늘이 끔찍해서 그래. 세포 뽑는다고 맨날 바늘로 찔러댈 거 아니냐?"

"그게 죽는 것보다 더 무서워요?"

"난 도무지 이해할 수가 없다. 어떻게 나랑 상의 한마디 없이 혼자 이런 짓을 저지를 수 있냐? 내 몸은 내 것이야. 네 것이 아니야."

"아하 그러세요? 제가 드린 산삼을 안 드셨으면 지금 이렇게 하늘을 날면서 그렇게 좋아하는 위스키를 손에 들고 있을 줄 아세요?"

"유세 떠는 거냐? 내가 언제 산삼 사 달랬냐. 앞으로 나한테 돈 한 푼도 쓰지 마, 알았어? 치사하고 더러워서 원!"

아빠는 불쾌한 얼굴로 온더록스 잔을 모두 비우고 남은 얼음까지 으득으득 씹으며 승무원을 향해 손을 치켜들었다.

술 주고 뺨 맞는다더니…….

이젠 정말 그만둬야겠다. 왜 내가 이런 소리를 들어가며 이 고생을 한단 말인가. 하지만 거의 다 된 밥이었는데… 이 방법이면 아빠의 운명이 바뀔 수 있었는데…….

한 달 후 황달기를 발견하고 보람 병원에 입원한 아빠는 췌장암 말기를 진단받았다. 그리고 항암치료를 시작한 지 일주일 만에 혼수상태가 됐다.

그리고, 난 다시 자개장에 들어갔다.

6.

자개장에서 나오자, 오가는 사람들 사이에 우산을 쓰고 있는 나 자신을 발견했다.

아스팔트 위를 튀어 오르는 세찬 장맛비가 세탁할 때가 지난 내 운동화와 파란색 추리닝 바지를 흠뻑 적셨다. 거의 20년 전이었지만, 당시 1년 동안 하루도 빠짐없이 오가던 길이라 금방 알아볼 수 있었다. 이곳은 내가 재수생 시절 늘 오가던 노량진의 한 골목길이었다. 난 미간을 찌푸렸다.

꼭, 와도 하필…….

마치 필름을 잘라낸 듯 이 당시의 기억이 거의 없었다. 재수생 주제에 딱히 기억에 남을 즐겁고 유쾌한 이벤트 같은 게 있을 리 없잖은가.

콜라 로고가 선명한 크고 무거운 우산을 한 손으로 옮겨 쥐고, 촌스러운 파란색 트레이닝 바지 주머니에 손을 넣어 투박한 폴더폰을 꺼냈다.

2004년 8월 13일 금요일 오후 5시 37분
타이머 02:19:55

"왜 대답이 없어?"

옆에 있던 여자아이가 자신의 빨강 우산으로 내 우산을 툭툭 쳤다. 난 번쩍 깨듯 돌아봤다.

"어!?"

아직 소녀 티를 벗지 못한 내 또래의 여자애였다. 그동안 까맣게 잊고 있던 그녀를 기억해 냈다.

"앗, 안녕!"

이름을 부르려 했지만, 그것까지는 도무지 기억나지 않았다. 그러자 우리 앞에서 걷던 같은 반 무리—역시나 면면을 보니 이제야 기억나는—이 돌아보며 피식피식 웃었다.

"뭐래! 자연이 너 또 딴생각하고 있었지?"

내 옆에 있던 여자애가 내 팔을 찰싹 때렸다.

문득, 오늘 어떤 일이 있었는지 생각났다. 평생 처음 떠올린 기억이었다. 곧 학원 친구들과 밤늦게까지 술을 마시고 12시가 넘어 집에 갈 것이다. 현관을 열고 들어가면 거실에서 번데기 캔을 따 놓고 소주를 마시던 아빠가 벌건 눈으로 날 노려볼 것이다. 그리고……

"그래서 아빠한테 다음 달 학원 수강비 받았냐고?"

"수, 수강비? 아, 그게… 아닐걸……?"

"에이고, 어려우신가 부다. 또 알바해야겠네?"

"아니 그보다…… 나 먼저 가봐야겠다. 정말 반가웠어."

"뭐? 은정 언니! 자연이 먼저 간대요!"

그러자 앞에 있던 남녀학생 세 명이 멈춰서더니 우리에게 다가왔다. 그 중, 키가 크고 피부가 까무잡잡한 남학생이 화를 내듯 말했다.

"갑자기 뭔 소리야? 야 네가 가자고 해 놓고 먼저 간다고 하면 어떡해?"

그는 쉬는 시간에는 엎드려 잠만 자고, 수업 시간 중 가끔 나를 뚫어져라 쳐다보던 삼수생이었다.

"뻥이지? 네가 술을 마다한다고?"

지금 봐도 얼굴이 기억나지 않는 남자애가 말했다. 그들 틈을 비집고 백설기처럼 하얗고 귀여운 여자가 얼굴을 내밀었다.

"자연아, 왜 그래? 무슨 일 있어?"

앗, 은정 언니다!

상고를 나와 잘 다니던 은행을 그만두고 26살에 대입 시험을 준비하기 시작한 그녀는, 어디에도 속하지 못한 이 가련한 동생들을 물심양면으로 품어주던 따뜻한 사람이었다. 돌이켜보면, 이들은 내 인생에서 만난 사람들 중 가장 순수하고 선량한 친구들이었다. 그땐 왜 그 귀함을 몰랐을까. 왜 그렇게 무심히 흘려보냈을까.

"너 비 온다고 종로 파전 먹고 싶다 했잖아? 언니가 다 쏠 테니까 걱정 말고 코가 삐뚤어질 준비나 하라니까?"

불현듯 서글픈 마음이 들었다. 그때 삼수생이 낸 어깨에 팔을 두르며 말했다.

"알았다, 알았어! 이 오빠가 안 봐준다고 삐졌구만. 옛다 관심!"
"자자, 가자꾸나!"

얼굴이 기억나지 않는 남자애가 내 팔을 잡아끌었다. 비도 내리는 데다 그냥 이들을 따라가 술잔을 부딪치며 이야기를 나누고 싶은 마음이 굴뚝 같았다.

하지만 난 해야 할 일이 있었다. 젠장할 타이머!

엄마가 아프다는 핑계에 그들도 더는 말리지 못했다.

"은정 언니, 나 택시비 좀 빌려줄 수 있어?"

선뜻 지갑을 꺼내는 은정 언니. 그녀가 건넨 3만 원을 낚아챈 난, 뒤도 돌아보지 않고 달려갔다.

택시로 30분을 달려 어느 유명 의과대학 부속 건물 앞에서 내렸다. 이 당시로서는 최첨단 디자인의 7층짜리 빌딩이었다.

자개장에 들어가기 전 미리 이 당시의 한운몽 박사의 행적을 조사했었다. 그의 논문이 올해 3월 〈네이처〉에 발표되었고, 그로 인해 그는 국내는 물론 세계적 명성을 휘날리며 구름 위를 걷고 있을 때였다.

연구소 로비에 도착해 데스크 직원에게 박사와의 면담을 요청했지만, 예상했던 대로 거부당했다. 이지적인 미모의 20대 여직원은 곤란한 표정으로, 파라솔만 한 콜라 로고의 우산을 들고 대리석 바닥에 물을 뚝뚝 떨구는 후줄근한 차림새를 한 나를 훑어보며 박사님은 출타 중이라고 말했다. 난 그녀를 뚫어지게 쳐다보았다. 거짓말에 도가 튼 사람은 그렇지 않은 사람의 거짓말쯤은 쉽사리 간파했다.

난 능청맞게 웃으며(속으론 조급했지만) '가진 건 시간뿐'이라는 눈빛으로 로비 한쪽에 놓인 벨벳 소파에 털썩 앉았다.

그녀는 당황한 기색으로 이후에도 박사가 방송사와 인터뷰 약속도 있고 청와대에도 들어가야 한다며 오늘은 만날 수 없을 거라고 했다. 난 태연한 얼굴로 그녀에게 말했다.

"올해 학술지에 발표한 박사님의 논문에 관련된 일이라고 전해주세요. 단지 그 말만 전해주시면 돼요. 그래도 박사님이 만나기 싫다고 하면 돌아갈게요."

나를 거머리 보듯 쳐다보던 그녀는 마지못해 내선 전화기를 돌렸다. 수화기에 대고 소곤소곤하던 그녀는 전화를 끊고 내게 턱짓했다.

난 그녀와 함께 엘리베이터를 타고 3층으로 올라갔다. 복도 끝, 바로크 양식의 목재 문을 두드리자 그녀는 또다시 싹수 없이 턱짓으로 문을 가리켰다. 또각또각 하이힐 소리를 남기며 멀어지는 그녀의 뒤통수를 향해, 나는 주먹을 불끈 쥐었다. 하기야, 지금의 내 꼬락서니를 보면, 그녀 입장도 이해 못 할 건 아니었다.

너른 사무실 안으로 들어서자, 카운터테너가 부르는 헨델의 '카라 스포사'가 영국제 하이엔드 오디오 시스템을 통해 울려 퍼졌고, 박사는 책상 앞에 앉아 '사이언스지'를 읽고 있었다.

내가 가까이 다가가자 그제야 박사가 나를 올려보았다. 구치소에서 보던 것보다 훨씬 젊고 건강하고, 안정된 모습이었다. 책상을 돌아 나온 그는 호화로운 응접세트로 나를 안내했고, 우리는 물소가죽 소파에 마주 앉았다.

"제 논문에 대해 할 얘기가 있으시다구요?"

그는 예의 온화한 표정이었지만, 눈가에 비친 불안감을 숨길 수는 없었다.

"그런데, 뭘 하시는 분인지 여쭤봐도 될까요……?"

"아, 그럼요. 사실 저는…… 그러니까… 신내림 받은 무당이에요!"

박사는 황당한 눈빛으로 내 모습을 찬찬히 살폈다. 그는 곧 비에 젖은 내 촌스러운 추리닝 바지를 내려다봤다. 민망하기 짝이 없었다. 하지만 이왕 이렇게 된 거, 차라리 이 부끄러움을 무기로 삼기로 마음먹었다.

"박사님이 뭘 숨기는지, 앞으로 어떻게 될지, 제가 모시고 있는 추리닝 신이 다 알려주고 있어요. 그리고 18년이 지나면 박사님과 제가 다시 만날 거래요. 못 믿으시면 어쩔 수 없어요. 3년 후에 또 구치소에서 만날 수 밖에."

"아무래도 경비를 불러야겠군요."

그가 허둥지둥 일어나 책상으로 다가갔다. 예나 지금이나 변함없는 대응이라서, 나는 전혀 당황하지 않았다.

"그 논문, 가짜잖아요."

수화기를 들던 그가 도로 내려놓고 두려운 얼굴로 날 돌아봤다. 내가 그 논문의 잘못된 점을 지적하는 동안 박사의 표정이 점점 굳어지더니 이내 하얗게 사색이 됐다. 내 말이 끝나기 무섭게 그는 피가 쏠린 얼굴로 화를 냈다.

"누구한테 무슨 소릴 들은 겁니까? 누가 보낸 거예요?"

"제 말이 틀렸다면 그렇게까지 화내실 필요 없을 텐데요, 안 그래요? 화를 내는 건 보통 뒤가 구린 사람들이니까."

"아니, 이상한 소릴 하시니까….."

"3년 후 박사님은 구치소에 계실 거예요. 아직 인덕원 안 가보셨죠? 유죄 판결, 징역살이, 국민 영웅에서 사기꾼으로 전락, 지지자들은 사라지고 비난의 손가락만 남죠. 그리고 한국을 떠나 떠돌아다니게 돼요."

그 후 부자 나라에서 남부럽지 않게 연구를 이어 나가게 될 거라는 얘기는 할 필요가 없었다. 적어도 아직은.

박사의 얼굴이 다시 창백해졌다.

"당신 누구예요?"

"저는 박자연이에요. 제 이름을 꼭 기억해 두세요. 그리고, 우린 오늘 처음 만난 게 아니에요. 지금 세 번째로 만남이라구요."

"세 번째요? 아무튼 그럼, 원하는 게 뭡니까? 부적값이라도 받으려는 건가요?"

"제가 무슨 부적이나 팔아먹는 무당인 줄 아세요?"

"무당이라면서요, 본인이?"

"아, 그건… 제 말을 안 믿으실까 봐 그냥 한 소리구요. 그… 임기응변 같은 거랄까…."

"그럼, 실제 뭐 하시는 분인데요? 학생인 거 같지도 않고, 그렇다고 회사원 같지도 않고…."

"그죠, 사실 저도 그게 참 어려운데… 지금은 일단, 불혹을 앞둔 양평군민이라고 해두죠."

그러자 그가 내 얼굴을 보며 의아한 표정을 지었다.

"불혹이요? 마흔 살을 뜻하는 불혹이요?"

이런, 깜빡했네. 지금의 난 스무 살 재수생이지.

"하여튼 제가 본 박사님의 미래를 알려드리죠! 그러려고 온 거니까. 앞으로 십오 년이 지나면 박사님은 어느 부자 나라에서 마주치는 동물마다 닥치는 대로 복제하며 살게 될 거예요. 하지만 그건 표면상의 일이구요, 실제는 더 어마어마한 연구를 성공하게 되죠.

지금은 조작된 논문이지만 그때 가면 정말 성공하게 될 거란 말입니다."

거기다 더해 앞으로 생길 굵직한 국제적 이슈를 몇 가지 일러두었다.

"나한테 이런 얘기들을 해주는 이유가 뭔데요?"

"그만큼의 대가를 얻기 위함이죠."

난 아빠의 이야기를 풀어놓았다. 늘 같은 말을 반복해야 하는 나로서는 지겨운 노릇이었지만, 박사는 처음처럼 얼떨떨한 표정이었다.

오늘의 타이머가 끝나고 3년 후로 점프하면, 그러니까 부모님이 이혼 도장을 찍은 2008년 칠석날이 되었을 때, 나는 또 박사를 만나러 인덕원 구치소에 가고 싶은 마음이 전혀 없었다.

"3년 후에 다시 봬요, 박사님."

박사의 책상 위에 놓인 메모장 하나를 뜯어 오늘 날짜를 쓰고 박사의 사인을 받아 그의 방을 나왔다. 타이머가 아직 10분이 남아있었기에 느긋한 발걸음으로 연구소 정문을 나와 버스 정류장으로 향했다.

후유— 어쨌든 오늘 임무는 절반의 성공인 것 같다… 는 생각을 하던 중, 별안간 뒤에서 외치는 소리가 들렸다. 무슨 일인가 돌아보니 연구소 소속 청원 경찰 두 명이 내게 멈추라고 소리를 치며 쫓아오고 있었다.

난 정류장에 달려가 막 출발하는 아무 버스에 올랐다. 창 너머로 닭 쫓던 개처럼 쳐다보는 청원 경찰들을 향해 중지를 치켜들었다. 그 순간 타이머가 끝나고 주위가 빙글빙글 돌아갔다.

어휴, 결국 다음번에도 인덕원에 가게 생겼는걸!

그때 박사는 어떤 표정을 지을까?

만나면 한껏 비웃어줄 생각을 하니, 기분이 한결 나아졌다.

*

 가정 법원 앞에서 서로 침을 튀기며 싸우는 엄마와 아빠를 내버려둔 채 인덕원 구치소로 달려갔다.
 예상했던 대로 박사는 나와의 접견을 수락했다. 그런데 그와 대면한 순간 당황했다. 그의 반응은 내 예상과 전혀 딴판이었다.
 "어떻게 여길 올 수가 있어요? 이 뻔뻔한 사기꾼 같으니! 당신 대체 누구요? 누구의 사주를 받은 거요? 그것만 사실대로 말하면 용서해 주겠어요. 그렇지 않으면 당신을 공갈·협박과 사기죄로 고발할 수밖에!"
 "제가 박사님한테 무슨 협박을 하고, 무슨 사기를 쳤는데요?"
 "당신이 언론사에 꼰질렀잖아요."
 "제가요? 전요, 물론 저에 대해 잘 모르시겠지만, 고자질하는 걸 세상에서 젤 싫어하는 사람이라구요, 아시겠어요?"
 "그럼, 당신 말고 그런 짓을 할 사람이 또 누가 있어요? 그 논문에 대해 아는 사람은 당신밖에 없는데?"
 "노! 어느 외신 기자가 언더커버로 내부자들을 찾아내서 밝혀낸 거라구요. 곧 재판이 열리면 박사님도 대강 알게 될 거예요. 그리고 제가 박사님께 부탁하는 처지에서 왜 그런 짓을 하겠어요?"
 "그렇게 내 미래를 맞힌 것처럼 만들어서 당신을 돕게 만들려고!"
 듣고 보니 그런 생각을 할 수도 있겠다는 생각이 들었다.
 "그러면 역으로 생각해 보자구요, 박사님. 박사님은 머리가 뛰어나시니 제 말을 금방 이해하실 거예요. 제가 그 논문에 대해 어떻게 알았을까요? 3년 전엔 아무도 그 논문을 의심한 사람이 없었는데요. 그리고 제 뒷조사를 해보시면 알겠지만, 전 문과 전공에 공부

머리도 없어서 삼수생 출신인 데다, 제 주변에는 과학자는커녕 아예 이과 쪽 사람 자체가 눈을 씻고 찾아봐도 없거든요. 이런저런 공무원들이야 많지만… 게다가 전 친구도 지인도 없고, 사회생활이라고는 가끔 하는 식당 알바나 농사일이 전부라구요."

"그럼, 당신이 진짜 예언자라도 된다는 거예요?"

사실대로 말해버릴까? 시간 여행자라고 하면 예언자보다는 더 믿음직하려나? 근래에는 너도나도 '멀티 유니버스'라는 말을 떠들어대고 있었다. 심지어 그런 세계가 가능하다고 주장하는 과학자도 무척 많아졌다. 심지어 그들은 그 존재를 '믿는' 정도가 아니라 그것이 존재한다는 걸 '알고 있다'라는 식이었다. 그런 과학자들에게 내 얘기를 들려준다면, 귀를 쫑긋 세우고 눈을 반짝이며 들어주겠지만, 이 미련한 박사가 그런 걸 믿을까? 게다가 지금은 그런 용어도 이론도 상용되지 않을 땐데.

"박사님은 혹시 멀티버스라고 아세요?"

"무슨 버스요?"

"아니에요, 됐어요."

난 그의 코 앞에 4년 전 그의 다이어리에서 찢은 친필 사인이 된 메모를 흔들어 보였다. 쐐기를 박기 위해 그에게 앞으로 있을 재판 날짜와 선고 결과와 언론 기사들을 자세히 일러주었다.

"궁금한 게 있어요. 전에 박사님이 냉동보존에 대한 얘길 해주셨는데…."

그는 알쏭달쏭한 표정을 지었다.

"아빠가 혼수상태가 되면 이식할 여건이 될 때까지 냉동 캡슐에 두라고 하셨거든요. 근데 냉동한 상태에서 세포 복제를 어떻게 하죠?"

"냉동 시설로 보내기 전 신체 일부를 따로 떼어놔야죠."

"신체 일부요? 머리카락 같은 걸 자르면 되나요?"

"머리카락으론 안 되고 체세포가 있어야 해요. 근육이 포함된 피부 조직이요. 너무 소량이어도 곤란하구요."

"그러면 어디를……?"

그때 교도관이 들어와 접견 시간이 끝났다며 박사를 데려가려 했다. 박사가 일어섰다.

"없어도 크게 기능이나 외관상 지장이 없는 그런 부위로요."

"사람 신체 중에 그런 부위가 어디 있는데요?"

교도관들에게 이끌려가던 박사가 고개를 돌려 아무렇지 않은 얼굴로 대답했다.

"보통은 귀를 주로 써요. 되도록 양쪽 다 있는 게 좋겠죠. 어차피 성공하면 그 부분도 이식하면 되니까 문제는 없어요."

뭐라구? 나더러 아빠의 귀를 자르라구? 그런 게 가능할 리 없잖아…….

난 입을 떡 벌린 채 멀어지는 박사의 뒷모습을 바라보았다.

*

그 후 여러 번 점프하는 동안, 난 아빠에 대한 개입을 완전히 중단했다.

산삼을 찾아 그 힘난한 산행에 나서지 않았고, 아빠의 생신 모임 날에는 애쓰지 않고 그냥 양평 집으로 돌아왔다. 전처럼 4년간 연락을 끊은 채로 살았고, 그렇게 3월 31일이 되자 옆집 태훈에게 전화를 받았다.

아빠와 동묘시장에서 갔던 날에 샀던 로또 당첨금으로 우리나라에 있는 냉동보존 업체와 계약했다. 그곳은 대외적으로 알려진 곳은 아니었지만, 일반인이라고 해서 접근이 불가능한 건 아니었다. 아무래도 보안을 중요시하는 업체의 특성상 조심스레 운영되는 것 같았다.

그곳은 러시아의 굴지의 냉동 센터와 기술 협약을 맺고 있었다. 고객이 원할 경우, 러시아 센터로 이송해 보관하는 작업도 진행했는데, 딱 두 배의 비용을 내면 국내 시설을 이용할 수 있었다. 비용 차이로 인해 얼마간 망설이긴 했지만, 결국 난 국내 시설을 선택했다. 한 치 앞도 내다볼 수 없는 판국에 아빠를 러시아까지 보내는 건 불안했기 때문이다.

총 비용은 3억 원가량 들었다. 오호, 의외로 저렴한걸, 이라는 생각을 했다. 센터의 남자 대표에게 냉동과 관련된 자세한 이야기를 들을 수 있었다. 그는 내가 쏟아내는 남다른 호기심과 끝없는 질문에도 한 번도 짜증 내지 않고, 친절하게 답해 주었다.

미국의 어느 물리학자가 최초 개발했다는 '인간 냉동 보존술'은 생각보다 훨씬 복잡한 과정을 거쳐야 했다. 일단 대상자가 심정지가 되었다는 선고를 받은 후에 냉동 센터로 옮긴다. 그런데 옮겨질 때-이 부분이 가장 중요한데- '골든 타임'이 있었다. 장기와 세포의 괴사를 막기 위해 반드시 저체온으로 유지해 놓아야 했다.

세계 최초의 냉동인간은 1967년, 간암으로 사망 판정을 받은 미국의 어느 심리학자(육체가 없으면 심리고 뭐고, 말짱 헛것이라는 걸 그제야 깨달은 걸까?)로 알려져 있다. 그리고 우리나라 최초의 냉동인간은 2020년, 말기 암으로 세상을 떠난 80대 여성이라고 한다. 현재 전 세계의 냉동 캡슐 안에서 잠들어 있는 이들은 약 600명으로 추산된다. 내게는 자개장 여행보다 이쪽이 훨씬 더 환상적이었다. 공상과학 영화에서나 보던 일이 현실에서 벌어지고 있다니!

"지금까지 깨어난 인간은 몇 명인가요?"

"한 명이라도 있었으면 이미 세상이 난리가 났겠죠. 하지만 개인적으론 머지않았다고 확신합니다. 지금 세계 여러 곳에서 해동 실험이 진행 중인데……."

알고 보니 과학계에서도 '인간 냉동'에 대한 회의적인 시각이 많았다. 오랫동안 원숭이나 쥐 등의 숱한 동물들을 강제로 얼렸다가 녹이는 실험을 했지만, 냉동에서 아예 깨어나지 못하거나, 혹여 깨어나더라도 심각한 뇌 손상을 피하지 못했다. 그런 판에 인간처럼 훨씬 정교하고 복잡한 생명체가 무사할 리가…….

"사실, 해동에 완벽히 성공한 동물이 딱 하나 있긴 있어요."

"누군데요? 아니, 어떤 동물이죠?"

"바로 물곰이에요. 물곰은 보통의 포유류와는 다른 특이한 단백질 유전인자가 있답니다. 해동이 된 후에도 멀쩡하게 새끼도 낳고 아무 이상 없이 건강하게 잘 살았대요. 그래서 현재 미국과 러시아 등지에서 물곰의 유전인자를 활발히 연구 중이라고 하더군요."

젠장, 애먼 물곰들만 죽어 나가고 있겠군.

한숨이 나왔지만 이제 와서 달리 선택의 여지가 없었다. 선대의 냉동인간들 또한 '하이 리스크, 하이 리턴'을 모토 삼아 과감히 캡슐 속으로 들어갔을 것이다.

나 역시 이견이 있을 수 없었다.

이것이 아빠를 위해 내가 할 수 있는, 최후의 시도였다.

7.

항암치료를 받던 아빠가 혼수상태가 된 지 3주가 지나자 더는 기계장치에 의존한 심장박동과 호흡은 무의미하다는 결론에 이르렀다. 게다가 입원했던 당시 병원 측에서 제시한 '연명치료 거부동의서'에 이미 사인을 했기에, 눈치를 주는 의료진들에게 고집을 부릴 만한 상황도 아니었다.

내내 닭똥 같은 눈물을 흘려대던 서연은, 이 와중에 장례 준비와 관련된 모든 일들을 빠짐없이 일사천리로 진행하면서 눈물 한 방울 흘리지 않는 나를 의아한 눈으로 쳐다보고는 했다.

연명 장치를 제거하기에 앞서, 난 서연을 떠보기로 했다. 만일 그녀가 아빠의 냉동에 찬성한다면, 지금의 상황을 솔직히 털어놓고 보다 수월하게 일을 진행할 수 있을 테니까.

"냉동 캡슐 얘기 들어봤지? 병을 완치시킬 의술이 나올 때까지 사람을 동태처럼 얼려 놓는 거 말이야. 세계 유명인들도 그런 캡슐에 들어가 있다지 뭐니, 세상에나! 아빠도 그렇게 해 놓으면 좋을 텐데, 그치?"

그녀가 잘못 들은 듯한 표정으로 날 쳐다봤다.

"아빠 간병하면서 언니가 별별 생각을 다 했구나. 나도 얘긴 많이 들어봤지. 근데 그런 건 할 일 없고 돈이 썩어나는 사람들이나 하는 짓일 거야, 그치?"

"네가 재벌이라면? 그럼, 생각이 달라지겠지?"

그녀는 왜 그런 얼토당토않은 가정을 하는지 모르겠다며 짜증을 냈다.

"아빠 입장도 있잖아. 가능한데 너무 쉽게 포기해 버린다고 서운해하시지 않겠어? 안 그래?"

"아빠가 서운해하실지 아닐지 어떻게 알아? 서운한 건 언니 쪽 아니야?"

"내, 내가? 내가 왜?"

"감정은 있는 그대로 쏟아내는 게 좋아. 아프다고 외면하지도 말고, 똑바로 바라보고, 그저 따뜻하게 안아주고…… 그리고 나서 그냥 흘러가는 대로 놔주면 돼."

"하, 오은영 박사 납셨네. 네가 몰라서 그러는데, 이미 그런 가능성은 충분하다고!"

"언젠간 가능한 때도 오겠지. 그렇지만 아빠가 30년 이후에 깨어난다고 상상해 봐. 그땐 우리랑 비슷한 또래가 될 텐데… 아니, 훨씬 더 어려질 수도 있어. 언닌 그래도 괜찮겠어? 난 생각만 해도 소름 돋는데, 으으……"

"그렇게까지 오래 걸리진 않을 거야. 의술은 계속 발전하고 있잖아. 그때의 우리는 아빠 세대와는 비교가 안 될 거야. 지금도 봐봐. 아빠 세대들과 비교했을 때 다들 10년 이상은 어려 보이잖아."

"그거야말로 의술 덕이지. 의대생들이 히포크라테스의 선서 따윈 개나 줘버리고 돈벌이에만 혈안이 돼서 죄다 피부과나 성형외과로만 몰리는 이유이기도 하고. 하긴 수요 없는 공급이 어디 있겠냐만… 그렇게 너도나도 따라 무분별하게 성형 수술받다가 죽거나 인생 망한 사람이 어디 한둘인 줄 알아?"

왜 나한테 난리야, 내가 어쨌다고.

"아무튼 인간은 언젠간 모두 죽게 돼 있어. 그건 아무리 발버둥을 친다고 해도 절대로 거스를 수 없는 이치고 순리야. 하늘이 준 운명대로 사는 게 인간의 숙명이라고. 예수님도 그러셨잖아. 인간이 아무리 용을 쓴들 터럭 하나 희고 검게 만들 수 있느냐고."

난 혀를 내둘렀고, 여동생을 설득하려던 마음을 꿀꺽 삼키고 말았다.

*

아빠의 시신을 장례식장으로 옮길 땐 나 혼자였다. 그러리라 예상은 했었는데, 새삼 다행이라는 생각이 들었다. 연명 장치를 제거할 때까진 서연이 곁에 있었지만, 장례 절차를 분담하는 과정에서 마음이 여린 여동생에게 행정 처리가 알맞을 거 같아 보훈청 일을 맡겼다.

의사가 아빠의 사망을 선고하기 직전, 병실 안의 다른 침상들은 모두 비어 있었다. 미리 환자들이 조용히 자리를 비워준 것이었다. 간호사들이 아빠의 몸에 어지러이 꽂혀있던 온갖 튜브와 주삿바늘을 모두 제거했고, 구멍이 뚫린 자리마다 거즈를 붙이고 깨끗한 환자복으로 갈아입혔다. 생판 남인 늙은이의 시신을 아무런 거리낌도, 두려움도 없이 다루는 그녀들이 대단하고 경이롭게 느껴졌다.

한결 말쑥해진 아빠는 편안하게 잠들어 있는 것처럼 보였다. 50대 후반의 운구 담당 기사가 이동식 침대를 밀며 들어왔다. 그는 혼자서 능숙한 솜씨로, 군데군데 핏자국과 체액이 얼룩진 침대보로 아빠를 누운 그대로 꼼꼼히 감싸기 시작했다. 옮기는 걸 도와야 하나 싶어 다가갔는데, 그는 머리부터 발끝까지 미라처럼 싸맨 아빠를 침상에서 이동식 침대 위로 솜씨 좋게 굴렸다. 정말 장인이 따로 없었다.

이날을 대비해 장례식장에서 판매하는 나무관 대신 금속관을 따로 주문해 두었다. 냉동보존 회사로 옮기기 위해서는, 아빠의 피부와 장기가 부패하지 않도록 얼음으로 덮은 채 이동해야 했기 때문이다.

운구 직원에게는 "아빠가 생전에 열이 많으셨어요. 한겨울에도 러닝셔츠만 입고 지내셨죠. 마지막 가시는 길 이렇게라도 해드리고 싶어요. 더군다나 장례식이 끝나고 화장할 생각을 하면 너무 마음이 안 좋아서……."라며 코를 훌쩍이며 수고비 20만 원을 더 얹어 주니 그는 충분히 이해한다며 아빠를 금속관으로 운반하는 수고를 마다하지 않았다.

장례식장에 도착해서는 또 염습사를 구워삶아야 했다. 장례 마지막 날까지 금속관에 얼음이 녹지 않도록 잘 보존해 달라고 신신당부했다. 물론 수고비를 듬뿍 챙겨주면서. 돈은, 없던 아량과 이해심마저 생겨나게 하는 마법 같은 힘이 있었다.

나는 장례가 끝난 뒤, 아빠의 관을 바꿔치기해 냉동보존 회사로 옮길 계획을 세워두고 있었다. 하지만 가장 큰 문제가 남아 있었다. 바로 아빠의 귀를 따로 챙겨 놓는 일이었다.

처음에는 염습사에게 적지 않은 돈을 제시하며 부탁했는데, 그는 나중에 혹시라도 어떤 법적인 문제에 얽히게 될 것을 우려하며 단호히 거절했다.

결국 내가 직접 할 수밖에 없었다. 피할 수 없다면 정면으로 마주하라고, 아무것도 아니라며 스스로를 세뇌했다.

초등학교 시절의 개구리 해부 실험을 떠올렸다. 비명을 지르는 남자아이도 있었고 우는 여자아이도 있었다. 하지만 난 아무렇지 않게, 조선 시대 망나니의 혼이라도 씌인 듯 거침없이 메스를 휘둘렀다. 나중에는 손톱만 한 개구리의 위장까지 한 번에 갈라 그 안에서 반쯤 녹아 흐물거리는 초파리를 꺼냈을 때 어떤 아이는 토하기까지 했다. 어릴 때는 주검이 무섭지 않았다. 고양이가 앞발로 가지고 놀던 죽은 참새를 맨손으로 주워 마당 화단에 묻어주곤 했으니까.

지금은 상황이 전혀 다르지만, 난 그때 느꼈던 감정 그대로 아빠의 귀를 마주하기로 마음먹었다. 개구리의 위장과 같은 거다. 조금 큰 위장이다······.

그렇지만 생각만 해도 절로 손바닥에 식은땀이 배어났다. 시골 동네를 산책하다가 차에 치인 고양이나 풀숲에 엎드려 움직이지 않는 너구리, 또는 죽은 자라나 누룩뱀을 발견할 때면 삽을 가져다 땅에 묻어줄 정도의 담력은 아직 있다지만, 그런 것과는 차원이 다른 문제였다.

장례식 첫날, 염을 끝낸 염습사가 우리를 염습실로 안내했다. 나와 서연 그리고 제부가 함께 들어갔다. 내가 미리 요청해 둔 대로, 아빠는 인견 염포로 온몸이 감싼 채 얼음이 가득 든 금속관 안에 누워 있었다. 머리엔 삼각뿔 모양의 고깔을 쓰고 손싸개와 발싸개까지 하고 양쪽 콧구멍을 하얀 솜으로 틀어막은 아빠의 얼굴은 만 년 전에 죽은 미라 같았다.

그 모습을 본 서연은 봇물 터지듯 울기 시작했다. 난 당연히 그녀가 아빠가 얼음 속에 누운 이유에 관해 물을 거로 생각했기에 그럴듯한 답변을 마련해 두었다. 그런데 그녀는 이상하게 그런 질문을 하지 않았다. 감정의 무게에 짓눌린 탓일까?

그녀는 발싸개에 싸인 아빠의 발을 부여잡고 연신 쓰다듬으며 "아빠…… 우리 가여운 아빠…….".라며 흐느꼈다. 하얀 면포 싸개가 헝클어질까 염려했던 건지, 아니면 얼굴을 만지는 게 무서웠던 건지, 아님 둘 다 인지 나로선 알 수 없었다.

마지막 인사를 마치고 돌아서는 서연에게 말했다.

"나, 아빠랑 단둘이 인사하고 싶어."

그녀는 약간 놀란 듯했지만 이내 고개를 끄덕이며 남편의 부축을 받으며 밖으로 나갔다.

난 염습사에게 감사 인사를 하며 양해를 구하고 홀로 염습실 안으로 들어갔다. 문을 닫고, 드디어 혼자가 된 난 재빨리 상복 위에 걸친 외투 주머니에서 얼음이 담긴 비닐 지퍼백과 신문지로 둘둘 만 메스를 꺼냈다. 신문지 포장을 벗기자 날카로운 메스 날이 번쩍였다.

이런 걸 인터넷에서 4천 원을 주고 사다니 세상 참 좋아졌지 뭐야… 이러다 온라인 쇼핑몰에서 동물도 사고 인간의 장기도 살 수 있는 날이 올지도 모르겠어.

난 아빠의 머리에 씌워져 있던 고깔을 천천히 잡아 내려 아빠의 얼굴이 보이지 않게 완전히 덮었다. 마른침을 꿀꺽 삼켰다. 여기 누운 건 빈 껍데기일 뿐이야. 아빠의 의식은 다른 곳에 있을 테니까. 이제 아빠의 양쪽 귀를 들여다보았다.

잠깐만. 오른쪽부터 할까, 왼쪽부터 할까? …왜 이래? 그딴 게 무슨 상관인데? 일단, 오른쪽부터…….

메스가 흔들거렸다. 멈추고 이번엔 왼쪽 귀를 노렸다. 또 손이 달달 떨렸다. 몇 번을 그렇게 반복하다가, 누군가 들어오기 전에 마음을 굳혔다.

아빠의 귀를 붙잡고 눈을 질끈 감은 채, 귓바퀴 부위에 메스를 대고 지그시 눌렀다. 그렇지만 메스가 저절로 살을 뚫고 들어갈 리 없었다. 사람 피부는 두부가 아니니까. 두 눈 딱 감고 손가락에 힘을 주어 칼질을 시작했다. 이지즉 지즈즉- 하는 괴상한 소리와 함께, 끔찍한 칼끝의 감촉을 느끼며 약 1센티미터가량을 잘라냈을 때였다.

"지금, 뭐 하는 거야?"

처음엔 아빠가 하는 말인 줄 알고 기절할 뻔했다. 고개를 돌려보니 서연이 문 앞에 서 있었다.

"왜… 왜, 여기 있어??"

"나도 마지막으로 아빠 얼굴 한 번 더 보고 싶어서… 근데, 그… 손에 쥔 거 뭐야?"

"아, 이거? 이거 별거 아니야!"

당황해서 메스를 신문지로 감쌌다. 서연은 금방이라도 비명을 지를 듯한 표정이었다. 어서 그녀를 진정시켜야 했다.

"아니, 딴 게 아니라… 이대로 아빠를 떠나보내기엔 너무 아쉬워서… 기념으로다가 뭔가 간직하면 어떨까 싶어서…"

"근데, 왜 하필 귀를 간직하고 싶은 거야?"

"어!? 귀는 무슨! 머리카락 자르는 거였어! 근데 잘못하다가 귀를 조금 잘랐어, 미안!"

"아 그렇구나. 머리카락을 잘라서 그 얼음팩에 넣으려던 거구나. 머리카락은 썩지 않는데 그걸 몰랐구나……."

이런, 제기랄! 아빠의 가슴팍에 올려두었던 얼음 지퍼백을 황급히 주머니에 넣었지만, 때는 이미 늦었다.

"이건 오해야! 이건 내가 목마를 때 먹으려고 가지고 다닌…"

"미쳤구나… 미쳤어……."

그녀는 뒷걸음질을 치며 읊조렸다.

"아니야! 오해야! 네가 뭘 생각하든 그건 절대 아니야!"

하지만 그녀는 이미 시야에서 사라진 뒤였다.

순간, 정신이 번쩍들어 나는 이를 악물고 전광석화처럼 아빠의 양 귀를 잘라내 얼음 지퍼백에 넣었다. 때마침 냉동 업체 직원에게서 전화가 걸려 왔다.

서연이 사람들을 데리고 들이닥치기 전에, 또다시 정신병원에 갇히는 불상사를 피하기 위해, 나는 득달같이 장례식장을 빠져나왔다.

8.

난 아빠의 귀가 든 아담한 아이스박스를 품에 안고 두바이 공항에 내렸다.

박사와 통화 연결이 됐을 때, 그는 대뜸 "언빌리버블! 당신을 꼭 한 번 다시 만나고 싶었어요!"라는 말로 나를 어리둥절하게 만들었다. 인생에서 가장 어둡고 암울했던 시간을 보내며 극단적인 생각을 했지만, 내가 해준 예언을 떠올리며 버텨냈다고 했다. 그는 내가 생명의 은인이나 다름없다며 고마워했다.

사실, 내가 아니었어도 그는 자살을 할 운명은 아니었지만, 그의 감사를 기꺼이 받아두었다. 도착 예정 시간에 맞춰 박사가 직접 공항으로 마중 나오겠다고 했다.

그런데 공항 입국장에 들어서자마자 공항 검색대에서 아이스박스 속에 든 사람의 신체 일부를 발견한 직원이 보안과 요원을 불러

나를 조사실로 끌고 갔다. 속으론 사시나무처럼 떨렸지만, 난 당당한 태도로 한운몽 박사를 불러달라고 요청했다.

그런데 웬일인지, 그들은 한 박사가 누군지도 모른다며 되레 누구의 귀를 잘랐느냐고 몰아세웠다. 하는 수 없이 사실대로 털어놓자, 나를 존속 살해범으로 오해한 요원들이 총구를 겨누었다. 나는 아빠는 이미 돌아가셨다고 설명했지만, 그들은 내 말을 듣지 않고 쇠고랑을 채운 채 나를 밖으로 끌고 나갔다. 대사관에 연락해 달라고 말하려 했지만, '대사관'이란 단어가 도무지 영어로 떠오르지 않았고, 휴대폰을 꺼내볼 틈도 없었다.

젠장! 이거 정말 야단났네!

이러다 아이스박스 속 얼음이 녹아 아빠의 귀가 썩어버리기라도 하면, 지금까지의 고생은 말짱 도루묵이 되고 만다. 게다가 대통령, 부통령이라고 하지만, 실상은 왕이나 다름없는 전제 군주국에서 어떤 처벌을 받게 될지도 알 수 없었다.

혹시라도 49일 이상 구금되기라도 한다면? 그야말로 모든 게 끝장이다!

일반 게이트가 아닌 비상 출구로 나가자, 보안과 승합차가 대기하고 있었다. 호송 요원들이 차량의 문을 열자 난 땅바닥에 철퍼덕 드러누워 발버둥을 쳤다. 그러자 요원 네 명이 양쪽에서 내 팔과 다리를 잡고 가뿐히 들어 올려 차 안으로 밀어 넣었다. 문이 닫혔다.

그때 창밖으로 새 요원이 나타나 나를 밀어 넣은 가장 늙수그레한 요원 하나에게 귓속말했다. 그러자 나를 홱 돌아본 그 요원이 다시 문을 열고 수갑을 풀어주고 아빠의 귀를 담은 아이스박스도 돌려주었다. 그리고 그는 나를 어딘가로 데려갔다.

그를 따라 입국장 게이트 앞쪽에 도착하자, 한운몽 박사가 거기 서 있었다! 그는 구세주인 양 자비로운 미소를 띠고 있었다. 난 눈물이 날 것 같았다.

"조금만 늦었어도 큰일 날 뻔했어요. 다친 덴 없어요?"

"박사님이 절 풀어주신 거예요?"

"시간이 지나도 안 나오길래⋯ 아무튼 다행이에요. 여기가 아부다비였으면 큰 문제가 없었겠지만, 두바이 관할이라서 만일 경찰서까지 갔더라면 쉽지 않았을 거예요. 몇 달이 걸릴지 몇 년이 걸릴지 아무도 모르죠."

그건 생각만 해도 아찔했다.

"근데, 내가 지금 보스랑 저녁 약속이 있어 급히 가야 하는데 괜찮으면 같이 가시겠어요?"

그는 왕자를 만나러 궁전으로 간다고 했다.

"이거 녹으면 안 되는데요?"

난 아이스박스를 흔들어 보였다. 뭐가 들었는지 궁금해하는 박사에게 내용물을 보여주었다. 역시, 그는 보통 사람들과는 달랐다. 눈 하나 깜빡이지 않고, 놀라운 기색조차 없었다. 오히려 내가 직접 이 귀를 잘랐다는 사실에 감탄하며 대견해했다.

"대단한데요! 얼마나 애를 썼을지 상상이 안 되네요. 벗, 돈 워리! 이 박스는 내 차에 있는 이동식 쿨러에 두면 돼요. 애니웨이, 일단 가면서 얘기하죠. 시간이 많이 늦었어요."

"제가 가도 되는 자린가요?"

"그럼요. 제 손님이라고 하면 노 프라블럼."

보존에 문제가 없다면, 박사의 제안을 마다할 이유는 없었다. 내 평생 아랍 왕자와 밥을 먹을 일이 있겠는가? 속으로는 신이 났지만, 겉으로는 태연한 척 어깨를 으쓱했다.

"뭐, 정 그러시다면 어쩔 수 없겠네요."

그런데 내 반바지와 민소매 차림을 본 그는 잠시 멈칫하더니, 내게 긴 바지나 치마로 갈아입는 걸 권유했다. 왕실 예법이 있다며.

물론 그래야지! 로마에 가면 로마법을 따라야 하는 법이다.

"스카프 있어요? 궁에 들어갈 땐, 구경하러 온 관광객들도 히잡을 써야 하거든요."

비행기에서 가지고 내린 무릎 담요가 떠올랐다. 머리에 덮어쓰면 얼추 히잡과 비슷해 보일 것 같았다.

"네, 있어요."

박사가 직접 운전하는 레인지로버의 조수석에 앉을 때부터 난 박사의 눈치를 살폈다.

"아, 그런데 혹시 휴먼 클론에 성공하셨나요?"

난 마치 '식사는 하셨나요?'라는 말투로 아무렇지 않게 물었고, 그의 표정을 놓치지 않기 위해 곁눈질했다. 그는 아주 미묘한 표정을 지었다.

"글쎄요, 아직까진 그런 걸 공공연히 커밍아웃 하긴 어려운 단계라서… 에그 문제도 있고…특히, 이곳의 문화상 외국에서 오퍼를 받는 형편이라……."

"에그요? 달걀이 왜 문제죠?"

"그게 아니고, 여성의 난자를 말하는 거요."

"아, 그거요."

"훌륭한 테크놀러지가 있으면 뭐 하겠어요? 아무리 준비된 세포가 많다 한들 에그가 없으면 헛일인걸요. 그래서 자연 님이 VIP인 거예요. 애니웨이, 그 결심은 변함없는 거죠?"

"그런데 말이에요, 박사님. 약간 좀 이상한 기분도 있어요. 저는 아빠의 자식인데 아빠의 장기가 제 난자를 통해 만들어진다고 생각하니까, 뭔가 께름칙하긴 한데요, 그런 건 상관없는 건가요?"

"유전자가 맞는 가족들 간에 골수나 장기 이식을 해주잖아요? 그런 거나 마찬가지예요. 하지만 아무리 부모 자식 사이라도 내 바디를 희생한다는 게 당연한 일이 아니에요. 남의 일은 쉬워 보이고 당연해 보이겠죠? 하지만 막상 닥치면 아무나 할 수 있는 게 아니라니까요. 그런 의미에서, 자연 님이 에그 제공을 결심한 건 정말 대단한 일이란 거예요. 정말 훌륭한 사람이에요. 원더풀!"

"에이, 아니에요, 제가 뭘…… 제 난자 따위 얼마든지 갖다 쓰세요. 매달 나오는 걸요 뭐. 채취할 때 아프지만 않으면 전 오케이입니다!"

역시, 천재라서 나의 진가를 알아보는 거다. 라고 생각하며 난 얼간이 같은 미소를 지었다.

이윽고 차창 밖으로 하얀 대리석 외벽에 거대한 돔 지붕을 얹은 모스크가 보였다. 박사의 레인지로버는 〈카사르 알 와탄〉이라는 왕궁 앞에 도착했다. 머리끝에서 발끝까지 황금 일색으로 꾸며진 으리으리한 궁전이었다. 이곳은 일반에 개방된 장소로, 비싼 입장료에도 불구하고 이 나라를 찾는 관광객이라면 누구나 한 번쯤 들른다는 명소였다.

우리는 관광객이 이용하는 '방문객 센터' 쪽이 아닌 더 깊숙한 곳에 있는 비밀 통로로 들어갔다. 알고 보니 이쪽은 왕실 사람들과 해외 귀빈들만 이용하는 곳이었다.

드넓은 왕궁의 뜰을 한참을 달리자, 나란히 선 세 채의 건물이 모습을 드러냈다. 맨 오른쪽 건물은 아부다비의 국왕(겸 UAE의 대통령)이 쓰는 관저라고 했고, 가운데 건물은 부통령이 쓰는 곳, 마지막 왼쪽 건물은 '세자 책봉'을 받아 차기 대통령이 될 왕자가 쓰는 궁전이라고 했다.

박사는 가운데 건물 정면에 차를 세웠다. 차에서 내려 건물 입구로 다가가며 박사가 내게 히잡을 써야 한다고 알려주었다.

나는 배낭에서 무릎담요를 꺼내 머리에 둘렀다. 박사는 잠시 당황한 듯했지만, 이제 와서 어쩔 도리가 없다는 표정이었다. 역시 우리 부모님과는 달랐다. 우리 부모님 같으면 이미 늦었든, 한참 늦었든 관계없이 야단을 쳐야 직성이 풀렸을 테니까.

정문 앞에 터번을 두르고 허리에 칼을 찬 호위병이 박사를 보자, 문을 열어주었다. 그리고 담요를 머리에 덮어쓴 나를 째려보았다. 호위병의 서슬 푸른 시선을 지나쳐 궁 안으로 들어가자, 황금빛 제복 차림의 남자가 우리를 2층의 만찬장으로 안내했다.

휘황찬란한 샹들리에와 화려한 아라베스크 무늬의 벽 장식이 돋보이는 황금빛 일색의 만찬장에 들어가자, 저만치 기다란 테이블이 놓여 있었고, 그 상석에는 슈트 차림의 남자가 태블릿으로 뭔가를 보고 있었다. 입구에서 50미터쯤 떨어진 테이블까지 걸어가는 동안, 박사는 남자를 가리키며 자신의 보스라고 말했다.

보스는 우리를 보더니 자리에서 일어나 팔을 펼치고 박사를 얼싸안았다. 그들은 영어로 인사를 나누었는데, 박사는 나를 생명의 은인이라고 보스에게 소개했다. 어쩐지 낯이 익은 보스는 나를 향해 공손히 두 손을 모으고 허리를 숙여 인사했다.

내가 항공사 로고가 수놓인 담요를 뒤집어쓰고 있는 걸 본 그는, 원래도 큰 눈이 더 커다래졌다. 그는 여긴 그리 춥지 않다며 담요를 쓰지 않아도 된다고 말했다. 박사가 웃길래 나도 따라 웃었다.

나는 거대한 테이블로 다가갔다. 백 명도 앉고도 남을 만한 크기였다. 박사가 보스의 왼쪽 자리에 앉자, 나도 자연스레 오른쪽 자리에 앉았다. 그런데 이내 시종이 나타나, 조용히 내게 다가와 박사의 옆자리로 자리를 옮기게 했다.

왜 난 보스 옆에 못 앉게 하는 거지? 여자라서 그런 건가? 아니면 내 차림새 때문에?

어떤 이유든 간에 몹시 기분이 나빠졌다.

곧 유니폼을 입은 시종들이 각양각색의 화려한 그릇과 접시를 들고 줄지어 들어왔다. 난생처음 보는 산해진미가 테이블 위에 가득 채워졌다. 순식간에 기분이 다시 좋아졌다. 배가 고팠던 난, 입맛에 맞는 간장 베이스 양념의 양고기 바비큐와 최고급 리코타 치즈를 넣은 샐러드를 양껏 퍼먹었다. 그러자 내 식사를 주시하던 시종이 산더미처럼 쌓은 양고기와 작은 보트만 한 샐러드 접시를 내 앞에 가져다 놓았다.

삐져나오려는 트림을 참으며 앞에 놓인 화이트 와인을 마시다가 깜짝 놀랐다. 처음 맡아보는 황홀한 과일 향에, 봄비처럼 산뜻하면서도 구름처럼 부드러운 바디감이 입안을 감돌았다.

세상에 이런 맛이 존재하다니…… 내가 알던 와인은 죄다 쓰레기였어! 와인에는 별 감흥이 없는 아빠도 이걸 마시면 생각이 달라질 것 같았다.

"이 와인, 정말 대박인데요?"

박사에게 작은 소리로 말했다. 그러자 박사는 이탈리아의 어느 포도원에서 몇 박스 안 나온 걸 몽땅 공수해 온 와인으로 한 병당 2천만 원짜리라고 했다. 그런 말을 들어서인지 몰라도, 와인잔이 채워지기가 무섭게 나는 와인을 비워냈다. 잔을 한 번 비울 때마다 수백만 원이 뱃속에 들어가고 있었다. 와인병이 모두 비워지기 전에 똑같은 새 병이 재깍재깍 놓였다.

보스는 내 주량에 놀란 기색이었고, 내 잔이 빌 때마다 친절하게 따라주었다. 박사는 내게 취하지 않게 조심하라고 주의를 주었다. 왕가 사람 앞에서 술주정이라도 부리는 날엔 감옥에 갈 수도 있다나!

그때 식당 입구에서 소란스러운 기척이 들리며 흰색 칸두라 차림의 남자가 들어왔다. 보스보다 좀 더 나이가 들어 보이는 턱수염이 버글버글한 그는 보스를 끌어안고 입맞춤했다. 그는 보스보다 세 살 어린 사촌 동생이며 중요한 부처의 장관직을 맡은 이라고 소개했다.

좋겠다. 왕실 가문에 태어났다는 이유만으로, 가만히 있어도 후

덜덜한 직업이 따라오다니.

시종은 아까 내가 앉으려던 보스의 오른쪽 자리의 의자를 빼주었다. 보스의 사촌은 바로 그 자리에 앉았다.

그제야 혼자 꿍하고 있던 오해가 풀렸다. 그런데 아라비안나이트에 나올 법한 산적처럼 생긴 사촌이 유독 내게 호기심을 보이며, 내가 왜 이곳에 왔는지를 캐물었다.

박사에게서 자세한 내막을 들은 보스와 그의 사촌은 내게 꽤나 관심을 보였다. 그들이 나를 가리키며 아랍어로 뭔가를 말하자, 박사가 그 뜻을 요약해 내게 전해주었다.

"아버지를 위한 당신의 헌신에 무척 감동했대요."

보스는 이후부터 자주 내게 엄지를 치켜들기 시작했다. 이내 그가 박사에게 뭐라고 말을 했고, 박사가 반가운 얼굴로 내게 전달했다.

"보스가 아버님을 돕는 일에 모든 비용을 대겠다는군요."

"네? 진짜요?? 아… 고맙긴 한데, 그래도 좀……"

예의상 사양하는 척했지만, 속으로는 뛸 듯 기뻤다. 복권 당첨금으로 준비해 놓은 20억을 고스란히 챙길 수 있게 생겼는데 안 그렇겠나. 다시 자개장에 들어가지 않아도 평생 걱정 없이 글만 쓰며 살 수 있는 액수다.

거기다 보스는 자신의 수행비서에게 아부다비에서 가장 좋은 호텔의 스위트룸을 예약하라고 지시했고, 체류 기간 내내 운전기사가 딸린 롤스로이스를 전용차로 제공하겠다고 했다. 필요한 게 있으면 언제든 박사를 통해 말하라고도 했다. 마냥 기뻐하고 싶었지만, 문득 뇌 한구석에서 사리 분별을 담당하는 전구 하나가 '탁' 하고 켜지며, 잔뜩 올라가 있던 내 입꼬리를 슬며시 끌어내렸다.

나한테 왜 이렇게 잘해주는 거지?

"정말 감사하긴 한데, 제가 알아서 하겠다고 좀 전해주시겠어요? 좀 부담스러워서…."

그러자 박사는 엄한 표정으로 내 팔뚝을 쿡 쥐어박았다.

"그냥 고맙다고 하고 받으면 돼요. 그래봤자 이들에겐 배 지난 자리니까요."

"배 지난 자리요? 어떤 배요? 먹는 배요, 타는 배요, 사람 배요?"

"바다 위에 떠가는 배요. 아무리 큰 배가 지나가도 물결에 아무런 표시도 안 남잖아요?"

"앗항~!! 헤헤, 재밌당! 역시 천재다운 비유이십니당!"

술기운이 알딸딸해서 콧소리를 높였다. 그러자 별안간 박사가 입에 손나팔을 대고 뿌우- 하는 뱃고동 소리를 냈다. 제법 비슷해서 깜짝 놀랐다. 그의 개인기를 보고 두 왕자가 손뼉을 치며 웃음을 터뜨렸다. 박사는 코끼리와 늑대 울음소리도 내며 재롱을 떨었다.

어느새 다섯 병째 와인이 비워질 즈음, 모두들 마치 태생부터 유쾌한 사람들인 양 굴었다. 그러다가 난 갑자기 재미난 생각이 떠올랐다. 한때 세계 최고 부자의 대명사였던 보스를 둘러싼 우스갯소리들이 있었다. 그의 기사나 SNS에 달린, '형! 나, 백만 원만', '저는 치킨 한 마리만 사주면 돼요', '다음 생엔 형의 애완 곰으로 태어나고 싶어요' 등의 댓글을 말해주자, 보스와 사촌이 배를 잡고 웃어댔다.

사촌 장관이 문득, 나를 곁눈질하며 박사에게 뭔가를 속삭였다. 박사가 그의 말을 전했다.

"자연 님 같은 미인이 왜 아직 결혼을 안 했는지, 앞으로 결혼할 생각은 없는지 궁금하대요."

내심 기분이 좋았다. 문득 어디선가 들은 이야기가 떠올랐다. 한국에서는 한 번도 예쁘다는 말을 듣지 못했던 여자가, 외국에만 나가면 신비로운 절세 미녀로 통한다는 소문 말이다.

"한국에서는 결혼하려면 여러 가지 능력이 필요해요. 하지만 전 가진 게 하나도 없어서, 헤헤……"

박사가 내 말을 아랍어로 전하자, 그들은 고개를 갸웃하더니 서로 뭐라고 속닥거렸다. 난 궁금해서 박사에게 물었다.

"그런데요, 박사님! 혹시, 난자를 많이 채취하면 나중에 임신이 어려울 수도 있어요? 알아보니까 사람마다 가진 난자 개수가 정해져 있다고 하더라구요?"

갑자기 활짝 웃고 있던 박사의 얼굴이 일순 굳어졌다. 보스와 사촌도 웃음을 멈추고 박사와 나를 주시했다.

"혹시…… 임신 계획이라도 있나요?"

박사가 조심스레 물었다.

"글쎄요, 지금은 딱히 계획이 없지만… 뭐, 사람 일은 모르는 거니까요."

"걱정하지 마세요. 물론 많은 에그를 얻기 위해 난소 호르몬을 써야 하는 부담은 있지만, 저를 믿으세요. 최대한 안전하게 도와줄게요. 그리고 만에 하나 당신이 우려하는 일이 생기더라도 별로 걱정할 필요가 없는 이유를 알려줄게요. 지금 해외에서 여러 연구팀이 스템셀을 이용한 인공 인간 배아를 연구하고 있어요. 이미 거의 성공 단계에 있다고 할 수 있죠."

"잠깐만요, 인공 인간 배아라는 게 무슨 뜻이죠?"

"쉽게 말해, 자궁과 같은 조건의 아티피셜 인큐베이터, 그러니까 인공 배양기에서 태아를 만드는 거예요. 이미, 2주 동안이나 키운 사례가 있어요. 현재의 연구 목표는, 난임과 초기 유산의 문제를 해결하기 위한 것이라지만… 생각해 봐요, 연구가 성공하면, 앞으로는 사람의 난자와 정자가 없어도 휴먼이 태어날 수 있게 된다는 뜻이에요. 물론 휴먼 배아 복제와 관련한 국제법 규정이 바뀐다는 전제하에서지만요. 그렇지 않으면 법적인 문제로 인해 연구를 디벨

롭시키기 어렵거든요."

나는 입이 딱 벌어졌다. 다른 건 모르겠고, 임신하지 않고도 병아리처럼 인간을 부화시킨다니, 판타지도 이런 판타지가 없었다. 하지만 나중에 기사를 찾아본 결과 박사의 말은 사실이었다.

올해 6월, 미국과 영국의 연합 연구팀이 인간 줄기세포만으로 정자와 난자의 수정란과 유사한 '합성 배아세포'를 만들어냈다고 네이처지에 발표했다. 그리고 3개월 뒤에는, 이스라엘 연구팀이 14일 된 자연 배아와 동일한 발달 단계까지 합성 배아를 성장시키는 데 성공했다. 하지만 그 이후로는 관련 기사를 단 하나도 찾을 수 없었다. 인간 배아 복제에 대한 법적 제약으로 인해, 더 이상의 실험은 중단된 것으로 보였다.

사람의 '자연 배아'는 14일을 기점으로 본격적으로 기관—뇌, 피부, 근골격계, 소화기관 등—이 생성되기 시작한다. 그래서 국제법상, 배아 연구는 기관이 형성되기 직전인 14일 이내까지만 허용되도록 엄격히 규정되어 있다.

'합성 배아'는 줄기세포만으로 만들어지는 탓에 기존 규정을 피할 수 있었지만, 비윤리적 행위로 이어질 우려가 있다는 점에서 마찬가지로 법적 규제가 필요하다는 주장이 제기되었다. 그로 인해 연구는 상당히 신중할 수밖에 없었다.

하지만 언젠가 이 연구가 성공해서 상용화가 된다면, 불임이나 난임 부부도, 동성 커플들도, 배우자도 애인도 없는 사람들까지, 자기들의 생물학적 자녀를 가질 수 있게 된다. 해산의 고통도 없고, 남들의 손가락질도 없다. 심지어 자식이 불치병이나 불의의 사고로 먼저 떠나도 슬퍼할 필요가 없다. 똑같은 걸 또 만들면 되니까.

그렇게만 보면 기발해 보이지만, 만약 그런 기술이 바람직하지 않은 의도로 쓰인다면, 아마 세상은 아비규환의 대환장 파티가 벌어지겠지……

별안간 박사가 내 팔을 쿡 쥐어박는 바람에 깜짝 놀라 돌아보았다.

"당신이 멋진 여성이라고 생각한대요. 첫눈에 반했다고, 청혼하고 싶다는데요."

산적 같이 생긴 사촌이 내게 와인잔을 들어 보이며 느끼한 미소를 지었다.

"정말요? 저분도 아직 결혼 안 하신 거예요?"

중년의 못생긴 아저씨이긴 하지만, 그래도 명색이 왕자인데?

"그럴 리가요. 당신이 엑셉트한다면 그의 아홉 번째 와이프가 되는 겁니다."

"몇 번째라구요??"

아무래도 그는 결혼이 취미인 것 같았다. 그 말을 영어로 직접 건네려 하자, 박사가 슬쩍 내 팔뚝을 꼬집었다.

"알았어요. 그런데 아홉 번째는 너무 심하지 않아요? 부인들끼리 반상회도 하고 그러겠어요."

난 와인을 마시며 높다란 천장에 매달린 휘황찬란한 샹들리에를 올려다보았다. 하긴, 몇 번째 아내든 이렇게 살아보는 것도 그리 나쁘지 않을 듯……

"왕실 사람들도 이혼할 수 있어요?"

내 물음에, 박사가 국가기밀이라도 알려주는 표정으로 엄숙하게 말했다.

"몇 년 전, 두바이 국왕의 여섯 번째 부인이 영국에서 이혼 소송을 내서 위자료로 9천억을 받은 적이 있죠."

"9천 원이요?"

"9천억 원."

난 보스의 사촌에게로 시선을 돌렸다. 다시 찬찬히 보니, 그의 중후한 매력을 못생긴 걸로 착각했던 것 같았다. 나와 눈이 마주친 사촌 왕자가 느끼한 눈빛을 발사하며 박사에게 뭔가를 속삭였다.

박사가 내게 나이를 알려줄 수 있냐고 물었다. 난 당연히 만 나이로 대답했다.

"쉬 이즈 써리세븐."

박사의 말에 갑자기 사촌과 보스가 큰소리로 웃어댔다.

"……."

사촌이 아랍어로 뭐라고 하자, 박사가 어색하게 웃었다.

"뭐래요?"

"자기 아내 중에 그렇게 나이가 많은 사람은 없대요. 실언을 했다고 미안하대요."

난 얼굴을 붉혔다.

쳇, 자긴 나보다 열두 살이 더 많은 주제에.

보스는 품위 있는 태도로 잔을 들고 아빠의 건강을 빌어주었다. 나도 퉁명스레 감사 인사를 하고, 와인을 꿀떡꿀떡 비웠다. 잔을 내려놓자, 딸꾹질이 나기 시작했다. 물도 벌컥벌컥 마시고 숨도 참아보고 했지만, 소용이 없었다.

난 아까부터 보스에게 물어보고 싶은 게 있었지만 계속 주저했다. 그건 너무 노골적이고, 황당무계한 질문이 될 수도 있었고, 그게 어쩌면 국가기밀을 건드리는 일이 될 수 있기 때문이다. 그렇지만, 결국 술기운에 기대어 입을 열었다.

"텔미 더 트루쓰, 딸꾹! 더즈 유어 클론 이그지스트? 딸꾹!"

순간 사람들의 웃음기가 멈췄다. 그리고 서로 심각하게 아랍말을 주고받았다. 박사가 당황한 표정으로 보스를 향해 고개를 가로저었다. 난 박사의 팔을 연신 툭툭 쳐댔다.

"뭐래요? …네? 박사님! 저 보스가 뭐래요? 자기도 복제 인간 있대요? 헤헤! 박사님이 만들어준 거 아니냐구요오! 난 다 아라~ 저거 봐, 20년 전이나 지금이나 얼굴이 똑같잖아~ 히히… 딸꾹!!"

보스는 갑자기 냉정한 태도로 비서를 불러 나를 숙소에 데려다 주라고 지시했다. 난 단숨에 비서를 뿌리치며 완강히 버텼다.
"노 노!! 아임 낫 드렁큰! 딸꾹! 아이 미인… 저스트 원츄 노우, 딸꾹! 이프 유 해브 어 휴먼 클로닝 오어… 딸꾹!"
그때, 어디선가 바람처럼 나타난 대여섯 명의 경호원들이 나를 떠메고 밖으로 나갔다. 나는 그 와중에도 와인잔을 꼭 쥔 채, 이걸 더 마시고 싶다고 울먹이며 소리쳤다.
롤스로이스 뒷좌석에 구겨지듯 실린 내게, 뒤따라온 시종이 언짢은 얼굴로 여행 가방과 새 와인이 든 종이백, 무릎 담요까지 던져 주곤 문을 쾅 닫아버렸다.

*

다음 날 박사의 연구소에 도착하자, 박사는 영문으로 된 예닐곱 장의 서류를 내밀었다. 아빠의 수술 동의서와 내 난자 공여 계약서였다.
박사가 3백만 원짜리 몽블랑 만년필을 내밀며 사인을 하라고 하자, 알 수 없는 불안감이 몰려왔다. 나는 지금 상황의 불확실성과, 그에 따르는 위험성에 대해 조심스럽게 우려를 표했다.
"말했지만, 세계 여러 곳에서 해동에 대한 실험을 진행하고 있어요. 그중 두 곳은 거의 성공 막바지에 다다랐고요. 왜 미리 안 될 것부터 생각하는 거죠? 부정적인 마인드로는 할 수 있는 일이 아무것도 없어요. 낫씽!"
난 휴대폰 번역 앱으로 계약서 내용을 살폈다. AI 번역의 어색하기 그지없는 문장을 이해하느라 시간이 걸렸다. 박사는 조바심을 내며 사인을 재촉했다. 괜히 박사의 심기를 건드리지 않기 위해, 나는 번역 앱을 종료하고 더 이상의 내용 확인을 중단했다. 하지만 그 순간, 계약서의 한 문장에서 시선이 멈췄다.

그 문구에는, 내가 증여한 난자는 모두 연구소에 귀속되며 사후 어떤 방식으로 사용되더라도 이에 대해 문제를 제기할 수 없다는 내용이 담겨 있었다.

"이 말은… 제 난자가 다른 실험에 쓰일 수도 있단 뜻인가요?"

마호가니 책상 위의 황금 전화기를 들던 박사가 멈칫했다.

"뎃츠라잇! 벗, 아버님의 스템셀 클론이 성공한 후 남은 것에 한해서예요. 걱정할 게 없어요."

"혹시, 인간 복제 같은 데 쓰일 수도 있어요?"

"그게 중요해요? 아버님만 깨어나시면 거잖아요? 그 어떤 부자나 권력자도 내게 올 수 없어요. 이게 얼마나 럭키한 챈스인지 모르는 거예요?"

"그야 물론이죠. 박사님께는 정말 감사하고 있어요. 그런데……."

만약 복제 인간이 만들어진다면, 그는 어떻게 다뤄질까? 아마 관계자 외에는 아무도 접근할 수 없는 곳에 갇혀, '본체'에게 필요한 장기를 하나씩 떼어주며 살아가겠지. 사람이면서도, 사람으로 취급받지 못하는 존재. 그걸 우리는 도대체 어떻게 바라봐야 하는 걸까?

갑자기 머릿속이 혼란스러워졌다. 영화 〈아일랜드〉의 설정이 현실에서 벌어지다니, 이건 단순히 종교나 윤리의 문제가 아니었다. 나는 언제나 실수투성이였고, 그 결과는 나 혼자 감당하면 그만이었다. 하지만 이번엔 달랐다. 내가 제공한 난자로 인해 누군가에게 깊은 상처와 불행이 전해질 수 있다면 그건 단순한 실수가 아니라, 명백한 방조이자 공모였다.

그러나 그동안 고생했던 일들이 괴롭게 떠올랐다. 여기까지 어떻게 왔는데!

클론은 어쩌면, 영생을 꿈꾸는 인류에게 가장 현실적이고 합리적인 수단일지도 몰라. 혹시 모르지, 인류의 미래가 내 손에 달려 있는 걸지도. 그래, 어디든 명암은 있는 법이니까… 밝은 쪽만 보자고. 그렇지만…….

순간 박사와 눈이 마주쳤다. 그는 얼음장처럼 차가운 표정으로 말했다.

"정 걱정되면 아버님 일은 포기하던가요."

"아뇨, 아뇨!"

나는 펜을 들어, 이 나라의 대통령과 부통령 직인이 찍힌 서류 맨 하단에 내 이름을 휘갈겼다. 박사는 그 서류를 낚아채듯 가져가 은회색 금고 안에 집어넣고, 문을 단단히 잠갔다.

박사는 오늘은 시내 관광이나 하며 기분 좋게 보내고, 숙소에서 푹 쉰 뒤 내일 오전 9시에 연구소로 오라고 했다.

"물론 알코올은 절대 안 돼요. 그것만 빼면 뭐든 다 해요."

"정말이요? 마약도 괜찮아요?"

"마약은 어려울걸요. 이곳에선 그걸 갖고만 있어도 사형이라서요."

연구소 밖까지 배웅해 준 박사는 내게 긍정적 사고의 힘에 대해 강조했다. 난 혼란한 마음을 안고 롤스로이스에 올랐다. 시내 관광을 할 의욕이 나지 않아 곧바로 숙소로 갔다.

마치 〈아라비안나이트〉에 나오는 공주의 방 같았다. 황금빛과 붉은 벨벳으로 꾸며진 스위트룸 응접실엔, 룸서비스로 나온 수십 가지 요리들이 탁자 위는 물론, 양탄자가 깔린 바닥까지 빼곡히 널려 있었다.

초록빛 무알코올 액체가 담긴 크리스털 잔을 손에 든 채, 나는 응접실의 통창 앞으로 다가가 발아래 펼쳐진 도심을 내려다봤다. 과거의 문명과 현대의 기술이 뒤섞인 으리으리한 도심의 풍경을 바라보니, 이곳이 원래 사막이었다는 게 믿기지 않았다. 이 모든 게 신기루는 아닐까, 하는 생각이 들었다.

난 길게 숨을 내쉬었다.

내가 이런다고 아빠가 고마워는 할까?

죽을 걱정 없이 건강한 몸을 되찾은 아빠가 무릎을 꿇고 내 손을 부여잡고, 그동안 너무 미안했다고, 널 몰라봤다며 눈물을 흘리는 장면을 떠올려보았다. 하지만 아무리 애써도, 그런 장면은 도무지 머릿속에 그려지지 않았다.

황금 욕조에서 목욕을 마치고 목욕 가운을 걸친 난, 갈아입을 속옷을 꺼내려고 여행 가방을 뒤적거렸다. 여권과 마스크 같은 잡동사니를 넣어둔 그물 포켓에서 익숙한 물건 하나를 발견했다. 〈장례시 절차〉라고 적힌 아빠의 검정 수첩이었다.

"이딴 건 이제 필요 없잖아?"

혼잣말을 하며, 수첩을 들고 황금색 휴지통으로 다가갔다. 가면서 수첩을 대충 넘겨봤다. 아빠가 떠나면 가장 먼저 연락해야 할 기관을 포함해 군 동기회, 학교 동문회, 국가 유공자 단체, 국립 호국원, 그리고 친지들과 지인들의 연락처까지 있었다. 모든 것이 카테고리별로 정리되어 페이지마다 일목요연하게 적혀 있었다. 마지막 장을 흘깃 넘겨보다가 그대로 쓰레기통에 던지려던 순간, 다시 마지막 페이지를 펼쳐 들여다보았다.

※ 연명치료 절대 거부!
사랑하는 손주들과 자식들에게 추한 모습을 보이고 싶지 않음.

순간, 머릿속에 번개가 쳤다. 나도 모르게 수첩을 탁 덮었다가 다시 수첩을 펼쳤다. 두 문장을 되풀이해 읽고 또 읽었다.

처음엔, 죽음에 가까워질수록 비참해질 외모나, 아무 쓸모도 없는 자존심에 관한 이야기라고 생각했다. 하지만 몇 번이고 곱씹다 보니, 아빠가 했던 말들이 하나둘 겹쳐지며 글 속에 담긴 진짜 의미가 보이기 시작했다. 그건 외적인 모습이나 체면 따위가 아니었다.

정해진 운명과 세상의 이치를 거스르며 삶에 집착하지 않겠다는 결심, 죽어가는 육신은 비록 초라해질지라도 마음만큼은 추하지 않겠다는 다짐이었다.

아라베스크 무늬의 융단 위에 털썩 주저앉은 나는, 눈앞에서 이빨을 드러낸 채 입을 벌리고 있는 황금 사자상을 마주 바라보았다. 이제껏 겪어온 험난한 시간이 주마등처럼 눈앞을 스쳐 지나갔다.

이윽고 자리에서 벌떡 일어나 진열장에서 황금빛 코냑을 꺼내 잔에 콸콸 따랐다. 독한 액체가 짜릿하게 목구멍을 훑는 순간 마음속으로 다짐했다.

아빠의 마지막 바람은 반드시 지켜주겠노라고.

9.

마호가니 책상에 앉아 황금 전화기를 바라보고 있던 찰나, 문이 열리고 박사가 들어왔다. 그런데 박사를 뒤따라 들어온 흰 가운 차림의 남자 연구원 두 명을 보고 내심 당황했다.

"푹 쉬었어요? …응? 아이고, 얼굴이 왜 그래요? 혹시, 술 마셨어요? 그러면 오늘 스크리닝이 어려운데……."

"저, 죄송한데요, 좀 더 생각을 해봐야 할 것 같아요."

"……무슨 뜻이죠?"

"이 실험… 아니, 아빠 수술 말이에요. 제가 너무 성급한 결정을 내린 것 같아서요."

"계약서에 사인했잖아요?"

"그건 박사님이 하도 재촉하는 바람에… 아무튼 제가 경솔했어요. 계약서는 찢어버리셔도 돼요."

"그렇게 간단한 문제가 아니에요. 계약을 취소하면 어떻게 되는지 계약서 안 읽어봤어요?"

등골이 오싹했다. 얼른 이곳에서 도망치는 게 좋을 것 같았다. 한국까지 쫓아오지는 않겠지.

"아, 참! 중요한 일이 있었는데, 시간이 벌써 이렇게… 저 잠깐 볼일이 있는데, 이따 연락드릴게요!"

하지만 문밖으로 나서기도 전, 마른 체격의 아시아인 연구원과 안경을 쓴 백인 남자 조수가 나를 붙잡았다. 난 곧바로 박사 앞으로 끌려왔다. 곤혹스러운 한숨을 내쉰 박사가 타이르듯 말했다.

"나랑 계약한 거라면 얼마든지 풀어줄 수 있어요. 하지만 당신은 이 나라의 군주와 계약을 한 거예요. 왕과의 약속을 어긴 사람이 어떤 처벌을 받는지 알고 싶어요?"

사색이 된 나를 바라보던 박사는 본래의 온화한 표정을 지었다.

"걱정되는 마음은 충분히 이해하죠, 아무렴요. 안 그런 게 더 이상한 일이겠죠. 하지만, 걱정으로 얻을 수 있는 건 아무것도 없어요. 실행하느냐 안 하느냐의 문제죠. 너무 복잡하게 생각할 필요 없어요. 단순하게 목적만 생각해요. 그러면 마음이 훨씬 편해질 거예요."

난 침착해지기 위해 애를 썼다. 호랑이 굴에 잡혀가도 정신만 바짝 차리면 살 수 있다지!

두 조수는 날 연행하듯 내 양팔을 붙들고 일으켰다. 그때 문득, 박사 뒤에 금고가 눈에 들어왔다.

"박사님! 마지막으로 딱 하나만 부탁드려도 될까요?"

"물론이죠. 내가 들어줄 수 있는 거라면."

나는 박사에게 단둘이 얘기하고 싶다고 말했다. 박사는 고개를 끄덕이며 두 연구원에게 자리를 비켜달라고 했고, 그들이 나가자 입을 열었다.

"박사님의 연구 노트를 보고 싶어요."

박사가 고개를 갸웃했다.

"그걸 본다고 무슨 도움이 되겠어요? 이해하기 어려울 텐데…?"

"상관없어요. 박사님을 백 프로 신뢰하기 위해 그런 자료가 존재하는지만 확인하면 돼요."

박사는 어깨를 한 번 으쓱하고는 열쇠를 꺼냈다. 그가 금고 앞에 쭈그려 앉아 문을 따는 동안 난 발뒤꿈치를 들고 살며시 뒤로 다가갔다.

금고 문이 활짝 열린 순간, 그를 와락 밀치고 안에 있던 은색 리볼버를 꺼냈다. 그의 이마를 향해 겨누자 공이를 걸기도 전에 그는 엉덩방아를 찧고 손을 번쩍 들었다.

난 박사의 뒤통수에 총구를 겨눈 채, 닭처럼 비명을 지르는 연구원들을 뒤로하고 그곳을 빠져나왔다.

달리는 레인지로버의 뒷좌석에서 목적지를 정했다. 어차피 공항으로 갈 수는 없었다. 운전대를 잡은 박사가 말했다.

"나중에 후회하지 말고 잘 생각해요. 지금이라도 생각을 바꾸면 내가 보스한테 부탁해서 당신이 처벌받지 않게 해줄게요."

'그럴까…?' 하는 생각이 아예 없었던 건 아니지만, 난 박사의 말을 무시했다. 시내 한복판, 고급 주상복합건물인 '만수르 타워' 앞 도로변에 차를 세우게 한 뒤, 박사와 함께 내렸다.

나는 박사의 팔짱을 끼고, 그의 주머니에 총을 쥔 손을 숨긴 채 택시를 잡았다. 우린 택시 뒷좌석에 올랐고, 택시 기사에게 시내 외곽 부근에 가장 오래되고 저렴한 호스텔로 데려다 달라고 했다. 그리고 휴대폰을 꺼내 들고 미친 듯이 검색을 했다.

"어쩌려는 거요?"

한결 차분해진 목소리로 박사가 물었다.

"어차피 한국으로 못 돌아가니까요. 제가 필요한 짐을 여기로 가져오려구요. 그게 올 때까지만 저랑 있으면 돼요. 그게 오면 놓아드릴게요."

"그게 뭔데요?"

"말해도 박사님은 이해 못 해요."

박사는 이해할 수 없다는 표정으로 눈을 깜빡거렸다.

해외 배송을 가장 빠르게 받는 방법을 조사해보니, 항공편과 EMS(국제특급우편)가 있었다. 일전에는 정보도 빈약하고 돈도 없어서, 한국의 배송업체를 통해 배편으로 받느라 한 달 이상이 걸렸지만, 이번엔 글로벌 배송 서비스에 고액의 요금을 지불하면, 불과 3일 안에 자개장을 받을 수 있었다.

자개장을 받을 주소는 공항에 마중을 나온 인도인 기사의 집으로 할 작정이었다. 박사에게 인도인 기사의 연락처를 받아낸 뒤, 그와 직접 연락해 자개장을 대신 수령해주면 사례를 하기로 했다. 이번엔 자개장 한 세트가 아닌 옷장 칸만 옮기도록 해서 이런저런 부담을 덜었다.

짐이 도착했다는 연락을 받자마자, 인도인 기사의 집으로 갔다. 자개장은 작은 창고가 있는 그의 집 뒤뜰에 놓여 있었다.

그런데 뜰의 담벼락에 자개장을 눕혀 붙여 놓은 탓에, 문을 열면 담에 부딪혀 안으로 들어갈 수 없었다. 난 인도인과 박사에게 자개장을 약간 움직이도록 도와달라고 했다.

"뭘 하려는 건데요?"

내내 궁금한 얼굴을 한 박사가 물었다.

"이 안에 들어가야 해요."

"이 장롱 안에 들어간다구요? 본인이?"

"네."

"⋯⋯왜요?"

"그러니까… 이 안에 들어가면 다시 과거로 갈 수 있어요. 사실 박사님의 미래를 맞힌 것도 이 자개장 덕분이거든요."

박사는 뭘 잘못 들었나 싶은 표정을 지었다.

"박사님은 연구소에 빨리 돌아가고 싶지 않으세요?"

박사와 인도인은 나와 함께 장롱의 각기 다른 모서리를 붙잡고, 한쪽 문이 열릴 만큼만 옆으로 살짝 틀었다. 가구는 상당히 무게가 나가서 셋이 낑낑대야 했다. 문을 열 수 있게 되자, 난 인도인에게 약속한 돈을 건네고, 박사에게 손을 내밀었다.

"죄송했어요. 박사님. 그래도 도와주시려고 했던 건 감사하게 생각하고 있어요. 이렇게 된 건 유감이지만 제 사정도 있는 거니까요. 어쨌든 박사님과 전 이제 두 번 다신 볼 일 없을 거예요. 저의 존재 자체도 박사님의 기억에서 깨끗이 지워질 거고요. 부디, 건강하고 행복하게 오래오래 연구하세요."

박사는 나와 악수하면서도 여전히 입을 벌린 채 어리벙벙한 표정이었다. 내가 자개장의 문을 열고 들어가는 모습을 서커스 구경이라도 하듯 웃으며 보던 인도인이 문을 닫는 걸 도와주었다.

자개장의 문이 닫히고 익숙한 어둠 속에 혼자가 되자 한꺼번에 긴장이 풀리며 마음이 편안해졌다. 몸이 붕 떠서 날아가는 기분이었다.

그런데, 잠깐만? ……어라?? 꽤 시간이 지난 것 같은데?

자개장이 작동할 때의, 숨결 같은 특유의 공기가 전혀 느껴지지 않았다.

쾅-! 문을 박차고 밖으로 나왔다.

그곳은 여전히 아부다비 외곽, 인도인의 집 뒤뜰이었다. 박사와 인도인이 머리를 긁적였다.

나는 다시 자개장 안으로 들어갔다. 잠시 후, 다시 나왔지만 박사와 인도인은 여전히 그 자리에 서 있었다. 그들은 멀뚱히 나를 바라보더니, 곧 얼굴에 걱정과 측은함이 어리기 시작했다. 난 하늘이 무너질 것처럼 머리를 쥐어뜯었다.

"안 돼!! 안 돼에!!!!"

*

"제발 도와주세요! 자개장이 작동을 안 해요!"

나는 침대 모서리에 걸터앉아, 푸른 소용돌이 무늬의 아라베스크 벽지를 노려보며, 휴대전화에 대고 절박하게 외쳤다. 낡고 지저분한, 허름한 호스텔로 자리를 옮긴 상태였다.

케이블 타이에 두 손이 묶인 채 의자에 결박된 박사는, 두려움과 의문이 엉켜 있는 눈빛으로 나를 바라보았다.

"장례 후라도 49일까지는 되잖아요? 장례 끝난 지 일주일밖에 안 됐는데 왜 이러죠?"

전화기 너머 문신 목사의 놀란 목소리가 들렸다.

"아버님은 어떻게 됐죠? 장례 끝나고 전처럼 봉안당에 안치했나요?"

"아뇨! 다른 곳에 옮겨뒀는데요?"

"다른 데로 옮겼다니, 그게 무슨 소리예요?"

박사가 내 쪽으로 한껏 몸을 기울이며 귀를 쫑긋 세웠다. 난 박사도 통화 내용을 들을 수 있게 스피커폰으로 전환했다.

"아하, 그게 문제네요."

"왜 그런 거죠? 화장했을 땐 문제 없었잖아요?"

"해동시키면 자개장이 작동할 거예요."

"머, 뭐라고요?"

"오늘의 질문엔 이미 답했군요. 이제 곧, 낮잠 잘 시간이라……"

"잠깐만요! 해동이 그렇게 말처럼 쉬운 게 아니에요!"

"아무튼 고생이 많네요. 마지막까지 행운을 빌어요."

전화는 끊겼다. 다시 걸어봤지만, 전화를 받을 수 없다는 기계음만 들렸다.

순간 눈을 크게 뜬 박사와 눈이 마주쳤다.

"누구랑 통화한 거죠? 그게 다 무슨 얘깁니까?"

예전에 내가 박사의 미래를 예언했던 일을 박사에게 상기시켜 주었다. 그것이 다 자개장을 통해 가능했던 일이라고 설명했다. 그는 반신반의했지만, 적어도 나를 이젠 정신 이상자로 보는 것 같지는 않았다.

나는 곧바로 냉동 보관 업체에 연락해 아빠의 시신을 해동해달라고 요청했다. 그러나 담당자는 난색을 보이며, 아직 해동을 시도한 사례는 단 한 번도 없다고 했다. 러시아 업체조차 얼린 생쥐의 위장을 해동해 이식에 성공한 적은 있었지만, 인간에게 적용되기까지는 최소 10년 이상의 시간이 더 필요하다고 덧붙였다.

나는 결과는 상관없으니 어떻게든 해동만 해달라고 했지만, 그는 규정상 절대 불가능하다고 잘라 말했다.

"그러면 대체 거기서 하는 일은 뭐죠? 그렇게 거액의 비용을 들였는데……"

"저희도 여느 업체나 똑같죠. 해동 기술이 나올 때까지 안전하게 보존해 드리는 것, 그게 우리 회사의 일이죠."

"제가 어디서 봤는데요, 미국의 무슨 대학 연구팀이랑 영국의 연구팀이랑 합작해서 냉동인간을 녹이는 중이라던데요?"

"그건 제가 잘 모르겠네요. 혹시 업체를 옮기고 싶으신 거면 진행은 신속하게 해드릴게요."

난 일단 전화를 끊었다.

"으앗! 큰일이다! 어떡하지?!!"

나는 괴성을 지르며 발광을 떨었다. 그러다 결국 엉엉 울기 시작했다. 박사는, 내가 진정되자 조용히 입을 열었다.
"반은 성공했어요."
"뭐요?"
"좀 전에 당신이 말한, 하버드랑 옥스퍼드의 조인 연구팀이 10년간 진행해 온 써잉 익스페러먼트, 휴먼 해동 실험이요. 얼마 전 뇌 부분은 완벽히 해동했어요."
"정말요!??"
박사의 말에 따르면, 해동 과정에서 가장 큰 난제는 인체 중 세포 구조가 가장 복잡한 뇌를 손상 없이 살리는 것이었다. 이를테면, 해동 중 뇌세포 하나라도 비정상적으로 녹아 흐물거리게 되면, 그 즉시 치명적인 뇌 손상이 발생해 모든 것이 수포로 돌아간다는 것이다. 나머지 신체 역시 온전히 되살릴 수 있을지는 미지수였지만, 박사는 그것도 결국 시간문제일 거라고 장담했다.

그러곤 미국의 한 냉동보존 업체 이야기를 꺼냈다. 기능상 거의 무용지물이 된 몸을 과감히 포기하고, 머리만 얼려 보존한 유명 인사가 있었다는 것이다. 언젠가 개발될 사이보그나 클론 신체에 그 머리를 이식하기 위해서였다.

너무 놀라서 웃음이 나올 지경이었다. 참, 지금 웃을 때가 아니지.

"근데 어떻게 아세요? 해동에 관한 기사는 아무리 찾아도 없던데요."
"나도 그 연구팀이랑 관련이 있거든요. 자문 역할이긴 했지만, 꽤 도움을 줬죠."
"박사님이요? 왜 박사님이 그런 역할을 하셨죠?"
"음… 내가 하는 일도 그런 분야와 무관하지 않으니까요. 자체적으로도 써잉 테스트를 꾸준히 해왔고, 특히 매머드 복원 연구를 시작하며 더욱 박차를 가하게 됐죠."

나는 새삼 그를 다르게 바라보았다. 등지고 앉은 창문 너머로 쏟아져 들어오는 빛이, 그의 머리 뒤에서 역광처럼 퍼지고 있었다. 그 순간, 그는 마치 나를 위해 보내진 구원자처럼 보였다.

난 그에게 아빠를 해동시켜 달라고 했다. 그가 거절하면 무슨 짓이라도 할 참이었는데, 그의 반응은 뜻밖이었다.

"말했다시피 아직 완벽한 휴면 해동은 없었어요. 그래도 괜찮겠어요?"

그의 눈빛이 자신감으로 번뜩였다.

"작업 기간은 빨라도 5~6개월은 걸릴 겁니다."

"아뇨, 40일 안에 못 하면 다 끝이에요."

"그건 불가능해요. 헤드만 한 달 이상 걸릴 텐데… 아무리 급해도 바늘허리에 실을 맬 순 없잖아요."

"머리만 녹으면 어떻게 되는데요? 눈을 뜨고 말도 하고 그러나요?"

"그렇지 않아요. 물론 신경 세포들은 살았으니 인발런터리 머슬의 액션, 그러니까 눈꺼풀이 떨린다거나 입가에 미세한 경련 같은 건 수시로 나타나지만요. 그저 식물인간 같은 상태인 셈이죠."

난 펄쩍 뛰어올랐다.

"그럼, 40일 드릴 테니 머리만 해주세요. 과정이 어떻든 아무 상관 없으니까, 무조건 녹여만 주세요."

끝내 그는 내 무리한 요구를 수락했다.

나는 그의 금고에서 가져온 연구 노트를 볼모로 삼아, 그를 연구소로 돌려보냈다.

이틀 뒤, 직접 업체와 연락한 박사는 아빠의 시신이 든 냉동 캡슐을 받았고, 곧바로 해동 작업에 착수했다.

10.

연구원들에게 둘러싸여 해동된 아빠의 코에서 투명한 물이 콸콸 쏟아졌다. 아빠의 머리는 심슨 가족에 나오는 캐릭터들처럼 비정상적으로 크게 부풀어 올랐고, 눈꺼풀 아래로 허옇게 드러난 두 개의 눈동자가 통 속의 로또 볼처럼 빙글빙글 돌아갔다. 머리는 점점 더 크게 부풀어 올랐다.

불안과 공포로 몸이 굳은 나는, 고개를 돌리려 했지만 마치 보이지 않는 손이 내 머리를 붙들고 있는 것처럼, 눈을 돌릴 수 없었다. 그 순간 풍선처럼 부푼 아빠의 머리가 퍽!! 소리와 함께 터지며 붉은 액체가 사방으로 튀었다. 얼굴과 온통 피를 뒤집어쓴 난 〈캐리〉 속의 여주인공과 같은 모습으로 비명을 지르며 벌떡 일어났다.

어느새 깜빡 잠이 들었던 모양이다.

나는 어리둥절한 얼굴로 아늑한 아랍풍의 방 안을 둘러보았다. 여긴 인도인 기사가 추천해준, 알 나흐얀이라는 곳의 게스트하우스였다.

오늘로써 아빠가 해동에 들어간 지 보름째 되는 날이었다.

나는 매일 하던 루틴대로 문신 목사에게 전화를 걸었다. 그동안 단 한 번도 받지 않던 그가, 그날 서른한 번째 시도 끝에 전화를 받았다. 내가 머리만 해동해도 괜찮냐고 질문하자, 그는 어딘가 맥 빠진 목소리로 "그렇다"고 대답하더니 전화를 끊었다. 그리고 다시는 연결되지 않았다.

제기랄, 더럽고 치사해서······.

그렇게 41일이 되던 날, 아침 일찍 박사에게서 전화가 걸려 왔다. 연구소로 오라고 했다. 인도인 기사가 몰고 온 차를 타고 연구소에 도착하자 무슨 일인지 한 박사가 로비 앞까지 버선발로 뛰쳐나와 날 맞이했다.

"무슨 일 생겼나요? 말씀드렸지만, 굳이 절 부르실 필요까진 없다고 했는데요. 끝나면 전화로 알려달라고…"

"잔말 말고 따라와요. 당신이 꼭 봐야 해요."

흥분한 기색이 역력한 박사를 종종걸음으로 뒤따랐다. 뭔가 불길한 예감이 들었다. 그를 따라 최첨단 시설의 실험실 안으로 들어서는 순간, 나도 모르게 등골이 서늘해졌다.

세 명의 연구원이 기계장치 사이를 분주히 오가고 있는 방의 중심에, 아빠가 누워 있었다. 몸은 금속 슈트에 감싸였고, 얼굴엔 제트기 조종사 같은 마스크가 씌워져 있었다. 프랑켄슈타인의 실험실을 연상시키는 침대 위에서, 아빠는 눈을 감고 있었다. 나는 말없이 박사를 쳐다보았다.

"뭐예요……?"

"보시다시피, 헤드뿐 아니라 바디 전체에 혈액이 돌고 있어요."

박사가 빙그레 웃었다.

"네에??"

"이건 오프 더 레코드지만, 실은 우리 연구팀이 독자적으로 개발한 기술이 있었어요. 물론 이론뿐이긴 했었지만, 이제 아버지 덕에 검증됐다고 볼 수 있죠."

믿기지 않았다. 인류 최초의 해동에 성공하다니!

"아, 물론, 너무 기대는 말아야 해요. 시간을 조금밖에 안 줬잖아요. 네버써레스, 우린 최선을 다했고, 당신은 분명 기쁠 거예요. 내가 주는 선물이라고 생각해요."

박사가 연구원들에게 손짓했고 연구원들이 마스크를 떼고 아빠의 목에 연결된 관에 주사기로 뭔가를 주입했다. 침대가 움직이더니 수직으로 세워졌다. 아빠가 눈을 떴다. 잠에서 깬 듯한 눈으로 사방을 둘러보던 아빠가 박사와 나를 보고 눈을 끔뻑였다.

"안녕하세요. 박관수 씨!!"

박사가 별안간 크게 소리를 질러서 난 화들짝 놀랐다.

"박관수 씨! 자, 이리 와봐요! 조금은 걸을 수 있잖아요? 이리 와서 인사해요! 여기 누가 왔게요!?"

미래 인간처럼 보이는 금속 슈트를 입은 아빠가 아주 천천히, 마치 아장아장 걷듯 얼어붙은 내 앞까지 다가왔다. 가까이서 아빠를 본 나는 그 자리에서 숨이 멎는 듯 경악했다.

아빠의 입가에 뿌연 거품이 흘러나왔고, 두 눈동자가 각각 제멋대로 움직이고 있었다.

아빠가 나를 보며 입을 열었다.

"…아… 안냐아세요… 나느은… 바악… 가안… 바악간수우임다아……."

차라리 보름 전에 꿨던 악몽이 이보다는 훨씬 나았다. 난 박사의 멱살을 움켜쥐고 세게 흔들었다.

"내가 언제 이딴 짓 하랬어, 씨앙!!"

세 명의 연구원이 사납게 몸부림치는 나를 경비원들에게 인계했다. 나는 네 명의 경비원에게 끌려 나가면서도, 박사를 향해 정신없이 욕설을 퍼부었다. 문이 닫히기 직전, 마지막으로 얼핏 본 박사의 얼굴은 금방이라도 강에 몸을 던질 듯 우울해 보였다.

인도인 기사의 집 뒤뜰에 놓인 자개장 안으로 들어서자, 한결 마음이 차분히 가라앉았다.

내가 너무했나? 그래도 얼마나 고생하고 애를 썼을 텐데……

라는 후회도 들었지만, 이제 와 돌이킬 수도 없었다.

다행히 자개장은 정상적으로 작동했고, 난 한 박사에게 미안함과 고마움을 안은 채 먼 과거로 떠났다.

† 제 8 장 †

1.
"아흑!!"
난 괴성을 지르며 엉덩방아를 찧었다. 자개장에서 나와 몸을 일으키다가 책상 아래에 머리를 쾅 부딪친 것이다. 무료한 표정으로 반쯤 졸던 교실 안의 여고생들이 책상 아래 널브러진 나를 보며 와그르르 웃어댔다. 칠판 위에 미분방정식을 풀던 남자가 홱 고개를 돌리더니 날카로운 눈빛으로 나를 쏘아보았다.

헉, 저 사람은…! 내가 고등학교 2학년 때 '땡중'이라는 별명의 노총각 수학 교사였다. 강의할 때면 중이 염불 외우듯 중얼거리다가 종이 땡! 치면 말하던 중간에 딱 멈추고 그대로 교실을 나가버리는 특이한 성향 때문이었다.

"그렇게 고생하지 말고 집에 가서 편히 주무시지 그래요? 개근상 탄다고 대학 가는 데 도움 되는 것도 아닌데, 뭘 그렇게 아득바득 나와서……"

땡중의 조롱을 받으며 욱신거리는 엉덩이를 어루만지며 맨 뒷자리의 의자에 앉았다.

때마침 수업 종료 벨이 울렸다. 그러자 땡중은 교재를 챙겨 인사도 없이 교실을 나갔다. 교사가 나가자 아이들은 기지개를 켜며 하품을 늘어뜨렸고, '아우, 땡중 새끼 절로 가버려……'라며 책상에 엎드렸다.

난 반사적으로 교복 주머니를 뒤져 휴대폰을 뒤적이다가 멈칫했다. 맞다. 이 당시는 아직 학생들은 휴대폰이 나오지 않았을 때였다.

이리저리 두리번거리다 옆자리 아이가 찬 손목시계가 눈에 들어왔다. 낯이 익은 그녀에게 날짜와 시간을 물어보려 했다. 그런데 그녀의 이름이 도무지 기억나지 않았다. 어쩔 수 없이 우악스레 그녀의 팔목을 낚아채, 스포츠 디지털시계의 큼지막한 다이얼을 들여다보았다.

2002년 6월 19일 수요일 오전 10시 47분

난 눈이 휘둥그레졌다. 시간 아래 깨알만 하게 표시된 타이머도 있었다.

타이머 01:47:23

"아, 뭐 하는 거야? 나 화장실 가야 돼!"

시계 주인은 내 손을 뿌리치고 교실을 나갔다. 그때 교실 스피커에서 방송반 아나운서의 격앙된 목소리가 흘러나왔다. 우리나라 축구팀이 2002 월드컵 16강전에서 이탈리아를 1대 0으로 이기고 4강에 진출했다는 소식이었다.

아이들이 책상을 두드리며 환호성을 질렀다. 그리고 모두가 합을 맞춰 '대~한민국!'을 외치며 휘모리장단의 응원 구호를 연호했다. 그러고 보니 2002년은……

그해는 내게 가장 고된 시기 중 하나였다. 온 국민이 이탈리아와 스페인을 꺾은 승리에 열광하던 때, 우리 집은 반대로 무거운 침묵 속에 잠겨 있었다.

내가 황급히 책가방을 챙기자, 바로 앞자리에 앉은, 뿔테 안경의 여자애가 내게 어디 가느냐고 물었다. 난 집으로 간다고 했다.

"집에 간다고?? 담탱이한테 말했어?"

아, 얘랑 한동안 꽤 친하게 지냈었는데…

"미안, 내가 좀 급해서…"

어색한 표정으로 일어서는 내 앞으로 노트가 쑥 들어왔다. 노트에는 여러 캐릭터가 그려져 있었다. 그녀는 간절한 표정으로 나를 쳐다봤다.

맞아, 이 아이는 만화를 잘 그리던 친구였어. 그 순간, 잊고 있던 퐁퐁 솟아나기 시작했다. 원래 그녀는 자신이 그린 창작물을 반 친구들에게 거리낌 없이 보여주곤 했다. 하지만 시간이 지나며 반응은 점점 미지근해졌고, 심지어 비판적인 말까지 들리기 시작하자, 그녀는 점차 어두워졌고, 결국 졸업할 때까지 혼자 지내게 되었다.

딱한 생각이 들어 난 도로 자리에 앉아 그녀의 노트를 펼쳤다.

그런데, 그녀가 그린 캐릭터가 어쩐지 낯이 익었다.

어디서 봤더라……?

생각이 떠오르자, 난 새삼 놀란 얼굴로 그녀를 돌아봤다. 이 캐릭터들은 앞으로 15년 후, 드라마와 영화 제작은 물론 해외 시장까지 장악할 웹툰 〈미친 왕〉의 주인공들이었다.

이 아이가 장차 인기 절정의 웹툰 작가가 된다니! 난 그녀에게, '넌 앞으로 세계적인 웹툰 작가가 될 거야'라는 말로 희망을 주려고 했다. 그런데 막 입을 열려던 순간, 불현듯 내 처지가 떠올랐다.

누가 누구한테 희망을 줘? 지금 남 생각할 때냐? 이럴 때가 아니잖아!

난 심통 난 얼굴로 그녀에게 노트를 던져주고 자리에서 일어났다.

울상을 한 그녀를 외면하며 교실 문으로 빠르게 돌아서는데, 교실 창가에 참새떼처럼 몰려 있던 아이들이 꺅꺅 비명을 질러댔다. 그들의 시선을 따라 밖을 내다보았다.

창밖, 야산 중턱에 바바리맨이 서 있었다. 그는 월드컵 승전 기념 퍼포먼스라도 하려는 듯, 박쥐처럼 몸을 감싸고 있던 코트를 활짝 펼쳤다. 그러자 여학생들은 콘서트에 온 관중처럼 일제히 환호를 질렀다. 그중 누군가는 '너무 작아서 잘 안 보여!' 하고 고함을 질렀다. 순간 바바리맨은 상처받은 듯, 펼쳐 둔 날갯죽지를 조용히 접고는 어디론가 사라졌다.

깔깔거리는 여고생들을 뒤로한 채 난 허겁지겁 교실을 빠져나왔다.

오래전 일이지만, 몸이 기억할 정도로 익숙했던 길이라 어렵지 않게 옛집을 찾을 수 있었다. 추억 속에 흐릿하게 존재하던 2층짜리 집이 보이자, 당시의 기억이 선명하게 되살아났다. 집주인이 쓰는 1층 옆, 2층으로 통하는 계단으로 올랐다. 그곳에 아빠와 우리 삼 남매가 세 들어 살던 보금자리가 있었다. 내가 올라서자, 현관 앞에 묶여있던 커다란 누렁이가 달려들었다.

"바우!!"

난 바우와 얼싸안고 기뻐했다. 순둥순둥한 녀석은 꼬리를 치며 내 얼굴을 핥았다. 그러다 문득 녀석의 최후의 순간이 떠올라 가슴이 쿵- 내려앉았다.

며칠 지나지 않아 녀석은 사라질 것이다. 학교를 마치고 돌아온 내가 바우가 어디 갔느냐고 묻자, 아빠는 녀석이 줄을 끊고 도망쳤다고 말했다. 하지만 그건 거짓말이었다. 그게 아니라면, 대체 왜 사흘 뒤 '땡땡 건강원'이라는 상호가 찍힌 개소주 박스가 우리 집으로 배달됐겠는가.

난 그 사건에 이루 말할 수 없이 분노했다. 바우는 내가 마음을 털어놓는 유일한 친구였다. 당시 나의 거센 항의에 아빠는 당황한 기색으로 끝까지 아니라고 잡아뗐다. 이 개소주는 네 할머니가 보내신 거라고, 바우랑은 전혀 상관없다고 말했다.

날 바보로 아나! 말할 수 없는 분노와 원망이 치밀었지만, 당시의 난 입술을 꾹 깨문 채, 수긍하는 척할 수밖에 없었다. 세상은 뻔히 다 알면서도 속아줘야 할 빌어먹을 순간들로 가득하니까.

바우는 순수한 눈망울로 날 바라보며 웃었다. 난 벌떡 일어나 집 안으로 들어갔다. 집 안은 고요했다. 아빠는 얼마 전 얻은 새 직장에 출근했고, 서연과 택연은 학교에 있었고, 엄마는 오늘 집을 떠났다.

석 달 전까지만 해도, 아빠는 도망자 신세였다. 사촌 누이의 남편에게 사업 보증을 서준 탓이었다. 그 일 이후 약 1년 동안, 아빠는 일주일에 한 번꼴로 도둑처럼 밤중에 몰래 집에 들렀다.

아빠 대신 생활비를 벌기 위해, 17년 동안 전업주부로 살아오던 엄마는 보험회사에 취직했다. 그런데 뜻밖에도 일에 재미를 붙인 엄마는 점점 많은 돈을 벌기 시작했고, 그럴수록 아빠와는 관계는 점점 멀어졌다.

언제부턴가 두 사람은 마주치기만 하면 맹렬한 언쟁을 벌였고, 서로를 향한 말은 난폭해졌다.

실은 두 사람은 이미 오래전부터 다정한 사이가 아니었다. 내 어린 시절 기억의 절반은 두 사람의 쌈박질로 도배되어 있을 정도였다. 그래서 오래전부터 궁금했다.

대체 두 사람은 어쩌다 결혼하게 된 걸까?

안방을 가로질러 서연과 같이 쓰던 방으로 들어갔다. 옷장과 책상 두 개가 나란히 붙은 방은 둘이 눕기엔 넉넉지 않은 크기였다. 여동생과 이렇게 등을 맞대고 자던 시절이 있었구나… 괜스레 착잡하고 쓸쓸한 기분이 밀려왔다.

난 우울해지려는 기분을 누르고 책상 앞에 앉아, 윈도XP가 깔린 삼성전자의 매직 스테이션을 켰다. 그리고 여러 세계 유명 관광지를 검색했다. 링크 주소를 클릭할 때마다 버퍼링이 심하게 걸렸다.

난 언제 끝날지 모를 이 과거의 시간 여행을, 내 것으로 만들기로 결심했다. 이제 다시는 시간을 헛되이 보내지 않을 작정이었다.

가장 먼저 어디로 가볼까? 어디긴, 뭐니 뭐니 해도 파리지. 거기서부터 유럽을 한 바퀴 돌아야 겠어. 타이머존의 날짜와 정해진 시간을 잘 고려해서 계획을 세워야 할 것이다.

그때, 문득 이런 생각이 스쳤다.

그럼… 아빠는?

아니야. 난 나름대로 정말 최선을 다했다고 생각해. 안 그래? 할 수 있는 건 다 해봤잖아. 결국, 운명이란 건 거스를 수 없는 거야. 이쯤이면… 그냥 겸허히 받아들여야지.

나는 모니터에 얼굴을 바짝 들이댄 채, 화면에 띄워진 해외 여행 정보를 열심히 스크롤했다.

"오리엔트 특급 열차? 호화 크루즈? 아이참, 뭐부터 해야 하나 이거…… 으캬캬캬!"

이번에는 자개장에 들어가기 전에, 미리 역대 회차별 로또 당첨 번호를 확인해뒀다. 내가 23살이 되는 해부터 시작되는 번호들을 동요 가사처럼 만들어 머릿속에 입력했다. 그렇게 노래를 흥얼거리며 마우스를 움직이던 중, 갑자기 몸이 얼어붙었다. 벽 너머에서 이상한 소리가 들린 것이다. 부모님이 쓰던 안방 쪽에서 나는 소리였다.

가만히 귀를 기울이자, 누군가의 신음 소리가 들렸다. 나는 조용히 자리에서 일어나, 발소리를 죽인 채 안방 문 앞으로 다가갔다. 손잡이를 꼭 쥔 채 조심스레 문을 열었다. 살며시 열린 문틈 너머로, 화장대 앞에 웅크리고 앉은 아빠가 보였다. 거울 속에 비친 아빠는 울고 있었다. 그때 나는, 처음으로 아빠의 우는 모습을 보았다.

아빠는 엄마가 남긴 편지를 손에 들고 있었다. 그 편지를 들여다보며, 다른 손등을 꾹 깨문 채, 소리를 내지 않으려 울음을 삼켰다.

나는 조용히 문을 닫고, 현관 밖으로 나왔다. 바우가 내게 달려들었다. 뒷발로 벌떡 일어선 바우를 꼭 껴안았다. 난 녀석의 목줄을 풀어주었다.

2.
2007년 가을로 점프했을 때, 복권 당첨금을 손에 넣었다.

이번 프로젝트명은 '세계 모든 나라를 여행하기'라고나 할까. 이 시간여행을 하는 동안, 한 번도 가보지 못한 땅을 밟는 것을 목표로 정했다.

다만 걸림이 되는 게 있다면, 시간 여행은 현실과 다르게 시간이 흘러간다는 점이었다. 시간이 무작위로 듬성듬성 건너뛰게 될 것이므로 계획을 잘 짜야 했다.

노트북 키키의 키보드 위로 손가락을 바삐 움직이던 중, 어느 호화 크루즈 여행 상품의 광고 문구가 눈에 들어왔다.

오늘은 로마, 내일은 산토리니.
바다 위에 펼쳐지는 당신만의 세계 일주!

길이 350미터가 넘는 선상 갑판 위에는, 워터파크 수준의 대형 수영장 세 개와 테니스장, 골프장, 가로수가 늘어선 공원과 놀이동산까지 갖춰져 있었다. 그리고 3천 개에 달하는 객실을 비롯해, 영화 상영관 여러 곳과 오페라 극장, 나이트클럽, 라운지, 그리고 세상 모든 나라의 음식을 맛볼 수 있는 식당들까지 갖춘, 25만 톤급 배였다. 그야말로 도시 하나가 바다 위를 떠다니는 형국이었다.

나는 망설임 없이 크루즈 여행을 예약했다. 1박에 300만 원이 넘는 스위트룸으로. 시간 여행의 묘미가 바로 이런 거 아닐까? 좀 더 일찍 이런 생각을 하지 못한 게 후회되었다.

그렇게 두근두근 설레는 마음을 안고 6개월 후로 점프했다.

정신을 차렸을 때, 통창 밖으로 발코니 넘어 푸른 바다가 넘실댔다. 사진에서 봤던 호화 여객선의 스위트 룸이었다.

좋았어! 난 상기된 표정으로 앞에 보이는 화장대 앞으로 다가갔다. 거울 속에 내 모습을 보고 무척 놀랐다. 세팅된 긴 머리에, 어깨가 드러나는 와인색 이브닝드레스를 입은 우아한 여자가… 나라는 게 믿기지 않았다. 24살의 내 얼굴은 내 기억보다 훨씬 예뻤다. 내 모습을 이리저리 뜯어보며 감격의 눈물을 찔끔거리는데, 갑자기 문을 노크하는 소리가 들렸다.

"누, 누구세요??"

그러자 문밖에서 "잇츠 미!"라고 하는 젊은 남자의 목소리가 들렸다. 문을 열자, 눈앞에 티모시 샬라메를 닮은 백인 남자가 서 있었다. 부드럽게 나부끼는 짙은 갈색 곱슬머리, 흰 셔츠에 슬랙스를 입은 그는 나를 보더니 청록빛의 깊은 눈동자를 크게 떴다. 그는 프랑스처럼 보였고 불어로 말을 하다가 내가 전혀 알아듣지 못하자, 영어로 내게 "유어 어썸!"이라고 했다.

"땡큐, 유투! 쏘… 후아유?"

그러자 남자는 갑자기 배를 잡고 웃더니, 내게 엄지손가락을 치켜들었다. 그리고는 슬그머니 팔짱을 끼라는 신호를 보냈다. 조금 당황스러웠지만, 에라 모르겠다 싶어 그의 팔짱을 꼈다.

실크 셔츠 너머로 느껴지는 단단한 근육, 무슨 향수인지 몰라도 바다 내음과 열대 과일 향이 어우러진 관능적인 체취, 귀를 간질이는 듯한 낮고 매혹적인 목소리, 그리고 황홀하게 빛나는 그의 눈… 나는 그의 모든 것에, 홀딱 빠져들고 말았다.

우리가 지나가자, 다양한 인종의 승객들이 우리를 쳐다봤다. 마치 로맨스 영화 속 주인공이 된 기분이었다.

어느덧 날이 저물고, 달빛만이 희미하게 일렁이는 암흑 같은 망망대해 위로 불을 밝힌 작은 도시 하나가 둥둥 떠 있었다. 갑판 위, 별을 흩뿌려놓은 듯한 조명이 반짝이는 라운지 바에서, 샬라메를 닮은 청록색 눈동자의 남자와 나는, 목구멍까지 차오르도록 마티니와 하이볼을 끝도 없이 들이켰다.

난 내일이 없는 것처럼 웃고 떠들었다. 우린 서로 영어가 서툴러서로 상대가 하는 말을 이해할 수 없을 때가 많았다. 하지만 상관없었다. 그냥 낄낄거리고 웃으면 그만이었다. 술기운이 오를수록 자꾸 웃음이 흘러나왔다. 그는 29살의 파리지앵이었고, 자신의 직업을 '탐험가'라고 소개했다.

"오, 리얼리? 어썸!"

난, 이 호화 유람선의 지중해 투어가 끝나면 5개월 후에는 파리로 갈 예정이라고 했다. 그는 고개를 갸웃하더니 내가 취해서 잊은 모양이라며, 이미 자기가 나의 파리 여행 가이드를 해주기로 약속했다는 것이다. 그러더니 그가 갑자기 내 손을 끌어당겨 입맞춤했다.

순간, 정신이 혼미해졌다. 입술을 떼고 코가 닿을 만큼 가까운 거리에서, 우수에 젖은 청록색 눈동자가 내 눈을 빤히 들여다봤다.

그는 '나'라는 호수에 깊이 빠져든 듯했다.

그때 타이머 시간이 30분밖에 남지 않았다. 마음이 급해진 난 그가 묵는 방이 궁금하다고 했다. 그러자 그는 부모님과 방을 함께 쓰고 있다며, 내 방으로 가는 편이 더 낫겠다고 말했다.

"오케이, 왓에버!"

나는 그의 손을 잡고 일어섰다. 수줍은 척하느라 아까운 시간을 낭비할 순 없었다. 객실까지 가는 데만도 15분이 걸렸으니까. 나는 그의 손을 이끌고 내 방으로 달려갔다. 이것이 원래 현실보다 1년이나 빠른 첫 경험이라는 사실은 굳이 밝힐 필요는 없었다.

*

다음 순간 눈을 뜨면, 에펠탑 꼭대기나 루브르 박물관, 혹은 센 강변을 거닐고 있을 거라고 확신했다. 그리고 내 옆에는, 멜론 같은 엉덩이를 가진 파리지앵이 내 어깨를 감싸고 있을 거라고.

하지만 난 혼자였다.

난 파리 18구의 경찰서 안에 있었다. 내 앞의 남자 경찰관은 불친절했다. 처음에는 내가 또 무슨 범죄를 저질렀나 싶어 걱정했는데, 알고 보니 피해자 신고 접수를 했던 거였다. 작성된 조서를 보니, 그 멜론 엉덩이가 내 여행 경비를 몽땅 가로채 사라졌다는 걸 알게 되었다.

프랑스어만 쓰는 불친절한 경찰관에게 붙잡혀 진술서를 쓰고 경찰서를 나오자, 타이머 시간은 한 시간도 채 남지 않았다.

기껏 파리에 왔는데, 이럴 순 없었다.

루브르나 오르세, 물랭루주는 고사하고, 고흐와 로트레크, 르누아르, 피카소, 헤밍웨이가 아지트 삼아 드나들던 뒷골목 노천카페에 앉아, 초록색 압생트를 꼭 한 잔 마셔보고 싶었는데. 그러나 지금은 그럴 시간도, 돈도 없었다.

다행히 가까운 곳에, 세상에서 가장 유명한 언덕배기가 있었다. 뭐라도 눈에 담아두자는 일념으로, 나는 부리나케 뛰기 시작했다.

저 멀리 사크레쾨르 대성당의 하얀 돔 지붕이 손짓하는 몽마르트르 언덕을 향해……

3.

그 후 순간순간 눈을 뜰 때면, 스위스 융프라우의 장엄한 설산을 배경으로 케이블카 안에 있기도 했고, 페루의 신비로운 잉카 문명을 품은 마추픽추를, 몬태나 정상에서 내려다보기도 했다.

언젠가는 캄보디아의 앙코르와트 사원에서 내 가방을 노리고 집요하게 달려드는 원숭이와 치열하게 싸웠고, 볼리비아의 우유니 사막 한가운데에 꿈을 꾸듯 멍하니 서 있기도 했다.

그런데 신기하게, 그때마다 다양한 국적의 남자가 꼭 한 명씩 내 옆에 붙어 있었다. 이런 점이야말로 나홀로 여행의 특장점이었지만, 가끔은 스스로 평가해도 나 자신이 좀 너무하다 싶을 정도였다. 쉴 새 없이 바뀌는 파트너와의 대화는 대부분 원활하지 않았다.

그래도 이런 만남을 많아질수록, 사람이 소통하는 데 있어 언어는 크게 중요한 요소가 아니란 사실을 깨달았다. 같은 언어를 쓰는 사람끼리도 말이 통하지 않는 경우가 얼마나 많은가 말이다(그런 건 정말 미치고 팔짝 뛸 노릇이다).

도리어 비언어적인 방식-눈빛이나 표정, 몸짓 등의 보디랭귀지-이 훨씬 전달력이 뛰어났다. 아무튼 말이 많을수록 관계는 오히려 안 좋아지는 경우가 많았다.

어쨌든, 눈만 뜨면 새로운 경험을 한다는 건 정말 신나고 즐거운 일이었다. 마치 하늘을 나는 꿈처럼 황홀했다.

그런데 어느 순간부터, 그 감흥이 조금씩 희미해지기 시작했다. 너무 많은 곳을 돌아보다 보니, 새로운 장소도 어쩐지 어디선가 본 듯한 느낌이 들었고, 사진으로 봤을 때보다 실물이 덜한 풍경들도 점점 눈에 띄기 시작했다.

한때 무한한 즐거움을 줄 것 같았던 음식도, 매번 바뀌는 여행 파트너들도 결국 비슷했다. 같은 자극을 반복할수록 감각이 점점 무뎌지는 느낌이었다. 뇌는 더 이상 새로운 자극을 받아들이지 않았고, 엔도르핀의 분비도 멈춘 듯했다. 그럴수록 더 자극적이고 더 신나는 무언가를 찾아야만 했다. 어차피 이런 상황에서 삶의 목표나 진지한 성찰 같은 건 필요 없으니까.

3월의 마지막 날 오전이 되면, 어김없이 아빠가 구급차에 실려 갔다는 태훈의 전화를 받았고, 전화를 끊으면 자개장에 들어갔다.

다른 생각이 끼어들 틈이 없었다. 알코올 중독자처럼 세계 여행에 집착했고, 타이머가 꺼질 때마다 아쉬움과 후회가 들끓었다. 그럴수록 더 강한 갈망에 시달렸다. 난 재미있는 것만 좇으며 이 여정이 영원할 거라고 착각했다. 그렇게 불나방처럼 자개장을 수십 번 들락거리다 결국, 상상조차 못한 파국을 맞이했다.

서른세 살이 되던 해의 초겨울, 캘리포니아의 업타운에 있는 나이트클럽 안에서 벌어진 일이었다. 금발로 물들인 짧은 머리에, 겨우 몸 일부만 가린 탱크톱과 초미니스커트를 걸친 나는, 온갖 인종이 뒤섞인 무리 속에서 웃고 떠들고 있었다. 그들은 클럽 복도에 놓인 자판기에서 꺼낸 마리화나를 피우고 있었다.

매부리코의 백인 남자가 부시와 오바마도 이걸 피워서 대통령이 된 거라고 말하자, 사람들이 낄낄 웃었다. 그게 왜 웃긴 이야기인지 이해할 순 없었다. 여러 사람들 손에서 돌고 돌던 대마초가 내 손에 왔다. 이미 정신이 헤롱헤롱한 상태가 된 나는 그들처럼 연기를 깊이 들이마셨고, 곧 뇌를 토해낼 듯한 기침을 쏟아냈다.

잠시 후 기침이 잦아들자, 갑자기 기분이 좋아지며 한참을 낄낄대며 웃었다. 그때 멕시코 출신의 미녀가 빨간 젤리를 무리에게 나눠주었다. 난 치아에 들러붙는 식감이 싫어 정중히 거절했지만, 그녀는 이게 일반적인 젤리가 아니라고 했다. 그러자 밥 말리를 닮은 남자가, 수많은 예술 작품이 바로 이 젤리에서 나왔다고 덧붙였다. 존 레넌의 작품 중 몇몇도 그 덕분이라며.

그 유혹을 쉽게 떨칠 수 없었다. 나도 이걸 씹으면, 어쩌면 위대한 작가가 될 수 있지 않을까? 그렇게 생각한 나는 젤리를 무려 세 개나 입에 넣고 씹었다. 그리고 얼마 지나지 않아, 내 의식은 어딘가로 떠나버렸다.

*

눈을 뜨자마자 목이 꽉 막히는 듯한 느낌에 기침이 터졌다. 눈앞엔 이국적인 풍경이 펼쳐졌고, 나는 커다란 호텔 침대 위에 누워 있었다. 오늘이 며칠인지, 여기가 어디인지 전혀 감이 오지 않았다.

누군가 심하게 코를 고는 소리에 화들짝 돌아본 난, 순간 숨이 멎는 듯했다. 내 옆에 웬 벌거벗은 백인 할아버지가 입을 벌린 채 곯아떨어져 있었다. 백발과 퇴색한 금발이 뒤섞인 긴 파마머리를 늘어뜨린 채, 주름과 보톡스가 뒤엉킨 얼굴은 마치 촛농처럼 흘러내렸고, 온몸은 문신과 피어싱으로 뒤덮여 있었다. 이분은 지구인이라기보다 어딘가 외계 생명체에 가까워 보였다.

기분이 몹시도 끔찍했다. 서둘러 이곳을 빠져나가기 위해 팬티 한 장을 걸치고 몸을 일으켰다. 머리가 깨질 듯 아팠다. 술병들과 잡동사니로 온통 어질러진 방 안을 헤매며 내 옷을 찾았다. 그런데 여자의 옷이라고는 슬립처럼 보이는 얇은 헝겊 조각이 전부였다.

맙소사, 이런 차림으로 밖에 나갈 수는 없다. 한여름 밤이었는데도 몸이 덜덜 떨렸다. 걸칠 만한 다른 옷을 찾다가, 잡동사니가 널브러진 원탁 아래에서 칙칙한 색깔의 긴팔 셔츠 하나를 발견했다. 셔츠를 홱 잡아당기다 탁자를 넘어뜨렸고 나도 모르게 욕이 튀어나왔다.

탁자가 넘어지는 소리보다 내 입에서 나온 소리가 더 컸다. 난 황급히 입을 가리고 침대 위의 어르신을 돌아봤다. 문득 그가 코골이를 멈췄고, 난 숨을 멈췄다. 잠시 잠잠하던 그 노인은 느닷없이 "Fuck you!"라고 외치고는 돌아누워 다시 코를 골기 시작했다.

안도하며 고개를 돌리다가 다시 얼어붙었다. 바닥을 굴러다니는 잡동사니들 사이로, 동그랗게 말린 1달러 지폐와 하얀 가루가 묻은 크레디트 카드가 눈에 들어왔다. 대강 옷을 걸친 난 화장대 거울 속에 비친 내 모습을 보고 화들짝 놀랐다.

팀 버튼 감독의 〈유령 신부〉주인공처럼 생긴 여자가 날 마주 보고 있었다. 가슴이 사라진 앙상한 몸매에 다크서클이 턱까지 내려와 있었고, 홀쭉하고 푸르딩딩한 뺨이 나이에 비해 훨씬 늙어 보였다. 나는 엉켜 있는 보라색 머리카락을 움켜쥐고 절규했다.

불현듯 포레스트 검프의 제니가 떠올랐다. 자유분방한 젊은 시절의 대가로 끔찍한 불치병을 얻고, 죽기 전 포레스트를 찾아갔던 그녀. 미우면서도 딱한 존재였다. 그때 나는 마치 그녀를 비난할 자격이라도 있는 듯, 턱을 치켜들고 혀를 쯧쯧 찼었다. 그런데 설마, 내가 이런 모습이 될 줄이야……

뼈만 남은 내 양팔을 끌어안고 오들오들 떨었다. 별안간, 엄마가 끓여주던 김치찌개가 사무치도록 먹고 싶었다. 오랫동안 가보지 못한 동네 개울가가 그리웠고, 택연이는 어떻게 지내고 있을지 염려됐다. 조카들의 사랑스러운 얼굴과, 심지어 아빠가 키우던 그 심술꾸러기 재롱이마저 눈에 밟혔다. 한시라도 빨리 제자리로 돌아가고 싶었다.

짙은 향수 냄새와 노인 냄새가 밴 긴소매 셔츠를 어깨에 걸친 난 지옥에서 탈출하듯 그곳을 빠져나왔다.

*

눈을 떴을 때, 내 방 침대 위에 누워 있었다.

발치에서 말없이 날 내려다보는 자개장을 마주 하자, 나도 모르게 눈물이 핑 돌았다.

다행히 전보다 살이 조금 붙은 것 같아 안도했지만, 여전히 앙상한 몸은 체중이 제자리로 돌아오지 않았음을 말해주었다.

몸을 일으키는 찰나, 갑자기 머리가 핑 도는 바람에 다시 쓰러졌다. 안에 남아 있던 기운이 전부 빠져나간 것처럼. 대체 왜 이러는 걸까……

문득 왼쪽 가슴께에 불편한 통증이 느껴졌다. 입고 있던 흰색 면 티셔츠를 치켜 가슴 아래를 더듬어보니 왼쪽 갈비뼈 아래가 동그랗게 부풀어 있었다. '이게 왜 이러지?' 하고 자세히 보려고 몸을 일으키는데 엉덩이 부위가 축축했다.

설마 자다가 실수를 한 건가 싶어 살펴보니, 침대보가 온통 시뻘겋게 젖어 있었다. 최대 1리터의 혈액을 흡수할 수 있는 오버나이트 패드를 착용하고 있었지만, 이미 홍수처럼 범람해버린 지 오래였다. 이 정도면 거의 1.5리터짜리 페트병 하나 분량은 쏟아낸 셈이었다. 처음 겪는 현상에 가슴이 덜컥 내려앉았다.

게다가 조금 전부터 아랫배 통증이 심해지고 있었다. 내가 익히 아는 생리통과는 전혀 다른 느낌이었다. 극심한 공포에 휩싸인 나는 비틀거리며 휴대폰을 찾아 119를 눌렀다.

…설마, 포레스트 검프의 제니가 걸렸던 병은 아니겠지!? 눈앞이 아득해졌다. 정말 그런 거면 어쩌지?! 아냐, 괜찮을 거야. 그 시

대엔 불치병이었지만, 요즘은 치료제도 있고 그 병으로 죽는 사람은 많지 않다고 들었어.

잠시 후, 방에 들어온 구급대원들이 나를 들것에 실어 현관으로 향했다. 방에서 자던 택연이 놀란 얼굴로 뛰쳐나왔다.

"누나, 어디 가?"

"구급차 타고 어디로 갈 것 같아? 후유… 엄마한테… 누나 병원에 갔다고 좀 전해줘."

그런데 어쩐 일인지, 평소와 다르게 택연이 걱정스러운 얼굴로 마당까지 따라 나왔다. 내심 마음이 찡했다. 그래도, 누나라고……

"누나! 올 때 듀라셀 건전지 사 와! 티비 리모콘 밧데리 다 됐어!"

녀석이 그렇게 외쳤다. 난 힘겹게 팔을 들어 녀석에게 들어가라며 손짓했다. 하지만 녀석은 고집스러운 목소리로, 또박또박 다시 말했다.

"꼭 듀라셀로 사야 해!"

"꼭 지금 그 얘길 해야 속이 후련하겠니? 누나 꼴이 안 보여?"

"그게 젤로 오래 가서 그래! 손가락만 한 크기로 사, 알았지!?"

참다못한 내가 목소리를 쥐어짰다.

"…어떤 손가락, 이 새끼야… 엄지… 검지…? 새끼??"

녀석은 천진한 얼굴로 검지 두 개를 높이 들고 흔들었다.

잘생긴 구급대원이 내 손을 꼭 잡은 채 혈압을 재고 수액을 놓는 사이, 나는 서서히 의식이 흐려졌다. 언젠가, 듀라셀 AA 건전지를 동생의 손에 꼭 쥐여주리라 다짐하며…….

*

어느 순간, 나는 4인 병실 침대에 누워 있었다. 한 간호사가 내 머리맡에서 투명하고, 노랗고, 뿌연 세 가지 색의 수액 주머니를 하나씩 들여다보며 체크하고 있었다.

"오늘이 언제예요?"

심전도 모니터의 혈압을 점검하던 간호사가 돌아봤다.

"아, 올해가… 2023년이죠. 오늘은 3월 30일이구요."

깜짝 놀라 몸을 일으키려 했다. 그런데 내 몸이 의지대로 반응하지 않았다.

"제가… 입원한 지 얼마나 됐나요?"

"어… 거의 2년 됐네요."

"2년이라구요!??"

어찌 된 일일까?

응급실에 실려 온 이후부터 이날까지의 기억이 전혀 없었다. 잠시 뒤, 다른 두 간호사가 이동식 침대를 가져와 내 침상 옆에 붙였다. 세 명의 간호사가 나를 들어 옮겼고, 그 이동식 침대를 밀고 병실 밖으로 나갔다.

"……어디로 가는 거예요?"

내가 물었지만, 간호사는 선뜻 대답을 주지 않았다.

잠깐… 내일이면 아빠가 혼수상태가 되는 날이잖아……!

환자용 엘리베이터에 올라 1층 버튼을 누르는 간호사에게 다시 말했다.

"전화 좀 하고 싶은데요."

"검사 끝나고 하시면 돼요."

문득 머리가 가려워 뼈만 앙상하게 남은 손을 들어 옆머리를 긁었는데 머리카락이… 하나도 없었다. 나와 눈이 마주친 간호사는 시선을 피했다.

"제 머리가 다 어디 갔어요?"

"이번에 골수 이식받으시면 훨씬 좋아지실 거예요."

"골수 이식이요? 그런 건…"

그만 입을 다물어버렸다.

내가 걸린 병은 혈액암이었다.

이미 4기로 넘어가는 단계였고, 그동안 화학요법과 약물치료를 받아오던 중, 얼마 전 마침내 내게 맞는 조혈모세포를 확보하게 됐다. 그로 인해 수술 전 몸 상태를 정밀하게 확인하기 위해, 지금은 골수 채취 검사를 받으러 가는 길이었다.

검사실에 들어가자, 내 또래로 보이는 여의사가 나를 맞아주었다. 스테인리스 트레이 위에 놓인 망치와 쇠꼬챙이, 전동드릴 같은 기구들을 보자, 내 얼굴은 굳어졌다. 그것들은 검사 기구라기보다 고문 도구에 가까웠다.

"혹시 다른 검사 방법은 없을까요?"

그러자 여의사는 상냥한 말투로 마취제를 듬뿍 놓아주겠다고 해서 날 안심시켰다.

하지만 기다란 주삿바늘이 뼈까지 닿는 순간, 꾁! 하는 비명이 절로 터져 나왔다. 마취제 놓지 않은 것 같다고 하자, 여의사는 단호하게 "마취는 확실히 했습니다. 몇 분만 참으세요"라고 답했다.

그리고 본격적인 리얼 지옥 체험이 시작되었다.

등허리를 뚫고 들어온 뾰족한 꼬챙이가 척추를 뚫을 땐 혼이 빠져나가는 줄 알았다. 하지만 의식은 또렷했고, 마치 벼락을 맞는 듯한 고통이 그대로 밀려왔다. 차라리 마취제를 놓지 않고 기절하는 편이 나을 뻔했다. 중간중간 그만두라고 소리를 지르기도 하고 욕설을 내뱉기도 하고, 그러다 끝내 엉엉 울고 말았다. 검사 끝날 때까지 울음을 멈출 수 없었다. 고통 앞에서는 창피함이고 나발이고 없었다. 그렇게 수십 분이 지나고 빨갛게 버무려진 파김치가 된 난, 여의사에게 물었다. 골수 이식 수술도 이것과 비슷하냐고. 그렇다면 맹세코 난 죽는 쪽을 택하겠다고. 그러자 그녀는 수술은 지금보다 약간 더 오래 걸리고 아주 약간 더 아프다고, 그렇지만 잠깐 아프고 오래 사는 게 낫지 않겠냐며 말했다.

난 병실로 옮겨져 수액을 맞으며 실신하듯 잠이 들었다.

눈을 뜨니 벌써 세 시간이나 지나 있었다. 타이머 시간은 약 1시간가량 남았다.

문득 뭔가 이상했다. 내가 이런 중병에 걸렸는데 가족 중 누구 하나 보이지 않았기 때문이다. 서연이나 택연은 각자의 사정상 그렇다 쳐도, 아빠랑 엄마는 어째서……?

생각할수록 화가 났다.

부모님 위해 내가 해온 게 얼만데!

아무리 못난 자식이라도, 이건 너무하잖아… 어떻게 나한테 이럴 수가 있어……

마취가 다 풀리고, 허리와 엉덩이에 수백 개의 포크로 찔러대는 듯한 통증이 더해지자 걷잡을 수 없는 울분이 치솟았다.

알았어, 어디 두고 보시지! 나도 아빠탱이고 엄마 때기고 다 필요 없다고!!

"으아아아악~!! 으허헝엉……."

내 비명 섞인 울부짖음에 간호사들이 놀란 얼굴로 달려왔다. 감정의 임계점을 넘긴 순간, 부끄러움도 창피함도 다 무의미해졌다.

간호사가 강력한 마약성 진통제를 놔주자 금세 통증이 잦아들었다. 그와 함께 분노 게이지도 서서히 줄었다.

그때 휴대폰 진동이 울렸다. 택연이었다.

"누나! 엄마 바꿔! 할 말 있는데 엄마가 전화 안 받아."

"왜 나한테 그래! 엄마가 여기 왜 있겠어? ……엄마가 여기 자주 오셨어?"

"주말에. 그런데, 이제 아빠는 거기 못 가니까…."

"평일엔 아빠가 여기 계셨다는 거야? 근데 왜 이제 못 와??"

"보람 병원에 있는데 어떻게 가!"

전화를 끊고 아빠에게 연락했지만, 휴대폰의 전원이 꺼져 있었다.

이윽고 엄마와 통화연결이 되었고, 아빠가 이미 두 달 전부터 보람 병원에 입원해 있었다는 사실을 알게 됐다. 내 골수 치료를 상담하던 중, 아빠의 낯빛을 본 내 담당 의사가 검진을 권유했고, 그 덕분에 병을 비교적 일찍 발견할 수 있었던 거였다.

"그러면 아빠는 누가 간병하고 있어요?"

"간병은 무슨? 식물인간이 됐는데 뭘 어떻게 간병할 거야. 에휴, 딱한 인간……."

"식물인간이라뇨!? 혼수상태라는 거예요?"

"그게 그거지. 근데 왜 그렇게 아무것도 몰라? 서연이가 다 얘기했다던데……? 참, 안 그래도 서연이가 너랑 네 아빠 연명 장치 떼는 거 상의한다더라. 너 수술받고 나서 할까 어쩔까 하던데, 그러면 너무 늦다고 내가 뭐라고 했지……."

엄마의 푸념이 길어질 조짐이 보여 얼른 전화를 끊고, 캐비닛에서 내 옷을 꺼내 화장실로 들어갔다. 젖은 솜덩이 같은 몸을 끌고 콜택시를 탄 난 곧장 양평 집으로 달려갔다.

진통제의 효과가 서서히 사라지자, 통증이 밀려왔다. 그리고 통증이 깊어질수록, 뼈저린 후회도 함께 밀려들었다.

거실에서 텔레비전을 보던 택연이 허리를 부여잡고 끙끙대며 나타난 나를 보고 놀랐다.

"누나 퇴원한 거야? 백혈병 다 나았어?"

내가 희미한 미소를 지어 보이자, 녀석이 말했다.

"해골이 웃는 거 같아."

"고맙다."

난 막 문을 열고 방에 들어가다가 동생을 돌아봤다.

"누나가 듀라셀 건전지 사다 줬냐?"

"응? 옛날에? 엄마가 다이소 건전지 사 왔어. 그게 짱이야."

그렇게 말하며 녀석은 텔레비전으로 시선을 돌렸는데, 때마침 방송에서 유명 연예인들이 해외 유명 관광지를 여행하는 프로그램이 방영되고 있었다.

"혹시 가고 싶은 데 생겼어? 말해봐, 누나가 어디든 데려가 줄게."

"여권이 없어."

"만들면 되지."

"싫어."

"왜?"

"집에서 텔레비전 보면 돼."

"그래. 그게 최고지. 이 동네만큼 좋은 데도 별로 없더라고."

이제는 서 있는 것조차 버거워 얼른 방으로 들어갔다. 의연하게 날 기다리고 있는 자개장 앞에 다가가 두 팔을 벌려 안았다. 허리 통증 탓에 오래 그러고 있을 수는 없었다. 이내 난 어둡고 아득한 자개장 안으로 엉금엉금 기어들어갔다.

이번에 과거로 가면, 절대 어떤 시도도 하지 않겠다. 아무것도 건드리지 말고, 그저 조용히 지켜보기만 하는 거야.

비록 남들 앞에 내세울 만큼 대단할 건 없지만, 무탈하고 건강하고 수중했던 내 일상을 되찾고 싶었다.

그렇게 다시 '원래의 나'로 되돌아가기 위해, 나는 67번째 과거로 날아갔다.

4.

세기말, 어느 초가을 날이었다. 나는 중학생이 되어, 추억 속 모교의 교무실에 앉아 있었다.

'앗, 이 제자 선생님!'

내 앞에 앉아 있는, 화장기 없는 수수한 얼굴의 젊은 여자는 중학교 2학년 시절의 담임 선생님이었다. 절대 잊을 수 없는 이름을 가진 그녀를 마주하자, 반가움과 아쉬움이 동시에 밀려왔다. 국어를 가르치던 그녀는, 내 모든 학창 시절을 통틀어 내가 가장 좋아했던 선생님이었다.

그런 그녀의 얼굴에 수심이 가득했다.

"자연이를 이뻐하던 입장에서, 저도 참 안타깝네요."

제자 선생님의 시선을 따라 옆을 돌아본 난 화들짝 튀어 올랐다.

40대 중반이 된 아빠가 굳은 표정으로 한숨을 내쉬고 있었다. 며칠 전 내가 교실에서 저지른 사건 때문이었다. 원래는 엄마가 와야 했지만, 어째서 아빠가 왔는지는 기억이 나지 않았다.

"아닙니다. 자식 교육 잘못 시킨, 애 엄마… 아니, 아비인 제 탓이 큽니다."

"나쁜 의도는 아니었단 걸 아버님도 알아주셨으면 해요. 그러니 너무 나무라진 말아주세요. 제가 이미 충분히 야단을 쳤으니…."

"아닙니다! 아무리 훌륭한 의도라 해도 수단이 잘못되면 그건 틀려먹은 거라고 봐야죠. 아무튼, 이런 녀석을 위해 늘 애써주시는 건 감사하게 생각합니다."

담임 선생님과 인사를 나눈 아빠는 이내 날 쏘아보며 "일어나." 라고 말하고는 교무실을 나갔다.

교사를 나오자, 이미 하교 시간이 많이 지난 터라 운동장에는 학생과 교직원이 드문드문 보였다. 아빠와 난 나란히 교문을 향해 걸었다. 아빠는 이제 막 사춘기에 접어든 나를 내려다보며 말했다.

"네가 학생이냐? 깡패냐? 너도 일진인가 뭔가 하는 그런 패거리랑 노냐?"

난 다른 중학생이 내 옆을 지나자, 얼른 손으로 입을 가리고 말했다.

"아무리 절 모르셔도 그렇죠… 제가 때린 애가 바로 일진이랑 붙어 다니던 애라고요. 우리 반에 그런 애들이 몇 명인 줄 아세요?"

"그건 아까 네 담임 선생한테 다 들었고, 걔들이 널 괴롭힌 것도 아니고, 다른 애한테 그런 걸 왜 네가 나서서 경을 치냐? 심지어 네가 감싸준 애는 너랑 친한 사이도 아니라며? 근데 왜 그랬냐?"

"저도 피해를 보았으니까 그렇죠."

유독 우리 반에는 일진 패거리들이 우글우글 포진해 있었는데, 그들에게 괴롭힘을 당하던 '그 아이'가 내 옆자리에 있었다. 나 역시 대개 그렇듯 방관자 중 하나였다. 그런데 며칠 전 쉬는 시간에, 패거리 중 하나가 특별활동 시간에 쓸 징채를 들고 장난을 치다가 징 대신 '그 아이'의 머리를 쳐댔다.

'그 아이'는 그 공격을 피하다가 내 쪽으로 세게 밀쳐졌고, 그 바람에 고개를 돌리던 내가 '그 아이'의 뒤통수에 정통으로 부딪쳐 앞니가 부러졌다. 한창 사춘기 시절을 보내던 여중생의, 바로 그 앞니가 말이다.

아픈 것도 아픈 거였지만 책상에 떨어진 내 치아 조각을 보는 순간 눈이 뒤집히고 말았다. 나는 나보다 키가 20센티미터는 더 큰 그놈에게 그대로 달려들었다. 그리고 징채를 빼앗아 정신없이 그녀를 두들겨 팼다. 다른 패거리들조차 감히 말릴 엄두를 내지 못할 정도의, 말 그대로 발광이었다.

할 말이 없다는 표정으로 고개를 흔드는 아빠에게 물었다.

"치과에 언제 가요?"

"치과는 왜?"

난 얼간이처럼 보이는 부러진 앞니를 내보였다. 그런데 아빠는 별로 동요하지 않았다.

"이러고 살 순 없잖아요! 사람들 앞에서 어떻게 입을 벌리겠어요?"

"사람들 앞에서 입을 벌리지 않으면 돼. 너 때문에 다친 애 치료비 물어줘야지. 네 이빨 해줄 돈은 없어."

난 그 자리에 멈췄다. 당시의 서운함과 원통함이 고스란히 되살아나는 느낌이었다. 난 이때부터 오랫동안 앞니가 없어 수줍음 많고 소심한 아이로 살게 되었다.

아빠는 나를 뒤로한 채, 냉정하게 멀어졌다. 그런 아빠의 등 뒤에 대고 큰 소리로 외쳤다.

"사람한테 이빨이라고 하는 게 어딨어요! 그건 동물한테나 쓰는 말이란 걸 몰라요?"

내 외침에 주위 사람들이 일제히 돌아봤다. 하지만 교문 밖으로 나간 아빠의 모습은 이미 보이지 않았다.

그나저나, 이제 나는 뭘 해야 하지? 아, 맞다. 타이머는 얼마나 남았더라? 근데… 그걸 어떻게 확인하지?

입고 있던 청재킷과 바지 주머니를 뒤적였다. 동물 모양의 작은 손지갑이 나왔다. 안에는 오백 원짜리 한 개와 백 원짜리 세 개가 들어 있었다.

이걸로 뭘 하지? 떡볶이도 못 사 먹겠는데?

하릴없이 두리번거리던 난, 화단 앞에 물뿌리개를 들고 서 있던 경비 아저씨와 눈이 마주쳤다. 그런데 수상하게도 그는 황급히 등을 돌려 꽃나무에 물을 뿌렸다.

난 천천히 그에게 다가갔다. 어디선가 본 듯한 얼굴이기 때문이다. 가까이에서 확인한 그의 얼굴은 역시 내가 아는 사람이 맞았다.

수위 모자 아래 번뜩이는 눈매와 뺨의 흉터, 걷어올린 제복 셔츠 소매가 먼저 눈에 들어왔다. 그는 내 시선을 느낀 듯 얼른 소매를 내려, 손목 위로 드러난 파란 호랑이 꼬리를 가렸다. 난 너무 반가워서 그의 팔을 붙들고 방방 뛰었다.

"안녕하세요, 목사님! 아, 이젠 경비 아저씨라고 불러야겠군요. 다양한 직업, 근사하네요!"

"이런, 제기랄! 이놈의 문신은 괜히 해서. 아무리 철모를 때라지만 정말 멍청했지. 당최 아무짝에도 쓸모없는 짓이었다니까, 에잇!"

그가 체념하듯 경비실 안으로 들어서자, 나는 신난 마음으로 그의 뒤를 따라갔다. 철제 책상 앞에 앉은 아저씨는 말없이 커피믹스를 탄 종이컵 하나를 내밀었다.

"원두커피는 없어요? 전 아메리카노만 마시거든요."
"아참, 중학생은 커피 마시면 안 되지."

그가 커피를 다시 가져가려 하자, 나는 군소리 없이 종이컵을 받아들었다. 그는 자신이 평소에 쓰는, 등받이 귀퉁이가 뜯겨 노란 스펀지가 드러난 의자를 내게 주었고, 본인은 과학실에서나 볼 법한 작은 나무 의자에 앉았다.

난 아저씨를 붙잡고 그동안 있었던 사연들을 봇물 터지듯 쏟아냈다. 그는 묵묵히 듣고만 있었는데, 그렇게 해주는 것만으로도 내게는 꽤 위안이 되었다.

"어떤 길로 가든 첩첩산중이라니까요. 이런 게 대체 저한테 무슨 의미가 있을까요?"

아저씨는 탁상 서랍을 열고 먹다 남긴 새우깡에 묶은 고무줄을 풀며 말했다.

"그게 오늘의 질문인가요?"
"아니 그게 아니라…… 하소연이잖아요. 제가 이런 얘길 누구한테 하겠어요?"

아저씨는 새우깡을 쥔 손가락으로 책상에 놓인 여섯 개의 작은 모니터를 가리켰다. CCTV 용 모니터로 각각 교사의 건물과 복도,

운동장과 교문 앞 등을 비추고 있었다.
"…어쩌라구요?"
"이걸 보라구요."
놀랍게도 그가 가리키는 화면 아래쪽에 파란 숫자들이 표시돼 있었다.

1999년 9월 8일 수요일 오후 4시 20분
타이머 00:51:35

"시간이 별로 없네요. 어서 오늘의 질문이나 해봐요. 또 언제 만날 지 모르니 신중하게 잘 선택하구요."
경비 아저씨는 새우깡을 아삭 씹으며 말했다.
"아저씨는 알고 계셨죠? 제가 뭘 해도 아빠의 운명을 바꾸지 못할 거라는 거요."
"그게 오늘의 질문인가요?"
"아우 참, 왜 그렇게 야박하세요? 사실, 자개장이 언제까지 작동하는 건지가 젤 궁금하긴 하지만, 더 중요한 것부터 물어봐야겠어요. 제가 원하는 걸 이루려면 어떻게 해야 하죠? 이제껏 이것저것 해봤지만 되는 일이 하나도 없잖아요."
"소용이 없단 걸 알면서 육십 번도 넘게 자개장에 들어가서 수없이 시간을 보냈던 이유가 뭐예요?"
"네? 대답을 해주셔야지 왜 질문을 하고 그러세요?"
"대답을 해주려는 거예요."
"아, 음…… 원래는 아빠가 스스로 깨닫길 바랐어요. 하지만 다 부질없는 짓인 걸 알고, 나를 위해서나 써보기로 한 거죠. 현실에선 절대 못 할 근사한 경험을 해보고 싶었어요. 물론 다 근사한 건 아니었지만…… 남들 다 하는 것들, 저도 좀 누리고 싶었다랄까요."

"아빠가 스스로 깨닫길 바란 건, 아빠를 위해서인가요?"

"……솔직히, 그건 아닌 거 같아요."

"그럼, 결국 다 자신을 위한 노력이었네요?"

"당연하죠! 세상에 남의 인생을 위해 노력하는 사람이 어디 있겠어요? 명분이야 어찌 됐든 실상은 다 자기만족 아닌가요?"

"그러니까… 남들만큼 누리지 못하고 인정받지 못했던 게 화가 났던 거구나……."

"인정받지 못한 거요? 휴우…… 사실 따지고 보면 그런 거창한 것도 아니에요. 그저, 한 번이라도 내 처지를 이해해 주길 바랐어요. 최소한 내가 왜 그랬는지 물어봐 주기를…… 하지만 늘 똑같았죠. 애초에 들을 맘도 없는 사람한테 무슨 말을 하겠어요?"

"그게 억울한 거군요."

"억울해요! 내가 아무리 노력해도 결국 아빠의 머릿속엔 변하지 않는 존재로 남을 거라는 게! 뭘 그렇게 대단한 걸 바란 것도 아니었는데. 그냥… 최소한 한 번이라도, '그래, 네 마음이 그랬구나…'라는 그냥 그런 말… 그냥 그런 평범한 말이 듣고 싶은 거였는데……."

전혀 그럴 생각이 아니었는데 갑자기 눈물이 고이고 목이 메어 말을 이어가기 어려웠다. 곰곰이 귀를 기울이던 그는, 다 먹은 새우깡 봉지를 부스럭거리며 네모나게 딱지를 접었다.

"원래, 남은 절대 변화시킬 수가 없는 거예요. 그보다 쉬운 건, 나 자신을…"

"내가 변해야 세상이 변한다, 같은 뻔한 소린 할 생각도 마세요. 그걸 몰라서 이러고 사는 건 아니니까요."

그는 잠시 당혹한 얼굴로 헛기침했다.

"인생이 원래 억울한 거예요. 세상을 다 가진 사람들은 뭐, 미치도록 억울한 일이 없을까요? 예수님도 전도를 시작한 후 3년 내내 사람들에게 사이비라고 욕을 먹다가 끝내 억울하게 돌아가셨잖아요."

"예수님도 저 같은 아빠를 뒀다면 성경 내용이 달라졌을걸요? 예수님 아빠는 얼마나 아들을 사랑하고 인정해 줬냐고요!"

"예수님의 아빠는 아무 죄도 없는 자기 아들을 사람들의 제물로 내어줬는데도요? 그것도 끔찍한 고통을 주면서 말이에요. 하지만 예수님은 순종했어요. 그 선택은 만인을 위한 것이자 한편으론 자기 자신을 위한 것이기도 했죠. 자신의 존재 가치와 목적을 명확히 알고 있었다는 겁니다."

그게 대체 나와 무슨 관계가 있다는 건지 이해할 수 없었다. 비교 대상이나 되는가 말이다. 그가 내 깨진 앞니에 시선을 고정한 채 인자한 미소를 지었다. 난 짜증이 났다.

"그래서 어떻게 하라구요?"

"자연 만물 중에 무가치한 건 한 개도 없듯, 목적 없는 인생도 없어요. 모두가 자신의 목적대로 살아가는 거죠. 심지어 아무 목적 없이 사는 사람조차 실은 그 무목적이 자신의 의지이고 삶의 방식인 것처럼요. 진정으로 나를 위한 삶과, 그저 개인적 욕망에 충실한 삶을 혼동해선 안 된다는 거예요."

"좀 쉽게 갑시다, 아저씨. 그래서요?"

"뭐가 그래서죠?"

"네?"

"오늘의 질문엔 대답을 다 한 건데…?"

"뭐라구요?"

그때 책상 위에 있던 유선 전화기가 울렸다. 교무실의 호출을 받은 그가 서둘러 일어섰다.

"내 말 명심해요. 진정한 목적을 찾고 그것을 이루는 과정에서 미래는 자연히 바뀌게 된다는 걸 말이에요."

"그런 게 어딨어요! 제대로 대답을 해…"

부리나케 그를 뒤쫓아 나갔지만, 이미 그는 어디에도 보이지 않았다.

뭐야, 젠장! 답을 달랬더니 도리어 문제를 내놓고 내뺐네!

다시 경비실 안으로 들어가 폐쇄 회로 모니터를 들여다봤다. 타이머는 35분 남아있었다.

이제 어쩌지?

집에 가봤자 도착하는 순간 타이머가 끝날 것이었다. 그때였다.

"여기서 뭐 해?"

돌아보니, 아빠가 사온 박카스 박스를 든 제자 담임 선생님이 내 앞에 서 있었다. 내가 경비 아저씨에게 물어볼 게 있어서 기다린다고 하자, 그녀가 안으로 들어와 책상 위에 박카스를 내려놓았다.

"이걸 경비 아저씨, 주시게요?"

"난 카페인이랑 별로 안 친해서…… 아빠는 먼저 가셨니?"

"화만 내다 뒤도 안 보고 가버리셨어요."

그러자 그녀는 미소를 나를 바라보았다.

"나, 요 앞 분식집 떡볶이가 먹고 싶은데, 혹시 같이 먹어줄래?"

선생님과 난, 회칠한 벽에 아이들의 낙서가 가득한, 작고 허름한 분식집 안에 마주 앉았다.

이곳은 내가 평생 먹어본 분식집 중에서도 손꼽힐 만큼 떡볶이가 맛있었다. 하지만 제자 담임 선생님은 떡볶이에 거의 손도 대지 않은 채, 우수에 찬 눈빛으로 묵묵히 내 말을 들어주고 있었다. 당시의 우리는 그녀를 서른다섯의 미혼이라는 이유만으로 '노처녀'라 불렀지만, 지금의 나보다 네 살이나 어린, 아직 한참 젊은 나이였다.

"속상하겠다. 그렇지만 아빠의 입장도 그럴 만하지 않을까? 전혀 이해가 안 가는 건 아니잖아?"

난 진짜 중학생이 된 기분으로 고개를 주억거렸다.

"그렇지? 그럴 줄 알았어. 그래도 난, 자연이 좀 멋진 거 같아. 그런 순수함은 변치 않았으면 좋겠어. 어차피, 앞으로 나이를 먹어가고 이런저런 일을 겪다 보면, 이런 곤란한 일이 닥쳤을 때 훨씬 지혜로운 방법을 찾게 될 테니까. 난 자연이가 반드시 그러리라 믿어."

난 얼굴이 새빨개졌다. 그녀의 칭찬과 응원은, 내가 꽤 괜찮은 사람인 것처럼 느끼게 만들었다.

"선생님! 선생님은 만약에, 만약에 말이에요. 다시 과거로 돌아갈 수 있다면 뭘 하고 싶으세요?"

그녀의 길쭉한 눈이 동그래졌다.

"재밌는 질문이네. 난 진즉부터 자연이가 상상력이 풍부하고 특별한 아이라고 생각했어. 자연이는 어때?"

"지금은 시간이 많지 않아서⋯ 일단 선생님 얘기부터 듣고 싶어요. 혹시 선생님도 바꾸고 싶은 과거가 있어요? 원래부터 교사가 꿈이었어요?"

"음⋯⋯ 난 원래 동화 작가가 되고 싶었어. 다시 돌아간다면, 좀 더 용기를 갖고 글을 써보고 싶어."

난 고개를 갸웃했다.

"그런 거라면 지금이라도 할 수 있는 거 아니에요? 그리고 글을 쓰는 데 웬 용기가 필요해요?"

"글쎄, 다른 사람들은 모르겠는데, 나 같은 사람에게는 큰 용기가 필요한 일이지. 글을 쓴다는 건 타인에게 나란 사람에 대해 적나라하게, 그러니까 숨김없이 보여줘야 하는 일이니까. 이를테면 작가의 생각과 감정들, 가치관, 세계관, 도덕관, 심지어 성격이나 취향까지도. 거기다가 작가 자신조차 알지 못하던 내면의 우주가 드러나게 되지. 그걸 본 사람들의 온갖 비평과 비난을 마주해야 하는데,

난 그걸 겸허히 받아들일 자신이 없는 거야. 오히려 그런 혹독한 과정을 자양분 삼을 배짱을 가진 사람이 작가가 되는 게 아닐까 싶어."

선뜻 이해되지 않았다.

"일기장을 내는 게 아닌 데도요? 소설은 허구일 뿐이잖아요. 지어낸 얘기를 보고 사람들이 내 속을 어떻게 알아요?"

"그렇게 생각할 수도 있겠지. 하지만 작가가 경험하지 못한 부분이나 알지 못하는 감정을 지어내는 건 한계가 있어. 모든 창작물엔 진정성이란 게 있는데, 그건 작가가 진심을 담아 쓰지 않으면 느낄 수 없지. 진정성은 작가의 체험과 시선에서 나오니까."

"톨킨이 실제 엘프를 만나봤다거나 해리포터 작가가 마법 학교에 다니진 않았을 거 같은데요."

"톨킨을 알아? 나도 〈반지 전쟁〉 좋아해. 아직 우리나라에는 잘 알려지지 않은 작품인데, 자연이 대단하구나?"

반지 전쟁? 나중에 알아보니 톨킨의 〈반지의 제왕〉이 우리나라에서는 1998년도에 '반지 전쟁'이란 제목으로 처음 출간된 거였다. 1930년대 옥스퍼드 대학에서 영어학을 가르치던 톨킨이 자신의 아이들을 위해 〈호빗〉이라는 작은 동화책을 펴냈는데 예상밖에 선풍적인 인기를 끌었고, 그 작은 이야기를 씨앗 삼아, 그는 무려 17년 동안 집요하게 매달렸다. 그리고 마침내, 반지의 제왕이라는 찬란한 열매를 맺었다.

"근데, 해리포터라는 작가는 누구야? 처음 들어보는데?"

깜빡했다. 그때 해리포터는 아직 우리나라에 출간되기 전이었다.

"판타지 동화 같은 건데 영미권에서 인기라고 어디서 봤어요. 몇 달 후면 우리나라에도 나올 거예요."

"와, 어떻게 그런 걸 다 알아? 자연이가 정말 책을 많이 아는구나? 내가 좀 배워야겠네."

"아이 뭐, 꼭 그런 건 아니구요… 헤헤…… 근데 선생님은 어떤 동화를 쓰고 싶으셨는데요?"

"내가 아주 좋아하는 작품이 있는데, 강소천 선생님의 〈꿈을 찍는 사진관〉이라고 알아?"

"저도 어릴 때 좋아했던 거예요."

막 스무 살이 된 남자 주인공이 어느 봄날 뒷동산에 그림을 그리러 갔다가 깊은 숲속에서 묘한 사진관을 발견했다. 놀랍게도 그곳은 손님이 꾸는 꿈을 사진으로 인화해 주는 곳이었다.

사진관 주인은 '한국전쟁' 당시 피난길에서 잃은 자신의 아기를 그리워하다가 꿈에 나오는 아기를 찍을 수 있는 사진기를 직접 발명했다고 했다. 그래서 주인공은 사진관 주인에게, 가족들과 월남할 때 헤어졌던, 북쪽에 남겨진 열 살 때 단짝 친구가 보고 싶다고 했다.

주인공은 사진사의 지시대로 친구가 나오는 꿈을 꾼 다음 날 사진관 주인에게 사진을 받았는데 사진을 본 주인공은 어떤 뜻밖의 진실을 깨닫고, 깊은 놀라움과 슬픔에 잠기게 된다는 내용이었다.

그 이야기는 동화치고는 다소 먹먹한 내용이지만, 그 속에서도 강렬한 여운을 남기는 매력적인 판타지 동화였다고 내 감상평을 말했다.

"역시! 하지만 난 그 작품이 판타지라고 생각하지 않아. 작가 자신의 경험을 쓴 거니까."

"작가가 정말 그런 사진관에 갔다는 말씀이세요? 그건 너무 비현실적이잖아요. 그러니까 작가도 결말을 그렇게 쓴 게 아닐까요?"

"읽는 사람에 따라 결말은 여러 가지 해석이 가능하겠지. 하지만 작가가 정말로 그런 사진관에 갔던 것인지 꿈을 꾼 건지, 아니면 상상인지 누가 알겠어? 우리가 이렇게 대화를 나누는 이 순간도 현실인지, 꿈인지, 상상인지 어떻게 알지? 한참 시간이 흐른 뒤에는 모를까…… 그렇지만 또 많은 시간이 흐르고 난 뒤에는, 오늘 이 자리가 기억인지 꿈이었는지, 아니면 그저 상상일 뿐인지 구별할 수 있을까? 사람의 기억이나 생각만큼 불명확하고 불완전한 게 없잖아. 하지만 책은 명확한 활자가 있고 손에 쥘 수 있고, 무엇보다 책도 사람처럼 태어난 의도가 있잖아. 그게 책의 존재 가치겠지."

난 입을 벌린 채 가만히 제자 선생님을 응시했다. 그녀는 아마도 결혼하기가 쉽지 않을 것 같았다. 이렇게 복잡하고 특이한 생각을 가진 여자를 감당할 만한 남자가 어디 흔히 있을까, 싶었다.

"꿈을 찍어주는 사진관의 의도는 뭔데요?"

"이 작품은 인간의 기억에 대한 알레고리라고 생각해. 그러니까, 쉽게 말해서 사진관의 이야기를 통해 기억이라는 것의 성질, 특성 같은 걸 생각해 줄 수 있게 하는 거야. 사유라고도 하는데 그런 건 나중에 알아도 되고."

"그냥 과거의 친구를 그리워하는 내용이라고 생각했는데, 기억에 대한 거라고요?"

"지나간 시간, 즉 과거란 건 녹화나 기록을 해두지 않는 한은 그걸 겪은 사람의 기억 속에서만 존재하는 거잖아?"

"그렇죠."

"그렇다면 과거란 건 기억이라고도 할 수 있겠지? 그런데 사람의 기억이란 매우 주관적이라는 특징이 있어. 왜냐하면 사람마다 세상을 보는 눈이 다르기 때문이야. 그렇기에 기억이란 매우 유동적이지. 내가 가진 생각과 감정에 따라 왜곡되기도 하고 시간이 지날수록 흐릿해지고 그러다 아예 지워지기도 해. 아예 지워지면 그 과거는 내게 없던 일이나 마찬가지가 되는 거야. 그렇게 과거란 건 사람의 기억에 따라 존재와 의미가 정해지지. 조금 이해가 되나…? 그래그래. 내 생각엔 이 작품이 탄생한 배경에는 작가의 이런 의문이 있지 않았을까 싶어. 만약에 사람이 마치 사진을 찍듯 기억을 떠올릴 수 있다면 어떨까? 라는……."

"오! 굉장해요. 역시 선생님은…"

그녀는 고개를 부드럽게 가로저으며 말을 이었다.

"난 꿈을 찍는 사진관을 읽고 이런 생각을 했어. 아, 내가 가진 아픈 기억을 외면하지도, 왜곡하지도 않고, 제대로 잘 들여다보고 어루만져 줄 수 있을 때, 그때 비로소 현재의 내가 자유로워질 수 있겠구나, 혹은 나다워질 수 있겠구나… 하하, 표정 왜 그래?"

난 놀랍고도 멍한 얼굴로 그녀를 응시했다. 그 순간, 내 마음속 해마가 번쩍 눈을 뜨는 듯했다. 그동안 나는 당장 손에 넣어야 할 목표에만 매달린 채, 마치 눈뜬장님처럼 살아왔다는 걸 깨달았다.

"아까 자연이가 톨킨 얘기를 했는데, 톨킨은 그런 세계를 창조하기 위해 18년이란 시간을 투자했어. 그 시간 동안 작가 자신이 말했듯 자신의 생에서 피를 뽑아내듯 쓴 거야. 어떤 분야의 창작품이든 인간이 주제가 아닌 것도 없고 진실이 담겨 있지 않은 것도 없어. 그렇지 않으면 그걸 보는 독자라는 인간의 공감을 얻을 수 없을 테니까. 진정성이 뿌리라면, 재미란 건 나무 위에 걸쳐 둔 크리스마스 장식 같은 거거든."

머리를 한 대 쾅- 얻어맞은 느낌이었다. 10년이면 충분히 많은 시간을 들였다는 생각, 1년에 단편 소설을 한두 편씩 써냈으면 꽤 열심히 했다고 여긴 건 전부 내 착각이었다. 그리고 무엇보다, 다른 어떤 작품보다 재미있고 기발한 이야기를 잘 지어낸다 생각했는데도 공모전에서 자꾸 떨어진 이유를 이제야 알 것 같았다.

그래! 이제 내가 해야 할 일이 뭔지 알았어. 과거의 나를 바꾸는 것이 결국 지금의 나를 바꾸는 거야. 그렇게 바뀐 과거는 미래의 나까지 바꿀 수 있을 거야! 이제부터는 나 자신에게 집중하는 거야.

"……조금 어려웠나?"

제자 선생님이 내 안색을 살피며 조심스레 물었다.

"아니요, 선생님 말씀이 맞는 것 같아요. 역시 국어 선생님답네요!"

"너는 너답네요."

"아, 생각났어요. 나답다는 건 아름답다는 뜻과 같다고 선생님이 말씀하셨어요!"

그녀는 웃음을 터뜨리며, 하얗고 가느다란 손가락으로 내 입가에 묻은 빨간 소스를 닦아줬다. 나는 민망함과 부끄러움에 목을 움츠렸고, 그 순간 모든 것이 멈춰버렸다.

나는 마네킹처럼 멈춰 선 그녀의 얼굴을 가만히 응시했다.

그때에도 이런 자리를 가질 수 있었다면, 이런 이야기를 미리 들을 수 있었다면, 내 인생은 조금 달라졌을까……

한숨을 토해내는 순간, 그 소중한 순간이 떡볶이집과 함께 버무려져 돌아갔다.

5.

고등학교 2학년 교실에서 눈을 뜬 난 지난번처럼 책상에 머리를 찧었다. 여기저기 터지는 비웃음들을 무시하고 미래에 엄청난 웹툰 작가가 될 친구를 돌아봤다.

그녀는 앞자리에 앉은 아이에게 자신이 그린 그림이 담긴 연습장을 내밀던 참이었다. 만화책을 교과서에 끼워 몰래 보던 여학생은 고개도 돌리지 않고 팔꿈치로 쳐냈다. 그 바람에 연습장이 바닥에 떨어졌고 난 얼른 그걸 주워들었다.

가장자리가 닳디닳은 300페이지 분량의 연습장은 거의 모든 페이지가 드로잉으로 가득 차 있었고, 겉표지에 굵은 네임펜으로 'NO. 73'이라 쓰여 있었다. 깜짝 놀랐다. 이런 연습장이 이미 72권이나 더 존재한다는 뜻이었으니까.

열일곱 살이라는 나이를 생각하면, 엄청난 양의 습작이었다. 수없이 반복해 그린 다양한 캐릭터 옆에는, 인물의 특징을 묘사한 글귀들이 깨알같이 적혀 있었다. 자신이 창조한 인물들에 대한 애정이 느껴졌다. 뭐가 됐든 시대를 앞선 것들은 이상해 보이기 마련이다. 익숙하지 않기 때문이다. 작품을 쓸 때마다 기존의 작품들을 열심히 답습하는 나와는 다른 패기와 자신감이 느껴졌다. 불현듯 열등감과 질투가 치솟았다.

심통 맞은 얼굴로 주인에게 노트를 건네다가, 뚫어지게 내 입만 쳐다보던 그녀와 눈이 마주쳤다. 난 노트 한 귀퉁이에 글씨를 몇 자 끄적여 그녀에게 돌려주었다. 그걸 본 그녀는 믿을 수 없는 표정으로 날 돌아봤다. 별말은 아니었다. 조금 낯간지럽고 구태의연한 덕담일 뿐.

15년 후면, 넌 누구나 좋아하는
세계 최고의 웹툰 작가가 되어 있을 거닷!!

참, 저 애가 웹툰이란 말을 알까? 그 단어는 2000년대 초에 쓰이기 시작한 용어던데.

하지만 그녀가 꼴사납게 감동을 했고, 난 썩 내키지는 않았지만 내친김에 엄지손가락을 들어 보였다. 그녀는 안경 너머로 눈물을 반짝였다.

어이쿠, 뭘 울기까지 하고 야단이람!

민망해하던 차에 때마침 수업 종료 벨이 울렸다. 오목 두기 게임만 잔뜩 그려진 내 수학 노트와 필통을 집어 들고, 땡중 선생보다 먼저 교실을 뛰쳐나갔다.

운동장 스탠드 한구석에 앉은 난 어딘가를 응시했다. 그리고 무릏 위에 펴놓은 노트에 무작정 뭔가를 휘갈겨 쓰기 시작했다. 이상하게도 새로운 의지와 자신감이 샘솟았다. 난 앞으로 유행할 장르별 작품의 경향을 이미 알고 있었으니까! 앞으로 5, 6년 후부터 폭풍 같은 인기몰이를 할 사극 판타지나 판타지 로맨스물을 쓰는 거야. 세계 최초의 장편소설이라는 〈겐지 이야기〉나 우리나라 최초의 판타지 소설인 〈금오신화〉를 잇는 대작을!

작품 콘셉트는 정해졌다. 신데렐라 플롯에 '여자 아이언맨'을 결합한 이야기, 어때! 참신하지 않나!

펜이 저절로 움직였다. 그렇게 신나게 줄거리를 써 내려가다 보니, 어느새 한 시간이 순식간에 지나 있었다. 마치 1분처럼 느껴질 만큼 놀라운 몰입의 경험이었다. 하지만 미처 줄거리를 다 쓰기도 전에 아쉽게 타이머가 끝나고 말았다.

괜찮아, 내 머릿속에 있으니까. 이제 시간문제일 뿐이야!

*

눈을 떠보니, 나는 노량진 재수학원 앞에서 우산을 쓴 채 무리와 함께 술을 마시러 가고 있었다. 잠시 당황했다. 이번엔 대학 진학이 목표가 아니었는데 왜 이러는 건지 알 수 없었다. 내가 먼저 집에 가겠다고 하자, 앞에 가던 은정 언니와 무리가 돌아봤다.

"나 이제 학원 안 다닐 거야."

"학원비 땜에 그래?"

또래 중에서도 유난히 얌전했던 여자아이가 물었다. 그러자 은정 언니가 알겠다는 듯 내 어깨에 손을 올렸다.

"아빠랑 아직도 화해 안 했어? 괜찮아, 괜찮아, 언니가 빌려줄게. 나중에 대학 가서 갚아."

"대학 못 가면?"

"응? 안 되지! 넌 내 돈을 갚으려면 꼭 대학에 들어가야 한다! 알았니!?"

속으론 눈물겹도록 고마웠지만, 결심이 흔들려선 안 됐다.

"어차피 대학 가봤자, 마흔이 다 되도록 결혼도 못 하고 백수로 지내게 될걸, 뭐."

내 말에 친구들은 하나같이 당황한 표정을 지었다.

이 순간은 두 번 다시 오지 않을 것이다. 앞으로 난 달라질 거니까. 굳이 시간 낭비하며 재수학원 따위에 다닐 필요는 없어 보였다. 이들과의 추억은 그저 내 기억 속 앨범 속에서만 남게 되겠지.

어쩐지 울컥하는 기분으로 은정 언니의 두 손을 잡았다.

"은정 언니! 난 언니를 진짜 진짜 좋아했어. 평생 친구가 되고 싶었는데……"

"왜 그래, 너? 이상한 짓 하려는 건 아니지!?"

"그런 거 아냐. 난 진실을 말하는 거야. 언니처럼 좋은 사람을 앞으로 몇십 년간 만날 수 없단 것도 아는데, 인생이 내 맘대로 되는 게 아니라서…."

무슨 일이냐고 염려 섞인 눈빛으로 묻는 그녀에게, 나는 택시비를 빌려달라고 했다. 친구들은 내가 돈을 빌리기 위해 쓸데없는 소리를 늘어놓은 거라고 야단했고, 은정 언니는 놀란 가슴을 쓸어내리며 "으이그! 으이그!" 하며 나를 쥐어박았다.

은정 언니에게 받은 3만 원을 손에 꼭 쥐고 찻길로 뛰쳐나갔다. 내가 잡은 택시에 끼어들려는 사람을 우산으로 퍽 밀쳐내고, 재빨리 차에 올라탔다.

"아저씨, 국립 도서관으로 가주세요!"

자고로 글쓰기란, 번뜩이는 아이디어나 '영감'이 가장 중요하다고 믿었다. 그래서 많은 시간을 들여 꾸준히 쓰기보다는, 뮤즈처럼 찾아오는 영감을 기다리기 일쑤였다. 한 번 그것이 왔다 싶으면, 이

삼일 밤을 꼬박 새워가며 글을 써내려갔다. 그리고는 모든 에너지가 고갈된 채, 또다시 영감인지 뮤즈인지 모를 무언가를 멍하니 기다리며 시간을 흘려보내곤 했다.

그 와중에 아르바이트라도 하게 되면 상황은 더욱 악화된다. 육체적 노동은 창작 욕구와 에너지를 탈탈 털어가곤 해서 도무지 글을 쓸 여력이 없었다.

그 위대한 카프카 역시 평생 전업 작가를 꿈꿨다. 하지만 그도 가족의 지지를 받지 못했다. 나만큼이나 부모운이 없었던 모양이다. 그럼에도 그는 낮에는 직장에 다니고, 밤에는 가족들이 모두 잠든 틈을 타 글을 썼다고 한다. 그것이 바로 나와 카프카의 결정적인 차이였다. 위대한 작가들 대부분은 매일같이 성실하게 글을 썼다. 꾸준함과 성실함 역시 글쓰기에서 결코 무시할 수 없는, 어쩌면 가장 중요한 재능 중 하나라는 사실을 그들이 증명해 보인 것이다.

이제 나는, 더 이상 예전의 내가 아니다. 두고 보라지! 꿈을 이루려면 쉰 살은 넘어야 한다고? 반드시 마흔 전에 전업 작가가 되어주겠어!

나는 책가방을 뒤적여 수험서들 사이에 끼워져 있던 수학 노트를 꺼냈다. 그리고 가방 위에 노트를 펴놓고 전에 쓰다만 줄거리를 이어서 써 내려갔다.

도로가 막히자, 조바심이 나서 택시 기사를 닦달했다. 그러자 기사는 고속 순환로로 우회하자고 제안했고, 나는 망설임 없이 동의했다. 그런데 순환로를 따라 고가도로에 진입한 택시가 가파른 오르막을 오르기 시작했을 때였다.

"어어…! 저거 왜 저래?!!"

택시 기사가 다급히 외쳤다. 나는 무심코 고개를 돌렸고, 그 순간 반대편 차선에서 달려오던 차량이 우리를 향해 그대로 돌진해 왔다.

이를 본 기사가 재빨리 핸들을 꺾었지만, 그 차량은 이미 제어를 잃은 채 빙그르르 돌며 방향을 잃더니, 마치 쓰나미처럼 우리를 향해 몰려들었다. 그 모든 광경은 영화 속 자동차 액션처럼, 눈앞에서 슬로우모션으로 펼쳐졌다.

안전벨트를 매지 않고 뒷좌석에 있던 나는 순식간에 몸이 붕 떠올라 천장에 머리를 부딪쳤고, 이내 옆 창문으로 날아가 쿵 부딪혔다.

연속 추돌을 피하려고 택시 기사가 목숨을 걸고 드리프트를 감행하는 동안, 나는 마치 헝겊 인형처럼 뒷좌석에서 이리저리 튕겨다니며 쿵쿵 부딪쳤다. 이윽고 창유리가 산산이 깨지며 유리 파편이 사방으로 튀었고, 나는 완전히 공황 상태에 빠졌다. 난 입을 한껏 벌린 채 끊임없이 비명을 질러댔다.

그런데 그 와중에 기이한 체험을 했다. 내 과거의 기억들이 머릿속에 연달아 떠올랐다. 누군가 내 머릿속에서 영사기를 튼 것처럼 여태 살아온 날들의 무수한 장면이 빠르게 스쳐 지났다. 실제로는 몇 초가 안 되는 시간이었는데 참 이상한 일이었다. 이것이 죽음의 문턱에서 떠올린다는 '인생의 주마등'이 아닌가 싶었다.

아비규환 같던 순간이 끝나고 택시가 멈춰 섰을 때, 나는 그제야 좌석 한가운데로 패대기치듯 떨어졌다. 정신이 조금 돌아오고 나서야, 내 혓바닥 위에 얹혀 있던 유리 알갱이들을 퉤퉤 뱉어냈다.

앞 유리창 너머로 상대 차량이 보였다. 몇몇 사람들이 다가가 운전석 안을 들여다보더니 곧 휴대폰으로 신고 전화를 걸었다. 택시 기사도 회사 쪽에 연락을 취했다. 잠시 후, 구급차와 경찰차, 기자들까지 잇따라 도착했다. 1명의 사망자와 5명의 부상자가 발생한, 큰 사고였다.

뒷문이 열리며 구급대원이 내 상태를 물었다. 그제야 몸 곳곳에 통증이 느껴졌다. 긴장이 한꺼번에 풀린 탓인지 이마에 식은땀이 흘러내렸다. 왼손은 아예 들어 올릴 힘도 없었다.

들것을 가져온 구급대원들이 나를 눕히려 했지만, 나는 고개를 저으며 거부했다. 갈비뼈가 부러진 듯한 통증이 밀려왔지만, 애써 아무렇지 않은 척 이마에서 흐르는 땀을 손등으로 닦으며 말했다.

"전 괜찮아요… 나중에 따로 병원에 갈게요. 지금… 좀 급한 일이 있어서… 그래요."

"이마에서 피가 철철 나요! 갈비뼈랑 왼쪽 손목도 골절로 보이는데 당장 병원에 가보는 게 좋아요."

한 구급대원의 말을 듣고 문득 내 손을 내려다보았다. 손등이 피로 범벅돼 있었다. 어쩐지 땀이 너무 뜨끈하더라니…….

여자 구급대원은 두꺼운 반창고를 내 이마에 붙여주었다. 이마 가장자리 부근이 몹시 쓰라렸다.

"앗 따가워, 씨이! …아니, 고마워요. 전 괜찮아요. 정말이에요, 걱정하지 마세요. 그럼 전 이만……"

하지만 구급대원들이 서로 눈짓을 주고받더니, 결국 나를 억지로 들것에 눕히려 들었다. 나는 그들을 뿌리치고 도망치듯 현장을 벗어났고, 황급히 택시를 잡아타 도망치듯 몸을 밀어 넣었다.

약 20분 후, 난 국립 도서관에 앉아 욱신거리는 가슴을 부여잡고 글을 썼다. 몸은 아팠지만, 마음은 뿌듯했다. 앞으로 어떤 장애물도 나를 멈추게 하진 못할 거라 확신했다.

남은 건, 오직 전진뿐!

*

다음번으로 점프하자 난 K대학의 문예창작과에 다니고 있었다. 그 대학은 분야별 유명 작가들을 수없이 배출한 곳이었다.

내 목표대로 진행되고 있음에 안도와 기쁨을 느낀 것도 잠시, 과

동기와 사귀는 실수를 범하고 말았다. 내 영혼의 단짝이라 여겼던 그와 놀러 다니느라 글쓰기는 뒷전이었다. 사랑에 빠진 뇌는 현실을 외면하게 했고, 타이머가 끝나고 눈을 떴을 땐 비참한 이별을 하고 있었다.

인생의 방해물은 때로는 전혀 다른 탈을 쓰고 나타날 수도 있다는 걸 깨닫게 해준 계기였다. 그렇게 아무런 성과 없이 대학을 졸업했고, 그다음 번에 눈을 떴을 땐 패스트푸드점에서 아르바이트하며 웹소설을 준비하고 있었다.

서른 살이 되었을 때 정신을 차리고 다시 글쓰기에 매진하기 시작했고, 내 계획보다 한참이나 지난 후에야 웹소설 사이트에 올렸다. 하지만 이미 그곳은 참신한 소재의 작품들로 넘쳐났고, 순위권에 드는 건커녕 살아남는 것조차 하늘의 별 따기였다. 독자의 관심에서 밀려나지 않으려면 끊임없이 연재해야 했고, 글을 올릴 때마다 조회수를 수시로 확인하느라 매일같이 일희일비했다. 그 탓에 스트레스와 피로는 점점 쌓여만 갔다.

애초에 웹소설을 목표로 삼은 게 잘못이었다. 접근성과 반응성 면에서 빠르고 쉬운 길이라고 착각했던 거다. 세상에 쉬운 일은 단 하나도 없었다. 대체 왜 웹소설계를 그렇게 만만하게 봤던 걸까?

차라리 다 때려치우고 복권이나 사서 무위도식하며 사는 게 낫지 않을까? 그게 오히려 내 적성엔 더 맞을지도 모르겠다……

정신 차려, 이 멍청아! 아직 9년이나 남았잖아. 목표를 수정하면 돼.

모자를 푹 눌러쓴 채 동네 미용실로 갔다. 미용실은 1년에 한 번 갈까 말까 한 곳이었다. 손님이 없는 미용실로 찾아 들어가 할머니 원장님에게 머리를 밀어달라고 했다. 단 1센티도 남기지 말고 빡빡. 그러자 원장 할머니는 놀란 얼굴로 내가 배우인지 물었다.

난 군에 입대한다고 했다. 그러자 할머니는 자기 딸이 해군 장교라며 여군은 머리를 깎지 않는다고 했다.

"아, 농담이었구요. 사실 배우 맞아요. 부끄럽지만 비구니 역할이 들어와서요."

난 천연덕스럽게 말했고, 잠시 후 거울 속에는 무기수 같은 인상의 낯선 여자가 날 노려보고 있었다. 앞으로는 그 어떤 방해물도 용납하지 않겠다는 듯 독하고 비장한 눈빛으로 말이다.

*

2024년 3월 말이 되었지만, 난 여전히 작가 지망생이었다. 이번 타이머 존도 완벽한 실패였다.

그 뒤로도 '위대한 작가'가 되기 위한 여정은 멈추지 않았다.

한번은 라디오 작가, 예능 방송 구성작가, 이런저런 기업의 사보 팀 직원 등의 직업을 가져보기도 했다. 그렇게 여러 작가 관련 일을 전전하며, 틈틈이 내 글을 쓰려고 했다. 하지만 직장은 개인 시간을 확보하기가 쉽지 않았고, 나는 원체 체력이 약하고 잠이 많은 체질이었다. 게다가 대인관계에서 오는 스트레스에도 유독 취약했다. 그래서 얼마 못 가 회사들을 때려치울 수밖에 없었고, 전처럼 집안일과 엄마의 밭일을 도우면서 글쓰기를 했다.

아무리 과거를 바꿔봐도 현실은 크게 달라질 게 없었다. 마흔 전에 작가가 되는 일은 절대 쉽지 않았다. 그래서 난 몇 번이고 자개장에 들어가기를 되풀이해야 했다.

그렇게 나는 79회차까지 자개장에 계속 드나들었다.

어느덧 열두 살이 되어버린 나는, 현관문 앞에서 신발을 신고 있었다. 이따금 꿈에 나오는 어렴풋한 추억 속에 집을 보니 감회가 새로웠다. 난 촌스러운 물방울무늬의 재킷을 입고 책가방과 도시락 가방, 신발주머니를 들고 서 있었다.

반사적으로 타이머를 찾기 위해 두리번거리던 난 신발장 위에 걸린 그림 액자형 시계를 발견했다. 무릎을 꿇고 기도하는 천사 같은 소년의 모습이 그려진, 조슈아 레이놀즈의 《어린 사무엘》이었다. '오늘도 무사히'라는 글귀 아래에 날짜와 시간이 표시되어 있었고, 그 바로 밑에 타이머 표시가 작게 나타나 있었다.

1996년 11월 22일 금요일 오전 8시 10분
타이머 04:30:28

고개를 돌린 순간, 나는 화들짝 놀라 뒷걸음질쳤다.
소파 옆에서 까만 업라이트 피아노를 닦고 있던 건, 믿기 힘들 만큼 젊어진 엄마였다.
내 손에는 달력 한 장과 철사 뭉치가 쥐어져 있었는데 순간, 이날의 기억이 번쩍 떠올랐다. 오랫동안 지울 수 없었던, 억울하다 못해 한이 맺힌 사건이 선명히 되살아났다.
4개월 전까지는 '국민학생'이었지만, 현재는 초등학생 5학년으로 오늘은 실과 과목에 나오는 '전등갓 만들기'를 하는 날이었다. 준비물로 학교 앞 문구점에서 파는 '전등갓 만들기' 세트를 사야 했다.
하지만 우리 엄마는 굳이 그런 걸 사지 않아도 만들 수 있다며 동양화가 인쇄된 지난달 달력과, 신발장 공구함에서 꺼낸 녹이 슨 철사 뭉치를 내 손에 쥐여준 것이다. 난 그때와 똑같은 감정이 치밀어 올라 손이 부들부들 떨릴 지경이었다.
"우리 담임이 어떤 사람인지 몰라서 이래요!? 차라리 아무것도 안 갖고 가서 벌을 서는 게 낫겠어요! 애들이 또 얼마나 비웃을 줄 알아요? 안 그래도 이런 옷차림에, 도시락 반찬에, 모두 날 가난뱅이로 안다구요!"

난 고모들에게서 물려 입은 재킷을 거칠게 잡아당기며 분통을 터뜨렸다. 도시락통은 굳이 들여다보지 않아도 뭐가 들어있을지 뻔했다. 다른 아이들은 햄과 소시지를 잘도 담아오는데, 내 반찬은 늘 구운 김과 김치, 또는 달걀프라이와 김치가 전부였다.

"가난뱅이 같은 소리 하네. 진짜 가난뱅이로 한번 살아볼래? 그리고 다 똑같이 만드는 게 뭐가 좋아? 봐봐, 그 달력의 난초가 얼마나 근사하니? 딱 전등갓에 어울리잖아. 왜 그렇게 바보야? 네가 만든 전등갓이 젤로 멋질걸!"

피아노를 반질반질 윤이 나게 닦는 엄마를 노려보았다.

"우리 집에 와본 애들이 다 깜짝 놀라요."

"놀라겠지. 너희 반 애 중에 이런 단독주택에, 이런 피아노를 가진 애들이 몇이나 되겠니?"

"맞아요. 그래서 다들 놀라면서, 너희 엄마 새엄마냐고 물어요. 온 애들마다 전부 다!"

"흥! 그러면, 먹고 싶은 거 다 먹고, 입고 싶은 거 다 입고, 거지 같은 사글셋방에서 살까?"

"전, 차라리 그게 낫…"

"시끄러! 얼른 학교나 가! 그러다 지각해서 선생님께 혼꾸멍이나 봐야 정신을 차리지?"

그때, 초록색 견장이 달린 예비군 중대장 제복을 입은 아빠가 안방에서 나왔다. 현관 앞에서 발을 구르며 울부짖는 날 보더니 인상을 찌푸리며 엄마를 쳐다보았다.

"얘는 또 왜 이러고 있어?"

"쟤가 원래 성질머리가 어마어마하잖아요. 기껏 준비물 챙겨줬더니 제 맘에 안 든다고 저래요."

하지만 내가 든 준비물을 본 아빠는 낮게 한숨을 쉬었다.

"챙겨주려면 제대로 챙겨주지 그래. 선생이 달력 찢어서 갖고 오라고 하진 않았을 거 아냐?"

"그렇게 하는 대로 다 해주면요? 그런 쥐꼬리 월급으로 감당이 되겠어요? 이따 택연이 담임 선생님도 만나야 하는데 박카스라도 하나 사다 줘야 할 거 아니에요? 돈 들어갈 데가 어디 한두 군덴 줄 알아요? 아무 짬도 모르는 주제에!"

엄마가 토라진 듯 홱 방으로 들어가 버리자, 아빠는 답답한 듯 끙-하는 소리를 내고는 2천 원을 지갑에서 꺼내 주었다. 돈을 받으면서 난 어리둥절했다. 이날 아빠에게 준비물 값을 받은 기억이 전혀 없었기 때문이다.

내 기억 속엔 달력과 철사를 대문 앞 쓰레기통에 버리고, 학교에서 종일 벌을 섰던 기억만 남아있었다.

"아빤 점심 어떻게 드시려구요?"

허리를 숙이고 반짝반짝 광을 낸 까만 군화 끈을 매던 아빠가 말했다.

"누가 너더러 그런 걱정 하래? 한 끼 굶는다고 안 죽는다. 사람 죽이는 건 다 따로 있는 법이지."

양쪽 끈을 야무지게 맨 아빠는 군홧발을 바닥에 두 번 탁탁 치고는 밖으로 나갔다. 아빠가 내게 이런 친절을 베푼 때가 있었다는 게 무척 놀라웠다.

아빠를 뒤따라 등굣길에 나섰다. 학교까지 15분 남짓 걸어가는 동안, 꿈을 꾸는 듯 감회가 새로웠다. 마치 추억 속을 누비는 기분이었다. 나는 예전에 내가 다녔던 교실을 찾아 열심히 발걸음을 옮겼다.

그런데 수업이 시작되자마자, 준비물을 챙겨오지 않았다는 이유로 복도에 서는 벌을 받았다. 학교 앞 문구점에 들러야 한다는 걸 깜빡 잊고 만 것이다. 그날 수업을 맡은 담임 교사는, '히틀러'라는 별명으로 불리던 50대 여자 선생님이었다.

정말 기가 막혔다. 무엇보다 충격적이었던 건, 그날의 기억이 완전히 왜곡되어 있었다는 사실이었다. 나는 이 벌을 순전히 엄마 탓이라고만 여겨왔다.

하지만 지금 보니, 아빠에게 돈을 받은 것도, 내가 준비물을 사는 걸 깜빡한 것도 모두 내 몫이었다. 그런데도 그동안 내 기억에는 그 부분이 통째로 빠져 있었다.

…결국, 나는 제 편의대로만 기억하고 있었던 것이다. 괜히 엄마에게 상처가 되는 말을 한 게 후회스러웠다.

어쨌든 이러고 있을 때가 아니었다. 시간이 별로 없었다. 난 히틀러 담임의 눈을 피해 몰래 노트와 연필을 챙겨 복도로 나왔다. 아무도 없는 복도 바닥에 엎드린 자세로 글을 쓰기 시작했다. 그렇게 바닥에 엎드려 글쓰기에 몰두하느라, 누군가 다가오는 기척조차 느끼지 못했다. 눈앞에 슬리퍼가 나타나자 흠칫 놀라 고개를 들었고, 그 순간 '히틀러'로 불리던 담임 선생님이 흥미로운 표정으로 나를 내려다보고 있었다.

내 노트를 집어 든 그녀는 내가 쓴 글을 읽었다. 안경 너머 그녀의 눈빛이 반짝였다. 꽤 놀란 얼굴이었다. 이내 그녀가 나를 보며 미소를 지었다.

"야, 이거…… 국민학생 주제에 이딴 저질스러운 글을 참 잘도 썼구나?"

그녀는 노트로 내 머리통을 이쪽저쪽 번갈아가며 후려쳤다. 작품이 마음에 들지 않는다 해서 작가를 때리기까지 하는 건 너무하다는 생각이 들었지만, 어쩔 수 없었다. 그녀는 아예 싹을 잘라버리겠다는 듯, 노트를 한 장씩 잡아 찢기 시작했다. 손이 부들부들 떨렸지만, 내가 할 수 있는 일은 아무것도 없었다.

마침내 그녀는 마포 걸레처럼 너덜너덜해진 내 습작 노트를 들고 교실로 들어갔다. 나는 허겁지겁 그녀의 뒤를 쫓아 교실 안으로 뛰어들었다.

 나는 그녀의 등에 펄쩍 뛰어올라 매달렸다. 깜짝 놀란 그녀가 휘청거리더니, 중심을 잃고 앞으로 콰당 넘어졌다. 교실 안은 순식간에 얼어붙었다. 반 아이들은 소리 한 마디 없이, 그 광경을 멍하니 지켜보고 있었다.

 나는 히틀러 담임의 손에서 걸레짝이 된 내 노트를 낚아채 품에 안고, 삼십육계 줄행랑을 쳤다.

*

 20대의 마지막 12월에 나는 노트북 화면으로 신춘문예 공고를 바라보고 있었다. 드디어 세상에 내놓을 만한 단편 소설을 완성했다.

 신문사마다 마감일과 발표일이 달라 선택에 신중을 기해야 했다. 중복 투고는 금지였고, 복수 당선 시 전부 무효 처리됐다. 그래서 꼭 한 군데만 보내야 했다.

 그런데 경쟁이 비교적 약한 곳을 골라 신중히 응모했건만, 본선에조차 오르지 못했다. 도무지 이해할 수 없었다. 배달 사고가 난 게 틀림없었다. 아니면 누군가의 실수로 내 원고만 심사 대상에서 빠졌던 건 아닐까… 그도 아니면, 정말로 내 실력이 부족했던 걸까?

 역시 어떻게 해도 안 되는 걸까……

 패배감과 불안감이 깊어지자, 점점 더 극단적인 방식으로 글쓰기에 매달렸다. 밥을 먹을 때도, 밭을 맬 때도 녹음기를 켜고 구술로 글을 쓸 정도였다. 평생 연애는커녕 친구 하나 제대로 사귄 적도 없었고, 가족의 기념일이나 집안 행사에는 내놓은 자식처럼 한 번도 참석하지 않았다. 어떻게든 공모전에 붙고 말리라는 일념으로 가득했다.

하지만 실패란 녀석은 무척이나 끈질기게 나를 따라다녔다.

어느덧 85회차의 타이머 존이 되었다.

스물여섯, 꽃다운 나이가 된 나는 짧은 더벅머리에 깡마르고 초췌한 얼굴로, 예전에 투고했던 내 작품을 다시 읽어보았다. 그제야 실패한 원인이 또렷하게 보였다.

이딴 걸 써놓고도 뭐가 될 줄 알았어? 이런 수준으로는 쉰 살이 넘는다고 해서 작가가 될 수 있을 것 같지 않았다.

잠깐만…? 문신 목사가 정확히 뭐라고 했더라? 쉰 살이 넘어야 작가가 될 수 있다고 했던가, 아니면 작가로 성공한다고 했던가? 둘은 완전히 다른 이야기인데.

널브러진 책들과 프린트물, 그리고 세 달간 아르바이트해서 산 노트북 '키키'의 자판 위로 희뿌연 액체가 흘러내렸다. 나는 그 광경을 가만히 바라보다가, 히죽 웃고 말았다.

그 순간 누군가 내 방문을 쿵쿵 두드렸다. 아빠는 회사에, 서연이는 도서관에 있을 시간이니 택연이 녀석이라고 생각했다.

"저리 꺼져!"

미안하지만 지금은 네 주문을 들어줄 기분이 아니라고.

"아빠다."

깜짝 놀란 난 후다닥 문을 열었다. 멀끔한 정장 차림의 아빠가 지저분한 내 방 안을 보며 눈살을 찌푸렸다.

"이, 이 시간에 웬일이세요?"

"너도 아직 점심 안 먹었다며? 통닭 사 왔으니까 이리 나와."

거실 탁자에 치킨, 떡볶이, 꼬치 어묵이 있었고, 맥주와 소주가 두 병씩 놓여 있었다. 택연이는 닭다리 하나를 집어 들더니, 조롱하는 표정으로 내게 흔들어 보였다.

"너도 한잔할래?"

"저도 소맥으로 한 잔 주세요."

"넌 하나만 해. 아빠처럼 한다고 좋을 거 없다."

아빠는 유리컵에 맥주를 따라 내 앞에 놓고, 자신의 잔엔 소주와 맥주를 연거푸 부었다.

"회사는요?"

"거긴, 나랑 너무 안 맞아."

아빠는 예비군 중대장을 그만둔 뒤, 여러 직업을 전전했다. 귀가 얇아 주변에서 권하기만 하면, 거절하는 법이 없었다.

벽돌 공판장, 학습지 도매상, 레스토랑, 오락실, 피시방까지. 엄마가 우리 삼 남매의 장래를 위해 따로 마련해 놓았던 부동산을 전부 말아먹을 때까지 개인 사업을 벌였다가 접는 일을 되풀이했다.

이번에는 친구나 지인의 회사에 들어가 중간관리직으로 일했지만, 역시나 1년을 넘기기가 어려웠다. 이제 내년부터는 토목 감리 회사에 자리를 잡을 예정이었다. 최근 예기치 못한 대규모 붕괴 사고가 잇따르며 시공 관리에 대한 기준이 엄격해졌고, 그로 인해 관련 직군의 수요가 급증한 덕분이었다.

인생의 마지막 챕터에서야 비로소 만난 감리사라는 직업은, 아빠에게 꼭 맞는 옷이었다. 화를 돋우는 상사도, 억지 부리는 오너도 없었고, 건축 시공사가 규정을 제대로 지키는지를 감독하고 평가하는 일이 주된 업무였다. 가끔 시공비를 빼돌리려는 업체의 뇌물만 받지 않으면, 오래 할 수 있는 일이었다.

그런 점에서 대쪽 같은 아빠는 묵묵히 자신의 일을 해냈고, 결국 말년엔 명문대 출신들을 제치고 오랫동안 자리를 지킬 수 있었다.

가만 보면, 아빠도 참 재미난 양반이라니까.

난 고개를 절레절레 흔들며 맥주컵에 소주를 따르려고 했다. 아빠는 곧장 내 손에서 소주병을 빼앗아 갔다. 그러고는 큼직한 닭튀김 한 조각을 내 앞에 툭 던졌다.

"전 닭가슴살 안 좋아해요."

"이번 낸 거 당선 발표 안 났나? 이맘때면 신문마다 다 발표하더니만."

헉, 어떻게 알았지?!

"이, 이번엔 안 냈는데요."

닭가슴살 튀김을 입안 가득 집어넣었다. 아빠가 고개를 갸웃했다.

"서연이가 냈다고 그러더구먼?"

난 펄쩍 뛰었다. 그녀가 알 리 없었다. 엄마가 떠난 후로 택연이는 아빠와 함께 안방을 썼고, 나머지 두 방은 서연과 내가 하나씩 쓰고 있었는데, 각자 바쁜 생활에 쫓기다 보니, 대화는커녕 얼굴을 마주치는 날조차 드물었다.

"어디, 쓴 거 있으면 아빠도 좀 보자."

"뭐하게요?"

여태껏 내가 쓴 글을 식구들에게 보인 일이 없었다. 무슨 소릴 들으려고.

"아빤데 뭐 어때? 다른 사람이면 몰라도, 가족이잖냐? 남이야 얼마나 꼼꼼하고 솔직하게 말해주겠냐."

그래서 싫은 거다. 차라리 길거리에 나가서 아무나 붙잡고 보여주는 게 훨씬 낫지.

"사실 다 갖다버렸어요. 이제 글 안 쓸 거예요. 이제 사무실 경리 자리나 한번 알아보려구요. 아빠가 바라시던 대로요. 아니면 엄마 말대로 미장원 시다를 하던가. 미용사 자격증 따면 엄마가 미용실 차려준다고 했거든요. 한 평짜리 동네 미용실이라지만 그게 어디예요, 그쵸?"

"느이 엄마가 정말 그러든?"

"그렇다니까요!"

"미용실은 아무나 하냐? 게다가 한 평짜리라니? 너나 네 엄마나 한 평의 크기가 어느 정돈지도 모르는 게냐? 한 평이면 가로세로 2미터가 채 안 되는 넓이야. 의자 하나 놓고 하라는 거야? 차려주려거든 적어도 다섯 평 이상은 구해달라고 해. 바보처럼 가만히 있지 말고 느이 엄마한테 똑똑하게 따지라고."

"아빠가 따지세요! 전 멍청이라서 아무것도 모르겠으니까!"

아빠가 화를 내려던 순간 현관이 열리고 서연이 들어왔다. 놀랍게도 그녀는 나를 보자 반색했다.

"언니 집에 있었네? 마침, 잘됐다. …어? 아빠도 계셨네?"

"어, 서연이 너도 어서 와서 이거 같이 먹자."

서연이가 다가와 자리에 앉더니, 아빠가 내미는 닭튀김을 밀어내고는 어묵 한 점을 집었다.

"참, 어쩌다 우연히 언니가 쓴 글 봤는데……."

"뭐!?"

"언니가 이번 신춘 문예에 낸 단편 소설 말이야."

"그, 그걸 네가 어떻게 알아?"

"프린트할 게 있어서 언니 컴퓨터 쓰다가 바탕화면에 파일 있길래…"

"야아! 그걸 누가 보랬….."

"오~ 언니가 쓴 거 봤냐? 그래, 어떻데?"

아빠가 궁금한 얼굴로 물었다. 난 그녀의 입을 막고 싶었다.

"야, 너 어묵이나 먹어. 아무 말도 하지 마."

"언니가 글 쓰는 데 재능이 있긴 있더라구요."

뜻밖의 말에 어안이 벙벙했다.

"있긴 개뿔이 있어? 나 이제 글 쓰는 거 때려치울 거야. …뭐, 그런 표정을 지을 필욘 없어. 사실 진작에 포기해야 했어. 그냥 원래 다니던 직장이나 다닐걸. 그 일을 그만두지 말아야 했는데……"

그녀는 자신의 가방을 열고 프린트된 원고를 꺼냈다. 내가 투고한 단편 소설이었다.

"전반적인 이야기 흐름이나 콘셉트도 좋고 주제 의식도 괜찮아. 다만, 조금 부자연스러운 상황이나 인물 표현, 비문들 같은 것들 여기 표시해 놨으니까, 참고해서 다시 도전해 봐. 진짜 가능성 있다니까?"

그녀가 첨삭한 프린트 용지를 들여다보고 깜짝 놀랐다. 모든 페이지마다 빨간 글씨의 메모가 빼곡히 달려 있었다. 나는 지적 사항들을 훑어보며 히스테릭하게 웃었다.

"이게 뭐야? 아주 하자투성이구만? 이러면서 무슨 가능성이 있다는 거야? 오호…… 이건 뭐, 아예 다 버리고 새로 쓰란 소리랑 뭐가 다를까?"

"그런 걸 두려워하면서 어떻게 작가가 되려고 그래? 헤밍웨이도 초고는 다 쓰레기라고 했어. 하지만, 이 작품은 쓰레기까진 아니야."

"오, 그래? 진짜 눈물 나게 고맙다, 씨이!"

"나도 학교 다닐 때 다 해봐서 알아. 자기 작품을 객관적으로 보기 쉽지 않다는 거. 내가 맞춤법이랑 띄어쓰기 틀린 부분도 다 표시해 놓았어. 어쨌든 그냥 버리는 건 아까우니까 다시 수정해 봐."

"아깝든, 쌤통이든, 맞춤법 개 엉터리든, 내가 언제 도와 달랬냐고!"

"넌 대체 뭐가 문제냐? 동생이라고 바쁜 와중에도 시간 쪼개가며 기껏 봐준 걸 고맙다곤 못 할 망정…?"

눈을 부라리던 아빠는 내 손에서 프린트를 낚아챘다.

"이리 주세요!"

화들짝 손을 뻗었지만, 아빠는 내 손을 탁 쳐내고 원고를 읽기 시작했다. 자기 술잔이 빈 줄도 모르고 골똘히 들여다보는 통에 말리기도 애매했다.

잠시 후, 아빠는 탁자 위에 놓인 잡동사니가 꽂혀있는 원통에서 파란색 볼펜을 꺼내 원고에 뭔가를 끄적이기 시작했다.

에휴, 맘대로들 하셔. 어차피 관둘 건데 뭐……

치킨과 떡볶이와 꼬치 어묵이 거의 동이 날 무렵, 마침내 아빠는 내게 원고를 넘겨주었다. 모든 페이지마다 붉고 푸른 글씨들로 빽빽하게 채워져 있었다.

"이래서 어느 세월에……"

"어느 세월이 중요한 게 아니라, 꺾이지 않는 의지가 중요한 거다. 절대 조급해하지 말고, 일희일비하지 말고…"

"일희일비하니까 인간인 거죠! 조급하지 않게 생겼냐고요. 제가 왜 이러는지 아빠가 알아요?"

"왜 이러는데?"

"무슨 짓을 해도 제가 작가가 되는 걸 아빠는 볼 수가 없다고요! 절대, 네버!!"

앗, 흥분해서 괜한 소리를 해버리고 말았다. 치킨 조각을 들고 튀김옷을 뜯어내던 서연이 눈을 동그랗게 떴다.

"아빠가 왜 못 봐? 지금처럼 하면 10년 안에는 안 되겠어? 게다가 아빤 할머니랑 체질이 닮아서 무조건 80살은 넘게 살 텐데, 무슨 그런 되지도 않는 걱정을……"

80살 같은 소리 하네.

"후후… 말이라도 고맙다. 우리 서연이 덕담에 아빠가 기분이 좋아서 한 잔 더 해야겠는걸."

서연은 과음은 안 된다고 잔소리하면서도 곰살맞은 태도로 아빠의 잔에 술을 따랐다. 아빠는 함박웃음을 띠며 서연의 술을 받았다.

난 원고 출력본을 들고 벌떡 일어나 내 방으로 들어갔다. 원고를 아무 데나 내던진 나는, 침대와 책상 사이의 좁은 틈에 서서 창밖을 내다봤다.

골목 건너편에 있는 유치원에서 아이들이 개미처럼 줄지어 나와 교사의 인솔 아래 셔틀버스에 오르고 있었다. 난 구두쇠 엄마를 가진 덕에 유치원에 다녀본 일은 없지만, 저 나이 때는 나에게도 그다지 나쁜 기억은 없었다. 홈스쿨링으로 엄마에게 한글과 산수를 배우며 꿀밤을 맞거나 귀를 잡아 뜯기던 것만 빼면.

그때의 우리 가족은 평범하고 화목한 여느 가정의 모습이었지. 주일이면 가족 모두 교회에 가서 예배를 드렸고, 어느 때는 가족 찬양대회에 나가 트로피를 받기도 했어. 그때 찍힌 재미난 사진도 있었는데…….

난 방구석에 거꾸로 처박혀 있던 내 원고를 다시 집어 들었다. 그리고 아빠와 여동생이 경쟁하듯 신나게 휘갈긴 메모들을 찬찬히 들여다봤다.

흥미로운 건, 빨간 글씨와 파란 글씨는 서로 겹치는 내용이 없이 각기 다른 부분들을 지적했다. 대부분의 의견은 옳은 소리였다. 길길이 뛴 게 부끄러워졌다.

사뭇 신랄하면서도 정성이 깃든 메모를 열심히 살피던 난, 느닷없이 크게 웃음을 터뜨렸다.

서연의 붉은 메모 몇 군데에 아빠가 파란색 메모를 달아놓은 것이다. 그러니까 그녀가 지적한 부분이 다른 측면으로 본다면 큰 문제는 없을 거라는 의견이었다.

난 책상에 앉아 새 한글 문서를 띄웠다. 그리고 아빠와 서연의 피드백을 바탕으로 치열한 수정 작업에 돌입했다. 그렇게 다시 한 번 힘을 내어, 앞으로 나아가 보기로 했다.

*

아빠와 서연의 도움에 힘입어 재탄생한 단편 소설을 더는 손볼 데가 없을 때까지 고치고 또 고친 후 5년 내내 신춘 문예와 문학 공모전에 투고했다.

결과는, 5년 연속 낙방이었지만, 전처럼 심한 패배감이나 좌절감을 느끼지는 않았다. 비록 당선까지는 이어지지 않았지만, 매번 최종심까지 올랐다는 사실이 스스로를 지탱해줬다.

나는 가장 명망 있는 두 문예잡지 사이에서 고민했다. 한 곳은 업계에서 가장 규모가 크고, 출신 작가가 세계적인 상을 수상하면서 더욱 명성을 얻은 문학 잡지사였다. 다른 한 곳은 대학 시절 정기구독했던, 유서 깊은 문예지 〈문학 우주〉였다.

전자 상금이 천만 원이었고, 문학 우주사는 '소정의 원고료 지급'이라고 명시돼 있었다. 난 오랜 시절에 동경하던 문학 우주사에 응모했다.

2023년 3월 18일, 발표일이 지나고도 일주일쯤 지난 날이었다.

휴대폰을 확인하다 수신 메시지에 '문학 우주사'라는 이름이 떠 있는 걸 보고, 심장이 쿵 하고 내려앉았다.

그렇지! 비로소 신인상에 당선된 것이다. 당선 메시지를 여러 번 반복해 확인했다. 바로 떨리는 손으로 아빠에게 전화를 걸었다. 그런데 아홉 번을 걸어도 아빠는 전화를 받지 않았다.

〈문학 우주〉에서 보낸 시상식 일정을 자세히 확인했다.

일시 : 2023년 3월 28일 오후 5:00
장소 : 세종문화회관 소강당

말로만 듣던 세종문화회관이라니! 공연 입장료가 비싸 한 번도 가본 적 없는 곳이었는데, 그곳에 상을 받으러 가다니!

그런데 날짜를 확인한 순간, 나는 아연실색했다. 3월 28일이라니, 아빠가 쓰러지기 딱 사흘 전이었다. 그래도 다행이었다. 아직 시간이 있다. 아빠도 시상식엔 참석할 수 있을 것 같았다.

오늘은 아빠가 동묘시장에 가는 날로 전화를 받지 않는 것도 그 때문일 것이다.

아주 오랜만에 옆집에서 빌린 무쏘를 타고 종로를 향해 달렸다. 가는 길에 복권 판매점에도 들러 로또를 살 작정이었다. 신인 문학상 하나 탔다고 당장 부자가 되는 건 아니기 때문이다.

팔당대교를 지나 올림픽대로 방향으로 진입했을 때, 서연에게서 전화가 걸려 왔다. 어쩐지 불길한 예감이 들었다.

"언니! 언제쯤 도착해?"

"어? 어디를?"

"어디긴! 아빠 병원이지! 어디쯤 왔어? 나 지금 바로…"

"아빠 병원이라니? 설마, 벌써 입원하신 거야?"

"뭐어? 무슨 뚱딴지같은 소리야?"

식은땀이 났다.

"아아, 지금 전철 안인데 잠깐 졸았나 봐, 정신이 없네? 보람 병원 8층으로 가면 되나……?"

"아빠가 웬일인지 아까부터 언니 기다리는 눈치셔. 자꾸 언니 언제 오냐고 물으시더라구. 난 지금 바로 나가야 하니까 조금만 서둘러줘. 안 그래도 나 지금 약속 시간에 한참 늦었어."

그나마 아빠가 혼수상태는 아닌 것 같아 다행이었다.

"아, 참! 너한테 알려줄 소식이 있어. 뭐, 별 건 아닌데…"

"아, 그래? 그러면 나중에 한가할 때 얘기해줄래? 잠깐만, 전화 들어온다. 그래그래, 다시 통화하자!"

그렇게 전화는 일방적으로 끊겨버렸다.

그나저나, 아빠는 또 어쩌다 이렇게 갑자기 입원하신 거지?
내 시상식은 어쩌라고. 참 내······
정말이지 세상만사 내 뜻대로 되는 게 하나도 없구만.

"내일부터 항암치료 들어간단다."
아빠는 몹시 담담하게 말했다. 무슨 이유인지는 몰라도, 아빠는 예정된 운명을 거스르듯 몇 주 전 건강 검진을 먼저 받았다.
난 아빠에게 수상 소식을 전했다. 아빠가 내 시상식에 참여하려면, 항암치료 일정을 늦춰야 했다. 내 말을 들은 아빠는 귀를 의심하며 되물었다.
"무슨 상이라고?"
문자 메시지로 수상 사실을 보이자, 그제야 아빠의 얼굴이 환해졌다.
"이건 집안의 경사라고도 할 수 있으니, 고모들이랑 작은 아빠들한테도 알려줘라."
"에이, 제 입으로 어떻게··· 아빠가 하셔야죠."
"아빠가 하긴 좀 그렇지. 팔불출도 아니고··· 서연이를 시키던가······ 아무튼 간에 잘했다. 난, 네가 그렇게 될 줄 알았다."
잠시 천장을 멀뚱멀뚱 바라보던 아빠는 전혀 예상치 못한 말을 꺼냈다.
"그러고 보니, 네가 날 닮은 모양이다······."
순간 난 움찔한 얼굴로 아빠를 쳐다보았다. 갑자기 얼어붙은 땅이 따뜻한 봄날을 맞은 듯 마음이 급속도로 녹아내리는 느낌이었다. 그간의 고생이 헛되지 않았던 걸까. 어떤 칭찬의 말도 이보다 더 강렬하지는 못할 것 같았다. 중간에 포기했더라면 영원히 듣지 못했을 말이었다.
그래, 뭐 이 정도면 됐지······.

그때 간호사가 들어와 맞은편 침상의 커튼을 걷었다. 그 자리에 누워 있는 건 문신 목사가 아니라, 할머니 환자였다. 그가 없어 아쉬운 건 이번이 처음이었다.

잠시 후, 난 이호준 담당 교수를 찾아가 3월 28일에 꼭 참석해야 할 중요한 일정이 있다고 말씀드리고, 아빠의 외출을 허락해 달라고 정중히 요청했다.

"그럼요! 치료 예후가 좋다면야 얼마든지 가능하죠!"

"어느 정도 좋아야 가능한데요?"

"물론, 불편 없이 스스로 거동이 가능하신 정도여야겠죠."

나는 좌절했다. 항암치료가 시작되면, 아빠가 스스로 걸을 가능성은 사실상 제로였다. 결국, 나는 결심했다. 아빠를 휠체어에 태워서라도 병원을 몰래 빠져나가겠다고.

그 순간 타이머가 끝났고, 주위가 빙글빙글 돌아가기 시작할 때, 갑자기 까맣게 잊고 있던 일이 떠올랐다.

로또!! 이번이 절호의 기회였는데! 하, 이럴 줄 알았으면 다음 회차 당첨 번호라도 미리 외워놓을걸!

단순히 돈 때문에 자개장에 다시 들어갈 생각은 눈곱만치도 없었다. 내가 얼마나 노력해서 공모전에 뽑혔는데!

그깟 돈 때문에 다시 자개장에 들어갈 마음은 눈곱만치도 없었다. 내가 어떻게 해서 뽑혔는데!

그건 그렇고, 막상 시상식 날이 되었을 땐 아빠는 병원을 벗어날 수 없었다. 바로 이틀 전, 아빠는 코마 상태에 들어갔기 때문이다.

6.

광화문역 1번 출구를 나와 몸을 잔뜩 옹송그리고 한참을 걸었다. 오늘은 특별히 엄마의 허락을 받고 자개장에서 진회색 모직 코트를 꺼내입었다. 옷깃을 바짝 여며도, 코끝을 에는 3월의 꽃샘추위는 막을 길이 없었다.

이 순간 들뜨고 기뻐야 마땅했지만, 난 도리어 가슴이 시렸다. 가족 중 그 누구도 시상식에 참석하지 못했기 때문이다. 엄마는 오늘 계 모임이 있는 날이라고 했다.

"담에 더 큰 상 받으면 꼭 가야지. 근사한 꽃다발도 사 들고~!"

여기서 더 큰상이라니… 대체 뭘 더 바라는 거지? 노벨문학상 정도는 돼야 직성이 풀릴까?

서연은 학폭 문제로 학부모들과 긴급 상담이 잡혀 있었다. 그녀는 이런 경사에 참석하지 못하게 된 걸 무척이나 안타까워했다.

"그렇지만 문학상은 아주 많잖아. 언니는 이제 시작인걸! 다음 기회엔 나 꼭 불러줘야 해!"

난 의기소침한 얼굴로 현관을 나서기 전, 텔레비전 속 기상 캐스터에게 빠진 택연에게 시상식에 같이 갈 의향이 있는지 물었다.

"누나 상 타는 거 보고 싶지 않냐? 신기하잖아?"

"……."

"맛있는 거 사줄게."

"……."

"공연도 하고 그러는데……"

"노래 공연?"

"그렇지."

"아이유도 나와?"

"그건 아닐걸."

"아직 날씨 춥대."

"알았어. 그럼, 누나 혼자 잘 다녀올게. ……귀먹었냐, 이 새끼야!"

*

소강당 안 120석 남짓한 좌석은 절반도 채워지지 않았다.

내가 인사를 나눈 네다섯 명의 문학 우주사 관계자 외엔, 몇몇 수상자들, 재단 관계자들, 축하 인사 차 온 몇몇 인물들, 그리고 진행 요원들이 전부였다.

그들 중 순수한 축하객으로 보이는 사람(꽃다발을 들고 있는)은 단 한 명이었다. 오히려 가족들이 모두 와서 호들갑을 피웠다면 부끄러울 뻔한 분위기였다. 조금 위안이 됐다.

나만 외로울 줄 알았는데, 문학인들은 다 외로운가 보구나…….

그래도 나름 시상식의 구색을 갖추려 애쓴 티가 났다.

지상파 방송 아나운서 출신이라는 미모의 50대 여성이 사회를 맡았고, 고급 턱시도를 입은 성악가가 축하 노래를 불렀으며, 해금 연주자와 현악 5중주 팀이 무대를 채웠다. 그다음은 재단 대표의 지루한 축사. 그리고 마침내 수상자들의 이름이 호명됐다.

작은 박수 갈채 속에서 제일 먼저 시상대에 오른 나는 몹시 쑥스러운 태도로 상장과 상금 봉투를 받았고, 소감으로는 "감사합니다"란 한마디로 끝내고 후딱 내 자리로 돌아왔다.

봉투 안에는 십만 원권 수표가 스무 장 들어 있었다. 0을 잘못 셌나 싶어 다시 눈을 씻고 봐도 2백만 원이었다. 혹시나 실수인 건지 주최 측 스태프에게 다가가 물었는데 내 상금에 전혀 문제가 없다는 대답이 돌아왔다.

이래저래 실망스러움을 금치 못한 난, 일찌감치 시상식장을 빠져나와 병원으로 향했다.

*

"아빠, 이거 봐요!"

나무와 투명 플라스틱으로 만든 투박한 상패를 아빠의 얼굴 앞에 바짝 들이댔다.

"이 상패 좀 봐요, 크리스털인 척하는 싸구려 플라스틱 좀 보라니까요. 진짜 웃기죠? 아무리 그래도 이 봉투 안에 든 상금만큼 웃기진 않아요. 제가 몇십 년간 노력한 대가가 이거라니까요."

그러나 아빠는 아무 대답이 없었다. 내가 말을 멈추자, 병실 안 고요한 정적을 가르며 인공 심박기의 삐—삐— 소리만이 흘렀다. 그 소리가 불편해서 다시 수다를 떨었다. 이렇게라도 하지 않으면, 속이 뒤집혀버릴 것 같았다.

"그래도 그 자리에 아빠가 와줬더라면 다른 건 다 상관없었을 건데……"

아빠 얼굴에 가득한 주름살 하나조차 미동이 없었다.

수십 번 자개장을 드나들며 글쓰기에만 골몰하느라 아빠와의 추억이 전부 사라졌다는 걸 깨달았다. 좋았던 기억도, 짜증 났던 일도, 심지어 예전처럼 아웅다웅 다투던 순간들마저도. 그 모든 게 이제는 그리울 지경이었다.

왜 이래? 결국 내가 바라던 걸 이뤘잖아. 그럼 된 거 아냐? 아빠는 어차피, 떠날 사람이었고…….

눈물이 뚝뚝 떨어져 상장 위에 얼룩을 남겼다. 나는 소매로 눈물을 훔친 뒤, 벨벳 커버의 상장 케이스를 덮었다. 그리고 상패와 상금 봉투까지 함께 사물함 깊숙이 욱여넣었다.

그러다 문득, 옆자리 커튼 너머로 사람의 형체가 보였다. 직감적으로 알 수 있었다. 그가 누군지.

곧바로 커튼을 젖히자, 문신 목사가 숨을 죽인 채 앞에 있었다.

"얼마나 남았어요? 정확히 얘기해주세요."

휴게실에 앉아 이리저리 채널을 돌리던 문신 목사가 리모컨을 내려놨다. 그는 천천히 일어나 창가로 걸어갔다. 그리고 뒷짐을 진 채, 말없이 바깥 풍경을 바라보았다.

"자개장이 작동하는 횟수가 앞으로 몇 번 남았느냐구요!"

나는 그의 옆으로 다가가 빚쟁이처럼 몰아세웠다. 지금 서연이 병원으로 오는 중이라고, 그 전에 얼른 양평 집으로 가야 한다고 말했지만, 그는 한 대 때려주고 싶을 만큼 여유로운 태도를 보였다.

"진짜…… 그 질문으로 할 건가요?"

"왜요? 왜, 그런 질문을 하는 거죠?"

"더 중요한 게 있을 텐데, 싶어서요."

"그, 그럼 어떤 질문이 좋을까요?"

"음… 그걸 오늘의 질문으로 할래요?"

그는 어딘가를 바라보며 기묘한 미소를 지었다. 그의 시선 끝에는 〈남서울실업학교〉라는 간판이 달린 건물이 서 있었다. 곧 그 건물에서 와악— 하고 남학생들의 웃음소리가 터져 나왔다.

아, 오늘이 4월 1일이구나. 만우절 장난들을 치는 모양이네.

"인제 그만하는 게 어때요? 원하는 대로 되지 않았나요?"

"그렇지만… 대신에 원래의 과거가 몽땅 지워져 버렸어요."

"그게 왜요? 이젠 아버지와 연을 끊지도 않았고, 심지어 칭찬도 들었잖아요?"

"아니, 그렇긴 한데 그래도 뭔가…"

"뭐든 얻는 게 있으면 그만큼 잃는 게 있다는 걸 잊으면 안 돼요. 더는 욕심부리다가는 이도 저도 다 놓쳐버릴 수가 있어요."

"그래봤자 원래의 현실로 돌아가기밖에 더 하겠어요? 밑져야 본전이죠, 뭐."

"현실로 돌아간다구요? 아니, 뭔가 착각하는 거 같은데, 사실 그건… "

"시간 없어요! 얼른 질문에나 대답해 줘요."

어쩐지 그는 궁한 표정으로 말했다.

"이제껏 몇 회차까지 했죠? 잘 세어봤어요?"

"그럼요. 폰에 다 기록해 놓았죠. ……요전까지 딱 85회차였어요."

"그렇다면… 이제 스물세 번 남았네요."

"23회차나 남았다구요? …그럼, 총 108회차인 거네요. 왜 108번인 거죠?"

"오늘의 질문에 대답했으니 난 이만 갑니다~"

돌아서는 그의 소매를 와락 붙들었다.

"사실 그 질문이 아니었어요."

"뭐라구요?"

"만우절 장난이라구요."

그는 아연실색한 표정으로 날 응시했다.

"지금 대체 무슨……"

난 눈빛을 번뜩이며 말했다.

"왜요, 오늘 만우절 맞잖아요? 자, 그러면 진짜 질문을 할게요. 조금 전에, 현실로 못 돌아갈 수 있다는 게 무슨 뜻이죠?"

그가 한숨을 쉬며 말했다.

"자연 님은 그동안 자연스럽지 않은 일들을 벌여왔어요."

"물론이죠. 원래의 저답게 했으면 어떻게 운명을 바꿀 수 있었겠어요?"

"아니 그게 아니라 내 말은, 자연 님이 이 세계의 이치에 맞지 않는 일을 저질렀다는 뜻이에요."

"제가 뭘 저질렀다구요??"

"이 타이머 존이 아버지의 과거라는 건 알고 있잖아요? 아버지의 과거를 이용해 본인의 미래를 바꾸는 게 타당한 일이라고 생각해요?"

"그러면 아빠의 미래만 바꿀 수 있는 거였나요? 그렇지만 그건…"

그가 고개를 절레절레 흔들었다.

"이곳에서는 그 누구의 운명도 바꾸지 못해요."

"네? 무슨 말씀이세요? 제 운명이 바뀌었잖아요?"

"아뇨. 미안하지만 그건 착각이에요. 이곳에 존재하는 자연 님은 다른 사람이니까요."

7.

멍한 얼굴로 돌다리 한가운데 다리를 늘어뜨리고 앉은 난, 내 운동화 밑창을 핥으며 하염없이 흘러가는 개울물을 응시했다. 서연과 의료진에게서 번갈아 걸려 오는 전화로 휴대폰은 불이 날 지경이었지만, 개의치 않았다. 나는 문신 목사가 했던 말을 곱씹었다.

"이곳은 박관수 씨의 기억 속이니까요."

어째서 그 생각을 못 했을까!

타이머 존이 아빠의 과거라는 말을 들었을 때부터 이미 눈치를 챘어야 했다. 그는 내가 다른 차원에서 온 존재와 같다고 했다.

이해를 돕기 위해 그는 휴대폰 그림판 앱을 열어 도넛 모양의 동그라미 두 개를 그렸다.

안쪽의 작은 원에는 '아빠의 과거(=기억)'라고 쓰고, 그 주위를 감싸는 커다란 원에는 '현실'이라고 적었다. 그의 설명에 따르면, 현실 속의 나와 작은 원 안의 또 다른 나는 서로 다른 차원에 존재했다. 그리고 그 두 세계를 잇는 통로가 바로 자개장이었다.

자개장에는 문이 두 개 있는데, 안쪽 문은 열려 있지만 현실로 이어지는 바깥쪽 문은 닫힌 상태라고 했다. 그래서 내가 작은 원, 즉 아빠의 과거 속에서 무슨 일을 하더라도 현실의 나에게는 아무런 영향이 없다는 설명이었다.

타이머 00:00:00

문신 목사는 벙벙한 내 얼굴을 바라보며 휴대폰 화면을 가리켰다.
"이게 현실이라면 어째서 이 타이머가 없어지지 않는 걸까요?"
이상하다는 생각은 예전부터 했지만, 그 말엔 명확한 대답도 할 수 없었다.
"그 말은……제가 지금, 아빠의 머릿속에 들어와있다는 건가요?"
"정확히 말해 아버지의 기억이 유지되는 구간에 들어온 거라고 할 수 있죠. 그래서 과거로 갈수록 점차 시간이 줄어들었던 거구요. 오래될수록 기억은 짧아지기 마련이니까요."
"다시 현실로 돌아가려면 어떻게 해야 해요?"
"사실 그건 간단해요. 아버님의 사십구재가 끝나면 타이머는 자연히 사라질 겁니다."
아, 그런 거였구나…….
"그러니, 108번째까진 갈 생각을 말아요. 설령 108회차까지 가더라도 그땐 절대 자개장에 들어가면 안 돼요. 영영 현실로 못 돌아갈 수도 있어서요……"
그 순간 휴대폰이 진동했다. 모르는 번호였지만 무심코 전화를 받았다. 오랜만의 반가운 목소리가 들렸다.
"안녕하세요! 저는 관수 아저씨 옆집에 사는 강태훈이라고 합니다. 연락드린 이유는 다름이 아니라, 며칠 전부터 재롱이가 밥을 안 먹어서요."

아, 참! 재롱이란 녀석이 있었지.

"원래 저하고도 잘 지내는 편이었거든요. 근데 엊그제부터 자꾸 현관 앞에 앉아 문만 쳐다보고 있어요. 아마도 아저씨를 기다리는 모양인데……"

"아이구 그랬군요. 고맙습니다. 근데 미안하지만, 며칠만 더 부탁드릴게요. 상황이 정리되는 대로 제가 녀석을 데리러 가겠습니다."

현실로 가게 되면 꼭! 마음속으로 그렇게 다짐하며 집을 향해 전속력으로 달려갔다.

나는 마치 미술관에서 명화를 감상하듯 자개장을 유심히 바라봤다. 다섯 개의 문짝마다 새끼손톱보다 작은 무지갯빛 자개 조각들이 촘촘한 문양을 이루어, 다섯 폭의 정교하게 섬세한 그림처럼 표현되어 있었다.

해와 구름, 냇물과 산, 나무와 동물 등, 십장생을 바탕으로 새겨진 풍경들은 그 자체로 한 폭의 예술 작품 같았다. 냇가 옆에서는 학과 사슴이 평화롭게 어울려 노닐고, 박이 주렁주렁 열린 초가집과 기와집이 나란히 자리 잡고 있었다. 그 앞에는 소를 끌고 가는 농부와, 그 뒤를 따르는 아이와 개가 정겹게 이어졌고, 좀 더 위쪽 마을에는 말을 탄 신랑과 꽃가마를 탄 신부의 혼례 행렬이 지나가고 있었다. 모든 풍경이 자연 속에 조화롭게 녹아들어, 마치 무릉도원의 한 장면을 보는 듯했다.

증조할아버지가 살던 마을의 풍경도 이랬을까? 장인이 마음속에 간직해온 옛 풍경에 상상력이 더해져 이렇게 아름답게 구현된 것이겠지? 그런데 자개장을 유심히 들여다보다가, 이 풍경들 속에

이야기가 숨어 있다는 걸 문득 깨달았다.

대궐 같은 기와집에서 아내와 예닐곱의 아이들을 데리고 읍소하는 한 남자, 그를 때릴 듯 손을 번쩍 치켜든 양반 내외, 이건 분명 〈흥부전〉이었다! 다음 문짝에 소를 타고 피리를 부는 재상은 〈맹사성〉 같았고, 산사 아래에 있는 새와 선비를 봤을 땐 〈은혜를 갚은 까치〉 떠올랐다. 문마다 전통 설화의 한 장면들이 새겨져 있었다.

구닥다리 가구라고만 여겼던 천덕꾸러기 가구가 이렇게 멋진 작품이었다니······.

그런데, 이 자개장이 어째서 아빠의 정신세계와 연결된 걸까?

나는 이와 관련해 세 가지 가설을 세웠다.

첫째는, '조상의 얼'이라는 관용적인 표현과 관련한 추론이었다. '얼'이라는 단어는 우리나라 고유의 언어로, 인간의 정신, 영혼, 의식 세계, 숨결 등을 두루 내포하는 개념(영어로 'spirit', 'soul', 'heart', 'thought', 'philosophy' 등이 합쳐진 의미)이라 할 수 있다. '얼굴'이 눈, 코, 입, 귀 등 일곱 개의 구멍으로 얼이 지나다닌다는 통로(굴)라는 의미로 만들어진 것처럼, 얼이란, 인간 개인은 물론 종족과 역사, 문화를 아우르며 존재의 의미를 부여하는 정체성과도 같은 것이다. 그렇기에 이 자개장이 복잡한 얼의 작용으로 움직인다는 가설이 가능해진다.

두 번째는 동서고금을 막론하고 시대를 초월해 나타나는 초자연적 현상에 주목한 가설이다. 이를테면 나라에 큰일이 생겼을 때마다 땀을 흘린다는 밀양의 표충비라던가, 피눈물을 흘리는 이탈리아 성모마리아상과 같은 것들도 있지 않나. 그리고, 오래된 나무는 영험한 기운을 갖는다고도 하고, 서양에서는 '정령'이라는 존재도 있다. 그 외에도 신비로운 나무에 얽힌 이야기들은 셀 수 없이 많으며, 나무가 인간의 말을 알아듣는다는 것이 입증된 사례들조차 존재한다. 그렇다면 이 자개장의 재료인 주목나무에도, 어쩌면 초

현실적인 비밀이 숨어 있을지도 모른다.

마지막 단서는 제자 담임 선생님과 나눴던 대화에서 비롯되었다. 상상으로 꾸며낸 이야기라고 해서 모두 허구라고는 할 수 없다는 말이었다. 실제로, 오래전 사람들이 상상했던 것들이 훗날 현실이 된 사례들을 떠올려보면, 그 말은 꽤 일리가 있었다. 게다가 귀신, 좀비, 외계인, 요정, 천사, 타임머신, 전생처럼 언어로 표현되는 모든 것들은, 어쩌면 실체가 있었기에 이름이 붙은 게 아닐까?

아무튼, 이 시간여행의 실체가 아빠의 기억이라면, 내가 새로운 기억을 심어줄 수도 있지 않을까? 그러면 우울하고 칙칙했던 아빠의 과거도, 영롱한 무지갯빛으로 물들 수 있을 지 모른다.

물론, 마냥 안심해서는 안 된다.

이제 얼마 남지 않은 회차는 온전히 아빠를 위해 써야겠다는 마음이 들었다. 내가 하고 싶은 걸 다 해봤기 때문은 아니었다. 그저, 지금은 아빠의 시간을 조금이라도 환하게 밝혀주고 싶다는 마음뿐이었다.

아빠가 꿈꾸던 것은 뭘까? 아빠에게 의미 있고 행복한 일은? 그러고 보니 그런 건 한 번도 생각해 보지 않았다.

언젠가 텔레비전에서 알프스산맥 달리는 관광열차를 선망의 눈빛으로 바라보던 아빠가 내게 애거사 크리스티의 〈오리엔트 특급 살인〉을 읽어봤느냐고 물었다. 그때는 웬 뜬금포인가 싶었는데, 이제 보니 그 지역이 '오리엔트 익스프레스'의 노선(제2차 세계대전의 여파로 폐업하기까지 80년간 유럽을 운행했던)이란 걸 알게 되었다. 더 고민할 것도 없이, 나머지 여행의 목표가 정해졌다.

바로, 아빠에게 세상 구경시켜 드리기!

비록 타이머에 제한은 있지만, 그래도 20여 차례의 기회가 남아있으니 웬만한 세계 곳곳은 다 둘러볼 수 있을 것이다.

아빠가 평생 가본 나라는 베트남이 유일할 것이다. 그것도 전쟁

중, 군인 신분으로 간 것이었다. 그런데 왜 내가 더 들뜬 걸까? 어쩐지 흥에 겨워 둠칫둠칫 어깨춤을 추며 자개장 안으로 들어갔다. 막 문을 닫으려던 찰나, 열린 문 틈 사이로 택연과 눈이 마주쳤다.
"누나, 왜 자꾸 거기 들어가?"
불현듯 녀석도 데려가고 싶다는 생각이 들었다. 방구석에 틀어박혀 K-팝과 K-푸드만으로 세상의 전부라 믿는 녀석에게, 더 넓고 다채로운 세계를 보여주고 싶었다. 그리고 무엇보다, 아빠가 무척 기뻐하실 것이다.
"택연아, 이리 와봐! 누나랑 어디 같이 가보자! 여기 들어오면 진짜 신기한 일이 생겨!"
그러자 잠시 머뭇거리던 녀석이 조심스레 말했다.
"엄마가 그러는데…… 자꾸 그러면 누나 병원에 입원시켜야 한대."
"엄마한테 일러바쳤냐!?"
순간 방문이 쾅 닫혔다. 난 한숨을 쉬며 손잡이 없는 자개장 문을 익숙한 손길로 닫았다. 그런데 뭔가 찜찜한 기분이 들었다. 왠지는 몰라도 그랬다(나중에서야 깨달았다. 녀석이 '자꾸 들어간다'는 표현을 썼다는 게, 얼마나 소름 돋는 일이었는지를).
이번엔 어느 때로 돌아가게 될까? 앞으로 펼쳐질 일에 대한 기대와 설렘으로 머릿속이 풍선처럼 부풀어 오른 채, 나는 마치 열기구에 오르듯 자개장에 몸을 실었다.

† 제 9 장 †

1.
 어느새 나는 방바닥에 누운 아빠의 머리맡에 쭈그리고 앉아, 마치 원숭이처럼 아빠의 머리를 뒤적이고 있었다. 흠칫 놀라 고개를 돌리자, 좌식 화장대 거울 속에 여덟 살의 내가 보였다. 사리 같은 손으로 안마를 하고 있었다. 그 아이들이 여섯 살의 서연과 네 살된 택연이라는 걸 깨닫는 순간, 나는 소스라치게 놀랐다.
 쟤들이 저렇게 귀여웠다고??
 희미한 추억으로 남았던 집 안을 보니, 잊고 있던 기억들이 새록새록 되살아났다.
 오늘은 언제일까? 타이머 시간이 얼마나 될까?
 벽에 걸린 달력을 보고 지금이 1992년 4월인 걸 알았다. 계가 눈에 들어왔다. 그곳으로 가까이 다가가 자세히 들여다봤다. 맨 아래, 빨갛고 작은 숫자가 깜빡이고 있었다.

00:15:38

    다시 아빠의 머리맡으로 다가가, 편안한 얼굴로 눈을 감고 있는 아빠를 바라보았다. 귀 옆에는 뽑힌 새치들이 소복하게 쌓여 있었다. 그 순간 문득, 이때의 아빠가 지금의 내 나이 또래였다.
    "이제 없어?"
    아빠가 갑자기 눈을 위로 뜨는 바람에 당황했다.
    "…어, 없는 거 같아요."
    "몇 개나 뽑았어?"
    티슈 위에 수북한 새치는 어림잡아도 서른 가닥이 훨씬 넘어 보였다.
    "…세 개요."
    "그럴 리가. 여러 개 뽑는 느낌 났는데……? 검정 머리를 뽑았나??"
    "아니에요!"
    아빠가 확인하려 하자, 난 얼른 티슈를 구겨 쥐었다. 아빠가 실소를 터뜨리듯 가볍게 웃었다.
    "훗, 이런… 고작 150원 벌었네? 껌 하나 못 사겠구만. 좀 더 찾아보지, 그래?"
    그때 서연이 끼어들었다.
    "나도 안마 다 했어요. 500원 주세요."
    "주세효!"
    택연이 덩달아 외쳤다.
    "으흠, 이제 셈을 치를 시간인가."
    몸을 일으켜 앉은 아빠는 자신의 트레이닝 바지 주머니를 뒤적거렸다.
    "자, 맏이부터!"

아빠는 뭔가를 쥔 주먹을 내밀며, 엄지손가락을 치켜세웠다.

"이거 누르면 선물 줄게. 150원보다는 훨씬 비싼 거야."

어쩐지 불길한 예감이 들었지만, 궁금증을 이기지 못하고 아빠의 엄지손가락을 꾹 눌렀다. 그러자 아빠가 슬쩍 한쪽 엉덩이를 들더니, "뿌우욱!" 하고 힘차게 방귀를 뀌었다. 서연과 태연이 방바닥을 데굴데굴 구르며 까르륵 웃어댔다. 난 코를 막고 멍한 표정을 지었다. 냄새는 조금 지독했지만 나도 곧 낄낄거렸다. 이런 날들도 존재했다는 걸 까맣게 잊고 있었네…….

불현듯 울컥하며 눈물이 고였다. 그 감정이 무엇인지 정확히는 알 수 없었다. 그리고 그 순간, 아빠의 웃음이 싹 지워졌다.

"장난 좀 친 거 갖고 뭘 그리 질질 짜고 난리냐? 첫째가 돼서 동생들 보기 부끄럽지 않아? 에잇, 바보 같은 녀석!"

"누구더러 바보래요? 아빠나 거울 보고 말하세요!"

내가 외치자, 아빠와 서연은 동시에 놀란 토끼 눈이 되었고, 택연이는 신이 나서 아빠와 날 번갈아 가리키며 "바보래요~ 바보래요~"라며 즉석 자작곡을 불렀다.

그때 주방에서 튀긴 달콤한 타래과를 갖고 방에 들어온 엄마가 말했다.

"잘한다. 잘해~ 조금 더 나이 들면 서로 머리끄덩이 잡고 싸우겠네~."

서연과 택연이 까르륵 웃음을 터뜨렸다. 타이머를 보니 5분 남아있었다. 난 충동적으로 어린 동생들을 와락 끌어안았다. 사색이 된 두 동생은 놀라 버둥거렸고, 서연이 우는 소리로 외쳤다.

"엄마! 언니 봐요! 또 우리 괴롭혀요오!!"

"아우 이놈의 기지배가!? 동생들 가만 놔두지 못해!"

엄마가 나를 나무라며 등짝을 한 대 후려쳤다. 하지만 나는 동생들을 놓아주지 않았다. 그러자 동생들은 더 크게 징징댔고, 엄마는 언성을 높이며 내 등을 연거푸 때렸다.
 "아, 시끄러워, 제발! 모처럼 쉬는 날인데 내 집에서 편안하게 좀 있으면 안 돼!? 난 좀 그러면 안 되냐고!"
 아빠가 엄마를 향해 소리쳤고, 이내 격렬한 부부싸움이 시작됐다.
 약간 웃음이 났다. 죽고 사는 문제도 아닌 걸로 서로를 죽일 듯 싸우고 있었으니까. 그런 싸움이 어린 자식들에게는 오래도록 남을 상처가 되리라는 걸 미처 알지 못했다는 건 안타깝지만, 지금은 어느 정도 부모님을 이해할 수 있을 것 같았다. 그들도 한때는 생각이 어렸고, 어리숙했으며, 때로는 어리석기까지 했던—한낱 평범한 인간이었다.

2.
 덜커덩- 덜커덩——
 축으로 연결된 무쇠 바퀴가 일정한 속도로 돌아가며 기분 좋은 마찰음을 내고 있었다. 창밖으로 푸른 융단을 깔아놓은 듯한 드넓은 초원이 펼쳐져 있었고, 그림처럼 양 떼들이 풀을 뜯고 있었다.
 해발 2천 미터의 알프스를 지나는 유럽 횡단 특급 열차 안 맞은편에 아빠가 앉아 있었다. 아빠는 돋보기안경을 코끝에 걸치고 내가 추천해 준 마르케스의 〈백 년의 고독〉을 읽는 중이었다. 올해 65살이 된, 중년의 시기 중 가장 좋을 때의 얼굴이었다.
 해발 2천 미터, 알프스를 가로지르는 유럽 횡단 특급 열차 맞은편 좌석에 아빠가 앉아 있었다. 아빠는 돋보기안경을 코끝에 걸치고, 내가 추천해 준 마르케스의 『백 년의 고독』을 읽고 있었다. 올해 예순다섯된 아빠는 중년의 시기 중 가장 얼굴이 좋아 보였다.
 오래전 텔레비전 화면으로 봤던 풍경이 눈앞에 펼쳐지자, 후련함과 뿌듯함이 동시에 느껴졌다. 나처럼 33살에 부모님에게 해외여행을 시켜드리는 사람이 어디 흔하겠나. 여행 경비는 일찌감치 넉넉히 마련해 두었다. 직장 생활로 모은 종잣돈을, 몇 년 새 수십 배로 오른 코스닥 종목에 미리 묻어둔 덕을 톡톡히 본 것이다.

몇 개의 언덕을 지나자, 들판 너머 하얀 눈이 덮인 삼각뿔 모양의 산이 나타났다.

"아빠! 저거 보세요! 저게 마터호른이에요!"

하지만 아빠는 책에서 눈을 떼지 않았다. 내가 두 번이나 거듭 외치자, 그제야 아빠는 창밖을 내다봤다.

"아하! 저거 테레비에서 봤던 산이다. 근데, 실물이 화면만 못한 것 같다. 북한산의 백운봉 닮지 않았냐?"

"그게 어떻게 생겼는데요?"

"저렇게 생겼지. 백두산은 댈 것도 아니다."

어휴… 사람 기분 잡치게 만드는 데는 아주 도가 트셨다니까.

"언젠가 백두산은 꼭 한번 보고 싶었는데 말이야. 내 생전에 통일되긴 그른 것 같다만……"

"그냥 현재에 집중하시면 안 돼요? 눈앞에 좋은 걸 두고 왜 쓸데없는 소리를 하세요?"

"뭐가 쓸데없는 소리야? 느낀 점을 솔직히 얘기한 거잖아."

"솔직하면 다예요? 저거 보여주려고 기껏 애쓴 제 기분이 어떻겠어요?"

"하, 참… 저게 네가 만든 산이야? 네 기분 맞춰주려고 감상을 지어내란 말이냐?"

"그런 감상은 속으로 하셔도 되잖아요. 꼭 말로 해야 후련하세요?"

"후련하다 후련해! 내가 언제 여행시켜 달랬어? 네가 하도 소원이라고 해서 재계약 앞둔 직장도 관두고 네 뜻에 따라줬잖아! 이거 무슨 유세 떠는 것도 아니고, 이러려면 그냥 관두자. 여기서 내리련다."

"여기서 어떻게 내려요? 이게 무슨 마을버스인 줄 아세요?"

"아무튼 다음에 내리면 난 혼자라도 한국으로 돌아갈 테니 그리 알아!"

화를 내느라 주름살이 여실히 드러난 아빠의 얼굴은 갑자기 폭삭 늙어 보였다. 문득 병상에 누워 죽어가던 아빠의 얼굴이 겹쳤다. 난 입술을 꽉 깨물고 어색하게 말했다.

"새, 생각해 보니 아빠 말이 맞는 것 같아요. 제가 생각이 짧았어요."

잔뜩 인상을 쓰던 아빠는 움찔 놀란 표정을 지었다. 하지만 곧, 특유의 잔소리 모드로 돌아갔다.

"그렇게 멍청한 머린 아니라 다행이구나. 그래서 사람은 누구나 역지사지를 할 줄 알아야 한다. 그래야 발전하는 거야."

"맞아요. 아빠 말이 맞아요."

그러자 더는 할 말을 잃은 아빠는 헛기침했다. 난 작은 탁자에 놓인 일정표를 집어 들고 구슬리듯 말했다.

"와우! 저녁 메뉴는 훈제 연어랑 양고기 스테이크래요! 와인을 선택해야 하는데 아빤 레드 와인이 좋으세요, 화이트 와인이 좋으세요?"

"막걸리나 소주는 없겠지?"

멋쩍게 웃던 아빠는 다시 평온한 얼굴로 〈백 년 동안의 고독〉에 빠져들었다.

3.

사파이어와 루비색이 어우러진 지중해의 일몰을 보여주던 이탈리아 남부의 소렌토 절벽 위의 카페, 베네치아에서 곤돌라를 타고 가다 아무도 시키지 않았는데 갑자기 '오솔레미오'를 부르는 아빠, 그런 주책맞은 아빠에게 열렬한 호응을 보인 이탈리안 뱃사공, 기습적으로 내 머리채를 휘어잡는 원숭이와 대판 싸우다 아빠에게 야단을 맞았던 앙코르와트 사원, 바다를 뒤덮은 허버드 빙하를, 둔중한 굉음과 함께 가르며 나아가던 알래스카의 쇄빙선, 고대 암석의 결을 그대로 살려 지은 터키 카파도키아의 동굴 속 풍경 등…….

그런데 이런 세상 구경은 좋았지만, 아빠와 함께하는 여행은 결코 쉽지 않았다. 말다툼이나 실랑이는 끊이질 않았고, 그냥 혼자 가버릴까 한 적이 한두 번이 아니었다. 차라리 그냥 혼자 다니는 편이 낫다는 생각이 들었다. 어차피 아빠는 아무것도 기억하지 못할 테니까. 그러나 아빠의 시간을 이용해 나 좋은 일만 하는 건 어쩐지 양심에 찔리는 기분이라 그럴 수도 없었다.

무엇보다 힘들었던 건, 자개장에 들어갈 때마다 아빠의 기억이 처음으로 돌아간다는 사실이었다. 그럴 때마다 허무함이 밀려왔고, 의욕도 조금씩 사그라졌다.

4.
100회차 여행에서는 중국에만 머물렀다.

중국은 워낙 넓은 나라여서 명소들로만 잘 추려서, 만리장성과 양쯔강, 자금성 등 대표적인 명소들만 추려 부지런히 다녔다.

그러다 큰 문제가 터졌다. 중국 여행의 마지막 날, 진시황의 무덤을 찾았을 때였다. 무려 8천 개의 실물 크기로 빚은 테라코타 병사들이 각기 다른 얼굴로 늘어선 광경은, 경이롭고 신비하며 말로 다 표현할 수 없을 만큼 불가사의했다.

그걸 보고 난 뒤, 아빠와 함께 택시 뒷좌석에 나란히 앉았다. 쉬이 가시지 않는 으스스한 감상을 나누며 시내의 숙소로 향하던 중이었다. 그때였다. 인가가 없는 넓은 논두렁 옆길을 달리던 택시가, 갑자기 멈춰 섰다.

아빠와 난 무슨 일인가 싶어 미어캣처럼 주위를 두리번거렸다. 순박한 농사꾼처럼 생긴 중국인 택시 기사가 우리를 돌아보며 다급한 어조로 중국말을 쏟아냈다. 내가 영어로 무슨 일이냐고 묻자, 그는 짧은 영어 단어 몇 마디와 손짓발짓을 더했다. 차에 문제가 생겼으니 뒤에서 밀어달라는 뜻처럼 보였다.

"뭐라는 거냐?" 아빠가 물었다.

"시동이 안 걸리나 봐요. 제가 내려서 밀어볼게요."

"앉아 있어. 아빠가 하마."

"됐어요. 제가 하는 게 나아요."

"네가 뭘⋯ 아, 참 앉아 있으라니까 그러네!"

그렇게 아빠와 실랑이를 벌이자, 택시 기사는 아빠를 손가락으로 가리키며 중국어로 한참을 떠들었다.

"왜 이 야단이야? 시끄러워 죽겠네. 내가 내린다고 해."

아빠가 인상을 쓰며 차에서 내리려 했다. 그때 갑자기 뭔가 번쩍 떠올랐다.

"잠깐만요 아빠! 내리지 말아요!"

열 살 때부터 즐겨보던 『그것이 알고 싶다』의 한 에피소드가 떠올랐다. 중국으로 신혼여행을 갔다가 실종된 한 신부의 사건이었다. 애타게 아내를 찾던 신랑은, 한 달 만에 뱃속이 텅 빈 채 도랑에 버려진 신부의 시신을 발견했다고 했다. 그때 기사에서 읽었던 신부 납치 수법이, 지금 이 상황과 묘하게 닮아 있었다. 물론 지금 이 일이 그런 끔찍한 사건과 같을 리는 없다. 내가 괜한 의심으로 오해하고 있는 걸 수도 있다. 하지만 한 번 겁을 집어먹고 나니, 조금 전까지만 해도 순박하게만 보이던 기사의 얼굴이 어느새 흉악범으로 보이기 시작했다.
"왜 그래?"
"작년인가 재작년에 '그것이 알고 싶다' 방송에서 본 건데요…"
"갑자기 그 얘기는 왜 하는데?"
"아니, 그러니까 들어보세요. 어떤 신혼부부가 있었는데……"
"노 타임! 노 타임!"
기사가 끼어들어 큰소리로 재촉했다.
"아빠 제 얘기부터 들어보시라니까요. 어떤 신혼부부가 여행을 와서 어느 지역에서 택시를 불렀는데……"
아빠는 각자 떠들어대는 나와 기사를 혼란스러운 눈빛으로 번갈아 바라보았다. 그때 기사는 아빠에게 어서 내려서 밀어달라고 손짓하며 징징거리기 시작했다. 돌연, 아빠의 표정이 달라졌다.
"그러지 말고 당신이 내려서 밀어. 내가 운전하겠다. 난 나이가 많고, 당신은 젊으니까, 오케이? 너희 중국, 우리 한국, 어른 존중 사상 쌤쌤, 오케이?"
아빠는 손짓발짓을 부지런히 놀리며 열심히 얘기하는 모양새가 굉장히 웃겼지만, 지금 웃을 때가 아니었다. 용케도 기사가 아빠의 말을 알아들은 듯 멈칫했다. 그는 어깨를 으쓱하더니 "오케이!"라고 했다. 그리고 자신이 차를 밀 테니 아빠에게 운전하라고 손짓하고 차에서 내렸다.
난, 괜한 의심을 했나 싶어 기사에게 미안한 마음이 들었다. 그런데, 아빠가 운전석으로 가려고 사이드를 도는 순간, 기사가 재빨리 다시 운전석에 올라 차를 출발시켰다. 부우웅- 엔진을 울리며 택시가 쏜살같이 내달렸다. 난 운전석 등받이를 쿵쿵 두드리며 다급히 외쳤다.
"헤이! 스탑! 스탑! 마이 빠빠! 빠빠!!"

하지만 기사는 속도를 늦추지 않았고, 소름 끼치는 표정으로 무슨 말인지도 모를 소리를 뇌까렸다. 난 용수철처럼 튀어 올라 운전석 앞으로 몸을 디밀고 핸들을 마구잡이로 꺾었다. 차가 요동치자 당황한 기사는 핸들을 잡지 않은 손으로 내게 주먹질을 퍼부었다. 나도 주먹을 쥐고 정신없이 맞받아쳤지만 역부족이었다. 그렇게 흔들리는 택시 안에서 난타전을 벌이다가 어느 순간 기사의 팔꿈치가 내 얼굴에 정통으로 꽂혔고, 그대로 난 의식을 잃고 말았다.

*

눈을 떴을 때 제일 처음 눈에 들어온 건 낮은 천장에 달린 형광등이었다. 곧바로 밀려온 통증으로 으윽-하는 신음이 절로 새어 나왔다. 코뼈가 부러졌나 싶어 코를 만져보려는데 손이 들리지 않았다.

나는 비닐이 깔린 철제 탁자 위에 누워 있었고, 양 손목은 굵은 케이블 타이로 단단히 결박되어 있었다. 바로 옆에는 내용물을 알 수 없는 나무 궤짝들이 빼곡하게 쌓여 시야를 가로막고 있었다. 발치엔 빨간색 라벨이 붙은 콜라 상자가 놓여 있었는데, 라벨지에는 '코코 콜라'라는 글자가 인쇄되어 있었다.

문득, 지독한 생선 비린내와 음식물 쓰레기 냄새가 훅 끼쳤다. 발작적으로 고개를 틀고 우웨엑-하며 헛구역질했다. 순간 머리맡 선반에 놓인 스테인리스 쟁반을 보고 난 하얗게 질리고 말았다.

쟁반 위엔 검붉은 얼룩이 묻은 에테르 병과 주사기, 탈지면, 메스, 전동 톱이 뒤섞여 있었다. 심장이 뚝 떨어지는 듯했다.

내가 이렇게 개죽음을 당하다니! 그럴 리가 없어. 이건 꿈이야, 코가 터질 듯 아프지만, 그저 기분 탓일 거야.

케이블 타이에 묶인 손목을 미친 듯 잡아당겼지만, 꿈쩍하지 않았다. 그때 생선 궤짝 뒤쪽으로 문이 끼잉- 열리며 중국말을 하는 남자들의 목소리가 들렸다.

스테인리스 쟁반 위에 놓인 메스가, 궤짝 틈으로 들어온 빛을 받아 번쩍였다. 난 손목을 움직여 가까스로 메스를 움켜쥔 후 손바닥 아래 감췄다. 궤짝을 미는 소리가 들리자 난 의식을 잃은 척 눈을 감았다.

누군가의 말소리, 바닥을 스치는 발소리, 무언가를 옮기는 소리. 모든 소리가 내 귀에 날카롭게 박혔다. 나는 숨을 죽인 채, 아주 조심스럽게 한쪽 눈을 실처럼 가늘게 떴다.

비닐 샤워캡 쓰고 우비를 입은 한 남자가 약병에 주사기를 꽂아 빨아들였고, 비니를 쓴 남자는 커다란 가위를 집어 들고 다가와 내가 입은 티셔츠를 밑단부터 서걱서걱 자르기 시작했다. 곧이어 우비남이 주사기를 내 팔에 꽂으려다 나와 눈이 마주쳤다.

그 순간 손에 쥔 메스를 그의 허벅지에 푹 꽂고, 동시에 두 발을 사정없이 휘둘러 내 옷을 자르던 남자의 얼굴을 걷어찼다. 순간 비니남이 가위를 떨어뜨리고 비틀거렸다. 우비남은 욕설을 하며 피가 뿜어 나오는 자기 다리에 응급처치를 했다.

그때, 비니를 쓴 남자가 가위를 집어 들더니 내 얼굴을 향해 찌를 듯 달려들며 고함을 질렀다. 우비를 입은 남자가 그를 막아섰고, 그는 계속해서 욕설을 퍼부으며 내 두 발목을 끈으로 칭칭 동여맸다. 난 눈을 질끈 감고 사시나무처럼 떨었다.

꼼짝없이 코앞에 다가오는 주삿바늘을 보던 난 다급히 외쳤다.

"웨잇!! 웨잇!! 아임 에이즈 페이션트! 에이아이디에스! 아니 아니, 에이치, 아이, 뷔!! 오케이!?"

그러자 우비를 입은 남자와 비니를 쓴 남자가 작게 속삭이며 무언가를 주고받았다. 잠시 후, 그들이 내가 거짓말을 했다는 걸 눈치챈 듯, 내 입에 덕트 테이프를 붙이고는 주삿바늘을 들이댔다. 나는 신음을 터뜨렸다. 하늘이 무너지는 기분이었다. 이제 정말, 모든 게 끝난 걸까……

그때 별안간 우르르 콰쾅! 하는 굉음과 함께 비린내 나는 무언가가 내 얼굴과 몸 위로 쏟아져 내렸다. 무너진 나무 궤짝 안에 들어 있던 건 다름 아닌 썩은 생선 더미였다. 이제 시야가 트였고, 열린 컨테이너 문 앞에 쇠 파이프를 들고 선 어떤 남자가 보였다. 눈가에 붙은 생선 비늘을 떼어내며 그를 자세히 들여다보니 바로, 아빠였다.

아빠는 동시에 달려드는 우비남과 비니남을 단숨에 제압했다. 순식간에 두 놈은 바닥에 쓰러져 의식을 잃었다. 아빠는 우비남의 주머니에서 열쇠를 꺼내 내 족쇄를 풀어주고, 나를 일으켜 세웠다. 그리고 우린 함께 밖으로 빠져나왔고, 컨테이너 뒷문을 닫고 걸쇠를 철컥 걸었다.

멀리서 경찰과 구급차의 사이렌이 들려왔다. 내 눈에도 어른거릴 정도로 푸르딩딩 부풀어 오른 내 코를 들여다보며 아빠가 말했다.

"괜찮냐?"

"괜찮긴요. 근데 어떻게 여길 찾으셨어요?"

"야, 말도 마라. 사람들이랑 도무지 말이 안 통하니 어찌나 애를 먹었는지… 간신히 대사관이랑 통화가 됐는데, 아, 얘길 들어보니 한참 동안 기다리게 생겼더라구. 그러니 어떡해, 직접 움직여야지."

"그래서요, 제가 여기 있는 걸 어떻게 아셨어요?"

"네가 그 뭐냐, 내 전화 찾기? 라던가, 그거 알려줬잖아. 그걸로 위치 추적을 한 거지."

아, '나의 아이폰 찾기'를 등록해 두었지. 하지만……

"아빠 엘지폰 쓰시잖아요? 근데 어떻게 하신 거예요?"

"네가 비상시에 필요하다면서, 그… 클라우디냐 뭐냐? 네 비번이랑 다 알려줬잖냐. 그걸로 들어가서 했지."

난 벙벙한 얼굴로 아빠를 쳐다보았다. 아빠는 인터넷 사용에 젬병이라 항상 내가 도와줘야 했는데…….

"그렇더라도, 사람들이랑 말도 잘 안 통하는데, 어떻게 차를 타고 설명을 해서 여기까지……"

아빠가 득의만만하게 웃으며 대답하려던 찰나, 타이머가 끝나 모든 게 멈추고 말았다. 궁금했지만 다음번에 물어볼 수밖에.

불현듯, 아빠에게 고맙다고 말하지 못했다는 걸 알았다. 포옹이라도 한번 해드리고 싶었지만, 그건 아무래도 쑥스러운 일이었다.

다음번을 기약하며, 의식이 사라지기 전까지 감동 어린 눈으로 멈춰있는 아빠를 바라보았다.

*

다음 순간으로 점프했을 땐 혼수상태가 된 아빠와 마주했다.

예정보다 3일이나 빨라서 당황스러웠다. 궁금했던 것도 묻지 못하고, 고맙다는 말도 할 수 없게 되어 버린 것이다. 역시나 '다음번'이라는 건 유니콘 같은 말에 불과하다는 걸 실감하고야 말았다.

중국 여행 이후에도 여러 곳에서 아찔한 순간들을 겪었다. 파리의 바타클랑 극장에서 공연을 보던 중엔 테러리스트의 총에 맞아 죽을 뻔했고, 텔아비브와 우크라이나를 여행하다가도 아주 공교롭게 폭사 직전까지 몰린 적이 있었다. 그럴 때마다 아빠는 믿을 수 없을 만큼 냉정하고 날카로운 직감으로 상황을 돌파해냈다. 마치 수호신처럼 눈부신 활약으로 내 목숨을 몇 번이나 구해줬지만, 나는 단 한 번도 아빠에게 고맙다는 말을 하지 못했다는 걸 뒤늦게 깨달았다.

어느덧 104회차에 접어든 자개장 여행이 끝나갈 무렵, 나는 세상에서 가장 넓은 영토를 가진 러시아의 블라디보스토크부터, 단 800명의 인구를 가진 지구에서 가장 작은 나라 바티칸 시국까지, 국제표준화기구에 등재된 약 240개국 중 무려 183개국을 다녀올 수 있었다. 그렇지만 여전히 못 가본 곳이 많았기에 여행 일정을 빡빡하게 잡을 수밖에 없었다.

그런데 갈수록 초조해지는 기분이 들었다. 이 과거의 시간은 결국 끝이 있고, 지나면 다시는 돌아오지 않을 것이기에, 나중에 여행의 기억을 꺼내볼 일이 생길 때 왜곡 없이 선명하게 떠오르기를 바랐다. 그래서 인상적인 순간마다 사진을 찍듯 오감에 새겨 넣었다.

동화 같은 프라하성과 하얗게 얼어붙은 카를교를 지날 때 들리던 서걱거리는 발소리를, 개 썰매를 타고 핀란드의 설원을 달릴 때 마치 꿈결처럼 튀어 오르던 눈가루와 말라뮤트들의 거친 숨소리를, 우유니 사막과 나이아가라 폭포에서 느낀 대자연의 판타지를, 진화 전의 모습처럼 못생겼지만, 강철 같은 근육으로 거침없이 광야를 달리던 몽골 말을, 하와이 바다에서 돌고래와 함께 헤엄치던 순간까지. 모든 감각과 감정에 놓치지 않으려 애썼다. 언젠가 문신 승려가 했던 말대로 '오롯이 집중하는 방법'을 배워가고 있던 것이다.

택연이 태어나던 날, 자고 있던 나를 깨운 아빠는 반짝이는 눈빛으로 내 손을 끌고 병원으로 갔다. 그게 106회차의 첫 날이었고, 그 회차의 마지막 날에 아빠와 나는 아이슬란드에 있었다. 막걸리가 든 와인잔을 들고 블루 라군의 온천물에 들어갔다가 잔소리하는 아빠와 티격태격 싸우던 그때, 문득 바라본 하늘의 오로라, 그건 꿈에도 잊지 못할 광경이었다.

5.

그렇게 시간이 흘러, 벌써 107번째에 닿았다.

코가 닿을 듯 내 얼굴을 바짝 들여다보는 아빠를 보고 놀라, 난 몸을 홱 젖혔다. 그 순간 아빠가 휘청이는 내 등을 잽싸게 받쳐주면서 "어구구! 어구구!"하며 감탄사를 연발했다. 아빠 목에 감긴 내 손은 오동포동한 밤톨처럼 작았다. 나를 바라보며 함박웃음을 짓던 아빠는, 눈앞에 연분홍 꽃이 만발한 매화나무를 가리켰다.

"저거 봐라, 자연아! 참말 이쁘지? 자연이만큼 이쁘지!? …아니야, 우리 자연이보다 못 한가??"

뭔가를 잘못 들었나 싶어 어리둥절한 얼굴로 아빠를 빤히 쳐다보았다. 그런데 뭔가 이상했다. 이 시절의 아빠라면 30대 초반일 텐데, 얼굴은 그보다 훨씬 늙어 보였다.

아빠에게 말을 건넸다.

"아부 아! 아**빠따따뚷따**?!"

난 놀라 입을 다물었다.

"오오~ 그래쪄~?"

아빠는 사랑스러워 어쩔 줄 모르겠다는 얼굴로, 당황한 나를 둥개둥개 얼렀다. 다시 말해봤지만 내 의도와 달리 외계어 같은 소리만 나올 뿐이었다.

"애기 이리 주세요!"

갑자기 나타난 누군가가 외쳤다. 고개를 돌리자, 30대 시절의 아빠가 잔뜩 인상을 쓰고 있었다. 난, 고개를 돌려 나를 안고 있는 남자를 쳐다보았다.

그럼 이 사람은……?

"손 안 씻으셨잖아요?"

아빠가 나를 안은 할아버지에게 말했다.

"아까 왔을 때 씻었는데, 뭘……"

손을 씻지 않은 게 죽을 죄라도 되는 양, 아빠는 싸늘한 얼굴로 할아버지를 노려보았다.

"그때는 그때구요. 아까 담배 태우셨잖아요. 그리고 또 손 씻으셨어요?"

할아버지는 못 들은 척하며 "자연아~ 저기 가볼까~?"라며 걸음을 옮겼다.

"그놈의 담배를 끊으시던가, 그게 싫으시면 손주 안는 걸 포기하시던가 둘 중 하나만 하시라구요! 사람이 제 욕심만 다 채울 수 없는 거라고 아부지가 늘 하시던 말씀이잖아요?"

"크흠… 알아들었으니까, 1절만 하자."

"뭘 알아들으셨는데요? 알아들은 태도가 그러세요?"

"아 빠빠바따 땋따따!"

난 아빠에게 진정하라고 말했지만, 아빠는 할아버지 품에 있던 나를 억지로 데려가려 했다.

"놔둬!"

할아버지가 눈을 부라렸다. 그 표정은 아빠가 내게 화낼 때와 놀라울 만큼 닮아 있었다. 그때 열린 현관문 안쪽에서 갓난아기의 우는 소리가 들렸다.

"아이구 뚱순아~ 아유, 우리 뚱순이~~"

할머니가 달래는 소리에 이어, 엄마의 새된 목소리가 터져 나왔다.

"아이참, 어머니두. 서연이라고 이름 지었잖아요. 왜 자꾸 태명을 쓰세요? 그것도 전 그랬지만, 어머니가 건강하라고 그렇게 지어주셔서… 그러다 진짜 뚱순이 되면 어떻게…"

"뚱순이가 얼마나 복스럽고 이쁜데! 참, 알지도 못하면서… 오이구 그래, 너두 좋지, 뚱순아~?"

엄마와 할머니가 옥신각신하는 소리가 이어지는 사이, 문득 할아버지가 차가운 어조로 내뱉었다.

"애 옷이나 잘 좀 입혀라. 그래도 첫애인데, 이게 뭐냐? 어디서 거적때기를 얻어다 입혔나……."

할아버지의 반격에 아빠는 냉소를 지었다.

"그거 지 고모들 입던 거라 그래요. 애 엄마가 워낙 알뜰해야 말이죠. 게다가 제가 동생들만 좀 적었어도 첫애를 이렇게 구질구질하게 키우진 않았을 텐데요."

"원, 동생들한테 지가 뭘 얼마나 했다고……."

"뭐라구요? 지금 뭐라고 하셨어요?"

"이렇든 저렇든 간에 밴댕이 소갈딱지처럼 늘 그리 따져봤자 뭐가 달라지냐? 다 네 팔자 탓이려니 해야지."

50대 초반인 할아버지의 얼굴에 주름이 깊게 패여 있었다.

"하… 곧 죽어도 그놈의 담배랑 자존심은 절대 못 끊으시죠!? 사과라고는, 먹는 사과밖에 모르시구요!"

"그래, 인마! 부사를 주랴, 홍옥을 주랴! 내가 너한테 무슨 죽을죄라도 지었단 말이냐? 보자 보자 하니까 이놈 새끼가… 손주 앞이라 험한 소린 참는 줄 알어!"

"아꺄! 아땋따따까까까! 꺄까아아!!"

아빠에게 알리고 싶었다. 할아버지는 내년이 되면 폐병으로 돌아가신다고, 손주를 안을 수 있는 날은 오늘 이후로 다시는 오지 않으니까 너무 그러지 마시라고. 하지만……

"애나 이리 내놓으세요!"

"놔두라고 했다!"

"제 아이예요!!"

"내 손주야!!"

두 사람은 나를 빼앗으려 격렬한 실랑이를 벌였다. 내가 할 수 있는 건 오직 우는 일뿐이었다. 난 발을 구르며, 젖 먹던 힘까지 끌어모아 울음을 터뜨렸다.

"하타!! 빠아!! 아따따따따아!! 으아아앙~~~"

할아버지와 아빠가 놀란 얼굴로, 울음을 터뜨린 나를 돌아보았다. 마침내 두 사람의 다툼을 멈추는 데는 성공했지만, 할아버지는 끝내 아빠에게 사과하지 않았다.

*

아빠와 함께할 마지막 여행지를 고르느라 한참을 고민했다.

문득, 우리나라를 제대로 여행해 본 적이 거의 없다는 걸 깨달았다. 서울과 양평을 제외하면 수학여행과 졸업여행으로 다녀온 부산과 제주도가 전부였다. 하지만 이 작은 땅덩어리 안에도 아름답고 흥미로운, 유서 깊은 명소들이 가득했다.

전국 곳곳을 효율적으로 돌아보려면, 관광열차를 이용하는 것도 좋은 방법이었다. 서울역에서 출발해 홍성, 대천, 장항을 거쳐 익산까지 운행하는 〈서해금빛열차〉, 철암에서 봉화를 거쳐 영주까지 멋진 협곡을 누비는 〈백두대간협곡열차〉, 정선의 수많은 명소에 이어 아우라지 강변에서 뗏목 체험까지 선사해 준 〈아리랑 열차〉, 여수의 바다를 만끽할 수 있는 〈남도 해양 열차〉 등, 우리나라에도 이런 관광열차들이 있다는 걸 처음 알고 정말 즐거운 여행이었다.

아빠는 국내에서의 여행이라 마음이 편해서인지, 아니면 가는 곳마다 나오는 토속 별미들이 마음에 쏙쏙 들었던 탓인지, 외국 여행 때보다 전반적으로 기분이 훨씬 좋아 보였다. 나한테 잔소리하거나 화를 내는 일이 확실히 줄어들었기 때문이다.

문득, 아빠에게 특별히 가고 싶은 곳이 있는지 물어보았다. 아빠는 용문산이라는 뜻밖의 장소를 말했다. 그곳은 아빠가 직업 군인이던 시절, 잠시 근무하던 부대가 있는 곳이라고 했다.

그래서 아빠와 나는 양평 집에서 차로 20분 거리에 있는 용문산에 올랐다. 잘 조성된 공원을 지나 울창한 숲길을 따라 한참을 오르자, 신라 시대에 지어졌다는 용문사의 대웅전 지붕이 보였다. 사찰로 이어지는 길에, 깊은 계곡을 가로지르는 작은 다리가 나타났다. 교량에 달린 명패에는 '해탈교'라고 쓰여 있었다.

난, 농담처럼 말했다.

"이 다리를 건너면 해탈하는 건가요?"

아빠가 빙그레 웃었다.

"그런가 보다."

"그럼, 이 다리 건너는 다른 세계겠네요? 이곳의 나와 다리 너머의 내가 다르니까요." 아빠가 놀란 듯 나를 돌아보았다.

"다행이로구나. 그래도 네 머리가 장식은 아니었단 게……."

아우, 참. 순간 화를 낼까 하다 멈칫했다.

앞으로 3일 후, 아빠는 혼수상태에 빠진다. 그때가 되면, 더는 돌이킬 수 없을 것이다.

잠시 머뭇거리던 난 애써 용기를 냈다.

"저한테 뭐, 하고 싶은 말 없으세요?"

문득 의아한 표정을 짓던 아빠가 말했다.

"왜 없겠어? 택연이 좀 잘 챙겨주고, 먹는 거랑 이런 거… 그리고 늘 하는 말이지만 매사에 차분하고 신중하게 생각하는 버릇을 들이고, 걸핏하면 팩하고 토라지는 성질머리랑…"

"됐구요! 만약에… 만약에 말이에요, 이게 저와 아빠가 함께 할 수 있는 마지막 여행이라면요, 그렇게 상상을 해본다면, 저한테 무슨 얘길 하고 싶을 것 같아요?"

한참을 고민하던 아빠가 냉소적인 말투로 대답했다.

"내내 같은 말이겠지 뭐. 마지막이라고 무슨 다른 말을 하겠냐? 네 출생의 비밀이라도 알려주련?"

"그런 게 있었어요?? 얼른 말해주세요, 시간 없어요!"

"말이 그렇다는 거지, 너는…… 음… 하긴, 이런 얘긴 한 번도 안 했던 것 같은데, 네 엄마가 널 가졌을 땐데…"

"오! 그 와중에도 바람피우신 거예요?"

"무슨 쇠똥 빠진 소리야!? 질문을 해 놓고 왜 말을 끊냐! 제발 좀 상대방의 말을 끝까지 경청하고 나서 신중하게 대답하는 버릇을 들이라고 몇 번을 말해? 아주 입 아프다. 입 아퍼!"

"엄마가 저 가졌을 때요, 무슨 일이 있었는데요?"

"엇, 저기 있다!"

아빠는 갑자기 멈춰서 손가락으로 어딘가를 가리켰다. 시선을 따라가 보니, 거대한 고목이 위엄 있게 서 있었다. 용문사의 상징과도 같은, 천 년 넘은 은행나무였다.

"벌써 해가 지고 있어. 서둘러야겠다."

어느새 은행나무를 향해 성큼 나아가는 아빠를 부랴부랴 따라갔다.

아빠는 고개를 한껏 젖힌 채 나무를 올려다보았다. 나도 아빠를 따라 수령이 천사백 년 이상으로 추정된다는 나무를 이리저리 살펴보았다. 둘레가 10미터, 높이만 해도 25미터가 넘는 그 나무는, 늦겨울이라 잎 하나 없이 앙상한 가지뿐이었지만, 오랜 세월을 견뎌낸 경이롭고도 웅장한 기세는 조금도 가려지지 않았다. 나무를 보며 문득, 한 생명이 천 년을 산다는 건 어떤 의미일까, 하는 생각이 들었다. 내가 한참을 나무를 바라본 뒤에도, 아빠는 여전히 그 자리에 서서 나무를 응시하고 있었다. 그 모습이 어쩐지 쓸쓸하고도 처량해 보여, 나는 일부러 유쾌한 말투로 아빠를 불러보았다.

"그래서요? 엄마가 저 가졌을 때 무슨 일이 있었어요?"

그제야 아빠는 나무 꼭대기에서 시선을 떼고, 나를 바라보았다.

"…응? …아, 그거……"

아빠는 한쪽 눈썹을 꿈틀대더니 주저하는 표정으로 말을 이었다.
"으흠…… 오해는 하지 말고 들어."
"알았으니까 빨리요!"

난 30분밖에 남지 않은 휴대폰 타이머를 보며 아빠를 닦달했다. 은행나무 끝자락에 주홍빛 석양이 걸려 있었다. 아빠는 아련한 눈빛으로 석양을 바라보았다.

"너희들 태어날 때 내가 집에 신경을 많이 못 썼어. 가장으로서 처자식도 건사해야지, 부모님과 동생들도 챙겨야지, 부업까지 해가며 돈 좀 더 벌어보려고 나름 애를 썼지만, 생각대로 안 됐고. 사실 네 엄마가 아주 힘들었지. 근데 너 때가 유독 그랬어. 널 가졌을 땐 임신 중독증에 걸려서 수개월 고생한 데다, 또 너 낳을 땐 피가 안 멎어서 정말 큰일 날 뻔했다고. 그런데, 그렇게 고생하고도 아이를 자꾸 낳고 싶어 하는 거야. 나중에야 알았는데 맏며느리라고 아들을 낳겠다는 욕심이 있었던 거더라고. 서연이 때도 그랬고, 택연이 가졌을 때도 온갖 극성을 부려댔지. 기도원을 찾아가질 않나, 무당한테 부적을 받아오질 않나, 어디서 들었는지 아들 부잣집 여편네 빤스를 빌려다 입기도 하고, 허허 참, 내… 어디 그뿐인가, 베게 밑에 부엌칼 놔둔 걸 봤을 땐 아주 식겁했다."

나도 모르게 입이 딱 벌어졌다. 엄마가 그러는 장면을 상상하기 어려웠다.

"정작 우리 부모님이 장손 타령하시는 분들이 아니었다고. 나도 마찬가지고, 난 오히려 딸이 좋았지. 할머니 할아버지도 네가 첫 손주라고 얼마나 이뻐하셨는지 넌 모를 거다. ……그런데, 네 엄만 그렇게 애를 쓰고도 멀쩡한 아들을 갖지 못한 게 꽤 섭섭했던 것 같아. 너랑 서연이랑 어릴 때 가끔 옆에서 보면, 네 엄마가 너한테만 심부름시키고 혼내기도 많이 혼내고, 좀 그랬잖아? 그럴 때마다 너한텐 참 딱한 노릇이다 싶으면서도, 내가 한마디만 하면 싸움이 나는데 어쩌겠냐? 자존심은 세서 싫은 소리는 절대 못 듣는 성격인데. 가정의 평화를 위해선 어쩔 수 없이 눈감아 줘야 하는 것도 있는 법이니까… 게다가 네 엄마의 처지도 이해가 안 가는 바도 아니고… 모르겠다, 변명처럼 들릴지는 몰라도… 나로선 어찌해 볼 도리가 없었던 것 같다."

처음 듣는 얘기에 적잖은 충격을 받았다.

한 번도 엄마가 우리 삼 남매를 편애한다고 생각한 적은 없었다. 이제 와서 생각해 보면 정말 이상한 일이지만, 아무튼 난 그렇게 믿어왔다.

서연에게는 으레 자애로운 엄마였고, 택연에게는 무조건 오냐오냐하는 할머니였지만, 내게는 까칠한 시어머니처럼 굴었고, 어린 시절부터 집안일이나 심부름 등의 궂은일은 항상 나에게만 맡겼다. 나는 그저 내가 맏이라서, 또 자식 중에서 가장 힘이 센 탓에 그런 줄만 알았다.

그렇지만 나로선 굳이 몰랐어도 될 상처를 후벼판 셈이나 마찬가지였다. 그런 건 알고 싶지도 않았는데!

오히려 맏이로서 책임과 의무를 강요한 건 아빠였다. 동생들을 위해 본을 보여야 한다고, 그러지 못하는 인간은 패배자나 낙오자와 다를 바 없다고 하셨다. 그런 시선으로 나를 대하던 아빠를, 엄마보다 더 원망해 왔다.

"네 엄마랑 싸우지 말고 잘 지내란 뜻에서 하는 말이야. 네 엄마가 원래 상대를 배려할 줄 모르고 사람을 힘들게 하는 면이 있는 걸 내가 모르겠냐? 아빠 부족해서 견디지 못했지만, 어차피 부부는 헤어지면 남이야. 하지만 넌 다르지. 더러워도 핏줄이라고, 어쩌겠냐. 인간은 다 어리석은 데가 있는 법이고, 사람이 노력도 안 하면서 나이만 많다고 더 지혜로워지는 게 아니니까. 늘 발전하려고 노력하지 않으면 퇴화할 뿐이야. 그 점을 명심하고 누구를 대하든 측은지심으로 바라보면 사람과의 관계가 한결 수월할 거다."

도무지 어떤 반응을 보여야 할지 몰랐다. 난 경청하는 척하며 아빠를 노려보기만 했다.

"너 할아버지 기억 안 나지. 네가 네 살인가 다섯 살 되던 해에 돌아가셨으니까. 평소엔 누구한테든 무뚝뚝하기 이를 데 없는 양반이셨는데, 너만 보면 아주 딴사람이 되시곤 하셨어, 후훗……"

"아뇨, 저 할아버지 기억해요."

아주 짧기는 했지만, 할아버지와 마주하던 순간의 몇 장면이 내 기억에 남아있었다. 하지만 엄마나 아빠는 이런 얘길 할 때마다 믿지 않았다.

"그럴 리가? 네가 뭔가 착각한 거겠지. 할아버지 아프시기 전엔 넌 막 걸음마를 떼던 아기였는데?"

"제가 기억한다는데 왜 아빠 맘대로 착각으로 만드세요? 그건 그렇고, 저한테 따로 하고 싶은 얘긴 없으세요? 예를 들어, 뭐, 조금 미안했다거나 하는……."

은근히 눈치를 살피는데, 아빠의 안색이 어두워졌다.

"왜 없겠냐."

"뭐, 뭔데요??"

"……잠깐, 이제 시간이 얼마 안 남았다."

화들짝 아빠의 얼굴을 쳐다봤다.

"무슨 시간이요?"

아빠는 붉은빛으로 물든 은행나무를 올려다보았다.

"빛이 약해지고 있어. 이제 곧 어두워질 거야."

"저한테 미안한 게 뭔데요?"

"그런 건 별로 중요치 않아. 진짜 중요한 건 저런 거야. 저 하늘과 구름, 할 일을 마치고 자취를 남기며 장렬히 돌아가는 저 태양, 저 아름다움은 눈 깜짝할 새에 사라진다. 봐라, 벌써 색도 모양도

달라지고 있잖니. 저 모습 그대로는 절대로 머무르지 않아. 똑같은 하늘은 다시 오지 않으니까. 유일한 건, 단지 이 순간뿐이야. 저런 걸 눈에 담아라. 오르지 못할 나무만 쳐다보지 말고. 인간은 아무것도 가질 수 없어. 그렇지만 또 모든 걸 가질 수 있는 게 인간이다."

어휴, 이제 늦었어. 3분밖에 남지 않았다고. 그만 단념해야겠다.

"잠깐만요, 끼어드는 건 아니구요. 진짜 아빠 말이 맞아요. 다 맞구요, 아빠는 옳은 말이 아니면 입을 열지도 못 하게끔 태어난 게 분명하지만 잠깐만 저한테도 기회를 주세요. 마지막으로 할 말이 있어요."

"마지막이라니?"

"아, 그러니까… 오늘의 마지막이요. 이 말만 하고 아빠 얘기를 듣기만 하려구요"

아빠는 미심쩍은 표정을 지었지만, 나는 마음속으로 한 번도 해본 적 없는 말을 해보기로 결심하고 있었다. 대단한 말도 아니었다. 그저, 사이좋은 가족 사이에서 흔히 오가는 그런 말이었다.

"뭔데 그리 뜸을 들이냐? 어서 말해봐."

그런데 난 혀가 꼬인 듯 그 짧은 말 한마디가 입 밖으로 나오지 않았다.

"그러니까 그… 아빠… 그… 사… 그러니까 그… 사, 사……."

"너…… 무슨, 사고 쳤냐?"

절로 한숨이 나왔다. 포기하자. 이 순간이 수백 번 반복된들 절대로 불가능할 테니까.

"그냥 별 얘기 아니에요. 와, 이 나무 좀 보세요! 여름이 되면 은행이 어마어마하게 열리겠어요."

"왜 딴소리야? 하려던 얘기나 해봐."

아빠는 재차 캐물었지만, 나는 말없이 고개를 들어 은행나무를 올려다보았다. 문득 돌아보니, 아빠도 똑같이 목을 젖힌 채 나무를 바라보고 있었다. 그러다 아빠의 손을 쳐다보았다.

아빠의 손을 마지막으로 잡았던 순간이 언제였는지조차 떠오르지 않았다. 너무 멀고, 너무 오래되어 손끝에 닿는 감각조차 아득했다. 숨을 들이쉰 채 조심스럽게 손을 뻗는 찰나, 마치 세상이 정지라도 한 듯 모든 게 멈췄다.

"젠장!"

나무를 보는 아빠의 표정이 무척 서글퍼 보였다. 난 그래도 아빠의 손을 잡았다. 마치 나뭇가지처럼, 단단하고 차가웠다.

곧 나도, 아빠도, 영원한 나무와 뒤엉킨 채 기묘하게 빙글빙글 돌기 시작했다.

6.

만우절 날, 병원 8층 텅 빈 휴게실에 홀로 앉은 난, 휴대폰으로 담은 여행 사진들을 뒤적였다.

대부분이 풍경 사진뿐이었고, 사람을 찍은 사진이라곤 용문사 은행나무 아래, 마추픽추 산마루, 그리고 브라질 이구아수 폭포 옆에서 찍은 아빠의 독사진 세 장. 거기에 어딘지도 모를 장소에서 내 얼굴만 어색하게 나온 셀카 두 장이 전부였다. 아빠도 나도 사진 찍는 걸 그다지 좋아하지 않았다. 남에게 사진 좀 찍어달라고 부탁할 만큼의 넉살도, 주변머리도 둘 다 없었다.

아빠와 함께 찍은 사진이 딱 한 장 있었다. 프라하 몰 샤니 공원, 카프카의 묘지 앞에서 찍은 사진이었다.

아빠도 나처럼 카프카를 좋아했다. 우린 서로 카프카에 관한 이야기를 나누다가 때마침 옆에 있던 한국인 노부부에게 부탁해 겨우 한 장 남길 수 있었다. 묘비를 사이에 두고, 아빠와 나는 같은 표정으로, 마치 나무토막처럼 뻣뻣이 서 있었다.

그런 아빠는 지금, 혼수상태로 기계에 의지한 채 겨우 숨을 쉬고 있다. 그 모습을 볼 때마다 참을 수 없는 후회가 밀려왔다. 마지막 순간에, 그냥 그 말을 뱉어버릴 걸. 그게 뭐 그리 어려웠다고, 결국 나는 끝내 하지 못하고 말았다.

"헤헤 둘이 똑같네. 누가 부녀지간 아니랄까 봐……"

"아, 깜짝이야!"

화들짝 고개를 들자 어느새 문신 목사가 내 옆에서 휴대폰 사진을 들여다보고 있었다.

"어떡해요. 아빠한테 들을 말이 있었는데, 타이머가 끝나는 바람에 못 들었어요."

"아버님 쓰러지기 전에 하루, 시간 있었잖아요? 그때 안 만났어요?"

하지만 그날은 아빠를 직접 만나지 않고, 전화로만 통화했다. 나는 아빠가 그날 내게 하려던 이야기에 대해 물었지만, 아빠는 무슨 말인지 기억조차 못 하는 듯했다. 오히려 아침부터 머리 아프게 하지 말라며 화를 내고는 전화를 끊어버렸다.

이젠 어떤 사과를 바랐던 건 아니었다. 그보다 정말로 듣고 싶었던 게 하나 있었다. 아빠는, 날 어떤 자식이라 여겼을까. 그걸 묻는 일이 두려웠지만… 그럼에도 불구하고, 알고 싶었다.

"그게… 여의치가 않았어요. 그래서 말인데, 한 번만 더 들어가면 안 될까요?"

그러자 그는 기가 찬 얼굴로 날 쳐다보았다.

"난 분명히 위험하다고 경고했어요. 다시는 현실로 못 돌아올 수 있다고…"

"어째서죠? 이제껏 그랬던 것처럼 좀 더 먼 과거로 갔다가 결국 어제의 날짜로 돌아오게 되는 거 아닌가요?"

"달라요."

"뭐가 어떻게 다른데요?"

"생각해 봐요. 108번째는 어느 때로 갈 것 같은지."

"바로 전까진 제가 두 살 때였으니까… 이번엔 제가 갓난아기 때? 아니면, 엄마 뱃속에 있을 때……?"

그가 고개를 흔들었다.

"자연 님이 태어나기 이전이라면, 어떻게 될까요?"

"그럴 순 없죠. 제가 존재하지 않는 시간으로 어떻게 갈 수 있겠어요?"

"이건 아버지의 기억이잖아요. 그러면 아버님이 결혼하기까지 33년 동안의 기억은 없을까요?"

"그러게요. 저도 그게 이상했지만, 아저씨가 분명 108번까지의 기억이 마지막이라고 했잖아요."

"자연 님이 자개장에 들어갈 수 있는 기회가 그랬죠. 사람이 죽음에 이르렀을 때 떠올리는 108개의 기억이란 게 평생의 모든 기억을 뜻하는 건 아니에요. 사람마다 인생의 기점이란 게 있어요. 보통 한두 개쯤 되죠. 그 기점에 따라 삶의 챕터가 바뀌잖아요. 아버지에겐 결혼이 변환점이 됐고요."

"그러니까… 제가 존재하지 않았던 때의 기억도 108개가 있다는 건가요?"

"그래요. 그리고 바로 이번 108번째가 자연 님이 태어나기 이전의 기억들이 시작되는 지점이죠."

"앗! 그럼, 제가 존재하지 않는 곳에서는 어떤 식으로 아빠의 과거를 보게 되는 거죠?"

"그건 나도 몰라요. 그래서 위험하다는 거예요. 게다가 자연 님의 개입으로 인해 자칫 뭔가 하나만 어긋나도 아버님의 인생이 완전히 달라질 수 있어요. 그렇게 되면, 자연 님의 존재는 아예 사라지는 거예요. 아니, 자연 님 뿐만이 아니죠. 동생들, 조카들 그리고 조카들에게서 태어날 미래의 아이들, 등등 깡그리 다……"

"개입 안 하면 되잖아요! 그럼 어긋날 일이 없겠죠!?"

"그렇게 단순한 문제가 아니에요."

그가 자기 왼팔에 그린 손목시계를 들여다봤다. 난 어색하게 아첨조의 말을 꺼냈다.

"아저씨가 도와주시면 되죠. 아저씬 능력자니까요!"

"그럴 수 없어요. 난 박관수 님의 인생과는 상관이 없기 때문이에요."

"그게 무슨 뜻이에요??"

"내 임무는 자연 님을 지켜보는 거였어요. 그런데, 난데없이 자연 님이 자연의 이치를 깨고 이런 시공간에 발을 들인 게 문제였어요. 어쩔 수 없이 내가 모습을 드리낼 수밖에 없었죠. 고로, 자연 님이 존재하지 않는 시공간엔 나도 존재할 수 없다는 말씀입니다."

"그럼 전 어떡해요?"

"누가 다시 가래요? 대체 왜 그러는 겁니까? 본인의 인생을 송두리째 걸 만큼 그게 그렇게 중요해요?"

"……"

"물론 아빠에게 사과는 못 받았지만 그래도 연까지 끊었던 전에 비하면 둘이 여행도 다닐 만큼 관계가 좋아졌고, 또 작가로 뽑혀서 인정도 받아봤잖아요. 그럼 된 거 아니에요?"

"아니… 그건 그렇지만, 그런 것보다……"

"그 정도로는 성에 안 찬다? 욕심이 생긴다? 아니면 여전히 동생들만큼은 애정을 못 받아서 분하다……?"

"이 아저씨 말 함부로 하시네? 그 정도로 좀팽이는 아니거든요! 지켜봤다면서, 그렇게 몰라요?"

"아니면 아니지, 왜 그렇게 화를 내요?"

입술을 잘근잘근 깨물던 난 한숨을 쉬며 마음을 털어놓았다.

"해결하지 못했어요. 사과 못 받은 얘기 따위를 하는 게 아니에요. 이제 알아요. 제가 원하던 건 그런 게 아니었어요. 인정 무시 미움 애정 그런 게 아니라구요. 전 아직 아빠를 완전히 용서하지 못했어요. 온전히 이해를 못 했으니까요. 여전히 내가 이 나이에 이런 인생을 사는 건 다 아빠 탓이라고 생각하고 있어요. 그런데 가장 큰 문제는, 바로 저 자신을 이해하지 못한다는 사실이에요. 아빠의 기억 속에서 다양한 경험을 하는 동안 그런 생각은 더욱 선명해졌어요. 난 왜 이런 부모 밑에 태어나서 왜 이렇게 사는 건지, 내가 살아야 하는 의미는 뭔지 모르겠다구요. 제가 확실히 아는 건 저란 존재는 아빠를 통해 세상에 나왔다는 거예요. 아무리 싫어도, 아무리 부정하려 해도 그놈의 유전자인지 핏줄인지를 끊어낼 수 없다는 거예요. 그럴 바엔 온전히 이해하고 받아들일 수밖에 없다고 생각해요. 그러지 못하면 제 인생도 영영 의문 속에서 끝이 날 것 같아서 겁이 나는 거예요. 제 말이 이해가 되세요?"

"물론 모든 문제는 존재의 의미로 연결되는 법이니까요. 인간의 문제는 타인과의 관계에서 발생하지만, 해결하기 위한 답은 나 스스로 찾을 수밖에 없다는 게 또 문제예요. 답을 찾기 위해선 무엇보다, 나를 이해하는 게 타인을 이해하는 길이고, 타인을 이해하는 게 나 자신을 이해하는 길이라는 걸 깨닫는 게 중요하겠죠."

"그럼 허락해 주시는 거예요?"

"난 그럴 권한이 없어요. 그렇다고 막을 수도 없죠. 어차피 자기 인생은 자기 손에 달린 거니까요. 대신 자기가 스스로 선택한 길은 스스로 책임을 져야겠죠."

문득 그가 창밖으로 먼 시선을 던지며 조용히 읊조렸다.

"무화과나무의 가지가 연해지고 잎이 나면 여름이 다가오는구나. 어찌 사람이 천지의 기상은 예측하면서도 때를 모르는가. 깨어

있으라. 그리고 그때가 되면 자신을 스스로 구원하라……"

어디를 보는 건지 궁금해 그의 시선을 따라 하늘을 올려다봤지만 새털구름만 촘촘히 깔려 있을 뿐이었다.

"그게 무슨……"

고개를 돌렸을 땐, 그는 이미 사라지고 없었고, 나는 그 자리에 덩그러니 혼자 남아 있었다.

*

자개장 문 앞에 멈춰 서서, 엄지손톱을 물어뜯었다. 얼마나 물어뜯었던지, 손톱 밑살이 드러나 피가 배어 나오기 직전이었다.

이럴 필요가 있을까? 그냥 단념하면 편할 텐데.

어쩌면 이제, 다시는 돌아올 수 없는 강을 건너게 되는 건지도 모른다. 그 생각이 너무나 두려워, 온몸이 굳어버릴 것만 같았다.

그러나 내가 왜 이런 부모 밑에서 태어나 이런 삶을 살아가고 있는지, 앞으로 살아가야 할 이유는 무엇인지에 대한 존재론적인 의문에 대한 궁금증을 억누를 수가 없어 긴 고민 끝에, 나는 마침내 자개장 안으로 들어가기로 마음먹었다.

자개장아, 부디 한 번만 더 날 허락해다오.

캄캄한 자개장 안에 앉아 다리를 끌어안았다. 떨림이 좀처럼 멈추지 않았다. 이윽고 숨결 같은 바람이 목덜미에 스치는 순간, 난 미지의 시간으로 들어갔다.

† 제 10 장 †

1.

창호지 문 너머, 어스름한 한옥 방을 비추는 호롱불에 세 사람의 그림자가 일렁였다.

"아이고 문이 열렸네! 이제 다 되었다, 아가! 힘줘라, 어여! 어여!!"

귀청을 때리는 고함에 놀라 돌아보니, 치마저고리에 비녀를 꽂은 쪽 찐 머리의 중년 여자가 옆에 있었다. 역사 교과서에 실린 구한말 흑백 사진 속 인물처럼 보이는 차림새였다. 쪽 찐 머리의 여자는 당황한 내게 서슬 퍼런 시선을 날렸다.

"뭐 하시오, 산파 양반?! 아기 머리가 나오지 않소?!"

고개를 돌리자, 내 앞에 다리를 벌리고 누운 앳된 여자가 고통에 찬 신음을 내고 있었다. 그녀의 다리 사이로 주먹만 한 머리통이 보였다.

"히익!! 이게 뭐얏!!?"

무릎을 꿇고 있던 나는 소리를 지르며 뒤로 엉덩방아를 찧었다.
"오메, 왜 이런데? 약주라도 자셨소!??"
쪽 찐 머리가 버럭 화를 냈다.
"우리 집 장손이 될 애요. 우리 관수, 쪼매라도 잘못되면 당신 어찌 될지 아요?".
"예에? 관수라고요!?"
내가 외쳤다. 그런데 내 목소리와 말투가 낯설게 느껴졌다. 쪽 찐 머리의 여자가 어이없다는 얼굴로 말했다.
"왜 그러우? 우리 바깥양반이 진즉부터 관수라고 지었다고 일전에도 말하지 않았소?"
난 산모를 자세히 들여다봤다. 삼베를 둘둘 만 뭉치를 입에 물고 신음하는 어린 산모는 아빠의 가족앨범에서 봤던, 스무 살의 할머니가 틀림없었다.
그렇다면, 이 쪽 찐 머리의 여자는…? 설마, 증조할머니?
"아, 시방 뭐하고 있소?!"
증조할머니의 호통에 떠밀리듯 나도 모르게 아기의 머리를 바투 잡았다.
"흐으윽—!!"
산모가 크게 소리를 질렀다.
"옳거니! 아가 힘내라! 이보소, 어여 당기시오. 어여! 다 나왔네!"
아니다. 그렇지 않았다. 아기는 어딘가에 걸려 있었다. 심장은 터질 듯 뛰었고, 나는 조심스럽게 아기의 머리를 당겼지만 역부족이었다. 너무 힘을 주면, 안 될 것 같았다. 이 아이가 잘못되면 내 인생도 끝이었다.
왜 내게 이런 시련이… 난 왜 산파가 된 거지?
혼란스러워 머리가 터질 지경이었다. 하지만 이런 때일수록 정신을 차려야 했다. 난 아이를 꺼내는 데 온 신경을 기울였다. 문득,

진저리가 날 정도로 지겨웠던 고구마 농사가 떠올랐다. 땅 위로 머리를 살짝 드러낸 고구마를 캐낼 때 조금만 호미질을 잘못하면 살이 찍혀 나갔다. 그러지 않기 위해 주변 흙을 조심스럽게 파내면서 강약을 잘 조절해야만 온전한 고구마를 캘 수 있었던 것처럼, 아니, 그보다는 훨씬 심혈을 기울였다. 하지만 시간이 너무 지체되고 있었다. 이러다가는 아기가 숨을 쉴 수 없게 될 터였다. 공포감에 패닉 상태가 되기 직전이었다.

그때, 스무 살 할머니는 모든 힘을 끌어모아 "으윽!!" 하는 단말마를 내질렀다. 그 순간 탯줄을 매단 조그만 생명체가 밖으로 빠져나왔다.

"됐어요!!"

난 기뻐 외치며 옆에 놓인 가위를 집어 서툰 손길로 탯줄을 잘랐다. 그런데 방안엔 묘한 정적이 흘렀다. 정신을 차리고 보니, 아기가 울지 않고 있었다. 파랗게 질린 얼굴의 아기는 미동도 없었다.

"왜 이러는 거요?? 아기야!? 관수야!? 우리 손주! 우리 아기!!"

증조할머니가 눈이 뒤집혀서 악다구니를 썼다. 난 아기의 입과 가슴에 귀를 가져다 댔다. 고동과 숨소리가 잘 느껴지지 않았다. 전의 기억을 떠올려 심폐 소생술을 했다. 신생아이기에 손끝에만 힘을 실은 채, 손톱만 한 아기의 코를 조심스럽게 쥐고 숨을 불어넣었다. 하지만 아기는 눈을 뜰 기미를 보이지 않았다. 나를 노려보던 증조할머니의 얼굴이 서서히 악귀처럼 일그러지기 시작했다.

난 번쩍 아기의 두 다리를 잡아 거꾸로 들었다. 그리고 아기의 엉덩이를 찰싹찰싹 때렸다. 영화나 드라마에서 산부인과 의료진이 이렇게 하는 장면을 많이 봤었다. 증조할머니는 경악했고, 혼절해 있다가 깨어난 할머니는 공포에 질렸다.

"뭐 하는 짓이오?!!!"

증조할머니의 포효에도 아랑곳없이 아기의 엉덩이를 연거푸 때렸다. 어느 순간 아기의 입에서 점액질의 작은 덩어리가 튀어나왔고, 곧장 "으애앵—" 하는 우렁찬 울음소리가 터져 나왔다. 증조할머니는 울음을 터뜨리며 아기를 끌어안았고, 난 거의 기절할 지경이 되어 뒤로 철퍼덕 나앉았다.

순간, 방구석에 놓인 작은 경대 거울 속의 여자와 눈이 마주쳤다. 회색의 치마저고리를 입은 퉁퉁한 중년 여자가 눈을 휘둥그레 뜨고 있었다.

덫에 걸린 느낌이었다. 이럴 줄 알았으면 자개장에 들어가지 않는 건데!

순간 방이 빙글빙글 돌아갔다. 눈이 어질어질할 만큼 세찬 속도로 모든 것이 휘몰아쳤다. 난 문신 목사의 충고를 듣지 않은 걸 뼈저리게 후회하며 시간의 토네이도 속으로 휘말려 들어갔다.

2.
'퉤-'하고 심술궂은 태풍이 날 뱉어낸 것처럼 어딘가에 쿵 떨어졌다.

"오로롱 까꿍~!"

기역자 형태의 낡은 기와집 툇마루 위에, 아기를 안고 어르는 중년의 남자가 보였다. 그는 조선 시대 양반이 입던 도포 차림이었지만, 갓은 쓰지 않았고 머리는 짧은 반백이었다.

마루 옆 열린 부엌에서 아궁이에 불을 때던 단발머리 여자가 나왔다. 20대의 할머니였다. 또 배가 부풀어 오른 그녀는 아기를 안은 남자에게 다가갔다.

"아버님, 지금 상 봐올까요? 기별이라도 주시고 오셨으면 어떻게 변통이라도 했을 텐데, 차릴 게 변변찮습니다."

아버님? 그렇다면, 저 남자는 나의 증조할아버지였다.

"생각 없다. 우리 관수만 봐도 배가 부른걸? 너도 그냥 앉아 있어. 홀몸도 아니면서 자발 맞게 돌아댕기지 말고."

증조부는 다시 아빠를 보며 함박웃음을 지었다.

그건 그렇고, 마당에 서서 저 모습을 지켜보고 있는 난 누굴까?

이상하게도 내 머리는 지면과 상당히 가까운 위치에 있었다. 마당의 우물가로 다가가던 중, 내가 네 발로 기어가고 있다는 사실을 깨달았다. 우물가에 고인 물이 담긴 함지박 속을 들여다본 난 충격을 받았다.

하얀 털과 까만 털이 섞인 잡종 개 한 마리가 물속에 비쳤다.

너무 기가 막혀 오히려 덤덤하게 받아들일 수밖에 없었다. 재롱이와 많이 닮았지만, 덩치는 거의 두 배는 되어 보였다. 아마 그 녀석의 조상이 아닐까 싶었다. 목줄이 없는 걸로 보아 이 집에서 키우는 건지 떠돌이 동네 개인지는 알 수 없었다.

"얘야!"

"네 아버님?"

"너희 먹을 쌀은 얼마나 남았느냐?"

"그, 그게……"

할머니가 우물쭈물하자, 증조할아버지의 이마 주름이 지렁이처럼 꿈틀했다.

"오늘은 그냥 못 넘어간다. 아범 깨워라."

"그, 그치만 아범이…"

"당장!"

그때 증조할아버지 뒤편의 창호지가 발린 격자무늬 문이 벌컥 열렸다. 우리는 모두 사폭 바지춤을 붙들고, 고개를 수그린 채 문지방을 넘는 훤칠한 청년에게 시선을 모았다.

꽃다운 젊은 시절의 할아버지는 댓돌에 놓인 고무신에 발을 꿰며 무뚝뚝하게 말했다.

"오셨어요."

"하! 이제 기침하셨습니까? 어딜 또 그리 가세요. 아드님! 이 애비가 올리는 문안 인사 받으셔야지?"

기가 찬 얼굴의 증조부가 아들의 뒤통수를 노려봤다.

"아, 잠깐만요. 지금 변소가 급해서…"

"야, 이 똥간에 빠져 뒈질 놈아! 처자식은 굶어 죽거나 말거나 네 녀석은 허구한 날 술이나 처마시고 쏘댕기면 그만이냐?!"

"누가 굶어 죽어요. 죽기는!? 제가 노느라 그러고 다니는 줄 아세요?"

"오, 그래? 이거 내가 아주 큰 오해를 하고 있었구나? 그래, 당최 무슨 궁리를 그렇게 하시느라…?"

"저도 다 살 궁리하고 다니는 거라구요. 아부진 알지도 못하면서 그러세요!"

"그래? 남들은 살 궁리를 하느라 뼈 빠지게 농사도 짓고 소도 키우고 그리들 살더구먼, 너는 대체 뭔 재주를 부리겠다고 만날 그러고 댕기는데? 혹여라도 네놈이 술 처먹어주면 누가 돈을 준다던, 쌀을 준다던? 그런 거 있으면, 이 애비도 좀 가르쳐주련?"

"그만하세요! 아부지랑 싸우고 싶지 않아요!"

"난들 너 같은 놈이랑 싸우고 싶어 이러냐, 응? 남들이 뭐라는 줄 알아? 이 집안의 장남이란 인사는 제 부모도 안 모시면서 대체 뭘 하며 지내는 거냐 물으면 내가 아주 얼굴을 못 들어요, 내가!"

"얼굴을 들든 내리든 그건 아부지 자유구요, 제 식솔은 제가 알아서 챙기니까 간섭하지 마시라구요! 장남이고 나발이고 둘째가 아부지 잘 모시고 있잖아요? 부모한테 그렇게 이쁨받았으면 그 정도는 해야죠? 맏이로 태어난 게 죄는 아니잖아요?"

"그럼, 죄는 아니지. 그래서 네 몫도 다 둘째한테 주려고 한다."

"네 잘하셨어요. 저도 아부지한테 뭘 받을 생각은 일절 해본 적도 없네요. 어차피 애먼 놈들한테 죄다 뜯기고 남은 게 뭐 있다고……."

"아무리 그래도 이 집구석만 하겠냐. 명색이 박씨 가문의 장남이란 놈이, 사는 꼴이 이게 뭐냐 이게?!"

"저는 아부지처럼 그렇게 훌륭한 인간이 아니니까요. 그래서 뭐 어쩌라구요!? 에이 씨!"

어린 할아버지는 축대 아래 놓인 돌계단을 내려가서 텅 빈 외양간 옆 변소로 향했다.

"관수는 내가 데려가마."

그 말에 어린 할머니가 부푼 배를 안고 부엌에서 뛰쳐나왔다. 증조할아버지가 일어섰고 어린 할아버지가 홱 돌아섰다.

"뭐라구요?"

"내 집에 데리고 가서 키우겠다고. 우리 집 귀한 장손을 이렇게 거지처럼 기를 생각은 없다. 둘째네는 혼인한 지 2년이 지났는데도 여태 감감무소식이니, 관수를 양아들로 주면, 거기도 좋고 여기도 좋고."

할아버지가 부리나케 돌계단에 다시 올라서며 팔을 뻗었다.

"씨알도 안 먹히는 소리 마시고 애 내려놓으세요. 어서요!"

"먹일 씨알이라도 있고? 손발이 미련하면 머리라도 써 봐라, 이놈아."

"뭘 멀뚱멀뚱 보고 섰어? 얼른 관수 안 데려가!?"

어린 할아버지는 어쩔 줄 모르고 발만 동동 구르고 있는 어린 할머니에게 눈을 부라렸다. 어린 할머니는 시아버지에게 모기 같은 소리로 아들을 달라고 했지만, 증조할아버지의 서슬 퍼런 눈초리에 이러지도 저러지도 못하고 쩔쩔맸다.

결국 어린 할아버지가 손을 뻗어 아기를 가져가려 했다. 하지만 증조할아버지는 아기를 내주지 않았다.

"제 아들이에요!"

"내 손주다!"

문득, 매화나무 아래에서 나를 안고 있던 할아버지와 아빠가 생각났다.

이거야말로 데자뷔가 아닌가, 하는 생각이 들었다.

그런데 아직 목을 완전히 가누지 못하던 아기는 증조부와 할아버지의 격한 실랑이에 차량용 흔들 인형처럼 머리가 흔들거렸다. 불안하게 지켜보던 나는, 결국 아기가 큰소리로 우는 걸 보게 됐다.

순간 놀란 두 부자가 엉겁결에 동시에 손을 놓았고, 바로 옆에 있던 내가 재빨리 몸을 던져 땅에 떨어지는 아기를 등으로 받았다. 그나마 다행히 아기는 내 등에 부딪친 후 바닥에 떨어졌다.

아연실색한 증조부가 자지러지게 우는 아기(아빠)를 안고 이리저리 살폈다.

"아이고 큰일 날 뻔 알았다! 내 실수다, 내 실수! 아이고 이거…!"

부엌에서 뛰쳐나온 할머니가 어쩔 줄 몰라 했고, 얼굴이 시뻘게진 할아버지는 "그러게 왜 내 말 안 들어?!"라며 아무 잘못도 없는 할머니를 타박했다. 증조할아버지는 그런 할아버지를 야단쳤고. 그렇게 또다시 두 남자의 격렬한 말다툼이 시작됐다.

난 아까부터 바닥에 납작 엎드린 채 "깨갱 깽깽!!" 하며 죽는 소리를 내고 있었지만, 나를 신경 쓰는 이는 아무도 없었다.

다들 내가 아기를 등으로 받아낸 건 우연이라 여기는 듯했다.

아프고 서러워서 눈물이 다 났다.

나는 처음으로, 개도 눈물을 흘릴 수 있다는 사실을 몸소 증명해 보였다.

3.

아빠의 어린 시절은 참으로 다사다난했다. 아빠에겐 그런 일들이 인상적이라서 기억에 남았을 테지만, 지켜보는 나로서는 한시도 긴장을 늦출 수 없었다. 더군다나 사람이 아닌 개의 형상으로 지내야 했기에 백배는 더 힘들었다고 볼 수 있다.

걸음마를 뗄 무렵, 장작이 활활 타오르는 부엌 아궁이에 기어들어 가는 아빠를 막다가 내 털에 불이 붙는 바람에 '오수의 개'처럼 흙바닥을 뒹굴어 간신히 불을 끈 적도 있었고, 구덩이를 파놓은 형태의 재래식 변소에서 볼일을 보다가 빠질 뻔한 네 살배기 아빠의 뒷덜미를 물어 건져낸 일이 있는가 하면, 다람쥐를 뒤쫓다가 감나무에 위태롭게 매달린 다섯 살 난 아빠를 구하기 위해, 옆집에 사는 할머니에게 달려가 할머니의 치맛자락을 끌고 가기도 했다. 할머니는 "이놈의 개가 실성을 했나, 왜 이런담!?"이라며 내 머리통을 마구 쥐어박았다.

또 한번은 꿩과 토끼를 잡겠다고 마을 형들을 따라 숲에 들어간 6살짜리 아빠를 쫓다가 멧돼지를 만난 일도 있었다. 그건 정말로 위험했다. 거대하고 심술궂게 생긴 멧돼지는 아이들 중 가장 어린 아빠를 노리고 맹렬히 달려들었다. 비록 멧돼지의 절반도 안 되는 몸집이었지만, 나는 이를 드러내며 주저 없이 놈에게 달려들었다. 맹렬한 격투 끝에, 멧돼지는 깊은 숲속으로 도망쳤다.

아빠는 온몸이 피범벅이 된, 털걸레처럼 축 늘어진 나를 힘겹게 안아 들고, 반쯤은 질질 끌다시피 하며 집으로 돌아왔다. 할머니는 하늘이 도우셨다며 가슴을 쓸어내렸고, 날 측은하게 바라보던 할아버지는 나를 안고 안방으로 들어갔다. 상처에 된장을 바르고 천으로 정성스레 싸맨 뒤, 따뜻한 아랫목에 이불을 펴고 나를 눕혀주었다.

할머니는 개를 방에 들이면 어쩌냐며 야단했지만, 할아버지는 들은 체도 하지 않았다. 따뜻한 온기에 긴장이 스르르 풀리자, 지독한 통증과 피로가 한꺼번에 밀려왔다. 눈꺼풀이 돌처럼 무겁게 내려앉던 그 순간, 갑자기 눈을 크게 떴다.

자개장이 바로 눈앞에 있었다. 내 방에서 보던 것보다 훨씬 반짝반짝 빛나고 있었다. 덜덜 떨리는 몸을 간신히 일으켜 자개장으로 향했다. 그러자 할아버지가 나를 붙잡아 아랫목에 도로 눕혔고, 그 순간 시간의 폭풍이 휘몰아쳤다.

4.

눈을 떴을 때, 난 질퍽한 갯벌 위에 서 있었다. 조개나 낙지를 잡는 마을 어른들 사이에 까까머리를 한 예닐곱 살쯤 되어 보이는 아빠가 있었다.

헐렁한 무명 바지를 무릎 위까지 걷어 올린 아빠는, 잃어버린 걸 찾는 듯 주위를 열심히 두리번거렸다. 그 모습이 선명하지 않아 앞발을 들어 연신 눈을 문질렀다. 웬일인지 여전히 시야가 흐릿했다.

아빠에게 가까이 다가가려는데 왠지 걸음이 쉽게 옮겨지지 않았다. 처음엔 뻘을 밟고 있어 그런 줄 알았는데 곧 내 몸 자체에 기력이 없음을 감지했다. 다리며 온몸 구석구석이 쑤셨다. 아빠가 나를 향해 외치는 소리도 아득하게만 들렸다. 이제 내 수명이, 아니 이 개의 수명이 거의 다했다는 걸 본능적으로 직감했다.

그 순간, 시커먼 무언가가 코앞을 후다닥 스쳐 갔다. 아빠는 꺅 비명을 지르며 엉덩방아를 찧었고, 튀어오른 진흙이 내 얼굴을 덮쳤다. 미처 피하지도 못한 나는, 뻘을 뒤집어쓴 채 눈만 질끈 감았다.

갯벌 요상하게 생긴 물고기들이 파다닥 뛰었다. 시력이 좋지 않아 착각한 줄 알았는데, 정말로 물고기들이 뛰어다니고 있었다. 툭 튀어나온 눈과 커다란 입, 짙은 회색빛으로 번들거리는 몸통, 고대 괴생명체 같은 얼굴에 어울리지 않게 화려하고 큰 날개 지느러미를 달고 있는 이 물고기는 '짱뚱어'였다.

이 물고기는 특이하게도 아가미뿐만 아니라 폐로도 호흡할 수 있었다. 긴 지느러미를 이용해 갯벌 위를 빠르게 움직이는 모습이 마치 뛰어다니는 것처럼 보였다. 짱뚱어는 비린내가 없고 담백해서 소고기를 능가하는 보양식이기도 했다.

아빠는 꽥꽥 소리를 질러대며 짱뚱어를 쫓아다녔다.

왜 저러는 거지? 무섭지만 재밌어서 그러는 건가……?

어린 아빠는 몸을 날려 짱뚱어를 덮쳤다. 몇 번이나 놓치기를 반복하던 아빠는 드디어 한 마리를 움켜잡더니 냅다 자신의 무명 바지 안에 집어넣었다. 꿈틀대는 바지 앞섶을 두 손으로 힘껏 움켜쥐고 뻘 밖으로 달려갔다. 아빠를 뒤쫓아가며 뛰지 말아 달라고 외쳤지만, 내 입에서는 기운 빠진 윙- 윙- 하는 소리만 나올 뿐이었다.

아빠는 커다란 느티나무 아래 마을 정자로 갔다. 평상 위에는 20대 청년 할아버지가 마을 남자들과 막걸리를 마시며 떠들고 있었다. 어린 아빠는 청춘 시절의 할아버지를 보며 외쳤다.

"아부지! 아부지!"

"야야 느이 귀한 장남 왔다."

누군가 외치자, 할아버지가 홱 돌아봤다. 아빠는 바지 앞춤을 붙들고 오줌이 마려운 것처럼 몸을 꼬며 말했다.

"아부지! 제, 제가… 아부지 좋아하는 짱뚱이…."

"얌마!!".

갑작스러운 호통에 아빠는 말을 멈췄다. 그 사이, 짱뚱어는 숨이 다했는지 바지 앞섶이 더는 꿈틀거리지 않았다. 할아버지는 자신의 아들(어린 아빠)을 향해 으름장 놓듯 말했다.

"아부지는 누가 아부지야 임마? 창피하게시리……. 형님이라고 불러!"
 그 말이 끝나기가 무섭게, 옆에 있던 남자들이 와락 웃어댔다.
 "그람 족보가 어찌 되는 거여?"
 "여즉 총각 행세가 그리운 모양이지!"
 "자넨 양반이야, 난 열일곱에 애아빠 되었어!"
 그렇게 서로 농을 치며 낄낄거렸다.
 어린 아빠는 얼굴이 하얗게 질렸다가 이내 새빨개졌다. 누군가 "야, 관수 울겠다!"라며 놀리자 급기야 아빠는 도망치듯 냅다 뛰어갔다.
 아이참, 왜 자꾸 뛰어다니는 거야.
 난 늙어 무뎌진 다리를 끌며 아빠를 쫓았다. 인적 없는 논길 사이로 접어들자, 여전히 바지 앞춤을 붙든 채 걷던 아빠가 나를 돌아보며 씩씩댔다.
 "아부지는 내가 부끄러운 거야!"
 그런 게 아니라고 말을 해주고 싶었지만, 난 그럴 수가 없었다.
 "그래도 난 울지 않아! 난 장남이니까!"
 "윙!"
 잠시 후, 집 앞마당에 들어간 아빠는 수동식 펌프가 달린 개수대로 다가가 바지 속에서 죽은 짱뚱어를 꺼내 바닥에 집어 던졌다. 마침 부엌 뒤꼍의 장독대에서 고추장을 뜨는 할머니가 보였다. 아빠는 부엌을 지나쳐 툇마루에 뛰어올라 안방으로 들어갔다. 나도 힘겹게 마루 위로 뛰어올라 안방으로 뒤따랐다.
 방 아랫목에는 갓난아이가 곤히 잠들어 있었고, 갓난아이보다 한 뼘쯤 큰 아기는 온 방 안을 빨빨대며 기어다니고 있었다. 아빠는 곧장 자개장에 다가가 옷 칸 문을 열고 안으로 숨어들었다.
 막 문을 닫으려던 아빠와 눈이 마주쳤다. 아빠는 고개를 갸웃하며 나를 한참 바라보다가, 잠시 망설이더니 밖으로 나와 나를 번쩍 안아 들었다. 그리고 다시 자개장 안으로 들어갔다. 아빠의 작은 가슴이 콩닥콩닥 뛰었고, 가쁜 숨결이 시근덕대는 것이 그대로 전해졌다.

문득, 내 귀에 물방울이 톡- 떨어졌다. 아빠가 내 머리에 얼굴을 묻더니 작게 흐느끼기 시작했다. 난 겨우 혓바닥을 내밀어 아빠의 뺨을 핥아주는 것밖엔 할 수 없었다.

아빠의 울음소리가 점점 멀어졌다. 숨은 갑자기 거칠어지고 느려졌고, 의식은 급속도로 흐려졌다. 불현듯 이루 말할 수 없는 두려움이 밀려와 눈을 꽉 감았다.

설마 이렇게 끝나는 걸까? 아니겠지! 제발, 다시는 동물 같은 걸로만 태어나지 않게 해줘.

그 후로 난 다양한 존재로 빙의해 아빠의 기억 속을 누비고 다녔다.

아빠의 유년기에서 청소년기에 이르는 시절은, 이성에 눈을 뜨거나 진정한 우정을 깨닫고, 형이나 오빠로서의 의무와 애정, 가족의 소중함 같은 것을 하나하나 발견해 가는 시간이었다. 그런 경험들은 아빠가 지닌 지나칠 만큼 섬세하고 예민한 감수성을 일깨웠고, 때로는 남들에게 독특한 정신세계로 비쳐지기도 했다.

이를테면 중학생 시절 첫사랑이었던 소녀와 개울가 데이트를 하다가 갑작스러운 소나기를 만나 근처 원두막으로 뛰어들어 비를 피한 에피소드가 있었다. 사방에 새하얀 섬광을 뿜어내며 세차게 퍼붓는 빗줄기와 물에 젖은 풍경을 바라보던 아빠는, 감개무량한 얼굴로, "우리 둘만이 있는 비의 섬에 고립된 느낌 같다. 이건 너와 나의 세계다."라고 말했다. 소녀는 아빠를 빤히 보며 "넌 돌아이 같다."라고 말해 아빠를 슬프게 만들었다.

한 번은 이런 일도 있었다.

친구의 부탁으로 숙제를 대신해준 아빠는, 자기 숙제보다 몇 배나 정성 들여 과제를 완성해 건넸다. 그런데 글이 너무 잘 쓴 탓에 교사가 친구를 지목해 발표를 시켰다. 내용을 하나도 모르는 친구는 교단에 올라 버벅거리다, 결국 교사와 반 친구들의 의심과 비웃음을 샀다. 친구는 그 책임을 아빠에게 돌리며 원망과 비난을 퍼부었고, 둘은 끝내 절교하고 말았다. 친구를 위해 밤잠까지 포기하며 애썼던 아빠는 깊은 좌절에 빠졌다.

그런 배려와 기대가 배신과 실망으로 돌아온 경험들은 마음 깊은 상처로 남았고, 어느새 아빠의 무의식 속에 깊이 각인된 듯했다. 아빠는 그런 상처를 극복하려 애쓰며 스스로 무심해지려 했다. 괴로운 상황이 닥칠 때마다 자신의 예민함을 탓하고, 타인에 대한 애정과 기대를 끊어내려 애쓰는 식이었다.

그런 아빠의 모습은 내게 충격적으로 다가왔다. 아빠가 상처를 입는 방식이나 그것을 다루는 방식이 놀랍도록 나와 닮아 있었기 때문이다.

하지만 무엇보다 큰 갈등과 고민거리는 가족이었다. 그중에서도 아버지(나의 할아버지)는 아빠에게 있어 보이지 않는 쇠사슬처럼 발목을 붙잡는 존재였다.

5.
대략 쉰 번째쯤 되는 순간이었다.
눈을 뜨자, 요란한 박수 소리와 환호가 터져 나왔다.
작은 강당 안 무대는 오색 전등과 '문학의 밤'이라 적힌 도화지로 주렁주렁 꾸며져 있었고, 객석에는 옛 교복 차림의 남녀 고등학생들과 어른들까지 백여 명가량 모여 있었다.
나는 객석 맨 뒷줄에 앉아 있다가 황급히 내 차림새를 살폈다.

주변의 남학생들처럼 나도 옛날식 검은 교복을 입고 있었고, 왼쪽 가슴에는 휘갑치기로 새긴 이름표가 달려 있었다.

"오, 경, 택? …헉, 경택 아저씨…!"

그때 무대 위 마이크를 잡은 장난기 가득한 인상의 남학생이 말했다.

"다음 순서는, 시 낭송이 있겠습니다. 여러분도 다들 아시다시피, 올해 도내 문학 공모전 시 부문에 최연소로 당선된 학생 시인이 있습죠오~~?"

아, 아빠다. 무슨 사정인지는 몰라도 할아버지와 할머니는 아들의 시상식에 참석하지 않았다. 대신 아빠를 귀여워하던 이모(할머니의 동생)만이 꽃다발을 들고 와, 세계 최고의 천재 시인이 탄생했다며 너스레를 떨며 아빠를 축하해줬다.

"에 또, 거기다 이번에 사립의 명문이죠, 한양대학교 국문학과에 합격하고 앞으로 대문호의 계보를 이어갈 우리 봉산고의 자랑, 박관수 총무의 멋진 자작시를 감상하시겠습니다, 여러분! 자, 박수, 박수~우~!!"

뭐라고? 어디에 합격했다고? 아빤 고등학교 졸업 후 바로 부사관직에 지원해서 입대했는데?

객석에서 터져 나오는 환호와 박수갈채를 받으며 하얀 얼굴의 미소년이 무대에 나와 수줍은 미소로 마이크 앞에 섰다. 아빠는 앨범 속 사진에서 봤던 모습 그대로였다. 고교생이 된 아빠가 목을 가다듬은 뒤 객석을 둘러보다가, 손을 들어 나를 가리켰다.

"먼저, 이 자리를 만드느라 가장 수고가 많았던 저의 베스트프렌드, 오경택 회장에게 박수 부탁드립니다."

내심 무척 당황했지만, 환호하는 청중을 향해 천연덕스레 웃으며 손을 들어 인사했다.

아빠가 차분하지만, 열정이 담긴 어조로 말을 이었다.

"저의 자작시를 발표하기에 앞서 제가 가장 존경하는 시인의 작품이자 저에게 "

음향 담당인 남학생이 커다란 박스형 데크에 카세트테이프를 집어넣고 재생 버튼을 눌렀다. 그러자 실내에 리차드 클레이더만의 피아노 연주가 흘러나왔고, 아빠는 손에 든 시집을 펼쳐 낭송을 시작했다.

〈길〉

윤동주

잃어버렸습니다, 무얼 어디다 잃어버렸는지 몰라
두 손이 주머니를 더듬어 길에 나아갑니다.

돌과 돌과 돌이 끝없이 연달아, 길은 돌담을 끼고 갑니다.
담은 쇠문을 굳게 닫아, 길 위에 긴 그림자를 드리우고

길은 아침에서 저녁으로, 저녁에서 아침으로 통했습니다.
돌담을 더듬어 눈물짓다 쳐다보면, 하늘은 부끄럽게 푸릅니다.

풀 한 포기 없는 이 길을 걷는 것은,
저쪽에 내가 남아있는 까닭이고
내가 사는 것은, 다만 잃은 것을 찾는 까닭……

낭송이 끝나기도 전에, 별안간 쿠당탕! 하는 소리가 나 모두가 깜짝 놀라 출입문 쪽을 돌아보았다. 한 남자가 문을 쾅 열고 안으로 들어섰고, 그 바람에 문 앞에 세워둔 안내판과 집기들이 부딪치며 바닥에 나뒹굴었다.

"얌마, 너 이리 나와!!"

무대에 선 아빠를 향해 천둥같이 외치는 남자는 아빠의 50대 때와 똑같은 얼굴을 한 사람이었다.

'으익! 할아버지!?'

일순간 무대에 있던 아빠도, 청중도 모두 얼음처럼 굳어서 난 타이머가 끝난 줄 알았다. 아빠의 얼굴이 벌게지고 시집을 든 손이 부들부들 떨렸다. 나는 벌떡 일어나 할아버지에게 다가갔다. 가까이 다가가자 불콰한 얼굴의 할아버지에게서 쿰쿰한 탁주 냄새가 진하게 풍겨왔다.

"아, 아버님!"

"어, 경택이! 괜찮아, 괜찮아. 난 저놈한테 볼일이 있어서 그래. …아, 뭐하고 섰어? 얼른 나와 인마!"

아빠의 앙다문 입술에 노여움이 서려 있었다. 가만히 노려보던 아빠는 들고 있던 시집을 바닥에 내동댕이치고 할아버지를 향해 성큼성큼 다가갔다. 그리고 할아버지의 팔을 거칠게 붙들고 출입문으로 나갔다.

"이이!? 이거 안 놔, 이 시키야?!"

할아버지는 팔을 허우적대며 밖으로 끌려 나갔.

두 사람이 사라지자, 사람들의 시선이 내게로 향했다.

나는 학교 회장으로서 사태를 수습하기 위해, 무대 위 사회자에게 계속 진행하라는 손짓을 보내고 서둘러 밖으로 나갔다.

"이 쌍노무 새끼가 감히 어디서 말대꾸야!"

10미터가량 떨어진 창고 건물 뒤쪽에서 고함이 터져 나왔다. 헐레벌떡 달려가 보니, 할아버지와 아빠가 마주 서 있었다. 당장이라도 주먹다짐이 벌어질 기세였다.

"내가 사범학교는 허락한다고 했지? 거긴 나라에서 등록금 다 대주고 2년만 다니면 졸업해서 바로 선생질 할 수 있으니까! 근데 거긴 보기 좋게 잘도 떨어져 놓고는 무슨, 뭐 하는 학교?? 그 비싼 등록금은 어쩔 셈인데? 나는 못 주는데? 거기다, 4년제라며? 4년간 수십만 원씩 어떻게 낼 건데, 앙!? 너 부자냐? 정신머리가 있는 놈이냐, 없는 놈이냐?"

"입학금만 마련해주세요. 학교에 들어가면 밤에 공장에 나가든, 신문을 돌리든, 가정교사를 하든, 고학생이 돼서 꼭 갚을 테니까요."

"흥! 나한테 뭐 맡겨놨냐? 그놈의 국문과는 뭐 하러 가는데? 배 곯는 글쟁이나 하시려고? 맨 술에 절어 다니다 폐병 걸려 죽는 게 소원이냐?"

"……."

"그러면 네 동생들은? 와글와글 입만 벌리고 삐약대는 네 동생들이 불쌍하지도 않냐?!"

그러자 터질듯한 얼굴로 아빠가 외쳤다.

"걔들을 제가 낳았어요? 왜 맨날 저한테 그러세요?"

"아빠!!"

갑작스런 외침에 아빠와 할아버지가 동시에 나를 바라봤다. 나도 모르게 튀어나온 소리에 가장 놀란 건 정작 나였다. 아무튼 어떻게든 두 사람을 말려야 했다.

"아버님 고정하십쇼! 관수 너도 흥분 가라앉히고, 우리 다 같이 차분하고 침착하게…"

"넌 빠져 새끼야! 네가 뭘 안다고!"

아빠는 날 노려보며 시근덕거렸다. 이에 난, 학생회장답게 단호히 맞섰다.

"박관수! 그런 식으로 말하지 마라! 내가 널 모른다고 생각하는 것도, 너의 독선과 오만이다! 자자, 먼저 할아버지… 아니 아버님 말씀부터 들어볼게요. 차근차근, 감정은 배제하고 말씀해 보세요."

"무슨 얼어 죽을 소설가 나부랭이 못 하게 했다고 이 지랄이란

다! 지가 그러면 생때같은 동생들은 다 어쩌겠단 거야? 저만 살면 그만이야? 이런 이기적인 새끼가 세상천지 어디에 있다니!?"

"장남으로 태어난 게 죄예요? 저도 제 인생이 있다구요!"

아빠의 절규에 나는 한 대 얻어맞은 듯한 기분이 들었다. 아빠는 늘 '네가 언니잖아', '첫째잖아' 같은 말로 내게 맏이로서의 책임과 의무를 강요했는데, 그 말의 근원을 이제야 알 것 같았다.

그러고 보니 할아버지도 증조할아버지에게 기대에 미치지 못한 장남으로 낙인이 찍혔었지. 그런 반항심 때문에 기타만 퉁땅거리며 대책 없는 이단아로 살다 가신 걸까. 어쩌면 할아버지 역시 꿈을 펼치지 못한 예술가였는지도 모른다.

문득, 아빠가 지닌 108개의 기억 중 할머니의 장례식은 있었어도 할아버지의 장례식은 없었다는 사실을 깨달았다. 그걸 깨닫는 순간, 괜히 마음이 아팠다.

"네 인생? 이 애비 없이 네가 어떻게 네 인생이 있었을까? 네 인생 살고 싶으면 나랑 연을 끊고 네 알아서 살아."

"좋아요, 그럴게요! 백산 이모한테든, 해남 작은아버지한테든 꾸어서라도 대학 갈 거니까, 다신 저 찾지 마세요!"

난 돌아서는 아빠의 팔을 낚아챘다.

"아니 잠깐만요, 아빠… 아니 관수야! 너 그런 사람 아니잖아. 넌 동생들을 끔찍하게 아끼고 마음도 여려서 절대 그렇게 못 해. 넌 아부지 말을 들어야 해. 너희 아부지 말씀이 옳아!"

할아버지는 움찔 놀란 기색으로 나를 바라봤다. 하지만 나는 할아버지의 말에 동의해서 그런 게 아니었다. 아빠가 대학에 가면 미래의 운명이 바뀔 것이고, 그러면 나는 세상에 태어나지도 못할 터였다.

"뭐!? 야, 오경택! 그러고도 네가 내 불알친구라고 할 수 있냐? 어떻게 그따위 소릴 하냐? 그래, 넌 좋은 부모 만나 대학 간다고 뵈는 게 없나보다?"

"그게 아냐, 관수야. 넌 꼭 훌륭한 군인이 될…"

할아버지가 끼어들었다.

"흥! 하여간 돌아가신 우리 아부지 말씀이 하난 맞았지. 자식새끼라고 뼈 빠지게 키워봤자 별수가 없다니까……."

"핫! 아부지가요? 뼈가 빠진 건 금시초문인걸요? 코가 삐뚤어진 건 지겹게 봤지만요!"

"뭐야!? 이런 호로자슥이…!!"

할아버지가 아빠에게 달려들었고, 그 순간 내가 아빠 대신 할아버지의 주먹을 맞았다. 눈앞에 불꽃이 번쩍했고, 동시에 강당 안에서는 "우와아—!!" 하는 환호성이 터져 나왔다. 아빠는 놀란 얼굴로 할아버지와 코피가 터진 나를 번갈아 바라봤다.

"아니야, 경택아, 내 실수다! 너한테 손대려던 게 아니야. …너, 이리 와, 이눔의 자식!"

또다시 아빠에게 달려드는 할아버지를 등 뒤에서 꽉 끌어안았다. 몸부림치는 할아버지를 품에 힘껏 끌어안고, 그의 귓가에 간곡히 외쳤다.

"제발 이러지 마세요! 왜 진심을 숨기시는 거예요? 널 제대로 뒷바라지 못 해주어 정말 미안하다, 대학에 보내주고 싶지만, 우리 집안 사정을 조금만 생각해다오! 널 미워서 그런 게 아니라, 다 부족한 내 탓이다! 그렇게 말해주면 안 돼요? 그러면 관수도 마음이 약해서 얼마든지 아부지 말을 들을 건데요!"

순간, 할아버지가 요동치던 몸을 멈췄다. 나는 팔을 풀었다. 할아버지는 말없이 야트막한 산기슭에 선 키 큰 나무를 바라봤다. 아빠와 나도 그 시선을 따라갔고, 할아버지가 덤덤한 어조로 입을 열었다.

"저게 물푸레나무다. 저 나무가 어찌나 단단한지 저걸로 빨랫방망이도 만들고 야구 방망이도 만들고, 더 예전엔 곤장도 저걸로 만들었다고. 저걸로 맞으면 얼마나 아픈지 니들은 모르지. 그래도 난 우리 아부지처럼은 안 하려고 자식들한테 매는 안 들었다."

술기운 탓인지 알 수는 없지만, 어쩐지 할아버지의 눈가가 촉촉해진 것 같았다.

"모르면 하는 수 없는 거지, 미안하단 말은 뭣에 쓴다니. 다 못난 애빌 둔 제 팔자 탓인 게지······."

떨리는 목소리로 읊조리던 할아버지는 천천히 돌아섰다. 아빠가 상처 입은 눈빛으로 고무창이 닳은 할아버지의 신발 뒤축을 바라보고 있는 모습을 보았다. 할아버지는 패잔병 같은 걸음걸이로 천천히, 하염없이 멀어졌다.

직감적으로 이제 두 번 다시 할아버지를 볼 수 없을 거란 걸 알았다. 할아버지를 잡고 싶었지만 그럴 수 없었다. 난 그만 울고 싶어졌다.

장례식장에서 아무도 울어주지 않았던 가여운 나의 할아버지, 세상에서 가장 나를 사랑해 준 할아버지······ 그리고, 자기가 낳지도 않은 동생들 때문에 꿈을 포기해야 했던 아빠를 위해 내가 할 수 있는 건 아무것도 없었다.

그렇게 안타까운 시간이 스러져갔다.

6.

번쩍 눈을 떴을 때 눈앞에 펼쳐진 광경에 난 비명을 지를 뻔했다. 한 남자가 군복을 입은 젊은 아빠의 머리에 권총을 겨누고 있었다.

"이건 하극상이야! 상명하복의 군인정신을 어긴 처사라고!"

모자에 은색 별을 단 중년 남자는 다이아몬드 모양의 배지를 단 아빠의 얼굴에 침을 튀기며 고래고래 소리를 질렀다. 난 커피잔이 얹힌 쟁반을 들고 〈지휘통제실〉이란 팻말이 붙은 출입문 안쪽에 서 있었다.

내부 중앙에 커다란 원탁 테이블 주위로 당황한 표정을 한 예닐곱 명의 간부급 장교들이 모여 있었는데, 그중 대나무 이파리를 단 남자가 별을 단 남자에게 외쳤다.

"고정하십시오, 연대장님!"

"이, 손자뻘밖에 안 되는 새끼가 감히 나한테?! 김 소령은 애새끼들 관리를 대체 어떻게 한 거야!"

아빠더러 손자뻘이라니… 외모상으로는 아무리 많이 봐도 연대장은 삼촌뻘 정도였다. 입구 쪽 벽에 걸린 작은 거울을 발견하고 다가가 얼굴을 들여다보았다.

구식 군복 차림에 검정 뿔테 안경을 낀 파리한 안색의 청년이 보였고, 그의 가슴팍에는 일병 계급장과 함께 '윤 철준'이란 이름이 휘갈치기로 새겨져 있었다. 거울 옆에 걸린 일력을 보니, 병진년 12월 2일로 되어 있었다.

"박 대위! 당장 연대장님께 시정하겠다고 말씀드려!"

김 소령의 일갈에 아빠가 고개를 뻣뻣이 쳐든 채 대답했다.

"제가 시정할 것을 알려주십시오. 전 다만 지금과 같은 상황에 훈련은 무리라는 걸 말씀을 드리는 겁니다. 이미 날도 어두워진 데다, 현재 외부 기온이 영하 28도까지 떨어졌습니다."

"네가 기상청이야? 아니면, 군단장이라도 되시나? 까라면 까는 거지, 시펄!"

"날짜를 연기하시면 되지 않습니까?"

"뭐라고? 시범 훈련 날이 낼모렌데? 게다가 이미 미 1군 군단장님이랑 2여단장님 요청으로 이미 정해놓은걸, 이제 와서 갑자기 연기시키라고?"

헉! 아빠가 왜 저러실까? 사단장 말대로 위에서 까라면 까야 하는 거 아닌가.

하지만 아빠는 고집불통 고문관처럼 구는 짓을 멈추지 않았다.

"어차피 불가능합니다. 애초에 일정을 너무 촉박하게 잡으셨습니다."

"뭐, 이 새끼야?"

"이유를 알고 싶습니다, 대장님. 연기하는 데 무슨 문제라도 있습니까?"

"와, 이런 또라이 새끼가 어떻게 중대장까지 올라왔지? 그렇게 하면 내 위신은 어떻게 되니? 사단장님도 참관하시기로 했다고!"

"사단장님이 아니라, 대통령께서 오신다 해도 제 대답은 마찬가지입니다. 연대장님의 위신을 위해 수백 명의 대원들이 혹사를 당해야 하는 겁니까?"

"뭐 이 새끼야? 내 체면이 곧 연대의 체면이다! 내가 곧 연대라고, 새끼야!"

"죄송하지만 그 말씀엔 동의할 수 없습니다. 국민이 있어 국가가 존재하듯, 사병이 있기에 군대가 존재하는 겁니다. 게다가 그런 시범 훈련이 국가 비상사태와 같은 사안도 아니지 않습니까. 대장님의 결정 하나로 이런 악천후 속에서 우리 사병들이 고초를 겪어야 하는 겁니까?"

맙소사, 감히 지휘관에게 대들다니! 아무리 자기 부하들을 위한다지만. 아빠는 참으로 무모하고 고지식한 인간의 전형 같았다.

"남에게 잘 보이려고 제 자식을 학대해서까지 재롱을 떨게 만들면 부모로서 기분이 좋은 일입니까? 아니면, 뭔가 다른 개인적인 목적이 있으시…"

말을 끝내기도 전에 연대장이 38구경 총신으로 아빠의 얼굴을 후려쳤다. 그리고 "이게 오냐오냐해줬더니 상투를 잡고 기어오르네?"라며 총구로 아빠의 턱 밑을 연신 찔렀다. 아빠는 고개를 돌려 입안에 고인 피를 뱉어내고 말했다.

"대체 왜 이렇게 되셨어요!? 전엔 안 그러셨잖아요? 완장 차니까 대장님도 변질되신 겁니까?"

"닥쳐! 명령 불복종은 즉결 처형감이란 걸 모르나?! 당장 이 자리에서 네 놈을 쏴도 넌 할 말 없는 거다!!"

"그건 전쟁 중에 적용되는 군법입니다. 지금은 전시가 아닙니다."

"개소리 마! 38선이 있는 한 우리 대한민국은 무한 전시 국가다! 625 같은 남침이 다시 일어나지 않는다는 보장이 어디 있나!"

"그렇게 쉽게는 안 될 겁니다. 주한 미군도 있고, 또 우리가 도왔던 우방 국가들이 있는 한…"

"북한은 없나? 소련이 두 눈 시퍼렇게 뜨고 지켜주고 있잖아. 소련을 우습게 보지 말라고."

더는 참지 못한 난 쟁반을 내던졌다. 우당탕탕- 깨지는 소리에 모두 깜짝 놀라며 나를 쳐다보았다. 난 연대장을 향해 또박또박 말했다.

"1991년 크리스마스에 소련은 지구상에서 사라질 겁니다, 연대장님. 그리고 앞으로 내부적인 분열은 거세질지언정 한국전쟁 같은 건 일어나지 않아요. 물론 북한이 핵무기를 들먹이며 여기저기에 으름장을 놓기는 하겠지만, 사실상 고립된 입장에서 그것 밖엔 내세울 게 없으니까요. 결국 북한을 돕는 나라는 없어지고 국가 정세도 갈수록 기울어질 거예요. 중국도 러시아도 제각각 다른 이슈로 자기 발등의 불을 끄기 급급하게 될 전망이구요."

"저 새끼, 대가리에 총 맞았나? 왜 저래? 야, 내가 너 서울대생이라고 이뻐해 주니까 똥오줌 못 가리지?"

순간 내 손이 절로 움직이더니 허리춤에 붙은 총집에서 권총을 꺼내 연대장을 향해 겨눴다.

"총 내려놓으세요! 박관수 중대장님을 쏘면 아저씨, 아니 연대장님도 끝장날 줄 알아요!"

연대장이 믿을 수 없다는 얼굴로 말했다.

"윤 일병, 그 총은 날 쏘라고 준 게 아니야. 날 지키라고 준 거라고, 이 미친 녀석아!"

"총 내려놔라, 윤 일병!!"

김 소령이 총을 겨눴다. 그러자 아빠를 제외한 모두가 일제히 총을 꺼내 들어 나를 겨눴다. 아빠는 당혹스러운 얼굴로 소리쳤다.

"윤 일병! 네가 나설 자리가 아니야!"

연대장이 나와 아빠를 번갈아 쳐다봤다.

"너 대체, 박 대위랑 무슨 관계야?"

난 순간 뭐라고 대답해야 할지 몰랐다. 머리를 굴려 적절한 대답을 내놓으려 했지만, 다들 내게 총을 겨누고 있어 그럴 여유가 없었다. 당황한 난, 가장 멍청한 답변을 싸지르고 말았다.

"제 아빱니다!"

모두 눈이 휘둥그레졌다. 저게 드디어 돌아버렸구나, 하는 눈빛들이었다. 그런데 연대장이 조소하는 얼굴로 고개를 까딱거렸다.

"어…… 짬밥도 얼마 안 되는 게, 언제부터 그렇게 박 대위를 아버지처럼 따랐대?"

난 내가 권총을 든 사실도 잊은 채 두 손을 휘휘 내저었다.

"아니, 그게 아니라 진짜로 제…"

"김 소령! 이것들 다 군법 회의에 넘겨!"

연대장의 일갈에 김 소령은 어안이 벙벙한 얼굴로 "네에??"라고 되물었다. 연대장은 진저리가 난다는 얼굴로 아빠를 겨누던 총을 거둬 허리춤에 달린 총집에 집어넣었다.

"아빠랑 자식새끼랑 둘이 사이좋게 손잡고 영창이나 갔다 오라구 해. 아, 꼴도 보기 싫으니까 내 눈앞에서 싹 다 꺼져! 당장!!"

뭐, 영창이라구!? 영창에 가면 아빠의 운명은 어떻게 되는 걸까? 불명예 전역을 하게 될 것이다. 국가 유공자 자격도 박탈되고, 국립 호국원에 안장될 자격도 잃게 될 것이다. 그뿐만 아니라 전과범이 되어 사회생활도 제대로 못 하고, 그러면 엄마와 만날 수 없게 될지도 모른다.

언젠가 아빠가 웃으며 들려줬던 군대 이야기가 떠올랐다. 상사에게 대들었다가 다른 부대로 강제 전출되었다던 그 일…… 그 사건이 바로 오늘이었음이 틀림없었다. 단순히 전출로 끝났을 일을, 내가 끼어드는 바람에 괜히 이 야단이 난 것이다!

아빠가 출입문으로 향하는 연대장을 막아 세웠다.

"저는 그렇다 쳐도 윤 일병은 봐주십시오, 연대장님. 공부만 해서 사리 분별도 못 하는 놈입니다. 그리고, 당장 CP 병 자리가 비면 연대장님도 불편하실 것 아닙니까?"

"아니, 근데 이것들이 서로 물고 빨고 아주 웃기고 자빠졌네? 네가 뭔데 나한테 이래라 저래라야? 진짜 옷 벗겨줘? 앙!? 그럴 거면 사회 사업가나 학교 선생이나 할 일이지, 왜 하필 적성에도 안 맞는 군바리가 돼서 날 이렇게 괴롭히고 지랄이냐, 이 꼴통 새끼야!"

생각할 겨를도 없이 나는 몸을 날려 연대장을 덮쳤다. 왼팔로 그의 목을 휘감고, 관자놀이에 총구를 들이댔다.

"당장 취소해 주세요! 취소하지 않으면 발사할 거예요!"

"야! 너 진짜 미쳤어?!!"

김 소령이 내게 총을 겨누며 외쳤다.

"윤 일병! 자꾸 이러면 진짜로 발포할 수밖에 없다!"

"취소해! 취소하라고!!"

난 팔을 조인 채 연대장의 귀청에 대고 소리를 질렀다.

"뭘 취소하라는 거야!? 크흡!"

터질듯한 얼굴로 연대장이 물었다.
"영창 보낸다는 거, 취소하라구요!"
"영창을 내가 보내니? 징계위원회에서 판단하는 거지… 케켁! 그리고 넌 영창보다 병원부터 가봐야 할 놈이야, 크흡…"
"저 말고 박관수 대위님이요! 군법에 넘기지 마시라구요!"
"알았어, 알았으니까 이것 좀 놓고 말해… 수, 숨을 못 쉬겠어…"
그 순간, "타앙!!!" 하는 고막을 찢는 총성이 울렸다. 김 소령이 나를 향해 총을 발포한 것이다. 하지만 쓰러진 건 내가 아니었다. 내 쪽으로 몸을 날린 아빠가 어깨에 피를 흘리며 쓰러져 있었다.
"아빠!!"
난 아빠에게 달려갔다. 그러나 손이 닿기도 전에 장교들 서넛이 한꺼번에 달려들어 날 제압했다. 내 뺨이 바닥에 짓눌렸고, 누군가 내 목덜미와 팔목을 찍어 누르며 내 손에서 권총을 빼앗았다. 연대장이 혼비백산한 얼굴로 아빠를 살폈다.
"관수야! 정신 차려봐!!"
"저, 전… 괜찮습니다……."
아빠가 고통에 일그러진 얼굴로 대답했다.
"하, 이 미련한 새끼야……"
자기 손수건을 꺼내 아빠를 지혈하던 연대장이, 장교들에게 짓눌려 요동치는 나를 보며 혀를 찼다.
"아무리 몰라도 그렇지, 내가 수장이라고 함부로 내 수족을 같은 부하를 자를 줄 알았니? 어차피 우린 다 나라의 녹을 먹는 공무원이라고, 이 또라이 새끼야."
여러 감정이 북받쳐 더는 참을 수 없었다.
"아빠아~! 어흐허어엉~~"
"한 소위!"
"넵!"

"뭐하나! 얼른 서둘러!"

"헌병대에 연락할까요?"

"닥치고 빨리 의무대 불러!!"

그때 누군가 내게 발길질을 날렸다. 숨이 턱 막히고, 심장이 멈춘 듯했다. 명치를 어찌나 심하게 맞았는지 비명도 못 지르고 웅크린 채 숨을 쌕쌕 내쉬었다. 사람들의 오가는 고성이 멀리서 들려오는 듯 둔탁하게 퍼졌고, 눈물로 번진 아지랑이 같은 시야 속에서 난 아빠와 눈이 마주쳤다.

아빠는 걱정과 안타까움이 담긴 눈빛으로 나를 바라보고 있었다. 말할 수 없는 심신의 고통 속에서, 나는 생애 처음으로 아빠가 자랑스럽다고 느꼈다. 그 마음을 전해주고 싶었지만, 그럴 수 없었다. 예기치 못한 순간, 아빠의 기억이 끝나버렸기 때문이다.

숨 쉴 틈조차 없이 몰아닥친 시간의 폭풍 속에서, 모두 어디론가 사라져갔다.

7.

가버린 날들을 애달파하는 산울림의 히트송이 떠도는 실내는 봄날처럼 따뜻했다. 오색 전등이 사탕처럼 달린 격자무늬의 창밖으로 눈이 내리는, 작고 아담한 카페였다.

왼쪽 끄트머리 테이블엔 겨울용 군복 차림의 육군 장교 두 사람이 마주 앉아 있었고, 한쪽 구석 자리에는 베레모를 쓴 멋쟁이 할아버지가 파이프 담배를 피우며 창밖을 바라보고 있었고, 카운터 바로 앞 테이블에는 포니테일 머리를 한 20대 여자가 홀로 앉아 잡지를 읽고 있었다.

그런데, 김이 모락모락 나는 양은 주전자가 놓인 주물 난로에 장작을 지피고 있는 난 누굴까?

거울을 찾기 위해 카운터로 다가가 이리저리 살펴보았다. '골드스타' 로고가 새겨진 흰색 냉장고가 놓인 벽에 일력이 걸려 있었다.

오늘은 1981년 12월 19일이었다.

카운터의 현금 출납기 옆에는 법정의 『무소유』가 펼쳐진 채 엎어져 있었고, 나는 그 아래 탁상 서랍을 열어봤다. 서랍 안에는 여러 사람의 신분증과 각양각색의 손목시계가 수십 개나 들어 있었다. 초침이 멈춘 시계 중에서 숫자가 붉게 점멸하는 구식 디지털 손목시계를 집어 들었다. 오후 6시 32분이라 표시된 숫자 아래 타이머가 붉게 깜빡였다.

00:45:33

그 시계를 집어 내 손목에 찼다. 그리고 책상 귀퉁이에 타원형의 탁상 거울을 발견한 난 손님들 눈에 띄지 않게 몸을 숙여 거울을 들여다봤다.

긴 생머리에 두꺼운 스웨터와 긴 치마를 입은, 30대 후반에서 40대 초반쯤 되어 보이는 여자가 눈에 들어왔다. 모조 보석 귀걸이를 달고 있었지만, 이런 촌에 있기에는 아까울 정도로 세련된 인상의 미인이었다.

그때 포니테일의 여자가 뾰로통한 얼굴로 내 앞에 다가왔다. 계산하려는 건가 싶었는데 그녀가 뜻밖의 말을 했다.

"대체 언제 오는 거래? 좀 있으면 통금시간 다 되게 생겼대!"

난 흠칫 놀라 강원도 사투리 억양을 쓰는 그녀를 쳐다봤다. 어쩐지 낯이 익었다.

누구지? 누구더라… 앗!

그녀는 오래 전에 흑백 사진에서 보았던, 젊은 시절의 엄마였다!

"첨 소개받는 자리에 으째 이래 늦다니? 요래 신용 없는 사람은 안 만나는 기 낫대."
"혹시… 오늘 박관수란 사람과 만나기로 한 거래요?"
의지와는 달리 내 입에서 강원도 사투리가 튀어나왔고, 그 말을 들은 엄마가 눈살을 찌푸렸다.
"지금 뭐 하는 기래? 바깥에 나갔다 어데 베란빡에 머릴 찧나? 박관순지 박 대원지 언니 니가 만나라 성화했잖니? 큰언니 니가!"
엥? 큰언니라니? 내가 아는 엄마의 언니는 둘 뿐인데?
그때 끝자리에 있던 장교 두 명이 계산을 하러 카운터로 다가왔다. 나는 엄마를 잠시 자리에 앉혔다. 장교들은 커피 두 잔 값으로 이순신 장군이 그려진 500원짜리 지폐 한 장과 100원짜리 동전 두 개를 건네고 자리를 떠났다.
엄마는 자꾸 가겠다고 징징거렸다. 그래서 나는 엄마가 평소 좋아하던 쌍화차를 끓였다. 불현듯, 엄마에게 언니가 세 명 있었다는 사실이 떠올랐다. 그런데 엄마는 평생 큰언니에 대해서만큼은 한 번도 입을 연 적이 없었다.
내가 네 살이 되던 해 가을에 돌아가신 큰언니에 대해 말해준 건 아빠였다. 내가 아빠에게 엄마를 어떻게 만났는지 물었고, 그 이야기를 하던 중 자연스럽게 흘러나온 이야기가 있었다.
펑펑 눈이 내리던 어느 추운 날, 아빠가 복무하던 부대 근처의 단골 찻집 큰언니에게 엄마를 소개받기로 한 날, 하필 북한 병사가 철책선을 넘어오는 일이 발생했고, 그 바람에 비상이 걸려 하마터면 엄마를 못 만날 뻔했던 이야기를 들려주면서 아빠는 너털웃음을 터뜨렸다.
그렇다면 오늘은 아주 아주 중요한 날이었다. 나는 정신을 바짝 차리고, 잣을 띄운 쌍화차를 엄마 앞에 살며시 내려놓았다.
"뭐이 할아방탱이들이나 먹는 쌍화차냐?"
엄마가 새초롬한 얼굴로 아이처럼 입을 삐죽거렸다.

"엥? 이거 안 좋나? 입맛이 변한 기야……?"

"뭐래?"

"아이다. 커피로 다시 해다 주께. 아님 율무차?"

"배 터진다. 아까부터 물배만 채우고 있구만. 내 기양 갈랜다."

난 넓은 칼라가 달린 촌스러운 코트를 주섬주섬 챙겨 입는 엄마를 말려야 했다.

"시방 하도 추워 행길에 못 나간다. 쪼매 있어보래. 금방 온다니."

"인자 한 시간 있음 통금시간이다. 지금 도착해도 30분밖에 얘기 못 하는데? 그기 뭐나?"

"30분이믄 어떠고 3분이면 어떠나? 만나는 기 중요한 기지. 오늘 잠깐 보고 또 낼도 만나고 그레….

"뭐가 낼이야? 낼 서울 가는 거 모르나?"

"낼 서울 간다고? 봉숙이 네 말이가? 왜 가는데?"

"왜 그러는데? 내 서울에 있는 국제복장학원에 합격했다 했잖니. 파숑 드자이너 공부한다게. 내, 파숑 드자이너 되면 서울 회사원 남자 만나서 워커힐에서 결혼할 기래."

"워커힐 같은 소리 하고 디비짓네, 기즙아이. 그랄 거면 소개팅은 왜 한다고 했니?"

"그게 뭔 소리고? 뭔 팅…?"

"…아니, 박 대위 왜 만난다고 했냐고."

그러자 엄마는 내게 얼굴을 바짝 들이밀고 코를 킁킁댔다.

"큰언니, 오늘 마이 이상하네? 내 몰래 술을 마싯나? ……술 냄신 안 나는데…? 낸 분명 싫다고 했대. 서울 가니 소용없다고. 근데 큰언니가 한 번만 보라고, 보라고 안 했나, 용돈 준다며… 아무튼 모른다, 인자. 내 갈란다."

"니 기양 가믄 인자 시집 못 간대!"

"뭐래?"

"니는 박 대위랑 결혼하게 돼 있다. 안 그람 큰일 난대, 니. 그레 겁도 없이 혼차 서울 살다, 나쁜 놈들 만나 돈 뜯기고 몸 뜯기고 평생 그지로 살 거래이."

엄마는 믿기지 않는 얼굴로 날 응시했다.

"……돌았나?"

발딱 일어선 엄마는 개미 같은 허리에 코트 끈을 바짝 조이고, 조그만 핸드백을 어깨에 멘 다음, 표지에 선정적인 헤드라인이 가득한 《선데이서울》 잡지를 옆구리에 끼웠다. 또각또각 구두 소리를 내며 출입문으로 향하는 엄마를 나는 급히 쫓아가 앞을 가로막았다. 그때 테이블에 홀로 앉아 있던 베레모 쓴 손님이 헛기침을 하며 나를 보고 손을 치켜들었다. 나는 그에게 잠시 기다리라는 손짓을 하고, 엄마에게 다급히 말했다.

"참말이래. 얼매 전에 점집에 갔더니 네 혼차 서울 가든 내중에 미쳐서 돌아댕긴다데?"

"증말 미치겠네! 쪼매 있음 사이렌 울린다고. 내 경찰서 가기 싫거든?"

엄마는 나를 밀쳤고, 난 휘청거리며 엄마의 팔을 와락 붙잡았다.

"이 말은 안 할라 했는데… 내는 인자 5년밖에 못 산다. 시집도 못 가보고 마흔도 안 된 나이에 말이대. 이레 딱한 언니 소원 좀 들어주면 안 되니? 죽기 전에 우리 이쁜 봉숙이 시집가는 기 함 보고 싶대."

"하…… 증말 너무하네. 내 꿈, 자존심 다 뭉개 놓고 이자 되도 않는 공갈까지……? 증말 실망이대. 내 성공할 때까지 언니한테 연락 안 할 기대!"

엄마는 내 손을 세차게 뿌리치고 밖으로 뛰쳐나갔다. 막 쫓아 나가려는데 베레모 손님이 나를 향해 외쳤다.

"마담! 마담!"

어쩔 수 없이 나는 베레모 손님의 테이블로 다가갔다.

그때 출입문에 달린 종이 딸랑딸랑 울렸다. 엄마가 되돌아온 줄 알고 화들짝 돌아봤더니, 이제 막 서른을 넘긴 군복 차림의 아빠가 서 있었다.

"죄송합니다, 사장님! 제가 너무 늦었습니다."

"아이, 박 대위님! 동생, 방금 나갔는데! 잠깐 기둘려요, 내 금방 잡아 올게요."

또다시 베레모 손님이 "마담! 마담!!" 하고 외쳤고, 아빠는 미안한 얼굴로 날 만류했다.

"괜찮습니다, 사장님! 그냥 놔두세요. 제 잘못인데요."

"뭐가 박 대위 잘못이에요. 북한 군인이 넘어와서 그런 걸…"

"네!? 그걸 어떻게…? 그거 아직 기밀 사항인데 누가 말해줬….'

"마담! 마담!! 어이!!"

"닥쳐, 영감탱이! 지금 바쁜 거 안 보이나!?"

나의 사나운 모습에 베레모와 아빠가 동시에 깜짝 놀랐다. 나는 다시 나긋나긋한 말투로 돌아가 아빠를 설득했다.

"쪼매 있어 보래요. 멀리 못 갔을 게니 언능 데려올게요."

"아닙니다, 제가 면목이 없어서 그렇습니다, 사장님. 그리고 어차피 곧 통금시간이라… 잠깐 따뜻한 차나 한잔하고 가겠습니다."

"아, 그래요. 차 내올 테니 잠깐 앉아 있어요."

나는 아빠를 카운터 옆 테이블에 앉힌 뒤, 후다닥 출입문으로 달려갔다. 밖으로 나오자, 단층 상점들이 띄엄띄엄 늘어선 골목길이 눈에 들어왔다. 함박눈이 쏟아지고 있었고, 지나가는 행인의 절반은 군복 차림이었다. 주변에는 '철원 이용소', '철원 정육점', '철원 슈퍼' 같은 간판들이 눈에 띄었다.

돌아보니, 내가 있던 가게는 촌스러운 간판에 〈물망초 다방〉이라고 쓰여 있었다. 주먹만 한 눈송이를 맞으며 골목을 누비고 큰길

쪽 버스 터미널까지 이리저리 뛰어다녔지만, 엄마의 모습은 보이지 않았다. 손목시계를 들여다보니, 타이머에 남은 시간은 30분뿐이었다.

이 상황에서 엄마와 아빠는 대체 어떻게 이어지게 된 걸까?

오들오들 떨며 이리저리 뛰어다니던 나는 별안간 길 한가운데서 멈춰 섰다.

내가 지금 이렇게 뛰어다니는 이유가 뭐지? 아빠와 엄마를 만나게 해주려는 것이다. 왜? 오늘 두 사람이 만나지 못하면 나는 세상에 존재하지 않게 되니까.

하지만 오늘 아빠를 만나지 못한다면, 엄마는 어쩌면 의상 디자이너로 성공할지도 몰라. 아니, 그렇지 않더라도, 다른 이성과 워커힐 호텔에서 결혼식을 올리고 평생 안락한 인생을 살 지도 모르지.

아빠도 마찬가지다. 다른 사람을 만난다면, 평생 외롭지 않고 행복하게 오래 살지도 몰라.

그렇다. 오늘 두 사람이 만나지 않는 것이 서로를 위한 길일지도 모른다.

난 펑펑 내리는 함박눈을 응시하다가 머리와 어깨에 쌓인 눈을 털며 물망초 다방 안으로 들어갔다. 조용필의 노래가 흐르는 실내엔 아빠 외에 아무도 보이지 않았다. 베레모 손님이 앉았던 테이블 위에는 백 원짜리 동전들이 아무렇게나 흩어져 있었다.

"추운데 괜한 고생을 하셨습니다."

아빠가 민망한 얼굴로 말했다.

"금방 차 끓일게요. 커피 괜찮죠?"

"인연이 아니라면 어쩔 수 있나요. 제가 좋아하는 법정 스님도 그랬죠. 인연이라면, 좋은 인연이든 그렇지 않은 인연이든, 반드시 만나게 되어 있다고. 그러니 스쳐 지난 것에 미련을 둘 필요는 없다구요."

"아, 네네."

"잔소리하는 습관은 젊었을 때부터 여전했네," 하고 생각하며 커피잔에 커피 가루를 담고 있을 때, 아빠가 다가왔다.

"전 이만 가봐야겠습니다."

"앉아 있어요. 커피 다 됐어요."

"곧 통금시간이라…."

"통금시간 어겼다고 대위님이 경찰서에 붙들려가진 않을 거잖아요."

"그렇긴 한데, 저도 군인이기 이전에 국민의 한 사람으로서 법은 지켜야 하니…."

"가 앉으라!"

"아! 그, 그럼 잠깐……"

아빠는 얼굴을 붉히며 황급히 제자리로 돌아가 앉았다. 나는 가득 담은 커피 두 잔을 테이블에 내려놓고 아빠와 마주 앉았다.

"박 대위님. 제 얘길 잘 들으세요. 앞으론 두 번 다시 우리가 볼 일은 없으니, 내 말 똑똑히 들어야 해요."

아빠는 짙은 속눈썹에 둘러싸인 커다란 눈을 깜빡였다. 하지만 막상 말을 하려니, 울컥하며 목이 메었다. 이것이 아빠와의 마지막 순간이 될지도 몰랐다. 이제 20분만 지나면, 나란 존재는 이 세상에서 먼지처럼 사라질지도 모른다. 내 눈시울이 젖은 것을 본 아빠는 어쩔 줄 몰라 했다.

"무슨 일인데 그러세요, 사장님?"

"잘 됐어요. 내 동생이랑 만나면, 박 대위님은 그리 행복하지 못할 거예요. 말년이 고독해져요. 게다가 더 최악인 건, 자식을 셋씩이나 낳아도 건질 게 하나밖에 없다는 거…."

"예에? 무슨 점쟁이 같은 말씀을 하시네요?"

"작가의 꿈도, 교사의 꿈도 다 포기했는데, 좋은 인연 만나 행복하게 사셔야죠."

아빠는 날 멍하니 쳐다봤다. 그때 출입문에 달린 종이 딸랑딸랑 울렸다. 안으로 들어선 사람은 엄마였다. 엄마는 잔뜩 짜증이 난 얼굴로 머리와 어깨에 쌓인 눈을 털며 혼잣말을 구시렁거렸다. 나는 재빨리 다가가 엄마를 홱 돌려세운 뒤, 문 밖으로 우악스레 밀어냈다.

"나가세요. 손님, 영업 끝났습니다!"

하지만 힘이 센 엄마는 꿈쩍도 하지 않았고, 오히려 나를 패대기 치듯 밀쳐버렸다. 그 바람에 나는 빈 테이블 위로 고꾸라졌다가 간신히 몸을 추스르고 일어섰다. 그리고 돌이켜본 순간, 눈앞에 펼쳐진 광경에 낮게 탄식했다.

엄마는 아빠를 빤히 바라보았고, 아빠 역시 감전된 사람처럼 엄마의 얼굴에 시선을 고정하고 있었다. 조용필의 《단발머리》가 실내를 휘감는 동안, 두 사람은 서로의 눈동자에 달라붙어 있었다.

순수하고 애틋한 기억을 떠올리며, 그 소녀를 데려가 버린 세월을 아쉬워하고 그리워하는 마음을 담은 노랫말이 귓가를 맴돌자, 난 그만 큰소리로 웃음을 터뜨렸다.

막 사랑에 빠진 두 인연이, 마치 좋은 꿈에서 막 깨어난 사람들처럼 환한 얼굴로 나를 바라보았다. 그 순간, 위이잉— 하는 날카로운 사이렌 소리가 울려 퍼지더니, 모두 빙글빙글 춤을 추기 시작했다.

8.

처음 눈을 뜬 순간, 내가 까마득한 벼랑 끝에 서 있다는 걸 알았다. 소스라치게 놀라 발을 헛디딘 난, 그대로 차들이 쌩쌩 달리는 도로를 향해 곤두박질쳤다.

"우와아악!!! 아아악… 아아… 응……??"

놀랍게도 난 날개를 푸드덕거리며 공중으로 날아올랐다. 그러자 눈앞에 내가 앉았던 건물의 외관이 보였다. 3층짜리 건물의 외벽에 〈소망 산부인과〉라 쓰인 간판이 달려 있었다. 어디선가 들었던 이름. 내가 태어났다는 병원과 같은 이름이었다.

난 소망 산부인과 건물의 2층 창틀에 내려앉아 창문에 내 모습을 비춰보았다. 눈처럼 하얗고 동글동글한 몸통, 흑요석처럼 반짝이는 두 눈, 날개와 꼬리에 까만 깃털이 섞인 흰머리오목눈이였다. 흔히 '뱁새'라고 불리는 새였지만, 그런 이름이 무색할 만큼 귀엽기 짝이 없는 외모였다.

하지만 곧 정신이 혼미해졌다. 이곳이 108번째 타이머 존의 마지막 지점이었기 때문이다. 나는 어느새 아빠의 마지막 기억에 도달해 있었다.

하필 이렇게 중요한 순간, 새가 되다니, 젠장! 이번 타이머 존이 끝나기 전에, 내 운명은 어떻게 될까? 아니, 그보다 타이머가 끝난 뒤, 그 이후의 시간은 어떻게 흘러갈까?

10센티미터가량 열린 창문 사이로 건물 안을 기웃거리는데, 저만치 복도 끝에 마주 선 두 남자가 보였다. 한 사람은 녹색 수술복을 입은 의사였고, 체크무늬 플란넬 셔츠에 프로스펙스 운동화를 신은 젊은 남자가 바로 아빠였다.

"다행히 고비는 넘겼습니다."

"정말 감사합니다, 선생님!"

아빠가 두 손을 모으고 꾸벅 고개를 숙였다. 그런데 의사의 표정은 여전히 어두웠다.

"그런데, 산모보다도 지금 아기 상태가 좀 좋지 않아요. 황달기가 심해서 검사를 했는데…"

"황달이요? 갓난아기가요??"

"원래 신생아 황달은 그리 드물지 않아요. 그런 건 보통 2, 3주 지나면 자연스레 사라지는데, 그런 일반적인 케이스랑은 달라요. 빈혈이 원인이거든요. 용혈성 빈혈이라는 건데…"

"빈혈이라구요? 아니, 어떻게 애기가… 혹시, 산모한테 옮은 건가요?"

"아뇨, 옮은 게 아니라… 사실, 산모의 면역체계가 방어기제를 작동해서 생긴 현상이라고 볼 수 있죠. 아기가 RH-AB형이더라구요."

"그게, 무슨 말씀인지……?"

"쉽게 말해서, RH+인 산모의 면역체계가 태아의 RH-인자를 가진 적혈구를 '침입자'로 인식하는 거예요. 그래서 본능적으로 자신의 몸을 방어하려고 항체를 만들게 됩니다. 그 항체가 태아의 적혈구로 흘러 들어가 헤모글로빈을 파괴하는 거죠. 이렇게, 예정보다 한 달이나 빨리 나온 것도 그런 영향 탓이라고 할 수 있죠."

난, 처음 알게 된 사실에 부리를 흔들며 몸을 부르르 떨었다.

"그래서 지금 아기의 적혈구 수치가 너무 안 좋아서 대단히 위험한 상황이에요. 이대로 수혈을 받지 못하면 아마 서너 시간도 버티기 어려울 겁니다."

"네!? 수혈하면 되지 않습니까? 제가 구해오겠습니다."

의사가 암울한 표정을 지었다.

"그게… 이미, 적십자나 서울에 있는 대형 병원들에 다 문의해 봤는데, 워낙 희귀한 혈액형이다 보니 보유한 데가 없더라구요. 딱, 한 군데 알아내긴 했는데 거리가 좀 멀어서……"

"어디죠? 제가 가져오겠습니다!"

"울산에 있는 병원이라, 아무리 빨리 간다고 해도, 거기 도착하는 데만 4시간 이상이 걸릴 텐데요. 왕복이면……"

잠시 멍하니 있던 아빠가 말했다.

"4시간 안에 무조건 가져오겠습니다. 제발 저희 아기를 부탁드립니다."

의사는 어리둥절한 얼굴이었다. 나도 마찬가지였다.

헐, 어쩌려는 걸까? 혹시 이성적 판단이 마비된 건 아닐까?

아빠는 원무과로 달려가 여기저기 어딘가로 전화를 걸었다. 다급한 기색으로 몇 군데와 통화를 마친 아빠는 서둘러 병원을 나와서 연두색 포니2 택시를 잡았다. 난 공중에서 택시를 따라갔다.

설마, 울산까지 택시를 타고 갈 생각인 걸까? 그런다고 4시간은 불가능할 텐데……

택시는 5분 뒤, 어느 대형 병원 앞에 멈췄다. 택시에서 내린 아빠는 병원 건물로 뛰어 들어갔다. 건물이 하도 커서 아빠가 어디로 갔는지 확인이 어려웠다.

건물 주위를 맴돌다 입구가 한눈에 내려다보이는 키 큰 노송나무 위에 내려앉아 출입문을 지켜봤다. 그런데 아빠는 한참이 지나도 나오지 않았다. 불안해진 나는 다시 날아올랐다.

건물 꼭대기 가까이 다가갔을 때, 두두두두— 귀청이 터질 듯한 굉음이 들려왔다. 군용 헬리콥터 한 대가 옥상에 착륙하고 있었다. 무슨 일인가 싶어 옥상까지 날아가 보니, 헬기 문이 열리자마자 아빠가 헬기에 올라탔다.

떠오르는 헬기를 쫓아가 지붕 끝에 착지한 나는 헬기 안을 들여다봤다. 조종사 뒤편에는 아빠와 군인 한 사람이 타고 있었는데, 그 군인은 일전에 내가 '윤 일병'으로 변신했을 때, 내 총을 빼앗고 명치를 걷어찼던 김 소령이었다.

김 소령의 모자와 견장에는 별 하나가 달려 있었다. 프로펠러 소리에 묻혀 아빠와 주고받는 대화는 잘 들리지 않았지만, 상황은 어느 정도 짐작할 수 있었다. 프로펠러 소리 때문에 잘 들리지 않았지만, 아빠와 뭔가 얘기를 나누는 김 소령의 모자와 견장에 별 하나가 달려 있었다. 난 무척 놀랐다. 나는 무척 놀랐다. 아빠는 자존심이 강해 누구에게 부탁하는 사람이 아니었다. 목에 칼이 들어와도 원칙을 지켜야 한다는 고지식한 사람이었다. 그런 아빠가 사적인 일로, 육군 헬기를 빌리기 위해 얼마나 사정을 했을까? 그런 생각을 하니, 울컥하는 마음이 치밀어 올랐다.

그 순간, 쾅! 하는 소리와 함께 조종사 앞 윈드실드에 무언가가 부딪혔다. 유리창에는 미세한 금이 간 듯했다. 조종사는 급히 헬기의 고도를 50미터 이상 낮추고, 속도도 250킬로미터에서 200킬로미터로 줄였다.

다행히 헬기는 곧 안정을 되찾았고, 모두 가슴을 쓸어내렸다. 그런데 잠시 뒤, 헬기가 진행하는 상공으로 넓게 퍼진 까만 점들이 나타났다.

"저게 뭐야?"

김 소령이 물었다.

"가마우지 뗍니다."

사색이 된 조종사가 대답했다.

"뭐라고!?"

"민물가마우지!! 너무 가까운데…"

수백 마리의 가마우지 떼를 피하려고 헬기는 급히 오른쪽으로 방향을 틀었다. 그러나 오른편에서도 또 다른 가마우지 떼가 몰려오고 있었다. 거대한 새 떼는 헬기를 보고도 방향을 바꿀 기색이 전혀 없었다.

새들이 급속도로 가까워지면서 헬기는 심하게 요동쳤다. 김 소령은 조종사의 뒤통수에 대고 무언가를 악다구니처럼 소리쳤고, 아빠는 두 손을 모은 채 눈을 감고 입술을 달싹였다. 조종사는 새 떼를 피해 더 먼 쪽으로 빠져나가려 애썼지만 역부족이었다. 새들의 수와 속도는 상상 이상이었다.

어떻게, 어떻게, 어떻게 하지!? 난 뭘 할 수 있을까? 내가 할 수 있는 게 뭐가 있지!??

고작 14cm밖에 되지 않는 흰머리오목눈이 몸으로는, 이런 순간에 아무짝에도 쓸모가 없었다. 그래도 나는 새 떼가 다가오는 방향으로 날아갔다. 독수리였다면 얼마나 좋아. 나를 보기만 해도 새들이 알아서 흩어졌을 텐데.

나는 우두머리 새를 찾아 새 떼의 진로를 바꿀 작정이었다. 눈앞에 가장 앞장서 돌진해오는, 몸집이 큰 새를 포착했다. 나는 전속력으로 날아가 있는 힘을 다해 그 커다란 새에게 몸을 내던졌다.

정통으로 부딪친 순간, 무언가 터지는 소리가 났고, 동시에 온몸의 뼈와 내장이 한꺼번에 터져나가는 느낌이 밀려왔다. 그 기세로 나는 바로 뒤를 따르던 두 번째, 세 번째 새와도 연달아 부딪쳤다. 이번에는 머리가 깨진 듯한 충격이 왔다.

축 늘어진 몸으로 추락하면서, 나는 아빠가 탄 헬기가 흩어지는 가마우지 떼 사이를 뚫고 멀어져 가는 모습을 바라봤다.

빠르게 지상으로 추락하며 의식이 멀어졌다.

이제 끝났구나. 그래도 다행이다. 아빠 안녕… 모두 안녕… 이럴 줄 알았으면 사람들에게 좀 더 친절하게 굴 걸 그랬어……

그 생각을 끝으로 눈앞이 팟- 하며 암전이 되고 말았다.

*

눈을 뜨자 파란 하늘이 보였다.

드디어 현실로 무사히 돌아온 걸까!?

기뻐하려던 찰나, 온몸에 무시무시한 고통이 밀려와 몸을 축 늘어뜨렸다. 주위를 살폈다. 어느 집 마당 안이었다. 난 평상 위에 펴 놓은 수건 위에 누워 있었다.

"눈 떴다!"

10살쯤 돼 보이는 여자아이가 기쁜 얼굴로 나를 들여다보았다. 그녀는 바늘을 뺀 플라스틱 주사기로 내 부리에 물을 몇 방울 떨어뜨렸다. 단맛이 났다. 그녀가 포비돈 아이오딘 뚜껑을 닫았다. 내 하얀 몸에 빨간 약이 잔뜩 칠해져 있었다.

"내가 빵도 가져올게!"

소녀는 집안으로 뛰어 들어갔다. 난 힘겹게 몸을 일으켜 날아올랐다. 처음엔 다시 툭 떨어졌지만, 다시 힘을 내서 천천히 날아갔다. 시간이 얼마나 지난 걸까?

약 20분 만에 소망 산부인과에 도착해 2층 창가에 앉았다. 복도 끝에 아빠와 의사가 서 있었다. 이번엔 의사가 내 쪽을 보고 있었는데, 그의 얼굴이 밝은 걸 보니 이미 치료가 잘 된 모양이었다. 아빠가 의사의 손을 붙들고 연신 허리를 숙이며 인사를 했다.

난 조그만 부리로 움직여 "찌이찌- 쯔으찌-" 하고 큰 소리로 울었다. 돌아서서 이동하는 의사를 따라 움직이던 아빠가 돌아봤다. 날 본 아빠는 놀란 얼굴이었다. 잠시 나를 바라보던 아빠가 측은한 미소를 짓고는 다시 등을 돌렸다.

난 재빨리 열린 창 안으로 날아들었다. 포대기에 싼 아기를 안고 마주 오던 간호사가 나와 스치자 "꺄아악!" 소리를 지르며 몸을 움츠렸다. 간호사의 비명에 앞서가던 의사가 돌아봤다.

난 재빨리 아빠의 어깨 위에 내려앉았다. 그리고 아빠의 귀에 대고 "저예요, 저예요!"라고 외쳤다.

"아, 깜짝이야!!"

아빠가 소스라치며 나를 털어냈다.

아빠의 손등에 정통으로 부딪힌 나는 창에 머리를 찧고 창틀 위로 떨어졌다. 이젠 정말 끝이었다. 내 모든 기운이 남김없이 빠져나가는 것이 느껴졌다.

그 순간, 주변이 멈췄다. 아무도 움직이지 않았다. 나를 손가락으로 가리키며 신기한 듯 웃는 의사도, 기겁한 얼굴의 아빠도, 아기를 안고 돌아보는 간호사도. 바로 옆 신생아실에서 들리던 아기들의 울음소리도.

쪼그라든 발을 허공에 치켜든 채, 내 몸은 점점 굳어갔다. 시야가 흐릿해지던 중, 복도 벽에 걸린 전자시계가 눈에 들어왔다. 시간 아래에는 타이머가 깜빡이고 있었다.

00:00:00

설마 이대로 영원히 멈춰버리는 건가……

난 절망감에 흐느껴 울기 시작했다.

그때, 무슨 소리가 들린 듯해 울음을 멈추고 귀를 기울였다. 기적처럼 신생아실에서 아기 울음소리가 희미하게 흘러나왔다. 아빠는 그 소리를 듣자마자 복도 의자에서 벌떡 일어나 부리나케 신생아실 안으로 뛰어들어갔다.

투명한 창 사이로 갓 태어난 아이(나)를 들여다보는 아빠와 눈이 마주쳤다. 아빠를 부르고 싶었다. 하지만 난 아무 말도 할 수 없었다. 아빠의 눈에 눈물이 그렁그렁 맺혔다.

이때 처음 알았다.

아빠가 아니었으면 나는 세상에 태어나지도 못했을 거라는 걸. 탄생 순간부터 아빠에게 큰 빚을 졌었다는 걸. 단 한 번도 진심으로 그런 아빠를 위해 마음을 써본 적이 없었다는 걸.

순간, 주위가 빙글빙글 돌아가기 시작했다. 폭풍처럼 몰아치는 시간 속으로, 아빠와 나의 첫 만남이 저물어갔다.

9.

눈을 떴을 때, 나는 자개장 앞에 서 있었다. 책상에 수북이 쌓인 책더미 위에 놓인 아이폰이 눈에 들어왔다. 거미줄처럼 금이 간 액정 화면에 4월 1일 오전 6시 37분이 나타나 있었다. 그리고 늘 하단에 껌딱지처럼 붙어 있던 타이머 표시가 이제는 사라지고 없었다.

거울을 들여다보았다. 오른뺨에 검정 번개가 그려져 있었다! 펜 자국이 이렇게 그리웠을 줄이야!

"돌아왔네!? 돌아왔어!! 다시 살았다구!! 와하하!!"

난 방방 뛰고 춤을 추었다. 그때 쾅쾅 방문을 두드리는 소리가 들렸다.

"일어났니!?"

엄마의 목소리와 함께 약간의 놀람과 불안이 내 안에 스며들었다.

"아, 아뇨! 아직이요!"

"일어났으면 밥 먹으러 나와! 감자탕 끓여놨어."

"네! 금방 나가요!"

한동안 멈춰 서 있던 나는 문득 휴대폰 사진첩을 열어봤다. 아빠와 함께한 흔적은 어디에도 없었다. 동네 풍경을 찍은 사진들만 덩그러니 남아 있었다.

자개장을 물끄러미 바라보던 나는 조심스럽게 문을 열고 안으로 들어갔다. 오래도록 앉아 있었지만, 역시나 아무 일도 일어나지 않았다. 나프탈렌 냄새와 아빠의 양가죽 재킷 냄새만이 은은하게 공기 속을 감돌았다.

이제 자개장 문이 영영 닫혔다는 걸 실감했다. 지금부터는 진짜 삶과 마주해야 할 시간이었다.

*

커다란 트렁크를 끌고 병실에 나타난 나를 보자, 서연은 무척 놀란 듯했다. 일요일 저녁에 오기로 했던 내가, 토요일 오전에 나타날 거라고는 전혀 예상치 못한 모양이다.

"정말 고마워, 언니. 안 그래도 몸은 피곤하고, 애들도 걱정되고, 말도 못 하는 아빠를 보고 있으면 견딜 수 없이 마음이 무너지고… 이러다 내가 병이 나겠다, 싶었거든……."

체력도 마음도 여린 그녀가 눈시울을 붉히며 말했다.

"그래, 얼른 가서 쉬어. 괜찮으면 내일 오후에나 잠깐 들르든가 하고."

"너무 후회돼. 이럴 줄 알았으면……."

난 울먹이는 여동생을 돌아보았다.

뭐가 후회스러울까? 그녀는 아빠와 평소에 연락도 자주 하고, 때마다 식사도 같이하고, 소문난 영양제가 나왔다 하면 꼭 아빠에게 하나씩 보내드리고, 아주 비싼 보청기도 해드렸었는데(물론, 보청기는 윙윙 소리가 나서 싫다며 한두 번 쓰다 말았지만)…….

"엊그제 밤에 통화할 때, 아빠한테 엄청 짜증을 부렸어, 흐흡… 또 술 드신 거냐고, 나중에 통화하자고… 일찍 전화를 끊어버렸어. 아빤 더 얘기하고 싶어 하셨는데, 흐흑… 너무 피곤했어… 새 학기라 이것저것 준비할 게 많았거든… 흐흐흑…… 이럴 줄 알았으면… 그게 마지막 통화일 줄 알았으면… 흐흡… 전화를 그렇게 받는 게 아니었는데… 흐흐흑…… 이런 게 어딨어… 작별 인사도 못했는데, 흐흑… 갑자기 이러는 법이 어딨냐고… 흐흐흑……."

난 말없이 한숨을 쉬며, 들썩이는 그녀의 어깨를 어색하게 토닥였다.

병원 앞까지 서연을 배웅한 난, 이호준 담당 교수를 찾아갔다.

대기실에서 한참 동안 기다린 끝에 그와 마주 앉았다.

"……그런데, 선생님. 그래도 혹시, 다시 깨어날 확률은 전혀 없는 건가요?"

그는 난처한 듯 혹은 미안한 듯 눈을 내리깔았다.

"정말, 희망적인 말을 해드리고 싶지만… 20여 년간 제가 본 바로는 단 한 번도……"

난 담담한 척 고개를 끄덕였다.

"그래도… 만약 연명치료를 원하신다면, 그 부분은 가족분들 뜻을 고려해 드리도록 하겠습니다."

선심을 써주고 싶어 하는 그를 똑바로 바라보며 단호히 말했다.

"그건 괜찮습니다. 가족들보다는, 환자 본인의 뜻이 더 중요한 거니까요."

10.

인공호흡기와 심장 박동기로 숨만 쉬는 아빠를 한참 동안 들여다보았다. 아빠가 기억하는 난, 오랫동안 연락을 끊은 한심한 딸일 뿐이었다.

연을 끊던 순간, 내가 아빠에게 내뱉었던 말이 떠올랐다. 아빠를 부모로 인정하지 않겠다는 말, 이런 부모 따위는 평생 잊고 살겠다는 말이었다. 이미 엎질러진 물이지만, 이제라도 바뀐 내 진심을 전하고 싶었다.

단 몇 분이라도 아빠와 얘길 나눌 수만 있다면…….

축 늘어진 채 침상 위엔 놓인 아빠의 손을 부여잡고 눈을 감았다.

그대로 얼마나 지났을까…… 어디선가 아득한 음성이 들렸다.

"차아…혀나… 차… 혀느아……"

번쩍 눈을 떴을 때, 어느새 병실 안은 어둑해져 있었다. 보조 침상에 웅크린 채 잠들었던 나는 고개를 들고 주위를 둘러봤다.

꿈결이었나……?

다리가 저렸던 난 자세를 바꾸었다.

"자아…여나아……"

번쩍 고개를 들고 소리가 난 곳을 쳐다봤다. 침상 위에 뻣뻣하게 누워있던 아빠가 눈을 뜨고 날 보고 있었다!

"아빠?! 정신이 드세요? …자, 잠깐만요, 간호사 불러올게요!"

벌떡 일어난 나를 향해 아빠가 힘겹게 손짓했다.

"왜요, 아빠?"

"꾸…꾸믈 커허…"

아빠는 목을 쥐어짜듯 가느다란 쇳소리를 냈다.

"뭐라구요? 다시 말해보세요."

난 아빠의 얼굴에 귀를 바짝 가져다 댔다.

"꾸… 꾸믈 커.. 꺼써어……"

"꿈을 꿨다구요?"

아빠는 미세하게 고개를 끄덕했다.

"여해… 여해에… 여해 가아느흐…"

"여행이요??"

"너라항… 불라안서… 허어라아… 스이이스… 가안……"

"저랑 프랑스랑 스위스에 간 꿈이라구요!??"

난 멍한 얼굴로 아빠를 쳐다봤다. 아빠의 얼굴에 은은한 미소가 걸려 있었다.

나도 모르게 왈칵 눈물이 고였다.

"어… 어… 어디가 젤 좋으셨어요……?"

"다아… 다아… 트기히… 느히… 양펴어허 지입 여페… 요호… 요옹문사하…… 그… 흐으냉, 흐내엥……"

"저, 저도… 아빠랑 똑같은 꿈을 꾼 거 같아요. 아빠랑 걷던 해탈

교랑 그 계곡 사이에 걸쳐진 흔들다리 위에서 아빠를 재밌게 해드리려고 발을 굴렀는데… 흐흡… 다리가 막 출렁거리니까 아빠가 까불지 말라고 화를 냈던 것도 생생해요. 아빠 꿈에서도 그랬어요?"

"그흐… 흐내엥나아무……?"

"우리 집 가까이에 그런 엄청난 나무가 살고 있는 줄 처음 알았어요. 아빠 덕분이에요."

아빠가 심전도 모니터 쪽으로 시선을 옮겼다. 약하게 뛰던 그래프 너머로 향한 그 눈빛에서, 조금 전까지 남아 있던 은은한 빛이 빠르게 사라지고 있었다. 이제 얼마 남지 않았음을 예감했다.

아빠는 기침을 하며 가쁜 숨을 내쉬었다.

"안 되겠어요! 간호사 불러올게요!"

아빠가 내 소매를 잡으려다 힘없이 놓쳤다. 간호사를 부르는 걸 단념한 나는 아빠의 얼굴 가까이로 귀를 가져갔다.

"너… 상 타안 거어… 기브… 기쁘으…"

"저 신인 작가상 뽑힌 것도 기억나세요?"

아빠는 대견한 눈빛으로 나를 응시했다. 견딜 수 없이 가슴이 북받쳐 올랐다. 애써 참으려 했지만, 하염없이 눈물이 쏟아졌다. 난 눈물을 삼키며 떨리는 목소리로 말했다.

"그, 그건 꿈이었지만… 조금만 더 기다려주시면 진짜 시상식에 초대할게요. 정말 그럴 수 있다니까요! 제가 왜 그렇게 열심히 한 건데요… 그러니까 조금만, 조금만 더 기다려주세요… 제가 꼭 보여 드릴게요, 제발… 조금만 더 버텨주시면……"

"느흐… 파흐으…"

"다시 말해주세요! 뭐라고 하셨어요?"

난 거의 아빠의 입에 닿을 듯 귀를 바짝 댔다.

"히이… 파보야하…… 너허 파보가트흔… 아빠하… 못 바하도

호… 개개차하……"

"못 봐도 괜찮다구요?? 뭐가 괜찮아요!? 제가 상 받든 말든 그까짓 거 안 봐도 상관없다는 말이에요?"

아빠가 손가락으로 천장을 가리켰다.

"하… 하느흘… 아파아… 하느을에서 아빠 다 지켜허… 보고 있으케에…… 거허… 거허정하지 마하……"

아빠는 손을 펴서 심장 부위를 꼬옥 눌렀다. 그리고 마지막 힘을 그러모으듯 앙상한 손을 뻗어 내 손을 잡았다.

"잘 살아…너 하고 싶은 거… 하고… 행복하게… 그럼 아빠아는 안시임이야아……"

그 순간, 심장 모니터가 삐이— 하는 소리를 내며 그래프는 일직선으로 변했다.

아빠는, 더는 움직이지 않았다.

*

"박관수 님의 사망 시각은 2023년 4월 3일 08시 10분입니다. 고인의 명복을 빕니다."

30대 초반의 젊은 주치의가 두 손을 공손히 모으고 아빠의 옆에 서서 말했다.

얼핏, 아빠는 잠들어 있는 듯한 모습이었다. 주렁주렁 몸에 달렸던 튜브가 모두 제거된 아빠는 한결 편안해 보였다. 조금 전까지 병실이 떠나갈 듯 통곡을 하던 서연이 코를 훌쩍거렸다.

아침 시간이었지만, 병동 안은 숨죽인 듯 고요했다. 서연의 곡소리에 병동의 모든 환자들이 마치 자신의 일인 양 숙연해져 있었다.

여동생은 거의 실신할 지경으로 심장을 부여잡고 꺽꺽대며 울어댔다. 나는 그런 그녀를 안아주었다. 평소 같았으면 상상도 못 할 일이었기에 상당히 어색했지만, 내색하지 않으려 애썼다. 내 품에 안겨 울던 동생은 진정이 된 뒤, '역시 언니라서 침착하고 의젓하다'라고, 난생 처음 듣는 칭찬도 건넸다.

머리카락이 모두 빠지고 몇 가닥 흰 머리만 듬성듬성 남은 아빠는, 아무 고뇌도 애환도 느껴지지 않는 표정으로 눈을 감고 있었다. 난 그런 아빠의 손을 잡았다. 그런데, 아빠의 손이 여전히 따뜻했다. 흠칫 놀란 나는 병실을 나가는 주치의에게 외쳤다.

"선생님! 아빠 손이 따뜻한데요!? 아직도 손이 따뜻하다구요!"

주치의가 몸을 돌려 나를 바라보며, 미안한 웃음을 지어 보였다.

"심장 박동기를 제거한 지 얼마 안 돼서 그래요. 온기가 남아있는 동안 못다 한 말을 해보세요. 심장이 멈춰도, 의식은 바로 떠나지 않고 한동안 머물러 있다고 하더라구요. 아마, 다 듣고 계실 거에요."

서연이 내 팔을 부드럽게 잡았다.

"언니, 아빠랑 얘기 좀 나눌래? 나 잠깐 밖에 나가 있을게…"

아니, 이제 따로 나눌 얘기는 더는 없었다. 아빠를 조금은 이해하게 됐으니 말이다.

다만, 미처 못했던 그 말을 들려주고 싶었다. 아빠가 아무에게도 들어보지 못했던 그 말을 말이다. 아직, 아빠가 내 말을 들을 수 있을 거란 걸 믿었다. 그래서 난, 아빠의 귓가에 대고 작게 입을 벌리려 했다.

하지만, 끝내 할 수 없었다.

아무리 뭔가를 깨달아도, 내 성격을 하루아침에 바꿀 수는 없는 것이다.

11.

 부고 소식을 듣고 가장 먼저 달려온 사람은, 오래전에 아빠와 연을 끊었던 첫째 작은아버지였다. 무려 15년 만에 아빠와 다시 마주한 그는 붉어진 눈으로 내 어깨를 두드렸다. 아빠의 다른 동생들도 삼일장 내내 빈소를 지키며 함께해주었다.

 사람의 장례를 치르는 데 이렇게까지 처리해야 할 일이 많을 줄은 생각도 못했다. 아빠가 생전에 꼼꼼하게 적어둔 검정 수첩이 없었다면 정말 당황스러웠을 것이다.

 비교적 순조롭게 아빠의 장례식이 마무리되는 줄 알았다. 그러나 전혀 예상치 못한 부분에서 문제가 발생했다. 호국원 안장을 신청하기 위해 보훈청에 연락했더니, 뜻밖에 허가를 내줄 수 없다는 답변이 돌아왔다.

 "왜죠?
 "박관수 님이 전과가 있으셔서요."
 담당자가 형사 같은 말투로 답했다.
 "네에!? 전과요? 아뇨, 아빠 감옥에 간 적이 한 번도 없어요."
 "군 복무 시절 상관 모욕과 명령 불복종으로 입건돼 영창에 간 일이 두 번 있어요. 세 번째는 그와 관련해서 불명예 전역하셨네요."
 난 놀랐다. 아빠가 영창에 다녀온 사실을 아는 사람은 아무도 없었다.
 "아빠는 월남전에도 참여했던 국가 유공잔데요? 그런데도 호국원에 못 들어간단 말씀인가요?"
 "아직 불허라고 단정 지어 말씀드릴 수 없지만 이런 경우는 내부 심사를 거쳐야 합니다."
 "이틀 후가 발인하는 날인데, 그 전에 알려주시는 거죠?"
 "그건 어려울 것 같습니다. 아무리 짧아도 보름 이상 걸리거든요. 만약 그 이상으로 심사가 길어진다면, 허가가 날 가능성이 별로 없다고 보시면 됩니다."

이럴 수는 없었다. 나는 아빠의 수첩을 챙겨 보훈청으로 달려갔다. 아마 아빠도 이런 상황은 전혀 예상하지 못했을 것이다. 검정 수첩에는 너무도 당연하다는 듯 호국원의 위치와 연락처가 적혀 있었으니. 당혹감과 분한 마음이 치밀어 올랐다. 이것은 그저 아빠의 소박한 마지막 바람이었으리라.

청사에 들어가 담당자를 만나 아빠에 대해 열심히 변론했다. 아빠라는 사람은 개인적 영달보다도 책임과 도덕을 중요시했던 사람이라고, 군인으로서의 정의와 명예를 지키기 위해 노력한 사람이라고.

그러나 담당자는 아무리 그렇다 해도 어쩔 수 없는 일이라며 난감해했다. 급한 일이 있다며 자리를 뜨려는 그를 붙잡고, 나는 아빠의 수첩을 펼쳐 그의 눈앞에 들이밀었다.

"이것 좀 보세요. 생명유지장치 절대 반대, 그 아래 '손주들과 자식들에게 추한 모습 보이기 싫음!'이라고 적힌 걸 보세요. 당신의 죽음보다도 자식들이 곤란할 게 더 걱정됐던 사람이라구요. 이것만 봐도 어떤 사람인지 가늠이 되지 않으시나요? 물론 어떤 경우라도 폭력이 정당화될 수 없다는 건 알아요. 그렇지만 이런 아빠의 처지에서 어쩔 수 없이 그래야 했던 이유도 분명히 있을 거예요. 그런 점을 좀 참작해 주시면 안 될까요? 잠깐의 잘못으로 한 사람의 군인으로서 국가를 위해 충성을 다했던 그 노고마저 인정받지 못하는 건 너무 억울하잖아요, 안 그래요?!"

내가 딱해 보였는지, 담당자는 깊은 한숨을 쉬었다.

"제게 권한이 있다면 당장이라도 허가를 내드리고 싶네요. 하지만 저희도 공무 기관이란 점 이해를 해주셨으면 합니다. 따님께서 피력해 주신 내용은 심사위에 충분히 전달해 드릴 테니 일단 기다려보는 수밖에…… 아이구, 왜 이러세요!!"

그는 자기 앞에 무릎을 꿇은 나를 보고 몹시 당황했다. 주변에 있던 사람들도 모두 놀란 얼굴로 나를 바라보았다. 담당자는 날 일으켜 세우려 했지만 난 고집스레 버텼다.

"아휴, 참! 일단 자리에 앉아보세요. 방법을 하나 알려드릴 테니까…."

벌떡 일어나 의자에 앉은 내게 그가 서류 한 장을 내밀었다.

"이게 도움이 될지 어떨지는 저도 장담을 못 드립니다만, 아버님이 군 복무 시절 공헌한 부분에 대해 아시거나 주장할 만한 내용이 있으시면 최대한 적어보세요."

서류 상단에는 '특별 공적 심사 신청서'라고 적혀 있었다.

"월남전에 참전하신 이력은 꼭 쓰시구요, 증빙서류도 같이 발급받아서 제출하시면 됩니다."

"증빙서류를 낼 수 없는 공적은요?"

"글쎄요, 아무래도 증명이 안 된 사안은 심사에서 제외될 가능성이 크겠죠."

펜을 들고 고심하던 나는, 소설을 습작하던 때만큼이나 공을 들여 문장을 하나하나 정성껏 써 내려갔다. 가슴을 울릴 만한 내용이어야 했다.

부하들을 보호하려다 한쪽 귀가 먹게 된 일이나, 상관에게 문책을 당했던 일 등, 내가 목격한 그대로를 사실감 넘치고 진실하게 담아냈다. 여백이 턱없이 부족해 빈 페이지 두 장을 더 끼워 넣고, 거의 단편 소설 한 편 분량을 써서 제출한 뒤, 그곳을 나섰다.

궁금해하는 가족들과 집안 어른들에게는 행정상 호국원 안치 허가가 나는 데 한두 달 걸린다고 둘러댔다. 그러자 어른들은 일단 사설 봉안당에 모셔둬야 한다고들 말했다. 하지만 사설 봉안당은 비용이 많이 들었다. 번거롭다는 핑계를 대며 당분간 유골함을 집에 두겠다고 했다. 그러자 다들 놀라는 눈치였다.

특히 엄마가 거세게 반발했다. 죽은 사람의 유골을 집 안에 들이는 건 옳지 않다며 필사적으로 반대했다. 결국 아빠의 유골은 내 방에 두는 것으로 가까스로 타협이 이루어졌다.

"잠도 장례식 내내 제단 앞에서 자더니… 쟤는 어쩜 그런 게 겁도 안 나나……"

엄마는 서연에게 푸념하듯 말했다. 사실 나는 빈소에 딸린 좁은 방에서 여러 사람과 함께 자는 게 불편했을 뿐이었다. 그리고 아빠의 영혼이 자신의 제단 주위를 떠돌 거라고는 생각하지 않았다. 아무리 생각해도 그건 너무 유치한 일이었다. 아빠는 그런 유치한 사람이 아니었으니까. 그리고 죽은 사람을 무서워할 이유도 없었다.

사람에게 해를 끼치는 건, 언제나 산 사람들 쪽이니 말이다.

*

참관석 유리창 너머로, 붉은 등이 켜진 소각로에 관이 들어갔다. 기차 좌석처럼 생긴 4인용 자리에 마주 앉은 서연이 탄식하듯 흐느꼈고, 택연은 굳은 표정으로 묵묵히 지켜봤다. 마치 기차에 앉아 차창을 사이에 두고 작별하는 느낌이 들었다.

금세 소각로의 문이 닫히고, 점화가 시작되자 검정 커튼이 참관석 유리창을 완전히 덮었다. 그러자 아버지를 잃은 우리 세 남매는 미지의 암흑으로 달려가는 기차에 갇힌 듯한 기분이 들었다.

아빠가 뼛가루로 변해가는 동안, 택연의 손을 꼭 쥔 채 기도하던 서연이 조용히 눈을 떴다. 그녀는 불현듯 월명사의 〈제망매가〉가 떠오른다며, 아무도 청하지 않았음에도 굳이 코를 훌쩍이며 향가를 읊기 시작했다.

삶과 죽음의 길이 예 있으매 두려워
나는 간다 말도 못다 하고 가는가
어느 가을 이른 바람에 여기저기 떨어질 잎처럼
한 가지에 나고도 가는 곳 모르는구나
아아, 미타찰에서 만날 내, 도 닦으며 기다리리다

시 낭송을 마친 서연은 한숨을 푹 쉬었다.
"너무 후회돼."
"또, 뭐가?"
"아빠한테 사랑한다는 말 한마디 못 해 드린 게, 그게 너무 가슴이 아파. 평생 누구한테 그런 말을 들어봤겠어, 에휴……."
그녀는 다시 코를 훌쩍거리기 시작했다. 기회가 있었음에도 그러지 못한 나를 질책하는 것 같았다.
"말 안 해도 다 아실 거야. 아빠가 나한테 약속하셨어. 영계에서 다 지켜보겠다고."
서연이 눈을 크게 떴다.
"아빠가 정말 그런 말씀을 하셨어?"
난 단호하게 고개를 끄덕였고, 서연도 나를 따라 거울처럼 고개를 주억거렸다.

화장장에서 유골함을 받아 들고 다시 장례식장으로 돌아왔다. 예식에 들어간 비용을 정산하고 상복도 반납해야 했기 때문이다. 제단에 놓았던 위패와 영정 사진을 보자기에 싸고 있는데 서연이 자신이 영정 사진을 가져가고 싶다고 말했다. 그리울 때 옆에 두고 보고 싶다고 했다.

그럼 다른 사진을 보면 될 텐데 왜 굳이 영정 사진을…? 이란 생각이 들었다. 게다가 영정 사진 속 아빠는 지금의 모습과는 민망할 만큼 차이가 크게 났다. 내가 아빠의 서랍장에서 가까스로 찾아낸

20년 전 증명사진을 썼기 때문이다. 요새 나이 지긋한 어르신들 사이에 장수 사진이라고 해서 미리 영정 사진을 찍어두는 문화가 있다던데, 아빠는 미처 그러지 못했다. 그것도 무심한 내 탓 같아서 씁쓸한 마음이 들었다.

그때, 갑자기 엄마가 반색하며 끼어들었다.

"안 그래도 그걸 어쩌나 싶었는데 잘됐다. 우리 서연이가 효녀에다 정이 많아서, 쯧쯧……"

그렇게 가족들과 남은 친지들에게 작별 인사를 나누던 중, 서연이 내 팔을 붙잡고 속삭였다.

"근데, 일단 영정 사진도 언니가 가져가 줄래? 우리 애들이 좀 무서울 거 같대서… 내가 나중에 꼭 가져갈게."

"아, 그렇구나? 그렇게 해, 그럼."

나는 아빠의 영정 사진과 위패, 그리고 유골이 담긴 백만 원짜리 항아리(뼛가루가 영원히 썩지 않는 진공 방식이라며 강매하던 업체 직원과 언쟁 끝에, 결국 서연의 설득으로 구매한)를 모두 짊어지고 버스를 타고, 전철로 환승해 집으로 향했다. 가는 길 내내 귀가 따갑도록 잔소리를 해대는 엄마와 언쟁을 벌인 덕분에, 잠시나마 회한과 슬픔을 잊을 수 있었다.

도자기 항아리에 담긴 아빠를 깨끗이 정리한 자개장 안에 모셨고, 영정 사진은 아빠가 가끔 방문할 때마다 즐겨 앉던 거실 소파 옆 선반 위에 올려두었다.

그런데 그 후부터 불가사의한 일이 벌어졌다. 어느 순간부터 아빠의 영정 사진이 자꾸만 벽 쪽을 향해 뒤집혀 있었다. 제자리에 돌려놓아도, 어느새 또다시 액자가 뒤집혀 있곤 했다.

주말에 내려온 엄마에게 액자에 발이라도 달린 건지 이상하다고 털어놓았다. 사실 엄마도, 나도 범인이 누구인지 이미 알고 있었다.

나는 그저 택연의 변덕스러운, 혹은 심술궂은 장난이라 여겼지만, 엄마의 생각은 달랐다.

그런데 얼마 지나지 않아, 아빠의 영정 사진은 아예 사라지고 말았다. 화가 나서 엄마에게 따지려던 나는, 결국 마음을 바꿔 영영 모르는 척하기로 했다.

이미 세상을 떠난 사람 때문에, 곁에 남은 사람들과 싸울 필요는 없었으니까.

그건 정말 어리석은 짓이었다.

그나저나 장례가 끝난 지 한 달이 지났는데도 보훈청에서는 아무런 연락이 없었다.

사십구재를 올리기 전까지는 장지할 곳을 정해야 했다. 날이 갈수록 알 수 없는 무력감과 불안감이 가슴을 짓눌렀다. 그 문제를 해결하기 전까지는 도저히 마음이 잡힐 것 같지 않았다.

끝내 호국원으로 모시지 못하게 된다면, 아빠가 얼마나 실망할까. 그런 생각이 들 때마다 알 수 없는 분노가 치밀었다. 분노의 대상은 실체가 없었지만, 때로는 세상의 모든 존재가 분노의 대상이 되었다.

12.

하늘이 붉게 타오를 무렵, 나는 커다란 피켓을 옆구리에 끼고 징검다리를 건넜다. 어제 내린 비로 개울물이 돌다리를 삼킬 듯 넘실거렸지만, 나는 운동화를 신은 채 첨벙첨벙 발을 내디뎠다.

아침부터 보훈청 앞에서 피켓을 들고 1인 시위를 하고 돌아오는 길이었다. 벌써 열흘째였다. 하지만 이것도 이제 더는 할 수 없다. 아빠의 사십구재 일이 내일모레였기 때문이다.

운동화 속으로 물이 흠뻑 스며들었지만, 차가운지 시원한지 감각이 없었다. 갑자기 울고 싶어져 다리 중간에 멈춰 서서 하늘을 올려다보았다.

서서히 멀어지는 빨간 해가, 가슴이 미어지도록 아름다웠다.

그때, 휴대폰 알림음이 울렸다. 나는 점퍼 주머니에서 휴대폰을 꺼내 힐끗 확인한 뒤 무심코 집어넣었다가, 다시 꺼내 들여다보았다.

보훈청에서 온 문자 메시지였다.

*박관수 님의 국립 호국원 안장에 대한
요청이 승인되었습니다.*

"어휴……"

깊은 한숨을 내쉬며, 나는 물살이 스치는 바윗돌 위에 쪼그려 앉아 짧은 문장을 읽고 또 읽었다.

내가 제출한 글이 얼마나 울림을 남겼는지는 알 수 없지만, 그래도 아빠의 마지막 소망을 이룬 것 같아 마음 한켠이 한결 가벼워졌다.

문득 고개를 들었을 때, 내 몸이 개울물을 따라 떠내려가는 듯한 착각에 빠졌다. 다리가 저려온 걸 느끼고는 황급히 벌떡 일어섰다. 그 순간, 물가에 있던 쇠백로가 푸드덕 날개를 퍼덕이며 하늘로 솟구쳤다. 나는 저 멀리 날아가는 쇠백로를 향해 커다랗게 손을 흔들었다.

어느덧 어스름이 깔린 하늘엔, 조용히 달이 떠오르고 있었다.

13.
눈길이 닿는 곳마다 각양각색의 푸르름이 넘실거렸다.

햇볕에 반짝이는 개울물을 건너 시원한 가로수 길로 접어들자,

안도의 한숨이 절로 나왔다. 불볕더위에 지쳐가던 기나긴 여름이 끝나가고 있었기에, 기분이 무척 좋았다.

사실, 날씨 탓이 아니었다. 여느 때처럼 재롱이와 택연을 데리고 산책을 하던 길이어서도 아니었다. 그런 안온한 행복감과는 조금 다른, 설레는 마음을 안고 전철역으로 향하고 있었다.

아빠가 떠난 지 무려 5년 만에 떠나는 서울행이었다.

그동안 나는 자개장을 통해 겪었던 일들을 글로 옮겼다. 비가 오든 눈이 오든, 단 하루도 빠짐없이 글을 쓰고 고치고 다시 쓰는 일을 반복했다.

매일 일찍 자고 일찍 일어나는 습관을 들이며, 규칙적인 루틴을 만들어갔다. 폭우만 내리지 않으면, 새 가족이 된 재롱이와 택연과 함께 오후 산책도 했다. 필요할 때면 서너 시간씩 편의점에서 아르바이트를 했고, 엄마의 요청이 있을 때면 기꺼이 삽을 들었다. 그렇게 하루를 온전히 채운 날은, 그 무엇과도 대체될 수 없는 충만함으로 가득 채워지곤 했다.

그렇게 장장 5년의 세월을 보낸 끝에, 아빠의 자개장 이야기를 탈고했고, 총 50군데가 넘는 출판사에 원고를 보냈다. 그중 단 한 곳, 내 작품을 알아본 출판사로부터 연락을 받은 것이다.

출판 계약서에 사인을 하기 위해 서울로 가는 이 발걸음이 아직 실감이 나지 않는다.

내 책이 세상에 나오다니. 내가 정말 작가가 된다고? 핫하!

고개를 젖혀 하늘을 올려다보았다.

아빠도 보고 계실까……?

아빠를 다시 만날 수 있다면, 꼭 고맙다고 말하고 싶었다. 모든 것이 고마웠다. 심지어 아빠와 내가 사이가 좋지 않았던 것조차 감사한 일이었다. 만약 우리가 다정한 부녀지간이었다면, 내가 자개장에 들어갈 일도 없었을 테고, 그렇다면 이 책 역시 세상에 나오지 못했을 테니 말이다.

 혼자 배시시 웃으며 어느 기와집 담장을 지나가다가, 불현듯 걸음을 멈췄다. 안뜰에서 자란 대추나무 가지가 야트막한 담장 밖으로 뻗어 나와 있었다. 나는 눈앞에 주렁주렁 매달린, 탁구공만 한 사과 대추를 멍하니 응시했다.

 언제였더라? 아빠와 이 길을 지났던 게……?

 아빠와 함께 이 길을 걸었던 때가 떠올랐다. 정확히 언제였는지는 기억나지 않지만, 이곳에 이사 온 지 2주도 채 되지 않았을 때였던 것 같다.

 예고도 없이 불쑥 양평집에 찾아온 아빠는, 동산에 우수수 떨어진 산밤을 주우러 가자며 나를 끌고 나갔다. 공모전 날짜가 코앞이라 신경이 예민해져 있었다. 그래서 온갖 불평과 짜증을 쏟아내며, 아빠와 함께 밤을 주웠다. 그리고 집으로 돌아가던 길이었다.

 나무 지팡이를 짚은 아빠는 주위 풍경을 둘러보며, 백 살 먹은 거북이처럼 천천히 걸었다. 답답해진 나는 빨리 좀 걷자고 아빠를 재촉했다. 아빠는 관절염이 도져서 빨리 걷지 못한다며 화를 냈다. 나는 그게 내 탓이냐며 왜 나한테 화를 내시느냐고 따졌고, 아빠는 누가 걸음을 맞춰달랬냐고 소리쳤다. 기분이 상한 난 퉁퉁거리며 수 미터 이상 앞서 걸었다. 그러다 이 대추나무를 발견한 거였다.

 당시의 난 주위를 살폈다. 담 안팎은 인적 없이 고요했다. 연둣빛을 머금고 자줏빛으로 물들어가던 탐스러운 열매에 손을 뻗던 나는, 문득 멈춰 서서 뒤를 돌아보았다. 한참이나 뒤떨어져 굼벵이처럼 걷고 있는 아빠가 보였다.

 난 손을 거두고 입맛을 다시며 돌아섰다. 남의 집 대추를 따는 걸 보면 아빠가 가만히 있을 리 없었기 때문이다.

 내가 집에 먼저 도착하고 한참 후에야 집으로 돌아온 아빠는, 불룩한 점퍼 주머니에서 무언가를 꺼내 탁자 위에 올려놓았다.

그건, 아까 내가 노리던 사과 대추 세 알이었다. 난 깜짝 놀란 얼굴로 아빠를 쳐다보았다.
"이, 이건 왜 따오셨어요? 남의 걸……"
아빠는 민망한 듯 웃으며 얼굴을 붉혔다.
"네가, 그 나무를 한참 쳐다보길래, 먹고 싶어 하는 줄 알고……"
참 이상한 일이지만, 그 순간 아빠의 옛 얼굴이 마치 어제 본 듯 선명히 떠올랐다.
아빠는 오래전, 맨손으로 잡은 짱뚱어를 바지춤에 꼭 붙들고 달려가던 그 소년과 똑같은 표정을 짓고 있었다.

판타스틱 자개장

1판 1쇄 발행 / 2025년 5월 27일

지은이	박주원
펴낸이	민가원

표지 디자인 조성훈 (노키미) — 파더 버전
　　　　　　강동진 (깜동) — 도터 버전

펴낸곳	그롱시
출판등록	제2022-000030호(2022년 5월 6일)
이메일	grongsy@gmail.com

ⓒ 박주원, 2025
ISBN 979-11-983763-4-3(03810)

· 이 책 내용의 일부 또는 전부를 사용하려면 반드시
저작권자와 그롱시 양측의 서면동의를 받아야 합니다.
· 책값은 뒤표지에 표시되어 있습니다.
· 잘못된 책은 구입하신 서점에서 바꿔드립니다.

❋ 그롱시는 글+홍시의 결합어로 글감이 홍시처럼 무르익은 적기에 책을 펴냅니다